Azul de Prusia

PHILIP KERR

AZUL DE PRUSIA

Traducción de
EDUARDO IRIARTE

RBA

Título original inglés: *Prussian Blue*.
© Philip Kerr, 2017.
© de la traducción: Eduardo Iriarte Goñi, 2018.
© de esta edición: RBA Libros, S.A., 2018.
Avda. Diagonal, 189 - 08018 Barcelona.
rbalibros.com

Primera edición: junio de 2018.

REF: OBFI215
ISBN: 978-84-9056-891-0
DEPÓSITO LEGAL: B. 11.064-2018

GAMA, SL · FOTOCOMPOSICIÓN

Impreso en España · *Printed in Spain*

ESTE LIBRO ES PARA MARTIN DIESBACH,
QUE NO ES PARIENTE MÍO SINO UN MUY BUEN AMIGO,
CON QUIEN SIEMPRE ESTOY EN DEUDA.

No soy tan débil como para someterme a las exigencias de la época cuando van en contra de mis convicciones. Tejo un capullo a mi alrededor; que los demás hagan lo propio. Dejaré que el tiempo revele qué brotará: una brillante mariposa o un gusano.

CASPAR DAVID FRIEDRICH

1

OCTUBRE DE 1956

Era final de temporada y la mayoría de los hoteles de la Riviera, incluido el Grand Hôtel Cap Ferrat, donde yo trabajaba, habían cerrado por el parón invernal. No es que el invierno fuera gran cosa en esa parte del mundo. No como en Berlín, donde el invierno es más un rito de paso que una estación: no se es un berlinés de verdad hasta que no se ha sobrevivido a la amarga experiencia de un interminable invierno prusiano. El célebre oso danzarín que se ve en el escudo de armas de la ciudad solo intenta entrar en calor.

Por lo general, el hotel Ruhl era uno de los últimos de Niza en cerrar porque tenía un casino y a la gente le gusta apostar haga el tiempo que haga. Quizá deberían haber abierto un casino en el cercano hotel Negresco, al que el Ruhl se parecía, solo que el Negresco estaba cerrado y tenía todo el aspecto de ir a permanecer así el año siguiente. Había quien decía que iban a convertirlo en apartamentos, pero el conserje del Negresco —que era conocido mío y un esnob de mucho cuidado— aseguraba que le habían vendido el establecimiento a la hija de un carnicero bretón. No solía equivocarse en asuntos de esta índole. Se había ido a Berna a pasar el invierno y seguramente no volvería. Iba a echarlo de menos, pero mientras aparcaba el coche y cruzaba la Promenade des Anglais en dirección al hotel Ruhl lo cierto es que no estaba pensando en eso. Quizá fueran el frío aire nocturno y los cubitos de hielo que había lanzado el barman a la cuneta después de cerrar, pero me sorprendí pensando en Alemania. O quizá fuera la visión de los dos gólems con el cabello al rape plantados ante la grandiosa entrada mediterránea del hotel, comiendo helado en cucurucho y pertrechados con gruesos trajes de Alemania Oriental de esos que se fabrican en serie como si fueran piezas de tractor y palas. Solo con ver a esos dos matones debería haberme puesto en guardia, pero tenía algo importante en la cabeza; me ilusionaba reunirme con mi esposa, Elisabeth, quien, de manera inesperada, me había enviado una carta para invitarme a cenar. Estábamos separados, y ella vivía en Berlín, pero su carta manuscrita —poseía una preciosa caligrafía de estilo Sütterlin, prohibida por los nazis— hacía referencia a que le había caído en suerte algo de dinero. Tal vez eso explicara cómo podía permitirse estar de nuevo en la Riviera y alojada en el Ruhl, que es casi tan caro como el Angleterre o el Westminster. Sea como fuera, me hacía ilusión verla de nuevo, cegado ante la posibilidad de que nos reconciliáramos. Ya había planeado un discurso breve pero digno acerca del perdón. Cuánto la echaba de menos, y qué convencido estaba de que lo nuestro aún era viable. O algo por el estilo. Por supuesto, algo en mi fuero interno también me preparaba para la posibilidad de que hubiera venido con la intención de contarme que había conocido a alguien y pedirme el divorcio. Aun así, me parecía que se tomaba demasiadas molestias: cada vez era más difícil viajar desde Berlín de un tiempo a esta parte.

El restaurante del hotel estaba en el piso superior de una de las cúpulas en las esquinas del edificio. Era quizá el mejor de Niza, y Charles Dalmas lo había diseñado. Sin lugar a dudas era el más caro. No había comido nunca allí, pero tenía entendido que la comida era excelente y esperaba la cena con impaciencia. El *maître* cruzó a paso discreto el hermoso salón Belle Époque, me recibió ante el atril de reservas y localizó el nombre de mi esposa en la página. Yo ya miraba más allá de él, escudriñando ansioso las mesas en busca de Elisabeth pero sin encontrarla allí todavía. Le eché un vistazo al reloj y caí en la cuenta de que tal vez había llegado muy temprano. En realidad, no escuchaba al *maître* cuando me informó de que mi anfitrión había llegado. Había recorrido la mitad del suelo de mármol cuando vi que me conducían hacia una mesa reservada en un rincón donde un hombre rechoncho y de aspecto peligroso ya se afanaba en dar cuenta de una langosta bien grande y una botella de borgoña blanco. Lo reconocí de inmediato, y di media vuelta solo para encontrarme con que dos simios me bloqueaban la salida. Tenían todo el aspecto de haber trepado por la ventana abierta desde una de las muchas palmeras de la Promenade.

—No se vaya todavía —dijo uno en voz queda, con un marcado acento alemán de Leipzig—. Eso no le gustaría al camarada general.

Por un momento mantuve el tipo, preguntándome si merecía la pena correr el riesgo de huir hacia la puerta. Pero vi que no estaba ni de lejos a la altura de esos dos tipos, cortados por el mismo tosco patrón que los dos gólems que había visto a la entrada del hotel.

—Así es —añadió el otro—. Más vale que se siente como un buen chico y ni se le ocurra montar una escena.

—Gunther —dijo una voz a mi espalda, también en alemán—. Bernhard Gunther. Venga aquí y siéntese, viejo fascista. No tenga miedo. —Rio—. No voy a pegarle un tiro. Estamos en un lugar público. —Supongo que dio por sentado que en el hotel Ruhl no abundaban los germanoparlantes, y probablemente no andaba equivocado—. ¿Qué podría pasarle aquí? Además, la comida es excelente, y el vino, mejor aún.

Me volví de nuevo y le eché otro vistazo al hombre que seguía sentado y afanándose con la langosta provisto de una tenaza para crustáceos y un tenedor, como si de un fontanero que estuviera cambiando la arandela de un grifo se tratase. Vestía un traje mejor que los de sus hombres —de raya diplomática azul, hecho a medida— y una corbata estampada de seda que solo podía haber comprado en Francia. Una corbata así le habría costado a uno el sueldo de una semana en la República Democrática Alemana, y probablemente un montón de preguntas incómodas en la comisaría local. Lo mismo podía decirse del enorme reloj de oro que relucía en su muñeca como un faro en miniatura mientras hurgaba en la pulpa de la langosta, que era del mismo color que la carne más abundante de sus poderosas manos. Tenía el pelo todavía oscuro en la parte superior pero tan corto en los laterales de su cabeza de martillo de demolición que parecía el solideo negro de un sacerdote. Había engordado un poco desde la última vez que lo vi, y eso que ni siquiera había empezado con las patatas tempranas, la mayonesa, las yemas de espárrago, la *salade niçoise*, los pepinillos encurtidos y el plato de chocolate negro dispuestos en la mesa delante de él. Con su físico de boxeador me recordó mucho a Martin Bormann, el jefe adjunto del Estado Mayor de Hitler; desde luego era igual de peligroso.

Me senté, me serví una copa de vino blanco y dejé la pitillera en la mesa delante de mí.

—General Erich Mielke —dije—. Qué placer tan inesperado.

—Siento haberlo hecho venir con engaños. Pero sabía que no habría venido de haberle dicho que era yo quien lo invitaba a cenar.

—¿Se encuentra ella bien? Elisabeth. Dígamelo y prestaré oídos a todo aquello que tenga que decirme, general.

—Sí, se encuentra bien.

—Supongo que no está aquí en Niza.

—No, no está aquí. Lo siento. Pero le alegrará saber que se mostró sumamente reacia a escribir esa carta. Tuve que explicarle que la alternativa habría sido mucho más dolorosa; al menos, para usted. Así que no le guarde rencor por la carta. La escribió por un buen motivo. —Mielke levantó un brazo y llamó al camarero con un chasquido de dedos—. Coma algo. Tome vino. Bebo muy poco, pero tengo entendido que este es de los mejores. Lo que usted quiera. Insisto. Invita el Ministerio para la Seguridad del Estado. Pero haga el favor de no fumar. Detesto el olor a tabaco, sobre todo cuando estoy comiendo.

—No tengo hambre, gracias.

—Claro que tiene hambre. Es berlinés. No necesitamos tener hambre para comer. La guerra nos enseñó a comer cuando hay comida en la mesa.

—Bueno, en esta mesa hay comida abundante. ¿Esperamos a alguien más? ¿El Ejército Rojo, por ejemplo?

—Me gusta ver comida en abundancia cuando estoy comiendo, aunque no la pruebe siquiera. Un hombre no tiene que saciar solo el estómago. También tiene que satisfacer los sentidos.

Cogí la botella y examiné la etiqueta.

—Corton-Charlemagne. No está nada mal. Me alegra ver que un viejo comunista como usted sigue apreciando alguna que otra de las mejores cosas de la vida, general. Este vino debe de ser el más caro de la carta.

—Pues las aprecio, y desde luego lo es.

Apuré la copa y me serví otra. Era excelente.

El camarero se acercó con gesto nervioso, como si ya hubiera padecido los efectos de la lengua afilada de Mielke.

—Tomaremos dos filetes muy jugosos —dijo Mielke, hablando buen francés, de resultas, supuse, de los dos años que pasó en un campo de prisioneros francés antes y durante la guerra—. No, mejor aún, tomaremos el Chateaubriand. Y que esté bien sanguinolento.

El camarero se alejó.

—¿Solo prefiere así los filetes? —pregunté—. ¿O también todo lo demás?

—Todavía conserva ese sentido del humor, Gunther. Me sorprende que siga vivo.

—Los franceses son un poco más tolerantes con estas cosas que en lo que irónicamente denominan la República Democrática Alemana. Dígame, general, ¿cuándo va a disolver el gobierno al pueblo y elegir otro?

—¿El pueblo? —Mielke rio y, apartándose un momento de la langosta, se llevó un trozo de chocolate a la boca, casi como si lo que comía le resultara indiferente siempre y cuando fuera algo difícil de obtener en la RDA—. Rara vez sabe lo que le conviene. Casi catorce millones de alemanes votaron a Hitler en marzo de 1932, y convirtieron a los nazis en el partido con mayor representación en el Reichstag. ¿De verdad cree que tenían la menor idea de lo que les convenía? No, claro que no. Nadie la tenía. Lo único que le importa al pueblo es tener un sueldo fijo, tabaco y cerveza.

—Supongo que por eso veinte mil refugiados de Alemania Oriental estaban pasándose a la República Federal todos los meses, al menos hasta que ustedes impusieron el denominado régimen especial con su zona restringida y su franja de protección. Iban en busca de mejor cerveza y tabaco y quizá de la oportunidad de quejarse un poco sin temor a las consecuencias.

—¿Quién dijo eso de que nadie está tan perdidamente esclavizado como aquellos que creen ser libres?

—Fue Goethe. Y se equivoca al citarlo. Dijo que nadie está tan perdidamente esclavizado como aquellos que creen erróneamente ser libres.

—Según mi libro, son justo los mismos.

—Entonces, debe de ser el único libro que ha leído.

—Es usted un necio romántico. A veces se me olvida. Mire, Gunther, la idea de libertad que tiene la mayoría de la gente consiste en escribir alguna guarrada en la pared de unos aseos. Lo que yo creo es que la gente es vaga y prefiere dejarle el asunto de gobernar al gobierno. Sin embargo, es importante que la gente no imponga una carga demasiado grande sobre quienes se ocupan de las cosas. De ahí mi presencia en Francia. Por lo general, prefiero ir de caza. Pero a menudo vengo aquí en esta época del año para escapar de mis responsabilidades. Me gusta jugar un poco al bacarrá.

—Es un juego de alto riesgo. Pero es verdad que a usted siempre le fueron las apuestas.

—¿Quiere saber qué es lo mejor de apostar aquí? —Torció el gesto en un intento de sonrisa—. La mayoría de las veces, pierdo. Si aún hubiera algo tan decadente como los casinos en la RDA, me temo que los crupieres se asegurarían siempre de que ganara. Ganar solo es divertido si puedes perder. Antes iba a uno en Baden-Baden, pero la última vez que estuve allí me reconocieron y ya no pude ir más. Así pues, ahora vengo a Niza. O, a veces, a Le Touquet. Pero prefiero Niza. El tiempo es un poco más fiable aquí que en la costa atlántica.

—No sé por qué, pero no creo que solo haya venido para eso.

—Tiene razón.

—Entonces, ¿qué demonios quiere?

—Seguro que recuerda ese asunto de hace unos meses, con Somerset Maugham y nuestros amigos comunes Harold Hennig y Anne French. Casi se las arregló usted para fastidiarnos una buena operación aquí.

Mielke se refería a una trama de la Stasi para desacreditar a Roger Hollis, director adjunto del MI5, el organismo británico de contrainteligencia y seguridad nacional. El auténtico plan consistía en que Hollis saliera bien parado después de que la trama falsa de la Stasi quedara al descubierto.

—Fue muy amable por su parte atar ese cabo suelto por nosotros —dijo Mielke—. Fue usted quien mató a Hennig, ¿verdad?

No contesté, pero los dos sabíamos que era cierto; maté a Harold

Hennig de un tiro en la casa que alquilaba Anne French en Villefranche e hice todo lo que estuvo en mi mano por incriminarla. Desde entonces, la policía francesa me había hecho toda suerte de preguntas sobre ella, pero eso era lo único que me constaba. Hasta donde yo sabía, Anne French seguía sana y salva en Inglaterra.

—Bueno, digamos simplemente que fue usted —insistió Mielke, que se terminó el trozo de chocolate que estaba comiendo, se llevó unos pepinillos encurtidos a la boca con el tenedor y luego echó un buen trago de borgoña blanco, todo lo cual me convenció de que sus papilas gustativas estaban tan corrompidas como sus posturas políticas y su moralidad—. El caso es que, de todos modos, Hennig tenía los días contados. Igual que los tiene Anne. En realidad, la operación para desacreditar a Hollis solo funciona si intentamos eliminarla a ella también, como corresponde a alguien que nos traicionó. Y eso es especialmente importante ahora que los franceses intentan que la extraditen aquí para juzgarla por el asesinato de Hennig. Huelga decir que no podemos permitir que tal cosa ocurra. Y es ahí donde entra usted, Gunther.

—¿Yo? —Me encogí de hombros—. A ver si lo entiendo bien. ¿Me está pidiendo que mate a Anne French?

—Precisamente. Solo que no se lo pido. El caso es que usted accede a matar a Anne French como condición para seguir vivo.

2

OCTUBRE DE 1956

Una vez calculé que la Gestapo había utilizado menos de cincuenta mil agentes para tener vigilados a ochenta millones de alemanes, pero, por lo que había leído sobre la RDA, la Stasi empleaba al menos el doble de esa cifra —por no hablar de los informantes civiles o aspirantes a espía que, según los rumores, alcanzaban un diez por ciento de la población— para echar un ojo a solo diecisiete millones de alemanes. Como director adjunto de la Stasi, Erich Mielke era uno de los hombres más poderosos de la RDA. Y como cabría esperar de un hombre semejante, ya había anticipado todas las objeciones que pondría yo a una misión tan desagradable como la que había descrito y estaba dispuesto a discutirlas con la fuerza bruta de quien está acostumbrado a salirse con la suya en careos con personas igualmente autoritarias y enérgicas. Tenía la sensación de que Mielke habría sido capaz de cogerme por el cuello o golpearme la cabeza contra la mesa y, como es natural, la violencia era una parte vital de su carácter; cuando era un joven delegado comunista en Berlín había participado en el infame asesinato de dos agentes de uniforme.

—No, no fume —dijo—, limítese a escuchar. Esta es una buena oportunidad para usted, Gunther. Puede ganar dinero, obtener un nuevo pasaporte, un pasaporte genuino de Alemania Occidental, con un nombre distinto y la ocasión de volver a empezar en alguna parte, y, lo más importante de todo, puede hacerle pagar a Anne French, con intereses, por haberlo tratado tan despiadadamente.

—Solo porque usted le dijo que lo hiciera. ¿No es así? Fue usted quien la incitó.

—Yo no le dije que se acostara con usted. Eso fue idea de ella. En cualquier caso, jugó con usted y lo manipuló, Gunther. Pero eso ahora carece de importancia, ¿verdad? Se enamoró de ella hasta las trancas, ¿no?

—Salta a la vista lo que tienen los dos en común. Carecen por completo de principios.

—Es verdad. Aunque en el caso de Anne era también una de las mejores embusteras que he conocido. Me refiero a que era un auténtico caso patológico. Lo cierto es que no creo que supiera cuando mentía y cuando decía la verdad. Aunque no creo que le importara mucho la inmoralidad del subterfugio. Siempre y cuando fuera capaz de mantener esa sonrisa serena y satisfacer su codicia de posesiones materiales. Se las ingenió para creerse que no lo hacía por dinero; lo irónico es que estaba convencida de tener firmes principios. Y eso la convertía en una espía ideal. Aunque, en realidad, nada de esta historia previa importa un carajo.

»Lo importante, al menos para mí, es que ahora alguien tiene que matarla. Me temo que al MI5 le sorprendería mucho que, como mínimo, no intentáramos asesinarla. Y, tal como yo lo veo, ese alguien bien podría ser usted. No es que no haya matado antes a otros, ¿verdad? A Hennig, por ejemplo. Bueno, tuvo que ser usted quien le metió un balazo y lo arregló todo para dar la impresión de que lo había hecho ella.

Mielke hizo una pausa cuando llegó nuestra carne y retiraron la langosta a medio comer.

—Ya la cortamos nosotros mismos —le dijo al camarero sin miramientos—. Y tráiganos una botella de su mejor Burdeos. Decantado, eso sí. Pero quiero ver la botella de la que sale, ¿de acuerdo? Y el corcho.

—No se fía de nadie, ¿eh?

—Es una de las razones por las que llevo vivo tanto tiempo. —Cuando el camarero se hubo ido, Mielke cortó el Chateaubriand en dos, se ayudó del tenedor para servirse una generosa mitad en el plato, y dejó escapar una risilla—. Pero también me cuido, ¿sabe? No fumo, no bebo mucho y me gusta mantenerme en forma, porque en el fondo me crie a fuerza de peleas callejeras. Aun así, me parece que la gente se muestra más predispuesta a escuchar a un policía que tiene aspecto de poder cuidar de sí mismo que a uno que no lo tiene.

17

No creería la cantidad de veces que he tenido que intimidar a gente en el Comité Central del Partido Socialista Unificado. Le juro que me tiene miedo hasta Walter Ulbricht.

—¿Así se considera usted ahora, Erich? ¿Un policía?

—¿Por qué no? Es lo que soy. Pero ¿qué más le da eso a un hombre como usted, Gunther? Usted, que fue miembro de la Kripo y del Servicio de Inteligencia de las SS durante casi veinte años. Algunos de esos hombres ante quienes respondía eran los peores criminales de la historia: Heydrich. Himmler. Nebe. Y trabajó para todos ellos. —Meneó la cabeza, exasperado—. El caso es que algún día revisaré su historial de la Oficina de Seguridad Central del Reich para ver qué crímenes perpetró, Gunther. Me da en la nariz que ni por asomo está usted tan limpio como quiere dar a entender. Así que no finjamos que nos separa un abismo de superioridad moral. Ambos hemos hecho cosas que nos gustaría no haber hecho. Pero aquí estamos.

Mielke guardó silencio mientras cortaba la carne en cuadros más pequeños.

—Dicho todo eso, no olvido que fue usted quien me salvó la vida, en dos ocasiones.

—Tres —señalé con amargura.

—Ah, ¿sí? Es posible. Bueno, como decía. Lo de matarla. Es una buena oportunidad para usted. Para empezar de nuevo. Una oportunidad de volver a Alemania y alejarse de este lugar irrelevante en los márgenes de Europa donde, a decir verdad, un hombre de su talento se desperdicia. Supongo que es usted lo bastante listo como para entenderlo.

Mielke se llevó un cuadrado de carne a la bocaza y se puso a masticar con furia.

—¿Acaso se lo discuto? —dije.

—No. No discute, por una vez. Cosa que es extraña de por sí.

Me encogí de hombros.

—Estoy dispuesto a hacer lo que me pide, general. Estoy sin blanca. No tengo amigos. Vivo solo en un apartamento que no es mucho más grande que una nasa para pescar langostas, y tengo un empleo que está a punto de echar el cierre por el parón invernal. Echo de menos Alemania. Dios, echo de menos hasta el clima. Si matar a Anne French es el precio que debo pagar para recuperar mi vida, estoy más que dispuesto a hacerlo.

—Nunca se ha dejado influir fácilmente, Gunther. Voy a ser sincero. Esperaba más oposición. Quizá odia a Anne French más de lo que yo creía. Quizá en realidad quiera matarla. Pero el caso es que con estar dispuesto no basta. Tiene que ir a Inglaterra y matarla.

El camarero regresó con una licorera llena de vino tinto y la dejó en la mesa delante de nosotros. Mielke la cogió, olió el corcho y luego aprobó con un gesto de cabeza la botella vacía de Château Mouton Rothschild que le habían dado a inspeccionar.

—Pruébelo —me dijo.

Lo probé y, como era de prever, era tan bueno como el blanco que había estado bebiendo; quizá mejor. Le dirigí también un cabeceo.

—Pues lo cierto es que sí, la odio —reconocí—. Mucho más de lo que esperaba odiarla. Y sí, la mataré. Pero si no le importa, me gustaría saber un poco más acerca de su plan.

—Mis hombres se reunirán con usted en la estación de ferrocarril de Niza, donde le darán un pasaporte nuevo, algo de dinero y un billete en el Tren Azul a París. De allí puede hacer transbordo al Flecha de Oro hasta Calais y, después, a Londres. A su llegada lo recibirán otros de mis hombres. Le darán más instrucciones y lo acompañarán en su misión.

—¿Anne está viviendo allí, en Londres?

—No, vive en un pueblo en la costa meridional de Inglaterra. Está intentando que no la extraditen, aunque sin mucho éxito. Da la impresión de que el MI5 la ha dejado en la estacada. Mis hombres le facilitarán un diario detallado de los movimientos de esa mujer para que pueda encontrársela de manera accidental, e invitarla a tomar una copa.

—¿Y si no quiere volver a quedar conmigo? Nuestra relación no era precisamente buena cuando nos separamos.

—Convénzala. Use un arma si es necesario. Le daremos un arma. Pero hágala ir con usted. A algún lugar público. Así se mostrará más confiada.

—No acabo de entenderlo. ¿Quiere que le pegue un tiro?

—Dios santo, no. Lo último que deseo es que lo detengan y se lo cuente todo a los británicos. Tiene que estar muy lejos de Anne French cuando ella muera. Con suerte, estará otra vez en Alemania para cuando eso ocurra. Viviendo con una nueva identidad. Eso le gustaría, ¿verdad?

—Entonces, qué, ¿tengo que echarle veneno en el té?

—Sí. El veneno es siempre lo mejor en estas situaciones. Algo lento que no deje mucho rastro. Recientemente hemos estado usando talio. Es un arma homicida formidable, de verdad. Es incoloro, inodoro e insípido y tarda al menos uno o dos días en hacer efecto. Pero cuando lo hace, es devastador. —Mielke sonrió con crueldad—. ¿Qué sabe usted si ha ingerido un poco en ese vino que está saboreando? Quiero decir que no se habría dado cuenta de ser así. Podría haberle encargado al camarero que echara esa sustancia en la licorera, razón por la que le he dejado probarla sin catarla yo. ¿Ve qué fácil es?

Lancé una mirada incómoda a la copa de Mouton Rothschild y apreté el puño sobre la mesa.

A todas luces, Mielke disfrutaba de mi evidente malestar.

—Al principio, ella creerá que tiene el estómago revuelto. Y después, bueno, es una muerte muy lenta y dolorosa, como seguro que le alegrará saber. Vomitará durante un par de días, y a continuación vendrán las convulsiones extremas y los dolores musculares. Después sobrevendrá un cambio de personalidad absoluto, con alucinaciones y ansiedad; por último, alopecia, ceguera y un dolor pectoral agónico, y luego el fin. Se desea que llegue. Es un infierno en vida, se lo aseguro. La muerte, cuando se acerque, le parecerá una bendición.

—¿Hay antídoto? —Yo seguía con un ojo puesto en el vino que había bebido, preguntándome qué parte de lo que me había contado Mielke sería verdad.

—Tengo entendido que el azul de Prusia, administrado por vía oral, es un antídoto.

—¿La pintura?

—En efecto, sí. El azul de Prusia es un pigmento sintético que funciona por dispersión coloidal, intercambio de iones o algo por el estilo. No soy químico. Sea como sea, creo que es uno de esos antídotos que es solo ligeramente menos doloroso que el veneno, y lo más probable es que cuando los médicos ingleses se den cuenta de que la pobre Anne French ha sido envenenada con talio e intenten suministrarle azul de Prusia, ya será demasiado tarde para ella.

—Dios —mascullé, y cogí el paquete de tabaco. Me puse un cigarrillo en la boca. Estaba a punto de encenderlo cuando Mielke me lo arrebató y lo tiró a una maceta sin disculparse.

—Pero como digo, para cuando ella haya muerto, usted ya estará a salvo en Alemania Occidental. Solo que no en Berlín. No me sirve de nada en Berlín, Gunther. Allí lo conoce mucha gente. Creo que Bonn o quizá Hamburgo serían más convenientes. Y lo que es más importante, me convendría que fuera allí.

—Debe de tener cientos de agentes de la Stasi por toda Alemania Occidental. ¿De qué podría servirle yo?

—Posee ciertas aptitudes especiales, Gunther. Unos antecedentes útiles para lo que tengo pensado. Quiero que establezca una organización neonazi. Con sus antecedentes fascistas, no debería resultarle difícil. Su tarea inmediata será profanar o destruir lugares judíos en toda Alemania Occidental: centros culturales, cementerios y sinagogas. También puede convencer o incluso chantajear a algunos de sus viejos camaradas de la Oficina Central de Seguridad del Reich para que escriban cartas a la prensa y al gobierno federal exigiendo la excarcelación de criminales de guerra nazis o protestando contra el enjuiciamiento de otros.

—¿Qué tiene usted en contra de los judíos?

—Nada. —Mielke se metió otro trozo de chocolate en su omnívora boca junto con el pedazo de carne que ya tenía dentro; era como cenar con el cerdo más preciado de algún granjero prusiano que se estuviera alimentando de las mejores sobras de la familia—. Nada en absoluto. Pero eso no hará sino otorgarle credibilidad a nuestra propaganda acerca de que el gobierno federal sigue siendo nazi. Que, en efecto, lo es. Al fin y al cabo, fue Adenauer quien denunció todo el proceso de desnazificación y presentó una ley de amnistía para los criminales de guerra nazis. Solo estamos ayudando a la gente a ver lo que ya está ahí.

—Parece haberlo pensado todo, general.

—Si no lo he pensado yo, alguien más lo ha hecho. Y en caso contrario, pagará por ello. Pero no se deje engañar por mi actitud jovial, Gunther. Puede que esté de vacaciones, pero me tomo esto pero que muy en serio. Y a usted más le vale hacerlo también.

Me señaló con el tenedor como si se estuviera planteando clavármelo en el ojo y de algún modo me tranquilizó que tuviera ensartado un pedazo de carne.

—Porque de lo contrario, más le vale empezar ahora mismo, o no llegará a ver el día de mañana. ¿Qué me dice? ¿Se lo toma en serio?

Asentí.

—Sí, me lo tomo en serio. Quiero ver muerta a esa zorra inglesa tanto como usted, general. Más aún, probablemente. Mire, prefiero no entrar en detalles sobre lo que ocurrió entre nosotros, si no le importa. Sigue causándome dolor. Pero deje que le asegure una cosa: lo único que lamento de lo que me ha dicho hasta el momento es que no estaré presente para verla sufrir. Porque eso es lo que quiero. Su dolor y su degradación. Bien, ¿responde eso su pregunta?

3

OCTUBRE DE 1956

Volví a mi piso en Villefranche, satisfecho tan solo por habérmelas ingeniado para convencer a Mielke de que, en efecto, acataría sus órdenes y viajaría a Inglaterra para envenenar a Anne French. La verdad era que, si bien detestaba a esa mujer por todo el dolor que me había causado, no la aborrecía lo suficiente como para asesinarla, y mucho menos de la manera tan monstruosa que había descrito Mielke. Deseaba con todas mis fuerzas un nuevo pasaporte de Alemania Occidental, pero también quería seguir vivo el tiempo suficiente como para usarlo, y no me cabía duda de que Mielke estaba más que dispuesto a ordenarles a sus hombres que me mataran si albergaba la menor sospecha de que yo tenía intención de traicionarlo. Así pues, durante unos momentos me planteé hacer la maleta de inmediato y dejar la Riviera para siempre. Tenía un poco de dinero bajo el colchón, y un arma, y el coche, claro, pero lo más probable era que sus hombres estuvieran vigilando mi piso, en cuyo caso la huida sería probablemente en vano. Solo me quedaba la espeluznante perspectiva de cooperar con el plan de Mielke durante el tiempo suficiente para hacerme con el pasaporte y el dinero, y luego buscar una oportunidad de dar esquinazo a sus hombres, lo que me dejaba entre la espada y la pared. A la mayoría de los miembros de la Stasi los había adiestrado la Gestapo y eran expertos en localizar a la gente. Darles esquinazo sería como intentar eludir a una jauría de perros sabuesos ingleses.

A fin de ver si me estaban vigilando, decidí dar un paseo por el malecón, con la esperanza de que los de la Stasi se pusieran en evidencia y el fresco aire nocturno me despejara la cabeza lo suficiente como para pensar una solución a mi problema inmediato. Resultó inevitable que los pies me llevaran hasta un bar en la apropiadamente llamada Rue Obscure, donde me bebí una botella de tinto y me fumé medio paquete de tabaco, con lo que conseguí el resultado contrario al que esperaba. Todavía meneando la cabeza y sopesando mis escasas opciones, emprendí el camino de regreso a casa a paso un tanto vacilante.

Villefranche es un extraño laberinto de callejones y angostas callejuelas y, sobre todo por la noche y hacia el final de la temporada, semeja un escenario de película de Fritz Lang. Es muy fácil imaginarse seguido por vigilantes invisibles a través de esa oscura y sinuosa catacumba de calles francesas, un poco como Peter Lorre con la letra *M* escrita con tiza en la espalda del abrigo, sobre todo si vas borracho. Pero no iba tan borracho como para no ver la cola que me habían prendido al culo. O más bien, no tanto verla como oír el chacoloteo intermitente de sus zapatos baratos sobre las callejas adoquinadas mientras intentaban seguir el ritmo de mis propios pasos erráticos. Los habría puesto en evidencia a gritos, mofándome de sus esfuerzos por tenerme vigilado, de no ser por la corazonada —el buen juicio, tal vez— de que más me valía no darles, y sobre todo no darle al camarada general, la más leve impresión de que no estaba del todo subordinado a él y sus órdenes. El nuevo Gunther era mucho más paciente que el antiguo. Eso me venía bien; al menos, si quería ver Alemania de nuevo. Así pues, me sorprendió encontrarme el camino de regreso al paseo marítimo bloqueado por dos bolardos humanos, cada cual con una mata de pelo absurdamente rubio al estilo de la raza suprema del tipo que el barbero predilecto de Himmler habría colgado en su mural de cortes de pelo para héroes. En las sombras entre ambos había un hombre más pequeño con un parche de cuero en un ojo. Lo reconocí a medias, de una época lejana, sin llegar a recordar por qué, aunque solo fuera porque los dos bolardos humanos ya se afanaban en amordazarme y atarme las muñecas por delante.

—Lo siento, Gunther —se disculpó el hombre a quien solo reconocía a medias—. Es una lástima que tengamos que volver a vernos en estas circunstancias, pero las órdenes son las órdenes. No tengo que decirle cómo va esto. O sea que no es nada personal, ¿ve? Pero es así como lo desea el camarada general.

Mientras hablaba, los dos bolardos rubios me levantaron por las axilas y me llevaron hasta el final del callejón sin salida como si fuera un maniquí de escaparate. Una sola farola tiznaba el aire nocturno de una tonalidad sulfúrea hasta que alguien la apagó de un tiro con una pistola provista de silenciador. Antes de eso, me dejaron ver la viga de madera que cruzaba la bóveda del techo y el nudo corredizo de plástico que colgaba de ella, con fines a todas luces letales. El hecho de caer en la cuenta de que estaba a punto de ser ahorcado sumariamente en ese callejón sombrío y olvidado bastó para provocarme un último espasmo de energía en las extremidades ebrias. Forcejeé con saña para librarme de la férrea presión de los dos hombres de la Stasi. Fue inútil. Me sentí como Jesucristo subiendo a los cielos mientras ascendía del suelo adoquinado hacia el nudo corredizo, donde otro atento miembro de la Stasi, vestido con traje y sombrero grises, estaba subido a una farola como el mismísimo Gene Kelly para ponérmelo al cuello.

—Eso es —dijo, una vez hubo colocado el nudo corredizo en torno a mi cuello. El acento de Leipzig. ¿El mismo hombre del hotel Ruhl, quizá? Tenía que serlo—. Bien, muchachos, ya podéis soltarlo. Creo que este cabrón se balanceará como la campana de una iglesia.

Mientras me ceñía el nudo bajo la oreja izquierda, tomé aire con rapidez. Un instante después, los dos bolardos humanos me soltaron. El nudo de plástico se apretó con fuerza, el mundo se tornó borroso como una fotografía mala y dejé de respirar por completo. Aunque trataba a la desesperada de buscar el suelo firme con las punteras de los zapatos, no conseguí más que girar en el aire igual que el último jamón en el escaparate de una carnicería. Atiné a ver fugazmente a los hombres de la Stasi viéndome colgar y luego pedaleé un poco más en mi bicicleta invisible antes de decidir que me iría mejor si no me resistía y que, en realidad, aquello tampoco era tan doloroso. No era tanto dolor lo que sentía como una tremenda presión, como si todo mi cuerpo fuera a explotar por lo mucho que ansiaba encontrar una vía de entrada de aire. Notaba la lengua del tamaño de una paleta para recoger las cartas de bacarrá; parecía colgarme fuera de la boca. Tenía los ojos vueltos hacia las orejas, como si intentara determinar el origen del estruendo infernal que oía, y que debía de ser el martilleo de la sangre dentro de mi cabeza, claro. Lo más curioso de todo es que sentía la presencia real del dedo meñique que había perdido años antes, en Múnich, cuando otro viejo camarada me lo cortó con un martillo y un cincel. Era como si de pronto todo mi ser se hubiera concentrado en una parte de mi cuerpo que ya ni existía siquiera. Y entonces me pareció que hacía diez minutos de 1949 y Múnich y la pobre Vera Messmann. El dedo fantasma se dispersó rápidamente y se convirtió en una extremidad entera y después en el resto de mi cuerpo, y supe que estaba muriendo. Entonces fue cuando me meé encima. Recuerdo que alguien se rio y pensé que quizá, después de tantos años, me lo tenía merecido y que había tenido su mérito llegar hasta allí sin más contratiempos. Luego me encontraba en el fondo del gélido mar Báltico y nadaba con todas mis fuerzas para salir del casco naufragado del barco mercante Wilhelm Gustloff y alcanzar la superficie ondulante. Pero estaba muy lejos y, con los pulmones a punto de explotar, supe que no iba a conseguirlo. Entonces fue cuando debí de perder el conocimiento.

Seguía en el aire, pero me veía a mí mismo tendido en los adoquines de la Rue Obscure. Tenía la sensación de estar suspendido sobre las cabezas de perro de paja de todos aquellos hombres de la Stasi igual que una nube de gas. Habían cortado la soga e intentaban aflojar el nudo en torno a mi cuello, pero desistieron cuando uno de los agentes sacó unas cizallas y lo cortó, junto con un poco de piel debajo de mi oreja. Alguien me pisó el pecho, y esos eran todos los primeros auxilios que iba a prestarme la Stasi, y empecé a revivir. Uno de ellos aplaudía mi actuación en la cuerda floja —según sus propias palabras, no las mías— y ahora, de regreso a mi cuerpo, me volví boca abajo y babeé sobre los adoquines. Después, pese al dolor, intenté meter un poco de aire en mis pulmones privados de oxígeno. Palpé algo húmedo en el cuello, que resultó ser mi propia sangre, y me oí mascullar algo con una lengua que apenas empezaba a acostumbrarse a estar de nuevo en el interior de la boca.

—¿Cómo?

El de las cizallas se inclinó para ayudarme a que me incorporara, y volví a hablar.

—Necesito un cigarrillo —dije—. Para recuperar el resuello.

Me llevé una mano al pecho y procuré que mi corazón aflojara un poco el ritmo, no fuera a palmarla del todo por el exceso de emoción que me llevé al pensar que afrontaba mis últimos minutos sobre la faz de la tierra, o casi.

—Es de lo que no hay, amigo, eso está claro. Dice que quiere un piti... —Se echó a reír, sacó del bolsillo un paquete de Hit Parades y metió un cigarrillo entre los labios de mi boca aún temblorosa—. Ahí tiene.

Tosí un poco más, y luego aspiré con fuerza cuando su mechero cobró vida. Fue probablemente el mejor cigarrillo que había saboreado nunca.

—He oído hablar del último cigarrillo —comentó—. Pero nunca había visto al condenado fumárselo después de la ejecución. Vaya viejo peleón está hecho, ¿eh?

—No tan viejo —repuse—. Me siento como un hombre nuevo.

—Ponedlo en pie —ordenó otro hombre—. Vamos a acompañarlo a casa.

—No esperen que los bese —grazné—. No después de haberme hecho pasar por semejante calvario.

Pero habían cumplido muy bien su cometido de ahorcarme hasta dejarme medio muerto. Cuando me puse en pie, estuve a punto de desmayarme y tuvieron que sujetarme.

—No pasa nada —dije—. Déjenme un momento.

Y entonces vomité, lo que fue una pena después del filete tan rico que había comido con Mielke. Pero uno no sobrevive a su propia ejecución todos los días.

Medio me llevaron, medio me acompañaron a casa. Por el camino, el hombre a quien había reconocido poco antes me explicó por qué habían intentado hacerme estirar la pata.

—Siento lo de antes, Gunther —se disculpó.

—No tiene importancia.

—Pero es que el jefe cree que no se lo estaba tomando en serio. No le ha gustado. Cree que el viejo Gunther habría ofrecido un poco más de resistencia ante la idea de asesinar a su exnovia. Y he de reconocer que estoy de acuerdo con él. Nunca había tenido pelos en la lengua. Así que, al verlo tan complaciente, bueno, ha pensado que se estaba riendo de él. Íbamos a darle un buen repaso sin más, pero ha dicho que teníamos que dejarle bien claro lo que ocurrirá de verdad si intenta metérsela doblada. La próxima vez, tenemos órdenes de dejarlo colgando. O algo peor.

—Es agradable oír otra vez una voz alemana —dije con hastío; apenas podía poner un pie delante del otro—. Aunque sea la de un cabrón.

—Venga, no diga eso, Gunther. Va a herir mis sentimientos. Usted y yo éramos amigos.

Empecé a menear la cabeza, pero me arrepentí al acometerme un dolor repentino. Tenía el cuello como si hubiera pasado por una sesión quiropráctica con un gorila. Comencé a toser otra vez y me detuve a vomitar en la cuneta de nuevo.

—No lo recuerdo. Aunque también es verdad que mi cerebro ha estado varios minutos privado de oxígeno, por lo que apenas recuerdo mi nombre, por no hablar del suyo.

—Necesita algo para ahuyentar el dolor —dijo mi viejo amigo, que sacó una petaca de bolsillo, la acercó a mis labios y me dejó echar un sustancioso trago de lo que contenía. Sabía a lava fundida.

Me estremecí y lancé un breve concierto de toses en staccato.

—Dios, ¿qué es eso?

—Agua Dorada. De Danzig. Eso es. —El hombre sonrió y asintió—. Ahora se está acercando. Ya me recuerda, ¿no, Gunther?

A decir verdad, seguía sin tener ni idea de quién era, pero sonreí y asentí; no hay nada como que te ahorquen para que te entren ganas de complacer, sobre todo cuando es tu propio verdugo quien asegura afablemente que os conocéis.

—Así es. Acostumbraba a beber esto cuando los dos éramos polis en el Alex. Probablemente lo recuerda, ¿no? Me parece que un hombre como usted no olvida muchas cosas. Fui ayudante suyo en la brigada criminal en el treinta y ocho y el treinta y nueve. Trabajamos juntos en un par de casos importantes. El caso Weisthor. ¿Se acuerda de aquel cabrón? Y el de Karl Flex, claro, en el treinta y nueve. ¿Berchtesgaden? Es imposible que se haya olvidado de él. Ni del aire frío de Obersalzberg.

—Claro que me acuerdo de usted —respondí, al tiempo que lanzaba la colilla, sin la menor idea de quién era—. Pensaba que había muerto. Han muerto todos los demás a estas alturas. Al menos, la gente como usted y yo.

—Somos los últimos de todos, usted y yo, eso es verdad —concedió—. Del antiguo Alex. Tendría que verlo ahora, Gunther. Se lo juro, no reconocería el lugar. La antigua estación de ferrocarril sigue allí, como antes, y la Kaufhaus, pero el antiguo *Praesidium* de la Policía hace tiempo que desapareció. Como si no hubiera existido. Los Ivanes la demolieron porque era un símbolo del fascismo. Eso y la sede de la Gestapo en Prinz Albrechtstrasse. Toda la zona no es más que un enorme túnel de viento. Hoy en día, los polis tienen su cuartel general en Lichtenberg. Con un elegante edificio nuevo en camino. Con comodidades de toda clase. Comedor, duchas y guardería. Hasta tenemos una sauna.

—Qué detalle. Lo de la sauna.

Llegamos a la puerta de mi casa y alguien me cogió amablemente las llaves del bolsillo y me dejó entrar en el piso. Me siguieron al interior y, puesto que eran policías, hurgaron a placer en mis pertenencias. Tampoco es que me importara. Cuando has estado a punto de perder la vida, todo lo demás parece poca cosa. Además, estaba muy ocupado mirándome en el espejo del cuarto de baño la cara de cadáver que tenía. Parecía una de esas ranas de San Antonio sudamericanas. Tenía el blanco de los ojos completamente rojo.

Mi amigo anónimo me observó un rato y luego, acariciándose una barbilla más larga que un arpa de concierto, dijo:

—No se preocupe. No son más que unos cuantos capilares rotos.

—Me parece que he crecido un par de centímetros.

—Dentro de unos días, verá que tiene los ojos otra vez normales. Igual le conviene llevar gafas de sol hasta entonces para aliviar las molestias. Al fin y al cabo, no querrá asustar a nadie, ¿verdad?

—Me parece que ya había hecho esto alguna vez. Medio ahorcar a alguien, quiero decir.

Se encogió de hombros.

—Es una suerte que ya le hubiéramos puesto foto a su pasaporte nuevo.

—Sí, ¿verdad?

Toqué la marca de color carmesí lívido que me había dejado en el cuello la soga de plástico. No le habría podido reprochar a nadie que pensara que el doctor Mengele me había cosido la cabeza a los hombros.

Uno de los otros hombres de la Stasi estaba en la cocina, preparando café. Era curioso que los dos tipos que habían intentado ahorcarme me cuidasen ahora con tanta atención. No hacían sino obedecer órdenes, claro. Es la manera de ser alemana, supongo.

—Eh, jefe —le dijo uno al hombre que estaba a mi lado en el cuarto de baño—. Su teléfono no funciona.

—Lo siento —respondí—. Como no me llama nunca nadie, no me había dado cuenta.

—Bueno, vete a buscar una cabina.

—Jefe.

—Se supone que tenemos que llamar al camarada general y contarle cómo ha ido todo.

—Dígale al general que no puedo decir que haya sido una de mis mejores veladas —comenté—. Y no olvide darle las gracias por la cena.

El miembro de la Stasi se fue. Mi amigo me tendió de nuevo la petaca de bolsillo y eché otro buen trago de Agua Dorada. Ese menjunje lleva auténtico oro. Motas diminutas. El oro no lo encarece, pero sí hace que la lengua cobre un aspecto semiprecioso. Tendrían que dárselo a todos los que están a punto de ser ahorcados. Podría hacer que el procedimiento tuviera más brillo.

—Qué falta de iniciativa —se quejó—. Hay que decirles todo el rato lo que tienen que hacer. Y cómo tienen que hacerlo debidamente. No como en nuestros tiempos, ¿eh, Bernie?

—Mire, Fridolin, sin ánimo de ofender —dije—. Bueno, no es que tenga ganas de repetir la experiencia de esta noche, pero es que no tengo ni puta idea de quién es. Reconozco la barbilla. La mala piel, el parche de cuero en el ojo, hasta el bigotillo de chulo de putas. Pero el resto de su careto es un misterio.

El hombre se tocó la calva con gesto cohibido.

—Sí, se me ha caído mucho pelo desde la última vez que nos vimos. Pero ya llevaba el parche. De la guerra. —Tendió la mano afablemente—. Friedrich Korsch.

—Sí, ahora me acuerdo. —Estaba en lo cierto; habíamos sido amigos, o por lo menos colegas cercanos. Pero todo eso había sido en el pasado. Seré un tipo mezquino, pero tiendo a guardarles rencor a mis amigos cuando intentan matarme. Hice caso omiso de su mano, y dije—: ¿Cuándo fue la última vez que nos vimos?

—En 1949. Trabajaba como infiltrado del MVD en un periódico estadounidense en Múnich. ¿Lo recuerda? *Die Neue Zeitung.* Usted buscaba a un criminal de guerra llamado Warzok.

—Ah, ¿sí?

—Lo invité a comer en la Osteria Bavaria.

—Claro. Pedí pasta.

—Y antes de eso, vino a verme en el cuarenta y siete, a Berlín, cuando intentaba ponerse en contacto con la esposa de Emil Becker.

—Ya.

—¿Qué fue de él, por cierto?

—¿De Becker? Lo ahorcaron los americanos, en Viena. Por asesinato.

—Ah.

—Más aún, ellos terminaron el trabajo. Esos vaqueros no lo hacían para echar unas risas como ustedes. Para echar yo unas risas, quiero decir. Nunca había imaginado que me sentaría tan bien volver a tener los pies firmemente plantados en el suelo.

—Me sabe fatal todo esto —dijo Korsch—. Pero...

—Ya lo sé. Solo cumplía órdenes. Intentaba seguir con vida. Mire, lo entiendo. Para hombres como usted y yo, son gajes del oficio. Pero no finjamos que hemos sido amigos. De eso hace mucho tiempo. Desde entonces, se ha convertido en un auténtico incordio. Ha estado a punto de partirme el cuello. Que es el único que tengo. O sea que ¿por qué usted y sus chicos no se largan cagando leches de mi casa y ya nos veremos en la estación de tren de Niza, pasado mañana, tal como acordé con el camarada general?

4

OCTUBRE DE 1956

La Gare de Nice-Ville tenía un tejado de acero forjado, una impresionante galería de piedra y un reloj ornamentado bien grande que habría quedado de maravilla en la sala de espera del purgatorio. Dentro había varias elegantes lámparas de araña: aquello se parecía más a un casino de la Riviera que a una estación de ferrocarril. Aunque yo apenas había frecuentado casinos, claro. Nunca me habían interesado gran cosa los juegos de azar, quizá porque la mayor parte de mi vida adulta había sido una suerte de apuesta temeraria. Desde luego, en lo relativo a los días siguientes, podía ocurrir cualquier cosa. Trabajar para la Stasi solo podía redundar en perjuicio de Gunther. Sin duda planeaban matarme en cuanto el trabajo de Inglaterra estuviera hecho. Al margen de lo que hubiera dicho Mielke sobre trabajar para él en Bonn o Hamburgo después de haber silenciado debidamente a Anne French, era muy posible que yo fuese el último cabo suelto de la operación de Hollis. Además, tenía los ojos como el dos de diamantes, que no es una buena carta en ningún juego. Por ese motivo llevaba gafas de sol y ni siquiera vi a los dos hombres de la Stasi cuando entré en la estación. Pero ellos sí me vieron. La RDA alimenta a esos chicos con zanahorias radiactivas para que vean mejor en la oscuridad. Me acompañaron al andén, donde Friedrich Korsch esperaba junto al Tren Azul que me llevaría a París.

—¿Qué tal está? —preguntó con amabilidad mientras yo le daba mi bolso a uno de los miembros de la Stasi y le dejaba que me lo llevara al vagón.

—Bien —dije con tono alegre.

—¿Y los ojos?

—Ni remotamente tan mal como parece.

—Todo olvidado, espero.

Me encogí de hombros.

—¿De qué serviría guardar rencores?

—Eso es verdad. Y consuélese, que tiene dos. Yo perdí uno en Polonia, durante la guerra.

—Además, París está muy lejos. Supongo que viene a París. Espero que así sea. Estoy sin blanca.

—Está todo aquí —dijo Korsch, que se palmeó el bolsillo de la chaqueta—. Y sí, vamos a ir a París con usted. De hecho, vamos a ir hasta Calais.

—Bien —repliqué—. No, en serio, así tendremos oportunidad de hablar de los viejos tiempos.

Korsch entornó los ojos, receloso.

—Pues sí que ha cambiado de actitud desde la última vez que nos vimos.

—La última vez que nos vimos acababa de librarme de morir colgado del cuello, Friedrich. Quizá Jesucristo se las apañó para perdonar a sus verdugos después de una experiencia parecida, pero yo soy un poco menos comprensivo. Pensaba que ya era historia.

—Sí, supongo.

—Suponga usted todo lo que quiera. Pero yo lo sé. Para serle sincero, sigo un poco dolorido. De ahí el fular de seda y las gafas de sol. Sabe Dios qué pensarán de mí en el vagón restaurante. Soy demasiado mayor como para hacerme pasar por una estrella de cine de Hollywood.

—Por cierto —preguntó—. ¿Adónde fue ayer? Les dio esquinazo a mis hombres. Estuvimos toda la mañana con los nervios de punta hasta que volvió a aparecer.

—¿Me estaban vigilando?

—Ya sabe que sí.

—Tendría que haberme avisado. Bueno, tenía que ver a una persona. Una mujer con la que me acuesto. Vive en Cannes. Tenía que decirle que iba a irme unos días y, bueno, no quería hacerlo por teléfono. Seguro que lo entiende. —Le resté importancia con un movimiento de hombros—. Además, no quería que los suyos averiguaran su nombre y sus señas. Por su propia protección. Después de la otra noche, no tengo ni idea de qué son capaces de hacer usted o su general.

—Hum.

—Sea como sea, solo estuve ausente unas horas. Ahora estoy aquí. ¿Qué problema hay?

Korsch no dijo nada. Se limitó a mirarme fijamente, pero como yo tenía los ojos ocultos tras las gafas de sol, no podía saber a qué atenerse.

—¿Cómo se llama esa mujer?

—No se lo voy a decir. Mire, Friedrich, necesito este trabajo. El hotel está cerrado por fin de temporada y tengo que regresar a Alemania como sea. Ya me he hartado de Francia. Los franceses me ponen de los nervios. Como me quede otro invierno aquí, me volveré loco. —Eso era verdad, desde luego. Nada más decirlo lamenté mi sinceridad e hice todo lo posible por disimularla adornándola con unas bobadas acerca de que quería vengarme de Anne French—. Más aún, tengo mucho interés en vengarme de esa mujer en Inglaterra. Así que déjelo, ¿vale? Ya le he contado todo lo que le voy a contar.

—De acuerdo. Pero la próxima vez que tenga pensado ir a alguna parte, no se olvide de informarme.

Subimos a bordo del tren, buscamos nuestro compartimento, dejamos allí el equipaje y luego nos fuimos los cuatro al vagón restaurante para desayunar. Tenía un hambre voraz. Al parecer, todos la teníamos.

—¿Karl Maria Weisthor? —pregunté en tono afable mientras el camarero nos traía café—. O Wiligut. O comoquiera que se hiciera llamar ese cabrón asesino cuando no estaba convencido de que era un antiguo rey germano. O incluso Wotan. No recuerdo cuál. Lo mencionó el otro día y me picó la curiosidad. ¿Sabe qué fue de él después de que lo acorraláramos en el treinta y ocho? Lo último que supe fue que vivía en Wörthersee.

—Se jubiló en Goslar —respondió Korsch—. Bajo la protección y el cuidado de las SS, claro. Después de la guerra, los aliados le permitieron ir a Salzburgo, pero no le salió bien. Murió en Bad Arolsen, en Hesse, me parece que en 1946. ¿O fue en 1947? En cualquier caso, hace mucho que murió. Y de buena nos libramos.

—No se hizo justicia exactamente, ¿verdad?

—Era un buen investigador. Aprendí mucho de usted.

—Seguí con vida. Eso ya dice algo, teniendo en cuenta las circunstancias.

—No era tan fácil, ¿eh?

—Me temo que en mi caso no han cambiado mucho las cosas.

—Aún seguirá dando guerra mucho tiempo. Es un superviviente. Lo sabía entonces y lo sé ahora.

Sonreí, pero me estaba mintiendo, claro. Aunque fuéramos viejos camaradas, si Mielke le ordenaba que me matara, no vacilaría. Igual que en Villefranche.

—Esto es igual que en los viejos tiempos, usted y yo, Friedrich. ¿Recuerda el tren que tomamos a Núremberg para hablar con el jefe de policía local sobre Streicher?

—Hace casi veinte años. Pero sí, lo recuerdo.

—Eso estaba pensando yo. Me acaba de venir a la cabeza. —Asentí—. Era un buen poli, Friedrich. Eso tampoco es tan fácil. Sobre todo, en aquellas circunstancias. Con un jefe como el que teníamos por aquel entonces.

—Se refiere a ese cabrón de Heydrich.

—Me refiero a ese cabrón de Heydrich, sí.

No es que Erich Mielke fuera menos cabrón que Heydrich, pero preferí dejar eso en el tintero. Pedimos el desayuno y el tren se puso en marcha, en dirección oeste hacia Marsella, donde giraría al norte hacia París. Uno de los hombres de la Stasi lanzó un pequeño gruñido de placer al probar el café.

—Qué café tan bueno —murmuró como si no estuviera acostumbrado. Y no lo estaba: en la RDA no solo escaseaban la libertad y la tolerancia, sino también todo lo demás.

—Sin buen café y tabaco, habría una revolución en este país —comenté—. Igual se lo podría sugerir al camarada general, Friedrich. Exportar la revolución podría resultar más fácil así.

Korsch me ofreció una sonrisa casi tan fina como su bigotito de lápiz.

—Mucho debe de confiar el régimen en usted, Friedrich —dije—. En usted y sus hombres. Por lo que tengo entendido, no se permite viajar al extranjero a todos los alemanes orientales. Por lo menos, no sin que se dejen los calcetines en las alambradas.

—Todos tenemos familia —señaló Korsch—. Mi primera esposa murió en la guerra. Me volví a casar hace cinco años. Y ahora tengo una hija. Así que ya puede imaginar que tengo razones de sobra para volver a casa. A decir verdad, no me imagino viviendo en ningún lugar que no sea Berlín.

—¿Y el general? ¿Qué incentivos tiene él para volver a casa? Parece que disfruta de todo lo que hay aquí más que usted.

Korsch se encogió de hombros.

—La verdad es que no lo sé.

—No, quizá sea mejor que no lo sepa. —Miré de reojo a nuestros dos compañeros de desayuno de la Stasi—. Nunca se sabe quién puede estar escuchando.

Después de desayunar, volvimos al compartimento y hablamos un poco más. Teniendo en cuenta las circunstancias, nos estábamos llevando bastante bien.

—Berchtesgaden —dijo Korsch—. Aquel también fue un caso de mil demonios.

—No creo que lo olvide. Y qué lugar tan impresionante.

—Tendrían que haberle dado una medalla por resolver así aquel asesinato.

—Me la dieron. Pero la tiré. Durante el resto del tiempo no hice sino ir unos pocos pasos por delante del pelotón de fusilamiento.

—A mí me dieron una medalla al mérito policial hacia el final de la guerra —reconoció Korsch—. Creo que aún la conservo en un cajón por alguna parte en una cajita de terciopelo azul bien mona.

—¿No es correr un riesgo?

—Ahora soy miembro del partido. El PSUA, quiero decir. Claro está, se reedució a todos los que trabajaron en la Kripo. Si guardo la medalla no es por orgullo, sino para no olvidar quién y qué fui.

—Ya que estamos —dije—, podría recordarme quién soy yo, viejo amigo. O, al menos, quién se supone que soy. Por si alguien me lo pregunta. Cuanto antes me acostumbre a mi nueva identidad, mejor, ¿no cree?

Korsch sacó un sobre de color salmón del bolsillo de la chaqueta y me lo entregó.

—Pasaporte, dinero y billete para el Flecha de Oro. Al pasaporte lo acompañan unas instrucciones. Su nuevo nombre es Bertolt Gründgens.

—Suena a comunista.

—De hecho, es un viajante de Hamburgo. Vende libros de arte.

—No sé nada de arte.

—El auténtico Bertolt Gründgens tampoco.

—¿Dónde está, por cierto?

—Cumpliendo diez años en el ataúd de cristal por publicar y distribuir propaganda subversiva contra el Estado.

«El ataúd de cristal» era el nombre que le daban los presos a la cárcel de Brandeburgo.

—Cuando le damos a alguien una nueva identidad preferimos recurrir a personas reales. De algún modo, le otorga al nombre un poco más de peso. Por si a alguien se le ocurre indagar.

—¿Y qué hay del talio? —pregunté, a la vez que me guardaba el sobre en el bolsillo del pantalón.

—Karl lo custodiará hasta que lleguemos a Calais —me explicó Korsch, mientras señalaba a uno de los de la Stasi—. El talio se absorbe con facilidad a través de la piel, lo que significa que se necesitan ciertas precauciones para manipularlo de manera segura.

—A mí me va de maravilla. —Me quité la chaqueta y la dejé en el asiento de al lado—. ¿No tiene calor con esos trajes de lana?

—Sí, pero la cuenta de gastos del ministerio no da para vestir al estilo de la Riviera —comentó Korsch.

Hablamos más sobre Berchtesgaden, y poco después casi habíamos olvidado las circunstancias tan desagradables que habían dado pie a nuestro reencuentro. Pero también nos quedamos callados a ratos, fumando cigarrillos y contemplando por la ventanilla de nuestro vagón el mar azul hacia la izquierda. Le había tomado cariño al Mediterráneo y me pregunté si volvería a verlo.

Una vez hubimos dejado atrás Cannes, el tren empezó a coger

velocidad y en apenas hora y media ya estábamos a medio camino de Marsella. Unos kilómetros al este de Saint-Raphaël dije que tenía que ir al servicio y Korsch le ordenó a uno de sus hombres que me acompañara.

—¿Teme que me pierda? —pregunté.

—Algo por el estilo.

—Queda un buen trecho hasta Calais.

—Sobrevivirá.

—Eso espero. Al menos, esa es la idea.

El hombre de la Stasi me siguió por el Tren Azul hasta el servicio y fue más o menos entonces, mientras atravesábamos los alrededores de Saint-Raphaël, cuando la máquina empezó a aminorar la marcha. Por fortuna, no me habían cacheado en Niza y, a solas en el aseo, saqué del calcetín una cachiporra de cuero y me golpeé la palma de la mano. Se la había confiscado a un huésped del hotel hacía cosa de un par de meses y era una hermosura, manejable y flexible, con un lazo para sujetarla a la muñeca y suficiente peso para que los golpes fueran cargados de verdad. Pero es un arma cruel: una herramienta propia de un bribón porque a menudo hay que recurrir a una sonrisa o una pregunta amable para coger a la víctima desprevenida. En los tiempos del Berlín de Weimar, cuando era un joven policía uniformado, la veíamos con malos ojos cuando se la encontrábamos a algún Fritz en el bolsillo, porque esos trastos te pueden matar. Por eso a veces usábamos la propia cachiporra del Fritz para ahorrarnos un poco de papeleo y dispensar justicia por las bravas: en las rodillas y los codos, que duele lo suyo. Bien lo sé yo, que me han atizado unas cuantas veces.

Me la guardé a la espalda mientras, sonriente, salía del servicio poco después con un pitillo en la otra mano.

—¿Tiene fuego? —le pregunté a mi acompañante—. Me he dejado la chaqueta en el compartimento.

Mi sonrisa de villano titubeó un poco cuando recordé que era Gene Kelly: el tipo de Leipzig que me había echado al cuello el nudo corredizo. Ese cabrón se tenía bien merecido lo que estaba a punto de recibir, con toda la potencia de mi hombro.

—Claro —dijo Gene, quien se apoyó en la pared del vagón cuando el tren empezó a frenar estruendosamente.

Expectante, me puse el cigarrillo entre los labios. Mientras tanto, bajé la vista hacia el bolsillo de la chaqueta. Gene empezaba a sacar el mechero. No necesitaba más oportunidad que esa y ya estaba blandiendo la cachiporra como la maza de madera de un malabarista en un abrir y cerrar de ojos. La vislumbró justo antes de que le golpeara la primera vez. El arma en forma de espátula lo alcanzó en la parte superior de la cabeza de color pajizo con el mismo ruido que haría una bota al golpear un balón de fútbol empapado en agua. Gene se derrumbó como una chimenea en ruinas; pero, cuando aún estaba de rodillas, lo golpeé con fuerza otra vez porque desde luego ni olvidaba ni perdonaba su risa mientras me veía colgado en Villefranche. Noté un espasmo de dolor en el cuello cuando lo golpeé, pero mereció la pena. Y cuando estaba tendido, inconsciente —o algo peor: ni lo sabía ni me importaba— en el suelo del pasillo que se mecía con suavidad, le cogí el arma. Luego, tan rápido como pude, porque pesaba mucho, lo arrastré al interior del aseo y cerré la puerta. Acto seguido corrí a la otra punta del tren, abrí una puerta y esperé a que se detuviera en una señal ferroviaria, justo al lado de la Corniche en Boulouris-sur-Mer, como sabía que haría. A lo largo de los años había tomado ese tren a Marsella varias veces. Justo el día anterior había estado sentado en mi coche después de darle esquinazo a la Stasi durante unas horas y comprobado cómo el tren se detenía en ese mismo semáforo.

Me bajé del tren dando un salto hasta el lateral de las vías, levanté los brazos, cerré la puerta del vagón y corrí en dirección a la Avenue Beauséjour, donde había aparcado mi coche. Huir es siempre mejor plan de lo que parece. Lo sabe cualquier criminal. Tan solo la policía te dice que huir no resuelve nada. Desde luego no resuelve crímenes ni permite detener a nadie, eso seguro. Además, huir era una idea mucho más atractiva que envenenar a una inglesa con la que me había acostado, aunque fuera una zorra. Bastante tengo sobre mi conciencia como para cargar también con eso.

5

OCTUBRE DE 1956

El tren no se detendría hasta llegar a Marsella en poco más de una hora. Lancé un suspiro de alivio, o casi. No había ni una nube en el cielo y prometía ser un día perfecto de finales de octubre. Algunas familias francesas con niños de vacaciones de mitad de trimestre paseaban camino de las playas de Saint-Raphaël. Todos ellos iban despreocupados y relajados; reían mientras buscaban un poco de sol otoñal antes del largo invierno. Los miré con envidia, deseando una vida más corriente y menos interesante que la mía. Nadie se fijaba en mí, pero recordé a tiempo que llevaba la pistola bajo la cinturilla del pantalón y me saqué los faldones de la camisa ya sudada para esconderla. Luego salté una cerca baja de madera y crucé un descampado reseco hasta la Avenue Beauséjour. El corazón me latía como el de un animalillo. Si el bar de la esquina hubiera estado abierto, habría entrado a tomarme un buen lingotazo solo para mantener a raya el miedo, cada vez más intenso. Cuando ya me encontraba al lado de mi coche, proferí un suspiro hondo y desesperado y me quedé mirando los luminosos y hormigueantes átomos de la existencia y me pregunté si de verdad tenía algún sentido lo que estaba haciendo. Cuando uno huye, tiene que creer que merece la pena, pero en el fondo no estaba tan seguro. Ya no. Estaba cansado. No tenía auténtica energía para afrontar la vida, y mucho menos la huida. El cuello seguía doliéndome, y notaba los ojos como dos quemaduras de ácido en la cara. Solo quería dormir durante cien años, como Federico Barbarroja en lo más profundo de su refugio de montaña en Obersalzberg. A nadie le importaba si vivía o moría —a Elisabeth no, y desde luego a Anne French tampoco—, así que ¿para qué hacía algo semejante? No me había sentido tan solo en mi vida.

Encendí un pitillo y procuré insuflar con el humo un poco de sentido en esos órganos de pronto tan débiles que se encogían dentro de mi pecho.

«Venga, Gunther —me dije—. Has estado en aprietos en otras ocasiones. Lo único que tienes que hacer es meterte en esa chatarra francesa y conducir. ¿De verdad quieres darles a esos cerdos bolcheviques la satisfacción de atraparte ahora? Deja de compadecerte. ¿Dónde están esas agallas prusianas de las que siempre habla la gente? Aunque más vale que te des prisa. Porque en cualquier momento alguien va a ir a buscarte en ese tren y quién sabe qué ocurrirá cuando encuentren a Gene Kelly leyendo el envés de sus propios párpados. Así que termina el cigarrillo, súbete al puñetero coche y ponte en marcha antes de que sea demasiado tarde. Porque si te encuentran, ya sabes lo que va a ocurrir, ¿verdad? Un ahorcamiento parecerá una juerga en comparación con el envenenamiento por talio».

Unos minutos después iba conduciendo en dirección oeste por la Route Nationale, hacia Aviñón. Mal está que yo lo diga, pero se me dan estupendamente las charlas de motivación. Ahora estaba decidido: sobreviviría, aunque solo fuera para fastidiar a esos cabrones comunistas. Tenía un depósito lleno de combustible y un Citroën que acababa de pasar por el taller —puesta a punto y cambio de aceite por cuatrocientos francos—, conque estaba convencido de que no me dejaría tirado, o al menos tan convencido como se puede estar cuando no se trata de un coche alemán. En el maletero había algo de dinero, unas prendas de abrigo, otra arma y unas míseras posesiones de mi piso de Villefranche. Durante un rato seguí mirando hacia el mar, donde alcanzaba a ver a mi izquierda el Tren Azul en movimiento, con la esperanza de que ningún miembro de la Stasi estuviera escudriñando por la ventanilla del compartimento. La carretera discurría en paralelo a las vías, por lo que conduje lleno de angustia durante la siguiente media hora, pero no tenía otra opción que seguir esa ruta si quería tomar la autopista principal hacia el norte, siguiendo el Ródano. No me relajé hasta llegar a Le Cannet-des-Maures, donde las vías del ferrocarril y la DN7 tomaban distintas direcciones, y fue allí donde por fin perdí de vista el tren. Pero a pesar de la ventaja que les llevaba a mis compatriotas, no me engañé pensando que encontrarme estaría por encima de sus capacidades. Friedrich Korsch era listo, sobre todo con un hombre como Erich Mielke azuzándolo por medio de la amenaza de lo que podría ocurrirles a su esposa y su hija de cinco años si no me atrapaba. Igual que había hecho la Gestapo antes que ellos, la Stasi llevaba casi una década buscando a alemanes que no querían que los encontrasen. En eso sí que eran buenos, quizá los mejores del mundo. Tal vez la Policía Montada del Canadá tuviera reputación de atrapar siempre a su hombre, pero la Stasi siempre atrapaba a los hombres y las mujeres y los niños también, y, cuando los atrapaba, los hacía sufrir a todos. Había miles de personas encerradas en la desgraciadamente famosa prisión de la Stasi de Berlín en Hohenschönhausen, por no hablar de varios campos de concentración antaño dirigidos por las SS. Casi con toda seguridad se inventarían alguna excusa para obligarme a salir de Francia, tanto si quería abandonar el país como si no. Me daba en la nariz que podía haber dejado muy perjudicado a Gene Kelly con la cachiporra, en cuyo caso Korsch podría terminar el trabajo y dejarme en situación de búsqueda y captura por asesinato, perseguido por la policía francesa. Así pues, sabía que tenía que largarme de Francia cuanto antes. En Suiza era prácticamente imposible entrar, claro; Inglaterra y Holanda quedaban muy lejos, e Italia no estaba lo bastante lejos. Podría haber probado con España de no ser porque era un país fascista y yo ya había tenido fascismo suficiente para toda la vida. Además, más o menos había decidido dónde iba a ir antes de bajarme del tren. ¿Dónde podía ser más que Alemania? ¿Qué mejor sitio para ocultarse un alemán que entre millones de alemanes? Algunos criminales de guerra nazis llevaban años haciéndolo. Solo unos pocos miles se habían tomado la molestia de huir a Sudamérica, o se habían visto obligados a hacerlo. Por lo visto, todos los años encontraban a algún prófugo que se había reinventado en alguna ciudad de mierda perdida de la mano de Dios como Rostock o Kassel. Una vez cruzara la frontera francesa buscaría algún pueblo alemán y desaparecería para siempre. No ser nadie especialmente importante, eso tenía que ser una posibilidad razonable. Una vez en Alemania Occidental, podría ir tirando sin recurrir a ninguno de mis pasaportes. Allí tendría mejores oportunidades que prácticamente en ninguna otra parte. Pero me lamentaba una y otra vez por haberle contado a Korsch lo mucho que deseaba regresar a casa, aunque lo hubiera hecho para convencerlo de que éramos amigos de nuevo. No era estúpido y lo más seguro es que se pusiera en mi pellejo y llegara a las mismas conclusiones que yo.

«¿Adónde podría ir Gunther aparte de a la República Federal? Si se queda en Francia, la policía francesa lo encontrará por nosotros y luego, cuando esté bajo custodia en alguna pequeña ciudad de provincias, lo envenenaremos con talio igual que envenenaremos a Anne French. A Bernhard Gunther solo le queda Alemania Occidental. Lo han expulsado de casi todos los demás lugares».

Pisé con fuerza el acelerador en un intento de ganar algo de tiempo porque ahora hasta el último minuto era precioso. En cuando llegara a la estación de Marsella, Friedrich Korsch telefonearía a Erich Mielke al hotel Ruhl de Niza y el camarada general movilizaría a todos y cada uno de los agentes de la Stasi que estuvieran trabajando de manera clandestina en Francia y Alemania para que empezaran a buscarme por toda la frontera. Tenían mi fotografía, tenían el número de matrícula de mi coche y disponían de los recursos casi ilimitados del Ministerio para la Seguridad del Estado, por no hablar de una implacable capacidad para la eficiencia que habría sido la envidia de Himmler o de Ernst Kaltenbrunner.

No es que yo anduviera escaso de recursos; como inspector de la Kripo en Berlín, había aprendido un par de cosillas sobre cómo eludir la ley. Cualquier poli sabe que serlo es una preparación excelente para convertirse en fugitivo. Y eso era exactamente lo que yo era. Hasta unos días antes apenas había sido una fuente fiable de información sencilla, ataviado con un chaqué detrás del mostrador de conserjería en el Grand Hôtel de Cap Ferrat. Me pregunté qué habrían pensado algunos de los clientes si me hubieran visto golpear a un agente de la Stasi con una cachiporra. La idea de lo que harían los amigos de Gene si conseguían darme alcance me llevó a pisar más aún el acelerador y dirigirme al norte a cien kilómetros por hora, hasta que el recuerdo del ruido de su duro cráneo encajando el fuerte golpe empezó a desvanecerse un poco. Al fin y al cabo, quizá el hombre de la Stasi sobreviviera. Quizá sobreviviéramos los dos.

Me encanta conducir, pero Francia es un país grande y sus interminables carreteras no me causan ningún placer. Conducir está bien si tienes al lado a Grace Kelly y estás en posesión de un bonito Jaguar azul descapotable en una pintoresca carretera de montaña con una cesta de pícnic en el maletero. Pero para la mayoría de la gente, ir por carretera en Francia es aburrido. Lo único que evita que se convierta en rutina son los franceses, que se cuentan entre los peores conductores de Europa. No por nada acostumbrábamos a bromear que durante la caída de Francia de 1940, mientras los franceses intentaban a la desesperada huir del avance alemán, murieron más franceses por culpa de los malos conductores que a manos de la Wehrmacht. Por esa razón procuré concentrarme en conducir, pero, casi en proporción inversa a la incesante monotonía de la carretera ante mis ojos, mi imaginación empezó enseguida a vagar igual que un albatros perdido. Se dice que la perspectiva de ser ahorcado obra maravillas en la capacidad de concentración de un hombre. Seguro que es verdad. Sin embargo, yo doy fe de que la experiencia real de ser ahorcado, y la falta de oxígeno que ocasiona la presión del nudo corredizo contra las dos arterias carótidas perjudica de manera notable la facultad del raciocinio. Desde luego, había afectado la mía. Quizá fuera esa la intención de Mielke: convertirme en alguien más estúpido y sumiso. De ser así, no había dado resultado. La sumisión estúpida nunca había sido mi punto fuerte. Tenía la cabeza llena de niebla y enturbiada por algo que llevaba mucho tiempo olvidado, como si el presente hubiera quedado ofuscado por el pasado. Pero tampoco era exactamente eso. No, era más bien como si todo lo que quedaba por debajo de mi campo de visión estuviera envuelto en niebla y, más allá del deseo de volver a Alemania, no alcanzara a ver dónde tenía que ir ni qué debía hacer. Era como si fuese el hombre de aquel cuadro de Caspar David Friedrich y fuera vagando por un mar de niebla: insignificante, desarraigado, sin la menor certeza acerca del futuro, contemplando la futilidad de todo, y, quizá, la posibilidad de la autodestrucción.

Rostros antiguos y antaño familiares reaparecían a lo lejos. Retazos de música wagneriana resonaban entre cumbres de montañas apenas vistas. Había aromas y fragmentos de conversación. Mujeres que conocí: Inge Lorenz y Hildegard Steininger, y Gerdy Troost. Mi antiguo compañero Bruno Stahlecker. Mi madre. Pero, poco a poco, conforme iba dejando atrás la Riviera francesa y me dirigía con decisión al norte rumbo a Alemania Occidental, empecé a acordarme con detalle de lo que Korsch me había empujado a recordar. Era todo culpa suya: rememorar de esa manera, en lo que al volver la vista atrás era un evidente intento de sorprenderme con la guardia baja. Él era un poli decente por aquel entonces. Los dos lo éramos. Pensé en los dos casos en que habíamos trabajado juntos después de verme obligado a reincorporarme en la Kripo por órdenes de Heydrich. El segundo de esos casos había sido más extraño aún que el primero, y me vi obligado a investigarlo solo unos meses después de que Hitler hubiera invadido Polonia. Con toda claridad, como si fuera ayer mismo, recordé una noche oscura y ventosa a principios de abril de 1939, y cómo recorrí media Alemania en el Mercedes del propio general; recordé Berchtesgaden, y Obersalzberg, y el Berghof, y el Kehlstein, el Nido del Águila; recordé a Martin Bormann y Gerdy Troost, Karl Brandt y Hermann Kaspel y Karl Flex; y recordé las cuevas de Schlossberg y el azul de Prusia. Pero, sobre todo, recordé ser veinte años más joven y estar poseído por un sentido del decoro y el honor que ahora me parecía casi curioso. Durante un tiempo por aquel entonces, creo que sinceramente creí que era el único hombre honrado que conocía.

6

ABRIL DE 1939

—Ya era hora de que lo detuvieran, Gunther —dijo una voz severa desde arriba—. En la policía de esta ciudad no hay lugar para izquierdistas como usted.

Levanté la mirada y vi una figura conocida de uniforme que bajaba las amplias escaleras de piedra como si llegara en el último momento al baile del Führer; pero si Heidi Hobbin hubiera tenido un zapato de cristal, se lo habría quitado y me habría clavado el tacón en el ojo. No había muchas mujeres en la policía de Berlín: Elfriede Dinger —quien posteriormente se casó con Ernst Gennat, no mucho antes de morir este— y la inspectora de policía Heidi Hobbin, también conocida como Heidi la Horrible, pero no porque fuera fea —en realidad era bastante atractiva—, sino porque disfrutaba mangoneando a los hombres, sin piedad. Al menos uno de ellos debía de disfrutarlo, porque más adelante me enteré de que Heidi era amante del jefe de la Kripo, Arthur Nebe. Mujeres dominantes: es una perversión particular que no he llegado a entender nunca.

—Espero que lo lleven directo a Dachau —les comentó Heidi a los dos hombres de la Gestapo que me escoltaban de bajada por las escaleras traseras hacia la salida de la jefatura de Dircksenstrasse. La acompañaba un joven y ambicioso concejal del tribunal de distrito, un amigo mío del Ministerio de Justicia, llamado Max Merten—. Es lo menos que se merece.

Después de que Hitler llegara a la cancillería de Alemania en enero de 1933, no era lo que se dice muy popular en el Alex. Cuando purgaron a Bernhard Weiss de la Kripo por ser judío, resultó inevitable que nuestros nuevos jefes nazis vieran con recelo a los hombres de su Comisión de Homicidios, sobre todo si eran personas de centro izquierda afines, como yo, al Partido Socialdemócrata. Aun así, el error de Heidi era comprensible. Incluso con los de la Gestapo portándose como mejor sabían y pidiéndome de una manera casi amable que me presentara en su sede, por órdenes de Reinhard Heydrich, se las habían arreglado para dar la impresión de que eran dos hombres realizando una detención. Pero Heidi no lo sabía y se engañó al pensar que me llevaban detenido. Nunca fue muy observadora, máxime si se tiene en cuenta que era policía.

Animado por la perspectiva de su inminente decepción, me detuve y me toqué el ala del sombrero.

—Muy amable por su parte, señora —dije.

Heidi entornó los ojos al mirarme como si fuera un retrete en el que no hubieran tirado de la cadena. Max Merten saludó ladeando levemente el sombrero hongo con amabilidad.

—Es usted un agitador, Gunther —comentó Heidi—. Y siempre lo ha sido, con sus comentarios de listillo. Para serle sincero, no tengo ni idea de por qué Heydrich y Nebe pensaron que lo necesitaban de nuevo en el Alex.

—Alguien tendrá que encargarse de pensar por aquí ahora que han echado a los perros policías.

Merten esbozó una sonrisa torcida. Esa broma se la había oído hacer en más de una ocasión.

—Esa es exactamente la clase de comentario a que me refiero. Y que, desde luego, yo no echaré en falta.

—¿Le da a la inspectora la buena noticia —le pregunté a uno de los hombres de la Gestapo— o lo hago yo?

—En realidad, el comisario Gunther no está detenido —dijo uno de los de la Gestapo.

Sonreí.

—¿Lo ha oído?

—¿Qué quiere decir «en realidad»?

—El general Heydrich lo ha convocado a una reunión urgente en su despacho de Prinz Albrechtstrasse.

A Heidi se le demudó el gesto.

—¿Sobre qué? —preguntó.

—Lo lamento pero no se lo puedo decir —respondió el de la Gestapo—. Y ahora, le ruego nos disculpe, inspectora. No tenemos tiempo para esto. Al general no le gusta que lo hagan esperar.

—Así es —corroboré y, mirando el reloj de muñeca, le di unos golpecitos con gesto urgente—. Lo cierto es que no tenemos tiempo para esto. Debo asistir a una reunión importante. Con el general. Quizá más tarde, si hay tiempo, me pase por su oficina para contarle sobre qué quería consultarme. Pero solo si Heydrich lo considera apropiado. Ya sabe cómo funcionan las cosas con la seguridad y la confidencialidad. Aunque, ahora que lo pienso, igual no lo sabe. El general no confía en cualquiera. Por cierto, inspectora Hobbin, ¿dónde está su despacho? Lo he olvidado.

Los de la Gestapo se miraron e intentaron contener una sonrisa, sin lograrlo. Aunque todo hacía indicar lo contrario, tenían sentido del humor, si bien un poco tétrico, y aquella era la clase de broma relacionada con el rango que cualquier nazi con aspiraciones de alcanzar poder —que eran más o menos todos— podía entender y apreciar. Max Merten, el joven magistrado —no podía tener mucho más de treinta años—, era el que más se esforzaba por no sonreír. Le guiñé el ojo. Max me caía bien; era de Berlín-Lichterfelde y durante un tiempo se planteó hacer carrera en la policía, hasta que lo disuadí.

Mientras tanto, Heidi Hobbin apretó con fuerza un puñito que recordaba mucho a su agresiva personalidad, se volvió con brusquedad y regresó escaleras arriba. Convencido de que mi risa no haría sino enfurecerla más, dejé escapar una sonora carcajada, y me alegró oír que mis acompañantes hacían lo propio.

—Debe de estar bien trabajar para Heydrich —comentó uno, a la vez que me daba una palmada en la espalda a modo de felicitación.

—Sí —convino su compañero—. Hasta los jefes deben tener cuidado con usted. Puede decirles que se vayan «allí donde crece el pepino», ¿eh?

Sonreí incómodo y los seguí escaleras abajo hasta la puerta lateral del Alex. Yo nunca habría descrito al jefe del servicio secreto de seguridad como amigo mío. Los hombres del pelaje de Heydrich no tenían amigos; tenían funcionarios, y a veces esbirros, como yo, pues no me cabía duda de que Heydrich tenía otro trabajo ingrato que, a su modo de ver, solo podía hacer Bernhard Gunther. Nadie había tenido que andarse con más cuidado en Alemania que los antiguos miembros del Partido Socialdemócrata que trabajaban para Heydrich; sobre todo ahora que la reciente invasión de lo que quedaba de Checoslovaquia después del Pacto de Múnich hacía que la perspectiva de otra guerra pareciera inevitable.

Fuera, en Dircksenstrasse, encendí el último cigarrillo y me apresuré a montarme en el asiento trasero de un Mercedes que esperaba. El aire matinal era helador debido a una nevada primaveral, pero en el coche hacía calor. Aquello me iba bien porque había olvidado el abrigo: hasta ese punto había sido urgente la convocatoria. En un momento estaba en mi despacho de un rinconcito del edificio, mirando por la ventana la maqueta de tren que parecía la Alexanderplatz allá abajo, y al siguiente —sin que hiciera falta ni se ofreciera ninguna explicación— estaba sentado en la parte de atrás del coche, de camino hacia el oeste por Unter den Linden y ensayando las palabras exactas para eludir el trabajo concreto que Heydrich tenía en mente para mí. Era tal vez demasiado escrupuloso e inquisitivo como para ser un buen esbirro. La intransigencia era vana, claro; igual que Aquiles, el general no era una persona fácil de esquivar. Para el caso, podría haber intentado defenderme de la lanza de un héroe griego con un plato de porcelana de Meissen.

Unter den Linden estaba congestionada por el tráfico y los viandantes, e incluso había unos cuantos coches aparcados delante de los edificios del gobierno en Wilhelmstrasse. Pero Prinz Albrechtstrasse siempre era la calle más tranquila de Berlín más o menos por la misma razón que llevaba a todos los transilvanos sensatos a eludir las regiones más remotas de los Cárpatos. Como el castillo de Drácula, el número 8 de Prinz Albrechtstrasse albergaba su propio príncipe de la oscuridad de pálido rostro, y cada vez que me acercaba a la entrada neobarroca no podía por menos que pensar que las dos mujeres desnudas que adornaban el frontón curvo partido eran en realidad un par de hermanas vampiresas casadas con Heydrich que de noche merodeaban por el edificio en busca de ropa y una buena comida.

En el interior, el inmenso edificio era todo altas ventanas de arco, techos abovedados, balaustradas de piedra, esvásticas, bustos del

Anticristo y una ausencia casi absoluta de mobiliario y sentimientos humanos. Había unos pocos asientos de madera dispuestos a lo largo de las paredes blancas y lisas como en una estación de ferrocarril, y lo único que se oía eran voces susurradas, pasos que se apresuraban por los corredores con suelo de mármol y el eco reverberante de alguna puerta que se cerraba de golpe a la esperanza en algún rincón remoto de la eternidad. Nadie salvo Dante y quizá Virgilio entraba en aquel lugar desconsolado sin preguntarse si tendría la posibilidad de salir.

Ubicado en la segunda planta del edificio, el despacho de Heydrich no era mucho mayor que mi piso. La sala era toda espacio imponente, simplicidad blanca y fría y orden impecable, más parecida a una plaza de armas que a un despacho. Sin toques personales discernibles, tenía la capacidad de hacer que el nazismo pareciera limpio e inmaculado y, por lo menos a mis ojos, resumía el vacío moral que yacía en el corazón de la nueva Alemania. Había una gruesa alfombra gris sobre el suelo de madera, unas columnas decorativas taraceadas, varias ventanas altas y un escritorio de tapa rodadera que albergaba un regimiento de estampillas de goma y una centralita. Detrás de la mesa había dos altas puertas de doble hoja. Entre ambas, una estantería sin apenas libros, pero con una pecera vacía. Justo encima de la pecera había una fotografía enmarcada de Himmler, casi como si el *SS-Reichsführer* con gafas fuera una especie extraña de criatura capaz de vivir dentro y fuera del agua. Que es otra manera de decir sapo asqueroso. Al lado de un enorme mapa de Alemania colgado de la pared había unos sofás y sillones de cuero a juego. En uno de ellos vi al general con tres oficiales más: su ayudante, Hans-Hendrik Neumann; el jefe de la Kripo, Arthur Nebe, y el adjunto de Nebe, Paul Werner, un fiscal del estado de Heidelberg con las cejas muy espesas que me detestaba, por lo menos, tanto como Heidi Hobbin. Heydrich y Nebe poseían perfiles marcados; pero, mientras que la cabeza de Heydrich no habría desentonado en un billete de banco, el lugar indicado para la de Arthur Nebe era una casa de empeños. A los expertos en higiene racial nazis les gustaba servirse de calibradores para medir narices a fin de determinar por medios científicos la naturaleza judía. Yo no era el único poli del

Alex que se preguntaba si alguno de los dos se habría sometido a esa prueba y, de ser así, cuál había sido el resultado. Hans-Hendrik Neumann parecía un Heydrich de tres al cuarto. Con el pelo rubio y la frente despejada, poseía una nariz interesante que era afilada pero aún tenía que crecer si quería estar a la altura de la napia picuda de su superior.

Nadie se levantó del asiento y nadie me dirigió el saludo hitleriano, cosa que debió de agradarle especialmente a Nebe, teniendo en cuenta cuánto tiempo hacía que nos conocíamos y cuánto desconfiábamos el uno del otro. Como siempre, el saludo me hacía sentir hipócrita, pero la hipocresía tenía su lado positivo: lo que Darwin o alguno de sus primeros seguidores habría llamado la supervivencia de los más aptos.

—Gunther, por fin ha llegado —observó Heydrich—. Siéntese, por favor.

—Gracias, señor. Y si me permite, general, debo decir que es un gran placer volver a verlo. Echaba en falta las pequeñas charlas que solíamos tener.

Heydrich sonrió, casi disfrutando de mi insolencia.

—Caballeros, debo reconocer que a veces creo en una providencia que protege a los idiotas, los borrachos, los niños y Bernhard Gunther.

—Creo que usted y yo bien podríamos ser los que dirigen esa providencia, señor —comentó Nebe—. De no ser por nosotros, este hombre ya estaría criando malvas.

—Sí, tal vez tenga razón, Arthur. Pero siempre me viene bien un hombre útil, y si algo tiene Gunther es eso. Creo que su gran virtud es la utilidad. —Heydrich se me quedó mirando como si de verdad buscara una respuesta—. ¿Por qué cree usted que es?

—¿Me lo pregunta a mí, señor?

Tomé asiento y miré la cigarrera de plata en la mesita de café delante de nosotros. Me moría de ganas de fumar. Los nervios, supongo. Heydrich podía causar ese efecto. Dos minutos en su compañía y ya me estaba apretando las tuercas.

—Sí, creo que se lo estoy preguntando. —Se encogió de hombros—. Adelante. Puede hablar con toda libertad.

—Bueno, creo que a veces una verdad perjudicial es mejor que una mentira útil.

Heydrich rio.

—Tiene razón, Arthur, somos quienes dirigimos la providencia en lo que respecta a este tipo. —Heydrich abrió la tapa de la cigarrera de plata—. Fume, Gunther, haga el favor; insisto. Me gusta alentar los vicios de un hombre. Sobre todo, los suyos. Tengo la sensación de que algún día me resultarán más útiles que sus virtudes. De hecho, estoy seguro. Convertirlo en mi secuaz va a ser uno de mis proyectos a largo plazo.

7

ABRIL DE 1939

Cogí un cigarrillo de la caja de plata, lo encendí, crucé las piernas y lancé el humo hacia las molduras que decoraban el techo alto del despacho de Heydrich. Ya había dicho suficiente por el momento. Cuando estás con el diablo, conviene no insultarlo más de lo necesario. El diablo vestía un uniforme del mismo color que su corazón: negro. Los demás, también. Yo era el único que llevaba traje de calle, lo que me ayudó a convencerme de que era diferente de ellos en cierto modo; mejor, quizá. Fue solo más adelante, durante la guerra, cuando llegué a la conclusión de que quizá no era mucho mejor, después de todo. Para mí, la prudencia y las buenas intenciones siempre tenían prioridad con respecto a la conciencia.

—Con toda la razón, da por supuesto que tiene cierta licencia solo por estar en mi despacho —dijo Heydrich—. Yo diría que ya se ha hecho la idea de que está a punto de serme de utilidad otra vez.

—Se me había pasado por la cabeza.

—Yo no le daría demasiada importancia, Gunther. Resulta que tengo muy poca memoria en lo que a favores concierne.

La voz de Heydrich era bastante aflautada para un hombre tan grande, casi como si llevara los pantalones demasiado ceñidos.

—He comprobado que, normalmente, conviene olvidar buena parte de lo que antes creía que era importante, general. De hecho, más o menos todo aquello en lo que antes creía, ahora que lo pienso.

Heydrich esbozó su finísima sonrisa, casi tan afilada como sus ojos de color azul pálido. Por lo demás, su rostro permaneció tan inexpresivo como el de una víctima de quemaduras en la Charité.

—Tendrá muchas cosas que olvidar después de este trabajo,

Gunther. Casi todas. A excepción de los hombres presentes en esta sala, no podrá hablar del caso con nadie. Sí, me parece que debemos considerarlo un caso. ¿No cree, Arthur?

—Sí, señor. Lo creo. Al fin y al cabo, se ha cometido un crimen. Un asesinato. Una clase de asesinato extraordinariamente poco común, teniendo en cuenta dónde ha ocurrido y la importancia absoluta de la persona a quien rendirá cuentas.

—¿Ah? ¿Quién es? —pregunté.

—Nada menos que el jefe adjunto del Estado Mayor del Führer, el mismísimo Martin Bormann —respondió Nebe.

—Martin Bormann, ¿eh? No puedo afirmar haber oído hablar de él. Pero supongo que debe de ser alguien importante, teniendo en cuenta para quién trabaja.

—Haga el favor de no dejar que esa ignorancia le impida apreciar la importancia capital de este caso —me advirtió Heydrich—. Puede que Bormann no desempeñe ningún cargo gubernamental, pero su gran proximidad al líder lo convierte en uno de los hombres más poderosos de Alemania. Me ha pedido que le envíe a mi mejor detective. Y puesto que Ernst Gennat no puede viajar por motivos de salud, me parece que ahora mismo lo es usted.

Asentí. Mi antiguo mentor, Gennat, tenía cáncer y se rumoreaba que apenas le quedaban unos seis meses de vida, aunque, teniendo en cuenta mi situación en ese momento, incluso eso me parecía bastante tiempo; Heydrich no era de los que toleran el fracaso. Ya me había enviado a Dachau, y bien podía hacerlo de nuevo. Era hora de esquivarlo con una finta igual que un boxeador.

—¿Y qué me dice de Georg Heuser? —pregunté—. ¿No se olvida de él? Es un buen detective. Y está mucho mejor cualificado que yo. Para empezar, está afiliado al Partido.

—Sí, es un buen detective —coincidió Nebe—. Pero ahora mismo Heuser tiene que explicar algunas cosas sobre esas cualificaciones que aseguraba poseer. Algo relacionado con una licenciatura en Derecho que fingía tener.

—¿De veras? —Procuré sofocar una sonrisa. Yo era uno de los pocos investigadores en el Alex que no estaba doctorado en Derecho, conque aquella era una noticia de lo más satisfactoria para alguien que solo había llegado a hacer el examen de acceso a la universidad—. ¿Quiere decir que, después de todo, no es doctor?

—Sí, ya imaginaba que le gustaría oírlo, Gunther. Está suspendido, pendiente de una investigación.

—Qué pena, señor.

—Difícilmente podríamos enviarle alguien así a Martin Bormann —dijo Nebe.

—Podría enviar a Werner aquí presente, claro —repuso Heydrich—. Es verdad que lo suyo tiene más que ver con la prevención que con la detección del crimen. Pero no me gustaría perderlo si mete la pata. Lo cierto es que usted es prescindible, y lo sabe. Werner no lo es. Es esencial para el desarrollo de la criminología radical en la nueva Alemania.

—Dicho así, ya veo a qué se refiere. —Miré a Werner y asentí. Tenía el mismo rango que yo, comisario, lo que me permitía hablarle con más libertad—. Creo que leí su artículo, Paul. La delincuencia juvenil como producto de la herencia criminal, ¿no fue esa su última aportación?

Werner se quitó el cigarrillo de la boca y sonrió. Con sus ojos oscuros y furtivos, los rasgos morenos y las orejas como las asas de un trofeo, tenía más aspecto de criminal que cualquiera de las personas a quienes había detenido en mi vida.

—O sea que en la Comisión de Homicidios leen esas cosas, ¿eh? Me sorprende. De hecho, me sorprende que lea siquiera.

—Claro que leo. Sus artículos sobre criminología son una lectura esencial. Solo que, según creo recordar, la mayoría de los delincuentes que identificó eran gitanos, no jóvenes de etnia alemana.

—¿No está de acuerdo con eso?

—Quizá.

—¿En qué se basa?

—No concuerda con mi experiencia, eso es todo. En Berlín hay criminales de toda condición. A mi modo de ver, la pobreza y la ignorancia explican mejor por qué un Fritz le roba la cartera a otro que su raza o el tamaño que tenga su nariz. Además, me da la impresión de que usted tiene un punto de gitano, Paul. ¿Qué me dice a eso? ¿Es usted sinti?

Werner seguía sonriendo, pero solo de labios afuera. Era de Offenburg, que es una ciudad de Baden-Württemberg en la frontera francesa, famosa por la quema de brujas y por albergar una renombrada silla de metal con pinchos que se caldeaba hasta quedar bien caliente. Él tenía el rostro de un cazador de brujas suabo y me dio la impresión de que habría estado encantado de verme morir en la hoguera.

—Solo estoy bromeando. —Miré a Heydrich—. Nos estamos tomando las medidas, como un par de tipos duros, nada más. Ya sé que no es sinti. Es un tipo listo. Sé que lo es. Usted tiene un doctorado, ¿verdad que sí, Paul?

—Siga hablando, Gunther —me animó Werner—. Algún día esa lengua suya lo llevará a la guillotina en Plötzensee.

—Tiene razón, claro —convino Heydrich—. Es usted un insolente, Gunther. Pero resulta que eso es una ventaja. Su espíritu independiente demuestra una capacidad de resistencia que nos vendrá de perlas. El caso es que hay otro motivo por el que Bormann lo prefiere a Werner, o incluso a Arthur, aquí presente. Puesto que usted nunca ha sido miembro del Partido, cree que no le debe nada a nadie, y lo que es más importante, que no me debe nada a mí. Pero haga usted el favor de no cometer ese mismo error, Gunther. Lo tengo en el bolsillo. Igual que si se llamara Fausto y yo Mefistófeles.

Dejé pasar el comentario; no había manera de discutir con Heydrich cuando se ponía en plan avasallador. Aun así, era reconfortante pensar que Dios, en su infinita gloria, quizá convenciera a unos cuantos ángeles para que intercedieran por mí.

—Quiero que me ponga al tanto de cualquier cosa que logre averiguar acerca de ese malnacido mientras esté en Obersalzberg.

—Supongo que se refiere al jefe adjunto del Estado Mayor del Führer.

—Es un megalómano —aseguró Heydrich.

No opiné al respecto. Bastante me había ido ya de la lengua.

—En concreto, quiero saber qué hay de cierto en el misterioso rumor que corre por Berlín de que lo está chantajeando su propio hermano. Albert Bormann es ayudante administrativo de Adolf Hitler y jefe de la Cancillería del Führer en Obersalzberg. Como tal, allí es casi tan poderoso como el propio Martin Bormann.

—¿Es allí donde voy? ¿A Obersalzberg?

—Sí.

—Qué bien. Me vendrá de maravilla un poco de aire alpino.

—No va de vacaciones, Gunther.

—No, señor.

—Si se le presenta la menor ocasión de sacar a relucir trapos sucios de ese hombre, de cualquiera de los dos, aprovéchela. Mientras esté allí, no solo es un detective: es un espía mío. ¿Está claro? Cuando esté allí creerá que puede elegir entre la peste y el cólera. Pero no es así. Usted es mi Fritz, no el de Bormann.

—Sí, señor.

—Y por si persevera en la creencia errónea de que su miserable alma sigue siendo suya, más le vale saber que la policía de Hannover sigue investigando el hallazgo de un cadáver en un bosque cerca de Hamelín. Recuérdeme los detalles, Arthur.

—Era un tipo llamado Kindermann, un médico que llevaba una clínica privada en Wannsee, y que era colega de nuestro común amigo Karl Maria Weisthor. Parece ser que recibió varios disparos.

—Pues bien, teniendo en cuenta la relación con Weisthor, yo diría que se lo tenía merecido —añadió Heydrich—. Aun así, se vería usted en una situación incómoda si tuviera que explicarle a la policía de Hannover lo que le unía a usted con ese individuo.

—¿Cuándo salgo? —pregunté en tono animado.

—En cuanto haya terminado nuestra reunión —repuso Heydrich—. Uno de mis hombres ya ha estado en su apartamento y recogido algunos efectos personales suyos. Abajo lo espera un coche para llevarlo directo a Baviera. Mi propio coche. Es más rápido. Debería haber llegado antes de medianoche.

—Bueno, ¿de qué va todo esto, señor? Ha mencionado un asesinato. ¿Quién ha muerto? Supongo que no será nadie importante, o ya habríamos oído la mala noticia en la radio esta mañana.

—Pues no sabría decirle. Bormann no lo dijo con claridad por teléfono cuando hablamos. Pero está usted en lo cierto: no era nadie importante, gracias a Dios. Un ingeniero civil de por allá. No, lo que le confiere importancia es dónde fue asesinada esa persona. La víctima fue abatida con un rifle en la terraza del domicilio privado de

Hitler en Obersalzberg. El Berghof. El asesino, que sigue suelto, debía sin duda saber que el Führer estaba pronunciando un discurso anoche en Berlín. Lo que significa que es sumamente improbable que se tratara de un intento frustrado de asesinar a Adolf Hitler. Pero, como es natural, a Bormann le preocupa mucho cómo quedará ahora a los ojos del Führer. El mero hecho de que le dispararan a alguien, a cualquiera, en la segunda residencia de Hitler, el único lugar al que puede ir a relajarse y abstraerse de las preocupaciones del Estado, supondrá un grave quebradero de cabeza para cualquiera que tenga algo que ver con la seguridad del Führer. Por este motivo, Bormann quiere que se detenga a ese asesino lo antes posible.

»Es impensable que el Führer vuelva allí hasta que se haya detenido al asesino. Si no lo detienen, podría incluso costarle a Bormann su puesto. De una manera u otra, la situación es favorable para el SD y la Kripo. Si no se detiene al asesino, es muy probable que Hitler destituya a Martin Bormann, cosa que agradará sobremanera a Himmler. Y si lo detienen, Bormann habrá contraído una deuda considerable conmigo.

—Me tranquiliza saber que no puedo fracasar, señor —comenté.

—Permítame que le deje bien clara una cosa, Gunther: Obersalzberg es el dominio de Martin Bormann. Él lo controla todo allí. Pero en tanto que detective con autoridad para plantear preguntas en la montaña de Hitler, dispone de la oportunidad perfecta para remover unas cuantas piedras y ver qué sale reptando. Y sin duda me habrá fallado si no regresa con algún trapo sucio que achacarle a Martin Bormann. ¿Queda claro?

—Muy claro. ¿De cuánto tiempo dispongo?

—Por lo visto, Hitler tiene planeada una visita al Berghof inmediatamente después de su cumpleaños —respondió Nebe—. Así que no hay tiempo que perder.

—Recuérdemelo —sugerí—. ¿Cuándo es? Tengo una pésima memoria con los cumpleaños.

—El veinte de abril —respondió Nebe con paciencia.

—¿Y qué hay de la policía local? ¿Y la Gestapo? ¿Trabajaré con ellos? Y de ser así, ¿quién estará al mando? ¿Ellos o yo?

—Los jefazos locales no han sido informados. Por razones evidentes, Bormann quiere que esto no salga en la prensa. Usted será el único que esté a cargo de la investigación. Y responderá directamente ante Bormann. Al menos, en teoría.

—Ya veo.

—Tenga cuidado con él —me advirtió Heydrich—. No es ni la mitad de tonto de lo que parece. No se fíe de los teléfonos del Berghof. La vida por allí no está como para montar ponis en miniatura, por así decirlo. Es muy probable que los hombres de Bormann escuchen hasta la última palabra que pronuncie. Lo sé porque fueron hombres míos quienes instalaron los micrófonos secretos en varias habitaciones y en todas las casas de invitados. Del télex tal vez sí pueda fiarse; de los telegramas, también; pero de los teléfonos, no. Neumann lo acompañará en el coche hasta Múnich. Le explicará con detalle cómo seguir en contacto conmigo. Pero ya tengo un espía en la RSD en Obersalzberg. Hermann Kaspel. Es un buen hombre. Lo que pasa es que no se le da muy bien averiguar cosas que no debería saber. A diferencia de usted. Sea como sea, le he preparado una carta de presentación, con mi firma. La carta especifica que él debe prestarle ayuda en todo lo que usted necesite.

Ya conocía a Hermann Kaspel. En 1932, eché una mano para que lo expulsaran de la policía cuando me enteré de que dirigía un grupo de las SA fuera de su horario laboral. Eso ocurrió después de que unos matones nazis asesinaran a un sargento de policía llamado Friedrich Kuhfeld. Desde entonces no nos enviábamos felicitaciones navideñas.

—He oído hablar del SD, señor —confesé—. Pero no estoy seguro de qué es la RSD.

—La guardia personal de seguridad del Führer. Forma parte del SD, pero no bajo mi mando. Responden directamente ante Himmler.

—Me gustaría llevar conmigo a mi ayudante de investigación criminal en el Alex, señor. Friedrich Korsch. Es un buen hombre. Quizá recuerde que fue de gran ayuda en el caso Weisthor el mes de noviembre pasado. Si resolver este caso es tan urgente como usted dice, tal vez me haga falta un buen ayudante de investigación criminal. Por no hablar de alguien en quien pueda confiar. La historia que tengo en común con Hermann Kaspel se remonta a cuando él era miembro de la Schupo, antes del gobierno de Von Papen. En 1932 era jefe de una célula nazi en la Estación 87, aquí en Berlín, un asunto acerca del que disentíamos.

—¿Por qué será que no me sorprende? —comentó Heydrich—. Pero puede estar tranquilo. Al margen de la antipatía que puedan tenerse, Kaspel cumplirá mis instrucciones al pie de la letra.

—Aun así, señor. Korsch es un detective como es debido. Tiene la cabeza bien puesta sobre los hombros. Y dos cabezas son mejor que una en un caso urgente como este.

Miró de soslayo a Nebe, quien asintió como respuesta.

—Conozco a Korsch —dijo Nebe—. Es un matón. Aun así, está afiliado al Partido. Quizá llegue a inspector algún día, aunque nunca a comisario.

—A Bormann no le hará ninguna gracia —aseguró Heydrich—, y es posible que tenga que convencer al jefe adjunto del Estado Mayor de que le permita conservar a ese hombre, pero llévelo, sí.

—Otra cosa, señor —añadí—. Dinero. Supongo que necesitaré un poco. Sé que el método probado de la Gestapo es el miedo, pero, con arreglo a mi experiencia, un poco de dinero contante y sonante funciona mejor que la silla candente de Offenburg. Ayuda a soltar las lenguas cuando la gente alcanza a olerlo. Sobre todo, si uno intenta trabajar con discreción. Además, es más fácil llevar dinero que instrumentos de tortura.

—De acuerdo —concedió Heydrich—, pero quiero recibos. Muchos recibos. Y nombres. Si soborna a alguien, quiero saber a quién, para poder volver a usarlo.

—Claro.

Heydrich miró a Nebe.

—¿Tenemos que decirle algo más, Arthur?

—Sí. Kaltenbrunner. No debemos olvidarlo.

Negué con la cabeza. Era otro nombre que no había oído nunca.

—Es el jefe de las SS y la policía en Austria —me explicó Nebe—. Al menos, de manera nominal. También es miembro del Reichstag. Y por lo visto, tiene una casa de campo en Berchtesgaden, justo en la falda de la colina de Obersalzberg. Neumann le facilitará la dirección.

—No es más que un burdo intento de entrar a formar parte del círculo íntimo del Führer —señaló Heydrich—. Aun así, me gustaría saber qué se trae entre manos ese subalterno seboso. Permítame que me explique. Hasta hace poco, Kaltenbrunner y otros trataban de obtener cierta autonomía gubernamental en Austria. No se podía permitir tal cosa. Austria está a punto de desaparecer como concepto político. Prácticamente todas las funciones policiales clave han quedado bajo el control de este ministerio. Dos hombres leales a mí, Franz Huber y Friedrich Polte, han sido nombrados líderes de la Gestapo y el SD en Viena, pero aún está por ver si Kaltenbrunner ha aceptado esta nueva realidad administrativa. De hecho, estoy más o menos convencido de que no lo ha hecho. Así pues, su influencia en Austria hace necesario someterlo a una vigilancia constante. Incluso cuando está en Alemania.

—Creo que me hago una idea. Quiere que busque trapos sucios sobre él. Si es que los hay.

—Los hay —aseguró Heydrich—. Desde luego que los hay.

—Kaltenbrunner tiene esposa —explicó Nebe—. Elisabeth.

—Eso no parece muy turbio.

—También disfruta de los favores de dos aristócratas de la Alta Austria.

—Ah.

—Una de ellas es la condesa Gisela von Westarp —continuó Heydrich—. No está claro si algunos de sus encuentros tienen lugar en la casa de Berchtesgaden, pero, de ser así, es obvio que el Führer no lo vería con buenos ojos. Por eso quiero saberlo. Hitler da mucha importancia a los valores familiares y la moralidad personal de los altos cargos del Partido. Averigüe si esa tal Gisela von Westarp pone alguna vez los pies en la casa de Berchtesgaden. También si va por allí alguna otra mujer. Sus nombres. Algo semejante no debería eludir su capacidad de investigación. Antes se ganaba la vida así, ¿no? Como detective privado, uno de esos hombrecillos rastreros que husmean por pasillos de hotel y observan a través de mirillas en busca de pruebas de adulterio.

—Viéndolo en perspectiva, no era tan rastrero —repliqué—. De hecho, disfrutaba husmeando por los pasillos de los hoteles. Sobre todo, los buenos hoteles, como el Adlon, donde hay moquetas bien gruesas. Sientan mejor a los pies que hacer el paso de la oca en una plaza de armas. Y siempre hay un bar a mano.

—Entonces, debería resultarle fácil. Y ahora, puede retirarse.

Torcí el gesto y me puse en pie.

—¿Algo le parece gracioso? —preguntó Heydrich.

—Solo era una cosa que dijo Goethe. Que todo es difícil antes de ser fácil. —Me levanté y fui a la puerta, pero no sin antes cabecear en dirección a Paul Werner—. Tal vez no tenga un doctorado. Uno de verdad. Pero sí que leo, Paul. Sí que leo.

8

ABRIL DE 1939

Berchtesgaden distaba setecientos cincuenta kilómetros de Berlín, pero en el asiento trasero del coche personal de Heydrich, un lustroso Mercedes 770K negro, provisto de una manta de cachemira con el monograma de las SS sobre las rodillas, apenas era consciente de la distancia ni del frío. El coche era del tamaño de un submarino alemán, y casi igual de potente. El motor de ocho cilindros con sobrealimentador vibraba igual que Potsdamer Platz en hora punta, e incluso con nieve en la *Autobahn* el Mercedes avanzaba sin problemas. Era como cabalgar hacia el Salón de los Caídos en el más allá con una línea de coro de las Valkirias, solo que con mucha más elegancia. No creo que Mercedes haya fabricado mejor automóvil que ese. Desde luego, nunca uno tan grande ni tan cómodo. Un par de horas en esa limusina y me sentía capaz de tomar las riendas de Alemania. En el asiento delantero, detrás del enorme volante, estaba el chófer de Heydrich con todo el aspecto de una estatua de la isla de Pascua, y a su lado, Friedrich Korsch, mi ayudante de investigación criminal del Alex. A mi lado, en la parte de atrás del coche, iba Hans-Hendrik Neumann, el ayudante de Heydrich, con su rostro afilado. Los asientos traseros eran más bien como un par de sillones de cuero del Herrenklub. Me quedé traspuesto durante parte del trayecto. Llegamos a Schkeuditz, al oeste de Leipzig, en menos de dos horas —cosa que me pareció extraordinaria— y a Bayreuth en menos de cuatro, pero, como estaba anocheciendo y aún teníamos por delante más de cuatrocientos kilómetros, nos vimos obligados a detenernos y repostar en Pegnitz, al norte de Núremberg. Llenar los tanques de combustible del acorazado Bismarck habría sido más rápido y barato...

Me habría venido bien un coche potente como el Mercedes 770K en mi huida a través de Francia. Desde luego, también me habría venido bien echar una cabezadita. El Citröen era un 11 CV Traction Avant, que es el término francés que describe una tartana de tracción delantera sin la menor potencia; el once tal vez hiciera referencia a los caballos que tenía el trasto. Era incómodo y lento y tenía que poner los cinco sentidos para conducirlo. Después de seis horas al volante estaba agotado. Me dolían el cuello y los ojos, y notaba la cabeza como la de Ptolomeo después de la chapuza de craneotomía que le hicieron. No había llegado más al norte de Mâcon, pero sabía que tendría que detenerme y descansar. Consciente de que lo mejor sería pasar desapercibido, evitando los hoteles e incluso las pensiones, paré en un camping con un aspecto la mar de alegre. En Francia van de camping dos millones de personas, muchísimos de ellos en su vehículo. Yo no tenía tienda de campaña ni caravana, pero eso no parecía relevante, porque planeaba dormir en el coche y, por la mañana, usar las duchas y la cafetería, por ese orden. Qué no habría dado por un baño caliente y una cena en el hotel Ruhl. Pero cuando le di al individuo de la recepción —un hombre con mirada torva y la fastidiosa nariz de un perfumista— los cincuenta francos que costaba la plaza, me pidió la licencia de acampada y, a regañadientes, me vi obligado a confesar que no estaba al tanto siquiera de que tal cosa existiese.

—Me temo que es un requisito legal, *monsieur*.

—¿No puedo acampar aquí sin ella?

—No puede acampar en ninguna parte sin esa licencia, *monsieur*. Por lo menos, no en Francia. Se creó para asegurar a la gente contra daños a terceros causados al acampar. Hasta veinticinco millones de francos por daños se derivan de incendios, y cinco millones por daños se derivan de accidentes.

—¿O sea que no necesito seguro para conducir un coche en Francia, pero lo necesito para plantar una tienda de campaña?

—Así es. Pero puede obtener sin problema una licencia de acampada en cualquier club automovilístico.

Miré el reloj de pulsera.

—Creo que es un poco tarde para eso, ¿no?

Se encogió de hombros, indiferente a mi suerte. Yo diría que no le entusiasmaba que un personaje sospechoso como yo se quedara en su camping. Un hombre con acento extranjero que lleva bufanda en octubre y gafas de sol después de oscurecer no es la clase de campista despreocupado que inspira confianza en lo más profundo de Vichy. Ni el mismísimo Cary Grant se habría salido con la suya.

Así pues, abandoné el camping, conduje unos cuantos kilómetros y busqué una carretera rural tranquila bajo unos chopos bien altos y luego un campo donde cerrar los ojos cansados durante un rato. Pero no era fácil dormir a sabiendas de que Friedrich Korsch y la Stasi ya iban tras mis pasos. Casi con toda seguridad habrían alquilado coches sin conductor en la oficina de alquiler de vehículos Europcar junto a la estación de ferrocarril en Marsella, y muy probablemente solo estarían a un par de horas de donde me encontraba por la N7. Al final, logré dormir un poco en el asiento trasero del Citröen, pero no sin que Friedrich Korsch se me apareciera en un sueño que tenía lugar en algún lugar al fondo del doble dolor que ahora eran mis ojos.

La manera en que había vuelto a entrar en mi mundo después de tantos años era extraña y, al mismo tiempo, quizá no tan extraña en el fondo. Si uno vive lo suficiente, se da cuenta de que todo lo que nos ocurre forma parte de la misma ilusión, la misma mierda, la misma broma celestial. En realidad, las cosas no acaban, solo se interrumpen un rato y luego vuelven a empezar, como un disco rayado. No hay capítulos nuevos en el libro, no hay más que un largo cuento de hadas: la misma historia estúpida que nos contamos y que, de manera tan equivocada, llamamos vida. Nada termina de verdad hasta que estamos muertos. ¿Y qué otra cosa podía hacer un hombre que había trabajado para la Oficina de Seguridad del Reich salvo seguir trabajando para el mismo asqueroso departamento bajo los comunistas? Friedrich Korsch era un policía nato. Semejante continuidad tenía todo el sentido del mundo para los comunistas; a los nazis se les había dado bien velar por el cumplimento de la ley. Y con un libro diferente —el de Marx en vez del de Hitler—, un uniforme ligeramente distinto y un himno nacional nuevo, «Resucitados de entre las ruinas», todo podía seguir como siempre. Hitler, Stalin, Ulbricht, Jrushchov, eran todos iguales, los mismos monstruos del abismo neurológico que denominamos nuestro subconsciente. Schopenhauer y yo. A veces, ser alemán parece conllevar graves inconvenientes.

Ahora casi atinaba a oír la voz de Friedrich Korsch, sentado en la parte delantera del Mercedes 770K cuando llegamos a las afueras de Núremberg —a efectos prácticos, la capital del nazismo en Alemania— y mencionó un buen hotel, que era lo que más deseaba yo en ese momento, con una cama cómoda, un baño caliente, colirio para los ojos y una apetitosa cena...

1939

—El Deutscher Hof —dijo Korsch—. ¿Lo recuerda, señor?

—Claro.

—Es un hotel agradable. Al menos, el mejor en el que me he alojado. Siempre me recuerda un poco al Adlon.

Korsch y yo nos habíamos alojado en el Deutscher Hof —según los rumores, el hotel preferido de Hitler— durante un viaje a Núremberg el mes de diciembre anterior, cuando investigábamos una posible pista en un caso de asesinatos en serie. Durante una temporada habíamos sospechado que Julius Streicher, el líder político de Franconia, podía ser el culpable, y habíamos ido a Núremberg para hablar con el jefe de policía local, Benno Martin. Streicher era el azote de los judíos más sañudo de Alemania, así como el editor de *Der Stürmer*, una publicación tan burdamente antisemita que incluso la mayoría de los nazis la rehuían.

Capté la mirada de Korsch en el retrovisor lateral montado sobre la enorme rueda de repuesto junto a la portezuela y asentí.

—¿Cómo iba a olvidarlo? —dije—. Fue la noche en que por fin le echamos ojo a Streicher. Llevaba una cogorza de campeonato, pero seguía pimplando con un par de fulanas como si fuera el mismísimo emperador del Sacro Imperio Romano Germánico. Durante un tiempo lo vi claramente en el papel. De asesino, quiero decir.

—Cuesta creer que un hombre como él siga siendo líder de zona.

—Ahora mismo hay muchas cosas que cuesta creer —murmuré, pensando en la guerra que seguramente estaba a la vuelta de la esquina; convencido de que los franceses y los británicos no tardarían en responder al farol de Hitler y movilizar sus ejércitos. Se rumoreaba que Polonia era la siguiente de la lista de Hitler para la anexión, o cualquiera que fuese el término diplomático que el Pacto de Múnich hubiera inventado como eufemismo de «invasión de un estado soberano».

—No por mucho más tiempo —señaló Neumann—. Entre usted y yo, a Streicher lo están investigando desde noviembre, acusado de robar propiedades judías incautadas después de la *Kristallnacht*, la Noche de los Cristales Rotos, que eran en justicia propiedades del Estado. Por no hablar de que ha calumniado a la hija de Göring, Edda.

—¿La ha calumniado? —indagó Korsch.

—Afirmó en su periódico que la concibieron por inseminación artificial.

Me eché a reír.

—Sí, ya me imagino cómo debió cabrearle a Göring. Como cabrearía a cualquier hombre.

—El general Heydrich espera que lo hayan destituido de todos sus cargos en el Partido para finales de año.

—Bueno, qué alivio —comenté—. ¿De dónde es usted, Neumann?

—De Barmen. —Meneó la cabeza—. No pasa nada. Franconia también es un misterio para mí.

—Es tierra de brujos —señalé—. Más vale no desviarse del camino, eso dicen siempre allí. No hay que adentrarse en los bosques. Y no hay que hablar nunca con desconocidos.

—Ya lo creo —convino Korsch.

Un momento después, dije:

—Entre usted y yo, ha dicho. Supongo que eso significa que se va a llevar todo en secreto y luego se va a barrer bajo la alfombra, igual que el asunto de Weisthor.

—Creo que Streicher sigue bajo la protección de Hitler —señaló Neumann—. De modo que, sí, supongo que está en lo cierto, comisario Gunther. Pero no hay nada perfecto, ¿verdad?

—Usted también se ha dado cuenta, ¿eh?

—Hablando de secretos —dijo Neumann—. Supongo que más vale que hablemos de cómo va a mantener al general al corriente de sus andanzas mientras esté en Obersalzberg, sin poner sobre aviso a Martin Bormann.

—Eso mismo me preguntaba yo.

—Mientras usted esté allí, yo estaré estacionado a unos kilómetros de la frontera, en Salzburgo. De hecho, me encargo de muchos trabajos confidenciales para el general en Austria. Cerca de Berchtesgaden hay un pueblucho llamado Saint Leonhard. Está prácticamente en la frontera. Y en Saint Leonhard hay una discreta pensión llamada Schorn Ziegler, que cuenta con un muy buen restaurante. Auténtica comida casera. Yo me alojaré allí. Si tiene algo de lo que informar o si necesita cualquier cosa de la oficina de Heydrich en Berlín, podrá encontrarme allí. De no ser así, siempre puede localizarme en la sede de la Gestapo en Salzburgo. Es fácil de ubicar. Basta con que busque el antiguo monasterio franciscano de Mozartplatz.

—Supongo que los monjes ya no están. ¿O se alistaron todos en las SS?

—¿Qué diferencia hay? —comentó Korsch.

—Por desgracia, los expulsaron de allí el año pasado. —Neumann se mostró avergonzado un momento—. Muchas de las cosas que sucedieron después de la anexión podrían haberse gestionado de otra manera. Mejor. —Se encogió de hombros—. Yo no soy más que un ingeniero eléctrico. La política se la dejo a los políticos.

—Eso es lo malo —repuse—. Tengo la horrible sensación de que a los políticos se les da peor que al resto de la humanidad.

—¿Una copa? —Neumann levantó el reposabrazos para mostrar una pequeña coctelería.

—No —respondí, al tiempo que agarraba el cordón de cuero rojo en la parte trasera del asiento delante de mí, como si fuera a ayudarme a mantenerme firme en mi resolución—. Creo que más me vale estar despejado cuando llegue a Obersalzberg.

—Pues yo sí voy a tomarme una, con su permiso —dijo, a la vez que sacaba una pequeña licorera de cristal del nido de terciopelo púrpura en el que estaba—. El general tiene un brandy excelente en su coche. Creo que es casi tan añejo como yo.

—Adelante. Estoy impaciente por leer los comentarios del catador.

Bajé la ventanilla un centímetro y encendí un pitillo, aunque solo para ahuyentar el aroma ligeramente embriagador del aceite caliente y el caucho recalentado, el alcohol caro y el olor corporal masculino que colmaba el elegante interior del enorme Mercedes. Una bruma gélida cubría la carretera más allá, disolviendo otros faros delanteros y luces traseras como algo soluble en el fondo de un vaso. Pueblecillos olvidados discurrían borrosos ante nuestros ojos a medida que el coche del ángel caído continuaba su trayecto retumbante hacia el sur a través de la oscuridad incierta. Mientras bostezaba, parpadeaba y asimilaba lo que ya quedaba unos veinte metros más atrás, me hundí más aún en el asiento y escuché el viento de colmillos afilados que ululaba una melancólica melodía propia de una *banshee* junto al cristal frío como el hielo de la ventanilla. No hay nada como un largo viaje por carretera de noche para rescatar pensamientos del pasado y del futuro a partes iguales, haciéndole creer a uno que venir no dista mucho de ir, y convenciéndolo de que el final tan esperado de un viaje no es más que otro puñetero comienzo.

9

ABRIL DE 1939

Era casi medianoche cuando llegamos a Berchtesgaden, en los confines sudorientales de Baviera. En la oscuridad, parecía una típica ciudad de valle alpino con varias torres altas de iglesia, un castillo imponente y numerosos murales de colores vistosos, aunque la mayoría eran recientes e ilustraban una devoción pueril a un solo hombre que rayaba en la idolatría. Como habitante de la capital de Alemania, supongo que tendría que estar acostumbrado a un poco de lisonjeo y servilismo rastrero. Pero para los berlineses, al héroe siempre lo acompaña una mancha de suciedad en el chaleco blanco, y es muy poco probable que ninguno de mis conciudadanos hubiera decorado la fachada de su casa con nada que no fuera una placa hortera con su apellido o un número de la calle. No estaba seguro de los motivos de Hitler para elegir una acogedora villa turística como capital extraoficial —pues eso es lo que era—, pero visitaba Berchtesgaden desde 1923, y en verano era imposible abrir un periódico alemán sin ver varias fotografías de nuestro Führer rodeado de niños locales como si fuera su tío. Siempre se lo veía de la mano de niños —cuanto más alemanes de aspecto, mejor—, casi como si alguien (Goebbels, probablemente) hubiera decidido que dejarse ver con ellos atenuaría su imagen de monstruo beligerante. En mi caso, siempre prevalecía la impresión opuesta. Cualquiera que hubiese leído a los hermanos Grimm sabría decir que los lobos malos y los hechiceros, las brujas malvadas y los gigantes glotones siempre disfrutaban del sabor de un buen pastel caliente relleno de la suculenta carne de niños y niñas lo bastante bobos como para irse con ellos. Me preocupaban algunas de esas niñas con trenzas y vestidito tradicional a quienes llevaban a conocer a Hitler como regalo de cumpleaños, de veras que sí.

Habíamos llegado a Berchtesgaden, con un río a la izquierda y la ciudad a nuestra derecha. El Mercedes viró casi de inmediato hacia el este para cruzar un pequeño puente sobre el Ache y enfilar una sinuosa carretera nevada de montaña en dirección a Obersalzberg. Pendiendo amenazadoramente sobre nosotros a la luz de la luna estaba el macizo de Göll, que se alza hasta una altura de más de dos mil metros a horcajadas sobre la frontera entre Austria y Alemania como un enorme nubarrón de tormenta. Unos minutos después llegamos a nuestro primer control de seguridad. Aunque nos esperaban, nos vimos obligados a aguardar mientras el guardia medio congelado de las SS telefoneaba al cuartel general para que nos concedieran permiso para continuar. Después del ambiente de pacotilla que reinaba en Berlín, el aire frío a través de la ventanilla abierta del coche tenía un sabor tan puro como el agua recién fundida de un glaciar. Ya me sentía más sano. Quizá por eso le gustaba tanto el lugar a Hitler: quería vivir eternamente. Obtuvimos nuestro permiso y seguimos adelante unos kilómetros hasta que, cerca de otra garita de vigilancia que marcaba el límite de la denominada Zona Prohibida, nos desviamos hacia el sendero de acceso a Villa Bechstein, un chalé de tres plantas de estilo alpino, y nos detuvimos al lado de otro gigantesco Mercedes-Benz.

—Aquí se alojarán usted y su ayudante de investigación criminal Korsch —me dijo Neumann—. Pero los demás tampoco podemos pasar de aquí, comisario. A partir de este punto está en manos de la RSD. Otro vehículo militar lo llevará en presencia del jefe adjunto del Estado Mayor.

Nos apeamos del coche y nos encontramos rodeados por cinco agentes de la guardia personal de seguridad de Hitler de punta en blanco que inspeccionaron nuestras credenciales con detenimiento y luego me invitaron a mí, aunque no así a Korsch, a montar en el otro Mercedes. El viento estaba arreciando y llegaba un intenso olor a humo de leña procedente de las chimeneas de la villa que me hizo echar en falta un fuego bien caliente y una taza de café con alguna persona cálida que la sostuviera.

—Si no les importa, caballeros —dije—. Me gustaría disponer de unos minutos para lavarme las manos. Y deshacer el equipaje.

—No hay tiempo para eso —anunció uno de los agentes de la

RSD—. Al jefe no le gusta que lo hagan esperar. Y lleva toda la tarde aguardando su llegada en la Casa Kehlstein.

—¿El jefe? —Por un momento, me pregunté con quién estaba a punto de reunirme.

—Martin Bormann —respondió otro.

—¿Y qué es la Casa Kehlstein?

—El Kehlstein es el pico más al norte del macizo de Göll. No es el más alto, y la casa, bueno, ya la verá.

Uno de los agentes había abierto la portezuela del Mercedes mientras otro se había hecho cargo de mi maleta y la llevaba ya a la villa. Y unos minutos después, yo ascendía por la montaña mágica acompañado por tres hombres de la RSD.

—El capitán Kaspel, ¿no? —pregunté.

—Sí —dijo el hombre que estaba sentado a mi lado. Señaló al que iba junto a mi nuevo conductor—. Y este es mi superior, el comandante Högl. El comandante Högl es el jefe adjunto de la RSD en Obersalzberg.

—Comandante.

Nos detuvimos para sortear otro control, después de lo cual Högl se volvió por fin y me habló.

—Ahora estamos en la Zona Prohibida, más conocida por todos los que trabajaban aquí como el Territorio del Führer. El nivel de seguridad FG1 solo está plenamente operativo cuando el Führer se encuentra aquí. Sin embargo, y teniendo en cuenta las circunstancias especiales, hemos creído conveniente pasar al nivel FG1, al menos por el momento.

Yo sabía que Kaspel era de Berlín, pero el acento bávaro de Högl y sus ademanes pomposos eran inconfundibles. Ya había visto algo semejante, claro; cualquiera que entra en contacto con un dios suele creerse en su derecho de ejercer su propia prepotencia.

—¿Qué circunstancias especiales son esas, comandante?

—El asesinato, claro. Por eso ha venido usted, ¿no? ¿Para investigar un homicidio? Eso es lo que se le da bien, según me ha dicho el general Heydrich.

—Nunca anda muy descaminado —repuse—. ¿Le importa ofrecerme un pequeño adelanto de lo que ha ocurrido?

—Eso no sería apropiado —repuso Högl con tono seco—. En realidad, de qué se le informe es cosa del jefe adjunto del Estado Mayor.

—Por cierto, ¿quién es jefe del Estado Mayor por aquí? Con tantos cargos, a veces es un poco complicado estar al día de quién es cada cual en la Alemania nazi.

—El adjunto del Führer. Rudolf Hess. De hecho, va a alojarse en Villa Bechstein cuando regrese de Múnich pasado mañana. Pero si lo ve, puede llamarlo señor, o general.

—Qué alivio. Adjunto del Führer es un rango kilométrico.

Prendí un cigarrillo y bostecé. Era más seguro que hacer un chiste.

—Pero, a efectos prácticos, quien dirige el espectáculo aquí arriba es Martin Bormann —señaló Kaspel.

Crucé los brazos sobre el pecho y le di una buena calada al pitillo, cosa que pareció molestar a Högl. Con la mano, agitó el humo hacia mí.

—Para que lo sepa, no está permitido fumar en Kehlstein —me advirtió Högl—. El Führer tiene un olfato muy fino para el tabaco y no le agrada en absoluto.

—¿Incluso cuando no está aquí?

—Incluso cuando no está aquí.

—Pues sí que tiene un olfato fino.

Al cabo, llegamos al final de la carretera, donde me esperaba una vista impresionante. En una entrada revestida de piedra a los pies de una ladera de montaña despejada casi por completo había un par de puertas de bronce abovedadas del tamaño de elefantes africanos que se abrieron al acercarnos nosotros. Naturalmente, como cualquier alemán, yo conocía la leyenda que decía que el emperador Federico Barbarroja (aunque otros decían que era Carlomagno) dormía en el interior de esas montañas a la espera de la gran batalla que serviría de preludio al fin del mundo, pero nunca se me había pasado por la cabeza descubrir que esperaba visita. Esa broma también me la guardé para mí. Si me hubiesen llamado a la presencia del rey trol para hablar del desafortunado estado en que se encontraba su hija, no me habría sentido más intimidado. Las puertas se abrieron para revelar un túnel largo y perfectamente recto que bien podría haber permitido el paso del enorme Mercedes, pero me dijeron que teníamos que apearnos e ir andando.

—Solo el Führer está autorizado a ir en coche hasta el final de este túnel —me explicó Högl—. Todos los demás tenemos que desgastar las suelas.

—Me apetece estirar las piernas un poco —dije en tono valiente—. Hay diez horas desde Berlín. Además, todo peregrinaje debe terminarse a pie, ¿no cree?

Me apresuré a terminar el cigarrillo, tiré la colilla a la carretera y seguí a Högl y su ayudante hacia el interior del túnel de mármol radiantemente iluminado. Pasé la mano por la pared y levanté la vista hacia las lámparas de hierro forjado mientras caminábamos; todo era nuevo y estaba de un limpio inmaculado. Ni siquiera la estación del U-Bahn de Friedrichstrasse tenía un aspecto tan nuevo y pulido como este lugar.

—¿Es aquí donde vive el Führer? —indagué.

—No, por aquí se va al salón de té —me explicó Kaspel.

—¿El salón de té? Pues a ver entonces cómo es el salón de baile. Por no hablar de la coctelería y el dormitorio principal.

—El Führer no bebe —me advirtió Kaspel.

Fue información suficiente para devolverme la fe en al menos dos de mis malas costumbres. Igual no eran tan malas costumbres, después de todo.

Al final del túnel, Högl levantó la mirada.

—El salón de té queda ciento treinta metros por encima de nuestras cabezas —dijo, y luego anunció nuestra presencia por un micrófono instalado en la pared.

Estábamos en una cámara amplia, redonda y abovedada, un sitio de esos donde no habría sido raro encontrar un sarcófago de valor incalculable, o quizá un tesoro propiedad de al menos cuarenta ladrones. En cambio, había unas puertas de ascensor, tan lustrosas que podrían haber sido de oro, e incluso mientras iba diciéndome que lo más probable era que fuesen de latón, empecé a notar una inquietud que no había sentido nunca. Fue quizá la primera vez en que me di cuenta del auténtico alcance de la aparente divinidad de Adolf Hitler: si aquello era un ejemplo representativo del modo de vida de nuestro canciller, entonces Alemania tenía problemas mucho más graves de lo que había imaginado.

Las puertas del ascensor se abrieron dejando a la vista una cabina recubierta de espejos con un asiento de cuero y su propio ascensorista de la RSD. Entramos y las puertas de latón se cerraron de nuevo.

—Funciona con dos motores —me informó Högl—. Uno eléctrico y otro de diésel, por si acaso, que trajeron de un submarino alemán.

—Seguro que va de maravilla si hay una inundación.

—Por favor —me advirtió Högl—, nada de bromas. El jefe adjunto del Estado Mayor no tiene sentido del humor.

—Lo siento.

Sonreí con nerviosismo mientras la cabina del ascensor ascendía por el hueco. Fue el trayecto en ascensor más suave que he hecho, aunque tenía la firme corazonada de que debería haber estado yendo en dirección contraria. Entonces se abrió el ascensor y cruzamos una puerta y lo que parecía ser un comedor principal, bajamos unas escaleras y fuimos directamente al encuentro de Martin Bormann.

10

ABRIL DE 1939

No era alto y al principio no lo vi. Estaba muy ocupado contemplando con asombro la sala de recepción del Kehlstein donde todos me estaban esperando. Era una estancia grande y redonda, de proporciones perfectas, hecha de bloques de granito gris, con techo artesonado y una chimenea de mármol del mismo tamaño y color que un tren S-Bahn. Encima de la chimenea había un tapiz de Gobelin con un par de amantes bucólicos; en el suelo, una cara alfombra persa de color carmesí. Delante del hogar rojizo una mesa circular estaba rodeada de cómodos sillones que me hicieron sentir cansancio solo con mirarlos. No había cortinas en las grandes ventanas cuadradas con vistas perfectas de la noche oscura y tormentosa desde la cima de la montaña. Una ligera nevada empolvaba el cristal, y del otro lado de la ventana se oía, igual que el tañido de una diminuta campana, el tintineo de la roldana mecida por el viento en el asta de una bandera de estaño. Hacía buena noche para estar a cubierto, sobre todo en lo alto de la cima de una montaña. Un tronco del tamaño de los Sudetes humeaba en la chimenea, y en las paredes había varias arañas de luces eléctricas que parecían haber sido dispuestas por el fiel criado de un científico loco. Había un piano de cola de caoba y una mesita rectangular y varias sillas más, y ante otra puerta un hombre que lucía una chaqueta blanca de comedor de las SS con una bandeja bajo el brazo. Era una estancia con la clase de ambiente enrarecido que haría a ciertos hombres pensar que el futuro del mundo estaba en sus manos, pero a mí me producía la misma sensación en los oídos que si me hubieran sacado un corcho del cráneo. Por otro lado, eso bien podría deberse a la petaca de Grassl, abierta encima de la mesa. Y así adquirí la súbita conciencia de que necesitaba tomar algo que no fuera té. Solo uno de los cinco hombres que rodeaban la mesa vestía uniforme, pero no podía ser Bormann, pues solo lucía una ración de coliflor en la insignia de las SS del cuello. También fue el único que se puso en pie y respondió a mi saludo hitleriano, por cortesía. Los demás, incluido el tipo con aspecto de púgil que se hizo cargo de la situación en el salón de té, y que supuse que debía de ser Martin Bormann, permanecieron inamovibles en sus asientos. No les reproché que no quisieran levantarse para darme la bienvenida: los movimientos bruscos de esa clase pueden provocarte una hemorragia nasal a grandes altitudes. Además, los sillones parecían cómodos de veras y, al fin y al cabo, yo no era más que un poli de Berlín.

—El comisario Gunther, supongo —inquirió Bormann.

—¿Qué tal está, señor?

—Ha llegado, por fin. Habríamos preferido que viniera en avión, pero no había ninguno disponible. En cualquier caso, siéntese, siéntese. Ha hecho un largo trayecto. Supongo que estará cansado. Lo siento, pero eso es irremediable. ¿Tiene hambre? Claro que sí. —Ya estaba chasqueando los dedos en el aire, unos dedos fuertes y gruesos, totalmente inapropiados para algo tan delicado como llamar al hombre de la chaqueta blanca de las SS en un salón de té—. Tráigale algo de comer a nuestro invitado. ¿Qué le apetece, comisario? ¿Un sándwich? ¿Café?

No atinaba a ubicar el acento de ese hombre. Quizá fuera sajón. Desde luego, no tenía una voz culta. En algo sí que acertaba, no obstante: yo estaba más hambriento que una trilladora. Högl y Kaspel también se habían sentado a la mesa, pero Bormann no les ofreció nada. Enseguida me di cuenta de que tendía a tratar con claro desprecio y brutalidad a los hombres que trabajaban para él.

—Quizá una rebanada de pan con mostaza y un poco de salchicha, señor. Y tal vez un café.

Bormann le hizo un gesto con la cabeza al camarero, que fue a por mi cena.

—Antes que nada, ¿sabe quién soy?

—Usted es Martin Bormann.

—¿Y qué sabe de mí?

—Por lo que me han dicho, es la mano derecha del Führer aquí en los Alpes.

—¿Nada más? —Bormann profirió una risa desdeñosa—. Creía que era detective.

—¿No le parece eso suficiente? Hitler no es un líder común y corriente.

—Pero no es solo aquí, ya sabe. No, soy su mano derecha también en el resto de Alemania. Cualquier otro a quien haya oído nombrar como la persona más próxima al Führer, ya sea Göring, Himmler, Goebbels o Hess, le aseguro que no pinta una mierda cuando estoy yo presente. Resulta que, si alguno de ellos quiere ver a Hitler, tiene que hacerlo a través de mí. De modo que cuando hablo, es como si el Führer estuviera aquí ahora mismo, diciéndole qué coño tiene que hacer. ¿Queda claro?

—Muy claro.

—Bien. —Bormann indicó con un gesto de cabeza la botella de schnapps encima de la mesa—. ¿Le apetece una copa?

—No, señor. No cuando estoy de servicio.

—Ya le diré yo cuándo está de servicio, comisario. Aún no he decidido si es usted lo que realmente nos conviene o no. Hasta entonces, tómese una copa. Relájese. A eso se viene a este lugar. Es totalmente nuevo. Ni siquiera el Führer lo ha visto todavía, de modo que es usted muy privilegiado. Nos hemos reunido esta noche para poner a prueba el lugar. Para comprobar si todo funciona antes de que llegue él. Por eso no puede fumar, lo siento. El Führer siempre se da cuenta cuando alguien ha estado fumando, incluso en secreto: nunca he conocido a nadie con los sentidos tan finos. —Le quitó importancia con un encogimiento de hombros—. Aunque no debería sorprenderme, claro. Es el hombre más extraordinario que he conocido.

—Si no le importa que lo pregunte, señor, ¿por qué un salón de té?

Bormann me sirvió un vaso de schnapps y me lo tendió con sus dedos gordezuelos. Tomé un sorbo con tiento. La graduación del cincuenta por ciento requería andarse con cautela, igual que con el hombre que lo servía. Tenía una cicatriz más bien grande encima del ojo derecho y, con sus pantalones de estilo golf y su gruesa chaqueta de tweed, tenía el aspecto de un granjero próspero a quien no le importaba tratar a patadas a su cerdo más preciado. No era gordo, sino un peso medio echado a perder, con una papada bien gruesa y la nariz igual que un nabo medio cocido.

—Porque al Führer le gusta el té, claro. Qué pregunta tan estúpida, de verdad. Ya tiene un salón de té al otro lado del valle, frente al Berghof: el Mooslahnerkopf. Le gusta pasear hasta allí. Pero se creyó que quizá hacía falta algo más espectacular para un hombre con semejante visión de futuro. A la luz del día, las vistas desde esta sala son impresionantes. Casi podría decirse que este salón de té está diseñado para ofrecerle la inspiración necesaria.

—Ya lo imagino.

—¿Le gustan los Alpes, Herr Gunther?

—La verdad es que están demasiado alejados del terreno llano para que me sienta cómodo. Yo soy más bien un chico de ciudad. El emparrado, es decir, la torre de la radio de Berlín, ya es lo bastante alto para mí.

Sonrió con paciencia.

—Hábleme de usted.

Tomé un poco más de schnapps y me retrepé en el sillón, y luego tomé otro sorbo. Me moría de ganas de fumar, y un par de veces hice ademán de sacar la pitillera antes de darme cuenta de la gran importancia que le daban a la salud en Obersalzberg. Miré los rostros de los demás caballeros sentados a esa curiosa mesa redonda y me dio la impresión de que quizá no era el único que necesitaba un pitillo.

—Soy berlinés, de pura cepa, lo que significa que soy testarudo por naturaleza. No necesariamente en el sentido positivo. Aprobé el examen de acceso a la universidad y podría haber cursado estudios superiores de no haber sido por la guerra. Vi lo suficiente en las trincheras como para convencerme de que el barro me gusta menos aún que la nieve. Ingresé en la policía de Berlín justo después del armisticio. Llegué a detective. Trabajé en la Comisión de Homicidios. Resolví unos cuantos casos. Trabajé por mi cuenta durante una temporada, como investigador privado, y me iba bastante bien, ganaba un buen dinero, hasta que el general Heydrich me convenció para que volviera a la Kripo.

—Heydrich dice que es usted su mejor detective. ¿De verdad lo es, o no es más que un Fritz cualquiera que ha enviado aquí a espiarme?

—Sé cómo llevar un caso siguiendo las reglas cuando es necesario.

—¿Y qué reglas son esas?

—El Código General Prusiano de 1794. La Ley de Administración Policial de 1931.

—Ah, esa clase de reglas. De las antiguas.

—De las legales.

—¿Sigue Heydrich prestando atención a esas cosas? ¿A la esencia de las leyes prenazis?

—Más a menudo de lo que podría parecer.

—Pero a usted no le gusta trabajar para Heydrich, ¿verdad? Por lo menos, eso me ha dicho él.

—Tiene su lado interesante. Le gusta tenerme cerca porque, para mí, el trabajo es la mejor chaqueta. No me gusta quitármela hasta que la he desgastado y luego la he gastado un poco más. La tenacidad, y una imperturbable tendencia a la obstinación, son cualidades forenses que por lo visto el general aprecia.

—Me dice que tiene usted mucho morro también.

—Desde luego no lo hago adrede, señor. A otros alemanes, los berlineses les parecemos insolentes cuando no lo somos. Hace unos cien años nos dimos cuenta de que no tiene sentido mostrarse amistoso y amable si nadie más lo aprecia. Nadie en Berlín, quiero decir. Así que ahora hacemos lo que nos viene en gana.

Bormann se encogió de hombros.

—Eso es bastante sincero. Pero sigo sin estar convencido de que sea usted el puño adecuado para este ojo en concreto, Gunther.

—Con todo respeto, señor, yo tampoco. En la mayoría de los casos de asesinato, no tengo que pasar una prueba para que me den el trabajo. Por lo general, a los muertos no les importa mucho quién les hace la manicura por última vez. Y no creo probable que pueda convencer de nada a un hombre tan importante como usted de nada. Ni siquiera se me ocurriría intentarlo. Yo no soy un Fritz de esos capaces de agujerearle el estómago a alguien a fuerza de palabrería. Hoy en día no hay mucha demanda de lo que irónicamente podríamos llamar «mi personalidad». Desde luego no he traído ninguna de mis partituras preferidas para tocarlas en ese Bechstein tan bonito.

—Pero sí ha traído a su propio pianista, ¿no?

—¿Korsch? Es mi ayudante de investigación criminal. En Berlín. Un buen hombre. Trabajamos bien juntos.

—No le hará falta mientras esté aquí. Mis hombres le brindarán toda la ayuda que necesite. Cuanta menos gente sepa lo que ha ocurrido aquí, mejor.

—Con todo respeto, señor. Es un buen poli. A veces viene bien tener otro cerebro que tomar prestado: hincar otro diente cuando tengo que masticar algo duro. Incluso los mejores necesitan un buen ayudante, alguien leal en quien confiar, que no los deje en la estacada. Me parece que eso es tan cierto aquí como en cualquier otra parte.

Tenía intención de que sonara a halago y esperaba que él lo interpretara así, pero el rictus de su mandíbula fue el más agresivo que había visto fuera de un cuadrilátero. Me dio la impresión de que en cualquier momento podía agarrarme por el cuello, u ordenar que me arrojaran desde las almenas, si es que en algo como un salón de té en la cima de una montaña había algo parecido a almenas. Era el primer salón de té que tenía todo el aspecto de haber podido mantener a raya al Ejército Rojo. Quizá fuera esa la auténtica razón por la que se había construido, y no dudaba de que en el interior del resto de la montaña de Hitler había otros secretos que prefería desconocer. Bastó para que me terminara el schnapps un poco más aprisa de lo que habría debido.

Bormann se frotó con aire pensativo el mentón de medianoche cada vez más áspero.

—De acuerdo, de acuerdo, quédese con ese malnacido. Pero que se quede en Villa Bechstein. Fuera del Territorio del Führer. ¿Está claro? Si quiere exprimirle la sesera, hágalo allí.

11

ABRIL DE 1939

Bormann se inclinó hacia delante y me sirvió otra copa.

—Habría preferido que viniera un bávaro. El Führer cree que los bávaros entienden mejor cómo funcionan las cosas en esta montaña. Lo más probable, me parece, es que usted no sea más que otro cabrón prusiano, pero es un cabrón de los míos. Me gusta que un hombre tenga sangre en las venas. No es como muchos tipos albinos de la Gestapo de esos que Heydrich y Himmler crean en una probeta en algún puto laboratorio científico. Lo que significa que el trabajo es suyo. Actúa usted con los plenos poderes que le confiero. Por lo menos, hasta que la joda.

Sujeté el vaso con firmeza mientras me lo llenaba hasta el borde, que es como me gusta que me sirvan el schnapps, y procuré adoptar el aire de quien recibe un elogio.

—De una manera u otra, cuando todo esto haya acabado y haya atrapado a ese malnacido, esto no habrá ocurrido nunca, ¿me oye? Lo último que quiero es que el pueblo alemán piense que aquí hay una seguridad tan laxa que cualquier Krethi o Plethi, un mindundi cualquiera, puede venir colina arriba desde Berchtesgaden y disparar tranquilamente contra su amado Führer delante de su propia puerta principal. Así pues, firmará un acuerdo de confidencialidad, y lo hará encantado.

Bormann le hizo un gesto con la cabeza al hombre que tenía sentado a su lado. Este sacó un documento impreso y una pluma y me los dejó delante. Le eché un vistazo rápido.

—¿Qué es esto? —pregunté—. ¿Familiar más cercano?

—Justo lo que dice —señaló Bormann.

—No tengo ningún familiar cercano.

—Ni esposa.

—Ya no.

—Entonces, ponga a su novia. —Bormann me dirigió una sonrisa muy poco agradable—. O el nombre y la dirección de alguien a quien aprecie de veras por si la jode o está a punto de irse de la lengua y tenemos que amenazarlo con vengarnos en algún otro.

Lo dijo como si fuera del todo razonable que las cosas se hicieran así: que un policía que no lograra aprehender a un asesino recibiera semejante trato por parte del Estado. Lo sopesé un momento y luego escribí el nombre de Hildegard Steininger y su dirección en Lepsiusstrasse de Berlín. Hacía seis meses que era mi novia y no me hizo ninguna gracia cuando descubrí que se estaba viendo con otro, un comandante de las SS de aspecto relamido. Así que supuse que me traería sin cuidado si Bormann decidía algún día castigarla por mis errores. Era mezquino, vengativo incluso, y no me enorgullezco de lo que hice. Pero escribí su nombre de todos modos. A veces, el amor verdadero viene con un lazo negro en la caja.

—Así pues, vayamos al grano —continuó Bormann—. Pasemos a la razón por la que se le ha hecho venir desde Berlín nada menos.

—Soy todo oídos, señor.

En ese momento, el camarero de las SS regresó a la mesa con una bandeja en la que llevaba mi comida y el café, cosa que le agradecí especialmente, porque el sillón era de lo más cómodo.

—Esta mañana, a las ocho en punto, había un desayuno de trabajo en el Berghof. Es la casa del Führer. Que está al lado de la mía, unos pocos metros montaña abajo. Los asistentes a la reunión eran sobre todo arquitectos, ingenieros y funcionarios, y su propósito era plantear qué mejoras podían introducirse en el Berghof y en Obersalzberg de cara a la comodidad, el disfrute y la seguridad del Führer. Supongo que debía de haber allí diez o quince hombres. Quizá alguno más. Después de desayunar, hacia las nueve, esos hombres salieron a la terraza desde la que se domina la zona. A las nueve y cuarto de la mañana, uno de esos hombres, el doctor Karl Flex, se derrumbó en la terraza, sangrando con profusión de una herida en la cabeza. Había recibido un disparo, con toda probabilidad de rifle, y falleció allí mismo. Nadie más resultó herido y, curiosamente, nadie parece haber oído nada. En cuanto quedó demostrado que le habían disparado, la RSD desalojó el edificio y procedió de inmediato a peinar el bosque y las montañas desde los que hay vistas directas de la terraza del Berghof. Pero, hasta el momento, no se ha hallado ni rastro del asesino. ¿No es increíble? Tantos hombres de las SS y la RSD, y no son capaces de encontrar ni una sola pista.

Asentí y seguí comiendo la salchicha, que estaba deliciosa.

—No hace falta que le aclare lo grave que es este asunto —continuó Bormann—. Dicho esto, no creo que estuviera relacionado con el Führer, sobre cuyos movimientos de ayer y hoy la prensa ha informado con detalle. Pero hasta que se aprehenda al asesino, será del todo imposible que Hitler se acerque a esa terraza. Y como sin duda sabrá, el veinte de abril cumple cincuenta años. Siempre viene a Obersalzberg el día de su cumpleaños o justo después. Este año no será una excepción. Lo que significa que dispone de siete días para resolver el crimen. ¿Me oye? Es fundamental que se detenga al francotirador antes del veinte de abril: desde luego, no quiero ser quien le diga a ese hombre que no puede salir porque hay un asesino suelto.

Dejé la salchicha en el plato, me limpié la boca de mostaza y asentí.

—Haré todo lo posible —repuse con firmeza—. Puede contar con ello.

—¡Todo lo posible no es suficiente! —gritó Bormann—. Quiero que vaya más allá de sus posibilidades, que seguramente no son más que un montoncillo de mierda. Ahora no está en Berlín, sino en Obersalzberg. Quizá «todo lo posible» sea suficiente para ese judío de Heydrich, pero ahora trabaja para mí, y eso es lo mismo que hacerlo para Adolf Hitler. ¿Queda claro? Quiero ver a ese hombre bajo un hacha a punto de caer antes de final de mes.

—Sí, señor. —Asentí de nuevo. En lo que a Bormann se refería, asentir en silencio era seguramente la mejor respuesta—. Tiene mi palabra de que pondré todo mi empeño. Puede estar tranquilo, señor, lo atraparé.

—Eso ya me gusta más —respondió Bormann.

—Me pondré manos a la obra a primera hora de la mañana —añadí, sofocando un bostezo.

—¡Y una mierda! —vociferó Bormann, a la par que descargaba un puñetazo sobre la mesa. La taza de porcelana blanca dio un brinco en el platillo azul con monograma igual que si un alud hubiera alcanzado el Kehlstein—. Usted se pone manos a la obra ahora mismo. Para eso está aquí. Cada hora que pase sin que hayamos atrapado a ese canalla es una hora perdida. —Bormann buscó con la mirada al camarero y luego a uno de los hombres sentados a la mesa—. Tráigale a este hombre más café caliente. Mejor aún, dele un tubo de Pervitín. Seguro que eso lo mantiene bien despierto.

El hombre a quien se dirigía Bormann metió la mano en el bolsillo de la chaqueta, sacó un tubito metálico azul y blanco, y me lo entregó. Le eché un vistazo, pero lo único que vi fue el nombre del fabricante: Temmler, que era una empresa farmacéutica de Berlín.

—¿Qué es esto? —pregunté.

—Es lo que por aquí arriba llamamos la poción mágica de Hermann Temmler —dijo Bormann—. La Coca-Cola alemana. Ayuda a la mano de obra de Obersalzberg a mantener el ritmo de construcción. El caso es que solo se les permite trabajar cuando Hitler no está, para que no lo molesten, y eso significa que, cuando está en otra parte, tienen que trabajar el doble de horas y el doble de duro. Esa sustancia los ayuda. Göring se está planteando dársela a las tripulaciones de los bombarderos para que permanezcan despiertos. Bueno. Tómese dos con el café. Eso debería insuflarle un poco más de ánimo a su saludo hitleriano. Que era una mierda, por cierto. Sé que ha hecho un largo viaje y está cansado, pero aquí eso no es suficiente, Gunther. La próxima vez le daré una patada en el culo yo mismo.

Me tragué dos comprimidos con ademán incómodo y me disculpé, pero él estaba en lo cierto, claro: mi saludo hitleriano siempre era un poco flojo. Es lo que tiene no ser nazi, supongo.

—¿Se había producido algún otro tiroteo previamente en el Berghof?

Bormann miró de soslayo al hombre que lucía un uniforme de coronel de las SS.

—¿Qué se sabe, Rattenhuber?

El coronel asintió.

—Se produjo un incidente hace unos seis meses. Un suizo llamado Maurice Bavaud vino aquí con planes de asesinar al Führer. Pero los abandonó en el último momento y huyó. Al final, lo detuvo la policía francesa, que lo dejó en nuestras manos. Ahora está en una cárcel de Berlín, esperando su juicio y su ejecución.

Pero Bormann ya estaba meneando la cabeza.

—No fue en absoluto una tentativa en firme de asesinato —comentó con desdén, y luego me miró—. El coronel Rattenhuber está a la cabeza de la RSD y es el responsable de garantizar la seguridad del Führer, esté donde esté. Al menos, en teoría. En realidad, Bavaud no iba armado con un rifle, sino con una pistola. Y planeaba abrir fuego contra Hitler cuando este fuera hasta el final del camino de acceso para saludar a sus admiradores. Pero Bavaud perdió el temple. Así pues, Herr Gunther, creo que la respuesta más sencilla a su pregunta es que no. Es la primera vez que alguien emprende un tiroteo por estos lares. No había ocurrido nunca nada parecido. En esta comunidad reina la armonía. Esto no es Berlín. Esto no es Hamburgo. Berchtesgaden y Obersalzberg constituyen un pacífico idilio rural en el que prevalecen los valores familiares decentes y una sólida moralidad. Por eso al Führer siempre le ha gustado venir aquí.

—De acuerdo. Hábleme un poco más sobre el muerto. ¿Tenía algún enemigo conocido?

—¿Flex? —Bormann negó con la cabeza—. Trabajaba para Bruno Schenk, uno de los hombres de mayor confianza en la montaña. Los dos eran empleados de Polensky & Zöllner, una empresa de Berlín que se ocupa de la mayor parte de las obras de construcción de Obersalzberg y Berchtesgaden. Karl Flex no pertenecía a la RSD ni ostentaba cargo político alguno: era ingeniero civil. Un funcionario diligente y muy admirado que vivía aquí desde hacía varios años.

—Por lo visto, alguien no lo admiraba tanto como usted, señor. —Mientras Bormann encajaba mi golpe rápido, me apresuré a lanzarle un par de puñetazos al cuerpo—. Como el que le disparó, por ejemplo. Pero cabe la posibilidad de que hubiera más de un hombre implicado. Para sortear toda la seguridad que hay aquí hace falta planificarse y organizarse. Es decir, que podríamos estar hablando de una conspiración.

Por una vez, Bormann permaneció en silencio y se planteó esa posibilidad. Yo esperaba haberle echado a perder su acogedora idea del salón de té, la porcelana decorada con monogramas y los lujosos tapices de Gobelin. ¿Cuánto habría costado construir esa locura nazi? Millones, probablemente. Dinero que podría haberse invertido en algo más importante que la comodidad del demente que ahora gobernaba Alemania.

—¿Declaraciones de testigos? —pregunté—. ¿Se las tomaron?

—He encargado que le hagan unas copias —dijo Högl—. Los originales ya se han enviado a Berlín. A la atención del *SS-Reichsführer*, que se ha interesado personalmente en el caso.

—Quiero leerlas todas. ¿Y dónde está el cadáver? Tengo que echarle un buen vistazo.

—En el hospital local —respondió Rattenhuber—. Allá en Berchtesgaden.

—Tendrá que llevarse a cabo una autopsia, claro —añadí—. Con fotografías. Cuanto antes, mejor.

—A ese hombre le pegaron un tiro —dijo Bormann—. Eso es evidente. ¿Qué más podría revelarle una autopsia?

—Algo puede permanecer oculto, aunque sea obvio. O, dicho de otro modo, nada esquiva nuestra atención con tanta persistencia como lo que damos por sentado. No es más que filosofía, señor. Nada es evidente hasta que resulta evidente. Así que, si quiero hacer mi trabajo como es debido, tendré que insistir en que se lleve a cabo una autopsia. ¿Hay algún médico en ese hospital que pueda llevar a cabo ese procedimiento?

—Lo dudo —replicó Rattenhuber—. El Dietrich Eckart se abrió para cuidar de los vivos, no para ocuparse de los muertos.

—No importa —dije—. Le sugiero que llame al doctor Waldemar Weimann, de Berlín. Para serle sincero, es el mejor que hay. Y por lo que ya me han contado, dudo que nos convenga nadie menos cualificado que él para un caso así.

—Eso es imposible —repuso Bormann—. Como le he dicho, quiero ser lo más discreto posible. No confío en los médicos de Berlín. Le pediré a uno de los doctores del Führer que lleve a cabo la autopsia. Al doctor Karl Brandt. Seguro que está a la altura de la tarea. Si de veras lo considera necesario.

—Pues sí, lo considero necesario. Tendré que estar presente, claro.

Guardé silencio un momento, aparentemente absorto en mis pensamientos, aunque en realidad solo estaba percibiendo el efecto del Pervitín. Ya me sentía más enérgico y alerta, más audaz también. Lo bastante audaz como para empezar a hacerme cargo de la situación y plantear exigencias. Bormann no era el único capaz de dar la impresión de saber lo que quería.

—También quiero ir a ver el escenario del crimen esta noche. Conque más vale que preparen unas lámparas de arco y cinta métrica. Y tendré que hablar con todos los que estaban en la terraza esta mañana. En cuanto sea conveniente. Además, me hará falta un despacho con una mesa y dos teléfonos. Un archivador con cerradura. Un coche y un chófer de guardia permanente. Lo necesario para preparar café. Un mapa grande de la zona. Unas varillas, cuanto más largas, mejor. Una cámara. Una Leica IIIa con objetivo retráctil F2 de 50 milímetros me iría bien. Y varios carretes de película fotográfica en blanco y negro; cuanto más lenta, mejor. En color, no. Se tarda mucho en procesarla.

—¿Para qué quiere una cámara? —preguntó Bormann.

—Puesto que había más de una docena de testigos en la terraza cuando abatieron al doctor Flex, así podré relacionar los nombres con sus caras. —Ahora ya notaba cómo fluía por mis venas la sustancia. De pronto, tenía unas ganas locas de encontrar y atrapar al asesino del Berghof, y quizá de arrancarle la cabeza—. Y necesitaré tabaco en abundancia. Me temo que no puedo trabajar sin él. Los cigarrillos me ayudan a pensar. Entiendo que está prohibido fumar allí donde es probable que pueda ir el Führer, por lo que fumaré en el exterior, claro. ¿Qué más? Sí, unas botas de invierno. Solo he traído zapatos, lo siento, y es posible que tenga que caminar por la nieve. Del número cuarenta y tres, por favor. Y un abrigo. Me estoy muriendo de frío.

—Muy bien —accedió Bormann—, pero me entregará todas las copias y negativos cuando se marche.

—Claro.

—Hable con Arthur Kannenberg en el Berghof —le dijo Bormann al hombre sentado a su lado—. Dígale que el comisario Gunther va a utilizar una de las habitaciones de invitados como despacho. ¿Zander? ¿Högl? Asegúrense de que se le facilite todo lo demás que desea. ¿Kaspel? Muéstrele la terraza del Berghof.

Bormann se levantó, lo que dio pie a los demás a hacer lo propio. Salvo yo. Me quedé sentado en el sillón durante un buen rato, como si siguiera absorto en mis pensamientos, pero naturalmente no era nada más que insolencia estúpida, una manera de pagarle con la misma moneda sus malos modales. Ya detestaba a Martin Bormann tanto como a cualquier otro nazi, incluidos Heydrich y Goebbels. Albergan maldad incluso los mejores de entre nosotros, claro; pero quizá un poquito más los peores.

12

ABRIL DE 1939

Hubo un tiempo en que el Berghof —o la Haus Wachenfeld, como se llamaba entonces— era una sencilla granja de dos plantas con un largo tejado empinado, aleros salientes, un porche de madera y un paisaje de postal del Berchtesgaden y el Untersberg. Pero ahora era una estructura mucho más amplia y bastante menos acogedora, con un enorme ventanal panorámico, garajes, una terraza y un ala baja recién construida hacia el este de la casa que parecía un cuartel militar. No sabía a ciencia cierta quién se alojaba en el ala oeste. Lo más probable era que no fuesen militares, porque un gran contingente de hombres de las SS ya ocupaba un antiguo hotel, el Türken Inn, menos de cincuenta metros hacia el este del Berghof e inmediatamente debajo de la casa del propio Bormann en Obersalzberg, que parecía ocupar una posición mejor que la de Hitler.

La terraza delantera del Berghof era más o menos del tamaño de una pista de tenis, con un antepecho bajo. Por detrás daba a una terraza secundaria más grande, que a su vez lindaba con un césped hacia el oeste. Detrás de la terraza secundaria había algo parecido a unos alojamientos adicionales, al estilo típico regional; es decir, como si fuera una hilera de relojes de cuco. De acuerdo con mis instrucciones, varios hombres de las SS estaban montando lámparas de arco en la terraza delantera para que inspeccionara el escenario del crimen, aunque el único indicio de un crimen era el contorno de tiza del cuerpo tendido de un hombre justo detrás del antepecho. Siguiendo las instrucciones de Bormann, habían limpiado hasta el último resto de la sangre de Flex. Haciendo el papel del fallecido y embozado en su abrigo negro de las SS, el capitán Kaspel tomó posición en la terraza para ayudarme a entender dónde estaba Flex cuando le dispararon. La tenue nevada y el viento no animaban a demorarse y dio unos taconazos con las botas para conservar el calor, aunque bien podía estar imaginando que me pateaba la cara. No muy alto, con el cráneo rasurado, la nariz ganchuda y la boca ancha, Kaspel era una versión más esbelta, sensata y atractiva de Benito Mussolini.

—Flex se encontraba más o menos aquí —me explicó Kaspel—. Según las declaraciones de los testigos, formaba parte de un grupo de tres o cuatro hombres, la mayor parte de los cuales miraban hacia el Reiteralpe, al oeste. Varios testigos están seguros de que el tirador debió de disparar desde unos árboles en una ladera de la montaña detrás de la casa, ahí, hacia el oeste.

A la luz de las lámparas de arco ojeé una de las declaraciones de los testigos y asentí.

—Solo que nadie parece haber oído nada —señalé—. El primer indicio del tiroteo que tienen algunos es la sangre en la cabeza de la víctima que se ha derrumbado sobre el suelo de la terraza.

Kaspel se encogió de hombros.

—A mí no me pregunte, Gunther. El gran detective es usted.

El desdén era comprensible: aún no me había quedado a solas con Kaspel, por lo que suponía que no había podido entregarle la carta en la que Heydrich le exigía ponerse a mis órdenes. Estaba claro que no había olvidado ni perdonado nada de lo ocurrido en 1932 y cómo yo había contribuido a que lo expulsaran de la policía de Berlín.

—¿Cuáles eran las condiciones atmosféricas cuando dispararon a Flex?

—El día era claro y soleado. —Kaspel se echó el aliento en las manos—. No como ahora.

Yo también habría tenido más frío de no ser porque las pastillas parecían surtir efecto sobre mi temperatura corporal. Tenía el mismo calor que si aún siguiera dentro del coche.

—¿Llevaba uniforme alguno de esos hombres?

—No, parece ser que eran todos civiles.

—Entonces, me pregunto cómo lo distinguió el tirador —dije.

—¿Una mira telescópica? Binoculares. Quizá era cazador.

—Quizá.

—¿Buena vista? Vaya usted a saber.

—Parece ser que transcurrieron al menos uno o dos minutos antes de que nadie dedujera que a Flex le habían disparado. Solo entonces se retiraron al interior.

Me agaché unos instantes al lado del contorno de tiza y me tendí sobre las frías baldosas.

—¿Conocía al fallecido?

—Solo de vista.

—Al parecer, era alto. —Me levanté de nuevo y me sacudí la nieve del abrigo—. Yo mido uno ochenta y ocho, pero me da la impresión de que Flex era tal vez siete u ocho centímetros más alto.

—Sí, más o menos —convino Kaspel.

—¿Ha usado alguna vez mira telescópica?

—No puedo decir que lo haya hecho.

—La mejor mira de rifle Ajack solo consigue acercar al tirador cuatro veces a su blanco. Así pues, es posible que la estatura de la víctima ayudara al asesino. Quizá sabía que lo único que tenía que hacer era dispararle al más alto. Pero cuando haya amanecido podremos ver con más claridad lo que ocurrió. —Miré el reloj, vi que eran las dos de la madrugada y caí en la cuenta de que no estaba cansado en absoluto—. Dentro de cinco o seis horas.

Saqué el tubo de Pervitín del bolsillo y lo miré con cierta incredulidad.

—Dios mío, ¿qué es esta sustancia? Debo reconocer que sienta de maravilla. Me habría venido de perlas un poco de Pervitín cuando tenía que salir de ronda.

—Es clorhidrato de metanfetamina. Tiene un efecto de aúpa, ¿verdad? A decir verdad, he aprendido a tener cuidado con la poción mágica local. Con el tiempo, tiene efectos secundarios.

—¿Cómo por ejemplo...?

—No tardará en averiguarlo.

—Venga, asústeme, Hermann. Puedo encajarlo.

—Para empezar, es adictivo. Mucha gente en esta montaña ha empezado a depender del Pervitín. Y después de dos o tres días de consumo continuado, siempre se corre el riesgo de sufrir cambios de humor violentos. Palpitaciones. O incluso paro cardiaco.

—Entonces, tendré que cruzar los dedos. Ahora que Bormann

me ha calentado las orejas para que me ocupe de esto, la verdad es que no veo otra manera de trabajar veinticuatro horas al día, ¿y usted?

—No. —Kaspel sonrió—. Me parece que Heydrich lo ha dejado con la mierda hasta las orejas al endosarle este caso. Y voy a disfrutar de lo lindo viéndole morder el polvo con ese careto tan feo que tiene, Gunther. O peor aún. No espere que le haga el boca a boca para salvarlo. A la señora Kaspel no le gusta que bese a nadie que no sea la señora Kaspel.

Montaña arriba, o eso me pareció, oí algo semejante a una explosión. Al ver que volvía la cabeza, Kaspel dijo:

—Son los obreros en la ladera opuesta del Kehlstein. Creo que están abriendo otro túnel en la montaña.

En alguna parte sonaba un teléfono. Unos instantes después salió a la terraza un hombre de las SS, saludó con elegancia, me entregó la Leica y varios rollos de película, y anunció que el doctor Brandt aguardaba nuestra llegada en el hospital de Berchtesgaden.

—Más vale que no hagamos esperar al doctor —dije—. Espero que él también consuma esta sustancia. Detesto las autopsias poco concienzudas. ¿Hará el favor de llevarme en coche a la falda de la montaña?

Bajamos las escaleras de la terraza del Berghof hasta donde habíamos dejado aparcado el coche de Kaspel delante del garaje. Me planteé pedirle que pasara por Villa Bechstein para recoger a Korsch y luego decidí no hacerlo. Por poco sentido común que tuviera, a esas horas ya estaría en la cama, lo que a mí me quedaba muy lejos aún.

—Y tampoco espere que le sostenga la bandejita para las curas —añadió Kaspel—. No me hace mucha gracia ver sangre antes de acostarme. Me impide conciliar el sueño.

—Bueno, entonces se ha equivocado de partido, ¿no?

—¿Yo? —Kaspel se echó a reír—. Dios mío, eso sí que tiene gracia, viniendo de un cabrón como usted, Gunther. De todos modos, ¿cómo acaba un antiguo socialdemócrata convertido en comisario de policía a las órdenes de un hombre del talante de Heydrich? Creía que lo expulsaron en 1932.

—Ya se lo contaré cuando tenga ocasión.

—Cuéntemelo ahora.

—No, pero sí le diré lo siguiente. Es algo que le afecta directamente, Hermann.

Había doce minutos de trayecto montaña abajo hasta Berchtesgaden y, por fin a solas con Kaspel, le entregué la carta de Heydrich y le dije que, pese a la historia que teníamos en común, el general no esperaba nada menos que la colaboración absoluta en mi actual misión por parte del capitán. Se guardó la carta, sin leerla, y estuvo en silencio un rato.

—Oiga, Hermann, ya sé que me aborrece. Tiene toda la razón del mundo para sentirse así. Pero, mire, me aborrecerá aún más si tengo que decirle a Heydrich que me puso en aprietos. Ya sabe cómo detesta que lo decepcione la gente que trabaja para él. Yo en su lugar, olvidaría cuánto me desprecia y arrimaría el hombro con Gunther, de momento.

—El caso, comisario, es que estaba pensando justo eso mismo.

—Eso por una parte, y por otra, debería usted recordar de nuestra época en Berlín que cargo con la maldición de ser un poli honrado. No soy de los que se llevan todo el mérito. Así pues, si me ayuda, le prometo que tendré buen cuidado de que Heydrich se lo reconozca. Me trae sin cuidado que el desenlace de este asunto sea beneficioso para mi carrera o no. Pero quizá usted no encare del mismo modo su futuro.

—Me parece justo. Pero ¿quiere que le sea sincero? No tuve nada que ver con lo que ocurrió entonces. Es posible que fuera nazi, y organizador de las SA, pero no soy un asesino.

—Me lo voy a creer. Pues bien. Vamos a velar el uno por el otro, ¿de acuerdo? No somos amigos. No. Hay demasiados trapos sucios por medio. Pero quizá, quizá seamos chicos *Bolle* de Berlín. ¿Trato hecho?

Bolle era el término berlinés que designaba a los amigos que hace uno borracho, en una excursión en una furgoneta Kremser al parque Schönholzer Heide en Pankow, un amigo de esos que había inspirado una docena de crueles canciones tradicionales mofándose de los Franz Biberkopf de este mundo que no ponen límites ni a la bebida, ni al placer ni a la violencia, o las tres cosas a la vez. Eso sí que es lo que yo llamo una manera interesante de entender la vida.

—Trato hecho. —Kaspel detuvo el coche un momento en una cuneta un poco más amplia de la sinuosa carretera de montaña y me tendió la mano. Se la estreché—. Chicos *Bolle* de Berlín —dijo—. En tal caso, de un chico *Bolle* a otro, déjeme que le hable de nuestro amigo el doctor Karl Brandt. Es el médico personal de Hitler aquí en Obersalzberg, lo que significa que es miembro del círculo íntimo del Führer. Hitler y Göring fueron invitados de honor en su boda, en 1934. Eso supone que es arrogante a más no poder. Teniendo en cuenta que Bormann le ha pedido a Brandt que lleve a cabo la autopsia, no tendrá más remedio que cumplir su cometido, pero seguro que no le hace ninguna gracia encargarse del procedimiento en plena noche. Así pues, le aconsejo que lo trate con guante de seda.

Kaspel sacó un paquete de tabaco, encendió los cigarrillos de ambos y luego arrancó otra vez. Al pie de la carretera de montaña, cruzamos un río y entramos en Berchtesgaden, que estaba desierto, como era de prever.

—¿Estará Brandt a la altura?

—¿Se refiere a si es competente?

—Desde el punto de vista quirúrgico.

—Antes era especialista en lesiones medulares y de cabeza, con que supongo que sí, probablemente, teniendo en cuenta que Karl Flex recibió un disparo en la cabeza. Pero no estoy tan seguro con respecto al hospital. Lo cierto es que no dista mucho de ser una clínica. Se está construyendo un nuevo hospital de las SS en la Stanggass, que es como llamamos a la Cancillería del Reich, pero aún tardará un año en abrirse.

—¿A qué se refiere con la Cancillería del Reich?

Kaspel me miró y se echó a reír.

—No pasa nada. Yo era igual cuando llegué aquí. Un típico berlinés. Por eso este lugar lo dirige una mafia bávara. Porque Hitler no confía en nadie salvo en los bávaros. Desde luego, no en berlineses como usted y yo, que a los ojos del Führer somos automáticamente sospechosos de albergar tendencias izquierdistas. Mire, hay una cosa que tiene que entender ahora mismo, Gunther. Berlín no es la capital de Alemania. Ya no. En realidad, no, lo digo totalmente en serio. Berlín solo tiene utilidad para la diplomacia de relumbrón y la propaganda: los imponentes desfiles planificados con minuciosidad y los discursos. Ahora la auténtica capital administrativa de Alemania es este miserable pueblo bávaro. Así es. Todo se controla desde Berchtesgaden. Y por eso es el terreno en construcción más grande del país. Si no se ha dado cuenta después de ver la Casa Kehlstein, que ha costado millones, por cierto, permítame que se lo aclare. Se están construyendo más edificios aquí en Berchtesgaden y Obersalzberg que en todo el resto de Alemania. Si no se lo cree, eche un vistazo a esas declaraciones de testigos y verá quién estaba en la terraza la mañana de ayer. Todos los ingenieros civiles más destacados del país.

Hermann Kaspel se detuvo ante el único edificio de Berchtesgaden donde estaban encendidas las luces y apagó el motor. De haber tenido alguien la menor duda de que aquello era un hospital, le habría bastado con mirar la fachada y su mural de una mujer vestida con uniforme de enfermera delante de un águila negra nazi.

—Ya hemos llegado.

Cogió la pitillera, la abrió y luego sacó un billete, que enrolló para hacer un tubito.

—Deme una de esas pastillas mágicas —me rogó—. Es hora de ponerse a trabajar.

—¿Va a entrar?

—He pensado que podría ser de ayuda.

—Creí que le repugnaba ver sangre.

—¿A mí? ¿Qué le ha hecho pensar tal cosa? Sea como sea, somos chicos *Bolle*, ¿verdad?

—Verdad.

—Es de esperar un poco de sangre cuando uno sale de juerga por Pankow, ¿no?

Asentí y le pasé un comprimido de Pervitín, solo que no se lo tragó. En cambio, lo aplastó contra el metal liso de la pitillera con la llave del coche y luego separó el polvo en dos rayitas blancas paralelas.

—Un piloto de la Luftwaffe del aeropuerto local me enseñó este truquito —explicó—. Cuando tienen que hacer un vuelo nocturno y necesitan estar despiertos o despejarse la borrachera deprisa, lo mejor y lo más rápido es esnifar esto. Así.

—Es usted una caja de sorpresas, ¿sabe?

Kaspel acercó el extremo del tubito al polvo y lo inhaló ruidosamente por un orificio de la nariz y después por el otro. Entonces se estremeció, profirió una serie de sonoras palabrotas, parpadeó furiosamente varias veces y golpeó el volante con el pulpejo de la mano.

—¡A tomar por el culo! —gritó—. A tomar por el culo. Estoy que ardo. Estoy que ardo. Esto sí que son unas fuerzas aéreas de la hostia.

Meneó la cabeza y dejó escapar un aullido que me dio un susto considerable y me llevó a preguntarme qué efectos provocaría en mi propio cuerpo la poción mágica de Hermann Temmler.

—Ahora vamos en busca del médico —dijo Kaspel, que se apresuró a entrar en el hospital.

13

ABRIL DE 1939

Karl Brandt, que nos recibió en una fría sala del sótano del hospital, ya iba vestido para el quirófano. No obstante, bajo su inmaculada bata blanca llevaba el uniforme negro de comandante de las SS, lo que parecía una suerte de contradicción. Era un hombre alto, pasmosamente guapo y de aspecto severo de treinta y tantos años. Tenía los pómulos marcados y el pelo castaño claro peinado con una raya de lo más pulcra que se tocaba de vez en cuando con el lateral de la mano, como si en el hospital soplara un viento que estuviera a punto de hacer imprescindible el uso de un peine. Era casi el rostro de un actor protagonista —la clase de cara que bien podría haberle granjeado un papel principal en una de las películas del doctor Goebbels—, de no ser porque en sus ojos fríos y oscuros faltaba algo. Costaba creer que fuera el rostro de alguien que se dedicaba a curar. Más bien parecía la cara de un fanático capaz de profetizar la llegada de un diluvio bíblico y un nuevo Ciro del norte que reformaría la Iglesia, o quizá de presagiar el advenimiento de una nueva religión. Un par de años después, en Praga, me volvería a cruzar con su nombre, en relación con el asesinato del general Heydrich. Pero hasta este momento no había oído hablar de él. Me miró parpadeando con desdén mesurado mientras yo buscaba a tientas una disculpa, primero por hacerlo esperar y después por lo avanzado de la hora.

—Hemos venido en cuanto nos han avisado de que estaba aquí, doctor. Lamento si ha tenido que esperar mucho. De haber estado en mi mano, habría dejado bien claro que esto podía esperar hasta mañana a primera hora, pero el jefe adjunto del Estado Mayor ha insistido en que se llevara a cabo una autopsia tan pronto como fuera posible. Claro está que, cuanto antes averigüemos qué le ocurrió con exactitud al doctor Flex, antes podremos devolverles a todos la tranquilidad de ánimo y podrá regresar el Führer a su hermoso hogar. Señor, no sé si conocía usted bien a la víctima. De ser así, me gustaría ofrecerle mis condolencias y agradecerle que haya aceptado acometer lo que podría ser una tarea nada grata. Si no tenía relación de amistad con él, me gustaría darle las gracias de todos modos. Tengo entendido que la medicina forense no es su especialidad habitual, no obstante...

—Supongo que ya debe de haber asistido a alguna autopsia en calidad de inspector de la Comisión de Homicidios —dijo, interrumpiéndome con un gesto impaciente de la mano—. En Berlín, ¿no?

—Sí, señor. Más a menudo de lo que me habría gustado.

—Ya han transcurrido más de diez años desde que hice algo relacionado con la anatomía como estudiante de medicina, por lo que tal vez esa memoria forense suya nos venga bien. También es posible que necesite su ayuda de vez en cuando, para mover el cadáver. ¿Puede encargarse de eso, comisario?

—Sí, señor.

—Bien. Pues ya que lo menciona, sí que conocía a la víctima. Pero eso no afectará mi capacidad para llevar a cabo el procedimiento post mórtem. Y estoy tan interesado como el que más en que el desenlace de este trágico asunto sea satisfactorio. Por el bien de mi amigo, ni que decir tiene. Y para la tranquilidad del Führer, como usted dice. Bueno, manos a la obra. No tengo toda la noche. El cadáver está por aquí. No disponemos de una sala de patología en este hospital. Las muertes repentinas son muy poco comunes en Berchtesgaden y, por lo general, se ocupan de ellas en Salzburgo. El cadáver está en lo que aquí hace las veces de quirófano, un sitio tan bueno como cualquier otro para realizar una autopsia.

Brandt giró el tacón de una bota militar lustrosa a más no poder y abrió camino hacia el interior de una sala cuya iluminación era radiante. Allí yacía en una mesa el cadáver de un hombre muy alto y delgado de barbita recortada y aún vestido con su ropa de tweed de invierno. La causa aparente de la muerte resultaba obvia de inmediato: un trozo grande de cráneo, de varios centímetros cuadrados y todavía unido al cuero cabelludo, colgaba del lateral de la cabeza recubierta de sangre seca igual que una trampilla abierta. La mitad de los sesos revueltos del tipo parecían haberse derramado sobre la mesa y las baldosas del suelo cual fragmentos de carne picada en una carnicería. Karl Flex estaba mirando al techo con la boca abierta de asombro, los dilatados ojos azules impávidos frente a la intensa luz, casi como si hubiera tenido una maravillosa visión del ángel de la muerte del Señor que hubiese llegado para llevárselo de este mundo al otro. Era una imagen chocante, incluso para un veterano de la Comisión de Homicidios como yo. A veces el cuerpo humano parece más frágil de lo que cabría esperar.

—Joder —masculló Kaspel, y se llevó la mano a la boca un momento—. Eso sí que es una herida de la hostia en la cabeza.

—Más vale que nos dejemos de maldiciones, caballeros —dijo Brandt con frialdad, a la vez que se ponía en las manos unos guantes de goma.

—Lo siento, señor, pero... joder.

—Fume si eso lo ayuda a tener la boca entretenida, capitán. A mí, desde luego, no me molesta. Prefiero con mucho el olor dulce del tabaco que el del antiséptico. O el sonido de sus palabrotas. Siempre y cuando no se desmaye.

A Kaspel no le hizo falta más invitación, pero yo negué con la cabeza para rehusar su pitillera abierta cuando me la ofreció. Desde luego no quería que nada interfiriera con mi apreciación de la manera en que Karl Flex había ido al encuentro de la muerte. Además, necesitaba las dos manos para la cámara, y ya estaba tomando fotos del muerto con mi juguete nuevo y caro.

—¿Es estrictamente necesario? —rezongó Brandt.

—Del todo —respondí y me centré en el cráneo destrozado. Se parecía a la cáscara vacía del huevo pasado por agua que había desayunado esa mañana—. Cada fotografía cuenta una historia.

—Supongo que han sacado de los bolsillos todos los efectos personales de la víctima, ¿no? —le preguntó Brandt a Kaspel.

—Sí, señor —contestó—. Están en una bolsa en el dispensario de al lado, listos para que los inspeccione el comisario.

—Bien —dijo Brandt—. Entonces, no hace falta que nos preocupemos mucho por cómo le quitamos la ropa a la víctima. —Me alcanzó unas tijeras muy afiladas. Luego cogió otras, empezó a cortar una pernera de los pantalones del muerto y me invitó a hacer lo mismo con la otra—. Aun así, es una pena. Fíjese en esto. —Abrió la chaqueta de Flex para enseñarme la etiqueta—. Hermann Scherrer, de Múnich. Si este traje no estuviera cubierto ya de sangre, bien podría haber intentado salvarlo.

Dejé la Leica, agarré una pernera del pantalón y estaba a punto de usar las tijeras cuando salió del dobladillo una abeja más bien soñolienta.

—¿Qué tal si, en cambio, salvamos a esta?

—No es más que una abeja, ¿no? —comentó Brandt.

—Necesito una bolsa —señalé, dejando que la abeja avanzara por mi mano un momento—. O un frasco de pastillas vacío.

—Lo encontrará en el dispensario —dijo Brandt.

Con la abeja todavía pegada al dorso de la mano, fui al dispensario y busqué un frasquito. Mientras esperaba sin prisas a que la abeja se metiera allí, miré alrededor y observé con cierta sorpresa que el dispensario estaba bien surtido de pastillas de descontaminación Losantín y natrón.

—¿Por qué no le hace una foto? —preguntó Brandt por la puerta abierta.

—Igual se la hago, si consigo que sonría.

Una vez tuve la abeja en el frasco, volví al quirófano y me dispuse a ponerme al corriente con Brandt, cuyas afiladas tijeras ya habían llegado hasta la cintura del hombre. Mientras tanto, Brandt había instado a Kaspel a que le quitara al muerto los zapatos, los gruesos calcetines y la corbata.

—Con una corbata Raxon, uno siempre va bien vestido —comentó Kaspel, repitiendo el famoso eslogan publicitario de la empresa—. A no ser que esté empapada en sangre como esta.

—Por cierto —dijo Brandt, al tiempo que cortaba la camisa del hombre igual que un sastre impaciente, y luego la camiseta que llevaba debajo—. Aparte del hecho evidente de que recibió un disparo en la cabeza, ¿qué estamos buscando? No estoy exactamente seguro. Bueno, puedo abrirle el esternón y buscar rastros de veneno si quiere, pero...

—Allá en las trincheras, tenía un amigo al que le atravesaron el

101

cuello de un tiro —dije—. Mantuve la presión sobre la herida, con la mano, para evitar que se desangrase, como se supone que hay que hacer. Solo para averiguar que fue el segundo disparo, en el pecho, que ni siquiera había visto, lo que lo mató. La vida está llena de sorpresas así. Y la muerte, más aún.

—Este hombre solo recibió un disparo —señaló Brandt—. Y fue eso lo que lo mató. Me apuesto mi reputación.

—Es una deducción muy acertada ahora que le ha abierto la camisa, señor —comentó Kaspel.

Kaspel le había quitado a Flex los zapatos y estaba inspeccionando la etiqueta del fabricante en la plantilla.

—Este individuo era un buen alemán, eso seguro. —El parloteo constante de Kaspel tenía que ver con algún fármaco, claro. Yo también estaba de ánimo parlanchín—. Un auténtico nazi, diría yo.

—¿Por qué lo dice? —pregunté.

—Zapatos Lingel.

Los zapatos Lingel de Erfurt se enorgullecían de proclamar su pureza aria, dejando implícito que otros zapateros (Salamander, por ejemplo) adolecían de contaminación racial. Era una treta a la que habían recurrido toda suerte de fabricantes alemanes desde la promulgación de las Leyes de Núremberg en 1935.

Corté los calzoncillos del muerto —por algún motivo, Brandt los había dejado intactos— para dejar al descubierto sus genitales.

—¿Eso le parece a usted normal? —le pregunté a Brandt.

—¿Qué quiere? ¿Una regla?

—Estaba pensando en el color. Me parece que tiene la polla un poco roja.

Brandt miró un momento los genitales de Flex y se encogió de hombros.

—No sabría decirle, la verdad.

Pero la polla del muerto tenía un aspecto que me llevó a coger la cámara otra vez. Brandt puso cara de repugnancia y meneó la cabeza.

—Vaya insensibilidad la suya —observó Brandt.

—No creo que esté pasando vergüenza, señor —dije, y saqué una foto de la polla de Karl Flex—. Y desde luego no pienso publicar estas fotos en la prensa local.

Dejé la cámara y me volví hacia la mesa, donde ahora las prendas del muerto colgaban de su cuerpo como una segunda piel. Y por fin habíamos llegado a los restos ensangrentados de la cabeza de Flex.

—Esta vez buscamos una bala —dije, palpando el cabello rubio y apelmazado del muerto—. A veces uno las encuentra asomando del cuero cabelludo. O bajo el cuello de la camisa de un hombre. O incluso en el suelo.

Removí el montoncito de masa cerebral en la mesa y el suelo con el índice, pero allí no había nada metálico. Me aseguré bien de ello. Me levanté y volví a concentrarme en la cabeza. Brandt miraba el agujero igual que un niño a la orilla de una poza rocosa.

—También buscamos un orificio de bala —dije.

—Hay un orificio, eso seguro —aseguró Brandt—. Del tamaño de la cueva Atta.

—Eso parece más un orificio de salida —observé—. Busco uno más pequeño. Un orificio de entrada, quizá. —Palpé el cráneo un momento. A estas alturas tenía las manos cubiertas de sangre pegajosa de la víspera. Por lo visto, solo había un par de guantes de goma en el quirófano—. Y aquí está. Unos dos o tres centímetros más abajo que el orificio de salida.

—Déjeme ver —dijo Brandt.

Permitió que le ayudara a introducir el índice en un orificio del tamaño de un pfennig, y luego asintió.

—Dios mío, tiene razón. Sí que hay un orificio. Es fascinante. Justo en el hueso occipital. La bala entra por aquí, a la izquierda de la sutura lambdoidea, y sale unos centímetros más arriba en medio de una explosión de hueso temporal y masa cerebral. Los que estaban a su lado debieron de quedar cubiertos de sangre.

—Eso espero —dije.

—A veces se olvida fácilmente los destrozos que puede causar una bala.

—Eso si uno no estuvo en las trincheras —objeté—. Para todo aquel que estuvo, como yo, y el capitán Kaspel aquí presente, esto era el pan nuestro de cada día. Esa es nuestra excusa para lo que usted tilda de indiferencia.

—Hum. Sí. Ya entiendo a qué se refiere, comisario. Lo siento.

—¿Podemos sacar otra foto, señor? Quizá si señala usted el orificio con una pluma o un lápiz...

—¿Quiere decir que lo introduzca ahí?

—Si no le importa, señor. Así es más sencillo apreciar lo que hay en la fotografía. Y el tamaño del orificio.

Me lavé las manos y cogí la Leica. Y cuando Brandt estuvo preparado con el lápiz, hice varias fotos del orificio de bala.

—Supongo que querrá que hurgue en la cavidad craneal en busca de fragmentos de bala —comentó Brandt.

—Si no le importa, señor...

Brandt introdujo la mano en la cabeza de Flex y empezó a palpar lo que quedaba de cerebro en busca de algo duro. Era como si estuviera vaciando una calabaza para el día de san Martín.

—Teniendo en cuenta el estado del cráneo de la víctima, no parece muy probable que encontremos nada —dijo—. Lo más seguro es que cualquier fragmento de bala esté en la terraza del Berghof por alguna parte.

—Exacto, señor. Por eso es una pena que a algún idiota servicial se le ocurriera fregar toda la sangre.

—Aun así, más vale asegurarse, supongo. —Pero un rato después, Brandt meneó la cabeza—. No. Nada.

—Gracias de todos modos, señor.

—Imagino que es mejor darle la vuelta —propuso Brandt en tono práctico—, ahora que he visto ese orificio de entrada. Solo para asegurarnos bien, como usted dice.

Cortamos el resto de las prendas para retirarlas del cadáver de Flex y luego le dimos la vuelta en busca de otro orificio de bala. Su cuerpo delgado y blanco carecía de marcas, pero saqué otra foto de todas maneras, para afianzar mi recuerdo. A esas alturas era plenamente consciente de lo mucho que se asemejaba Karl Flex a un Cristo muerto. Quizá fuera la barba lo que causaba el efecto, o los ojos azul claro; y quizá todos los hombres se parecen un poco a Jesucristo cuando los están preparando para su entierro; aunque también es verdad que quizá sea ese el meollo del asunto. Pero de algo sí que estaba seguro: con una herida como esa en la cabeza, Karl Flex iba a necesitar más de tres días para resucitar junto con justos y pecadores.

—Va a tener un álbum estupendo cuando haya terminado —observó Kaspel.

—Comisario, si coincide usted conmigo —dijo Brandt—, voy a anotar la causa de la muerte como herida de bala en la cabeza.

—Coincido.

—Creo que con toda probabilidad hemos terminado, ¿no? —señaló Brandt—. A menos que quiera usted que haga alguna otra cosa.

—No, señor, y gracias. Le agradezco mucho todo esto.

Brandt cubrió el cadáver con una sábana y amontonó pulcramente las prendas debajo de la mesa con el lateral de la bota.

—Haré que un celador venga a limpiar esto a primera hora de la mañana —dijo—. En cuanto al cadáver, ¿qué quiere que hagamos con él? Bueno, supongo que debe de tener familia en alguna parte.

Seguí a Brandt hasta el lavabo, donde se limpió las manos.

—Eso es cosa de Martin Bormann —dije—. Tengo entendido que se requiere discreción. Es necesario evitar que el Führer se preocupe por este desafortunado incidente.

—Sí, claro. Bueno, pues entonces dejaré que se ocupe usted de preguntarle qué hay que hacer con el cadáver, ¿de acuerdo?

Asentí.

—Otra cosa, señor. Dice usted que conocía bien a ese hombre. ¿Se le ocurre alguien que quisiera acabar con su vida?

—No —aseguró Brandt—. Karl Flex llevaba unos cuantos años viviendo en la zona y, aunque no era de esta parte del mundo, sino de Múnich, aquí en Obersalzberg lo apreciaban prácticamente todos. Por lo menos, esa impresión tenía yo. Era mi vecino de al lado, más o menos. Mi mujer Anni y yo vivimos en Buchenhohe, montaña arriba, un poco al este del Territorio del Führer. Muchos de los que trabajaban en Obersalzberg viven allí.

—¿Qué intereses tenía?

—Leer. La música. Los deportes de invierno. Los coches.

—¿Alguna novia?

—No. No, que yo supiera.

—Pero le gustaban las chicas.

—La verdad es que no sabría decírselo. Supongo. Quiero decir que nunca me habló de nadie en particular. ¿Por qué lo pregunta?

—Solo intento hacerme una idea de cómo era este hombre y de por qué alguien le disparó. Quizá un marido celoso. O el padre ultrajado de alguna desafortunada chica local. A veces los motivos más obvios resultan ser los acertados.

—No. No había nada parecido. Estoy seguro. Ahora, si me disculpa, comisario. Tengo que volver con mi esposa. No se encuentra nada bien.

Brandt se quitó la bata de un zarpazo y salió sin pronunciar una palabra más. No puedo decir que fuese un gran médico, pero era fácil ver por qué Hitler lo tenía cerca. Recto como una vara y con los modales solemnes de un monaguillo, tenía buen aspecto con su uniforme negro, y aunque no parecía un médico que tuviera la cura para nada muy grave, sin duda podría haber ahuyentado a sustos un resfriado o una tos persistente. Desde luego, a mí me asustaba.

14

ABRIL DE 1939

—Pues no ha sido de gran ayuda —objetó Kaspel—. Vaya capullo.

Eran las tres y media de la madrugada y estábamos en el dispensario del hospital de Berchtesgaden. Revisábamos los efectos personales de Flex, aunque ya los había fotografiado unas cuantas veces. Yo tenía en la mano un inventario de las pertenencias del fallecido que había elaborado Kaspel.

—Desde luego, los tipos fríos como él son los que dejan en mal lugar a las SS —dije—. Pero resulta que el doctor Brandt ha sido de mucha más ayuda de lo que cabría pensar.

—¿Cómo? Ha sido usted quien ha encontrado el orificio de entrada, ¿no?

—No por lo que nos ha dicho, sino tal vez por lo que no nos ha dicho. Por ejemplo, Flex tenía una gonorrea de mucho cuidado. Brandt no lo ha mencionado, aunque a mí me ha parecido evidente y a él también debe de habérselo parecido.

—Así que por eso le ha sacado una foto de la polla. Y yo que pensaba que era para su colección personal de obscenidades.

—¿Se refiere a las fotos que tengo de su mujer y su hermana?

—Así que es usted el Fritz que las tiene, ¿eh?

—Un buen acceso de gonorrea explicaría la presencia de un frasco de Protargol en la lista de efectos personales de Flex. Solo que aquí no hay Protargol ahora. Por lo visto, alguien lo ha sustraído. Eso y el Pervitín, que también aparece en su inventario. Por el contrario, sigue aquí la pinza para billetes, que sujeta un buen fajo, de varios cientos de marcos. Junto con todos los demás objetos de valor.

—Ah, sí. Tiene razón. Los medicamentos han desaparecido, ¿verdad? Qué pena. Iba a quedarme con el Pervitín.

—Creo que los ha cogido Brandt. Ha podido hacerlo mientras esperaba a que llegáramos. Evidentemente, no sabía que, como cualquier poli que se precie, usted ya había hecho este inventario. —Saqué uno de los cigarrillos de Kaspel y dejé que me diera fuego con el mechero de Flex—. Pues bien, por lo que al Protargol respecta, puede ser que, como amigo de Flex, quisiera ahorrarle el bochorno de que descubriéramos que tomaba proteinato de plata para una enfermedad venérea. Supongo que es comprensible. Aunque por los pelos. Quizá yo haría lo mismo por un conocido. Si estuviera casado, tal vez.

—Yo puedo explicar lo de la metanfetamina —se ofreció Kaspel—. Antes había existencias de sobra de esa poción mágica aquí en Berchtesgaden. Se la daban a los obreros locales de P&Z para que no se retrasaran con los plazos de construcción. Pero de un tiempo a esta parte parecen haberse agotado las reservas. Al menos, para cualquiera que no vaya de uniforme. Tengo entendido que hay muchos civiles en Berchtesgaden desesperados por un poco de poción mágica. Como le decía, el Pervitín puede ser muy adictivo.

—¿Por qué se han agotado las existencias?

—Extraoficialmente, corre por la montaña de Hitler el rumor de que están almacenando la sustancia para nuestras fuerzas armadas, por si hay guerra. Que el ejército alemán va a necesitar metanfetamina a fin de permanecer despierto el tiempo suficiente para derrotar a los polacos. Y es de suponer que a los Ivanes cuando vengan a apoyar a los polacos.

Asentí.

—Entonces, eso también explicaría la presencia de Losantín y natrón en esta clínica. —Señalé las sustancias que estaban puestas en las estanterías y, cuando Kaspel se encogió de hombros, añadí—: El Losantín se utiliza para tratar las quemaduras en la piel causadas por gas venenoso. El natrón se utiliza para neutralizar el gas de cloro. Por lo menos, así era cuando estuve en las trincheras. Parece ser que hay alguien se está preparando para lo peor, incluso aquí, en Berchtesgaden.

—Voy a decirle otra cosa que falta —observó Kaspel—. Al menos, según el inventario que hice ayer por la mañana con el comandante Högl. Había una libretita azul y un llavero pequeño que llevaba colgado al cuello con una cadenilla de oro. También han desaparecido.

—¿Recuerda qué había en la libreta?

—Números. Nada más que números.

—Vamos a ver qué queda. Un paquete de Turkish 8...

—En el Territorio del Führer lo fuma todo el mundo. Yo incluido.

—Un juego de llaves de casa, algo de calderilla, un peine de carey, un par de gafas de leer, un billetero de cuero, carné de conducir de civil, permiso de armas, documento de identificación laboral, permiso de caza, Documento de Identidad Personal del Partido Nacionalsocialista Alemán, certificado genealógico familiar ario, insignia del Partido, unas tarjetas de visita, un sello de oro, un encendedor Imco de oro, una petaquita de bolsillo de oro, un reloj de oro (de la marca Jaeger-LeCoultre, que es muy caro), unos gemelos de oro, una pluma Pelikan de oro...

—A Karl Flex le gustaba el oro, ¿eh? Incluso la pinza para el dinero es de dieciocho quilates. —Kaspel desenroscó el tapón de la petaca de bolsillo y olió el contenido.

—Y luego está la Ortgies automática del calibre 32 —observé—. ¿Dónde la llevaba, por cierto? ¿Metida bajo la cinturilla del pantalón? ¿En el calcetín? ¿Colgada al cuello de una cadena?

—Estaba en el bolsillo de la chaqueta —respondió Kaspel.

Extraje el cargador y lo examiné.

—Pues estaba cargada, sí. Parece ser que, a fin de cuentas, este amigo nuestro tan alto se esperaba que hubiera problemas. Nadie llevaría una «podadera» como esta a menos que creyera necesitarla.

—Sobre todo, aquí arriba. De habérsela encontrado en el Berghof, lo habrían detenido, por mucho permiso de civil que tuviera. Órdenes de Bormann. Solo la RSD está autorizada a llevar armas en el Territorio del Führer. Y nunca en el interior del Berghof o el Kehlstein, donde la única persona que tiene permiso para ir armada es el propio Bormann. Compruébelo si quiere. Siempre lleva un bulto en el bolsillo derecho de la chaqueta.

Señalé la petaca de bolsillo.

—¿Qué veneno contiene?

Kaspel tomó un sorbo de la petaca y sonrió con admiración.

—Es del bueno. Lo mismo que bebe Bormann.

Yo también tomé un sorbo y respiré hondo. El Grassl causa ese efecto. Encima de la metanfetamina, era como una dosis de electricidad recorriéndome por dentro.

—Me encanta este trabajo que me permite beber schnapps del mejor cuando estoy de servicio.

Kaspel rio y se guardó la petaca.

—Más vale que esto no caiga en manos equivocadas.

—Un traje Hermann Scherrer, zapatos Lingel, calcetines de cachemira, ropa interior de seda, reloj de plutócrata y más oro que en el templo del rey Salomón. Qué bien vivía, ¿no? Para ser ingeniero civil. Por cierto, ¿a qué se dedica un ingeniero civil?

—Se dedica a la buena vida, a eso se dedica. —Kaspel hizo una mueca—. Por lo menos, hasta que le pegan un tiro en la nuca. Fue así, ¿no? Le dispararon en la nuca, no por delante como todo el mundo había pensado. Lo que significa que el tirador no podía estar en el bosque detrás del Berghof, como todos creían. —Meneó la cabeza—. Qué raro que no encontráramos nada.

—¿Estuvo allí? ¿En el bosque?

—Dirigí la patrulla de búsqueda. Rattenhuber y Högl no se ensucian las botas ni locos. No, fuimos mis hombres y yo.

—Voy a volver allí. Ahora que he visto el cadáver, quiero leer todas las declaraciones de los testigos en mi nuevo despacho, suponiendo que tenga un despacho, y luego inspeccionar la terraza con más detenimiento.

—No sé qué espera encontrar, pero lo acompañaré.

—¿No quiere irse a casa, Kaspel? Son las tres y media de la madrugada.

—Pues sí. Pero ahora llevo un vuelo de mucho cuidado, desde que he esnifado la poción mágica. Igual que si fuera en un Me 109. Tardaré una eternidad en ser capaz de cerrar los ojos, y mucho más en dormir. Además, somos chicos *Bolle*, ¿no? De Pankow. Seguimos de juerga hasta que uno de los dos se derrumba o acaba en chirona. Así funciona lo nuestro ahora. Lo llevaré montaña arriba hasta el Berghof y, por el camino, le contaré unas cuantas verdades como puños sobre este lugar.

15

ABRIL DE 1939

Había dejado de nevar y parecía que la noche estuviera conteniendo la respiración. El aliento me ondeaba ante la cara como una nube encima de una de las cumbres. Incluso de noche era un lugar mágico y hermoso, pero, como ocurría con todas las historias que tenían que ver con la magia en Alemania, siempre tenía la sensación de que mis pulmones y mi hígado ya estaban en el menú de alguien, que, detrás de las cortinas de encaje de alguna de esas casitas de madera tan pintorescas, un cazador local afilaba el hacha y se disponía a ejecutar la orden de matarme con discreción. Me estremecí y, con la Leica todavía entre las manos, me subí el cuello del abrigo y pensé que ojalá hubiera pedido también un par de guantes calentitos. Decidí añadir los guantes a la lista de requisitos. Bormann —el Señor de Obersalzberg, como lo había llamado Kaspel— parecía dispuesto a concederme prácticamente todo lo demás. Kaspel me abrió la portezuela del coche con gesto amable. Su actitud era ahora radicalmente diferente de la del hombre que había encontrado una o dos horas antes. Ya estaba claro que había cambiado mucho desde que dejó la policía de Berlín. Los nazis podían causarle ese efecto a un hombre, aunque fuera nazi. Casi estaba empezando a tomarle afecto.

—¿Cómo es Heydrich? —me preguntó.

—¿No ha coincidido con él?

—De pasada. Pero no lo conozco. Respondo directamente ante Neumann.

—Yo he estado con el general varias veces. Es inteligente y peligroso, eso es. Trabajo para él porque no me queda otra. Creo que hasta Himmler le tiene miedo. Yo sé que se lo tengo. Por eso sigo vivo.

—Pasa lo mismo en todas partes. Si acaso, es peor aquí que en Berlín.

—Explíquese.

Hizo una mueca de dolor.

—Hum. No sé, Gunther. Somos chicos *Bolle* de Pankow y todo eso, sí. Y quiero ayudarlo y ayudar al general. Pero creo que los dos sabemos que hay cosas de las que no podemos ni debemos hablar. Por eso sigo vivo. No solo los empleados de P&Z tienen accidentes. Y si eso no da resultado, el campo de concentración de Dachau está a menos de doscientos kilómetros de aquí.

—Me alegra que mencione Dachau, Hermann. Hace tres años, Heydrich me envió en busca de un hombre que estaba internado allí, un tal Kurt Mutschmann. Eso me obligó a hacerme pasar por preso del campo. Pero después de unas semanas, ya no tenía la sensación de fingir. No conseguí salir de allí hasta haber localizado a Mutschmann, y ni un momento antes. A Heydrich le pareció muy divertido. Pero a mí no. Mire, creo que usted sabe que no soy nazi. A él le soy útil porque no antepongo la política al sentido común; nada más. Porque se me da bien lo que hago, aunque ojalá no fuera así.

—De acuerdo. Me parece muy bien. —Kaspel arrancó el coche—. Vamos a ver. Esto no es el armonioso idilio rural que le ha descrito Martin Bormann, Gunther. Ni es popular el Führer por aquí, a pesar de todas las banderas y los murales nazis. Muy al contrario. Toda la montaña de Hitler está surcada de túneles en desuso y antiguas minas de sal. De ahí viene el nombre de la montaña, claro. De la sal. Pero la geología local es una muy buena metáfora de cómo está la situación en Obersalzberg y Berchtesgaden. Nada es lo que parece a primera vista. Nada. Y bajo la superficie..., bueno, aquí no está ocurriendo nada bonito.

Hermann Kaspel condujo el coche siguiendo el curso del río y nos llevó montaña arriba de regreso al Berghof. Era una carretera sinuosa, pero a la luz de la luna no tardamos en encontrar una cuadrilla de obreros atareados en ensancharla para facilitar el acceso a cualquier posible visitante de Hitler. Casi todos llevaban el sombrero y la gruesa chaqueta tradicionales del Tirol, y uno o dos hicieron el saludo hitleriano a nuestro paso. Kaspel respondió, pero sus expresiones eran ariscas y recelosas.

—En verano hay hasta trescientos o cuatrocientos obreros como esos por aquí —explicó Kaspel—. Pero ahora mismo solo hay más o menos la mitad. La mayoría se aloja en campos de trabajo locales en Alpenglühen, Teugelbrunn y Remerfeld. Pero no cometa el error de pensar que son hombres obligados a desempeñar este trabajo. Créame, no lo son. Es verdad que al principio las oficinas de empleo austriacas tenían órdenes de enviar a todos los obreros disponibles a este lugar. Los hombres que enviaban eran del todo inadecuados para trabajar en los Alpes: empleados de hotel, peluqueros o artistas. Muchos enfermaban. Así que ahora solo se da trabajo a bávaros de la zona, hombres con experiencia de trabajo en la montaña. Aun así, hemos tenido muchos problemas en los campos de trabajo. Alcohol, droga y apuestas. Peleas por dinero. Las SS locales tienen que emplearse a fondo para mantener el orden con algunos de estos tipos. Así y todo, no hay problemas para conseguir trabajadores. Estos obreros de la Administración de Obersalzberg están muy bien pagados. De hecho, hacen jornada triple. Y ese no es el único incentivo. El trabajo de construcción en esta zona ha sido declarado por Bormann «empleo de reserva». En otras palabras, si uno trabaja en la montaña de Hitler, no tiene que cumplir servicio en las fuerzas armadas. Eso es un gran aliciente ahora mismo, máxime teniendo en cuenta que todo el mundo cree que habrá otra guerra. Así pues, ya puede imaginar que los voluntarios no escasean. A pesar de todo eso, el trabajo de construcción es muy peligroso aquí arriba. Incluso en verano. A menudo se provocan explosiones, como la que oyó antes, para abrir túneles a través de las montañas, y ha habido muchos accidentes. Accidentes mortales. Hombres enterrados vivos. Hombres que caen de las cumbres. Hace solo tres días se produjo una gran avalancha que mató a varios obreros. Luego hay constantes demoras provocadas por la presencia habitual de Hitler en la zona: le gusta dormir hasta tarde y no le gusta el ruido de las obras. Eso significa que cuando se trabaja hay que hacerlo las veinticuatro horas del día. Dios sabe cuántos hombres murieron construyendo ese puto salón de té del Kehlstein; se corrieron riesgos considerables a fin de que estuviera listo para el día en que cumpliera cincuenta años. Así pues, por aquí hay muchas más viudas de las que debería. Eso ha provocado mucho resentimiento en Berchtesgaden y los alrededores. Sea como sea, Flex trabajaba para P&Z. Y el mero hecho de trabajar en esa empresa podría ser, a juicio de más de uno, un probable móvil para el asesinato.

»Pero hay otro. El gobierno ha expropiado prácticamente todas las casas y granjas que ve en la montaña. La casa de Göring. La granja de Bormann. La que sea. En 1933, todas las casas de la montaña estaban en manos de particulares. Hoy apenas queda ninguna que no sea propiedad del gobierno alemán. Es lo que podría llamarse fascismo inmobiliario, y funciona así. Alguien del gobierno que cuenta con el favor de Hitler o Bormann necesita una casa bonita para estar cerca del Führer. Entonces Bormann propone comprarle esa casa a su propietario bávaro. Cabría imaginar que, con tan pocas casas como quedan en manos de particulares, el mercado es propicio para los que venden y se podrían obtener precios elevados. Nada de eso. Bormann siempre ofrece una suma por debajo del precio de mercado, y Dios no quiera que alguien rechace su primera oferta. Si lo hace, ocurre lo siguiente. Las SS aparecen como por arte de magia, bloquean el sendero de acceso y retiran el tejado. No le exagero. Si aun así el propietario no quiere vendérsela al gobierno, bien podría acabar en Dachau por algún motivo inventado, a menos que cambie de opinión.

»Por ejemplo, Villa Bechstein, donde usted se aloja, Gunther. Antes era propiedad de una ferviente partidaria de Hitler. Ella le regaló un flamante coche cuando salió de la cárcel de Landsberg, por no hablar de un bonito piano nuevo para su casa, y es probable que una cantidad considerable de dinero por añadidura. Pero nada de eso importó cuando el Señor de Obersalzberg decidió que quería su casa para los vips nazis. Se vio obligada a venderla como todos los demás. Y por un precio de risa. Así recompensa Hitler a sus amigos. La historia del Türken Inn es similar. El caso es que la ciudad de Berchtesgaden está llena de casitas ocupadas por bávaros de la región que antes eran propietarios de casas más grandes en la montaña de Hitler. Y todas esas personas odian con saña a Martin Bormann. Para distanciarse de tanto resentimiento, a veces Bormann recurre a un tipo llamado Bruno Schenk que entrega sus órdenes de expropiación. O, más a menudo, a un hombre de Bruno Schenk: Karl Flex. ¿Quiere un móvil para el asesinato? Ahí lo tiene. Uno excelente. Bruno Schenk y Karl Flex eran dos de los tipos más detestados de la región. Si alguien se merecía un balazo en la cabeza eran ellos, o el ayudante de Bormann, Wilhelm Zander, a quien ya conoció en el Kehlstein. Y eso significa que va a tener un problema de mil demonios para resolver este caso sin herir la susceptibilidad de Martin Bormann. En mi opinión, aquí la corrupción llega mucho más hondo. Quizá recorre la montaña de punta a punta, si sabe a qué me refiero. Igual alcanza hasta al propio Hitler. No me sorprendería que el Führer se esté llevando su diez por ciento de todo, porque Bormann, desde luego, lo hace. Incluso de la tienda del Türken donde los de las SS compran el tabaco y las postales. En serio. Bormann siempre sigue el ejemplo de Hitler, y apostaría a que fue Hitler quien lo incitó a montar este chanchullo para sacarse un dinerito.

»Pero no son meras especulaciones infundadas. Déjeme que le cuente una historia que pocos conocen acerca de la casa que compró Hitler. La Haus Wachenfeld, lo que ahora llamamos el Berghof, en la que se han gastado muchos millones más. Por supuesto, viene aquí desde 1923, después del *Putsch*, cuando apenas podía permitirse otra cosa que alquilar una habitación en la Haus Wachenfeld. Pero en 1928, cuando su situación empezó a mejorar, pudo alquilarle la casa entera a la propietaria, una viuda de Hamburgo que se llamaba Margarete Winter. Para 1932, Hitler se había hecho rico con las ventas de su libro, conque decidió hacerle a la viuda una oferta para comprar la vivienda. Como ella vivía en Hamburgo, no podía presionarla demasiado para que aceptase venderla y, a decir de todos, ella no quería hacerlo. Pero andaba escasa de dinero. Su marido había perdido casi todo su capital en la crisis de 1929, y se había visto obligado a vender su fábrica de cuero. Unos judíos locales la compraron a precio de saldo. La viuda odiaba a esos judíos más incluso que la idea de que Hitler la obligara a abandonar su casa en Obersalzberg. Así pues, ella le propuso un trato. Le vendería la casa a Hitler por 175.000 marcos imperiales si también le hacía un favor. Al día siguiente, un rayo alcanzó esa misma fábrica de cuero. Ardió hasta los cimientos, aunque parece mucho más probable que no fuera la Madre Naturaleza quien la destruyó sino unos miembros locales de las SA. Por orden personal de Hitler. Es una historia real, Gunther. Así que ya ve: Hitler siempre se sale con la suya, o bien por las buenas o bien por las malas. Y Martin Bormann hace más o menos lo mismo.

—Entonces, si lo he entendido bien, Hermann, la mitad de la gente con la que hable no me dirá nada porque le tiene miedo a Bormann. Y la otra mitad no me dirá nada porque quiere que el asesino salga impune. Porque cree que Karl Flex se lo tenía merecido. De sobra.

Kaspel sonrió.

—Es una descripción bastante acertada de su labor investigadora, sí. Tendrá que sostener las cartas tan cerca del pecho que le hará falta suerte para ver de qué palo son.

—Heydrich quería que buscara algún trapo sucio sobre Bormann. Me da la impresión de que eso podría ser lo que quería. ¿Le ha contado usted algo al respecto?

—No. Pero nada de esto le parecerá una gran sorpresa a Heydrich. Fue Bormann quien ayudó al propio Himmler a comprar su casa, que no está en Obersalzberg sino en Schönau, a unos quince minutos de aquí. El Schneewinkellehen. Antes era propiedad de Sigmund Freud. A ver cómo se explica eso. Sea como sea, está claro que Heydrich no va a reprender a Bormann por hacer algo que ha hecho su propio jefe.

—No le falta razón. Me pidió que averiguara qué hay de cierto en el rumor de que a Bormann lo está chantajeando su propio hermano. Supongo que Heydrich quiere saber qué información tiene Albert sobre su hermano para poder chantajearlo también.

—Pues no sé lo que puede ser. Lo único que sé es que Albert Bormann tiene enchufe con Adolf Hitler. Y eso significa que aquí es casi tan poderoso como Martin Bormann. Hay que reconocérselo a Hitler: sabe muy bien cómo dividir y vencer.

Nos detuvimos en un control y una vez más presentamos nuestras credenciales a un guardia de las SS helado de frío. El reflector que iluminaba nuestro coche también me permitió ver el tamaño de la valla de seguridad.

—No debe de ser muy fácil saltar eso —señalé—. Y menos con un rifle en la mano.

—Esa valla tiene diez kilómetros —dijo Kaspel—. Con treinta puertas distintas, todas ellas dotadas de cerradura de seguridad Zeiss-Ikon. Pero a menudo la valla sufre daños debido a los aludes de rocas, las avalanchas y..., bueno, los sabotajes. Incluso cuando está en buen estado, esta valla que rodea la zona no pinta una mierda. Ah, tiene buen aspecto, proporciona cierta protección a la carretera y supongo que da sensación de seguridad a Hitler, pero en la RSD todos saben que, con tantos túneles y minas de sal privadas, muchos vecinos de la zona pueden ir y venir a su antojo dentro del perímetro. Y más aún, lo hacen. El interior de nuestra montaña es como un queso suizo, Gunther. Hitler prohibió por completo la caza detrás de la valla que marca el perímetro porque le encantan los animalillos peludos, pero eso no impide que aquí la gente cace con total impunidad. Las mejores piezas que pueden cobrarse en la zona están en el Territorio del Führer, y lo más probable es que el tirador fuera algún campesino local que accedió a la zona por el túnel de una antigua mina de sal que su familia retorcida y endogámica usa desde hace cientos de años. Probablemente quería abatir un par de conejos o un ciervo, pero acabó cobrándose una rata.

—Gracias por decírmelo, Hermann. Aprecio su sinceridad. —Sonreí—. Un paisaje precioso, un cadáver, un montón de mentiras y un poli idiota. Solo nos hace falta una chica bonita y un gordo y diría, sin temor a equivocarme, que tenemos todos los ingredientes para una comedia de Mack Sennett. Por eso estoy aquí en Obersalzberg, supongo. Porque al Todopoderoso le gusta partirse de risa. Sé de lo que hablo, se lo aseguro. Dicen que en este mundo hay misericordia y clemencia, solo que no las veo, porque con esta vida de mierda tan jodida y accidentada que me ha caído en suerte, llevo divirtiendo a Dios Padre que está en los cielos desde 1933. A decir verdad, empiezo a tener ganas de que se le atragante la risa.

Kaspel frunció los labios y meneó la cabeza.

—El caso es que he estado devanándome los sesos en busca del motivo por el que el general Heydrich lo ha enviado aquí a Obersalzberg, Gunther. Y quizá empiezo a vislumbrarlo. Es posible que posea usted un espíritu más sombrío que cualquiera de nosotros.

—¿Hermann? Hace mucho tiempo que está ausente de Berlín. ¿Nunca se pregunta por qué el oso en nuestro escudo de armas es negro? Pues porque está harto de todo, por eso. En Berlín todo el mundo es como yo. Por eso a todos los demás alemanes les gusta tanto esa ciudad.

16

ABRIL DE 1939

Llegamos al lado norte del Berghof. En las escaleras que conducían a la terraza nos aguardaba un hombre a quien había conocido muchos años antes. Arthur Kannenberg había sido propietario de un restaurante con terraza en Berlín Oeste, cerca de la Cabaña del Tío Tom, llamado Pfuhl's Weinund. Pero todo se fue a tomar por saco con la crisis, y lo último que había sabido de Kannenberg es que se marchó de Berlín y se fue a trabajar a Múnich, donde se hizo cargo del comedor de oficiales en la sede del Partido Nazi. Era un hombre pequeño, rechoncho y de piel pálida, con labios muy rosados y ojos que denotaban hipertiroidismo. Vestía una chaqueta gris de estilo austriaco. Me saludó efusivamente.

—Bernie —dijo, estrechándome la mano—, cómo me alegro de volver a verlo.

—Arthur. Qué sorpresa. ¿Qué demonios hace aquí?

—Soy encargado aquí en el Berghof. Herr Bormann me ha avisado de su llegada. Conque aquí estoy, a su servicio.

—Gracias, Arthur, pero lamento que haya tenido que quedarse despierto hasta las tantas.

—Lo cierto es que estoy acostumbrado. El Führer es más bien un ave nocturna, la verdad, lo que significa que yo también tengo que serlo. En cualquier caso, quería cerciorarme de que esté todo a su gusto. Le hemos preparado un despacho en una de las habitaciones de invitados de la segunda planta.

Kaspel se esfumó mientras yo seguía a Kannenberg bajo un pasaje cubierto y luego accedía a un vestíbulo por una recia puerta de roble.

—¿Sigue tocando el acordeón, Arthur?

—A veces. Cuando el Führer me lo pide.

Con los techos bajos, la iluminación tenue, las columnas de mármol rojo y los arcos abovedados, los alrededores del vestíbulo se parecían a la cripta de una iglesia. No tenían un aire muy familiar, que digamos. Kannenberg me llevó arriba y enfilamos un pasillo extraordinariamente ancho con las paredes cubiertas de cuadros. Me mostró el interior de una habitación tranquila con una estufa de color crema decorada con figuritas verdes. Las paredes estaban revestidas de madera de pícea pulida y había un asiento de madera encajado en un rincón con una mesa rectangular. En el suelo había varias alfombras y un cesto de hierro forjado lleno de troncos para la chimenea de leña. Había dos teléfonos y un archivador, y todo lo que había pedido, incluidas unas botas Hanwag forradas en piel. Al verlas, me senté y me las calcé de inmediato. Tenía los pies helados.

—Está todo muy bien —dije, al tiempo que me levantaba y daba unos pasos firmes por la habitación para poner a prueba las botas nuevas.

Kannenberg encendió una lámpara de mesa, bajó la voz y se me acercó.

—Para cualquier cosa que necesite mientras esté aquí, y me refiero a cualquier cosa, acuda a mí, ¿de acuerdo? No se la pida a ninguno de esos ayudantes de las SS. Si les pregunta algo, tendrán que pedirle permiso a alguien más antes de responder. Acuda a mí y yo se lo solucionaré. Igual que cuando estábamos en Berlín. Café, alcohol, pastillas, algo de comer, tabaco... Solo que, por el amor de Dios, no fume en la casa. La novia del Führer fuma en su cuarto con la ventana abierta y cree que él no se da cuenta, pero lo huele, y eso lo pone de los nervios. Ahora ella está aquí y, como él está ausente, se cree que se puede salir con la suya. Pero yo lo huelo por la mañana. Usted está delante del estudio privado del Führer, Bernie, al otro lado del pasillo, así que si quiere fumar, hágalo fuera. Y tenga buen cuidado de recoger las colillas. De todos modos, le enseñaré la casa por la mañana. De momento, déjeme mostrarle lo cerca que está de él. Solo para que le quede claro lo del tabaco.

Estábamos en el umbral. Kannenberg abrió la puerta de enfrente y encendió una luz para dejarme echar un vistazo al estudio del Führer. Era una habitación espaciosa, con puertaventanas, moqueta verde, muchas estanterías de libros, una mesa grande y una chimenea. En la mesa había unos extensores y, encima de la chimenea, un cuadro de Federico el Grande con la cara sonrosada. Aún era joven; tal vez datase de cuando era el príncipe heredero. Vestía un abrigo de terciopelo azul y sostenía una espada y un telescopio como si se dispusiera a contemplar el paisaje desde la puertaventana del Führer. Yo sí que iba a hacerlo.

—¿Lo ve? Está justo delante.

Kannenberg cogió los tensores y los guardó en un cajón de la mesa.

—Los necesita porque hace todo el ejercicio con el brazo derecho —explicó con tono obediente—. Eso le debilita el brazo izquierdo.

—Ya sé lo que es eso.

—Es un gran hombre, Bernie. —Paseó la mirada por el estudio, casi como si estuviéramos en una especie de templo—. Algún día, esta estancia, su estudio, será un lugar de peregrinación. En verano ya vienen aquí miles de personas para verlo, aunque sea de lejos. Por eso tuvieron que construir el Türken Inn, para que tenga un poco de paz y tranquilidad. Se supone que esa es la razón de ser de este lugar. La paz y la tranquilidad. Bueno, lo era hasta la tragedia de ayer por la mañana. Esperemos que sea usted capaz de hacer que las aguas vuelvan a su cauce.

Kannenberg apagó la luz y volvió a salir al pasillo.

—Arthur, ¿estaba usted presente cuando le dispararon a Karl Flex?

—Sí, lo vi todo. Cuando ocurrió, Weber y los demás estaban a punto de trasladarse al nuevo hotel Platterhof para ver cómo habían avanzado las obras de construcción allí.

—¿Weber?

—Hans Weber, el principal ingeniero de P&Z. Yo estaba a un metro del doctor Flex, supongo. Pero no me di cuenta de lo que había pasado durante unos instantes. Sobre todo, por el sombrero que llevaba.

—¿Un sombrero? No he visto ninguno.

—Era un sombrerito tirolés verde con plumas, como el que llevaría un campesino. Solo quedó clara la gravedad de sus heridas cuando se le cayó el sombrero. Parecía cómo si la cabeza le hubiera estallado desde dentro, Bernie. Como un huevo cuando está hirviendo y revienta. Supongo que alguien tiró ese sombrero, porque estaba empapado en sangre.

—¿Cree que podría buscarlo?

—Puedo intentarlo, desde luego.

—Hágalo, por favor. ¿Llevaba sombrero alguien más?

—Me parece que no. Y si alguien lo llevaba, seguro que no era como ese. No era lo que se diría un sombrero de caballero. Creo que Flex lo llevaba porque le daba cierto aspecto local. O le hacía parecer un personaje.

—¿Y lo era? ¿Un personaje?

—No sabría decirlo, la verdad.

Pero Kannenberg me miró a los ojos y, llevándose un dedo a los labios, meneó la cabeza en un gesto cargado de intención.

—Ya sé que es muy tarde, Arthur, pero le agradecería que me acompañase a la terraza unos momentos y me explicara exactamente lo que pasó. Solo para que pueda hacerme una idea más precisa.

Fuimos abajo.

—Es por aquí. A través del Gran Salón.

—¿Qué hay de Freda, su esposa? ¿También se encuentra aquí?

—Sí. Y le preparará un desayuno berlinés bien abundante por la mañana. Lo que quiera y cuando quiera.

El Gran Salón era un rectángulo descomunal con el suelo de dos niveles cubierto de moqueta roja, y parecía una versión más grande del salón encima del Kehlstein. A un lado había una chimenea de mármol rojo y, en el lado norte, el inmenso ventanal panorámico. Era una estancia de esas en las que un rey medieval podría haber celebrado banquetes e impartido una justicia más bien inflexible. Podría haber tirado a un condenado por ese ventanal, quizá. Según Kannenberg, el ventanal tenía un motor eléctrico para subirlo y bajarlo, igual que una pantalla de cine. Había otro piano de cola, un inmenso tapiz, también de Federico el Grande; y, junto a la ventana, una mesa con tablero de mármol y un globo terráqueo enorme que no hizo gran cosa por sofocar mis temores en torno a las ambiciones territoriales nazis. La devoción de Hitler por el ejemplo de Federico

el Grande me convenció de que el Führer debía de haberse plantado a menudo delante de ese globo para decidir dónde iba a enviar a
continuación los ejércitos alemanes. Cruzamos el nivel superior y salimos del Berghof a través del jardín de invierno que, en marcado
contraste con el Gran Salón, parecía la sala de estar de mi difunta
abuela. Fuera, en la terraza helada, las lámparas de arco brillaban con
intensidad y varios hombres de la RSD, incluido Kaspel, esperaban
mi llegada.

—Pues bien —dijo Kannenberg, que fue directo hacia el antepecho bajo que bordeaba la terraza—, el doctor Flex estaba aquí, me
parece. Al lado de Brückner, uno de los ayudantes de Hitler.

—¿Iba Brückner de uniforme?

—No. Todos miraban hacia el Untersberg, el pico de montaña
que se ve al otro lado del valle. Todos salvo el doctor Flex, claro. Miraba en dirección contraria. Directo hacia el Hoher Göll. Como yo
ahora.

—¿Está seguro de eso, Arthur?

—Totalmente. Lo sé porque me estaba mirando a mí. Yo en realidad no tomaba parte en la discusión. Solo estaba por allí esperando
a que Huber o Dimroth, que es el ingeniero jefe de Sager & Woerner,
me dijeran que habían terminado de desayunar. O que estaban listos
para ir al Platterhof. Pero también podía habérmelo dicho Flex. Y en
el momento en que se derrumbó lo estaba mirando directamente
como si fuera a decirme justo eso.

—Así que Flex era más alto que los demás, ¿verdad?

—Sí.

—Y llevaba un sombrerito tirolés verde. ¿Correcto?

—Correcto.

—Y miraba hacia usted, en lugar de hacerlo valle abajo.

—Eso es.

—¿Y dónde estaba usted?

Kannenberg cruzó la terraza y se puso delante del ventanal del
jardín de invierno.

—Aquí. Justo aquí.

—Gracias, Arthur. Ahora ya nos ocupamos nosotros. Váyase a la
cama como un buen chico, y ya nos veremos a lo largo del día.

—Y si hay tiempo, puede darme noticias de Berlín. Lo echo de menos a veces.

—Ah, Arthur, y a ver si me agencia un par de guantes. Tengo las manos heladas.

Volví dentro para coger la cámara de mi despacho en la primera planta donde la había dejado. Luego regresé a la terraza donde Kaspel estaba fumando un pitillo. Al verme, lo apagó con mucho cuidado contra la pared y se guardó la colilla en el bolsillo del abrigo. Sonreí y meneé la cabeza. Si no había creído que Hitler estaba loco antes de venir al Berghof, ahora ya lo creía. ¿Qué mal podían hacer unos cuantos asquerosos cigarrillos? Di un garbeo por la terraza y volví donde estaba Kaspel.

—Eh, me acaba de venir a la cabeza —dijo Kaspel—. Si estaba de cara a la montaña y el disparo lo alcanzó en la nuca, entonces...

—Exacto. —Señalé hacia la oscuridad que había más allá de la terraza, hacia el norte, en dirección a Berchtesgaden a los pies de la montaña—. El tirador estaba por alguna parte allí abajo, Hermann. No en el bosque, ni ahí arriba. No es de extrañar que no encontraran nada. El tirador no estuvo ahí en ningún momento. —Recorrí la terraza con la mirada y vi un montón de varillas de madera ordenadas en un rincón. Cogí una varilla y la llevé al borde de la terraza—. La cuestión es otra. ¿Dónde estaba apostado exactamente? ¿Dónde podría encontrar un hombre con rifle el cobijo necesario para evitar que lo detectaran el tiempo suficiente para disparar contra esta terraza?

Le pasé a Kaspel la varilla de madera.

—Flex era más alto que yo. De la estatura de ese de ahí. —Señalé a uno de los hombres de las SS de aspecto soñoliento a la espera de nuestras órdenes, que también era el más alto—. Usted. Es más o menos de la misma estatura que Flex. Venga aquí. Vamos, Alemania bien despierta, ¿eh?

El de las SS avanzó a paso firme hacia el antepecho.

—¿Cómo se llama, hijo?

—Dornberger, señor. Walter Dornberger.

—Walter, quiero que se quite el casco y vuelva el rostro en dirección opuesta al valle. Y quiero que finja ser el hombre que recibió el disparo. Si no le importa, quiero que me preste la cabeza un momento. ¿Hermann? Coloque la varilla al lado de su cabeza, donde se lo indique.

—De acuerdo —dijo Kaspel.

Puse el dedo en la parte inferior del cráneo del soldado de las SS.

—El orificio de entrada estaba más o menos aquí. El de salida, unos seis u ocho centímetros más arriba. Tal vez más. Pero es difícil ser más precisos, teniendo en cuenta los daños sufridos por el cráneo. Si tuviéramos el sombrero del muerto, claro, quizá dispondríamos de un orificio de bala real, lo que nos permitiría deducir la trayectoria del proyectil.

Fue en ese momento cuando Kannenberg volvió con un sombrero con cuatro cordones trenzados a modo de cinta y una insignia que era una mosca de pescador. El sombrero, de lana loden verde, y con un ala de unos cinco centímetros, estaba muy manchado de sangre. El interior daba la impresión de que alguien lo hubiera usado como salsera. Pero estaba bastante seco y se apreciaba con claridad un agujerito en la coronilla, por donde había salido la bala del rifle del asesino.

—Este es el sombrero —explicó Kannenberg—. Lo he encontrado en el suelo, al lado del incinerador.

—Bien hecho, Arthur. Ahora sí que estamos llegando a buen puerto.

Esta vez Kannenberg esperó a ver qué me disponía a hacer con el hombre de las SS, la varilla y el gorrito de gnomo que tenía en la mano. Introduje la punta de la varilla por el orificio y le pregunté al de las SS si no le importaba ponerse el sombrero un momento.

—Bien —le dije a Kaspel—. Ahora, baje el extremo de la varilla unos centímetros hasta el punto por donde la bala entró en el cráneo de Flex. Eso es.

Me apresuré a hacer unas fotografías y luego inspeccioné ambos extremos de la varilla: uno apuntaba hacia la galería de madera inmediatamente encima de la terraza, y el otro, por encima del borde del antepecho y valle abajo.

Unos instantes después retiré el sombrero verde del cabello rubio del de las SS y lo dejé en el suelo.

—¿Arthur? Voy a pedirle que le indique a Walter dónde encontró el sombrero. ¿Walter? Quiero que vaya al incinerador, se ponga a cuatro patas y vea si encuentra una bala usada. ¿Arthur? Necesitaré una escalera de mano para subir ahí y echar un vistazo más de cerca a esa galería.

—Ahora mismo, Bernie —respondió Kannenberg.

—Vamos a ver si logramos encontrar la bala usada ahí arriba entre el enmaderado de la galería —expliqué—. Una sola bala de plata.

—¿Por qué de plata? —indagó Kaspel.

No contesté, pero lo cierto era que no veía razón para que alguien disparase una bala de rifle contra la terraza de la residencia privada de Hitler a menos que estuviera hecha con la plata fundida de un crucifijo.

17

ABRIL DE 1939

En el enmaderado de la galería en la segunda planta del Berghof no encontramos un solo proyectil: para cuando se hizo de día, ya habíamos hallado cuatro. Antes de extraer esas balas con mi navaja Boker, marqué sus posiciones con trozos de cinta Lohmann y después las fotografié. Estaba empezando a pensar que ojalá hubiera solicitado un fotógrafo además de la Leica, pero lo cierto era que esperaba quedarme con la cámara cuando el caso hubiera terminado y venderla de vuelta a Berlín. Cuando trabajas para ladrones y asesinos, algo se te pega de vez en cuando.

Desde la galería de la segunda planta del Berghof se veía con claridad por qué había elegido Hitler justo ese lugar para vivir. La vista desde la casa era impresionante. Era imposible contemplar ese paisaje de Berchtesgaden y el Untersberg detrás sin oír una trompa alpina o un sencillo cencerro. Sin embargo, a Wagner no. Al menos, no en mi caso. Prefiero con mucho un cencerro al sumo sacerdote del germanismo. Además, un cencerro solo tiene una nota, lo que le sienta mucho mejor al trasero que cinco horas en una sala de conciertos en el Festival de Bayreuth. A decir verdad, pasé muy poco tiempo admirando la vista de postal desde la montaña de Hitler; cuanto antes me largara de allí y volviera al aire azulado de los tubos de escape de Berlín, mejor. Así pues, mientras Hermann Kaspel sujetaba un extremo de la cinta métrica en lo alto de la escalera, retrocedí hasta el antepecho que había al borde de la terraza y el lugar donde Flex había recibido el disparo, y coloqué la varilla a modo de rifle siguiendo el mismo ángulo descendente.

—¿No le parece que el extremo de esta varilla apunta hacia esas luces al oeste de aquí? —le pregunté a Kaspel.

—Sí.

—¿Qué es ese edificio?

—Lo más probable es que sea Villa Bechstein. El lugar donde ahora se aloja su ayudante.

—Sí, me había olvidado de Korsch. Espero que haya dormido mejor que yo. —Miré el reloj de muñeca. Eran casi las siete. Llevaba siete horas en Obersalzberg y tenía la sensación de que solo habían pasado siete minutos. Supongo que era por la metanfetamina. Por supuesto, sabía que tendría que tomar más, y pronto—. Bueno, no tardaremos en averiguarlo. Porque vamos a ir allí en cuanto hayamos desayunado en el comedor del Führer. A Villa Bechstein. Korsch puede ir en busca de un experto en balística que les eche un vistazo a estos proyectiles y nos diga algo más mientras yo deshago el equipaje y me lavo los dientes. Igual hasta revelo este carrete.

Kaspel bajó de la escalera y me siguió a través del jardín de invierno y el Gran Salón hasta el comedor, donde había paneles de pino nudoso por doquier y una vitrina empotrada que albergaba piezas diversas de porcelana de aire selecto con filigranas de dragones. Ojalá fueran dragones de los que escupían fuego, porque, pese a todos sus aires de grandeza, la habitación estaba helada. Había dos mesas, una redonda más pequeña en una ventana salediza dispuesta para seis comensales y otra rectangular más grande con dieciséis servicios. Kaspel y yo nos dirigimos a la mesa más pequeña, nos quitamos los abrigos, arrimamos dos butacas de cuero rojo terracota y nos sentamos. Sin pensarlo, dejé el paquete de tabaco encima del mantel. De alguna parte llegaba un aroma a café recién hecho.

—¿En serio? —preguntó Kaspel.

—Lo siento. Había olvidado nuestras órdenes.

Me apresuré a retirar el tabaco de la mesa, segundos antes de que apareciera en el comedor un camarero con guantes blancos, como si hubiera salido de una lámpara de latón para concedernos tres deseos. Aunque yo tenía muchos más que tres.

—Café —dije—. Mucho café caliente. Y quesos, quesos a mansalva. Y carne también. Huevos pasados por agua, pescado ahumado, miel, pan en abundancia y más café bien caliente. No sé usted, Hermann, pero yo me muero de hambre.

El camarero hizo una inclinación de cortesía y fue a por nuestro desayuno alemán. Tenía muchas esperanzas puestas en la cocina del Berghof: si no se podía tomar un buen desayuno alemán en casa de Hitler, entonces no había nada que hacer.

—No —dijo Kaspel—. Me refería a si iba en serio lo de investigar Villa Bechstein. Ese sitio está reservado a vips nazis.

—¿Eso soy yo? Qué curioso. Nunca me lo había planteado así.

—Lo han alojado allí porque es el lugar más cercano al Berghof donde no vive otra gente. Para que no tenga que venir de muy lejos.

—Qué amabilidad por su parte.

—No creo que Bormann se planteara la posibilidad de que buscase usted al tirador en Villa Bechstein. El adjunto del Führer, el mismísimo Rudolf Hess, debería llegar en cualquier momento.

—¿No tiene una casa propia?

—Todavía no. Y la verdad es que a Hess no le gusta demasiado este lugar. Incluso se trae su propia comida. Así que no viene muy a menudo. Pero cuando viene, se aloja siempre en la villa, con sus perros.

—No soy muy quisquilloso con mis compañeros de alojamiento. Ni con lo que como, siempre y cuando sea abundante. —Miré en torno: el comedor me desagradaba tanto como el Gran Salón. Era como estar dentro de una cáscara de nuez—. Supongo que esta debe de ser el ala nueva.

—A Bormann no le hará ninguna gracia.

—Ya nos ocuparemos de eso en su debido momento.

—No, en serio, Bernie. Las relaciones entre Bormann y Hess ya son tensas. Si empezamos a meter las narices en Villa Bechstein, es probable que Hess lo interprete como un intento de socavar su autoridad de adjunto del Führer.

—Bormann se sulfurará aún más si no atrapamos a ese tirador, y pronto. Mire, Hermann, ya ha visto dónde estaban esas balas. Son los ángulos con los que tenemos que trabajar. Igual que en el billar. Quizá algún empleado no le tenía mucho aprecio a Flex. Quién sabe, tal vez el mayordomo se aburrió y sacó un rifle por la ventana del dormitorio principal para ver a quién podía alcanzar en la terraza. Siempre considero al mayordomo sospechoso de asesinato. Por lo general, tienen algo que ocultar.

Llegó el café y saqué el tabaco de nuevo antes de guardarlo... de nuevo. Solo cuando una costumbre propia les molesta a los demás se da uno cuenta de hasta qué punto es un vicio. Así pues, me tomé un par de comprimidos de Pervitín con el café y me mordí el labio.

—¿Qué pasa con la gente que fuma en esta puta casa? —pregunté—. En serio. ¿Los envían a Dachau, o sencillamente los lanzan desde la Roca Tarpeya unos lugareños ciegos de meta?

—Deme un par de pastillas —dijo Kaspel—. Empiezo a estar de bajón. Y creo que tendré que seguir alerta un buen rato.

—Podría ser. —Dejé las cuatro balas deformadas encima del mantel. Parecían dientes salidos del macuto de un hechicero. ¿Quién sabe? Igual me permitirían adivinar el nombre del asesino de Flex. Cosas más raras se habían visto en el laboratorio de balística del Alex—. En un cargador estándar de rifle hay cinco balas —señalé—. Eso significa que o bien nuestro asesino disparó contra Karl Flex cuatro veces y falló, o bien intentó abatir a más de un hombre en la terraza. Pero ¿cómo es que nadie oyó nada? Si los disparos llegaron de algún lugar tan próximo como Villa Bechstein, alguien tuvo que oírlos cuando se produjeron. Se supone que estamos en una zona de seguridad.

—Ya oyó la explosión —repuso Kaspel—. La que provocaron los obreros. Y, sobre todo a primera hora de la mañana, suelen efectuarse disparos para provocar pequeñas avalanchas en el Hoher Göll, a fin de evitar otras mayores. Así que cabe la posibilidad de que alguien oyera un estallido y lo relacionara con una avalancha. Asimismo, en Berchtesgaden hay numerosos clubes de recreación histórica formados por tiradores a quienes les gusta reunirse los días festivos y disparar antiguas armas de pólvora negra. Trabucos y pistolas de los dragones. Lo hacen a la menor oportunidad. Lo cierto es que hemos intentado poner fin a esa práctica, pero no ha servido de nada. No hacen ni caso.

El camarero regresó con una enorme bandeja de desayuno en la que había un buen pedazo de un panal, todavía unido a la bandeja de madera que habían sacado de la colmena. Al verlo, dejé escapar un gemido de emoción infantil. Hacía tiempo que nadie veía miel en Berlín.

—Dios mío, esto sí que es un lujo —exclamé—. Nunca he podido resistirme a un panal de miel, ya desde que era niño.

Antes incluso de que el camarero lo hubiera dispuesto todo sobre la mesa, arranqué un trozo, retiré la cobertura de cera de abeja con el cuchillo y empecé a succionar la miel con fruición.

—¿Es de por aquí? —Miré la etiqueta en el lateral de la bandeja de madera—. Miel del colmenar del mismísimo Führer en Landlerwald. ¿Dónde cae eso?

—En la otra ladera del Kehlstein —respondió Kaspel—. El jefe adjunto del Estado Mayor es un experto en agricultura. Esa es la formación de Bormann. Estudió para ser administrador de fincas. Gutshof es una granja que suministra toda clase de productos al Berghof. Cuando vamos montaña arriba, la casa principal de la granja queda a nuestra izquierda. Hay ochenta hectáreas de tierra de cultivo, todo en torno a la montaña.

—Empiezo a ver por qué al Führer le gusta tanto esto. También tendrá que hablar con alguien del colmenar.

—Hablaré con Kannenberg —dijo Kaspel—. Él lo arreglará con Hayer, el tipo que está a cargo de todo en el Landlerwald. Pero ¿por qué?

—Digamos que tengo una mosca detrás de la oreja, o más bien una abeja.

No mucho después de haber terminado de desayunar, aparecieron varios hombres de los que habían estado en la terraza cuando abatieron a Flex. Freda Kannenberg se me acercó y me dijo que «los ingenieros» me esperaban en el Gran Salón.

—¿Cuántos son?

—Ocho.

—¿Es probable que venga alguien más a desayunar aquí?

—No —contestó—. Frau Braun suele desayunar en su habitación del piso de arriba, con su amiga. Y Frau Troost no desayuna nunca.

—Muy bien —le dije a Freda—, los recibiré aquí. De uno en uno.

—Le diré al camarero que traiga más café recién hecho.

18

ABRIL DE 1939

El primero con el que hablé fue el ingeniero estatal Augustus Micha-helles. Era un hombre bien parecido con uniforme militar. Se inclinó con gesto cortés al presentarse a la mesa del desayuno. Me puse en pie, estreché su mano lánguida y lo invité a sentarse y servirse un café. Abrí el expediente con las declaraciones de los testigos y busqué la lista que había elaborado Högl.

—Usted es el director de la oficina estatal de construcción en Deutsche Alpenstrasse, ¿no?

—Así es.

—Pensaba que habría más de ustedes ahí fuera. Según mi lista, había doce personas en esa terraza ayer por la mañana. Incluido el fallecido. Y, sin embargo, hoy solo hay ocho personas aquí en el Berghof.

—El profesor Fitch, el arquitecto, creo que tuvo que ir a Múnich a reunirse con el doctor Todt y el doctor Bouhler. Igual que el profesor Michaelis.

Me encogí de hombros.

—¿Cómo es que la gente cree que puede ausentarse así como así de la investigación de un asesinato?

—Eso se lo tendría que preguntar a ellos. Y si me permite que lo diga, no sé muy bien qué más puedo añadir a la declaración que hice ayer ante el capitán Kaspel.

A pesar del uniforme, no parecía seguro de sí mismo. Ni siquiera se sirvió un café.

—Probablemente, no mucho —reconocí—. Solo que su declara-ción fue acerca de lo que ocurrió. Lo que vio. Yo estoy más interesa-do en oír en torno a qué giraba la reunión. Martin Bormann no se mostró muy preciso al respecto. Había muchos ingenieros muy bien cualificados reunidos aquí en el Berghof. Seguro que algo de suma importancia debió de requerir la presencia de todos ustedes. Y también me gustaría saber algo más acerca del doctor Flex.

El ingeniero estatal caviló durante un momento y jugueteó con un lóbulo de la oreja de aspecto costroso que a todas luces se había toqueteado otras veces.

—Bien —insistí—. ¿Cuál era el propósito de la reunión?

—Es una reunión habitual. Se celebra una vez al mes.

—¿Y mucha gente suele estar al tanto de esa reunión?

—No tiene nada de secreta. A fin de llevar a cabo la transformación de Obersalzberg según los deseos de Herr Bormann, de vez en cuando tenemos que reunirnos para supervisar el progreso de las obras de construcción. Por ejemplo, abordamos la edificación del nuevo hotel Platterhof, que ha requerido la demolición de casi cincuenta casas antiguas. También la construcción de nuevas instalaciones técnicas, como una central de suministro eléctrico. La corriente eléctrica de Berchtesgaden no era muy de fiar. Ahora mismo estamos tendiendo nuevas líneas eléctricas y telefónicas en la zona, ampliando las carreteras de acceso y excavando nuevos túneles de acceso. Para eso se necesitan obreros capacitados, claro...

—Me gustaría echar un vistazo a esas obras en algún momento —dije.

—Tendrá que pedírselo a Bormann —señaló Michahelles—. Parte de las obras se llevan a cabo para mejorar la seguridad del Führer y, por lo tanto, son secretas. Para atender una solicitud así, tendría que verla por escrito y firmada por él.

—Entonces, ¿son asuntos militares?

—Yo no he dicho tal cosa.

—De acuerdo. Muy bien. Se lo pediré a Bormann. Hábleme del doctor Flex, entonces. ¿Lo conocía bien?

—No, bien no.

—¿Se le ocurre alguna razón para que alguien quisiera matarlo? ¿Cualquier motivo?

—La verdad es que no.

—¿De veras?

Michahelles negó con la cabeza.

—El caso es que me parece raro, Herr Michahelles. No llevo ni diez horas en Obersalzberg y, sin embargo, ya me he enterado de que Karl Flex era uno de los hombres más impopulares en los Alpes bávaros.

—No sabría decirle. Está hablando con la persona equivocada.

—Entonces, ¿con quién tendría que hablar? ¿Con Ludwig Gross? ¿Otto Staub? ¿Walter Dimroth? ¿Hans Haupner? ¿Bruno Schenk? ¿Hanussen el clarividente? ¿Quién? Deme alguna pista. Se supone que debo resolver un asesinato. Si todos los miembros de esta puñetera lista me proporcionan tan poca información como usted, es posible que me quede aquí una buena temporada. Por razones evidentes, me gustaría irme antes del verano.

—No es que esté poco dispuesto a ayudar, comisario Gunther. Los dos hombres que trabajaban codo con codo con él y mejor lo conocían eran Hans Haupner y Bruno Schenk. Este último es el primer administrador y trabajaba en estrecha colaboración con Flex. Seguro que él puede contarle más cosas que yo.

—No sería muy difícil.

Michahelles se encogió de hombros, y de pronto me estaba costando esfuerzo no perder la calma, aunque tal vez fuera la poción mágica, que volvía a hacerme efecto. El corazón me latía como si también cobrara un sueldo triple.

—Es un hombre ocupado, ¿no? ¿El doctor Schenk?

—Sí, eso creo. Es lo que podría decirse un apagafuegos para situaciones delicadas en relación con las obras locales.

—Hablemos de usted, Herr Michahelles. ¿Goza usted de simpatía en Berchtesgaden?

—No tengo la menor idea.

—¿Cabe la posibilidad de que alguien quiera matarlo también? Aparte de mí, quiero decir. Como alguno de los antiguos propietarios de una de esas cincuenta casas que ha mencionado ahora. Las que fueron derribadas.

—No, no lo creo.

—¿Lo ha amenazado alguien? ¿Quizá incluso le dijeron que le pegarían un tiro?

—No.

Dejé las cuatro balas usadas encima del mantel igual que la exigua propina de un camarero.

—¿Las ve? Son cuatro balas que encontramos en el enmaderado de la galería justo encima de la terraza. Así pues, es posible que el tirador también disparase contra usted. Quizá más de una vez. Y fallara. ¿Qué cree usted?

—No, estoy seguro de que no hay nadie.

—Espero que tenga razón, August. Es usted un tipo listo, eso salta a la vista. Y no me gustaría ver ese cerebro suyo esparcido por el suelo como el de Flex, solo porque no fue capaz de decirme si estaba al tanto de que alguien quería matarlo a usted también. Si el tirador intentó asesinarlo, es posible que lo intente de nuevo, ya sabe.

—¿Eso es todo? —preguntó con frialdad.

—Sí, eso es todo. Ah, pregúntele al doctor Schenk si no le importa pasar a continuación, ¿quiere?

Bruno Schenk era un hombre de unos cuarenta años con la frente alta y ademanes más estirados aún. Vestía traje gris, una pulcra camisa blanca de cuello almidonado y una corbata con la insignia del Partido. No era mucho más alto que su bastón, pero era director regional de Polensky & Zöllner, con la responsabilidad, se apresuró a informarme, de construir todas las carreteras de enlace entre el Kehlstein y Berchtesgaden. Todo eso le hacía sentirse más alto, supongo.

—Espero que esto no lleve mucho rato —añadió a modo de pomposo colofón—. Soy un hombre ocupado.

—Sí, lo sé. Y le agradezco que haya venido a ayudarme con mis preguntas.

—¿Qué quiere saber, comisario?

—P&Z. Con tantas obras, a estas alturas debe de ser una empresa acaudalada. Pagadas por el Estado, según creo.

—P&Z. Sager & Woerner. Danneberg & Quandt. Umstaetter. Los hermanos Reck. Höchtl & Sauer. Hochtief. Philipp Holzmann. Hay más compañías contratadas para trabajar aquí en la Administración de Obersalzberg de las que podría imaginar, comisario. Y más trabajo del que sería razonable concebir.

Me di cuenta de que en teoría todo eso debía impresionarme. Pero no me impresionaba.

—Como primer administrador, debe de ser usted un hombre importante.

—Cierto es que gozo de la confianza del jefe adjunto del Estado Mayor en todo cuanto afecta a las obras de construcción en la montaña. Entre Martin Bormann y yo solo está el administrador jefe, el doctor Reinhardt, sobre quien recae la mayor responsabilidad.

La voz de Schenk y su sintaxis no eran menos correctas que su aspecto. La mayor parte del tiempo ni siquiera me miraba, como si fuera indigno de su influencia y su atención. En cambio, hacía girar la taza de café sobre el platillo, a un lado y luego al otro, como si no tuviera claro dónde debía señalar el asa —hacia él o hacia mí—, algo así como una serpiente que intentara decidir dónde posar el cascabel. Aún no lo sabía, pero se estaba ganando un manotazo.

—Hábleme de las obras —le insté—. Estoy interesado.

—Quizá en otro momento —respondió—. Es que hoy es mi cumpleaños. Tengo que acudir a una serie de citas antes de un almuerzo importante. Con mi esposa.

—Felicidades —dije—. Por cierto, ¿cuántos años cumple?

—Cuarenta.

—Si no le importa que lo diga, parece usted mayor.

Schenk frunció el ceño un momento, pero procuró disimular su irritación, del mismo modo que yo había contenido la mía. Me estaban dando largas y empezaba a hartarme. No parecía tener mucho sentido que Martin Bormann apoyase mi investigación si nadie más en el Berghof parecía darse cuenta de ello. Todo hacía indicar que, si quería progresos palpables que ofrecerle a Bormann, tendría que ponerme duro con alguien, más de lo que lo había sido con August Michahelles. Bruno Schenk parecía estar pidiendo a gritos que le apretaran las tuercas. Siempre digo que, si vas a ponerte duro con alguien, ya puestos, más vale disfrutarlo.

—Aunque también es verdad —dije— que, con todas las responsabilidades que recaen sobre sus hombros, el trabajo debe de pasarle factura.

—Pues sí, así es. Hemos tenido que acometer tareas imponentes en menos tiempo del que era necesario. El salón de té del Kehlstein, por ejemplo. Ese hito de la ingeniería en concreto le provocó un infarto al anterior ayudante de Herr Bormann, el capitán Sellmer. Y cuando se termina una, hay que empezar otra. Hay que planificar la carretera del Platterhof-Resten partiendo de cero, porque es necesario construir un puente. E imagínese, comisario, que todas las obras deben llevarse a cabo sin talar ni un solo árbol. El Führer insiste mucho en que los árboles se conserven cueste lo que cueste.

—Bueno, eso de los árboles es tranquilizador, por lo menos. Desde luego, necesitamos muchos en Alemania. ¿Qué es el Platterhof, exactamente?

—Un hotel, antes llamado pensión Moritz, que se está construyendo solo con las materias primas de mejor calidad, para albergar a los numerosos visitantes entusiastas que vienen a ver al Führer cuando está aquí. Ahora mismo es uno de los proyectos más importantes en Obersalzberg. Y cuando esté terminado, será uno de los mejores hoteles de Europa.

Me pregunté cuántos visitantes vendrían cuando Europa entera estuviese en guerra. Quizá más de uno, en busca de la cabeza de Hitler clavada en una estaca, o quizá nadie en absoluto. Schenk miró el reloj de pulsera, lo que me recordó que era hora de ponerlo en un aprieto, o al menos de intentarlo: era escurridizo.

—Bueno, no quiero entretenerlo, señor. Ya veo que es un hombre muy ocupado. Solo quería preguntarle por qué cree que su ayudante Karl Flex era uno de los hombres más odiados de toda la región. Y si tal vez cree que algún lugareño pudo dispararle en venganza por el exceso de celo con que cumplía las instrucciones que usted le daba. Como presentar una orden de expropiación a los antiguos propietarios de la pensión Moritz, por ejemplo. O exigir más de lo supuestamente razonable a los obreros locales. Han muerto algunos hombres, según tengo entendido. Quizá se asumieron riesgos innecesarios. Algo así bien podría convertirse en un móvil para un asesinato.

—Lo cierto es que no podría especular acerca de algo tan desagradable. Y no pretendo enseñarle a desempeñar su trabajo, comisario, pero tampoco debería pedirme que lo haga. El detective es usted, no yo.

—Me alegra que lo entienda, señor. Y yo también estoy bajo una presión considerable. Por parte del mismo hombre que usted, creo yo. Así que haga el favor de no pensar que me tomo mi trabajo con menos seriedad que usted. O que es menos importante que el suyo. De hecho, ahora mismo estoy convencido de que mi trabajo puede ser más importante. El caso es que anoche, cuando me reuní con Martin Bormann, me contó dos cosas. Una fue la siguiente, y cito sus palabras: «Cuando hablo, es como si el Führer estuviera aquí ahora mismo, diciéndole qué coño tiene que hacer». Y otra cosa que me dijo fue que me concedía plenos poderes para atrapar a ese individuo antes del cumpleaños del Führer. Que es dentro de una semana, como seguro que no es necesario recordarle, doctor Schenk. Plenos poderes. ¿No es así, Hermann?

—Así es. Esas fueron sus palabras exactas. Plenos poderes.

Ahora me tocaba a mí dar un puñetazo sobre la mesa, así que lo hice y me alegró ver que la taza de café de Schenk daba un brinco en el platillo, de modo que solté otro puñetazo sobre el tablero y me puse en pie para hacerme entender con más contundencia aún. También le habría roto una taza o un platillo al ingeniero contra la cabeza, tan cuidadosamente peinada, de no ser por el monograma con las iniciales AH, que me hicieron pensármelo mejor. Ahora la metanfetamina me corría por las venas y hasta Kaspel parecía sorprendido.

—Plenos poderes —vociferé—. ¿Lo oye? Así que vuelva a pensar y piense rápido, doctor Schenk. Quiero respuestas más razonables que «En otro momento, hoy es mi cumpleaños» y «Lo cierto es que no podría especular al respecto» y «El detective es usted, no yo». ¿Por qué está haciéndome perder el tiempo? Soy policía, comisario por añadidura, no un puto paleto desdentado con un pico en la mano y careto de ser corto de entenderas. Es un asesinato lo que intento resolver, un asesinato en la casa del Führer, no el crucigrama del periódico de hoy. Si Adolf Hitler no puede venir aquí la semana que viene porque no he podido trincar a ese maniaco, no serán solo mis tripas las que cuelguen en la valla que marca el perímetro, serán también las suyas y las de cualquier otro cabrón incapaz de hablar con claridad que se esté haciendo pasar por ingeniero en esta puta montaña. Y como primer administrador, más le vale asegurarse de que todos lo sepan. ¿Me oye?

Era un numerito, claro, pero Schenk no lo sabía.

—He de decirle que tiene usted un temperamento de lo más violento —comentó Schenk.

Se sonrojó hasta ponerse del mismo color que el asiento en el que estaba y se levantó, solo que le puse la mano en el hombro y le hice sentarse de nuevo. Yo también podía ser un matón, cuando me ponía. Con la salvedad de que nunca había pensado que haría algo así en el comedor del mismísimo Hitler. Estaba empezando a tomarle gusto a la poción mágica del doctor Temmler. A Kaspel también parecía gustarle; al menos, sonreía como si deseara tener oportunidad de abofetear a Schenk.

—De lo más violento y desagradable.

—Pues aún no ha visto nada. Y ya le diré yo cuándo he acabado de calentarle las orejas, doctor Schenk. Quiero una lista de nombres. Gente a la que haya importunado y cabreado. Quizá más de uno los amenazó a usted y a su chico, Flex. Usted y él lo han hecho a diestro y siniestro, ¿no?

Schenk tragó saliva con gesto incómodo y luego levantó la voz:

—Todo lo que haya hecho, lo ha hecho con pleno conocimiento del jefe adjunto del Estado Mayor en persona, a quien con toda seguridad presentaré una queja formal con respecto a su atroz conducta.

—Claro, hágalo, Bruno. Entre tanto, lo más seguro es que yo hable con el general Heydrich en Berlín y haga que la Gestapo lo detenga a usted; por su propia seguridad, claro. Está en Salzburgo, ¿no, Hermann? ¿Es el cuartel general más cercano de la Gestapo?

—Así es. En un antiguo monasterio franciscano en Mozartplatz. Y además es un sitio horrible, señor. Hasta los espíritus de los santos tienen buen cuidado de pasar de largo ese monasterio. Podemos encargarnos de que esté allí en media hora.

—¿Lo ha oído, Bruno? Y después de que haya pasado unos cuantos días en una fría celda a pan y agua, volveremos a hablar y a ver qué le parece mi conducta.

—Pero por favor, no tienen ustedes ni idea de lo mal que estaba todo por aquí —gimoteó—. Por ejemplo, en el lado sur de la Haus

Wachenfeld había un camino para vacas que los excursionistas locales estaban empezando a usar para intentar ver al Führer, incluso con mal tiempo. Los granjeros de la zona cobraban a los turistas, algunos provistos incluso de prismáticos para verlo mejor. La situación se había vuelto inaceptable, la seguridad del Führer se estaba viendo comprometida, y en 1935, empezamos a adquirir propiedades en torno a la casa, una tras otra, parcela a parcela. Pero como al principio Hitler no nos dejaba presionar a esos propietarios, nos veíamos obligados a pagar precios desorbitados. Los granjeros locales, muchos de ellos endeudados hasta niveles preocupantes, ganaban fortunas vendiendo sus pequeñas minas de oro. Eso tenía que acabar y, en su debido momento, acabó. A fin de consolidar la transformación de Obersalzberg con arreglo a los deseos del Führer, hemos tenido que derribar más de cincuenta casas. Sí, es verdad que algunos de sus habitantes no quedaron contentos con el pago recibido, en comparación con el precio que pedían. Por favor, comisario, no hay necesidad de implicar en esto a Himmler y Heydrich, ¿verdad?

—Ya están implicados —repuse con un gruñido—. ¿Quién cree que me pidió que viniera aquí? Ahora vaya ahí fuera y hable con esos colegas suyos que están esperando en el Gran Salón. Cuando vuelva, quiero una lista de nombres. Obreros resentidos, propietarios furiosos, hijos de viudas ofendidas... Cualquiera que les guarde rencor a usted, a Flex o incluso a Martin Bormann. ¿Entendido?

—Sí, sí, haré lo que usted dice. De inmediato.

Cogí el abrigo y salí del comedor. Me había gustado el desayuno, pero había comido demasiado. Algo me había dejado el estómago revuelto, pero no sabía si había sido eso o hablar con un nazi como Schenk.

—No sé adónde quiere ir usted a parar con todo esto —comentó Kaspel, que me siguió fuera del Berghof y por las escaleras cubiertas de hielo en dirección al coche—. Pero me encanta trabajar con usted.

19

ABRIL DE 1939

Villa Bechstein estaba a cinco minutos en coche colina abajo desde el Berghof, al otro lado de una garita de piedra de las SS que abarcaba toda la carretera. Kaspel me contó que después de que Helene Bechstein se viera obligada a venderle su casa a Bormann, Albert Speer había vivido allí mientras que, mucho más al oeste, se hacía construir una casa y un estudio que él mismo había proyectado. Después de haber visto unas cuantas muestras del talento arquitectónico de Speer en Berlín, dudaba de que hubiera mejorado mucho Villa Bechstein, ubicada en un nido rodeado de nieve abundante igual que una elegante casita de jengibre. Era una villa grande de tres plantas con dos galerías que la rodeaban por completo, un alto tejado abuhardillado con lucerna y un campanario que parecía hecho de mazapán y chocolate, una casa de esas que uno solo podía permitirse en el caso de ser Martin Bormann o alguien que les vendía un montón de pianos a un montón de alemanes.

Casi en cuanto me apeé del coche, di media vuelta y miré montaña arriba hacia el Berghof, pero lo ocultaban los árboles. Del interior del vestíbulo surgió un mayordomo, silencioso en el umbral como una libélula blanca y negra. Hizo una reverencia solemne y luego me condujo por las escaleras de recia madera hasta la segunda planta. Quizá la casa fuese vieja, pero todo estaba recién restaurado y era de la mejor calidad, un estilo de decoración de interior que siempre parece complacer el estilo sencillo de los ricos y los poderosos.

—¿Ha llegado ya el líder adjunto? —le pregunté al mayordomo, que respondía, con acento local, al nombre de Winkelhof.

—Todavía no. Lo esperamos a lo largo de la mañana, señor.

Ocupará los aposentos del piso superior, como siempre. Apenas se percatarán mutuamente de su presencia.

Yo tenía mis dudas al respecto. Los nazis de alto rango no se caracterizan por ser tímidos y reservados. En lo alto de las escaleras había un alargado reloj de caja con un águila nazi encima y, al lado, una estatua en bronce de tamaño real de una mujer perpleja con todo el aspecto de estar buscando el cuarto de baño. Winkelhof me condujo a un dormitorio grande y coqueto con un sofá Biedermeier verde, una cama individual y un pequeño retrato del Führer. Mi equipaje ya me esperaba encima de la cama. Aunque había un leño en la chimenea, el fuego no estaba encendido. Hacía frío. Empezaba a arrepentirme de haberle dado mi abrigo. El mayordomo se disculpó por la temperatura de la habitación y se dispuso de inmediato a encender la chimenea. El tirador parecía obstruido, lo que le causó cierta irritación.

—Le pido disculpas, señor —dijo Winkelhof—. Será mejor que lo lleve a otra habitación.

Así pues, buscamos otra habitación, con otro retrato de Hitler. Este no era más que una cara contra un fondo negro, lo que me resultaba un poco más agradable, porque la cabeza del Führer casi parecía cortada, tal como esperaba y soñaba yo desde hacía tiempo. Una puertaventana grande daba a la galería de madera, y la chimenea funcionaba. Mientras el mayordomo encendía el fuego con una cerilla larga, salí a la galería cubierta de nieve y contemplé el paisaje. Pero este no era un paisaje en absoluto, pues no alcanzaba a ver más que los mismos árboles que ya había visto a nivel del suelo.

—Esto da al este, ¿verdad? —le pregunté al mayordomo.

—Así es, señor.

—Entonces, el Berghof queda detrás de esos árboles.

—Sí, señor.

—Antes de que llegue el líder adjunto, me gustaría mirar por las ventanas que quedan justo encima de esta habitación. Y también desde la lucerna de la buhardilla.

—Desde luego, señor. Pero ¿puedo preguntarle por qué?

—Solo quiero satisfacer mi curiosidad sobre una cosa —respondí. Subimos a la planta de arriba. Como era de esperar, los aposentos del líder adjunto eran opulentos y albergaban varias piezas egipcias, pero la ventana más grande no ofrecía mejores vistas del Berghof que las que había desde el piso de abajo. Solo la ventana de la buhardilla me brindó lo que esperaba encontrar: una vista clara y sin obstáculos de la terraza del Berghof unos cien metros al sudeste de Villa Bechstein. Miré al mayordomo y sopesé las posibilidades de que fuera el asesino, y me llevó apenas un segundo darme cuenta de que no tenía nada que ver con los disparos. Después de veinte años haciendo este trabajo, uno desarrolla el olfato para estas cosas. Además, los cristales de sus gafas de carey eran del grosor del fondo de vidrio de un barco. No parecía precisamente un buen tirador. Abrí la ventana —no sin esfuerzo, debido al hielo— y asomé la cabeza unos instantes.

—Winkelhof, ¿se aloja alguien en esta habitación ahora?

—No, señor.

—¿Estuvo aquí alguien ayer por la mañana?

—No, señor.

—¿Podría haber accedido alguien a esta habitación sin su conocimiento?

—No, señor. Ya me ha visto abrir la puerta con llave.

—¿Están todas las habitaciones de la villa cerradas con llave como esta?

—Sí, señor. Es una práctica habitual en Villa Bechstein. Algunos invitados traen documentos del gobierno delicados y prefieren tener cerradura en las puertas de sus habitaciones y aposentos.

—¿Estaba usted de servicio ayer por la mañana a eso de las nueve?

—Sí, señor.

—¿Oyó algo que pareciera un disparo? ¿El petardeo de un coche? ¿Una carga para provocar una avalancha, quizá? ¿Un fuerte portazo?

—No, señor. Nada.

Volví a bajar y di un paseo rápido por el exterior de la casa siguiendo un sendero recientemente despejado de nieve. La planta baja de Villa Bechstein era de piedra sin desbastar. Había una terraza cubierta, y allí me encontré todo un arsenal de palas para la nieve y un montón de leña que habría bastado como combustible para afrontar una edad de hielo no demasiado larga. Al verlo se me pasó por la cabeza que, a fin de cuentas, el piadoso deseo del Führer de cuidar de los árboles de los alrededores no era tan prioritario. No tardé mucho en encontrar lo que buscaba: en el lado este de la casa había un andamiaje que ascendía hasta los aleros cubiertos de carámbanos, a unos diez o doce metros del suelo. Al lado había una ordenada pirámide de tejas, un cubo y unas cuerdas. Atado al andamiaje estaba el cartel de una empresa local de reparación de tejados, pero no se veía ninguna escalera de mano por la que acceder al tejado. Incluso con escaleras, parecía un trabajo peligroso en invierno, aunque no tanto, quizá, como subir ahí arriba con un rifle para disparar contra la terraza privada de Hitler. En ese momento supe que estaba en lo cierto porque encontré un casquillo de latón en el suelo, justo debajo de la ventana de la buhardilla. Me pasé un cuarto de hora buscando más casquillos, pero no encontré ninguno.

Una vez en el vestíbulo, llamé a Winkelhof y le pregunté por el reparador de tejados.

—¿Müller? Ha estado arreglando unas tejas y un cañón de chimenea que se desprendieron durante una tormenta reciente. Ahora mismo tendría que estar trabajando, pero por lo visto le robaron las escaleras. Pero no se preocupe, señor, no le molestará. Eso seguro.

—¿Se las robaron? ¿Cuándo?

—No estoy seguro, señor. Informó de la desaparición hace una hora, al llegar aquí por la mañana. Pero ayer no vino en todo el día, así que en realidad es imposible saber desde cuándo faltan las escaleras. No se preocupe, por favor. En realidad, no es tan importante.

Pero me dio por pensar que yo había tenido algo que ver con ese robo, de modo que descolgué el teléfono y le pedí a la operadora de Obersalzberg que me pusiera en contacto con el Berghof. Momentos después, el misterio de las escaleras desaparecidas había quedado resuelto. Arthur Kannenberg había pedido a la RSD que buscaran una escalera para que yo dispusiera de una en la terraza del Berghof y, sin decírselo a nadie, habían cogido las del reparador del tejado de Villa Bechstein. Ojalá todas las hazañas que se realizan en el campo de la investigación criminal fueran tan fáciles de resolver.

—Ya vienen con las escaleras —le dije al mayordomo—. Telefonee a Herr Müller y dígale que quiero hablar con él en cuanto llegue aquí. Cuanto antes, mejor.

En la sala me encontré a Friedrich Korsch. Se calentaba delante de un buen fuego y leía el periódico a la par que escuchaba la radio. En Berlín reinaba la indignación por el pacto militar que los británicos habían firmado con Polonia. Yo no tenía claro si eran buenas o malas noticias: o bien podía disuadir a Hitler de invadir Polonia o bien podía provocar una declaración de guerra inmediata por parte de los Tommies si lo hacía.

—Comenzaba a temerme que le hubiera sucedido algo —dijo Korsch—. Tenía la terrible sensación de que igual me pasaba el día aquí de brazos cruzados.

Paseé la mirada por el salón y asentí con admiración. Estar de brazos cruzados en una habitación así no parecía tan mal plan. Hasta los pececillos tropicales del acuario parecían estar calentitos y secos. Patear culos parecía una tarea más arriesgada. Por lo que yo sabía, Bormann debía de estar furioso por el trato que le había dispensado a su primer administrador.

—Pues resulta que está de suerte, Friedrich. Al fin y al cabo, se encuentra justo en el epicentro del asunto. Ahora esta villa es el escenario de un crimen.

—Ah, ¿sí? Nadie lo diría. Anoche dormí como un tronco.

—Qué suerte. —Le conté todo lo que sabía acerca de Karl Flex y luego le enseñé los casquillos de bala—. Los encontré en el sendero ahí fuera. Por cierto, le presento al capitán Kaspel. Creo que ya coincidieron brevemente.

Los dos cruzaron un gesto de cabeza. Korsch levantó el casquillo a la luz del fuego.

—Parece un casquillo de rifle estándar de cuello de botella de ocho milímetros sin reborde.

—Yo diría que encontraremos más de estos en el tejado, en cuanto los de la RSD vuelvan con las escaleras.

Expliqué el asunto del reparador de tejados antes de entregarle a Korsch las balas usadas que habíamos extraído de la galería del Berghof.

—Que alguien les eche un vistazo. Quizá tenga que ser en la jefatura de policía de Salzburgo. Y necesitaré un rifle con mira telescópica. También quiero que revelen y hagan copias de estos carretes. Y con discreción. Bormann quiere que este asunto se lleve con suma discreción. Y más vale que advierta a quien se encargue de que las copias solo pueden verlas ojos adultos.

—Hay un fotógrafo en Berchtesgaden que podría encargarse del trabajo —dijo Kaspel—. Johann Brandner. En Maximilianstrasse, justo detrás de la estación de ferrocarril. Pediré un coche para que lo lleve. Aunque ahora que lo pienso, no estoy seguro de que siga allí.

—Ya me las apañaré —dijo Korsch, que se guardó los carretes en el bolsillo—. Tiene que haber alguien en la región que pueda revelar sus fotos cochinas. Cuánto ajetreo ha tenido, señor.

—No tanto como Karl Flex —repuse—. Por cierto, Hermann, ¿adónde va un hombre que busque compañía femenina en esta ciudad?

—Es un inoportuno efecto de la poción mágica —dijo Kaspel—. Lo pone a uno cachondo.

—No hablo de mí, Hermann, sino de Karl Flex. Tenía gonorrea. ¿Recuerda el Protargol? La pregunta es dónde pilló algo así. La gonorrea, quiero decir. Y ya que estamos, dónde obtuvo el Protargol.

—Hay un sitio —respondió Kaspel—. El Barracón P, aunque se supone que está bajo la supervisión médica de un doctor de Salzburgo.

—Es un barracón. Quiere decir que está bajo el control de la Administración de Obersalzberg.

Kaspel fue a la puerta de la sala y la cerró con cuidado.

—No exactamente. Sí, son los empleados de P&Z los que van al Barracón P, sí. Pero lo cierto es que no me imagino a alguien como Hans Weber o el profesor Fich supervisando a un hatajo de putas, ¿no cree?

—Entonces, ¿quién?

Kaspel meneó la cabeza.

—Siga hablando —dije—. Esto empieza a ponerse interesante.

—Está a unos seis kilómetros de aquí, en el Gartenauer Insel, en Unterau, en la orilla norte del río Ache. Trabajan allí unas veinte chicas. Pero es estrictamente para empleados y se prohíbe el acceso a cualquiera que vaya de uniforme. No sé si eso incluiría a Karl Flex. No he estado nunca, pero conozco a hombres de las SS de Berchtesgaden que sí, pero porque siempre hay líos en el Barracón P.

—¿Qué clase de líos?

—Los obreros se emborrachan mientras esperan a alguna chica en particular. Luego se pelean por la chica que quieren y los de las SS de la zona tienen que restablecer el orden. Siempre está concurrido, día y noche.

—Si ese sitio genera doscientos marcos por hora, dieciséis horas al día —calculó Korsch—, eso son tres mil al día. Veinte mil a la semana.

—Suponiendo que Bormann se quede al menos la mitad... —comenté.

—Yo no he dicho eso —señaló Kaspel.

—¿Sugiere que él no está al tanto?

—No. Por lo que he oído, fue idea suya. Montar el garito. Pero...

—Entonces, quizá era Karl Flex el que recaudaba el dinero de esas chicas para su jefe, el Señor de Obersalzberg. Y de paso, probaba el género. Eso ya supone un móvil para el asesinato. Cada dos por tres muere algún proxeneta. Horst Wessel, por ejemplo. No era más que un chulo de las SA a quien asesinó un buen amigo de la madama de su puta.

Kaspel parecía un tanto asqueado.

—Es una historia real —dije—. Ocurrió en mi terreno, en Alexanderplatz. Ayudé a mi superior de entonces, el inspector jefe Teichmann. Ya puede olvidar todas esas chorradas de la canción nazi. Fue una simple disputa por una golfa de dieciocho años. Wessel no era mucho mayor. Así que voy a ir allí, al Barracón P de Unterau. —Volví la vista al oír que los hombres de la RSD devolvían las escaleras al otro lado de la ventana—. En cuanto hayamos echado un vistazo al tejado de Villa Bechstein.

—Va a conseguir que me maten, Gunther.

—No le pasará nada —dije—. Tenga cuidado con dónde pone los pies. Parece que ahí arriba está bastante resbaladizo.

20

ABRIL DE 1939

Rolf Müller, el especialista local en reparación de tejados, era un tipo primitivo, jovial y cargado de espaldas, con una buena mata de pelo rojizo que parecía teñido, pero probablemente no lo estaba, gafas casi opacas por efecto de la mugre y un aire abstraído que lo distinguía como un individuo que siempre andaba solo encima de un tejado. Parecía propenso a mantener conversaciones consigo mismo de las que no veía razón para excluir a nadie que pasara por allí, yo incluido. En ese sentido, parecía un personaje de una obra de teatro de Heinrich von Kleist cuyos malentendidos y falta de contacto con la realidad daban pie a toda suerte de situaciones cómicas. Emil Jannings lo habría interpretado en una película. Tenía las manos y la cara cubiertas de bultitos, igual que un apicultor descuidado.

—No me malinterprete —me dijo cuando me lo encontré sujetando una de las escaleras de mano que habían vuelto a colocar en el andamiaje—. No es que sea mala gente. De eso, nada. Pero es que no se paran a pensar en nadie más. Porque si se pararan a pensar en los demás, no harían cosas así. Eso, para empezar, ¿entiende? Creo que tiene que ver con vestir de uniforme. Aunque yo no era así cuando iba de uniforme. Pero es ese uniforme en particular, me parece. Y la insignia esa de la gorra. La calavera con las tibias cruzadas. Es como aquellos reyes prusianos y la antigua caballería que los protegía. A esos caballeros lo único que les importaba era la persona del emperador. Parece como si creyeran que la parte humana de uno ya no importa, cuando importa. Importa mucho, claro que sí.

Poco a poco reparé en que hablaba de los hombres de la RSD que habían cogido prestadas sus escaleras. Le ofrecí una disculpa por las molestias sufridas, así como un poco del dinero que había obtenido de Heydrich y un cigarrillo de mi pitillera.

—No tenía ni idea de que fueran a tomar prestadas unas escaleras suyas. Así que aquí tiene cinco marcos imperiales. Y mis disculpas por lo que ha ocurrido esta mañana, Herr Müller.

—Gracias, señor, de verdad, pero preferiría no tener el dinero, ni tampoco el trabajo extra y las preocupaciones. No fumo. Sé que para un hombre como usted no son más que escaleras, señor. Pero sin esas escaleras estoy perdido, ¿entiende? ¿Y si hubiera estado ahí arriba cuando se las llevaron? ¿Dónde estaría yo ahora?

—¿Seguiría en el tejado?

—Exactamente. Congelándome ahí arriba. —Torció el gesto con solo pensar en el frío—. Y sin trabajo. Para siempre. Es el frío lo que acaba con uno en este oficio. Ahora tengo las rodillas casi destrozadas. De no ser por eso, seguramente podría trabajar para P&Z y ganar el triple de dinero que reparando tejados.

Ansioso por hacerlo callar, le enseñé la placa de latón. Visto en retrospectiva fue un error, porque de inmediato se formó la idea de que un comisario de policía investigaba la desaparición de las escaleras como si de un robo se tratara, pese a que a ambos nos resultaba evidente que nadie había robado nada.

—No hay necesidad de que intervenga la autoridad —farfulló—. Las escaleras ya están aquí. No querría indisponerme con nadie. Sobre todo, con usted, señor. Seguro que no lo han hecho con mala intención.

—Lo entiendo. Pero tengo que subir al tejado y buscar una cosa.

Rolf Müller lanzó una mirada recelosa al rifle que llevaba yo al hombro.

—No se preocupe. No tengo intención de dispararle a nadie. Hoy no.

—Si quisiera hacerlo, ese sería el rifle perfecto. El mejor rifle de cerrojo jamás fabricado, el viejo G98. Ese rifle me salvó la vida en más de una ocasión.

—Y a mí. ¿Las escaleras?

—Claro. Siempre estoy encantado de ayudar a un agente de la ley. Soy un buen alemán, desde luego. El caso es que casi me metí a policía, aunque eso fue en Rosenheim hace muchos años. Y me alegro de no haberlo hecho, por el comandante Gmelch. Nunca le tuve mucho aprecio. Ahora bien, Hermann Göring es otra cosa. Es de Rosenheim. Estuvimos en el mismo regimiento de infantería, ¿sabe? Él y yo. Claro que yo no era más que un soldado raso, pero...

—Las escaleras —le recordé—. ¿Puede acabar de sujetarlas al andamio para que subamos a echar un vistazo?

—Todavía no he reparado el tejado. Ni el cañón de la chimenea. El ventarrón de la otra noche derribó el viejo.

—Haga el favor de atar las escaleras, venga —insistió Kaspel—. Tenemos prisa.

Diez minutos después estábamos en el tejado de Villa Bechstein, gateando con cuidado por una escalera tendida en horizontal que llevaba hasta un lateral de la lucerna de la buhardilla en el lado este de la casa, donde ya la habían afianzado. Había un trozo viejo de moqueta encima de varios peldaños cerca del extremo de la escalera. A juzgar por la cantidad de colillas en la nieve, saltaba a la vista que el tirador había permanecido tumbado allí un buen rato. Me guardé unas cuantas solo para impresionar a Kaspel. Y luego vi otro casquillo de ocho milímetros. También me lo guardé.

La terraza del Berghof resultaba claramente visible incluso sin prismáticos. Me llevé el rifle al hombro y situé el ojo detrás de la mira, y el objetivo sobre la cabeza del hombre de las SS que había usado como modelo de cabeza. Nunca he sido muy buen tirador con rifle, pero, provisto de una mira telescópica en un G98 y cinco proyectiles en el cargador, hasta yo habría dado en el blanco. Apuntar a un hombre a través de la mira de un rifle siempre me produce una sensación extraña. No sería capaz de disparar así contra nadie. Ni siquiera un Tommy. Sería demasiado parecido a un asesinato. Yo no era el único que lo veía así: en las trincheras, a los francotiradores y los que llevaban lanzallamas los separaban cuando eran capturados para someterlos a un tratamiento especial.

—¿Ha advertido a todo el mundo de lo que está a punto de suceder? —le pregunté a Kaspel.

—Sí —dijo.

—Pues venga.

Abrí el Mauser, introduje el cargador tal como había hecho un millar de veces y accioné el cerrojo para poner una bala en la recámara. Luego apunté el rifle hacia el cielo azul de Baviera y apreté el gatillo cinco veces. El Mauser Gewehr 98 era un arma suave, manejable y también precisa, pero silenciosa no era, máxime con toda una cordillera montañosa a modo de caja de resonancia. Para el caso, habría sido como intentar pasar por alto el estruendo del juicio final.

—Sería difícil no oírlo —comentó Kaspel.

—Exacto.

Volvimos a bajar las escaleras con el animoso objetivo de interrogar a Rolf Müller de nuevo. Seguía hablando, como si nuestra conversación previa no hubiese terminado.

—Johann. Johann Lochner. Así se llamaba. Estaba haciendo memoria. Le atravesaron los pulmones. Era un amigo mío de las trincheras. Con un rifle Gewehr. Dicen que se avecina otra guerra, pero seguro que la gente no estaría tan entusiasmada si viera lo que puede hacerle a un hombre una bala de rifle que avanza a la velocidad del sonido. El desastre que puede provocar. Antes de empezar otra, esos políticos tendrían que ver a un hombre ahogándose en su propia sangre.

Era difícil rebatir tal argumento, de modo que asentí con tristeza y lo dejé seguir con su perorata antes de reconducirlo a lo sucedido la víspera.

—¿Por qué no vino ayer? —pregunté.

—Ya se lo dije a Winkelhof. De antemano. Tampoco es que él no lo supiera. Lo sabía. Pregúnteselo.

—Haga el favor de contestar la pregunta —le instó Kaspel.

—Tenía que ir al médico. Resulta que tengo la espalda mal. Y estas rodillas. Me he pasado la vida en el tajo. Y, bueno, quería que el médico me recetara analgésicos. Para el dolor.

—¿Y a quién más le dijo que no vendría ayer?

—A Herr Winkelhof. Él sabía que no iba a venir. Se lo dije.

—Sí —asentí, con paciencia—. Pero ¿a quién más? ¿Su mujer, quizá?

—No estoy casado, señor. Nunca conocí a la mujer adecuada. Ni tampoco a la inadecuada, según se mire.

—Entonces fue a la cervecería —aventuré.

—Sí, señor. ¿Cómo lo sabía?

—Solo eran conjeturas —contesté, fijándome en su voluminosa barriga—. ¿A qué cervecería, Herr Müller?

—La Hofbräuhaus, señor. En Bräuhausstrasse. Un sitio bonito. Muy agradable. Tendría que pasarse mientras esté aquí de visita. De dondequiera que haya venido.

—¿Había mucha gente esa noche?

—Claro que sí, señor. La cerveza de Berchtesgaden es la mejor de Baviera, señor. Pregúnteselo a quien quiera.

—Así pues, alguien podría haberlo oído decir que no iría a trabajar al día siguiente.

—Podría, señor. Y no habría tenido que poner mucho empeño en oírme. No soy lo que se dice un hombre parco en palabras. Sobre todo, con una jarra de cerveza en la mano. Me gusta hablar.

—Ya me he fijado.

Me planteé si hacer la siguiente pregunta, y luego la hice de todos modos. La primera lección del famoso libro de Liebermann von Sonnenberg acerca del trabajo de detective es que hay que aprender a tener paciencia. Como mínimo, hay que tener mucha paciencia para acabar ese libro sin tirárselo a él a la cabeza. Sin duda, eso pensaron los nazis. Y, por ese motivo, él prestaba servicio, no se sabía muy bien de qué tipo, en la Gestapo.

—¿Alguno de los allí presentes se maneja bien con el rifle?

—Aquí a todo el mundo le gusta cazar de vez en cuando. Cabras montesas, gamuzas, ciervos rojos, corzos, marmotas, urogallos, algún que otro jabalí... Hay mucha caza que echar al puchero por estos pagos. Pero, de un tiempo a esta parte, no se nos permite cazar gran cosa. La mejor caza está aquí arriba.

—¿Y cuando no es caza para el puchero? ¿Alguno de ellos manifestó interés por disparar contra hombres?

Los ojos de Müller se movieron de lado a lado como los de un chucho culpable. Se quedó mirando el suelo un momento y meneó la cabeza en silencio. Fue el silencio lo que me sorprendió, no el que negase saber nada.

—Ya sabe la clase de comentario a que me refiero —seguí—. Me gustaría pegarle un tiro a ese Fritz, u ojalá alguien le metiera un balazo en la cabeza a ese tipo. Un comentario de esos que suenan a fanfarronería después de unas cuantas cervezas y que nadie se toma en serio hasta que alguien deja de fanfarronear y va y lo hace.

Müller se encogió de hombros y volvió a negar con la cabeza. Para ser un hombre tan propenso a hablar, sobre todo consigo mismo —si eres un reparador de tejados que trabajas por tu cuenta, ¿quién te va a contestar?—, y que ya había largado tanto, ese silencio era lo más elocuente que le había oído en toda la mañana. Ese era el tipo de detalle que Von Sonnenberg tendría que haber puesto en su libro, el tipo de detalle para el que un investigador debe desarrollar olfato. Si no sabía exactamente quién había disparado contra Flex, casi con toda seguridad conocía a muchos a quienes les habría gustado hacerlo.

—De acuerdo —dije—. Eso es todo. Gracias por su ayuda, Herr Müller.

—Por cierto —terció Kaspel—, ¿le fue de ayuda el médico? Con las rodillas, o la espalda, o cualquiera que fuese el motivo de la visita.

—Sí, señor. El doctor Brandt es buen médico.

Miré a Kaspel. Brandt no era precisamente un apellido poco común en Alemania. Aun así, me sentí obligado a hacer la pregunta evidente. A veces son las mejores.

—No se referirá al doctor Karl Brandt, ¿verdad?

—No sé cuál es su nombre de pila, señor. Es joven. Y guapo, además. Está casado con una campeona de natación. No es que se pueda nadar mucho por aquí en invierno, claro. Pero en verano, sí. El Königssee es un sitio estupendo para nadar. Aunque frío. Incluso en agosto. Es agua de glaciar, ya sabe. Como nadar en la edad de hielo.

—Se refiere al doctor Karl Brandt de las SS, ¿no? —insistió Kaspel.

—Así es, señor. El médico del Führer. Cuando el Führer no está, el doctor Brandt lleva una clínica en el teatro local en Antenberg. Para no perder la práctica, dice. Le gusta compensar un poco a la comunidad por haber sido tan hospitalarios. Goza de mucha simpatía entre los vecinos de la zona. Los dos, él y su mujer. Aunque no son de por aquí. Él es de Mulhouse, me parece, o sea que, para el caso, como si fuera francés. Pero no tengo nada en contra del doctor, porque salta a la vista que es alemán a más no poder, hasta la médula.

Kaspel y yo volvimos caminando hasta la puerta principal de Villa Bechstein.

—Qué interesante —señaló—. Lo de Brandt, quiero decir.

—Eso me ha parecido, sí. Pero no me lo imagino arrastrándose por la nieve en ese tejado. ¿Y usted?

Dejamos el rifle en el vestíbulo y volvimos al coche justo en el momento en que aparecía un jardinero y empezaba a sacar herramientas de su furgoneta. Cerré los ojos y agucé el oído en el aire frío. Lo único que se oía era el perdurable silencio montañoso de la naturaleza, una quietud persistente y muy audible, que más parecía el grito ahogado de un millar de diminutos tumultos y conmociones alpinas justo fuera del alcance de mi oído.

—Qué silencioso es este lugar —comenté—. Es muy, pero que muy silencioso después de Berlín, ¿no cree? —Me encogí de hombros—. Supongo que no soy más que un chico de ciudad hasta la médula. De vez en cuando me gusta oír la campanilla de un tranvía o el motor de un taxi. Me recuerda que sigo con vida. Aquí arriba en la montaña de Hitler..., bueno, uno podría olvidarse de algo tan importante como eso.

—Uno se acostumbra. Pero supongo que por eso le gusta tanto al Führer.

—Es raro que haya tanta quietud y, aun así, nadie oyera los cincos disparos efectuados por un G98. No tiene ni pies ni cabeza.

Mientras tanto, el jardinero había colocado un tronco bien grande en un caballete cerca de los pies de la escalera y ahora estaba llenando de gasolina el depósito de una motosierra.

—¿Es usted el jardinero? —le pregunté antes de que pusiera en marcha la motosierra.

—Uno de ellos. El jardinero jefe es Herr Bühler.

—¿Corta troncos con eso todas las mañanas?

—Tengo que hacerlo. En esa casa queman mucha madera. Igual quince o veinte cestos al día.

—¿Tanta?

—En esta época del año, me paso casi todo el día cortando troncos.

—¿Y siempre con eso?

—¿La Festo? Claro que sí. Desde mi punto de vista, es el mejor invento de un alemán. Estaría perdido sin esta máquina.

—¿Y aquí? ¿En este mismo sitio?

Señaló la pila de troncos.

—Es donde está la madera.

—Rolf Müller, el reparador de tejados —dije—. ¿Lo conoce bien?

El jardinero me ofreció una sonrisa avergonzada.

—Lo bastante bien como para poner en marcha la motosierra en cuanto lo veo venir. No soy muy hablador. Pero Rolf... A él sí que le gusta hablar. Aunque a veces se hace difícil saber de qué.

—Cierto. ¿Alguna vez ha visto en ese tejado a alguien aparte de Rolf Müller?

—No, señor. Nunca.

Vimos cómo el jardinero ponía en marcha la motosierra. Sonaba exactamente igual que la motocicleta Alba 200 que tenía justo después de casarme. Y con toda probabilidad era igual de peligrosa.

—Quizá eso de ahí es el motivo por el que nadie oyó nada —gritó Kaspel.

—Quizá —convine, y respiré hondo. Me sentía como si tuviera una motosierra girando impacientemente dentro del pecho. Era la metanfetamina. Resultaba más fácil no hacer caso del frío seco de la montaña.

21

OCTUBRE DE 1956

Después de una noche de mal sueño desperté junto a la guardia silenciosa de los álamos que se mecían al viento, desnutrido, mareado y con un hambre feroz. Estaba más frío y rígido que una princesa inglesa que albergara la sospecha de estar profundamente enamorada de alguien que no fuera ella misma. Probé a hacer unos cuantos estiramientos de hombros y solo conseguí que me doliera el cuello medio estrangulado. Tal vez debí haber albergado más esperanzas de cara al día al ver que el sol salía sobre los campos cubiertos de bruma del paisaje abierto. Pero no fue así. En cambio, al haber despertado tan temprano era uno de los pocos muertos vivientes, los proscritos, los malditos; aunque el único culpable fuera yo. Con toda seguridad ya estaría en Inglaterra de haber seguido el plan de Mielke. Así pues, puse en marcha el Citroën y conduje durante una hora o así hasta que, en una pequeña población llamada Tournus, vi un café y un estanco que estaban abriendo. Detuve el coche al lado de unos malolientes aseos públicos. Allí me lavé y me afeité, y compré un par de periódicos franceses y un paquete de Camel. Luego fui a la puerta de al lado para tomarme un café y un cruasán y fumar un pitillo. Estaba volviéndome más francés de lo que habría creído posible. Hacía una mañana soleada, de modo que nadie nos prestaba mucha atención a mí ni a mis gafas de sol, o a mi camisa mugrienta. A fin de cuentas, estábamos en la Francia de provincias, donde las camisas mugrientas están a la orden del día. Pero ya había llegado a la página tres del *France Dimanche*. Supongo que no quedaba ninguna pasmosa historia más que publicar esa semana sobre el divorcio de Brigitte Bardot y Roger Vadim. Quizá Dios creó a la mujer, y *monsieur* Vadim solo había hecho todo lo posible por hacerla feliz. Yo podría haberle dicho que no se tomara la molestia. Los caballeros las prefieren rubias, pero las rubias no saben lo que prefieren a menos que empiecen a tener la sensación de que no van a conseguirlo. A falta de las convulsiones matrimoniales de Bardot y Vadim, lo siguiente mejor era un doble homicidio en el Tren Azul entre Niza y Marsella, y ahí entraba yo. Tenía que reconocérselo a Friedrich Korsch. Mi antiguo ayudante de investigación criminal había acertado de pleno al matar al jefe de tren además de a Gene Kelly. Eso no lo había visto venir. Ahora la policía francesa tenía un motivo mejor para buscarme que un turista alemán muerto llamado Holm Runge. Por lo visto, así se llamaba en realidad el hombre muerto de la Stasi, el tipo al que yo le había golpeado en la cabeza. La policía francesa prefiere investigar los asesinatos que tienen que ver con sus propios ciudadanos. Les gusta tomarse las cosas como algo personal. Según el periódico, la policía estaba impaciente por hablar con un tal Walter Wolf en relación con los asesinatos. Al hombre, que había trabajado de conserje de hotel en la Riviera, también se lo conocía como Bertolt Gründgens, que era el nombre que figuraba en mi flamante pasaporte, claro. Se creía que iba armado y era peligroso, además de alemán. Seguro que eso también le gustaría a la policía.

Las autoridades ofrecían una descripción bastante buena, incluidas las gafas de sol que llevaba puestas. No se hacía mención de Bernie Gunther, aunque también es verdad que Bernie Gunther no tenía papeles, por lo que no era muy probable que usara ese nombre. El artículo del periódico no llevaba mi fotografía, pero sí incluía el número de matrícula de mi vehículo, por lo que tendría que deshacerme del Citröen, y pronto. Pensé que, si lograba conducir hasta Dijon, que quedaba otros cien kilómetros al norte, entonces, en una ciudad como era debido, quizá pudiera coger un autobús o un tren que fuera hacia el noreste, quizá incluso a Alemania. A esas horas tenía buenas razones para esperar que la policía en esa parte soporífera de Francia aún estuviera con el café y los cigarrillos. Aun así, pensé que sería más conveniente mantenerme apartado de la N7, que era más rápida. Por tanto, tomé la D974, una ruta más pintoresca a través de Chagny y Beaune para ir a Dijon. Era el corazón de la región francesa de Borgoña, donde se elaboran algunos de los mejores vinos del mundo. Y los más caros. Desde luego, Erich Mielke los había apreciado en el hotel Ruhl de Niza.

No tenía intención de parar antes de llegar a Dijon, pero en Nuits-Saint-Georges, vi una farmacia y, como me escocían tanto los ojos, me detuve a comprar colirio. Una botella de borgoña tinto me habría sentado mucho mejor; al menos, hubiera hecho juego con mis ojos.

Una vez en el coche, me eché el colirio. Estaba a punto de ponerme en marcha cuando reparé en el gendarme en el retrovisor. Caminaba a paso lento hacia mi coche y era evidente que iba a entablar conversación conmigo. Lo peor que podía hacer era arrancar el motor y largarme a toda prisa. A los polis no les gustan los chirridos de neumáticos —les hacen pensar que tienes algo que ocultar— y no tenía sentido sacar la pistola de la guantera. Así pues, me quedé allí sentado con toda la serenidad que pude, teniendo en cuenta que estaba en búsqueda y captura, y esperé a que llegara a la ventanilla. La bajé y alcé la vista como mejor pude cuando el poli se inclinaba.

—¿Ha visto esa señal?

—Esto... No, se me ha metido algo en el ojo y he parado para comprar colirio en esa farmacia.

Le mostré el frasco para corroborar mi historia.

—Si lee esa señal, señor, se dará cuenta de que esta calle mide menos de diez metros de ancho, lo que significa que, puesto que su coche tiene matrícula impar, solo puede aparcar aquí en días impares. Hoy es 18 de octubre. Es una fecha par.

Como policía, me había visto obligado a hacer cumplir leyes estúpidas y arbitrarias en mis tiempos —en Alemania estaba tajantemente prohibido negar el acceso a tu casa de un limpiachimeneas, y te podían detener por afinar el piano de noche—, pero eso me pareció un sistema de aparcamiento tan absurdo que estuve a punto de echarme a reír en las narices del poli. En cambio, me disculpé con mi mejor acento francés y le expliqué que estaba a punto de mover el coche de todos modos. Y sin más, ya estaba otra vez en marcha, aunque ahora era muy consciente de que mi acento francés no era ni de lejos tan bueno como creía, y que el gendarme no tardaría en relacionarnos a mí y a mis ojos doloridos con el asesino alemán en fuga del famoso Tren Azul. Cuando se empeña en ello, la organización de la policía francesa es soberbia. Al fin y al cabo, son muchísimos. A veces da la impresión de que hay más policías en la República Francesa que nobles y títulos hereditarios. Y no subestimaba su capacidad para atrapar a un fugitivo alemán, solo su capacidad para detener a algún criminal de guerra de Vichy en búsqueda y captura. Suponiendo, claro, que esos hombres, y mujeres, existieran. Así pues, di media vuelta con el coche y, ante los ojos del gendarme, salí de Nuits-Saint-George en dirección al sur, antes de dar con otra carretera que me llevara hacia el norte de nuevo.

Unos diez kilómetros más adelante, en Gevrey-Chambertin, vi el indicador de una estación de ferrocarril local y por fin abandoné el coche en un agradable hayal de una calle que tenía el curioso nombre de Rue Aquatique. La carretera se extendía por lo menos un kilómetro a través de un viñedo reseco, y no podría haber tenido aspecto menos acuático aunque hubiera atravesado el desierto del Teneré. Podría haber aparcado delante de la estación, pero no quería ponérselo demasiado fácil a la policía. Así pues, cargado con mi bolsa de viaje y siguiendo el indicador, fui hacia el oeste, más allá de otro viñedo enorme. Era un paisaje curiosamente lúgubre. Costaba creer que un lugar así diera a luz tanto placer líquido. Gevrey-Chambertin no era más que viñedos interminables y una extensión más interminable incluso de nubes y cielos azules puntuada por algún garabato negro que era un pájaro. No me entraron ganas de plantar un caballete para pintar un cuadro que reflejara mi situación en el mundo, sino de pegarme un tiro. No es de extrañar que Van Gogh se cortara la oreja, pensé. En un sitio así, la única cosa interesante que puedes hacer es cortarte la oreja.

El sol se ocultó detrás de unas nubes, y empezó a lloviznar. Compré un billete para Dijon y me senté en el andén vacío. La estación tenía todo el aspecto de no haber cambiado desde la Primera República. Hasta la ropa que colgaba lánguidamente en el tendedero delante de la puerta de la cocina parecía llevar allí una buena temporada. Por lo menos, los trenes se movían. Pasaron varios bramando por la minúscula estación hasta que por fin uno se detuvo y me monté. Y solo entonces me percaté del enorme inconveniente que era mi apariencia, cuyo reflejo había empezado a examinar con ojo crítico en la ventanilla del vagón. Si algo aborrece más la naturaleza que un vacío es a un hombre que lleva gafas de sol bajo techo o cuando está lloviendo. Con las gafas puestas me parecía al hombre invisible, y llamaba aún más la atención. Sin ellas, parecía la criatura de la laguna negra tras una larga noche de parranda. Los demás pasajeros del tren ya me estaban lanzando esas miradas de soslayo reservadas a los familiares de recién fallecidos o a los que tendrían que estar en el banquillo de los acusados de un tribunal de Núremberg al lado de Hermann Göring. Un rato después decidí quitármelas. Quizá algo más de luz le sentara bien al blanco de mis ojos. No podía hacerles ningún mal. Prendí un cigarrillo para dejar que el humo me aliviara un poco los nervios destrozados. Creo que hasta intenté sonreírle a una mujer corpulenta con un niño mocoso que estaba sentada al otro lado del pasillo. Ella no me devolvió la sonrisa, pero también es verdad que, de haber tenido yo un crío con la pinta del suyo, tampoco habría sonreído mucho. Dicen que tus hijos son tu auténtico futuro. En tal caso, no daba mucho por su porvenir.

Dispuesto a ver el lado positivo de la situación, me dije que no conducir el coche le daría a mi cuello y mis hombros el respiro que tanto necesitaban. De ese modo podría empezar a sentirme normal otra vez y tendría ocasión de descansar la vista. Incluso me las apañé para dormir durante los treinta minutos que tardó el trenecito en adentrarse lentamente en Dijon. Me desperté casi repuesto. Como mínimo, no me sentía tan bien desde que había saltado del tren en Saint-Raphaël. Pero esa sensación no duró. En cuanto me apeé del tren y entré en el vestíbulo principal vi a varios policías, más de lo habitual incluso en Francia, y me alegré mucho de haberme quitado las gafas de sol que, a la sombra del tejado de cristal sucio, sin duda me habrían señalado como sospechoso. Pero, más que en la gente que llegaba en los trenes locales, parecían interesados en los andenes de los trenes que venían de Lyon y de los que partían hacia Estrasburgo. Era una buena decisión: seguramente, yo la habría tomado de haber pertenecido a la policía francesa: Estrasburgo estaba a solo un par de horas, y a escasos kilómetros de la frontera alemana —teniendo en cuenta el inminente Tratado de Roma, quizá más cerca incluso— y sería un destino más que probable para cualquier fugitivo alemán con dos dedos de frente que se encontrara en Dijon.

Había dejado de llover, de modo que salí y me senté en el parque delante de la estación mientras intentaba calcular mi siguiente movimiento. Un vagabundo sentado en un banco cercano me recordó que, si quería desplazarme libremente entre los que respetaban la ley, primero debía presentar el mismo aspecto que ellos. Necesitaba, pues, que mis ojos tuvieran el aspecto de los de una persona respetable. De modo que me puse la única camisa limpia que me quedaba y caminé un rato en dirección sur por la Rue Nodot hasta que encontré una óptica. Me lo pensé un momento y luego volví en busca del vagabundo y le ofrecí doscientos francos para que me echase una mano. Después me puse las gafas de sol y volví a la óptica de la Rue Nodot.

El óptico era un hombre afable y risueño cuyos brazos eran muy cortos para su bata abotonada de algodón blanco, por lo demás muy cuidada. Las gafas que llevaba en la punta de la nariz no tenían montura y parecían casi invisibles, el efecto opuesto al que quería causar yo. Había un leve olor a antiséptico en el ambiente, que el jacinto de la repisa de mármol hacía un mustio esfuerzo por ahuyentar.

—He perdido las gafas —le expliqué—. Y necesito un par de recambio lo antes posible. Solo tengo estas de sol graduadas sin las que, me temo, no vería ni torta. Pero no puedo ir por ahí con ellas, y menos con este tiempo. —Sonreí—. Igual puede enseñarme alguna montura.

—Sí, claro. ¿Qué estilo está buscando, *monsieur*?

—Prefiero una montura gruesa. Parecida a la de estas gafas de sol que llevo. Sí, creo que la quiero de carey o negra, si tiene de esas.

El óptico —*monsieur* Tilden— me sonrió y abrió varios cajones llenos de gafas de montura oscura. Era como ver la mesilla de noche de Groucho Marx.

—Todas estas son monturas gruesas —dijo, a la vez que escogía un par, limpiaba diestramente los cristales con un paño verde y me las tendía—. Pruébeselas.

Eran iguales que mis gafas de sol, solo que llevaban cristales sin graduar, y por lo tanto cumplían de maravilla la función para la que las necesitaba. Me volví hacia el espejo y las cambié por mis gafas de sol, con cuidado de no dejarle ver a *monsieur* Tilden mis ojos enrojecidos. Las gafas eran perfectas. Ahora solo tenía que robarlas. Fue en ese momento, justo a tiempo, cuando mi cómplice entró dando tumbos por la puerta del comercio.

—Creo que necesito gafas —dijo en tono bilioso—. Mi vista ya no es lo que era. No veo las cosas claras. Por lo menos, no cuando estoy sobrio. —Durante un momento miró la gráfica Snellen como si fuera un idioma que hablara con soltura, y luego dejó escapar un eructo silencioso. Un intenso olor a sidra y quizá algo peor llenó el establecimiento. Dio la impresión de que hasta el jacinto se disponía a claudicar—. Me gusta leer el periódico, ¿sabe? Para estar informado de lo que pasa en este mundo ignorante en que vivimos.

El vagabundo no era un cliente probable a los ojos del pobre óptico, pero en el rato que le llevó a *monsieur* Tilden convencerlo de que se fuera, yo había cambiado por mis gafas de sol la montura que había elegido, había cerrado el cajón en el que estaban, me había disculpado y había salido, como ahuyentado por el olor tan desagradable del vagabundo. Volví caminando al parque, donde unos minutos después regresó el vagabundo para recibir la segunda parte del dinero acordado, y mi agradecimiento.

En otro comercio me compré una boina para cubrir el pelo rubio cada vez más ralo de mi cabeza. En cuestión de unos minutos, me las ingenié para adoptar el aire de un auténtico Franzi. Solo me faltaba dejar de lado la higiene personal y obtener una medalla de servicio de una guerra en la que no había luchado.

Volví caminando a la estación de ferrocarril y, desde una distancia segura, mantuve vigilado el andén del tren a Estrasburgo. Los polis le pedían la documentación a todo el mundo, e incluso con boina y gafas parecía poco probable que pudiera sortear un cordón así. No me cabía duda de que en Estrasburgo habría un nivel de seguridad similar. Pero solo me llevó un par de minutos dar con la manera de eludir el control policial francés: para sorpresa mía, no había vigilancia en los trenes que partían de Dijon hacia Chaumont, que queda una hora más al norte. ¿Por qué no ir allí, pensé, y luego coger otro tren a Nancy, donde podría llegar haciendo autostop hasta la frontera alemana en algún lugar cerca de Saarbrücken? Yo diría que en 1940 a Hitler no le llevó mucho más de un par de minutos entender que era más fácil rodear por un lado la Línea Maginot que lanzarse de frente contra ella. Ahora parece evidente. A decir verdad, ya parecía evidente entonces. Pero así son los franceses: adorables. Fui al despacho de billetes y compré uno para el siguiente tren de cercanías en dirección a Chaumont.

22

ABRIL DE 1939

—Si el jardinero estaba cortando leña con la motosierra —dije— y fue eso lo que ahogó el ruido de los disparos, ¿se habría arriesgado el tirador a que viera el rifle cuando bajaba del tejado de Villa Bechstein?

Kaspel conducía el coche hacia el Barracón P, en el Gartenauer Insel, en Unterau. Negó con la cabeza.

—No es algo que pase inadvertido —reconoció Kaspel—. Asimismo, el jardinero sin duda se habría fijado en cualquiera que bajase del tejado aparte de Rolf Müller. Eso ha dicho. A menos que estuvieran conchabados.

—No. Tampoco creo eso.

—Parece muy seguro al respecto. ¿Por qué?

—Uno desarrolla el olfato para estas cosas, Hermann. Ninguno de los dos estaba especialmente nervioso mientras contestaba las preguntas. Se tarda apenas unos segundos en saber si la mayoría de los testigos a quienes interrogas son sinceros o no. ¿A usted no le pasa lo mismo?

—El comisario es usted, no yo.

—A veces tardas cinco segundos en pasar de ser un testigo inocente a convertirte en el sospechoso principal. Ni el doctor Jekyll sería capaz de transformarse tan rápido. —Negué con la cabeza—. Yo habría dejado el rifle en el tejado. Y habría huido sin más. Por lo que sabemos, podría haber cruzado ya la frontera y estar oculto en Austria. Además, dijo que la RSD registró prácticamente a todo el mundo en las inmediaciones justo después del tiroteo. De haber encontrado a alguien con un rifle, lo habrían detenido y yo no estaría disfrutando de este aire de montaña.

—Pero si hubiera dejado el rifle en el tejado de Villa Bechstein, lo habríamos encontrado. Y no lo encontramos. Solo los casquillos del tirador.

—Entonces, igual lo tiró desde el tejado de la villa, hacia el bosque. Y lo recogió después. O igual está enterrado en un ventisquero. O..., o no sé.

—En ese caso, deberíamos organizar una batida de los terrenos de Villa Bechstein. Lo dispondré en cuanto regresemos de Unterau. —Kaspel se interrumpió—. Por cierto, ¿por qué vamos al Barracón P? Las chicas son todas francesas e italianas. Por no hablar de que son prostitutas. No van a contarnos nada de nada.

—Quizá. Quizá no. Pero deje que sea yo, con la ayuda del dinero de Heydrich, quien lleve la voz cantante. Además, me gusta hablar con prostitutas. La mayoría tienen un título de esos que no se obtiene en la Universidad Humboldt de Berlín.

En la falda de la montaña giramos a la derecha en dirección a la frontera austriaca y Salzburgo, y fuimos hacia el norte por una carretera llana que en todo momento se mantenía pegada al curso del río Ache, serpenteando por un gigantesco paisaje diseñado por Dios para hacer que un hombre —la mayoría de los hombres, por lo menos— se sintiera pequeño e insignificante. Quizá por eso los hombres construían iglesias; Dios debía de parecer un poco más amigable y mejor dispuesto a atender plegarias en una iglesia bien bonita y caliente que en la cima escabrosa y fría de una montaña. Además, un domingo de invierno por la mañana es mucho más fácil llegarse hasta una iglesia. A menos que uno sea Hitler, claro. El aire era una curiosa mezcla de humo de madera y lúpulo de la chimenea de la Hofbräuhaus, que no tardamos en dejar atrás a nuestra izquierda. Era un conjunto de grandes edificios amarillos con contraventanas verdes y orgullosas banderas rojas y azules —ninguna de ellas nazi— que más parecía la sede de algún partido político que la fábrica de cerveza local, aunque en Alemania la cerveza es más que política, es una religión. Al menos, una de esas religiones que me gustan a mí.

—Otra cosa. Rolf Müller. Yo diría que más de una vez ha oído a gente en esa cervecería decir que ojalá Bormann o alguno de sus hombres cayeran muertos. Y sencillamente no quería decir quiénes eran. Hombres que también podrían haberlo oído a él mencionar que iba a ir al médico.

—Entonces, ha sido una suerte que fuera usted quien lo ha interrogado, en vez de Rattenhuber o Högl. De lo contrario, ahora mismo estarían intentando sacarle nombres a puñetazos en los calabozos del sótano del Türken Inn.

—Es el antiguo hotel que hay entre la casa de Hitler y la de Bormann, donde el acuartelamiento de la RSD local, ¿verdad?

—Así es. Tengo una mesa allí. Pero prefiero estar tan lejos como sea posible de Bormann.

—¿De verdad harían algo así? Me refiero a hacerle confesar a puñetazos.

—¿En nombre de la seguridad del Führer? Harían cualquier cosa. —Se encogió de hombros—. Podría ahorrarnos algo de tiempo si le apretamos un poco las tuercas. Si Bruno Schenk averigua algún nombre por su cuenta, podemos arreglárnoslas para que Müller les eche un vistazo. Así podríamos reducir las posibilidades. Nunca se sabe.

—Yo nunca he sido partidario de la mano dura —dije—. Ni siquiera en nombre de una buena causa. Como la seguridad del Führer, tan sumamente importante.

—No parece que lo diga de corazón.

—¿Yo? ¿Qué le hace pensar eso, Hermann? Dios bendiga y ampare al Führer, eso digo yo. —Sonreí porque, por una vez, no añadí entre dientes el remate a ese lema, que era bastante habitual en el Berlín izquierdista pero más valía no mencionar en Berchtesgaden: «Dios bendiga y ampare al Führer, bien lejos de nosotros».

—Mire, Gunther, tal vez haya perdido parte de mi ingenuo optimismo acerca de los nazis y de lo que son capaces, pero aún creo en la nueva Alemania. Quiero que lo tenga usted claro.

—Por lo que me cuenta usted, tengo la impresión de que la nueva Alemania es igual de corrupta que la antigua.

—Con una diferencia importante. Ahora nadie nos mangonea. Sobre todo, no lo hacen los franceses. Ni los Tommies. Ser alemán vuelve a significar algo.

—Muy pronto significará que hemos empezado otra guerra europea. Eso significará. Y Hitler lo sabe. Lo que yo opino es que desea otra guerra. Que la necesita.

Kaspel no contestó, así que cambié de tercio.

—Esto debe de quedar de camino a Saint Leonhard, ¿verdad?

—Sí. ¿Por qué?

—Porque hay una pensión en Saint Leonhard que se llama Schorn Ziegles donde se supone que debo reunirme con el hombre de Heydrich, Neumman, si tengo algo interesante que contarle. Así informaré al general sobre lo que sucede aquí sin que Martin Bormann se entere de nada.

—Ya conozco ese sitio. Está unos siete u ocho kilómetros pasado Unterau por la carretera. Un establecimiento familiar. Con buena comida. —Hizo una pausa y añadió—: ¿Y qué va a contarle?

—Eso depende del estado en que me encuentre. —Miré el reloj y suspiré—. Hace treinta horas que no me acuesto en una cama. Pero tengo la sensación de que me han cambiado la sangre por plasma luminoso. Cuando voy a mear casi espero ver fuego de san Telmo. Para esta noche podría ser una pesadilla con patas capaz de decir toda clase de cosas que más vale callar en Alemania. Esta metanfetamina hace que se te suelte la lengua, ¿verdad? Hay que tener cuidado con eso en presencia de un hombre como Heydrich, o de sus elfos y enanos oscuros. Como ha dicho antes, el misterio más grande de esta montaña mágica es cómo resolveré este caso sin acabar destrozado para los restos.

Un amplio lago en forma de herradura en mitad de la veloz corriente del Ache había creado la isla de Gartenauer, que albergaba sobre todo árboles y un edificio monástico de granito gris ubicado justo en la orilla. Al oeste de la isla había un profundo bosque al que se accedía por un puentecillo de piedra. Al otro lado del puente, y siguiendo varios cientos de metros por un camino estrecho, oculta casi del todo por el denso dosel del bosque, había una cabaña de madera alargada de una sola planta y de color blanco sucio con contraventanas azules. Era el Barracón P, camuflado perfectamente entre la nieve, como, supuse, lo prefería Bormann. No se veían chicas pintadas, ni carteles, ni música, ni siquiera había bombillas de colores llamativos, nada que indicase lo que ocurría dentro. Debía de ser el burdel más anónimo que había visto en mi vida. Accedimos a un pequeño aparcamiento y nos bajamos del coche. Estábamos a punto de entrar cuando llegó una furgoneta en medio de una lluvia de grava. Cuatro obreros se apearon. Dos llevaban termo, pero, a juzgar por como olían, todos habían bebido algo más fuerte que café.

—¿Vienen ahora? —comenté—. Coño, no es ni la hora de comer.

—Los trabajadores de P&Z acaban los turnos a cualquier hora del día. Lo más probable es que esa cuadrilla haya estado trabajando toda la noche.

—Mire, quiero obtener aquí unas cuantas respuestas, pero no estoy dispuesto a hacer cola detrás de algún Heinrich local y su polla tiesa. —Saqué la placa y la puse en alto—. Policía —anuncié—. Volved dentro de una hora, chicos. Tengo que hacerles unas preguntas a estas prostitutas. Y prefiero no oler vuestra peste a sopa de pescado mientras se las hago.

—Yo que usted no iría por ahí —me advirtió Kaspel—. Estos chicos están empeñados en disfrutar de compañía femenina. Sus pollas también. Más aún, por si no se había dado cuenta, este sitio está alejado de todo a propósito. Hay gente que ha desaparecido por aquí.

Era un buen consejo, y en circunstancias normales lo más probable es que lo hubiera escuchado, sobre todo después de mi comentario de que no era partidario de la mano dura. Pero los hombres que se habían bajado de la furgoneta no mostraron la menor intención de montarse de nuevo e irse. Más bien, nos miraron a mí y a mi placa con desdén. No se lo podía reprochar. En cualquier otra ocasión me habría ido y regresado después; pero no era una de esas. El más corpulento de los obreros escupió y se limpió la barbilla sin afeitar con el dorso de una mano fornida.

—No nos vamos a ir —expuso—. Acabamos de hacer un turno de quince horas y ahora vamos a divertirnos un rato con esas señoras. Igual deberían marcharse ustedes, poli. Pregúntele si no a su amiguito de negro. Ni siquiera las SS se interponen entre nosotros y nuestros placeres.

—Eso lo entiendo —repuse—. Y es una suerte que entendáis que son la cerveza y el schnapps los que hablan por vosotros. Yo también hablo ese dialecto bastante bien a veces. Además, esta es la única amiguita que necesito cuando estoy de palique contigo, Fritz. —Desenfundé la Walther, la amartillé y disparé la bala que ya estaba en la recámara. La pistola automática se encabritó en mi mano como un ser vivo. ¿Para qué quieres un perro cuando tienes una Walther PPK?—. Así que volved a montaros en la furgoneta y esperad vuestro turno antes de que os encontréis con un agujero de más. Y no penséis que no soy capaz de hacerlo. Llevo sin dormir desde ayer por la mañana, y ahora mismo tengo menos juicio que el propio káiser. Llevo seis meses sin pegarle un tiro a nadie. Pero la verdad es que no creo que pegaros un tiro vaya a quitarme el sueño.

Los obreros se alejaron, rezongando pero sin armar bulla, y volvieron a montarse en la furgoneta. Uno encendió la pipa, cosa que siempre es una buena señal cuando eres poli. El hombre que fuma en pipa es considerado y prudente. No creo haberme liado a puñetazos con nadie que tuviera una pipa de brezo en la boca.

El disparo de advertencia había hecho salir a la puerta del barracón a un par de chicas. Por lo menos parecían prostitutas. Una debía de rondar los veinte años, e iba vestida con un abrigo de astracán gris, zapatos de tacón alto y poco más. Los calzones negros oficiales de la selección alemana de fútbol que llevaba bajo el abrigo le daban un toque interesante; supongo que quería mostrarse leal a su país de adopción. La otra chica era mayor e iba vestida con el gabán militar de un oficial de la Cruz Roja, pero las medias y el liguero azules, y carmín suficiente como para abastecer el Circo Estatal de Moscú, me llevaron a pensar que probablemente no era médica. Casi incapaz de disimular la repugnancia, Kaspel se abrió paso con cuidado entre las mujeres, y yo di unos pisotones para desprenderme de la nieve que tenía en las botas y lo seguí al interior.

En la entrada había unos cuantos sillones de cuero baqueteados y un piano vertical, con una alfombra raída en el suelo de linóleo, y un aparador desvencijado con una selección de licores. También había varias duchas para los clientes, y pedazos de jabón en el suelo de baldosas con moho. Un intenso olor a tabaco y perfume barato reinaba por todo el establecimiento. Una estufa grande de leña ocupaba un lugar central entre los sillones. Al menos, la cabaña estaba caldeada, y mostraba más calidez que la antipática mujer que regentaba el negocio. No se correspondía con la típica madama, pero sus clientes eran hombres toscos y carentes de educación que no tenían más idea de lo que era una casa de citas de verdad que el arzobispo de Múnich. A diferencia de las otras, llevaba un grueso vestido de lana, una blusa blanca sin cuello, chaleco tradicional de terciopelo y un abrigado chal beis, pero el detalle principal por el que supe que estaba a cargo era la caja de hojalata de galletas Tet que tenía bajo el brazo. Supuse que no estaba llena de galletas sino de dinero. En cuanto vi sus ojos rápidos y rapaces supe que tenía las respuestas a todas mis preguntas. Pero durante un par de minutos las dejé todas por contestar. A veces, si eres listo, es mejor oír las respuestas a las preguntas que no se te habría pasado por la cabeza plantear. Tal vez a Platón no le habría gustado esa clase de diálogo, pero siempre daba resultado en el Alex.

23

ABRIL DE 1939

—¿Cómo se llama, guapo?

—Me llamo Gunther. Bernhard Gunther. Y este es el capitán Kaspel, de la RSD.

—Qué alivio. Pensaba que era un vaquero. ¿A qué venían los tiros, vaquero?

—Me ha enviado Martin Bormann —le expliqué—. Sus clientes estaban muy impacientes por disfrutar de su compañía y no parecían entender que no estoy acostumbrado a hacer cola. Creí que era la única explicación que les debía. —Le resté importancia con un encogimiento de hombros—. Están fuera, en la furgoneta. Les he dicho que esperen una hora.

—Qué amable por su parte. —Encendió un cigarrillo y me lanzó una bocanada de humo, lo que fue un gesto generoso—. Están un poco mosqueados desde que las existencias de Pervitín se agotaron en toda la región. Es la droga preferida por aquí. La cocaína de los pobres, en mi opinión.

—Eso tengo entendido.

—Si viene de parte de Martin Bormann, supongo que Flex no vendrá. Además, por lo general ya tendría que haber pasado por aquí, en busca de la parte de su señoría.

—El doctor Flex no volverá por aquí por el sencillo motivo de que ha muerto. Alguien lo asesinó. Le metió un balazo en la cabeza.

—Me está tomando el pelo.

—No. He visto el cadáver. Y le aseguro que no tiene ninguna gracia. Le faltaba la mitad de la cabeza. Y los sesos estaban amontonados en el suelo.

—Ya veo.

La mujer no dijo más acerca de la muerte de Flex, y su expresión tampoco dio a entender nada. Me pareció que no iba a echarlo mucho en falta. Aún tenía que encontrar a alguien que lo hiciera.

—Es usted alto, ¿eh? Casi tan alto como Flex.

—Era mucho más bajo hasta que empecé a trabajar para el jefe adjunto del Estado Mayor. Hace un par de semanas iba por ahí con un pico, velaba por mis seis hermanos y respondía al nombre de Gruñón.

—Hay mucho de eso por aquí. Pero se refiere al enanito Sabio, ¿no? El doctor. Gruñón no hacía más que refunfuñar y cuidar de sus propios intereses.

—Como decía, el doctor ha muerto. Además, no soy tan inteligente. Soy solo el más narizotas y el de peor temperamento.

—Los he visto peores. Como ya habrá averiguado, hay enanitos locales a los que les gusta jugar duro. Pero por lo general me las apaño. —Levantó el chaleco unos centímetros y me dejó ver una pequeña automática que tenía calentita ahí debajo—. ¿La ve? Soy una madrastra excelente, llegado el caso.

—Apuesto a que sí —comentó Kaspel.

—Ese no es tan simpático —me dijo ella—. Supongo que es el uniforme.

Me encogí de hombros.

—¿El capitán Kaspel? Siempre dice la verdad, me temo. Igual que el esclavo del espejo mágico. Así que tenga cuidado con lo que le pregunta. Es posible que no le guste la respuesta, su majestad.

—¿Se supone que a partir de ahora debo pagarle a usted? Tenga la bondad de decírmelo.

—No he venido a hablar de nuevos acuerdos, Frau...

—Lola —contestó—. Me llaman Lola la Traviesa. Como Marlene Dietrich, ¿sabe?

Pero ahí se acababan las similitudes. Asentí de todos modos, pues no quería ganarme su antipatía riéndome de ella a la cara, tan pintarrajeada que parecía una naranja de cera. Si buscaba información, tenía que hacer gala de un poco de cortesía y buenos modales, sobre todo después de haberles sacado un arma a sus clientes y haberme servido del nombre de Bormann como un pomposo oficial

170

del Partido. Rodeado de tanta eficiencia despiadada en nombre del Führer, ahora le tocaba a alguien como yo restablecer el equilibrio. Quizá Lola no fuera en ese reino la más hermosa, pero seguía siendo la reina de la cabaña y necesitaba que hablase.

—Claro —dije—. Lo sé. *El Ángel Azul* es una de mis películas preferidas.

—Entonces está en el lugar indicado, Herr Gunther. A lo mejor me siento en su regazo y le canto una hermosa canción, si es buen chico.

Me las arreglé para no reírme de eso tampoco, pero a Kaspel le costaba más guardar las formas. Tenía que librarme de él, y rápido, antes de que la molestara. Del otro lado de la ventana mugrienta había empezado a nevar de nuevo. Los cuatro obreros de P&Z, inasequibles al desaliento, seguían aguardando nuestra marcha. En parte, yo ya compadecía a todas las chicas que estaban atrapadas en esa cabaña del amor en el bosque. Como mínimo, Blancanieves no tuvo que acostarse con los siete enanitos. Al menos, no en la versión que leí.

—¿Podemos hablar en privado? —le pregunté.

—Mejor pase a mi despacho.

—Capitán Kaspel —dije—, ¿le importa vigilar el coche? No me extrañaría que esos cabrones de la furgoneta se desquitaran con nuestros neumáticos.

—No se atreverían.

—Haga el favor.

Frunció el ceño un momento, tal vez planteándose si discutir el encargo, y luego recordó la inflexible reputación del hombre que me había enviado a Berchtesgaden.

—De acuerdo —accedió, y se fue.

Lola me llevó a una habitación con una cama, una ducha y un retrete, y cerró la puerta. Había unas imágenes religiosas en la pared y, a partir de ellas y de su acento, deduje que podía ser italiana. En la mesilla de noche había un cuenco de condones, así que la supuse capaz de encargarse de los clientes, cuando había jaleo. Me senté en la única silla. Ella se sentó en la cama y terminó el cigarrillo. El despacho bien podría ser la mesa de metal y el archivador de al lado de la ventana. Había incluso un antiguo teléfono de estilo candelabro. Mientras tanto, Kaspel iba de regreso hacia el coche.

—Tendrá que perdonarlo —dije—. No es Von Ribbentrop, precisamente.

—Si se refiere a que no es muy diplomático, yo diría que tiene razón. Pero Ribbentrop tampoco es un gran diplomático. Usted es distinto. Bueno, digamos que nos habría venido bien su presencia aquí en septiembre, cuando Chamberlain vino a tragarse la mierda de Hitler. Quizá las cosas habrían ido de otro modo. Aunque también es verdad que soy italiana. Queremos complacer a todo el mundo. Por eso tenemos a Mussolini. Él por lo menos parece sacarle al fascismo una chispa de la que ustedes los alemanes carecen.

—Entonces, ya lleva tiempo en Berchtesgaden.

—Alrededor de un año. Parece mucho más, sobre todo cuando está cubierto de nieve. Aquí nos podemos quedar con la mitad de las ganancias abriéndonos de piernas. Flex se llevaba el resto; en conceptos de alojamiento y comida, decía. Si se puede llamar así lo que tenemos aquí. Espero que no haya venido a renegociar el acuerdo.

—No, no he venido a renegociar nada. Mire, Lola, no he sido del todo sincero con usted. Soy comisario de policía de Berlín. Detective. He venido a investigar el asesinato del doctor Flex. Y esperaba que pudiese ayudarme.

—Aparte de que me alegro de que esté muerto, no sé qué decirle, Herr comisario. Karl Flex era un estafador hijo de puta y se merecía ese balazo. Solo espero que no sufriera... menos de unas cuantas horas.

—Son palabras muy duras, Lola. Y, si acepta mi consejo, quizá debería moderarlas, teniendo en cuenta para quién trabajaba.

—Me da igual. Ya me he hartado de este sitio. Puede detenerme y meterme en un calabozo y diré lo mismo. Pero, por supuesto, no lo hará porque nadie quiere oír lo que tengo que decir. Al principio, cuando Bormann ordenó la construcción de este lugar, solo teníamos que pagar el veinticinco por ciento. Pero hace unos tres meses, Flex nos dijo que no, que era el cincuenta. Cuando protesté, nos dijo que, si no nos gustaba, lo habláramos con Bormann. Como si pudiéramos. Ni siquiera podemos ir a Berchtesgaden. Una vez lo intentamos y los vecinos estuvieron a punto de apedrearnos. Ninguna de nosotras es alemana, claro, por lo que es más fácil que nos reconozcan. Y también más fácil que nos controlen. Flex sabía muy bien que en realidad no teníamos otra elección que hacer cualquier cosa que nos dijera. Y con eso me refiero a cualquier cosa.

—¿Y eso qué significa, que disfrutaba de los favores de algunas chicas de estas en persona?

—Solo de una, en realidad. Renata Prodi.

—Me gustaría hablar con ella, si es posible.

—Bueno, pues no puede. Se ha ido. El médico la envió a su casa en Milán. Porque Flex le contagió la gonorrea. Yo también cogería un tren de vuelta a casa si tuviera suficiente dinero. Pero no lo tengo.

—¿Se la contagió él? ¿La gonorrea?

—Casi seguro.

—¿Cuándo fue?

—Hace unos días. Estuvieron a punto de cerrarnos. El médico nos está dando a todas proteinato de plata. —Se inclinó y abrió el cajón de la mesilla para enseñarme el mismo Protargol que había visto en el inventario de los efectos personales de Flex: la sustancia que con tanto tacto había retirado Karl Brandt—. Aunque en realidad no hay ninguna necesidad. Renata fue la única afectada. Y usaba preservativo con todos sus clientes. Todos menos Flex. Él insistía en no ponerse condón. Pero no se podía discutir con alguien así. Era malo con avaricia, ya sabe. No como usted.

—Yo formo parte de ese mismo equipo de fútbol tan cutre.

—Pero no de corazón. Soy capaz de calar a los hombres muy rápido, comisario. Hay bondad en sus ojos, por eso los tiene entornados y bien cubiertos bajo el ala del sombrero, para que nadie se dé cuenta de que no es usted como el resto de los enanitos. No, usted es Humbert el cazador. Salta a la vista. Si la reina malvada le dijera que se lleve a Blancanieves al bosque y le arranque el corazón, la dejaría escapar y volvería a casa con un corazón de cerdo en una bonita caja adornada con un lazo. El corazón de Flex, lo más probable. Suponiendo que lo tuviera.

—¿Era siempre Flex quien venía a por el dinero?

—No. Una o dos veces vino otro Fridolin. Un tipo llamado Schenk. Un cabrón de lo más frío. Casi tan malo como Flex. Supongo que ahora tendremos que vérnoslas con él. Esa es otra cosa que tampoco me hace ninguna ilusión.

—¿Quién recibe el dinero de esta casita de citas? Bormann, supongo, ¿no?

—Eso imagino. Por aquí no pasa gran cosa de la que no esté al tanto su señoría. O de la que no se lleve una buena tajada. Por lo que me cuentan los hombres que trabajan en la construcción de sus hoteles y sus carreteras y sus túneles, debe de ser multimillonario. Pero sin duda es tan odiado como Flex. Me da la impresión de que va a tener usted mucho trabajo, Herr Gunther.

—Eso me temo, desde luego. Me gustaría hablar con sus chicas, si es posible.

—¿Qué? ¿Cree que pudo dispararle alguna de ellas? Eso sí que tiene gracia.

—No, pero igual se dieron un revolcón con el hombre que lo hizo. No tiene inconveniente, ¿verdad?

—Le aseguro que será una pérdida de tiempo. Para empezar, no son como yo. La mayoría son unas crías. Y están demasiado asustadas como para contar nada. Además, solo dos de las chicas hablan bien el alemán.

—¿Cómo? ¿No hay aquí ninguna chica alemana?

—No. Ni una sola. Hay una checa de los Sudetes y una austriaca. Maria. Hitler se pondría como loco si supiera que existe este lugar, o eso tengo entendido. Pero se enfurecería más aún si se encontrara a alguna alemana trabajando aquí. Es como si fueran algo sagrado.

—¿No se ha enterado? Se supone que nuestras mujeres tienen que estar engendrando una nueva raza, no enamorándose otra vez, como Lola, o interpretando el número estelar en el cabaret local con sombrero de copa, medias y liguero.

—Así que ha visto la película.

—Es de mis preferidas.

Lola asintió.

—Aun así, más de una chica de la región ha venido aquí dispuesta a sacarse algo de calderilla. Pero he tenido que mandarla a freír espárragos. Quizá Flex no se hubiera dado cuenta de que había alguna que otra chica de más. Pero el doctor Brandt sí. Es él quien examina a las chicas para ver si tienen gonorrea. Una vez a la semana, puntual como un reloj suizo.

Era un nombre que no había esperado oír en el prostíbulo local.

—¿Brandt? Pensaba que algún matasanos de Salzburgo cuidaría de todas.

—Así era. Pero decidió que no estaba hecho para esto y dejó de venir. Entonces Brandt ocupó su lugar. Lo llamábamos el doctor Infernal. Una vez vino y llevaba el uniforme debajo de la bata blanca. Creo que a algunas chicas les pareció de lo más sexy.

—Qué interesante.

—Bueno, preste atención, comisario, porque él suele ir mucho más allá de examinar a las chicas para comprobar si han pillado la gonorrea.

—¿Le gusta catarlas de vez en cuando también?

—No, a él no. Seguramente lo expulsarían de las SS por una actividad propia de un ser humano como esa. No, lo que quiero decir es que ha llevado a cabo por lo menos tres abortos clandestinos desde que lo conozco. Por dinero, claro. Ninguno de esos tipos hace nada porque sí. Reconozco que sabe de qué va el asunto. Se rumorea que antes de venir aquí practicaba abortos a mujeres que eran deficientes mentales, o judías que se habían metido en un lío con algún buen chico alemán. Dice que es el médico del mismísimo Hitler. Pero no sé qué diría Hitler si se enterara de todo esto.

—Sí, no sé qué diría —suspiré, sin darle muchas vueltas—. ¿Recuerda a quiénes les practicó abortos el doctor Brandt?

—Sí, pero no creo que deba decírselo.

—¿A Renata Prodi, tal vez?

—Ahora que lo pienso, sí, fue a ella.

—Así pues, es muy posible que Karl Flex fuera el padre.

—Sí, es posible.

Dejé escapar un suspiro. El caso me gustaba cada vez menos. Suele ocurrir que un detective odie una investigación que le han encargado, pero lo que no era tan frecuente —al menos, en mi caso— era que me aborreciera yo tanto por investigarla. Me provocó deseos de hacer algo bueno.

—¿De dónde es usted, Lola?

—De Milán. ¿Conoce Milán?

—No, la verdad es que no.

—Es una ciudad preciosa. Sobre todo, la catedral. Es lo que más echo de menos. —Sacó un pañuelo y se enjugó los ojos—. Me encantaría volver, pero creo que estoy atrapada en este sitio dejado de la mano de Dios; al menos, de momento. Todo el dinero que he ganado lo he enviado a casa. Tardaré como mínimo un mes en ahorrar lo suficiente para el viaje. Tendría que haber regresado en Navidad, cuando tuve ocasión, pero la Befana no vino el año pasado. Es la versión italiana de Papá Noel. Lo que no es de extrañar en un sitio así. Ni siquiera tenemos una chimenea como es debido. Por lo menos, no una chimenea por la que bajaría la Befana.

Pensé en ello uno momento, y los dos permanecimos en silencio mientras esos pensamientos revoloteaban por el interior de mi cabeza y luego salían volando por el tejado. Me alegré de verlos partir. No había estado perdiendo el tiempo como creía.

—¿Qué les ocurrirá a las chicas si se va usted?

—Se las apañarán. Aneta puede ocupar mi puesto. Es checa, pero habla alemán de maravilla y es muy capaz. A principios de verano traerán chicas nuevas para sustituir a las que están trabajando ahora. Además, quiero irme antes de que alguien como el doctor Infernal descubra la verdad sobre mí.

—No me la cuente, Lola. Hoy en día, en Alemania más vale no contarle la verdad a nadie. Nadie lo diría ahora, pero antes era bastante locuaz. De un tiempo a esta parte, en cambio, me he vuelto mudo, como si el arcángel san Gabriel me hubiera dicho que estaba a punto de ser padre de un hijo llamado Juan. La vida es más segura así.

—Ya se lo he dicho. Tiene ojos de buena persona. Y no se deje engañar por esas estampas de santos. Son solo para guardar las apariencias. El caso es que soy judía.

—Entonces, más le vale marcharse mientras pueda, eso seguro. ¿Cuánto le haría falta para regresar a casa?

—Con cien marcos imperiales probablemente tendría suficiente. No se preocupe por mí. Lo conseguiré. Solo espero poder hacerlo antes de que empiece la guerra.

«Compasión» no era una palabra que figurase en el malvado diccionario de Reinhard Heydrich, como tampoco figuraban sus muchos sinónimos delicados. Yo ya sabía que él me tenía por un necio sentimental. Quizá lo fuera. Pero allí mismo decidí ponerme a la altura de la mala opinión que tenía de mí el general y darle a Lola parte del dinero que lo había convencido de que me facilitara para obtener información y cubrir sobornos. Y, como es natural, estaba al tanto de que darle dinero a una prostituta judía era justo lo contrario de como él quería que gastara ese dinero. Lo que confería al gesto un carácter no tanto de generosidad como de acto de resistencia. Mientras le daba los cien marcos, más que fijarme en la expresión de auténtico placer y alivio que asomó a su cara de payasa, imaginé la furia que se habría adueñado de los rasgos caballunos de Heydrich si hubiera presenciado la escena.

—Tome —dije—. Es un obsequio de las SA. Y si alguien se lo pregunta, lo hago porque detesto y aborrezco a los judíos y quiero que todos abandonen sanos y salvos el país lo antes posible.

Lola sonrió y se guardó el dinero en un bolsillo al lado de la automática que llevaba.

—Sabía que no me equivocaba con usted, Humbert. Solo lamento no haber podido serle de más ayuda.

—Al contrario. Me ha ayudado mucho.

—No veo cómo.

—No, pero yo creo que sí. A veces, ver lo que he tenido justo delante de las narices es lo esencial en este trabajo.

24

ABRIL DE 1939

Me encaramé de nuevo al tejado de Villa Bechstein para echar otro vistazo. Era un horizonte operístico. Bien podría haberme encontrado ante las murallas impenetrables de Asgard. Me atrevería a decir que las nubes semejaban las barbas de Odín. Era un cielo para un hombre con una idea de su propio destino. O quizá una visión engañosa de este. Rolf Müller se acercó y me preguntó si podía ayudarme. Pero entonces fui yo quien se mostró críptico hasta extremos irritantes.

—La chimenea —dije, al tiempo que señalaba el cañón con el curioso campanario.

—¿Qué pasa con ella?

—Hay hueco suficiente para Papá Noel y todo un saco de regalos, ¿no cree?

—¿Papá Noel?

—No me diga que no cree en Papá Noel, Herr Müller.

—Estamos en abril —dijo tímidamente—. Es muy tarde para Papá Noel.

—Más vale tarde que nunca, ¿no cree?

Sonreí, aunque en realidad no estaba tan seguro de no haber visto a Papá Noel cruzando velozmente los cielos de Obersalzberg, con todo un escuadrón de valkirias tirando de su trineo. Se debía a la metanfetamina. Era como si me hubieran conectado a la red eléctrica principal. Eso resultaba muy agradable pese a que, en teoría, las alucinaciones interfieren con la capacidad de observación; por lo menos, según las normas para ser un buen detective, tal como las describiera Bernhard Weiss. Es malo pasar por alto cosas que deberías haber visto antes, pero ver cosas que sabes que no existen es totalmente inexcusable. Eso no le impedía a nadie del Alex guardar una botella para el almuerzo en el cajón de la mesa, claro, y un par de tragos nunca me hacían aflojar mucho el ritmo, pero la llegada a Villa Bechstein de una caravana de limusinas negras con rígidos banderines nazis me convenció de que tendría que esforzarme mucho más por tomarme las cosas con calma y comportarme como un auténtico nazi.

Bajé por la escalera de mano, me planté una sonrisa estúpida en el rostro y saludé con brío, aunque ni por asomo me acerqué al saludo de Hermann Kaspel, cuyo brío valía por los dos, o al menos esperé que así fuera. El líder adjunto del partido había llegado con sus dálmatas. En cuanto se abrieron las pesadas puertas del coche, los dos chuchos se lanzaron al galope hacia el espeso bosque que había detrás de la casa. A continuación, Hess se apeó del coche, se desperezó un poco, alzó la vista hacia el tejado y respondió al saludo con un movimiento distraído del bastón de mando. Era un tipo de escaso atractivo. La mayoría de la gente que conocía estaba convencida de que Hitler lo tenía a su lado para parecer un poco más normal. Con su única ceja, esos ojos a lo *El fantasma de la ópera* y su cráneo de Frankenstein, hasta Lon Chaney habría parecido normal a su lado. Esperé a que él y su séquito adulador de camisas pardas hubieran entrado y luego me dirigí con discreción al primer dormitorio que me había mostrado Winkelhof, el mayordomo. Me arrodillé en el suelo e intenté abrir el tirador de la chimenea, pero seguía encallado, aunque no por efecto del hollín o los restos de leña. Daba la impresión de que contra la parte superior del tirador se apoyaba algo, y era más pesado. Estaba casi seguro de lo que era. En cuanto Winkelhof terminó de mostrarle a Hess sus aposentos y se acercó para preguntarme en qué podía ser de ayuda, le pedí que fuera a por un mazo.

—¿Le importa que le pregunte qué tiene intención de hacer con un mazo, señor? —indagó, en tono de desaprobación cortés.

—Sí: tengo intención de abrir esta chimenea estropeada lo antes posible.

—¿Se encuentra usted bien, señor?

—Sí, me encuentro bien, gracias.

Se quitó las gafas y se puso a limpiarlas con furia, casi como si intentara borrarlas de su vista.

—Entonces, permítame recordarle que la chimenea de su habitación funciona perfectamente.

—Sí, lo sé. Pero hay algo atascado encima del tirador de esta chimenea, y creo que ese algo es un rifle.

Winkelhof se mostró afligido.

—¿Un rifle? ¿Está seguro?

—Más o menos. Creo que alguien lo tiró al interior de la chimenea antes de huir.

—¿Y si resulta que es menos? Lo que quiero decir es que no creo que sea del agrado del líder adjunto que usted golpee la pared con un mazo justo debajo de sus habitaciones, señor. Ha hecho un viaje largo y agotador y me ha informado de que tiene intención de descansar. Descansar en el sentido de que desea paz y tranquilidad, y no hay que molestarlo bajo ningún concepto hasta la hora de cenar. Quizá podríamos llamar mañana a un deshollinador...

Procuré no sonreír ante la perspectiva de fastidiarle el sueño reparador del líder adjunto, pero me resultó imposible. También se debía a la metanfetamina, supongo. De ser necesario, estaba dispuesto a enfrentarme a él. Eso entrañaba cierto riesgo para mí, y todo en nombre de la investigación de la muerte de un tipo que no le caía bien a nadie.

—Me temo que no se puede evitar. Debo aclarar este asunto lo antes posible. Así que tengo mis órdenes, Winkelhof. Órdenes de Bormann.

—Y yo tengo las mías.

—Mire, entiendo su dilema. Intenta ocuparse del funcionamiento de esta casa, como tiene que hacer un buen mayordomo. Pero yo intento ocuparme de la investigación de un asesinato. Así que ya voy a buscar yo alguna herramienta. Y me hago único responsable si el líder adjunto se molesta y quiere darme un tirón de orejas.

Aunque no lo tenía tan claro. Si Martin Bormann y Rudolf Hess se retaban a ver quién tenía la polla más larga, yo no tenía ni idea de cuál de ellos sería el afortunado poseedor del *Bratwurst* más grande.

Kaspel y Friedrich Korsch me esperaban en el salón.

Korsch tenía mis copias de la autopsia y del escenario del crimen.

—Tenía usted razón en lo de ese otro fotógrafo —le dijo a Kaspel—. Había un vecino del lugar llamado Johann Brandner. Solo que antes tenía su estudio aquí, en Obersalzberg, no en Berchtesgaden. Adivine dónde está ahora. En Dachau. Parece ser que le escribía a Hitler una y otra vez para pedirle que no le expropiaran su pequeño estudio. Bormann se hartó de él y lo enviaron de vacaciones forzosas detrás de las alambradas. Me costó Dios y ayuda lograr que alguien reconociera haber oído hablar siquiera de ese pobre diablo.

—Haga una llamada al SD de Múnich —le ordené a Hermann Kaspel—. A ver si sigue allí. Y Friedrich, necesitaré un mazo. Igual se lo puede pedir a esos obreros de P&Z a quienes vimos en la carretera. Quizá le presten uno.

Luego me fui a mi habitación, me tumbé en el colchón, duro como una piedra, cerré los ojos y respiré hondo por la nariz con la esperanza de que las voces que oía desaparecieran enseguida. Sobre todo, me decían que tomara prestado un coche, cruzara Austria y llegara a Italia lo antes posible —Sesto estaba a solo doscientos kilómetros—, buscara una chica maja y me olvidara de ser policía antes de que los nazis decidieran meterme en un campo de concentración, esta vez para siempre. Tal vez fuera un buen consejo, aunque un poco demasiado fuerte y claro para mi gusto. Al oírlo se me puso la carne de gallina como si me hubiera cruzado en el camino de un ejército de voraces hormigas soldado. Ahora me daba cuenta de que permanecer despierto un día y medio era la mejor manera de disponerse a recibir un mensaje personal de los dioses tal como se describía en la Sagrada Biblia. Transcurrió media hora. No dormí ni un solo minuto. Los ojos se me movían bajo los párpados cual cachorrillos excitados. Las voces insistían: si no me iba pronto de Obersalzberg, al final me atarían dentro de un saco con una cuadrilla de obreros cachondos de P&Z y me lanzarían desde la terraza superior del salón de té de Hitler. Me levanté y fui al piso de abajo antes de que me venciera la tentación de empezar a contestar.

Friedrich Korsch no se parecía mucho a Thor, el dios del trueno. Para empezar, tenía cara de ser demasiado astuto y el bigotillo de chulo encima del labio superior era demasiado metropolitano, pero el martillo que llevaba sobre el hombro le daba todo el aire de estar dispuesto a aplastar un par de montañas. Blandía la herramienta con impaciencia, como si le ilusionara el trabajo de demolición. Supongo que, de haberle ordenado que derribase a golpes la chimenea, lo habría hecho. Pero consideré mejor hacerlo yo mismo. Si alguien tenía que provocar la ira de Rudolf Hess, más valía que fuera yo. Así pues, cogí el mazo y volví escaleras arriba. Kaspel y Korsch me siguieron, ansiosos por ver la destrucción que estaba a punto de ocasionar a la preciosa casa de invitados de Hitler. Me quité la chaqueta, me remangué, escupí en las manos, cogí el mango del mazo con firmeza y me preparé para entrar en batalla.

—¿Está seguro de esto, jefe? —preguntó Korsch.

—No —reconocí—. No estoy muy seguro de nada desde que empecé a tomar la poción mágica local.

Y mientras Kaspel le explicaba a Korsch lo del Pervitín, arremetí contra la chimenea con el mazo. El primer golpe me dejó tan satisfecho como si le hubiera dado a Hess en esa frente suya tan ridículamente alta.

—Pero me apuesto cinco marcos a que el rifle está detrás de esta pared.

Asesté otro mazazo. Hice añicos el revestimiento de baldosas y parte de los ladrillos que había detrás. Korsch hizo una mueca y levantó la vista al techo como si esperase que el líder adjunto fuera a asomar por entre las tablas del suelo de su habitación y agarrarme por el cuello.

—Acepto la apuesta —dijo Kaspel, y encendió un pitillo—. Creo que es igual de probable que el tirador lo lanzara al bosque en un lugar donde pudiera recuperarlo después. De hecho, no entiendo que no me permitiera organizar una batida por los terrenos antes de decidirse a convertir esta habitación en un montón de ruinas.

—Pues porque el reparador de tejados, Rolf Müller, no fuma —expliqué—. Y porque justo al lado de la chimenea había una colilla y unas huellas. Y porque ya es muy tarde para que venga Papá Noel. Y porque hay demasiados árboles ahí delante. De haber tirado el rifle, podría haber rebotado en uno y caído al sendero, alertando al jardinero. Dejarlo caer por la chimenea era lo más seguro, porque es lo que yo habría hecho de haber tenido agallas para dispararle a alguien en la terraza del Berghof. Y porque hay algo justo encima del tirador de esta chimenea que impide que se utilice.

Lancé el mazo por tercera vez, y conseguí abrir un agujero del tamaño de un puño en la pared en torno a la chimenea. Pero de pronto Korsch y Kaspel se quedaron igual de rígidos que si hubiera aparecido el mismísimo diablo.

—¿Qué demonios se cree que hace, comisario Gunther?

Me di la vuelta para encontrarme a Martin Bormann ocupando el umbral, con Zander, Högl y Winkelhof inmediatamente detrás. Volví la vista hacia la chimenea. Decidí que con otro mazazo bastaría y que era una de esas situaciones exclusivamente alemanas en las que los actos valen más que las palabras. Así pues, golpeé de nuevo la pared, y esta vez alteré la posición de la chimenea en sí. Ahora parecía posible arrancarla con las manos. Y lo habría hecho de no ser por la pistola Walther de policía que apareció en el puño regordete de Bormann.

—Como vuelva a empuñar ese mazo, le pego un tiro —me advirtió, y metió una bala en la recámara para demostrar que iba en serio, antes de apuntarme a la cabeza con la PPK.

Solté el mazo, le cogí el cigarrillo a Kaspel de la mano y me puse a fumarlo con un ojo en la cara de Bormann y el otro en la pistola. Sin embargo, me abstuve de decir nada por el momento. Nada es siempre una respuesta más fácil de ofrecer con un pitillo en la mano.

—Explíquese —insistió Bormann, quien bajó el arma, aunque, hasta donde alcanzaba a ver, seguía amartillada y lista para abrir fuego. Me daba toda la impresión de que, si enarbolaba el mazo de nuevo, no vacilaría en dispararme—. ¿Qué demonios pretende destrozando así la habitación?

—Pretendo encontrar al hombre que asesinó a Karl Flex —respondí—. Corríjame si me equivoco, pero es lo que usted me encargó que hiciera. Y para hacerlo, tengo que encontrar el arma homicida.

—¿Sugiere que le dispararon desde aquí, desde Villa Bechstein?

—No desde aquí —repuse con tranquilidad—. Desde el tejado.

—¡No! ¿Desde Villa Bechstein? Eso cuénteselo a su abuela. Yo no me lo creo. ¿Quiere decir que, a fin de cuentas, el tirador no estaba en el bosque encima del Berghof?

—Hay casquillos por todo el tejado —expliqué—. Y ya he calculado los ángulos de trayectoria desde la terraza. El tirador estaba aquí abajo, eso seguro. Tengo la teoría de que, después de dispararle a Flex, tiró el rifle por la chimenea antes de emprender la huida. Por esta chimenea. Me fijé en que el tirador no se abría. Así que decidí echarle un vistazo. Mire, señor, cuando hablamos anoche me dio la impresión de que iba a ser necesario abordar esta investigación con cierta urgencia. Por no hablar de cierta discreción. Me temo que acepté lo que decía. De lo contrario, habría llamado a un deshollinador local y me habría arriesgado a que el pueblo entero se enterase de lo que ocurrió aquí ayer por la mañana.

—Bueno, ¿está ahí el rifle?

—La verdad es que no lo sé, señor. De veras, me he dejado llevar por una corazonada. Retiraría la chimenea ahora mismo y me aseguraría, de no ser por la curiosa idea que tengo de que igual usted me abre un agujero con esa pistola de policía que lleva en la mano.

Bormann accionó el seguro de la Walther y se la guardó en el bolsillo del abrigo. Con la automática tenía más aspecto de matón de lo que había imaginado.

—Ya está —anunció—. Se encuentra usted a salvo, de momento.

Mientras tanto, Rudolf Hess había aparecido detrás de él y me miraba con esos ojos azules y saltones que en ocasiones debían de poner un poco nervioso incluso a Hitler. La onda de cabello oscuro encima del cráneo cuadrado era tan elevada que parecía ocultar un par de cuernos. O tal vez había estado demasiado cerca de un pararrayos en el laboratorio del castillo de Frankenstein.

—¿Qué demonios está pasando aquí? —le preguntó a Bormann.

—Parece ser que el comisario de investigación criminal Gunther está a punto de registrar la chimenea en busca de un arma homicida —explicó Bormann—. Venga, adelante —me instó—. Póngase manos a la obra. Pero más le vale tener razón, Gunther, o lo pondré en el próximo tren de vuelta a Berlín.

—¿Un arma homicida? —repitió Hess—. ¿A quién han asesinado? ¿De qué va todo esto, comisario?

Bormann no le hizo caso, y desde luego no me correspondía decir quién había muerto ni por qué. En cambio, me arrodillé y, casi

184

con la esperanza de subirme al primer tren de vuelta a Berlín, metí el brazo en la chimenea y desencallé un objeto que cayó al suelo entre una nube de hollín y gravilla. Solo que no era un rifle, sino una funda de prismáticos de cuero cubierta de hollín. Dejé la funda sobre el edredón, lo que no sirvió para granjearme la simpatía de Winkelhof.

—Eso no parece un rifle —comentó Bormann.

—No, señor, pero los prismáticos debieron de servirle para localizar un objetivo. Suponiendo que le importara contra quién iba a disparar.

Puesto que se habían efectuado cinco disparos contra la terraza del Berghof, aún no estaba del todo seguro de que el tirador solo hubiera querido alcanzar a Karl Flex. Me arrodillé de nuevo e introduje el brazo chimenea arriba. Unos momentos después sostenía en mis manos un rifle para que todos los presentes lo inspeccionasen. Era un Mannlicher M95, una carabina de cañón corto fabricada para el ejército austriaco con una mira telescópica montada ligeramente a la izquierda del rifle a fin de dejar sitio a un peine en bloque.

—A fin de cuentas, parece que sabe usted lo que se hace, comisario —comentó Bormann.

Accioné el cerrojo, y un casquillo de latón cayó de la recámara de la carabina. Lo recogí. Era igual que los que había encontrado.

—Le ruego me disculpe —añadió—. Pero ¿qué demonios es eso que hay en el extremo del cañón? —Bormann lo miró más de cerca—. Parece un filtro de aceite Mahle.

—Es un pequeño truco que ya he visto por aquí otras veces —explicó Kaspel—. Los cazadores furtivos de la zona equipan sus rifles con eso. Hay que modificar un poco el extremo del cañón, pero eso está al alcance de cualquiera que tenga acceso a un taller. Un filtro de aceite es un silenciador de lo más efectivo. Como la sordina de una trompeta. Justo lo que uno necesita cuando caza ciervos sin permiso en el Territorio del Führer y no quiere que lo pille la RSD.

Bormann frunció el ceño.

—¿Cómo que cazadores furtivos? Creía que eso quedó solucionado cuando levantamos la puta valla.

—No tiene sentido entrar ahora en eso —dije—. Sin duda, explicaría por qué nadie oyó los disparos. —Al ver cómo arqueaba las cejas, añadí—: Así es, señor. Se efectuaron varios disparos. Encontramos cuatro balas en el enmaderado de la galería de la primera planta encima de la terraza del Berghof.

—¿Cuatro? —preguntó Bormann—. ¿Está seguro?

—Sí. Claro que aún no hemos encontrado la quinta, la que acabó con la vida de Karl Flex. Yo diría que se perdió para siempre cuando sus hombres limpiaron la terraza del Berghof, señor.

—Exijo que alguien me explique lo que está ocurriendo —insistió Hess. Entrelazó las manos delante de la hebilla del cinturón y luego volvió a cruzarse de brazos, como si estuviera nervioso, y adoptó el mismo aspecto que si fuera a pronunciar uno de sus habituales discursos estridentes de sumo sacerdote en el Sportpalast de Berlín—. Ahora mismo, por favor.

Dio un par de taconazos impacientes con sus botas militares, y por un momento creí de veras que iba a ponerse a gritar o incluso iba a arrojar contra el suelo el alfiler de corbata del partido.

Bormann se volvió hacia Hess y le explicó, a regañadientes, lo que le había ocurrido a Karl Flex.

—Pero eso es horrible —exclamó Hess—. ¿Lo sabe Hitler?

—No —repuso Bormann—. Creo que no sería buena idea. Todavía no. No hasta que hayamos detenido al culpable.

—¿Por qué?

Bormann hizo una mueca. Saltaba a la vista que no estaba acostumbrado a que lo interrogasen de esa manera, ni siquiera el hombre que, al menos de manera nominal, era su jefe. Le eché otro vistazo a la carabina mientras discutían y procuré fingir que nada de eso estaba ocurriendo. Pero tenía la impresión de estar a punto de descubrir quién era el ganador del desafío del *Bratwurst* más grande.

—Porque creo que casi con toda seguridad interferiría con su disfrute del Berghof en lo sucesivo —dijo Bormann—. Por eso.

—Insisto en que se le informe lo antes posible —arguyó Hess—. Seguro que querrá saberlo. El Führer se toma estos asuntos muy en serio.

—¿Y cree usted que yo no? —Con la cara más roja que una cabeza de cerdo en el escaparate de una carnicería, Bormann me señaló—. Según el general Heydrich, este hombre, Gunther, es el mejor comisario de investigación criminal de la Comisión de Homicidios de Berlín. No tengo ninguna razón para dudarlo. Lo han enviado aquí para aclarar este asunto lo antes posible. Todo lo que se puede hacer ahora mismo se está haciendo. Haga el favor de tomarse unos instantes para pensárselo, mi querido Hess. Aparte de que podría echar por tierra su cumpleaños si le cuenta lo de la muerte de Flex, Hitler podría no volver nunca a Obersalzberg. A este sitio, su lugar preferido del mundo entero. Seguro que usted, como bávaro, no querría que ocurriera tal cosa. Además, no es que hayamos descubierto una tentativa de asesinar al propio Hitler. Estoy seguro de que este asunto no tenía nada que ver con el Führer. ¿No cree usted, comisario?

—Sí, señor, eso creo. Por lo que he averiguado hasta el momento, estoy convencido de que esto no tiene nada que ver con Hitler.

Dejé la carabina encima del edredón, al lado de los prismáticos. También estaba cubierto de hollín, y me pareció improbable que se encontraran huellas dactilares en el arma. Estaba más interesado en el número de serie. Y en el filtro de aceite Mahle. Si teníamos en cuenta lo que había dicho Kaspel, seguramente buscábamos a alguien que disponía de un torno o tenía acceso a él. Le pedí con discreción a Korsch que fuera a coger la cámara de mi habitación, para así añadir unas cuantas fotos de la carabina a mi carpeta.

La boca afilada de Hess se volvió petulante, como la de un escolar castigado sin motivo alguno.

—Con el debido respeto al comisario, esto no es asunto de la Kripo sino de la Gestapo. Cabe la posibilidad de que se trate de una conspiración. A fin de cuentas, solo hace unos meses que ese suizo, Maurice Bavaud, vino aquí con el objetivo declarado de asesinar al Führer. Esto podría guardar algún tipo de relación con ese incidente anterior. Podría ser incluso que el asesino creyera equivocadamente que disparaba contra Hitler, en cuyo caso podría intentarlo de nuevo, cuando Hitler esté aquí de verdad. Como mínimo, ahora habría que ampliar el Territorio del Führer hasta la parte inferior de Salzbergerstrasse, donde cruza el río Ache.

—Tonterías —repuso Bormann—. Le aseguro, querido Hess, que aquí no ha ocurrido nada de eso. Además, sin duda habremos atrapado al culpable antes del cumpleaños del Führer. ¿No es así, Gunther?

No quería contrariar a Bormann, desde luego, sobre todo ahora que Hess empezaba a sonar como un auténtico maquinador. Bormann ya me parecía el jefazo nazi menos peligroso con el que aliarme.

—Sí, señor —respondí.

Pero Hess no estaba dispuesto a dejarlo correr. Su férrea devoción a Adolf Hitler era absoluta y, por lo visto, no soportaba la idea de ocultarle al Führer nada en absoluto. Bormann se vio obligado a acompañarlo a sus alojamientos en el piso de arriba, donde continuaron la discusión, en privado. Aunque todo el mundo en Villa Bechstein alcanzara a oírlos.

Era justo lo que más me gustaba: dos nazis sumamente importantes discutiendo a voz en grito acerca de su puesto en la odiosa jerarquía del gobierno. No se podía pedir nada mejor en la montaña de Hitler.

25

OCTUBRE DE 1956

Cambié de tren en Chaumont y tomé otro que iba al norte en dirección a Nancy, que está a ciento y pico kilómetros de la frontera alemana, aunque ahora había caído en la cuenta de que no sabía con exactitud dónde estaba la frontera; ya no. Sabía dónde quedaba la antigua frontera germano-alemana, pero no la nueva; no desde la guerra. Tras la derrota de Alemania en 1945, Francia había tratado el Sarre como un protectorado francés y un importante recurso para la explotación económica. Luego, en el referéndum de octubre de 1955, los habitantes del Sarre predominantemente alemanes habían votado por abrumadora mayoría rechazar la idea de una Saarland independiente, lo que también les habría ido bien a los franceses. Estos resultados se interpretaron en general como el rechazo de la región hacia Francia y un indicio de su firme disposición a formar parte de la República Federal Alemana. Pero yo no tenía ni idea de si los franceses habían aceptado esos resultados, lo que supondría que al final le habían cedido el control del Sarre a la RFA. Conociendo a los franceses, y la importancia histórica que nuestros dos países le habían adjudicado a este territorio tan disputado, no parecía muy probable que quisieran dejarlo correr sin más. Si se tenía en cuenta la crudeza de la guerra franco-argelina en esos momentos, y que a todas luces Francia no tenía ninguna intención de permitir un autogobierno en el norte de África, ni me atrevía a imaginar que los Franzis se marchasen de una región industrial de la importancia del Sarre. El hecho era que, aunque llegara hasta Saarbrücken, no tenía la menor idea de si con mi presencia allí evitaría una detención. Aún habría policías franceses más que dispuestos a hacerme imposible la vida como fugitivo. Mis esperanzas residían en pasar desapercibido, como si fuera un nativo alemán que hablara francés. Lo bastante desapercibido como para llegar a la auténtica República Federal. Pero incluso la posibilidad de llegar a Nancy empezó a parecerme remota: justo cuando el tren salía del pintoresco pueblo de Neufchâteau, más o menos a medio camino del destino que había escogido, unos policías franceses de uniforme se subieron y comenzaron a pedir la documentación a los pasajeros.

Me fui a paso lento hacia la otra punta del tren, donde encendí un Camel y sopesé mis opciones. Supuse que solo disponía de unos minutos antes de que me alcanzaran, y entonces me detendrían y a buen seguro me llevarían a una celda en Dijon. Y allí no tardaría en encontrarme a merced de algún envenenador de la Stasi. Por supuesto, cabía la posibilidad de que la policía buscase a otra persona, pero mi olfato de detective me decía que era poco probable. Nada le gusta tanto a la policía como la búsqueda de un fugitivo a escala nacional. Todo el mundo se entusiasma y los agentes locales tienen una excusa para dejar de lado el papeleo y marcarles un gol a los chicos de la gran ciudad. Mi única esperanza parecía residir en que el tren de Nancy se detuviera o aminorara la marcha durante el tiempo suficiente como para poder saltar. Pero un simple vistazo por la ventanilla me bastó para comprobar que, si bien era la región adecuada para plantar viñedos, no era un buen lugar donde esconderse. Apenas había lugares tras los que ocultarse y, a orillas del río Mosa, todo parecía tan plano y anodino como la economía francesa. La cosa habría sido más fácil en Alemania, donde tienen la arraigada costumbre de hacer excursiones y paseos por el campo. Pero los únicos sitios adonde los franceses van caminando son la panadería y el estanco. Con unos perros siguiendo mi rastro, sin duda la policía me atraparía en cuestión de horas. Llegué, pues, a la convicción de que mi única baza —si tenía el aplomo necesario— era esconderme de la policía a plena vista. No era un gran plan, pero a veces un plan inconsistente parece más viable que uno más meditado: hasta un leño torcido puede hacer un fuego como es debido. Tenemos una palabra que define esta situación, pero es muy larga y la mayoría de la gente se queda sin aliento antes de terminar de pronunciarla. Yo mismo me estaba quedando sin aliento.

Así pues, esperé a que el tren estuviera a punto de adentrarse en un bosquecillo de plátanos, levanté la mano por encima de la cabeza, me preparé y luego tiré del freno de emergencia. Mientras el tren se detenía en medio de chirridos, abrí una puerta del vagón dando un fuerte portazo y luego me escondí en los aseos más cercanos. Esperé unos minutos, como un auténtico *Sitzpinkler*,* hasta que oí gritos procedentes de la vía, indicio suficiente de que los policías creían que un pasajero se había asustado con su presencia y había saltado del tren. Entonces salí de los aseos y me dirigí a paso lento hacia los vagones donde ya había visto a la policía pidiendo la documentación. Ninguno de los demás pasajeros me prestó mucha atención. Todos se afanaban en mirar por la ventanilla a los policías, que iban de aquí para allá junto al tren o buscaban debajo de este al delincuente fugitivo. De vez en cuando me paraba y también miraba fuera y le preguntaba a la gente qué ocurría. Uno me contó que la policía buscaba a un terrorista argelino del FLN. Otro me aseguró que perseguían a un hombre que había asesinado a su esposa, y sonrió cuando hice una mueca y pregunté si eso seguía siendo un crimen en Francia. Nadie mencionó al asesino del Tren Azul, lo que me permitió albergar esperanzas de atravesar esa parte de Francia sin ser descubierto.

Justo donde acababa el tren me senté y me puse a leer la primera edición del *France-Soir* que había comprado en Chaumont. Esperaba recobrar la presencia de ánimo durante el tiempo que le llevara al maquinista reajustar el freno, y a la policía llevar a cabo una búsqueda por los alrededores de las vías, pero me encontré con que la noticia ASESINATO EN EL TREN AZUL ocupaba toda una columna de la página cinco. Aquello no hizo gran cosa por devolverme la confianza. Al leerla, casi noté el nudo corredizo tensándose en torno a mi cuello, sobre todo porque tenía muy reciente el recuerdo de una soga al cuello. El Citroën del sospechoso había sido hallado en la ciudad de Gevrey-Chambertin y se creía que el individuo permanecía a la fuga en algún lugar de la Borgoña. Sin embargo, los nervios se me crisparon casi hasta romperse cuando dos o tres policías volvieron a subir al tren. Por lo visto, los otros regresaban a Neufchâteau para reunir un

* En alemán, «hombre que orina sentado». (*N. del t.*)

grupo de búsqueda. Me alivió ver que los agentes del tren ya no pedían la documentación a los pasajeros. En cambio, el tren arrancó a mitad de velocidad con los polis mirando por las ventanillas, como si esperasen ver a un hombre que huía a la carrera por campo abierto. Un rato después se me acercó uno, se sentó a mi lado y me pidió una cerilla. Le tendí la caja y dejé que se encendiera el cigarrillo antes de preguntarle a qué venía tanto revuelo. Me dijo que iban tras la pista del asesino del Tren Azul y que, una vez de regreso en Nancy, iban a organizar a la policía local para llevar a cabo un registro exhaustivo de los alrededores de Chaumont.

—¿Cómo saben que está por aquí? —pregunté con sangre fría.

—Nos dieron el soplo de que estaba en Dijon después de que se encontrara su coche un poco al sur de aquí. Y vieron cerca de la estación a un hombre que se correspondía con su descripción.

»Debía de ir en este tren. Es evidente que nos ha visto subir y ha decidido darse a la fuga. Pero no tardaremos en atraparlo. Resulta que es alemán. No hay manera de que un alemán se esconda en Francia. No, desde la guerra. Alguien lo delatará tarde o temprano. Los alemanes no le caen bien a nadie.

Asentí con firmeza, como si semejante afirmación fuera irrefutable.

En Nancy me alejé a paso ligero de la estación principal, con la única certeza de que no volvería a tomar ningún tren francés en una temporada. Sin otro posible motivo que el sumo cansancio y el desgaste emocional —qué bien me habría venido un Pervitín en ese momento—, noté que el corazón me latía como si quisiera salirse del pecho por entre las costillas. Por primera vez en mucho tiempo me acordé de mi difunta madre, lo que me obligó a hacer un breve descanso en una cabina telefónica donde me eché un poco más de colirio en los ojos. Después di una breve caminata hacia el este, por calles tranquilas hasta una impresionante iglesia barroca consagrada a san Sebastián, y por fin allí pude relajarme. Hasta me las arreglé para dormir un rato. Nadie se fija en un hombre que está en la iglesia con los ojos cerrados; ni los fieles que rezan, ni las monjas que limpian el templo, ni los sacerdotes en el confesionario. Hasta Dios lo deja a uno en paz en una iglesia. Quizá Dios más que ningún otro.

Me quedé en la iglesia de San Sebastián una hora entera antes de cobrar el ánimo suficiente como para aventurarme a salir de nuevo. Ya era media tarde. Me planteé coger un autobús, pero me pareció tan peligroso como el tren. Tan solo estaba demorando el momento en que no me quedaría otra que buscar un medio de transporte más particular. Otro coche requería demasiado papeleo y estaba pensando en una motocicleta o un scooter; pero en la Rue des 4 Églises vi una tienda llena de bicicletas de segunda mano. Una bicicleta era sin duda el medio de transporte menos sospechoso. Al fin y al cabo, los niños, maestros, sacerdotes e incluso agentes de policía van en bici. Una bicicleta daba a entender que uno no tenía prisa, y no hay nada que despierte menos sospechas que alguien que no tiene prisa. Así pues, compré una vieja Lapierre verde con buenas ruedas, luces y una rejilla para el equipaje, a la que amarré mi bolso. No recordaba la última vez que había ido en bicicleta —cuando era un poli de ronda, lo más probable— y, a pesar del antiguo dicho de que no se olvida nunca, a mí casi se me había olvidado y estuve a punto de darme un batacazo y cruzarme en el camino de una camioneta de reparto, lo que me deparó una clase particular sumamente útil sobre las sutilezas del idioma francés. Recuperé el equilibrio junto al vehículo y me monté de nuevo. Estaba a punto de alejarme de Nancy de una vez por todas a golpe de pedal cuando vi el mercado central cubierto al lado de la tienda de bicicletas, y se me ocurrió cómo pasar más inadvertido aún. Entré, y al cabo de unos minutos también había comprado varias ristras de cebollas. El dueño del puesto me lanzó una mirada recelosa, como si se preguntase para qué quería tantas. La sopa de cebolla no parecía una respuesta convincente, ni siquiera en Francia, de modo que no le di ninguna, solo el dinero. Los franceses no suelen necesitar otra explicación, sobre todo hacia el final de una larga jornada de trabajo. Y, con las ristras colgando del manillar, poco después pedaleaba hacia el este, a través del río Meurthe en dirección al campo abierto de Mosela, como un auténtico vendedor ambulante de cebollas. Además, supuse que, si me paraba un poli, las cebollas explicarían lo de los ojos enrojecidos.

Continué en bici toda la tarde y hasta después de anochecer, pero no estaba acostumbrado al esfuerzo y apenas alcancé los quince kilómetros por hora. Montar en bici nunca me había parecido tan agotador de niño. También es verdad que Berlín es muy llano y un sitio perfecto para ir en bici a cualquier parte, siempre y cuando esté cerca de Berlín. Antes de la guerra, podías recorrer kilómetros y kilómetros sin encontrarte siquiera un bache en la carretera.

A las nueve ya estaba demasiado oscuro como para seguir. Al llegar a un pueblecito de mala muerte llamado Château-Salins reconocí por fin que estaba agotado, y me detuve para darles un respiro a los ojos y el trasero. Contemplé con anhelo el hotel de fachada rosa al lado del ayuntamiento en la Rue de Nancy, imaginando la cena excelente y la cama mullida que habría disfrutado allí, pero tendría que haberles mostrado un documento de identidad o un pasaporte y no tenía intención de dejar ningún rastro de papeleo que pudiera detectar la policía francesa, y por extensión la Stasi. Callejeé sobre la pesada Lapierre hasta que, en las afueras harapientas de la población, reparé en un campo cubierto de fardos de heno a la luz de la luna. Comprendí que allí tenía un lecho blando y gratuito donde pasar la noche sin necesidad de identificarme. Y allí, en el heno que aún conservaba el calor del día y con apenas unos cuantos insectos por toda compañía, me comí el pan y el queso que había comprado en Chaumont —y hasta me comí una cebolla cruda—, me bebí una botella de cerveza, me fumé el último Camel y dormí a las mil maravillas, demasiado bien tratándose de un hombre sin empleo, sin casa, sin amigos, sin esposa y sin la menor noción acerca de su futuro. *Plus ça change, plus c'est la même chose.*

26

ABRIL DE 1939

Cuando volví de Villa Bechstein al Berghof, descubrí otra discusión a gritos. La protagonizaban Arthur Kannenberg, el encargado de la casa, y una voz que Hermann Kaspel identificó de inmediato como la del ayudante local de Hitler, Wilhelm Brückner. Se encontraban en el Gran Salón en esos momentos, pero la puerta principal estaba abierta. Desde donde nos encontrábamos, en las escaleras que quedaban justo encima de ahí, se oía casi hasta el último reproche. La doble altura del techo del Gran Salón se encargaba de que así fuera. Me atrevería a decir que habría sido una sala excelente para un recital de piano o incluso para una ópera breve de Wagner, suponiendo que exista tal cosa, pero esa ya era una gran representación. Por lo visto, Brückner era un conquistador, y Kannenberg, que era mal parecido por no decir otra cosa, sospechaba que el atractivo oficial le había tirado los tejos a su esposa, Freda, en el jardín de invierno, lo que resultaba improbable para cualquiera que hubiese visto a Freda, o el jardín de invierno, si a eso vamos: hacía un frío helador.

—Manténgase alejado de ella, ¿entendido?

—No sé de qué me habla.

—Si tiene alguna duda acerca de la gestión de esta casa, no se la pregunte a ella, sino a mí. Ya está harta de sus comentarios obscenos.

—¿Como cuál? ¿Qué se supone que he dicho?

—Lo sabe perfectamente, Brückner, maldita sea. Eso de que no acaba usted de estar satisfecho en lo que a cuestiones de alcoba respecta.

—No tengo por qué responder a sus asquerosas acusaciones —gritó Brückner—. Además, nadie obtiene más satisfacción en este lugar que usted, Kannenberg. Todo el mundo sabe que está sacando una tajada pero que muy jugosa gracias a toda la comida y la bebida que entra en esta casa.

—Eso es una sucia mentira —repuso Kannenberg.

—Es usted un vil ladrón. Eso lo sabe todo el mundo. Incluso el Führer. ¿Cree que no se da cuenta? Está al tanto de sus pequeños chanchullos. De que cobra a algunos invitados el servicio de habitaciones a altas horas de la noche. O un paquete de tabaco de tapadillo. Hitler se limita a hacer la vista gorda por el momento. Pero eso se acabará algún día.

—Eso tiene gracia viniendo de alguien a cuya novia hubo que compensar nada menos que con cuarenta mil marcos imperiales porque usted se negó a casarse con ella. Y, por si fuera poco, todo el mundo sabe que presionó a la pobre Sophie para que le diera la mitad del dinero, a fin de poder pagar sus deudas.

—Ese dinero era por unas piezas de cerámica pintada a mano que hizo, un regalo para Eva.

—Cuarenta mil me parece mucho dinero por un juego de café y unos baldosines horneados.

—Para un zoquete inculto como usted, quizá. Pero esas piezas de cerámica eran un encargo privado del propio Adolf Hitler. Es cierto que Sophie me dio algo de dinero luego, pero fue como reembolso de una vieja deuda que contrajo después del accidente de coche, cuando pagué todos sus gastos médicos.

—Un accidente que no habría ocurrido de no haber estado usted borracho. Tenga por seguro que el Führer también sabe eso, Brückner.

—Supongo que fue usted quien se lo contó.

—No. De hecho, creo que fue la propia Sophie Stork. No le tiene mucho aprecio desde que se enteró de que intentó llevarse a la cama a la hermana del alcalde de aquí. Por no hablar de la esposa del guardabosque, la señora Geiger. Y a la señora Högl. Apuesto a que todas las mujeres de esta montaña tienen alguna historia interesante acerca de lo sobón que es usted.

—Todas menos su mujer. Eso debería darle que pensar, puerco seboso.

—¿Sabe? No me sorprendería en absoluto si resulta que la persona que mató a Karl Flex en realidad disparaba contra usted, Brückner. A fin de cuentas, estaba justo a su lado. Seguro que Berchtesgaden está llena de gente que pagaría por verlo muerto. Yo incluido.

—Pero solo hay una esposa a la que le gustaría verlo muerto a usted, me parece, Kannenberg.

—Qué interesante —observó Kaspel—. Y además justo cuando creíamos tener un buen móvil.

—Los muertos suelen estar mejor que los pobres infelices que dejan atrás —aduje—. En todo homicidio no es solo la víctima la que muere. También son asesinadas muchas reputaciones.

—No se acerque a Freda —gritó Kannenberg—. Si sabe lo que le conviene.

—Eso suena a amenaza —señaló Brückner.

—Es nuestro trabajo, Hermann —añadí—. Asesinar reputaciones. Ponerlo todo patas arriba. Y no fijarnos en cuánto daño hacemos, siempre y cuando atrapemos al asesino. Antes, atrapar al asesino era lo único que importaba. Hoy en día, las más de las veces, en realidad no tiene ninguna importancia.

—Como vuelva a acercarse a ella, Brückner, le contaré a su novia de ahora qué clase de películas hacía usted cuando estaba en la escuela de cine de Múnich.

—¿Sabe, Hermann? Ojalá pudiera pagar cinco marcos por cada vez que he terminado una investigación habiendo llegado a la conclusión de que el muerto se lo tenía merecido y el asesino era en realidad un tipo bastante decente. Y supongo que eso también va a ocurrir aquí.

—Es usted un cerdo —dijo Brückner—. Qué pena me da Freda, casada con un capullo como usted, Kannenberg. Más vale que toque el acordeón, porque dudo de que pueda entretenerla de ninguna manera como marido.

—Sus días como ayudante del Führer están contados en esta montaña. Quizá estuviera al lado de Hitler al principio...

—Así es, Kannenberg. Desde mucho antes del *Putsch* de Múnich. ¿Puede usted decir lo mismo? Debería tener siempre presente el dicho: «Quien está cerca del Führer no puede ser mala persona».

—Es posible. Pero ahora él lo considera un estorbo. Me sorprendería que durase otro verano aquí. No es que andemos escasos de ayudantes de las SS.

—Si al final me voy, puede estar seguro de que usted caerá conmigo, Kannenberg. Igual hasta merece la pena, solo por ver ese careto tan feo cuando caiga.

Ese comentario puso punto final a la discusión, aunque no quedó claro exactamente por qué. Quizá recordaron que había micrófonos secretos. Oímos pasos en el vestíbulo y nos esfumamos con discreción, no antes de descubrir que los habían escuchado a escondidas y sin pudor muchas otras personas del Berghof. Nosotros teníamos mejor excusa quizá. A los polis les pagan por ser entrometidos. Para el resto era poco más que algo de diversión, porque en esta vida no hay nada tan entretenido como el dolor ajeno.

Fuimos a mi despacho del dormitorio de la primera planta y cerramos la puerta para que, si venía a buscarnos cualquiera de los dos hombres, pudiéramos fingir que no habíamos oído nada. Eché un poco de leña a la estufa esmaltada en verde y me calenté las manos. Tenía frío después de oír cómo Brückner y Kannenberg andaban a la greña.

—No pueden ni verse —observó Kaspel.

—Eso está claro. Pero me da la sensación de que eso es lo habitual en esta casa.

Volví a la mesa y cogí uno de los dos sobres que había encontrado dirigidos a mí, saqué la hoja de papel que había dentro y leí lo que habían escrito allí a mano.

—Si se efectuaron cinco disparos —dijo Kaspel— y cuatro no dieron en el blanco, quizá el asesino disparaba contra Wilhelm Brückner. Seguro que el filtro de aceite del extremo del cañón no ayudó al tirador a afinar la puntería.

—Y si no a Brückner, entonces quizá a otra persona, alguien que no era Flex. Claro, ¿por qué no? Desde luego, no creo que Bruno Schenk vaya a ganar ningún concurso de popularidad. Si a eso vamos, dudo que ninguno de sus colegas vaya a ganarlo. ¿Sabe? A lo mejor, a quién alcanzara era lo de menos, siempre y cuando le acertara a alguno de los presentes en esa terraza. ¿No se lo ha planteado? Esta es la lista de nombres que le pedí a Schenk que elaborase a la hora de desayunar. Gente a la que los chapuceros lacayos de Bormann se las han arreglado para sacar de sus casillas desde que el Führer hizo de Obersalzberg su hogar alpino lejos del hogar. Hay más de treinta nombres escritos aquí, junto con las múltiples razones por las que podrían generar rencor. —Mis ojos repararon en un nombre en particular—. Incluido Rolf Müller, nuestro estúpido reparador de tejados de Villa Bechstein.

—Está de broma.

Le tendí a Kaspel la hoja.

—Ojalá. Parece ser que tenía una cabañita detrás de la que ahora es la casa del general ayudante de Göring, y no le hizo ninguna gracia cuando se vio obligado a venderla por debajo del precio de mercado. Hasta lanzó alguna que otra amenaza. Para serle sincero, me sorprende un poco que Schenk entendiera algo de lo que dijo ese tipo.

—Müller debe de haber tenido oportunidades de sobra —señaló Kaspel—. Pero la verdad es que no lo veo como asesino.

—A veces solo hace falta una oportunidad para que un hombre se convierta en asesino. Estar en el lugar indicado en el momento preciso, con un arma. Razón más que probable por la que Bormann prohíbe a todo el mundo ir armado en el Berghof, al menos cuando está Hitler.

Sonó el teléfono. Mientras Kaspel contestaba, empecé a registrar la coqueta habitación. Detrás de las coquetas cortinas, bajo los coquetos cojines de las coquetas butacas, e incluso la araña de luces de hierro forjado con sus coquetas pantallas. Todo en esa habitación guardaba parecido con la sala de estar de una anciana cuyo daltonismo le impidiera identificar el verde. Era como estar dentro de una botella de Chartreuse. Solo me llevó un par de minutos encontrarlo, pero, puesto que ya me habían advertido que había micrófonos en la casa primero Heydrich y luego Kaspel, sabía lo que estaba buscando. Detrás de un pequeño retrato de Hitler en la coqueta pared había un dispositivo de metal mate. Era más o menos del tamaño del micrófono de un teléfono. Lo dejé donde estaba, pero no tuve problema para desconectarlo de la red eléctrica y desactivarlo. Busqué alguno más, pero solo encontré ese, y llegué a la conclusión de que con uno por habitación bastaba para que el equipo de vigilancia se las apañase.

Sobre todo, un equipo de fisgones ensordecidos y cegados por tanta coquetería.

Kaspel puso fin a la llamada al cabo de unos minutos y dijo:

—Ojalá no hubiera hecho eso. Si uno siempre tiene cuidado con lo que dice, no puede meter la pata. Pero si creemos que podemos hablar con toda libertad aquí dentro, es posible que lo hagamos también en alguna otra parte, y entonces ¿qué será de nosotros? Se lo voy a decir. Acabaremos entre rejas.

—Lo siento, pero no puedo hacer esto de ninguna otra manera, Hermann. Si nuestro trabajo es buscar la verdad, me parece raro que no podamos hablar sin tapujos en nuestro lugar de trabajo. ¿Quién llamaba por teléfono?

—La Gestapo de Múnich. ¿El fotógrafo local, Johann Brandner, el que antes tenía su estudio aquí en la montaña? El pobre infeliz a quien mandaron a Dachau cuando se quejó por la expropiación de su establecimiento. Lo soltaron el mes pasado, y ahora vive en Salzburgo. Qué casualidad, ¿eh?

—Su nombre también figura aquí. —Le mostré la lista de Schenk.

Kaspel miró el contenido y asintió.

—Parece que siempre tuvo buen ojo para el disparo fotográfico. Según la Gestapo, antes de ser fotógrafo fue *Jäger* en un batallón *Shützen* del Tercer Cuerpo del Ejército Bávaro. Francotirador, nada menos.

—Lamento tener que decirlo, pero más vale que le pidamos a la Gestapo de Salzburgo que compruebe si sigue en su última dirección conocida. Creo que acabamos de dar con nuestro sospechoso número uno, Hermann. No creo mucho en las casualidades.

—Sí, jefe. —Señaló el primer nombre de la lista—. Eh, un momento. Schuster-Winkelhof —dijo—. ¿No se llama así el mayordomo de Villa Bechstein, Herr Winkelhof?

—Sí, así es —reconocí a regañadientes—. A decir verdad, me sorprende un poco que su nombre no aparezca en esa lista.

—Parece bastante exhaustiva, sí. Creo que treinta nombres son casi la mitad de los habitantes de Obersalzberg a quienes desahuciaron de sus casas. Llevar a cabo entrevistas, comprobar coartadas... Esto va a llevarnos una eternidad.

—Para eso tenemos Pervitín. Así no tardaremos tanto. O si tardamos, quizá no nos demos cuenta. —Me encogí de hombros—. Igual tenemos suerte. Con el número de serie de ese Mannlicher. O los prismáticos. ¿Les ha echado un vistazo? Son de los buenos. De diez por cincuenta. Seguramente los usó para localizar a su objetivo. Un buen francotirador siempre usa prismáticos primero.

—¿Alguna huella?

—Ya lo he comprobado. No hay nada. Llevaba guantes. Estoy seguro. ¿No los llevaría usted? En el tejado de la villa hace frío.

Kaspel abrió la funda y sacó los prismáticos.

—Número de serie 121519. Fabricados por Friedrich Busch, de Rathenow.

—Es una pequeña población al oeste de Berlín famosa por sus instrumentos ópticos. Sea como sea, Korsch está comprobando este número y el de la carabina.

—¿Se puede confiar en él? En general. Bueno, ¿cree que es un espía?

—Confío en él. Hasta donde cabe confiar, claro. Friedrich es un buen hombre. Pero hábleme del silenciador de filtro de aceite. Dijo que ya lo había visto antes.

—En realidad fue un tipo llamado Johannes Geiger quien me habló de ello. Dijo que había visto una vez un rifle modificado así. En el bosque al pie del Kehlstein. Abandonado junto a un ciervo muerto. Debía de ser de un cazador furtivo. Pero no logramos descubrir al propietario.

—Johannes Geiger —repetí.

—Sí, en realidad es el cazador mayor, pero todo el mundo lo conoce como el guardabosque. Sobre todo, se encarga de acabar con los gatos de la zona. Al menos, los que se cuelan en el Territorio del Führer. Hitler detesta a los gatos, porque cazan a los pájaros locales. Que le encantan, claro.

—De ahí lo del ornitólogo.

—Sí.

—Hum.

—No me diga que el nombre de Geiger también aparece en esa lista.

—No. Pero en el interior de la tapa de la funda de prismáticos están grabadas las iniciales JG.

—Pues es verdad.

—¿No acaba de acusar Arthur Kannenberg a Brückner de intentar beneficiarse a la esposa del guardabosque?

—Sí, lo ha hecho. —Kaspel meneó la cabeza e intentó sofocar un bostezo—. Estoy agotado solo de pensar en todo esto. Es en momentos así cuando me doy cuenta de que nunca fui muy buen detective. No como usted, Gunther. No tenía paciencia. Creo que necesitaré más poción mágica de esa.

Le lancé el tubo de Pervitín. Cogió dos pastillas, las redujo a polvillo blanco con la culata de la pistola y lo esnifó con un billete enrollado primero por un orificio nasal y luego por el otro. Igual que la vez anterior, se pasó un par de minutos caminando ruidosamente de aquí para allá por la habitación mientras se frotaba la nariz, lanzaba puñetazos al aire y parpadeaba con furia.

—Dios, no me puedo creer que estemos aquí, en la casa del mismísimo Hitler —dijo Kaspel—. El puto Berghof. Que su estudio está justo al otro lado del pasillo. Dios santo, Gunther. Pisamos tierra sagrada. Tendríamos que descalzarnos o algo.

Era una interpretación casi tan buena como la que habíamos escuchado a escondidas en el Gran Salón.

—Siendo de la RSD, yo creía que ya habría estado aquí antes, Hermann.

—¿Qué le hace pensar tal cosa? No, tan solo Rattenhuber o Högl vienen de vez en cuando al Berghof. Son bávaros, ya sabe. Hitler solo confía de verdad en los bávaros. Rattenhuber es de Múnich. Y Högl es de Dingolfing. No sé de dónde es Brückner. Pero estuvo en un regimiento de infantería bávaro. Hitler detesta a los berlineses. No se fía de ellos. Cree que todos son rojos, así que más vale que no acuda a su encuentro, Gunther. Es gente como usted la que deja en mal lugar a los berlineses. No, es la primera vez que entro por la puerta de esta casa.

—Pues llévese un recuerdo, si ve alguno, Hermann. Coja esa acuarela cutre que había en la pared, si quiere. Le aseguro que no se lo diré a nadie.

—¿No le impresiona ni siquiera un poquito estar aquí?

—Claro. —Cogí la Leica y le hice una foto—. Si estuviera más impresionado de encontrarme en este lugar, saldría volando igual que un globo de aire caliente y no aterrizaría hasta que me derribaran sobre París.

—Es usted un cabrón de lo más sarcástico, ¿sabe?

—Creí que ya lo sabía. Soy de Berlín.

—¿Quiere que le haga yo una foto? —preguntó.

—No, gracias. Espero olvidar mi estancia aquí. Ya me parece una pesadilla. Pero esa es una impresión que no se me quita desde que entramos en los Sudetes.

Kaspel se humedeció el dedo, se limpió los restos del Pervitín en polvo y luego se lo lamió lentamente.

—¿Siempre se lo mete así? —le pregunté—. ¿Como un Electrolux humano?

—Con el tiempo se desarrolla cierta tolerancia a la poción mágica ingerida por vía oral. Tarda un rato en hacer efecto. Cuando se necesita que surta efecto de inmediato, es mejor tomarlo como si fuera rapé.

Llamaron a la puerta. Era Arthur Kannenberg. Tenía los ojos más saltones de lo habitual en él. En ese sentido, me recordaron a su estómago. Quizá Hitler fuera vegetariano y abstemio, pero estaba claro que a Kannenberg le gustaban las salchichas y la cerveza.

—¿Qué tal le va? —preguntó con tono afable.

—Bien —repuse.

—¿Necesita algo, Bernie?

—Nada, gracias.

—He hablado por teléfono con Peter Hayer, el ornitólogo. Tal como me pidió usted. Se encuentra allí ahora, en el colmenar. Si quiere hablar con él.

—¿Peter Hayer? Claro. Gracias, Arthur.

—Me imagino que lo han oído todo. Esa discusión entre Brückner y yo.

—Me parece que no hemos sido los únicos, Arthur. Pero supongo que ambos eran conscientes de ello. ¿A qué venía todo eso? Supongo que era para que algo de lo que han dicho llegue a oídos del

203

Führer sin tener que contárselo ustedes. Solo que más le vale tener presente que eso funciona en ambos sentidos.

Kannenberg se mostró avergonzado un momento.

—Supongo que ya sabe que es un asesino. Brückner. Sirvió bajo las órdenes del coronel Epp, durante la insurrección comunista bávara de 1919. Mataron a cientos de personas. En Múnich y en Berlín. He oído incluso que fue Brückner quien estaba al mando de los hombres de los Freikorps que asesinaron a Rosa Luxemburgo y Karl Liebknecht. Ese es uno de los motivos por los que está en el entorno inmediato de Hitler, claro. Lo que quiero decir es lo siguiente: ¿qué supone un asesinato más para un hombre así? Casualmente sé que tiene un rifle con mira telescópica en su casa de Buchenhohe. Igual debería comprobar si sigue allí.

—Arthur —dije, cargado de paciencia—. No puede nadar y guardar la ropa. Ya me dijo que Flex estaba al lado de Brückner cuando le dispararon en la terraza. ¿Recuerda? Además, ¿lo que les ocurrió a Luxemburgo y Liebknecht? Puede que en Berlín todavía crean que fue un asesinato. Pero desde luego no en ninguna otra parte de Alemania. Y menos aún aquí.

—No, supongo que no. —Kannenberg sonrió con tristeza—. Pero, ¿sabe usted?, Brückner y Karl Flex no eran lo que se dice amigos. Brückner lo amenazó de muerte una vez.

—Ah, ¿sí? ¿Qué dijo?

—No recuerdo las palabras exactas. Tendría que preguntárselo a él. Pero le voy a decir lo siguiente: su mejor amigo en la montaña era Karl Brandt. Fue el doctor Brandt quien trató a Brückner después de su accidente de coche. Y por ese motivo Brückner se lo recomendó a Hitler. Brandt se lo debe todo a Brückner. Todo. No solo eso, sino que además Brandt es bastante buen tirador, a decir de todos. Su padre era agente de la policía de Mühlhausen y le enseñó a manejar armas de niño.

—¿Ha dicho que eran amigos? ¿Quiere decir con eso que ya no lo son?

—Brückner también se enemistó con el doctor Brandt. No sabría decirle el motivo exacto. Pero creo que fue porque Brandt andaba metido en algo con Flex.

Asentí con gesto paciente.

—Gracias, Arthur. Lo tendré en cuenta.

—Creí que debía mencionárselo.

—Tomo debida nota.

Kannenberg me sonrió y se fue.

—¿Qué le parece eso, jefe? —preguntó Kaspel.

—Para serle sincero, no me sorprende, Hermann. En un lugar así, donde la verdad está tan solicitada, creo que vamos a oír un montón de buenas historias. Imagino que Neville Chamberlain oyó una sobre los checos y supongo que uno tiene que creer lo que quiere creer. Ahí estriba el problema. Me preocupa creerme que alguna de estas personas lo hiciera. No porque lo hiciera, sino porque entonces pensaré que alguien está diciendo la verdad.

Cogí el abrigo y los prismáticos y fui hacia la puerta. Kaspel me seguía los pasos. Hacia la mitad de las escaleras, me detuve un momento para enseñarle la lista de nombres elaborada por Bruno Schenk. El último correspondía al hombre que íbamos a ver, el ornitólogo de Landlerwald, Peter Hayer.

27

ABRIL DE 1939

Nevaba ligeramente y una cuadrilla de trabajadores retiraba a paladas la nieve de la carretera que bordeaba el perímetro oeste del Territorio del Führer. Parecían bastante abatidos por la tarea, aunque no
creo que se pueda actuar de ninguna otra manera cuando sacas nieve
a paladas mientras no para de nevar.

—Aminore un poco —dije, cayendo demasiado tarde en la cuenta de que debería haber ido yo al volante; Kaspel llevaba tanta metanfetamina encima que temía que sufriera alguna clase de ataque. Yo
también me notaba un poco colocado. Las voces habían desaparecido por el momento, pero aún me zumbaba la cabeza, lo que era de lo
más apropiado teniendo en cuenta adónde íbamos—. Soy mal pasajero en el mejor de los casos. Pero no quiero morir durante mi estancia aquí. Heydrich no se lo perdonaría nunca.

Kaspel redujo un poco la velocidad y continuamos montaña
arriba hacia el Kehlstein, pasando por delante del Türken Inn a
nuestra derecha y luego de la casa de Bormann. Fue señalándome las
vistas por el camino, lo que no me hizo sentir más seguro en absoluto. Mientras tanto, abrí el segundo sobre que había encontrado encima de mi mesa, con remite del comandante Högl. Lo hice con la única intención de apartar la mirada de la sinuosa carretera.

—Eso es la guardería, el invernadero... A Hitler le gustan la fruta
y la verdura frescas... Mire, el cuartel de las SS. No se ve desde aquí, pero
la casa de Göring está ahí abajo a la izquierda. Ni que decir tiene que
es la más grande. Aunque también lo es él. —Se detuvo en un pequeño
cruce de caminos—. Ahí está la oficina de correos. Y al lado, los alojamientos de los conductores, garajes para todos los coches oficiales, y
detrás el hotel Platterhof, que aún se está construyendo, claro.

—Es como un pueblecito aquí arriba.

—Sabe Dios lo que están haciendo bajo tierra. A veces se nota la vibración provocada por todos los túneles que están abriendo en Obersalzberg. Es como tener a los nazis dentro del cráneo. Como es natural, también hay muchos edificios gubernamentales allá abajo en Berchtesgaden. Solo que eso tiende a ser el territorio del hermano. Albert Bormann. Está a cargo de la Cancillería y de un grupito de ayudantes que no están a las órdenes de su hermano Martin. Hay hasta un teatro aquí arriba, aunque fuera del Territorio del Führer. Ponen en escena toda clase de funciones para los vecinos, a fin de fomentar las relaciones con la comunidad. Tengo entendido que nuestro amigo Schenk pronunció una conferencia allí. ¿O tal vez fue Wilhelm Zander? Sí, Zander. —Kaspel se echó a reír—. Habló de *Tom Sawyer* y la novela estadounidense. Ya se imaginará cómo fue la cosa.

—Es un libro estupendo.

—Eso pensaba Zander, desde luego.

—Supongo que es otro bávaro.

—No. Es de Saarbrücken.

El coche patinó un poco al acelerar de nuevo. En algunos tramos la carretera era elevada y estrecha, y no ofrecía un panorama muy halagüeño en el caso de que nos saliéramos de la calzada.

—¿Qué pasa entre Martin y Albert?

—Se aborrecen. Pero no sé por qué. Heydrich siempre me insiste en que lo averigüe, pero sigo sin tener ni idea de los motivos. Una vez oí a Martin Bormann decir que Albert es el que le sostiene el abrigo al Führer. Lo que deja la situación bastante clara.

—A menos que seas Heydrich.

—Quizá pueda usted averiguar algo más. Por si no lo sabía, creo que lo está haciendo bastante bien.

—Ojalá fuera yo de la misma opinión.

Señaló hacia atrás con un golpe de pulgar.

—En cualquier caso, eso es el Territorio del Führer y ahí no puede acceder absolutamente nadie que no sea alguien. Pero rodeando este recinto de tres kilómetros hay otra verja enorme que mide once kilómetros de largo. Abarca casi todos los alrededores del Kehlstein, que es un refugio para animales de caza mayor y aves. Ahí vamos ahora. Hace un par de años, cuando Bormann planeaba cercarlo, Geiger, el guardabosque, señaló las desastrosas consecuencias que tendría para la fauna local, buena parte de la cual había desaparecido por el estruendo de las obras. Supongo que los animales se habían visto expulsados, como mucha gente. Impulsado por el amor de Hitler por la naturaleza, Bormann creó el bosque de Landlerwald, justo al sur del Riemertiefe, y lo han repoblado de gamuzas, zorros, ciervos rojos, conejos y cualquier bicho que se le ocurra. De todo, salvo un unicornio.

—No me extraña que les guste a los cazadores furtivos.

—Ponen a Bormann de los nervios. Y, claro, le da miedo que Hitler se entere y quiera adoptar alguna medida radical al respecto. Creo que a Hitler le importan más los animalillos peludos que las personas.

—Evidentemente —dije.

—¿Qué está leyendo?

—Es del comandante Högl. Una lista de todas las bajas sufridas por la mano de obra local durante los dos últimos años. Diez obreros fallecidos en una avalancha en el Hochkalter. Ocho muertos al derrumbarse un túnel bajo el Kehlstein. Un trabajador que cayó por el hueco del ascensor. Cinco obreros a los que mató un desprendimiento de tierras bajo el túnel del Südwest. Tres conductores de camión que murieron al salirse sus vehículos de la carretera. Un trabajador apuñalado hasta la muerte por un compañero en el campo de Ofneralm, porque no quería pagarle una deuda. Y esto es raro: un empleado de P&Z figura como fallecido, por causa desconocida.

—Eso no tiene nada de particular. La gente muere por toda clase de motivos, ¿no? Si no los mata el trabajo, acabará con ellos la poción mágica. Eso seguro. Yo mismo debería dejar esa sustancia. Tengo el corazón como un ruiseñor hambriento.

—Pues déjela. No tengo inconveniente en que vaya a dormir un poco.

—Me las arreglaré. Solo dígame qué tiene de raro lo de ese empleado muerto.

—Solo el nombre, de momento, R. Prodi.

—¿Y?

—Había una chica en el Barracón P que se volvió a casa porque contrajo la gonorrea. Se apellidaba Prodi. Renata Prodi. Era la preferida de Karl Flex. —Hice una pausa. Como Kaspel no dijo nada, di rienda suelta a un par de pensamientos en el coche—. Pero quizá no volvió a casa, después de todo. Quizá su presencia en esta lista sea una especie de desliz burocrático. Como mínimo, deberíamos averiguar si volvió a Milán. Y cómo resulta que fue a parar a una lista de trabajadores fallecidos que elaboró su jefe.

Unos minutos después nos detuvimos delante de un chalé de madera que medía unos veinte metros de largo y quizá la mitad de ancho; había una chimenea en el tejado inclinado y unas doscientas cincuenta ventanitas cuadradas en las cuatro paredes. No había vidrios en las ventanas porque no eran de esas por las que nadie fuera a mirar o a las que fuera a acercarse siquiera, no sin una máscara y un ahumador. Lo que tenía ante mis ojos era el hotel Adlon de las colmenas.

Lo primero que se veía al entrar al colmenar era una casita de cristal para abejas donde, si estabas interesado, podías ver una colmena de abejas haciendo lo que hacen las abejas. Lo llaman trabajar, pero no estoy seguro de que las abejas lo vean así: dudo de que tengan sindicatos. Sin embargo, a mí solo me interesaba una abeja: la que tenía en el bolsillo, procedente del dobladillo del pantalón del fallecido. Las demás me daban lo mismo. No así los tres hombres que había en el pequeño despacho del colmenar, en buena medida porque dos de ellos tenían rifles con mira telescópica y uno se levantó y sonrió en cuanto me vio y se fijó en lo que tenía en la mano.

—Ha encontrado mis prismáticos —dijo sin más.

—Debe de ser usted Herr Geiger, el guardabosque.

—Así es.

Le di los prismáticos y le estreché la mano.

—Entonces, ¿son suyos?

Abrió la tapa y señaló lo que había allí grabado.

—Mis iniciales: JG. ¿Dónde los encontró?

No estaba preparado para ofrecerle una explicación al respecto, conque le mostré la placa de latón. Eso suele desviar cualquier pregunta que no me apetece contestar.

—He venido de la Policía de Berlín a instancias de Bormann, jefe adjunto gubernamental del Estado Mayor, para investigar el asesinato de Karl Flex.

—Mal asunto —comentó uno de los otros dos.

—¿Y ustedes son...?

—Hayer. Soy el ornitólogo de Landlerwald.

—Udo Ambros —dijo el otro, que fumaba en pipa—. Uno de los ayudantes de caza. Y no he estado nunca en Berlín. Tampoco creo que vaya.

—¿Conocía alguno de ustedes al doctor Flex?

—Lo había visto por ahí —respondió Geiger.

—Yo también —convino Ambros—. Pero no sabía que fuera médico.

—Era doctor en ingeniería —aclaré—. De la empresa P&Z.

—Eso lo explica, entonces —comentó Ambros—. No son lo que se dice muy populares por aquí, esos de P&Z.

—Aun así —añadió Hayer—, nadie se merece eso. Que lo asesinen, quiero decir.

Preferí dejarlo pasar. Hasta el momento, no había visto gran cosa que me convenciera de que Flex no se lo tenía merecido.

—Vaya sitio tienen aquí —observé—. No sabía que las abejas vivieran tan bien en Alemania.

—Estas abejas viven mejor que muchos judíos, creo yo —comentó Geiger.

—Sí, pero son igual de exclusivistas —observó Ambros.

—Las abejas no son las únicas que están bien cuidadas en el Landlerwald —dijo Geiger—. Hay otra cabaña como esta unos cientos de metros más allá donde los ciervos vienen y van en busca de heno y grano. Sobre todo, en invierno, cuando no hay tanto pasto.

—Por no hablar de un refugio para aves rapaces —añadió Hayer—. Águilas y búhos. Para proteger nuestras numerosas especies de cría.

—Con ventanas más grandes, supongo —señalé.

No sonrió nadie. Las cosas eran un poco así en Obsersalzberg. Sus bromas estaban bien; pero las de un comisario de la Kripo de Berlín no tenían maldita la gracia.

—Tenemos unos dos mil nidos de cría numerados para aves de toda variedad, algunas de ellas muy poco comunes —dijo Hayer con orgullo—. Están por todo el Landlerwald.

—Pero no es un zoo —insistió Geiger—. Aquí no hay animales domesticados. Nuestro trabajo se rige por las normas de la Administración de Bosques del Estado de Baviera.

Eché otro vistazo a los tres hombres presentes en el despacho del colmenar. Tenían rostros curtidos propios de quien trabaja al aire libre y llevaban prendas curtidas a juego. Gruesos trajes de tweed, con pantalones de caza, botas robustas, camisas de lana de color crema, corbatas de lana verde y sombreros de fieltro de estilo bávaro con plumas grises. Hasta sus gruesas cejas y bigotes parecían los más calentitos de la tienda. Sus rifles alemanes estaban equipados con mira telescópica y bien cuidados; se podía oler el aceite para armas. También había un par de escopetas en un armero detrás de la mesa. Parecía un arsenal excesivo para matar unos cuantos gatos.

—¿A qué vienen los rifles? —pregunté.

—Uno no es cazador sin un rifle —comentó Ambros. Llevaba en el ojal una insignia de esmalte con un pico y un mazo, y los lemas «Minas de sal de Berchtesgaden» y «Buena suerte». Era un cambio agradable respecto a la insignia del Partido con una esvástica.

—Sí, pero ¿contra qué disparan?

—Ardillas y gatos salvajes, grajos y pichones. Carne para la mesa del Führer, cuando nos la piden.

—Así pues, no es una reserva en el sentido de que los animales están protegidos.

—Los animales están protegidos. De todo el mundo salvo de nosotros.

Cruzó las piernas y sonrió. Llevaba las mismas botas Hanwag que yo.

—No nos dedicamos a pegarle tiros a la gente, si es adonde quiere ir a parar —aseguró Geiger.

—Pues alguien lo hizo —repuse—. Y utilizó una carabina Mannlicher de fabricación austriaca con mira telescópica. Por no hablar de sus prismáticos, Herr Geiger. Para responder a su pregunta de antes, los encontré en el interior de la chimenea de Villa Bechstein, junto con unos casquillos en el tejado, el lugar desde el que el asesino efectuó los disparos.

—¿Y cree que tuve algo que ver con eso? Perdí los prismáticos hace un par de semanas. Los busco desde entonces. Eran de mi padre.

—Es verdad, Herr comisario —corroboró Hayer—. No ha parado de dar la lata con el asunto. Hasta yo estuve buscándolos.

—Y no habría dicho que eran míos de haber tenido algo que ver con la muerte de ese hombre, ¿no cree?

—La carabina Mannlicher estaba también en el interior de esa chimenea. Y no fue Papá Noel quien la dejó allí. Una carabina con silenciador. Un filtro de aceite Mahle en el cañón.

—Una treta de cazador furtivo —señaló Geiger—. Los lugareños vienen y van por aquí sirviéndose de los antiguos túneles de las minas de sal. Encontramos un par el verano pasado y los bloqueamos. Pero toda esta montaña está plagada de graveras y minas de sal. La gente lleva cientos de años extrayendo sal.

—¿Y qué me dice de los cazadores furtivos? ¿Atrapan alguno?

Geiger y Ambros negaron con la cabeza.

—Hará cosa de un año encontré un rifle —respondió Geiger—. Con silenciador. Igual que el que ha descrito. Pero, por desgracia, no atrapé al hombre que lo usaba.

—¿Qué pasó con el rifle?

—Se lo di al comandante Högl. De la RSD. La caza furtiva es un delito, ya sabe. Y en Obersalzberg hay que informar de todos los delitos a la RSD.

—No sabrán por casualidad quién tiene una carabina Mannlicher, ¿verdad?

—Es un arma bastante común por estos lares —respondió Ambros, y a continuación dio unas chupadas a la pipa—. Yo tengo una Mannlicher en casa.

—Que sigue allí, espero.

—Tengo todas mis armas en un armero, Herr comisario. Guardadas bajo llave.

—Yo solo tengo una escopeta —dijo Hayer—. Para matar unos cuantos grajos de vez en cuando. Así que no puedo por menos que preguntarme por qué Herr Kannenberg me llamó por teléfono para decirme que usted quería hablar conmigo. ¿No es así, Herr comisario? Quería hablar conmigo, ¿no?

—Si es el apicultor, sí, quiero hablar con usted.

—Lo soy.

Le enseñé la abeja que había encontrado en el dobladillo del pantalón de Flex.

—Es una abeja muerta —observó Hayer.

Me sonó a insolencia estúpida, pero puede que solo porque era la clase de insolencia estúpida en la que tanta tendencia tenía yo a incurrir.

—Es una pista, ¿verdad? —preguntó Ambros. Más insolencia estúpida.

—Estaba en la ropa del muerto. Así que quizá lo sea, no lo sé. ¿Qué clase de abeja es, Herr Hayer?

—Un zángano. Una abeja macho, producto de un huevo sin fecundar. Su función principal es copular con una reina fértil. Pero muy pocos zánganos lo consiguen. La mayoría de los zánganos viven unos noventa días y todos son expulsados de la colmena en otoño. Por supuesto, es imposible saber cuánto tiempo lleva muerto este en concreto. Pero incluso sin miel que comer, algunos sobreviven mucho tiempo después de que los hayan expulsado de la colmena.

—Ya sé lo que se siente —comentó Kaspel.

—Si es una pista, no es muy sólida. En los meses de otoño, se encuentran zánganos muertos o agonizantes casi en todas partes por aquí. Detrás de las cortinas. En algún sitio caliente, por lo general.

—Justo el otro día me encontré dos en el armario de las toallas —confesó Ambros—. Creo que llevaban meses allí dormidos.

—Son del todo inofensivos, claro —dijo Hayer—. No pican. Los zánganos no tienen aguijón, solo órganos sexuales. Lamento no serle de más ayuda.

—De hecho, señor, me ha ayudado muchísimo. —Tenía la clara sensación de que no era eso lo que quería oír, conque abundé un poco en ello—. ¿Verdad que sí, Hermann?

—Sí, señor. Muchísimo.

Hayer esbozó una tenue sonrisa.

—No veo cómo.

—Es posible. Pero a eso me dedico, ¿verdad?

—Si usted lo dice.

—¿Conocía usted al doctor Flex, Herr Hayer? No lo ha dicho.

—Tuve algún trato con él, sí —respondió con frialdad.

—¿Puedo preguntar qué trato era ese?

—Fue en relación con la venta de mi casa al jefe adjunto del Estado Mayor.

—¿Estoy en lo cierto si supongo que no quería venderla?

—Correcto.

—¿Y qué ocurrió? Sin omitir nada.

—Me hicieron una oferta y al final decidí vender la casa. No tiene más misterio. Si no le importa, no quiero hablar más de eso, comisario.

—Venga, Herr Hayer, todo el mundo sabe que no quedó muy contento. ¿Lo amenazó Karl Flex?

Peter Hayer se retrepó en la silla y miró en silencio un estante lleno de libros sobre apicultura. Al lado había un antiguo grabado de unos apicultores medievales, sus rostros cubiertos con lo que parecían máscaras de mimbre entretejida.

—Por lo menos, eso me han contado —dije—. Por lo que he oído, le gustaba hacer valer su influencia. Cabreó a mucha gente. Parece ser que se tenía merecido un balazo, por aclamación popular. —El ornitólogo se miraba las uñas, su rostro igual de inescrutable que el de los tres apicultores medievales del grabado de la pared—. Mire, Herr Hayer, a mí me va la ciudad. No me gustan mucho las montañas. Y no me gusta mucho Baviera. Lo único que me importa es atrapar al hombre que apretó el gatillo contra Flex y, entonces, volver a mi casa de Berlín. No soy de la Gestapo y no voy a informar de gente que habla fuera de lugar. Yo mismo suelo hacerlo a menudo. ¿No es así, Hermann?

—Ni siquiera está afiliado al Partido Nazi —añadió Kaspel.

—Vamos a dejarnos de tonterías. Karl Flex era un cabrón. Uno de los cabrones contratados para hacer el trabajo sucio de Bormann en Obersalzberg. ¿No es así?

—No solo me amenazó —dijo Hayer—. También les ordenó a unos hombres que arrancaran las puertas principal y trasera de mi casa. En pleno invierno. Mi mujer estaba embarazada. Así que no tuve otra opción que vender. La casa valía el doble de lo que me pagaron. Eso se lo puede decir cualquiera.

Geiger y Ambros murmuraban en conformidad con él.

—La casa fue derruida inmediatamente después de que la abandonara yo. Esa casa la construyó mi abuelo. Era una de las que había donde ahora está la Sala de Teatro. La que construyeron para poner películas y hacer espectáculos destinados a los trabajadores locales. A veces voy allí solo para recordar la vista que había desde mi antigua casa. —Miró el reloj de pulsera—. De hecho, iremos todos esta noche.

—Cuénteme lo que pasó después de que se viera obligado a vender —lo invité.

—No hay mucho que contar. Después de eso, el doctor Flex puso un anuncio en el *Berchtesgadener Anzeiger* para informar a los lectores de lo que me había ocurrido y advertirles de que a cualquiera que opusiera resistencia a una expropiación se le trataría como a un enemigo del Estado y lo mandarían a Dachau.

—¿Cuándo fue eso?

—En febrero de 1936. Como puede ver, he tenido tres años para hacerme a la idea de que ya no vivo aquí arriba. No, ahora vivo ahí abajo en el pueblo. En Berchtesgaden. De haber tenido intención de dispararle a Flex, creo que lo habría hecho entonces, cuando la sangre aún me hervía.

—Hace falta tener la cabeza fría para efectuar un disparo preciso.

—Eso me descarta. Nunca he sido muy buen tirador.

—Doy fe de ello, comisario —certificó Ambros—. Peter tiene una puntería horrible. Casi no acierta a darle a la montaña con la escopeta, y mucho menos con el rifle.

—¿Y qué hay de Johann Brandner? El fotógrafo local que se enemistó con Bormann. Es buen tirador.

—Está en Dachau —señaló Ambros.

—En realidad, lo liberaron hace un par de semanas y está viviendo en Salzburgo.

—Qué sensato por su parte —dijo Geiger—. Quedarse lejos de aquí. Supongo que la gente de Berchtesgaden tendría miedo de darle trabajo ahora.

—¿Alguien cree probable que fuera el autor del disparo a Flex?

—No lo ha visto nadie —dijo Hayer.

—Era mejor tirador que fotógrafo —aseguró Ambros—. Yo solo digo eso.

—¿Sabe? Ahora que lo pienso, Herr comisario —dijo Geiger—, estoy casi seguro de que el rifle del furtivo que le di al comandante Högl era una carabina Mannlicher. Con mira telescópica. Quizá debería usted preguntarle por el arma. O si vamos a eso, preguntarle quién le disparó al doctor Flex.

—Igual descubriría que los dos estaban coladitos por la misma puta del Barracón P —añadió Ambros—. Aunque más le vale andarse con cuidado cuando le haga la pregunta. Nuestro comandante Högl estuvo en el Decimosexto de Infantería de Baviera.

—¿Y? No creía que eso fuera nada raro por aquí.

—Era suboficial. Sargento. Y a decir de todos, su ordenanza en el Decimosexto era un hombre llamado Adolf Hitler.

28

ABRIL DE 1939

Después de irnos del Landlerwald nos detuvimos en el pueblo de Buchenhohe, fuera del Territorio del Führer, para buscar la casa de Flex.
Como sucedía fueras adonde fueras de Obersalzberg, no se veía a nadie fuera de casa ni por la calle. Con toda seguridad estaban todos
acurrucados bajo techo bien calentitos, escuchando la BBC y conteniendo el aliento mientras esperábamos a enterarnos de si habría una
guerra. Nadie, ni siquiera yo, podía creer que los británicos y los franceses estuvieran dispuestos a luchar por los polacos, cuyo gobierno de
Sanación no era más democrático que el gobierno de Alemania. Todas las guerras parecen comenzar por las razones menos indicadas, y
no creía que esta —nadie dudaba de que Hitler estaba preparado para
poner evidencia a los británicos— fuera a ser distinta.

La casa en sí estaba construida con madera y piedra, y ubicada cerca de una curiosa iglesita gris compuesta casi en su totalidad por tejado inclinado y campanario bajo. Se parecía al Gran Berta, el pesado
obús de cuarenta y dos centímetros que usamos para destruir las forti-
ficaciones belgas en Lieja, Namur y Amberes. No casaba en absoluto
con el pintoresco aspecto bávaro de Buchenhohe. Pero la idea de disparar un proyectil de ochocientos kilos contra el Berghof no carecía de
atractivo, y quedaba perfectamente dentro de los doce kilómetros
de alcance de un obús gigante. Esa sí que era una plegaria que me gustaría elevar más de una vez al día.

—La mayoría de los oficiales de la RSD empleados en el Berghof
viven aquí o en Klaushohe —dijo Kaspel—. Yo incluido. Y muchos
ingenieros de P&Z. Con la principal diferencia de que la mayor parte
de estas casas se construyeron exprofeso. Aquí nadie se vio obligado
a vender su vivienda. Por lo menos, nadie que yo sepa.

—¿Qué tal lo lleva aquí después de Berlín? —pregunté—. Es como estar atrapado en una película interminable de Leni Riefenstahl.

—Uno se acostumbra.

Kaspel aparcó el coche en un sendero de acceso del tamaño de un sello de correos que estaba debajo de una pesada galería de madera negra. Friedrich Korsch estaba allí para recibirnos. Con un coche prestado de Villa Bechstein, había dado un rodeo hasta Buchenhohe, por la carretera general que cruzaba Berchtesgaden, y ahora miraba por la ventana el interior de la vivienda. Hermann Kaspel llevó consigo las llaves de la casa que habíamos encontrado en los bolsillos del fallecido, pero enseguida quedó claro que no íbamos a necesitarlas.

—Aquí ya ha estado alguien, jefe —señaló Korsch—. A menos que la camarera no haya venido hoy y celebraran una fiesta de aúpa anoche, me parece que han robado en la casa.

Kaspel abrió la puerta principal, que ya no estaba cerrada con llave. Me detuve para fijarme en un trozo de cordel que colgaba del buzón, y luego seguí a Kaspel al interior. Los libros y adornos de Flex estaban tirados por todas partes. Había hasta polvo flotando en el aire como si un gorila acabara de agitar un globo de nieve inmenso.

—Me parece que no hace mucho que se han ido —dije, carraspeando para expulsar el polvo.

—Igual deberíamos esperar a que vengan a recoger huellas —señaló Korsch.

—¿De qué serviría? En la montaña de Hitler, seguro que hay alguien a quien conocía Flex, cuyas huellas ya estaban aquí antes de que vinieran a poner patas arriba la casa.

En el suelo había una bandeja de plata y, encima de la mesa de la cocina, un billete de diez marcos.

—Sin duda no buscaban ni dinero ni objetos valiosos —observé—. Fuera lo que fuese, yo diría que no lo encontraron.

—¿Y eso? —preguntó Kaspel mientras íbamos de una habitación a otra.

—Porque está todo manga por hombro —replicó Korsch—. Por lo general, cuando alguien encuentra lo que busca, deja de revolver todo lo que queda.

—Igual le ha llevado un buen rato encontrarlo. Fuera lo que fuese.

—Cuando se provoca semejante caos, en realidad resulta más difícil encontrar algo —observó Korsch—. Y siempre hay una habitación que queda intacta si al final encuentran lo que buscan. Pero aquí parece que estaban desesperados. Y andaban justos de tiempo. Y lo más probable es que se fueran con las manos vacías. Lo que nos beneficia. Porque significa que igual tenemos más éxito que ellos.

—¿Por qué creer que podemos tenerlo? —indagó Kaspel.

—Porque somos la ley y no nos importa que nos vea nadie aquí. Y porque no tenemos prisa.

—Hay otra cosa —añadí—. No han abierto ningún cajón, pero han movido bastante los muebles de su sitio. Han tirado y roto cosas al desplazar el mobiliario. Y al descolgar los cuadros de las paredes. Es como si buscaran algo grande. Algo que se podría esconder detrás de un aparador o un cuadro.

—¿Una caja fuerte, quizá? —Korsch cogió un humidificador de palisandro pulido que seguía lleno de puros habanos.

—Una caja fuerte, lo más probable —convine—. La lista de las pertenencias de Flex incluía un juego de llaves de casa que ahora está en nuestra posesión. Y una llave en una cadenilla de oro que llevaba al cuello, y que hemos pensado que el doctor Brandt podría haber robado. ¿Podría ser la llave de una caja fuerte? ¿Una caja fuerte de la que alguien tenía conocimiento? Alguien que sabía que no necesitaba llevarse las llaves de la casa, tal vez porque ya disponía de otro juego. O sabía dónde encontrarlo. Lo que explicaría ese trozo de cordel que cuelga del buzón. Quizá había una llave de la casa al otro extremo. Supongo que no se fijaría en el nombre del fabricante de la llave desaparecida, ¿verdad, Hermann?

—No lo anoté —respondió Kaspel—. Pero estoy casi seguro de que era Abus.

—Abus fabrica candados —dije—. No cajas fuertes.

—Eso no lo sabía —reconoció Kaspel.

—Supongo que nuestro ladrón tampoco lo sabía. Aun así, apostaría mi pensión a que buscamos una caja fuerte. No queda ni una sola pared aquí que no haya sido despejada y examinada. Por cierto, ¿dónde vive el doctor Brandt?

—Aquí. En Buchenhohe. A unos doscientos metros. Cerca del río Larosbach.

—Así pues, habría tenido oportunidades de sobra.

—Bien podría haber venido aquí después de la autopsia —observó Kaspel.

Fui a la cocina otra vez. En el rincón había un armario de metal blanco —un frigorífico Electrolux— y lo abrí, pues no conocía a nadie que tuviera uno. Encontré varias botellas de buen vino del valle del Mosela, champán, un poco de mantequilla, huevos, un litro de leche y una lata grande de caviar beluga.

—A Flex le gustaban las cosas caras, ¿eh? Todos esos objetos de oro en los bolsillos. Puros. Caviar. Champán.

Mientras tanto, Kaspel cogió del aparador un frasco de líquido amarillo intenso.

—Esto no tiene nada de caro —comentó—. Es neo Ballistol.

—Para cuidar bien los pies y las armas —dije—. Porque nadie más lo hará.

—¿Qué es el neo Ballistol? —se interesó Korsch.

—Es un aceite —le expliqué—. En las trincheras, usábamos Ballistol para los pies y para las armas. No estoy seguro de para cuál de las dos cosas era mejor.

—No solo para los pies —añadió Kaspel—. También como bálsamo para los labios, desinfectante, para los problemas digestivos y como remedio casero universal. Hay quien cree ciegamente en él. Pero aquí en la montaña está prohibido desde que, en 1934, Hitler fue envenenado con Ballistol. Nadie sabe si ingirió demasiado por voluntad propia, o si alguien le dio una cantidad excesiva con el té. Que es lo que le gusta beber.

—Lo tendré en cuenta cuando lo invite con la intención de envenenarlo.

—De un modo u otro, Brandt envió al Führer al hospital, y por orden de Bormann todos los habitantes de Obersalzberg tuvieron que deshacerse de sus reservas personales de Ballistol si no querían correr el riesgo de acabar entre rejas.

—Todos menos Karl Flex —observó Korsch.

—¿Qué tal va para las palpitaciones?

Retiré unos libros del sofá, me senté y encendí un Turkish 8, que era mi propia panacea universal. El tabaco y una cucharada de schnapps son dos sustancias caseras de las que es casi imposible abusar, por lo menos según mi experiencia con la automedicación. Miré el reloj de pulsera y calculé que llevaba treinta y seis horas sin dormir en una cama. Las manos me temblaban como si sufriera parálisis y la rodilla se me movía arriba y abajo igual que si la estuvieran sometiendo a uno de los curiosos experimentos médicos de Luigi Galvani. Me froté la cara con la mano, esperé en vano a que la nicotina me calmara los nervios, y luego decidí que lo que en realidad necesitaba era afeitarme. Fui al cuarto de baño de Flex y me miré al espejo del armario. La barba incipiente en el mentón empezaba a parecer un grabado de Alberto Durero. Encontré una brocha, jabón y una buena navaja Solingen de marca Dovo con buena hoja, que afilé durante un minuto contra un grueso suavizador de cuero. Luego me quité el abrigo y la chaqueta y empecé a enjabonarme.

—¿Va a afeitarse? —preguntó Korsch—. ¿Aquí?

—Es un cuarto de baño, ¿no?

—¿Ahora?

—Claro. Rasurarme la cara con una navaja me ayuda a pensar. Da la oportunidad de ver las cosas de una manera distinta. ¿Quién sabe? Igual me ayuda a que deje de temblarme la mano.

Pero mientras me afeitaba, seguí hablando:

—Hasta el momento, lo que tenemos es un tipo alto a quien le volaron la mitad de los sesos y que no le caía bien a nadie salvo a Martin Bormann. Lo que no es decir mucho, ya que está claro que Bormann reserva casi todo su afecto para Adolf Hitler y Frau Bormann. Esa mujer probablemente piensa que su marido caga colonia, pero yo no estoy tan seguro de que no le estén dando gato por liebre. De una manera u otra, Bormann ha hecho muchos enemigos. Él y los secuaces que contrató para hacerle el trabajo sucio. Uno de esos secuaces se llamaba Karl Flex, y es evidente que mucha gente lo quería ver muerto. Puesto que era mucho menos peligroso matar a Flex que matar a Martin Bormann, alguien se enteró de la reunión de ayer en el Berghof y decidió aprovechar que Rolf Müller tenía que ir al médico para pegarle un tiro a Flex desde el tejado de Villa Bechstein.

Quizá incluso fue Rolf Müller, aunque lo dudo. De lo que no cabe la menor duda es de esto: la muerte de prácticamente cualquiera de los presentes en la terraza del Berghof habría satisfecho igualmente al asesino. Aunque no le hubiese acertado a Karl Flex, y sabemos que falló cuatro veces, habría alcanzado a alguien odiado por los vecinos de la zona.

»El caso es que nunca me habían caído muy bien los bávaros hasta que vine a Berchtesgaden, y me di cuenta de que hay muchísimos a quienes los nazis no les caen nada bien. Y por mejores motivos incluso que los que tengo yo, que son de lo más corriente. Lo que hace que todo esto le resulte tan divertido a un viejo socialdemócrata como yo es que aquí arriba se supone que la seguridad es más estrecha que la cinta de mi sombrero. Pero, de hecho, da la impresión de que los lugareños van y vienen a voluntad por el Territorio del Führer gracias a que conocen los antiguos túneles de las minas de sal mejor que los vericuetos ginecológicos de sus esposas. Y si algunos ya estaban bastante enfadados porque Bormann les arrebató sus casas, ahora están más cabreados desde que se agotó el suministro de poción mágica. Igual necesitan esa sustancia para hacer turnos de doce horas. Igual por eso le pegaron un tiro a alguien de P&Z. Igual es un mensaje del sindicato de obreros de la construcción.

»También sabemos que Flex estaba sacando tajada de las ganancias de las chicas del Barracón P, a cambio de la cual le contagió la gonorrea a una de ellas, Renata Prodi. Eso obligó a todos los que estuvieron allí a tomar Protargol. Igual así se podía permitir semejante nivel de vida. En cualquier caso, ahora esa chica está desaparecida, y tal vez muerta. Otro que tenía relación con las chicas del Barracón P era el doctor Brandt, que parece haberse hecho responsable de proteger la reputación póstuma de Flex, pues es el principal sospechoso del robo de algunos efectos personales de este. Un frasco de Protargol. Un tubo de Pervitín. Una llave en una cadena. Una libreta que contenía nombres. Eso también lo convierte en el sospechoso principal de este allanamiento. Si uno roba una cosa, puede robar otra. Es muy posible que el doctor Brandt también le practicara un aborto a Renata Prodi, que bien podría estar embarazada del hijo de Flex. Eso me deja con un interesante dilema en cuanto a mi investigación.

Porque va a ser difícil de narices interrogar al doctor Brandt sobre nada de esto, aunque solo sea porque Hitler y Göring fueron los testigos de excepción en su boda. Si me atreviera a acusarlo siquiera de no haberme dicho la hora correcta, me vería en el siguiente autobús con destino a Dachau.

»Tenemos un sospechoso principal: Johann Brandner. El fotógrafo local que fue enviado a Dachau cuando puso reparos a la venta forzosa de su local de trabajo a Martin Bormann. Las pruebas son solo circunstanciales, pero la situación es la siguiente: Salzburgo está a cuarenta minutos en coche nada más; fue francotirador de un batallón *Jäger*; y podría haber venido a Berchtesgaden, efectuado los disparos y regresado de nuevo sin que nadie se percatara de su presencia. ¿Qué me dice, Friedrich? ¿Hemos tenido noticias de la Gestapo de Salzburgo?

—Todavía no, jefe. También están comprobando los números de serie de la carabina y los prismáticos.

—¿Qué quiere hacer respecto a la carabina Mannlicher que Geiger dice que le dio al comandante Högl? —preguntó Kaspel.

—A ver si puede averiguar qué fue del arma. Tal vez sea la misma que encontramos en la chimenea.

—¿Y si no lo sabe?

—Pues esa sería otra pregunta que no me hace ninguna ilusión plantear. La mera sugerencia de que Högl haya estado alguna vez en posesión del arma homicida lo hará quedar en mal lugar ante Martin Bormann. Así que supongo que quemaré ese puente cuando lleguemos a él.

Me pasé la hoja de la navaja por el cuello y luego la limpié en la toalla de algodón egipcio de Flex. Todo lo que había poseído o usado parecía ser de la mejor calidad. Hasta el papel higiénico se veía brillante. Yo en casa me limpiaba con el *Völkischer Beobachter*.

—Como es natural, Geiger podría estar equivocado acerca de la carabina. O podría haber mentido. Ninguno de los tres hombres que acabamos de ver en el colmenar me ha parecido especialmente dispuesto a ayudar. Y después de lo que me contó Arthur Kannenberg sobre Brückner en el Berghof, yo diría que en esta montaña todo el mundo quiere crearles problemas a los demás. Ahora mismo la única persona que seguro que no lo hizo es Adolf Hitler, lo que dice mucho más sobre la situación actual en la Alemania moderna que sobre mis habilidades como investigador.

Me limpié la cara con la toalla y rebusqué en el armarito del baño algún frasco de colonia. Como era de esperar, Flex tenía la marca americana más novedosa con un barco de vela en la etiqueta, y me eché un poco. Tuve la sensación de que debí habérmela bebido.

—Friedrich, quiero que se quede aquí, a ver si encuentra algo de interés. No me pregunte el qué, porque no tengo ni puñetera idea. Supongo que no encontrará una caja fuerte, aunque desde luego no hay nada de malo en echar otro vistazo. Pero, por favor, procure dejar todas las luces encendidas mientras lo hace. Quiero que el doctor Brandt y cualquiera que tenga algo que ocultar y que viva por aquí crea que vamos a persistir hasta que averigüemos de qué se trata. Igual eso conduce a algo..., algo interesante, como que intenten matarlo, Friedrich. Eso sería de gran ayuda, creo yo. Necesitamos esa clase de sacrificio si queremos resolver este caso del demonio.

—Gracias, señor, veré qué puedo hacer.

—Si encuentra algo interesante, llámeme al Berghof. Debería dormir un poco. ¿Hermann? Quiero que vaya a casa un par de horas y haga lo propio. Sus ojos están empezando a darme un miedo de la leche. Es como ver a Marguerite Schön en *La venganza de Krimilda*. Si estos ojitos azul celeste que tengo están como los suyos, le debo un par de marcos al barquero.

29

ABRIL DE 1939

En la sinuosa carretera montaña abajo de regreso al Territorio del Führer vi a unas cuantas personas caminando por la calzada hacia Antenberg y decidí seguirlas por si sabían algo que yo ignoraba. No habría sido difícil. Quizá la curiosidad matara al gato —sobre todo por estos pagos—, pero incluso en la Alemania nazi sigue siendo la principal baza de un detective, aunque de un tiempo a esta parte a veces provoca un desenlace igualmente fatal. Aun así, no vi apenas nada de malo en esa curiosidad aquí y ahora, sobre todo cuando me enteré de que todos iban a la Sala de Teatro construida para solaz de los obreros de la construcción y los vecinos de la ciudad de Berchtesgaden, la misma sala que había ocasionado la expropiación de la casa del ornitólogo, entre otras. Y era fácil ver por qué los nazis habían adquirido esas casas. La ubicación era envidiable y, para quien le gustara, tenían magníficas vistas casi en todas direcciones. Las buenas vistas me resultan indiferentes salvo que hablemos de la ventana del cuarto de baño de una mujer o el ojo de la cerradura de una residencia femenina. Nunca he sido dado a contemplar preciosos paisajes, y mucho menos desde 1933. Distrae del asunto más importante y decididamente urbano de no perder de vista a la Gestapo, cosa que, dadas mis opiniones políticas, es una preocupación constante.

El teatro era un edificio de madera muy grande, más o menos del tamaño de una aeronave. Lo coronaba una bandera con el águila nazi, para garantizar que la gente captara el mensaje. Sin embargo, la sala no estaba bien construida, y ya parecía que el alto tejado a dos aguas empezaba a combarse un poco bajo el peso de la nieve amontonada encima, y también a tener goteras. Dentro había varios cubos estratégicamente colocados y casi un centenar de personas, incluidos los tres individuos a quienes había conocido en el colmenar. Para sorpresa mía, todos estaban allí para oír al ayudante de Martin Bormann, Wilhelm Zander, hablar otra vez de *Tom Sawyer*. Al menos eso pensé hasta que caí en la cuenta de que cuando acabara la charla se iba a proyectar una película, *Ángeles con caras sucias*. Ya la había visto y me gustó mucho. Me gustan todas las películas de gánsteres porque espero que, al verlas, al pueblo alemán le recuerden inexorablemente a los nazis. Al final, el malo, Rocky Sullivan, va a su propia ejecución hecho un cobarde, que es justo como siempre he pensado que lo haría yo: morir asustado entre gritos y chillidos debe de ponerle más difícil al verdugo mantener la sangre fría. Bien lo sé yo. He visto varias interpretaciones finales en Plötzensee que me quitaron el apetito durante varios días.

Era la primera vez que veía a los vecinos de la zona en masa. Como cualquier berlinés, tenía de los bávaros que vivían en los Alpes la misma opinión indiferente que de cualquier clase de fauna alemana. Que olieran un poco y tuvieran un aire torpe y poco elegante con su tradicional *Tracht* me sorprendió menos que el hecho en sí de verlos. Había visto a tan poca gente desde mi llegada a la región que casi había empezado a creer que era una ciudad donde ya no existía gente real. Unos cuantos vecinos iban armados con rifles de caza diversos, y pasé unos minutos observando las armas y a sus propietarios. Algunos llevaban cartucheras y más parecían miembros de una milicia de trabajadores bolcheviques que bávaros conservadores. Desde luego, no me habría molestado en mirar si Flex no hubiera muerto por un disparo de rifle. Aunque tampoco esperaba descubrir nada de utilidad. En esa parte del mundo, los hombres llevaban rifles y esquís igual que llevaban maletines y montaban en bici allá en Berlín. Un hombre había llevado incluso un par de conejos y me pregunté qué habría dicho Hitler, tan amante de la naturaleza, de haber visto esos animales colgados de su hombro como un cuello de piel. También estaban presentes en el teatro Bruno Schenk y el doctor Brandt, a cuyo consultorio privado podía asistir todo aquel que lo necesitara. Había abierto una clínica comunitaria en una sala detrás del escenario, y la cola de gente que necesitaba atención médica llegaba hasta el auditorio. Yo había estado enfermo alguna que otra vez y, en mi opinión, ninguna de las personas que esperaban a que los atendiera el doctor Brandt parecía especialmente enferma. Charlaban entre sí y, a juzgar por su aspecto, yo habría dicho que la mayoría estaban mucho más sanos que yo. Lo que no era decir gran cosa. Desde mi llegada a Obersalzberg tenía la sensación de que sufría algún tipo de enfermedad terminal. Notaba que en cualquier momento mi vida podía tocar a su fin de repente. Martin Bormann causaba ese efecto. Y también Reinhard Heydrich. Me acerqué y me puse a la cola.

Bruno Schenk reaccionó a mi presencia inesperada en la Sala de Teatro con la misma incomodidad que si Antenberg hubiera celebrado una fiesta para conmemorar el cincuentenario de Iósif Stalin. Probablemente me quería ver muerto. Brandt se mostró menos complacido incluso de verme en la cola de gente que esperaba para verlo. Ahora también llevaba una bata blanca encima del uniforme negro, y su expresión era más sombría que un cielo nocturno sin estrellas. Me había reservado algunas preguntas para él, y ese era un momento tan bueno como cualquier otro para hacérselas; al menos, para mí. Para él era a todas luces poco conveniente, cosa que, una vez más, me venía muy bien. Ser un fastidio es esencial en un policía y sospechar de gente que estaba por encima de cualquier sospecha era prácticamente lo único que hacía que ese trabajo fuera tan divertido en la Alemania nazi.

—¿Qué hace usted aquí? —preguntó, receloso.

—Esperaba hablar con usted, doctor.

—¿Está enfermo?

—Desde que llegué aquí tengo la impresión de estar sufriendo amnesia forense. La gente me trata como si hubiera olvidado mi oficio de policía. Pero no quería verlo por eso. En realidad, quería preguntarle por Renata Prodi.

—¿Quién es esa?

Sonreí como si pidiera disculpas y miré a la gente que esperaba a que el médico de las SS la atendiera. Todos me observaban con la misma atención que a un perro capaz de morderlos. No habría sido tan mala idea.

—Puedo decírselo aquí, pero ¿para qué correr riesgos? La verdad es que esta gente tan simpática no tiene por qué enterarse de toda la bazofia que tengo en la cabeza. —Encendí un cigarrillo y sonreí con aire despreocupado—. Es lo peor de ser policía, doctor. Tengo que pensar y luego decir cosas que a la mayoría de la gente le parecen sencillamente ofensivas.

—Más vale que pase al consultorio —dijo con frialdad.

Lo seguí, y lo primero que vi fue otro par de conejos colgados de un gancho detrás de la puerta. Todavía sangraban. Se habían formado unas cuantas manchas de sangre en el suelo de madera, como si fuera el escenario de una ejecución en miniatura.

—Vaya, no creía que también fuera usted cazador —comenté.

—No lo soy. La gente me paga como puede. Con conejos, sobre todo. Faisanes. Algún ciervo. Hasta me han dado un jabalí muerto.

—Tiene que invitarme a cenar alguna vez, doctor. Aunque más vale que sea cuando no esté el Führer por aquí. Dudo que apruebe toda esta carne. De hecho, no lo haría.

Brandt esbozó una sonrisa, como si la idea de invitarme a su casa fuera inconcebible.

—Le aseguro que toda la caza que me da esta gente proviene de fuera del Territorio del Führer y del Landlerwald.

—Seguro que tiene usted razón. —En la mesa, junto a un peque-ño estuche de tela de instrumentos quirúrgicos, había un tubo de Pervitín. Lo cogí, solo para que él me lo arrebatara de la mano, y mientras lo hacía cogí un frasco de medicamento de color ámbar y miré la etiqueta. Brandt suspiró como si se las viera con un niño revoltoso y también me lo arrebató.

—¿De qué va esto? —preguntó—. Tengo pacientes de verdad que atender, así que vaya al grano, ¿quiere?

—Ese es el grano. —Señalé con la cabeza las pastillas que tenía en la mano y luego el botiquín tan bien surtido de la misma sustancia—. Entre otras cosas. El Protargol. Los dos sabemos que sirve para tratar enfermedades venéreas. Y verlo aquí encima de su mesa, como si esperase recetarlo esta noche..., bueno, me lleva a preguntarme si no habrá contraído la gonorrea algún otro vecino. Igual que Karl Flex, quiero decir.

—No esperará de veras que un médico hable sobre la salud de ninguno de sus pacientes, ¿verdad? —dijo Brandt en tono formal—. Sobre todo, tratándose de algo tan delicado.

—Claro, respeto la confidencialidad del paciente, doctor. Pero creo que, por lo general, no atañe a los ya fallecidos. Sobre todo, cuando a ese alguien lo han asesinado. Y cuando lo han sometido a una autopsia. Es una práctica habitual que un médico le cuente a la policía hasta el último trastorno que observe en un cuerpo humano. Y eso significa desde un agujero bien grande en la cabeza hasta la gonorrea. Flex tenía gonorrea también, ¿verdad? Pero, por alguna razón, usted prefirió no mencionarlo.

—Supongo que no lo consideré relevante para esclarecer la causa de la muerte —repuso Brandt—. Que era obvia. Le habían pegado un tiro en la cabeza. Mire, comisario, Karl Flex era amigo mío. Vino como invitado a mi boda. Y por una cuestión de honor me sentí obligado a concederle cierta intimidad. Es lo que habría hecho cualquier alemán decente.

—Vaya, qué detalle por su parte, doctor. ¿Cuál es ese lema suyo de las SS? «Sangre y honor», ¿verdad? Eso parece cubrirlo prácticamente todo aquí, ¿no cree? Pero le doy mi palabra, nadie puede guardar nada en privado después de que le hayan volado la tapa del cráneo con una bala de rifle. Los trozos de cráneo y cerebro tienden a quedar esparcidos por todas partes. Y cuando el lugar donde eso ocurre es la terraza del Berghof, tiende a hacer que algo como su derecho a la intimidad sea totalmente irrelevante. Quizá le sorprenda que cosas como el honor no me cojan de nuevas. Pero no creo que la sangre y el honor de Flex sean para tanto. No cuando era poco más que un chulo de tres al cuarto para las chicas del Barracón P. No cuando le contagió la gonorrea a una de ellas.

—¿Quién le ha dicho eso?

—No importa.

—Yo habría creído mucho más probable que una de esas puñeteras prostitutas se la contagiara a él.

—Es posible. De un modo u otro, es usted quien tiene el remedio encima de la mesa. Y es el que ha cuidado de la salud de esas puñeteras prostitutas. ¿No es así?

Brandt no dijo nada, lo que sospecho que era su respuesta habitual a todo lo que ocurriera en Obersalzberg. Cuando tus jefes son Hitler y Bormann, decir sí o apenas nada es siempre el sello de la auténtica lealtad.

—¿Qué le parece si le hago una pregunta directa y usted me ofrece una respuesta directa, doctor? ¿Hay muchas otras personas en esta comunidad infectadas de gonorrea?

—¿Por qué lo pregunta?

—Esa no es una respuesta directa. Llegados a este punto, por lo general le sacudiría un poco de caspa de los hombros. Qué le parece si le doy otra oportunidad de contestar antes de que le haga la pregunta de nuevo, solo que esta vez quizá se la haga en un tono de voz que alcancen a oír todos ahí fuera.

—Mire, comisario, este es un asunto sumamente delicado. No creo que tenga idea de hasta qué punto es delicado.

—Lo entiendo. Nadie quiere que el Führer se entere de lo del Barracón P. Se pondría furioso, claro. Las enfermedades venéreas las contagian los judíos, no los arios decentes. ¿Cuántos?

—Tal vez quince o veinte —respondió Brandt.

Procurando tener presente que era un hombre a cuya boda habían asistido Hitler y Göring en calidad de invitados de honor, planteé las siguientes preguntas con el corazón en un puño.

—Renata Prodi. También la tenía, ¿verdad?

—A diferencia de Karl Flex, sigue viva, así que no tengo que contestar a eso.

—¿Está seguro de que sigue viva? Porque alguien me dijo que no era así.

—Hasta donde yo sé.

—Eso no es decir gran cosa en esta montaña.

—¿Cómo dice?

—Tengo entendido que también la ayudó a interrumpir un embarazo. Le practicó un aborto. Y era el hijo de Karl Flex.

—¿Y en qué se basa para decir eso? ¿En la palabra de otra puta? Contra la de un oficial alemán.

—Así que lo niega, entonces. Muy bien. No esperaba que lo reconociera.

—No veo qué tiene que ver nada de esto con el asesinato de Karl Flex, comisario.

—Francamente, yo tampoco. Pero no siempre será así, se lo aseguro. Lo averiguaré todo muy pronto. Soy un detective tenaz.

—Eso sí me lo creo.

—No voy a disculparme por ello. Mi trabajo consiste en ser un fastidio. Más de uno ha querido verme muerto antes de que resolviera un caso.

—Eso también me lo creo.

—Ya le he robado suficiente tiempo, doctor. Y a ellos también. Volveremos a hablar, cuando disponga de más información. De hecho, puede apostar a que hablaremos. Suponiendo que las apuestas estén permitidas en la montaña de Hitler. Bastante malo es no poder fumar.

—No creo que el Führer ponga ninguna objeción a las apuestas.

—Bien. Pues apueste un billete de los azules a que resuelvo este caso antes del fin de semana. Es dinero seguro.

Hablé al salir con varios lugareños. La mayoría trabajaba para la Administración de Obersalzberg, pero, pese a que los nazis habían prohibido el paso a la montaña, algunos se las arreglaban para trabajar en sus minas de sal particulares. Me pareció mejor oficio que buscar oro porque había mucha más cantidad de la primera y, cuando la encontraban, alcanzaba un precio elevado entre los cocineros expertos de toda Europa.

A mi paso me preguntaron quién era y de dónde venía, y cuando se lo dije se sorprendieron como si hubiera sido Anita Berber meándoles en los zapatos. Reparé en que, a pesar de todo lo que habían hecho los nazis para cambiarlo, aún consideraban Berlín un pozo de iniquidad y un lugar donde reinaba la corrupción. Yo desde luego echaba en falta la iniquidad, pero tal vez llevasen razón en lo de la corrupción. No tengo ni idea de qué les pareció la charla de Zander sobre *Tom Sawyer*. Escuché un rato, y luego me largué antes que los demás.

30

ABRIL DE 1939

Cuando regresé al Berghof, las cosas se habían calmado un poco. Alguien había tenido el detalle de dejar abierto el ventanal del Gran Salón y aquello estaba más frío que el frigorífico de la cocina de Flex. No se podía estar en mi habitación sin el abrigo puesto. Me pregunté si sería así como le gustaba a Hitler, si trataban de ahorrar dinero en combustible o si pensaban que tener la casa tan helada surtiría el provechoso efecto de hacer temblar a la gente en presencia del Führer. Igual era parte de su secreto diplomático. Hermann Kaspel me había dicho que a Hitler no le gustaba mucho la nieve, ni el sol, y por eso había elegido una casa en la ladera norte. Supongo que el aire frío y húmedo del Berghof le recordaba el suburbio vienés donde vivió de joven. Solo en mi despacho enfrente del estudio de Hitler, cerré la puerta y llené la estufa de leña hasta los topes, y luego coloqué una silla justo al lado. Tenía previsto leer más declaraciones de testigos, lo que esperaba que me diera sueño. Me planteé pedirle a Arthur Kannenberg unas salchichas y una botella, pero pensé que podía pasar sin las alegaciones criminales respecto a Wilhelm Brückner que sin duda me traería con la bandeja de la cena. Distraído, encendí un Turkish 8, pero maldije cuando recordé en casa de quién estaba, y lancé de inmediato el pitillo a la estufa. Estar allí, en el Berghof, era como hallarse en un demencial sanatorio suizo donde todos estuvieran muriéndose de tuberculosis y solo se tolerase el aire de montaña más puro. Miré el paquete de Turkish 8, me planteé salir a la terraza a fumarme uno, y luego torcí el gesto. La idea de salir al gélido aire nocturno de Obersalzberg para hacer algo tan inocuo como fumarme un cigarrillo parecía tan absurda que me reí en voz alta. ¿En qué mundo desquiciado estábamos que un placer humano normal y corriente como el tabaco estaba sometido a un control tan estricto? Me pareció que la desaprobación de Hitler por el tabaco tal vez explicase la auténtica esencia del nazismo. Habría bajado a Villa Bechstein, de no ser por la certeza de que Rudolf Hess me encontraría y me interrogaría a fondo acerca de todo lo ocurrido en el Berghof. No tenía el menor deseo de interponerme en un enfrentamiento alpino de titanes nazis.

Tenía la luz de la habitación al mínimo e intentaba hacer menos ruido que la leña en la estufa, así que me llevé un sobresalto cuando llamaron a la puerta. Abrí para ver a una mujer alta de unos treinta años, elegante pero no bonita, ni siquiera bien parecida, y aun así dotada de cierto atractivo, a su manera caballuna. Llevaba traje y abrigo negros, con una boina negra a juego, y estaba más delgada que una cerilla usada.

—Me ha parecido que había alguien aquí.

Me levanté y me señalé las botas con gesto avergonzado.

—Intentaba caminar con sigilo, pero estas botas son nuevas, ¿ve? Aún me estoy acostumbrando a sus enormes dimensiones. Mire, lamento haberla molestado. La próxima vez llevaré zapatillas de tenis, aguantaré el aliento y cubriré con una toalla la ranura de la puerta.

—Ah, no he dicho que haya oído nada. No, he notado el aroma de su tabaco. Está usted al tanto de que el Führer detesta que se fume, ¿no?

—Vaya, es curioso, pero creo que sí había oído algo al respecto, sí. Y durante un par de segundos se me ha olvidado dónde estaba y he encendido un cigarrillo. Supongo que tendré que ponerme ante un pelotón de fusilamiento por la mañana.

—Es probable. Puedo arreglarlo para que lo fusilen en algún sitio donde le dejen llevarse un cigarrillo a la boca, si quiere.

—Eso me gustaría. Pero que no me venden los ojos, ¿de acuerdo? Sobre todo, si también puede arreglarlo para que me dejen llevar un chaleco antibalas cuando lo hagan.

—Veré qué puedo hacer. Soy Gerdy Troost, por cierto. ¿Quién es usted?

—Bernhard Gunther, comisario de policía de la Kripo de Berlín.

—Es el que ha venido a investigar el asesinato de Karl Flex, supongo.

—Las malas noticias corren como la pólvora, ¿no?

—Eso es casi cierto. Mire, yo también iba a fumar a alguna parte. Quizá quiera acompañarme.

—Supongo que no puede hacer más frío que aquí.

Me levanté y la seguí por el pasillo —en silencio, gracias a la moqueta— y luego bajamos por unas escaleras en el extremo oriental del castillo del ogro. Casi tuve la sensación de que nos escabullíamos de allí con una bolsa de monedas de oro robadas.

—El ventanal panorámico del Gran Salón se ha atascado —me explicó—. El motor ha dejado de funcionar. Hay un par de manivelas de arranque que se usan para accionarlo de manera manual, pero nadie las encuentra. Es el cristal más grande que jamás se haya fabricado. Ocho metros y medio de largo por tres y medio de ancho. Además, es a prueba de balas de verdad y pesa una tonelada. Le dije que era demasiado para un motor. Tres ventanas habrían sido mejor solución, le dije. Pero a veces es tan ambicioso que deja que su corazón se imponga a su cabeza. Cuando funciona, es digno de verse. Pero cuando no funciona, bueno, desde luego esta noche la decepción flota en el aire.

Temblé dentro del cuello del abrigo y decidí que quizá era una reflexión más acertada sobre la auténtica esencia del nazismo que ver con malos ojos que se fumara. Al pie de las escaleras negras nos encontramos en un pasillo que comunicaba con las cocinas. Gerdy Troost cruzó la puerta y salimos a una terraza estrecha en la parte de atrás de la casa. A cobijo del viento gracias a un talud casi vertical encima del que había todo un bosquecillo, abrió el bolso de cuero negro que llevaba bajo el brazo y sacó un paquete de Turkish 8. La terraza ya estaba sembrada de colillas.

—Estos no me gustan mucho —dijo, dándome fuego a mí y encendiéndose luego ella un fino Dunhill dorado—. Pero me he acostumbrado a fumarlos porque es el único tabaco que se puede comprar aquí, y el hecho de que todo el mundo fume la misma marca nos lo pone un poco más fácil a los adictos como yo. Empecé a fumar después de un grave accidente de coche en 1926. No sé qué ha sido peor para mi salud. El accidente o fumar.

Cuando los dos teníamos los pitillos encendidos, nos acercamos a una rejilla de metal en el talud a través de la que una cálida corriente de aire soplaba como una brisa celestial. Y al verme sorprendido, sonrió.

—Imagino que no debería contárselo, pero usted es detective, y se supone que hay que ayudar a la policía, ¿verdad? En el Berghof todo el mundo conoce esto como la sala de fumar. Porque siempre es el sitio más cálido del Berghof. Es un secreto local. Pero supongo que le harán falta unos cuantos cigarrillos para resolver este caso.

—Más que unos cuantos. Es lo que los detectives llamamos un problema de veinte paquetes.

—¿Tantos?

—Por lo menos. No es fácil ir siempre de puntillas para no pisotear el ego de tanta gente importante.

—Gente no, hombres —matizó ella—. Hombres importantes. O al menos hombres que se consideran importantes. A mi modo de ver solo hay un hombre importante de veras por aquí. Con muy pocas excepciones, todos los demás andan detrás de lo suyo.

No creí que mereciera la pena disputárselo.

—Yo no soy inmune a un poco de eso. Solo que lo llamo supervivencia.

—Es un darwinista social, ¿no?

—Solo que no soy especialmente social. Por cierto, ¿de dónde sale el aire caliente? Desde luego, no viene de la casa.

—Debajo del Berghof hay toda una red de túneles y búnkeres secretos.

—¿Búnkeres? Cualquiera diría que alguien espera una guerra.

—No tiene nada de malo estar preparado.

—Nada en absoluto, siempre y cuando los preparativos no incluyan la invasión de Polonia.

—Es usted prusiano, ¿verdad? ¿No cree que tenemos un caso legítimo?

—No me malinterprete, Frau Troost, toda esa situación relativa al corredor polaco me parece absurda. Nada me gustaría tanto como que Danzig volviera a formar parte de Alemania como es debido. Solo creo que quizá se podría elegir un momento mejor. Y una manera menos costosa de propiciarlo que otra guerra europea.

—¿Y si fracasan las negociaciones?

—Las negociaciones siempre fracasan. Entonces se negocia un poco más. Y si eso no da resultado, se intenta de nuevo al año siguiente. Pero la gente sigue muerta más tiempo incluso. Esa fue mi experiencia durante la última guerra. Tendríamos que haber hablado un poco más al principio. Y entonces el final podría haber sido muy distinto.

—Quizá deberían dejarle llevar las negociaciones a usted.

—Quizá.

—Y este caso, ¿cree que puede resolverlo?

—Alguien lo creyó así, o de lo contrario no me habrían pagado el autobús desde Berlín.

—¿Y quién fue?

—Mis superiores.

—Himmler, supongo.

—Es uno de ellos, la última vez que me fijé.

—No tiene por qué andarse con rodeos, comisario. Quiere encontrar a ese asesino, ¿verdad?

—Claro.

—Pues si va a interpretar el papel de Hans Castorp, le conviene hacer algunos aliados locales aquí arriba en la montaña mágica, ¿no cree?

Me agradó que me creyera lo bastante listo como para haber oído hablar de Hans Castorp.

—Quizá podamos ayudarnos mutuamente —añadió.

—De acuerdo. A un poli siempre le vienen bien nuevos amigos. Sobre todo, a este poli. En general, mi carencia de aptitudes sociales es bastante notable.

—A mí me pasa lo mismo. La mayoría de los hombres del círculo íntimo del Führer han aprendido a mostrarse muy cautelosos conmigo. Suelo decir exactamente lo que pienso.

—Eso no es siempre saludable.

—No persigo fines egoístas.

—Pues es usted un caso bastante insólito hoy en día.

Gerdy Troost hizo un gesto de impaciencia.

—En cualquier caso, haga el favor de disculparme si parezco un tanto cauteloso. De hecho, fueron los generales Heydrich y Nebe quienes me ordenaron venir. Resulta que, si no tengo éxito, no serán ellos quienes queden en mal lugar. Soy prescindible.

—¿Y a qué cree usted que se debe eso?

—Bueno, es como cuando te invitan a una boda y a los novios les trae sin cuidado si apareces o no.

—Ya sé lo que significa, comisario Gunther. Lo que me preguntaba es por qué alguien podría tener semejante idea de un hombre como usted.

—Lo que significa es que el asesinato de Karl Flex es un problema de Martin Bormann. Si puedo resolverlo, les estará agradecido a Heydrich y Nebe. Y si no puedo, seguirá siendo problema de Martin Bormann, no de ellos.

—Sí, ya veo cuál es su problema. Mi difunto marido lo habría llamado un dilema de imbécil.

—No soy tan imbécil como para decir que no a hombres como ellos. Al menos, no de manera que se den cuenta. Es una de las cosas que me convierten en un gran detective. En términos generales, dirijo el pliegue de mi sombrero allí donde me dicen y cruzo los dedos. Y de algún modo, hasta la fecha, me las he apañado para seguir a este lado del alambre de espino.

—Hay una botella de schnapps del bueno ahí abajo, detrás de esa cañería —señaló Frau Troost—. Algunos miembros del Estado Mayor lo guardan aquí para echar un trago mientras fuman.

—Lo uno suele sentar mejor con lo otro.

—Hitler tampoco bebe.

Me agaché para echar un vistazo y sonreí. Tenía razón: había hasta un montoncito de vasos limpios. Me serví un trago, pero ella no quería. Brindé a la salud del Estado Mayor, en silencio. Por una vez no tenía ninguna queja sobre sus preparativos militares.

—Si algo no me importa que esté frío es el schnapps —dije—. Su esposo era Paul Troost, ¿no? Fue arquitecto de Hitler hasta su muerte, hace unos años.

—Así es.

—Y ahora tiene como arquitecto a Albert Speer.

—Eso cree él. Ese hombre siempre está intentando congraciarse con Hitler. Pero en realidad, yo he seguido haciendo el trabajo de

Paul desde 1934. Tal vez sea la única mujer a la que el Führer escucha. Salvo cuando se trata de ventanales. Pero en eso también tenía yo razón. Me limito, sobre todo, a asesorarlo sobre edificios, arte y diseño. Tengo el estudio un Múnich. Y cuando no estoy allí, estoy aquí. De un tiempo a esta parte he trabajado en unos nuevos diplomas y estuches de presentación para honores militares y civiles.

—No andamos escasos de honores en la Alemania nazi.

—Parece que lo desaprueba.

—No. En absoluto. Siempre me ha gustado una guinda en el pastel.

—Igual recibe algún honor después de haber resuelto este caso.

—Desde luego, no lo buscaré. Por lo que me han dicho, es un asunto que requiere la más absoluta discreción. —Me serví otro trago—. Cuando he dicho eso de que las malas noticias corren como la pólvora, en relación con la muerte de Karl Flex, ha contestado que eso era casi cierto. Se refería a que no cree que sea tan mala noticia, a fin de cuentas.

—¿Eso he dicho?

—Ahora quién se anda con rodeos. Llevo aquí menos de veinticuatro horas, pero ya me parece que mucha gente se alegró de la muerte de Flex.

—Podemos hablar de eso —dijo—. Pero antes tengo que pedirle un favor.

31

ABRIL DE 1939

—Pues pídamelo, Frau Troost. No sé por qué, pero el schnapps me ha puesto de ánimo complaciente.

La terraza de la parte de atrás del Berghof era menos letal que la de delante. Lo más peligroso que se podía hacer allí era fumar demasiado. Gerdy Troost se encogió de hombros y tiró la colilla. Bajo la boina negra tenía el cabello castaño claro tupido y recogido en la nuca, lo que parecía acentuar sus orejas. Al igual que su nariz, parecían más propias de un elfo. Pero no era un elfo pequeñito. Calculé que debía de sacarle una cabeza a Martin Bormann. Además, era una cabeza astuta e inteligente, eso saltaba a la vista. Más inteligente que la de Bormann. Tenía la voz culta y acostumbrada a que la escucharan, los ojos oscuros y curiosos, la barbilla pugnaz y decidida, y la boca un poquito petulante. Casi se podría haber dado por supuesto que era judía de no ser por el violento antisemitismo de su infame mecenas. Cabía suponer sin temor a equivocarse que era una intelectual de fuste, imagen esta que no acababa de casar con las medias negras que llevaba.

—Gerdy. Diminutivo de Gerhardine. Mis padres me pusieron el nombre de pila de Sophie, pero nunca llegó a hacerme gracia.

Al mirarla, supuse que había muchas cosas que no le habían hecho gracia de ser chica, más allá de un nombre anticuado. Uno aprende a percibir esas cosas.

Alcé el vaso que tenía en la mano para brindar con ella.

—Encantado de conocerla, Gerdy.

—El caso es que sé quién es —dijo—. Más aún, sé lo que es. No, no me refiero a que sea policía. Hablo de su carácter. Creo que es un hombre de cierto valor e integridad.

—Hacía mucho tiempo que nadie me acusaba de tal cosa. Además, si de verdad fuera lo que usted dice, estaría en alguna otra parte.

—No se menosprecie, Herr Gunther. Algún día no muy lejano este país necesitará unos cuantos hombres buenos.

Se llevó la mano al pecho y adoptó un semblante ansioso, como si le doliera.

—¿Se encuentra bien?

—A veces tengo un poco de angina. Cuando estoy bajo presión. Ya se me pasará.

—¿Está bajo presión?

—Aquí todos estamos bajo alguna clase de presión. Incluso Hitler. Todos menos Martin Bormann.

—Es un hombre ocupado, ¿verdad?

Gerdy sonrió.

—Ocupado velando por sus propios intereses, lo más probable.

—Eso es de lo más frecuente por ahí.

—En el caso de algunos. Ahora escuche, ¿recuerda a un hombre llamado Hugo Brückmann?

Fruncí el ceño al recordar su nombre. Luego me quedé mirando al suelo, fijándome en sus pies más bien grandes y sus zapatos negros, con pequeñas tiras sobre los tobillos.

—Brückmann —dije en tono evasivo—. A ver. No, me parece que no.

—Entonces, deje que le refresque la memoria, comisario. En 1932, Hugo Brückmann y su esposa fueron a alojarse en el hotel Adlon de Berlín. Él es un editor alemán y era gran amigo de mi difunto marido. Casado con la princesa Elsa Cantacuzene de Rumanía. ¿Lo recuerda ahora?

No había olvidado a ninguno de los dos. Ni era probable que lo hiciera. Pero como cualquier otra persona en Alemania me andaba con cautela al admitir que conocía a alguien que se había enfrentado a los nazis de manera deliberada, sobre todo a un miembro del círculo íntimo de Hitler. Aunque Hugo Brückmann era nazi, era un nazi decente y amigo de Bernhard Weiss, antiguo jefe de la Kripo y judío, a quien Lorenz Adlon y yo ayudamos a ocultarse de los nazis durante los últimos días de la república de Weimar. Pero habían sido Hugo

Brückmann y su esposa, Elsa, quienes costearon la huida de Weiss y su mujer, Lotte, a Londres, donde el antiguo inspector tenía un establecimiento de imprenta y artículos de escritorio.

—Si son amigos suyos, entonces sí, los recuerdo a ambos.

—Quiero que ese hombre, el joven detective de firmes principios del Alex que ayudó a Hugo Brückmann a facilitar la huida de Alemania de Bernhard Weiss, me ayude a encontrar a una persona desaparecida, en Múnich.

—No estoy diciendo que los ayudara. Eso no sería saludable. Pero hoy en día desaparece mucha gente. Es uno de los retos de la vida en la Alemania moderna.

—Ese hombre es judío, además.

—Para ellos, sobre todo. Pero sí, la ayudaré. Si puedo. ¿Cómo se llama?

—Wasserstein. Doctor Karl Wasserstein. Es el oftalmólogo y cirujano que trató a mi difunto marido. Pero perdió su puesto y su pensión en 1935, y luego su licencia para ejercer la medicina en 1938. Hablé con el Führer sobre su caso el año pasado. Le devolvieron la licencia al doctor Wasserstein, y además le permitieron ejercer la medicina privada. Pero cuando fui a ver a Wasserstein a Múnich el otro día, se había ido y nadie sabía adónde, ni le importaba. No dejó dirección de contacto y me preguntaba si podría usted localizarlo. Solo quiero saber que está bien y que no necesita dinero. Pero me da la impresión de que ya he hecho demasiadas preguntas por aquí en su nombre. Lo que incluso alguien como yo puede hacer por los demás tiene un límite. Sobre todo, si son judíos.

—Igual se ha ido de Alemania para siempre.

—Acababa de recuperar la licencia. ¿Por qué querría irse de Alemania?

—Lo hacen hasta los mejores. Por otra parte, muchos judíos se han ido de Múnich y Viena para instalarse en Berlín. Creen que allí la situación es un poco mejor para los judíos.

—¿Y lo es?

—Un poco, tal vez. Los berlineses nunca han tenido madera de buenos nazis. Es un rasgo metropolitano, supongo. A la gente de las grandes ciudades no le importan mucho ni la raza ni la religión. La mayoría ni siquiera cree en Dios. No desde aquel otro loco alemán. Son un poco cínicos para ser acólitos plenamente entusiastas.

—Empiezo a entender por qué es usted prescindible.

—Pero deme la última dirección de Wasserstein y veré qué puedo averiguar.

—Gracias, comisario Gunther, quiero que sepa que soy leal al Führer.

—¿No lo es todo el mundo?

—Usted no.

—No, no lo soy.

—Mire, no es él quien obra mal. Es la gente que lo rodea. Gente como Martin Bormann. Qué corrupto es. Dirige toda esta montaña como si fuera un señor feudal. Y Karl Flex no era más que una de sus criaturas más odiosas. Él y Zander, y ese hombre tan horrible que es Bruno Schenk. Esa es la clase de gente que deja en mal lugar a nuestro movimiento. Pero si voy a ayudarlo, tengo que hacerlo a mi propia manera.

—Claro. Lo que usted diga. Y era así como tenía pensado llevarlo.

—No quiero oír ningún sermón sobre procedimientos policiales y ocultación de pruebas.

—En el fondo, eso no significa nada ahora.

—Bueno, pues lo que le ofrezco es lo siguiente. Llevo casi una década viniendo aquí y suelo estar en esta casa. A veces sola. A veces acompañada. Veo cosas. Y oigo cosas. Más de las que debería, quizá. Por cierto, hay dispositivos de escucha por todo el Berghof, así que tenga mucho cuidado con lo que dice cuando lo diga.

Asentí. No quería interrumpir a Gerdy Troost diciéndole que ya estaba al tanto de la existencia de los micrófonos.

—Esa es otra razón por la que esta terraza, la sala de fumar, es tan popular. Aquí se puede hablar sin peligro.

—Pues bien, ¿qué tiene que contarme ahora?

—Nada que deje en mal lugar a Hitler —respondió con cautela—. Es un hombre muy preclaro. Pero si me hace una pregunta, haré lo que nadie más hace en esta montaña, comisario Gunther: intentaré darle una respuesta sincera. Dígame lo que cree saber y, si está en mi mano, se lo confirmaré. ¿Queda claro?

—Muy claro. Va a ser mi oráculo de Obersalzberg. Y a mí me corresponderá buscarle el sentido a lo que me diga.

—Si usted quiere.

—¿Hasta qué punto estaba Bormann al tanto de lo que hacía Flex?

—Todo lo que ocurre en esta montaña ocurre porque Martin Bormann así lo desea. Flex se limitaba a acatar las órdenes de su jefe. Era un ingeniero con un montón de títulos después de su nombre, claro, pero no era más que un botón que Bormann podía pulsar. Una vez para esto y dos veces para aquello. El apuro de Bormann estriba en que necesita con desesperación que detengan a ese hombre o, de lo contrario, el Führer no volverá por aquí. Pero para que detengan a ese hombre se arriesga a que salgan a la luz todas sus estafas locales. Lo que significa que tiene usted razón en lo de esa medalla al mérito policial. Si resuelve este caso, es posible que no viva para recogerla.

—Eso pensaba yo. —Encendí otro pitillo—. El doctor Brandt. ¿Es otro de esos botones de Bormann?

—Brandt está endeudado —me explicó—. Ha contraído una deuda inmensa. A causa de la vida suntuosa que lleva. Antes alquilaba parte de Villa Bechstein, pero ahora tiene una casa en Buchenhohe. Por no hablar de un apartamento muy caro en Berlín, en Altonaerstrasse. Y todo eso, con un sueldo de médico de trescientos cincuenta marcos imperiales al mes. Y como está endeudado, tiene que sacar dinero tomando parte en los chanchullos de Bormann. Quizá parezca honrado, pero no lo es. No confíe en él.

—¿Lo cree usted capaz de encubrir un asesinato?

—Y no solo de encubrirlo —corroboró Gerdy—. Capaz de cometerlo, también. Dígame. Ya ha removido unas cuantas piedras por aquí. Y visto lo que asoma debajo. ¿Por qué cree usted que asesinaron a Flex?

—Porque alguien se la tenía jurada, debido a una expropiación, quizá...

—Es posible. Pero eso no son más de cincuenta o sesenta personas. Y una mínima parte de la gente del Berg que tiene verdaderos motivos de queja. Tendrá que lanzar la red sobre un terreno mucho más amplio para hacerse una idea adecuada de lo que ha estado ocurriendo aquí. De este modo, se hará una idea mucho más precisa de quién mató a Karl Flex.

—¿El Barracón P? ¿El prostíbulo? ¿También saca Bormann tajada de eso?

—Bormann saca tajada de todo. Pero me decepciona. Sigue pensando como un policía. El dinero que generan quince o veinte chicas es anecdótico. No, en Obersalzberg, y en Berchtesgaden, se llevan a cabo estafas mucho más importantes. Tiene que ampliar sus horizontes, comisario, pensar a una escala mucho más grandiosa, potenciar sus ideas acerca de lo que puede conseguir un hombre si tiene a su disposición los recursos de todo un país.

Lo sopesé un momento.

—La construcción —dije—. La Administración de Obersalzberg. Polensky & Zöllner.

—Caliente, caliente.

—¿Está Bormann aceptando sobornos de la AO?

Gerdy Troost se me acercó un poco y bajó el tono de voz.

—En todos los contratos. Carreteras, túneles, el salón de té, el hotel Platterhof..., cualquier cosa que imagine, Martin Bormann se lleva una parte. Piense en ello. Todos esos trabajos. Todos esos obreros. Todo ese dinero. Más dinero del que pueda imaginar. Aquí no ocurre nada de lo que él no saque tajada.

»Va a llevarle tiempo averiguar todo lo que ha hecho con impunidad. Tendrá que elaborar su caso con cuidado. Y cuando lo haga, necesitará no solo mi ayuda, sino también la de un allegado al Führer que sea tan sincero como yo.

—¿Y quién podría ser?

—El hermano de Martin Bormann, Albert.

—¿Dónde lo puedo encontrar?

—En el edificio de la Cancillería del Reich, en Berchtesgaden. Lo de aquí arriba, en la montaña, quizá sea territorio de Martin Bormann, pero lo de allí abajo, en la ciudad, eso sin duda le pertenece a Albert. Por si no lo sabía, se detestan.

—¿Por qué?

—Tendrá que preguntárselo a Albert.

—Igual debería ir a verlo.

—No hablará con usted. Todavía no. Pero sabe que está aquí, claro. Y lo recibirá cuando esté preparado. O cuando tenga usted algo concreto sobre su hermano. Pero todavía no lo tiene, ¿verdad?

—No. Todavía no. Y tengo la sensación de que es una locura intentarlo siquiera.

—Es posible.

—Podría hablar usted con Albert Bormann. Decirle que me reciba ahora.

—Estaría dando palos de ciego. Le haría perder el tiempo.

—Cuando me acerque a la verdad, ¿cómo lo sabré? ¿Me lo dirá usted?

—Lo más probable es que no tenga que decírselo. Cuanto más se acerque a la verdad, más peligro correrá su vida.

—Es una idea tranquilizadora.

—Si quería seguridad, haberse quedado en casa.

—No ha visto mi casa. —Suspiré—. Pero por lo que me ha dicho, tendré suerte si vuelvo a verla.

32

OCTUBRE DE 1956

Empezaba a tener la hipnótica sensación de que mi hogar estaba casi al alcance de la mano. Alemania —lo que yo llamaba Alemania, es decir, el Sarre— quedaba a menos de ochenta kilómetros. Con un poco de suerte, supuse que podría llegar antes de que oscureciera.

Había un arroyo casi invisible en el margen del campo de rastrojos donde me lavé las manos y la cara e intenté adoptar un aspecto tan respetable como fuera posible después de haber pasado la noche en un almiar. Caía una fina llovizna, y el gris del cielo amenazaba algo peor. Devoré el resto de la comida, monté en la incómoda bicicleta y pedaleé hacia el noroeste, en dirección opuesta a Château-Salins. Unos cuantos perros ladraron a mi paso ante portones de granjas y jardines de casitas de campo, pero ya estaba lejos antes de que los vecinos tuvieran ocasión de mirar por sus ventanas con cortinas de tul y ver a un personaje sospechoso como yo. La carretera era recta y relativamente llana, como si ya hiciera mucho desde que unos ingenieros romanos pusieran fin a sus esfuerzos lapidarios. Ahora estaba en Lorena, que había sido anexionada por otro gran imperio después de la guerra de 1871 y pasado a formar parte del territorio alemán de Alsacia-Lorena. Después de Versalles, Lorena le había sido devuelta a Francia, solo para que Alemania se la volviera a anexionar durante la Segunda Guerra Mundial. Pero ahora me parecía totalmente francesa, con banderas francesas ondeando casi hasta en la ciudad o el pueblucho más miserables, y costaba entender que Alemania hubiera querido alguna vez esa región tan sosa y anodina de Francia. ¿De qué le servía? ¿Qué importaba cuál de esos países poseyera un apestoso campo u otro de troncos deformes? ¿Por eso habían muerto tantos hombres en 1871 y 1914?

Unos kilómetros más allá, en Baronville, desmonté en un café corriente y moliente, desayuné algo en la barra, compré unos cigarrillos, me afeité deprisa en el aseo, me busqué en el periódico, y se me quitó un peso de encima al comprobar que no había nada más de lo que ya se había dicho. Pero encendieron la radio de madera lustrosa del café y de ese modo fui enterándome poco a poco de que la policía francesa creía estar a punto de atrapar al asesino del Tren Azul. Habían visto tres veces en Nancy a un hombre que coincidía con mi descripción antes de que comenzaran las investigaciones policiales, y todas las carreteras entre esa ciudad y el Sarre estaban ahora sometidas a vigilancia. Quizá me habría enterado de algo más, pero el *patron* se puso a resintonizar la radio y, antes de poder evitarlo, le pedí —en tono demasiado brusco— que dejara la emisora en paz, lo que solo sirvió para llamar la atención. El *patron* hizo lo que le pedía, pero empezó a mirarme con más interés que antes, así que al final me vi obligado a justificarme. Tenía la nariz afilada y la mirada más perspicaz incluso, por no hablar de un forúnculo en el cuello descarnado por lo menos tan grande como cualquiera de las cebollas que llevaba yo colgadas del manillar.

—Es que me parece que he visto a ese alemán —dije, apresurándome a improvisar—. El fugitivo que busca la policía. El asesino del Tren Azul.

—¿De verdad? —El hombre limpió el mostrador de mármol con un trapo que hubiera servido para un anuncio de detergente Omo y luego vació el cenicero Ricard que tenía yo delante—. ¿Dónde, *monsieur*?

—Fue ayer, en Nancy. Pero no iba hacia Alemania; el locutor de radio se equivocaba. Estaba comprando billete para un tren a Metz.

—Mató a su mujer, ¿no? Son cosas que pasan.

—No, me parece que no. A otra persona. No sé seguro a quién. El revisor de un tren, creo.

—Entonces, lo decapitarán —dijo el *patron*—. Si matas a tu mujer, igual te libras. Pero a un hombre de uniforme, no.

Asentí, pero me planteé que tenía algo peor que temer que una cita con la guillotina francesa. Por lo menos, eso habría sido rápido. El envenenamiento con talio parecía peor que la muerte misma.

Y por primera vez me pregunté si debería hacer el esfuerzo de advertir a Anne French que la Stasi planeaba envenenarla.

—Nancy, ¿eh? Viene de bastante lejos, *monsieur*.

—No tan lejos. Cuarenta o cincuenta kilómetros. En un buen día puedo hacer setenta y cinco u ochenta.

—No vemos muchos vendedores de cebollas por estos pagos. No desde la guerra.

—Suelo ir a Luxemburgo. O a veces a Estrasburgo. Hay mucho dinero por allí. Pero ahora me queda muy lejos. Mis piernas ya no son lo que eran.

—Entonces, ¿adónde se dirige?

—A Pirmasens.

—¿Pirmasens? Parece mucho esfuerzo para vender unas cuantas cebollas.

—Hoy en día, uno se gana la vida como puede.

—Eso es verdad.

—Además, mi familia parece tener el único terreno de Nancy que no da buena uva. En general, vendo mucho en Pirmasens. A los alemanes les gustan las cebollas, y en estos tiempos hay que ir donde está el mercado.

—Solo que ahora son franceses, ¿no? En el Sarre.

—Eso nos dicen. Pero no parecen muy franceses cuando uno habla con ellos. Hablan alemán. Si es que dicen algo.

—Se manifestaron con toda claridad en ese referéndum que tuvieron hace un tiempo.

—Eso es verdad.

—Bueno, pues que les vaya bien. Y a usted también.

—Gracias. Pero si es tan amable de darme indicaciones, me parece que pasaré por la comisaría de Baronville antes de seguir mi camino, e informaré de lo que vi. Es lo que haría cualquier buen ciudadano, creo yo.

El *patron* salió del café y me indicó el camino, y me puse en marcha, preguntándome si le habría convencido lo más mínimo mi charla improvisada. En esa parte del mundo supuse que mi francés tenía un acento más o menos adecuado, pero nunca se sabe con los Franzis. Son muy recelosos y salta a la vista por qué a los nazis les costó tan poco trabajo cruzar el país: los franceses son delatores natos. Como es natural, no planeaba acercarme siquiera a la comisaría, pero casi en cuanto me alejé pedaleando me pregunté si el *patron* del café vería a lo largo del día al gendarme y me mencionaría. Y, en caso de que descubriera que yo no había pasado por allí, entonces seguro que despertaría sus sospechas. Pensé que ojalá me hubiera callado la boca y no hubiera dicho nada acerca de comportarse como un buen ciudadano. Mejor aún, ojalá no le hubiera dicho que no resintonizara la puñetera radio. Así pues, me llegué a la comisaría después de todo, déjé la bicicleta apoyada en la pared, y estaba a punto de reunir la valentía necesaria para darles parte de que me había visto a mí mismo a los gendarmes locales cuando vi unas medallas en una tienda de antigüedades y, pensando que una cruz francesa de la Primera Guerra Mundial me serviría para quedar por encima de ciertas sospechas, entré en el establecimiento y compré la condecoración por solo un puñado de francos. El heroísmo siempre se puede comprar más barato de lo que debería ser. Sobre todo, en *la belle* France.

En el interior de la comisaría, el gendarme que se ocultaba tras el mostrador miró mi medalla y prestó oídos a mi relato con indiferencia apenas disimulada. Apuntó mi nombre y mi dirección falsos y tomó unas notas con un cabo de lápiz en un bloc amarillo. Entre tanto, añadí unos cuantos detalles a la descripción del fugitivo alemán. Cojeaba, dije, y llevaba bastón, como si tuviera una herida en la pierna izquierda. Le expliqué además que me percaté de que era alemán porque cuando le oí comprar un billete en la estación de ferrocarril local estaba casi seguro de haberlo oído maldecir en alemán al ver que la policía vigilaba el andén del tren a Metz.

—¿Algo más?

El poli lo preguntó como si esperara que no lo hubiera. Olía intensamente a café en la comisaría y supuse que estaba a punto de tomarse uno cuando había entrado.

—Llevaba una maleta pequeña de cartón con un adhesivo de Marsella. Y le pasaba algo en el ojo izquierdo.

—¿Cómo lo sabe?

—Llevaba un parche.

Había dos carreteras desde Baronville hasta la frontera alemana.

La D910 era la ruta más corta y más directa. Tomé la D647 por Bérig-Vintrange para evitar controles franceses. Aunque tal perspectiva no parecía ni remotamente probable, pese a lo que había dicho el
locutor de la radio. La carretera que iba al Sarre no habría estado más
tranquila ni aunque los vecinos de la zona hubieran oído que la Wehrmacht estaba otra vez en camino. De todos modos, ahora iba pedaleando con ganas, como si de verdad mi vida dependiera de ello.
A media mañana estaba sentado en un banco delante de la iglesia de
Saint Hippolyte en Bérig-Vintrange, fumando un pitillo, admirando
el templo y reflexionando sobre mi propia situación. No me habría
sentido más solo ni aunque hubiera estado cruzando en bici la An-
tártida. La iglesia tenía el mismo aspecto que cualquier otra en esa
parte del mundo, es decir, silenciosa e incluso un poco descuidada,
con un pequeño cementerio adjunto, pero no le faltaba un sacerdote,
que llegó en una bicicleta no mucho después que yo, se quitó las pin-
zas de los tobillos y me dio los buenos días a la vez que abría la puerta
principal.

—¿Ha venido a ver nuestro osario? —preguntó.

Dije que no, y que solo estaba reposando mis propios huesos re-
secos después de un buen rato encima del sillín.

—Bienvenido de todas maneras.

Nos estrechamos la mano. Era un hombretón con los hombros
de la anchura de una cruz de padre y muy señor mío, y llevaba la so-
tana como si fuera un albornoz de boxeador.

—¿Le apetece quizá un vaso de agua?

—Gracias.

Me mostró el camino a la sacristía y me dio un vaso de agua.

—¿Es famoso, entonces? Su osario, me refiero.

—Muy famoso. ¿Quiere verlo?

Como no quería parecer grosero, le dije que sí y, todavía con la
Biblia en la mano, me llevó a una cripta, donde me mostró con orgullo un pulcro túmulo de cráneos y huesos. En un momento de descuido, yo dejé escapar un profundo suspiro al recordar mi época de
servicio con las SS y lo que había visto en lugares como Minsk y Katyn. Un montón de muerte reseca siempre me provoca una suerte de
nostalgia perversa. Es como si esos restos me siguieran igual que es-

pectros. Lo llamaría conciencia de no ser porque esa parte de mí siempre ha quedado supeditada a la simple prudencia.

—Así me siento yo —dije, refiriéndome a los huesos. No era exactamente Hamlet, pero también es verdad que llevaba horas montado en la bici.

—Pues polvo somos y en polvo nos convertiremos —recitó el sacerdote.

—Amén.

—Aunque eso no es precisamente el final. No, qué va. Tenemos que creer en la vida eterna, ¿no le parece? Creer que hay algo después de esto.

No sonaba muy convencido, pero no iba a ayudarlo con ninguna crisis de fe. Tenía una crisis propia de la que ocuparme.

—Aquí no, eso seguro —dije—. Más definitivo que esto es imposible, supongo. Y más aún, creo que a Dios probablemente le gusta así, para recordarnos que esta es nuestra auténtica gloria a los ojos de Jesucristo. Que todo se desgasta y queda hecho pedazos hasta que lo único que queda de nosotros es este montón de huesos, este testimonio acumulado, este monumento gris al lugar donde hemos estado y a la futilidad de todos nuestros esfuerzos humanos. Aquí está la auténtica realidad de la vida, padre. Vamos a morir. Y ninguno de nosotros tiene más importancia que esas cebollas que cuelgan de mis manillares.

El cura pareció desconcertado un momento.

—En realidad no cree eso, ¿verdad?

—No, supongo que no —mentí. Los sacerdotes son los que menos quieren que uno sea sincero. Para empezar, es lo que les hace meterse a curas. Uno no puede ser sacerdote si siente devoción por alguna verdad empírica, que es la única clase de verdad en que se puede confiar—. Pero a veces es difícil tener fe en gran cosa.

—La fe no tiene por qué tener sentido. De ser así, no se podría poner a prueba. —El cura entornó los ojos—. ¿De dónde es usted, amigo mío?

—De ninguna parte. Es de donde somos todos, ¿no? Desde luego es adonde vamos todos. Eso dicen las escrituras que ha mencionado antes. El Eclesiastés, ¿verdad?

Asintió.

—Rezaré por usted.

—Me pregunto si dará resultado.

—¿Sabe? Cualquiera pensaría que es usted un hombre que no cree en nada.

—¿Qué la hace pensar tal cosa, padre? Creo en que el sol sale, y se pone. Creo en la energía cinética y en la resistencia del aire, y la gravedad y todo lo que hace que ir en bici sea tan divertido. Creo en el café y el tabaco y el pan. Hasta creo en la Cuarta República.

Pero, como es natural, no era así. Nadie creía en ella. No más de lo que creía en la Tercera República.

El cura esbozó una sonrisa de dientes separados y dejó la Biblia, casi como si fuera a soltarme un guantazo.

—Ahora estoy seguro de que es usted un nihilista.

—Bueno, ¿por qué no ser nihilista? Un hombre tiene que creer en algo.

—No, eso es justo lo que es usted.

—Si supiera qué es eso, quizá hasta estaría de acuerdo con usted. Antes creía en Dios y en intentar hacer lo correcto. Pero ahora..., ahora no creo en nada en absoluto.

—Usted es ese, ¿no? El hombre a quien busca la policía.

—¿A qué hombre se refiere, padre?

—El asesino del Tren Azul. He seguido su caso en la radio y la prensa.

—¿Yo? No. No suelo ir mucho en tren de un tiempo a esta parte. Es muy caro. ¿Por qué dice eso?

—Bueno, para empezar, yo antes era policía. Así que me fijo en cosas. Por ejemplo, esos zapatos que lleva. Nadie que venda cebollas llevaría unos zapatos así. Son de alguna tienda buena en alguna parte del sur, y no porque sean prácticos, sino porque parecen elegantes. A la primera tormenta fuerte que caiga, esos zapatos acabarán manchados de agua por completo. Le habrían ido mejor unas botas. Botas como las mías. Ese reloj es un Longines. No es el más caro. Pero tampoco es barato. Luego hay que tener en cuenta sus manos, que están limpias y tersas. Fuertes, pero aun así tersas. Y bien cuidadas. Viviendo por aquí, uno estrecha la mano a toda clase de hombres que se ganan la vida trabajando la tierra. Las suyas no son como las de ellos, que parecen de papel de lija. Otro detalle es que tiene buena dentadura. Parece que ha ido al dentista en los últimos seis meses. En cambio, la gente que trabaja la tierra no va al dentista a no ser que tenga un diente cariado y se lo tenga que sacar. Y, aun así, solo van porque no soportan el dolor. La medalla es buena. Un bonito detalle. Me gusta. Pero las gafas, no. Solo llevan cristal, no están graduadas, como si las llevara por algún motivo que no es el de ver mejor.

Asentí con tristeza, apreciando su buen ojo en un momento de distanciamiento absoluto.

—Tendría que haber seguido siendo policía. No me hace falta llevar gafas graduadas para saber que tenía una vocación más clara para eso. Es el mejor poli francés que he conocido desde que vine a Francia.

El cura se puso un poco rígido al darse cuenta de dónde y con quién estaba.

—Supongo que ahora intentará matarme.

Me encogí de hombros.

—Quizá.

—No debería ser muy difícil matarme.

—Sí. Tengo un arma. Y me parece que aquí no hay nadie más que vaya a poner objeciones. Pero el día que empiece a matar curas, me pego un tiro. Además, ¿de qué serviría?

—Así que es lo que yo creía. En realidad, no es un asesino.

—Más le vale seguir siendo sacerdote. Como psicólogo, es peor incluso.

—Y eso, ¿qué significa? ¿Que sí mató a alguien?

—Claro, he matado gente. Pero no desde la guerra. Solo para que conste, no maté a nadie en el Tren Azul. Me incriminaron.

—Ya. Pues está usted en un buen aprieto, ¿eh?

Señalé el osario.

—Podría ser peor. Podría estar entre esos.

—Podemos rezar juntos, si quiere.

—Eso tendría menos sentido incluso que matarlo. Pero voy a tener que obligarle a jurar sobre la Biblia que me dará ventaja. Con doce horas debería tener suficiente para cruzar la frontera alemana sin problemas y llegar al Sarre. Doce horas antes de que llame a la policía y les diga que estuve aquí. Es lo único que le pido, padre.

—¿Por qué tendría que aceptar esa condición?

Saqué el arma.

—Porque si no, le daré en la cabeza con esto, lo amordazaré y lo dejaré aquí con sus amigos, los huesos. O igual le prendo fuego a su iglesia. Soy alemán, ya sabe. En la guerra hicimos cosas así. De modo que una iglesia más no supondrá mucha diferencia para mi alma eterna. Solo que me parece que será mucho más cómodo para usted hacer lo que le pido. Doce horas no es mucho pedir.

El cura miró el reloj de pulsera.

—¿Doce horas?

—Doce horas.

Le tendí la Biblia y juró sobre ella tal como le había dicho. Luego me estrechó la mano de nuevo, me deseó suerte y dijo que rezaría por mí.

—Me quedo con la suerte —dije—. Siempre me ha funcionado mejor que las plegarias.

Salí de la iglesia, cogí la bicicleta y me puse en marcha, no sin antes deshacerme de todas las cebollas en un arcén cubierto de hierba. Con el duro trayecto hasta el Sarre que tenía por delante no necesitaba ningún peso extra. Y fue solo entonces cuando me percaté de mi estupidez. El sacerdote había estado en lo cierto. Mis manos y mis zapatos podrían haberme delatado en cualquier instante. Me había creído muy listo, cuando en todo momento había estado rozando el desastre. Pero nada de eso había sido tan estúpido como lo que acababa de hacer. No hay que tener nunca fe en un cura. No se puede confiar en ninguno de ellos cuando están al alcance de un buen diccionario de latín y un donante rico para su iglesia.

33

ABRIL DE 1939

Me las apañé para dormir unas horas. De algún modo, la proximidad del estudio de Hitler no interfirió con mi sueño. Estaba listo para derrumbarme y creo que habría dormido una noche entera hasta en el monte Pelado. Me despertó el sonido del teléfono en mi habitación. Miré el reloj. Era mucho más de medianoche.

—Eh, jefe —dijo Friedrich Korsch—. Soy yo.

—¿Ha encontrado algo?

—Había unos documentos en el cajón de la mesa de Flex. Un contrato de arrendamiento. Parece que nuestro amigo alquilaba un garaje en Berchtesgaden. En Maximilianstrasse. Es propiedad de un nazi local llamado doctor Waechter. Un abogado.

—Recójame delante del Berghof dentro de diez minutos. Iremos a echarle un vistazo. A ver si encontramos algo.

—Olvida que no tengo autorización para entrar en el Territorio del Führer.

—Entonces, vuelva a Villa Bechstein. Nos veremos allí. ¿Ha llamado a Hermann?

—Va camino de Berchtesgaden ahora mismo.

Salí de mi cuarto y bajé al vestíbulo. La casa estaba más fría aún que antes, pero un par de criados con abrigo seguían por allí. Kannenberg me había dicho que permanecían levantados hasta las tantas cuando estaba Hitler. Lo único que quería yo era buscar una cama y dormir. Me resistí a la tentación de tomarme un par de comprimidos de Pervitín y crucé los dedos.

Apenas mediaba un breve trecho a pie entre el Berghof y la villa. La carretera en pendiente resultaba traicionera por causa de la nieve y el hielo y me alegró ir calzado con las botas Hanwag. El hombre de las SS que vigilaba la garita al pie de la carretera se llevó tal sorpresa al ver a alguien bajando la ladera desde el Berghof a pie que se cayó del taburete. Debía de haberme tomado por Barbarroja, que había despertado de su sueño milenario en el interior de la montaña. O eso, o se había quedado dormido.

Friedrich Korsch me esperaba en un coche en la villa, y fuimos juntos montaña abajo hasta Berchtesgaden. Maximilianstrasse se prolongaba desde la colina de detrás de la enorme estación de ferrocarril principal hasta un punto justo debajo del castillo local, que era de un bonito tono rosa gélido. La dirección del garaje en el recibo que había encontrado Korsch estaba enfrente del monasterio franciscano y justo al lado de la platería Rothman, que por lo visto había cerrado. El monasterio parecía seguir viento en popa. En el escaparate se veía el contorno desvaído de una estrella amarilla que se había limpiado, aunque solo —imaginé— después de que Herr Rothman y su familia se hubieran ido de Berchtesgaden. En las ciudades pequeñas como Berchtesgaden trataban a los judíos peor que en las grandes. En los pueblos, todo el mundo sabía quiénes eran y dónde estaban los judíos, pero en una gran ciudad podían desaparecer. Me pregunté si, como el amigo de Gerdy Troost, el doctor Wasserstein, Rothman habría ido a vivir a Berlín o, quizá, se habría marchado de Alemania. Estaba convencido de que yo lo habría hecho.

Aún tenía las llaves de Flex. Después de probarlas di con la que encajaba en la puerta del garaje. La abrimos y encendimos una bombilla sin pantalla para revelar un Maserati rojo intenso —el que tenía el escape lateral— y abrillantado hasta la más absoluta perfección. Con el capó tan largo como un ataúd, el coche apenas entraba en el garaje. Habían quitado la palanca de arranque y la parte frontal del coche italiano estaba apoyada en un colchón contra la pared del fondo, de manera que se pudiera meter el vehículo hasta allí sin dañar el parachoques; así quedaba espacio para cerrar con llave las puertas del garaje.

—Desde luego, no parece que haya venido nadie antes que nosotros —observé. Había un montón de herramientas de mecánico ordenadas en la pared, pero no faltaba ninguna—. Aunque también es verdad que no hay mucho que buscar. Aparte del coche.

—Pero vaya coche —comentó Korsch—. Esto explicaría las fotos en la casa de Buchenhohe.

Negué con la cabeza.

—No puedo decir que les prestara mucha atención.

Miré por una puerta que daba a la tienda vacía.

—Eran todas de carreras de coches. —Señaló una foto de Rudolf Caracciola en la pared—. Pósteres del Grand Prix. Pilotos. Parece que nuestro amigo Flex era un entusiasta. Apuesto a que este coche era el orgullo de Flex.

—En ese caso, ¿por qué no lo guardaba en la casa de Buchenhohe?

—¿Me toma el pelo? Allí arriba no hay garaje, por eso. Ese tipo quería evitar que la nieve cubriera su belleza original. Y no se lo reprocho. Además, este vehículo no tiene capota. Es perfecto para el verano, pero quizá no tanto para el invierno. —Korsch rodeó el coche acariciando la carrocería con la mano—. Es un 26M sport. Fabricado en 1930. Dos coma cinco litros, ocho cilindros, doscientos caballos de potencia. Debió de costarle unos cuantos marcos.

—¿Entiende de coches?

—Fui mecánico antes de alistarme en el ejército, jefe. En el garaje de Mercedes en Berlín oeste.

El Maserati estaba aparcado encima de un foso de inspección que Korsch se apresuró a examinar: no había nada más que aceite del cárter. Mientras tanto, abrí la puerta del maletero y la guantera. Además de dos pares de gafas de piloto, un par de cascos de cuero y unos guantes de conducir, había mapas de Alemania y Suiza y la factura del hotel Bad Horn en el lago Constanza. Hasta desabroché las cinchas del capó y hurgué en torno al motor sin encontrar gran cosa allí tampoco. Las llaves seguían en el vehículo y Korsch no pudo resistirse a la tentación de ocupar el asiento del conductor y poner las manos sobre el volante.

—Me encantaría tener un coche así —dijo.

—Bueno, si se queda aquí en la montaña de Hitler y monta una estafa bien lucrativa para un hombre como Martin Bormann, entonces se lo podrá permitir. Pero no creo que esto nos diga gran cosa. Aparte de que le gustaba ir en coche a Suiza.

—Nos dice que Flex tenía buen gusto para los coches. Nos dice que estaba ganando pasta de verdad. Nos dice en qué gastaba su dinero. Nos dice que nadie con quien hayamos hablado hasta el momento ha mencionado este coche, así que quizá no lo conducía muy a menudo. Igual no mucha gente estaba al tanto de su existencia. O al menos la de este garaje. —Giró el volante de madera con gesto melancólico—. ¿Puedo ponerlo en marcha?

—Claro —accedí—. Por mí, como si se pasea por la ciudad.

Retiramos el coche del colchón y sacamos la palanca de arranque del diminuto maletero. Estábamos a punto de poner en marcha el motor cuando el colchón cayó sobre el capó inclinado del Maserati. Me acerqué a levantarlo de nuevo.

—Un momento —le dije a Korsch—. Creo que hay algo en la pared detrás del colchón.

Retiramos el coche un poco más por el suelo de piedra hasta que quedó medio dentro y medio en la calle, y tiré del colchón para dejar a la vista una antigua caja fuerte York de pared con un cierre de combinación. Además, era una de las grandes, por lo menos tanto como una portezuela de coche. Probé a tirar de la pequeña manija redonda, pero la puerta permaneció firmemente cerrada.

—Debía de formar parte de la tienda —observó Korsch—. Estaba muy bien escondida, sí. Con este coche.

—No tendría reparos en apostar a que es lo que buscaba la persona que registró la casa de Flex.

—Ya lo creo —dijo Korsch—. Bueno, ¿quién buscaría una caja fuerte después de ver algo tan llamativo como esto?

—Me parece que vamos a necesitar al antiguo propietario, Jacob Rothman —observé—. O quizá al hombre al que le alquilaba Flex este sitio. El doctor Waechter. Para la combinación.

—Waechter vive en el 29 de Locksteinstrasse, en Berchtesgaden. Está a un par de kilómetros de aquí.

—Pues vamos a despertarlo. —Sonreí, imaginándome a un codicioso y orondo abogado nazi que se había aprovechado de la situación de los Rothman. Ya estaba regodeándome en el gustazo que iba a darme esa entrevista.

—Podemos ir en el Maserati.

—¿Por qué no? Seguro que despierta a todo el mundo.

Esa idea también me hizo sonreír; la silenciosa autosuficiencia de Berchtesgaden necesitaba una sacudida como la que solo podía darle un Maserati de Grand Prix con ocho cilindros.

Le dejamos una nota a Hermann Kaspel en la puerta del garaje, diciéndole que esperara allí nuestro regreso. Y unos segundos después nos las habíamos arreglado para poner en marcha el coche y Korsch conducía por las calles de Berchtesgaden y colina arriba hacia el norte, en dirección al Katzmann y la frontera austriaca. A pesar del viento frío en la cara —los parabrisas eran de esos abatibles que casi ni se notaban—, Korsch sonreía de oreja a oreja.

—Adoro este coche —gritó—. Escuche ese motor. Una bujía por cilindro, doble árbol de levas en cabeza.

Para mí el placer de conducir era totalmente sádico; en esa pequeña ciudad bávara, el coche de Flex sonaba como si un Messerschmitt se hubiera perdido en el valle, igual que uno de esos zánganos del colmenar del Landlerwald. A mediodía el coche habría sido bastante estruendoso, pero casi a la una de la madrugada, una trompa de los Alpes hubiera parecido más silenciosa. Cuando llegamos a la dirección de Waechter, a la vuelta de la esquina del hospital local en Locksteinstrasse, le dije a Korsch que acelerara el motor un poco, solo para cerciorarme de que sus vecinos estuvieran despiertos.

—¿Por qué? —preguntó.

—Porque Rothman y su familia se vieron obligados a marcharse de la ciudad y dudo que a ninguno de estos le quitara el sueño.

—Lo más probable es que tenga razón —convino Korsch, y sonriendo de nuevo, pisó el acelerador varias veces antes de dejar que el motor bajara de revoluciones—. Eso es lo que me gusta de usted, jefe. A veces es un cabrón de mucho cuidado.

Korsch apagó el motor y me siguió por el sendero de acceso.

La casa era una estructura grande de madera con una galería también de madera todo alrededor y una escalera cubierta en el lateral; era un sitio de esos donde parecían capaces de cultivar pantalones cortos de cuero en las jardineras de las ventanas. Lo único que le faltaba era un par de figuritas mecánicas con jarras de cerveza en las manos. Llamé con fuerza a la puerta principal pero las luces ya estaban encendidas gracias al Maserati. El hombre que salió a la puerta era gordo y estaba muy blanco, aunque seguramente era de furia porque lo habían despertado. Llevaba un albornoz de seda roja y tenía el pelo entrecano y arreglado y un bigotito gris erizado de indignación, que parecía todo un regimiento de diminutos soldados dispuestos a salir marchando de su cara hacia la mía para calentarme bien las orejas. Empezó a bramar y vociferar acerca del ruido como un maestro tiránico, pero no tardó en cerrar el pico cuando le enseñé la placa, aunque hubiera preferido de lejos haberle golpeado con uno de los esquís que había colgados de la pared.

—Soy el comisario de policía Gunther. —Me abrí paso por su lado tal como a menudo había visto hacer a la Gestapo y nos quedamos en el vestíbulo a resguardo del frío, cogiendo fotografías con gesto distraído y abriendo algún que otro cajón. Fui directo al grano.

—La platería Rothman de Maximilianstrasse —dije secamente—. Usted es el propietario actual, según creo.

—Correcto. Adquirí la propiedad cuando la desalojaron los antiguos dueños el mes de noviembre pasado.

Lo dijo como si lo hubieran hecho por voluntad propia. Pero reconocí la trascendencia de la fecha, claro. Noviembre de 1938. La *Kristallnacht*, cuando fueron atacados por toda Alemania negocios judíos y sinagogas, había sido el 9 de noviembre. No cabía duda de que Jacob Rothman se había visto obligado a vender su propiedad a precio de ganga, porque cuando te has caído de bruces en la calle una y otra vez, empiezas a darte cuenta de que no eres bienvenido.

—Era Herr Jacob Rothman, ¿no?

—¿No podía haber esperado esto hasta mañana?

—No, no podía —dije con frialdad—. El garaje que está al lado del establecimiento también es suyo, ¿no?

—Sí.

—Y se lo ha estado alquilando al doctor Karl Flex.

—Así es. Por veinte marcos al mes. En efectivo. Al menos hasta que encontrara un nuevo arrendatario para la tienda.

—Hay una caja fuerte, en la pared del fondo. Yo diría que Rothman la usaba para guardar la plata. ¿Tiene la combinación?

—No. Estaba en un papel que le di al doctor Flex, con las llaves. Me temo que no hice una copia. Mire, seguro que es mejor que se lo pregunte a él en vez de a mí.

—El que se lo esté preguntando a usted quiere decir que no se lo puedo preguntar a él.

—¿Por qué?

—¿Qué hay del propio Rothman? —dije, pasando por alto la pregunta de Waechter—. No sabrá usted adónde fue después de marcharse de Berchtesgaden, ¿verdad? ¿A Múnich, quizá? ¿O a alguna otra parte?

—No, no lo sé.

—¿No dejó dirección de contacto?

—No.

—Qué pena.

—¿Qué quiere decir con «Qué pena»? Es un judío. Y aunque hubiera dejado una dirección de contacto, me temo que yo no me dedicaría a enviarle el correo a ningún judío avaro. Tengo cosas mucho mejores que hacer.

—Eso me parecía a mí. Y sí, es una pena. Para mí. El caso es que ese judío podría haberme ahorrado mucho tiempo. Quizá incluso podría haberme ayudado a resolver un crimen. Eso es lo malo de los pogromos. Un día uno se da cuenta de que la gente a la que ha estado persiguiendo tiene algo que necesita con urgencia. Que yo necesito. Que Martin Bormann necesita.

—No había nada en la caja fuerte cuando se fue Rothman. Estaba vacía. Lo comprobé.

—Ah, apuesto a que sí. Bueno, ahora está cerrada y nadie parece tener la combinación.

—¿Hay algo importante dentro?

—Es una caja fuerte. Por lo general siempre hay algo importante dentro de una caja fuerte, sobre todo cuando está cerrada. Sea como sea, me parece que el doctor Flex no seguirá pagándole el alquiler del garaje. Yo diría que su acuerdo ha vencido. Para siempre.

—¿Ah? Y eso, ¿por qué?

—Está muerto.

—Dios mío. Pobre hombre.

—Sí. Pobre hombre. Eso dice todo el mundo.

—¿Qué le pasó? ¿Cómo fue?

—Por causas naturales —dije. Ahora que no había llegado a ninguna parte con la combinación por medio de Waechter ni de Rothman, lo último que necesitaba era que nadie supiera siquiera de la existencia de la caja fuerte del garaje, y ya estaba pensando que pasearme por ahí en un coche que estaba escondido en un garaje que quizá solo un puñado de personas sabía que Flex tenía alquilado no había sido lo más inteligente que había hecho desde mi llegada a Obersalzberg. Desde luego, no quería que la misma persona que ya había registrado la casa de Flex intentara hacer lo mismo en el garaje. Por lo que yo sabía, esa persona podía tener incluso la combinación de la caja fuerte. Solo podía hacer una cosa. Pese a que la mera idea me parecía detestable, tenía que asustar a Waechter para que guardara en secreto lo del garaje, la caja fuerte, la muerte de Flex, todo.

—Usted es abogado, ¿verdad?

—Sí, lo soy.

—Entonces, entiende la necesidad de mantener la confidencialidad en un caso como este.

—Claro.

—No debe mencionarle a nadie, bajo ninguna circunstancia, nada acerca de Karl Flex, el garaje que le ha estado alquilando o el detalle de que hay una caja fuerte en ese edificio. ¿Lo entiende?

—Sí, Herr comisario. Le aseguro que no mencionaré nada.

—Bien. Porque si lo hace, sin duda se lo tendré que decir al jefe adjunto del Estado Mayor Martin Bormann, y seguro que él vería con muy malos ojos algo así. Con los peores ojos posibles. ¿Me explico con claridad, doctor Waechter?

—Sí, Herr comisario. Con toda claridad.

—Esto es un asunto de seguridad nacional. Así que tenga la boca cerrada. Hay gente que ha ido a parar a Dachau por mucho menos.

Cuando volvíamos al coche, Korsch se echó a reír.

—¿Qué le hace tanta gracia?

—Causas naturales —respondió, meneando la cabeza—. Esa sí que es buena, jefe.

—Así quiere Bormann que llevemos este caso —repliqué—. Además, fueron causas naturales. No sé cómo si no podrían denominarse. Cuando alguien te vuela la tapa de los sesos con un rifle, te mueres: es natural.

34

ABRIL DE 1939

Cuando volvimos a la platería Rothman en Maximilianstrasse no había ni rastro de Hermann Kaspel, y la nota que le había dejado, enrollada en la manilla como un pergamino, seguía allí intacta. Si el gato que estaba en el umbral del monasterio franciscano de enfrente sabía lo que le había ocurrido, no lo dijo: no se puede confiar en los gatos, sobre todo cuando están con los franciscanos. Korsch volvió a dejar el Maserati en el garaje y, a regañadientes, lo cerró con llave. Pero seguía pensando en el coche.

Miré el reloj.

—¿Está seguro de que Kaspel tenía la dirección correcta?

—Absolutamente seguro —afirmó Korsch—. Lo oí repetirla. Además, sería raro que se perdiera en un sitio como este.

—Jacob Rothman se perdió. —Di unos taconazos para ahuyentar el frío—. Ya tendría que estar aquí. Algo debe de haberlo retrasado. Tal vez lo veamos si volvemos a Villa Bechstein por la carretera de Buchenhohe. No habrá muchos coches en la carretera a estas horas de la noche. Igual ha tenido una avería.

—No con el coche que conducía —objetó Korsch.

—¿Por qué lo dice?

—Estaba escuchando ese motor cuando aparcó usted delante de la casa de Flex ayer por la noche. Es un 170 y suena fino como la seda. Sea como sea, todos esos coches del parque móvil de Obersalzberg están demasiado bien cuidados como para averiarse. ¿Sabe lo que creo? Creo que se ha dormido otra vez. Un sargento de la RSD me contó que, cuando se pasan los efectos de la poción mágica, uno puede dormir mil años.

—Entonces igual es eso lo que le ocurrió a Barbarroja. Dejó de tomar pastillas.

Bostecé. Con tanto hablar de dormir y de pastillas me estaba entrando sueño otra vez.

Fuimos en coche siguiendo el río en dirección a Unterau y el Barracón P antes de doblar al este hacia Bergwerkstrasse e ir otra vez montaña arriba. Una cuadrilla de obreros de Polensky & Zöllner ensanchaba la carretera donde corría en paralelo al río Ache por si alguien quería pasar por allí en tanque. A mí la carretera ya me parecía bastante ancha. Atisbé alguna de sus caras desdentadas de campesinos a la luz de los grandes faros del 170. Parecía que solo les hubiera faltado un par de horcas y antorchas para convertirse en una muchedumbre dispuesta a linchar al monstruo del Berghof. Bormann debía de haber pensado que un tanque los disuadiría. Ojalá se equivocara.

—Tenemos que abrir esa caja fuerte —dije—. E ir con sigilo. Así que igual no ha sido muy buena idea ir por ahí en coche.

—Pero ha sido divertido. Al menos, para mí.

—No será divertido si no encontramos a ese tirador, y pronto.

—Supongo que es demasiado trabajo para el cerrajero local.

—Lo es, a menos que se llame Houdini. No, creo que necesitaremos un revientacajas profesional. —Pensé un momento—. ¿Qué fue de los hermanos Krauss? Esos chicos eran capaces de abrir cualquier cosa que tuviera cerradura. Incluida la puerta del Museo de la Policía.

El robo de los hermanos Krauss en el *Praesidium* de Alexanderplatz —para recuperar las herramientas del oficio que se les habían confiscado— aún era un relato casi legendario y, por lo menos hasta que los nazis se hicieron con el control de aquel lugar, prácticamente lo más bochornoso que le había ocurrido nunca a la policía de Berlín.

—Lo último que oí es que estaban en el trullo. Cumpliendo una condena de cinco años en la cárcel de Stadelheim.

—Qué raro que los atraparan.

—No creo que los atraparan, jefe. Por lo que oí, se mudaron de Berlín a Múnich para dejar atrás su reputación de ser los mejores ladrones de cajas fuertes de Alemania. La Gestapo de Baviera los detuvo poco después y los enchironó bajo acusaciones inventadas. —Korsch encendió un pitillo y rio—. Así mantienen a raya el índice de criminalidad los nazis. No esperan a que alguien cometa un delito para meterlo en la cárcel.

—Entonces, tenemos que arreglárnoslas para que Heydrich saque a los hermanos para traerlos aquí y que revienten esa caja.

—Igual solo necesitamos a un hermano.

—Olvídelo. Joseph no abre ni la puerta trasera de su casa sin permiso de Karl. Y viceversa. Esa será su siguiente tarea, Friedrich. Irá a Múnich y los sacará de la cárcel. Le enviaré a Heydrich un télex para que lo organice. Y luego los traerá a los dos aquí. En secreto. Y, por cierto, ya que va quiero que pregunté en la policía si tienen alguna dirección de un judío llamado Wasserstein. El doctor Karl Wasserstein. Le daré la dirección antes de que se vaya.

—¿Quién es?

—Un amigo de una mujer que se llama Gerdy Troost. Se aloja en el Berghof y quiere averiguar qué fue de él.

Reduje la marcha y tomé la siguiente curva con el gran Mercedes. Unos metros carretera adelante vi dos faros delanteros del tamaño de balones de fútbol. Frené en seco.

—Dios —exclamé—. Bueno, ahora ya lo sabemos.

En una ladera, unos diez metros por encima de nosotros, había un Mercedes 170 negro. Parecía haber derrapado a la entrada de un estrecho puente de piedra y caído por una ladera empinada, aplastando varios arbolillos a su paso antes de volcar por fin y estrellarse contra una roca de gran tamaño con forma de cuña, que había cortado la parte delantera del coche por la mitad, o casi. Parecía un escarabajo muerto. Los faros seguían encendidos pero las ruedas habían dejado de girar hacía rato y en el aire seco había un intenso olor a gasolina. Con muy buen juicio, Friedrich Korsch se quitó el cigarrillo de la boca y lo apagó contra la suela de la bota antes de metérselo en el bolsillo del abrigo, donde no suponía ningún peligro. Apagué el motor y salimos para buscar a Hermann Kaspel.

—Hermann —grité—. ¿Dónde está, Hermann? Hermann, ¿está bien? —Pero, de manera instintiva, supe que no lo estaba.

Lo que me llamó de inmediato la atención fue el silencio ensordecedor. Solo se oía el sonido de nuestra respiración ansiosa y nuestras gruesas botas al subir a duras penas la pendiente glacial hacia el coche accidentado, y la nieve endureciéndose por efecto del frío sobre la ladera y el viento suave entre los árboles helados. La naturaleza entera contenía el aliento. Las nubes se desplazaban ominosas a la luz de la luna como si estuvieran a punto de revelar algo terrible. Se oyó un golpe sordo y me giré para ver cómo caía de una rama un montón de nieve. El corazón se me salía por la boca. Había visto unos cuantos accidentes cuando estaba en la policía de Berlín. Accidentes graves. Nada lo prepara a uno para ver lo que puede ocurrirle al cuerpo humano cuando un coche choca de pronto contra un objeto sólido e inamovible a toda velocidad. Pero aquello era tan fuerte como las cosas que veía desde las trincheras. El coche había quedado como si el imaginario Gran Berta disparado desde la iglesia angular en Buchenhohe le hubiera caído justo delante. Nunca había visto metal tan retorcido. La portezuela del lado del conductor colgaba abierta como la cancela de una granja. Kaspel no estaba en el coche, pero fue bastante fácil seguir su trayectoria. Para empezar, había una pierna seccionada aún con una bota puesta y un trozo de sus pantalones al lado de la portezuela. Desde allí, Kaspel se había arrastrado boca abajo, y dejado un amplio rastro de sangre oscura en la nieve.

—Ay, Dios mío.

Korsch se volvió de inmediato, consciente de la brutal realidad de lo que veíamos, y regresó al coche volcado.

Seguro que Hermann Kaspel fue consciente de que iba a morir. Se las había arreglado para incorporarse, apoyar la espalda contra el tronco de un árbol y encender un último cigarrillo con manos temblorosas —el suelo estaba sembrado de cerillas usadas— antes de desangrarse hasta morir. La colilla seguía en sus labios y estaba fría al tacto, y sus manos azuladas seguían aferradas al tajante muñón de su pierna izquierda —tan tajante que parecía que un cirujano experto hubiera usado una sierra para amputarle la pierna—, como si hubiese intentando en vano detener la hemorragia. Tenía la piel tan fría como la nieve sobre la que estaba sentado, y calculé que llevaba muerto por lo menos media hora. El corazón bombea varios litros de sangre por minuto, y cuando la arteria femoral se secciona de esa manera uno se desangra en menos tiempo del que se tarda en terminar un cigarrillo. A diferencia de la pierna, su pálido rostro medio congelado no presentaba ninguna marca. Miraba directo al frente, más allá de donde estaba yo. Sus ojos se veían tan luminosos que me dio la impresión de que, de haberme dirigido a él, me habría respondido. Aunque el brillo de sus iris no era más que un reflejo de los faros, resultaba extraño lo vivos que parecían. No sé por qué, pero le limpié un poco la escarcha de las cejas y el pelo y luego me senté con él y encendí también un cigarrillo. Había hecho a menudo algo parecido durante la guerra, cuando uno se quedaba con otro hombre esperando pacientemente a que muriera, a veces cogiéndole la mano, o con un brazo sobre sus hombros. Siempre suponíamos que el espíritu permanece cerca del cuerpo un rato antes de desaparecer de manera definitiva. Más que nada, le ponías un cigarrillo en los labios y lo dejabas mezclar unas cuantas caladas con su último aliento. Un pitillo podía curarlo todo, desde un caso leve de neurosis de guerra hasta una pierna cercenada. Cualquiera que hubiese estado en la guerra lo sabía. Y aunque uno tenía claro que el tabaco podía ser malo, también sabía que las balas y la metralla eran peores y que si te habías librado de ellas, unos cuantos cigarrillos no suponían ningún riesgo serio. Quería decirle muchas cosas a Hermann Kaspel, pero sobre todo que lo había juzgado mal y que había sido un buen camarada, y eso es lo mejor que se le puede decir a un hombre cuando ha muerto o va a morir. Aunque no sea cierto. La verdad no es para tanto. Nunca lo fue. Pero había aprendido a apreciar y admirar a Hermann Kaspel. También estaba pensando en su pobre esposa, a la que no conocí, y me pregunté quién se lo comunicaría, y decidí que no podía confiar en que Högl o Rattenhuber hicieran un trabajo decente. Esos eran tan sensibles como la pierna cortada de Kaspel y estaban tan desligados de todo como ella. Tendría que decírselo yo mismo, aunque mal podía permitirme el tiempo que me llevaría. Un rato después me levanté y regresé hacia el coche volcado y Friedrich Korsch.

—La última vez que fui con él le dije que no corriera tanto —señalé—. La verdad es que me acojonaba vivo cuando él iba al volante. Era la metanfetamina, me parece. La poción mágica. Le hacía ir demasiado rápido. Bromeaba con que iba a matarlo. Y lo ha hecho.

—No ha sido la meta lo que lo ha matado, jefe —dijo Korsch—. Eso lo tengo bastante claro. Y no ha sido que condujera fatal. Ni siquiera ha sido el hielo negro sobre la carretera, aunque no le haya sido de mucha ayuda. Y esos neumáticos son de invierno, con relieve más grueso que los de verano. Casi nuevos, por lo que parece. Como le decía antes, los coches de la RSD se mantienen en perfecto estado.

—Entonces, ¿qué está diciendo? Ha chocado con el coche, ¿no?

—Ha chocado porque los frenos le han fallado. Y los frenos le han fallado porque alguien cortó de manera deliberada los cables hidráulicos que alimentan los frenos. Alguien que sabía lo que hacía.

Era la primera vez que oía algo así, conque meneé la cabeza en un lento ademán de incredulidad.

—¿Está seguro?

—Ya le he dicho que trabajé en Mercedes-Benz. Conozco los cables y los tubos de este coche como las venas de mi polla. Pero quizá no me habría percatado de nada de no haber volcado así el coche. El 170 tiene un sistema de frenado con tambor hidráulico en las cuatro ruedas, que depende del líquido hidráulico, ¿vale? Los líquidos no son fácilmente comprimibles, de modo que cuando uno empieza a frenar ejerce presión sobre los enlaces químicos del líquido. Sin ese líquido no se ejerce fuerza de frenado en absoluto, lo que significa que los frenos fallan. Se puede ver por el ángulo oblicuo del corte de este cable que suministra líquido a los tambores que no se rompió ni se desconectó. Lo han cortado limpiamente con un cuchillo o unas cizallas. No queda nada de líquido. El caso es que el pobre desgraciado no tenía nada que hacer. Este coche pesa cerca de mil kilos. De aquí a Buchenhohe hay quizá cinco kilómetros de carretera de montaña llena de curvas. Me sorprende que consiguiera mantener el coche en la carretera tanto rato. A Hermann Kaspel lo han asesinado, jefe. Alguien debió de cortar los frenos mientras el coche estaba aparcado delante de su casa. Uno de sus vecinos, supongo. Y hay otra cosa que quizá deba tener en cuenta, comisario. Me parece que ha estado mucho más cerca de descubrir quién asesinó a Karl Flex de lo que pensaba. Porque quien ha asesinado aquí al pobre Kaspel, fuera quien fuese, casi con toda seguridad tenía intención de matarlo a usted. Debían de esperar que fuera en el coche con él cuando se saliera de la carretera. El caso es que, si acaban con usted y con él, esta investigación habrá terminado. No se equivoque, Bernie. Alguien en Obersalzberg o Berchtesgaden quiere verlo muerto.

35

ABRIL DE 1939

Abandonamos el lugar del accidente y ascendimos por la sinuosa carretera de montaña hasta el domicilio de Hermann Kaspel en Buchenhohe. Eso sí, aparcamos el coche no muy lejos de allí para no despertar a su viuda. No había ninguna luz encendida en la casa, cosa que agradecí. De lo contrario, me habría sentido obligado a darle la mala noticia a la pobre mujer en ese mismo instante. Saltaba a la vista que estaba dormida e ignoraba la terrible tragedia que se había cernido sobre ella. Menos mal. El portador de malas nuevas desde luego no tiene mejor aspecto a las cuatro de la madrugada, sobre todo cuando es como yo. Además, lo único que quería era echar un vistazo al lugar delante de la casa donde había estado aparcado el coche de Kaspel, mientras el escenario del crimen seguía relativamente intacto. Y con cuidado de no levantar la voz, inspeccionamos las inmediaciones con las linternas.

—Aún huele a glicol —señaló Korsch, a la vez que se agachaba y tocaba el suelo húmedo con las yemas de los dedos—. La mayor parte de los líquidos de frenos están basados en éter de glicol. Sobre todo, en climas fríos como este. ¿Ve cómo ha fundido la nieve cuando se ha derramado al suelo?

—Tal como usted dijo, Friedrich.

—No hay la menor duda. Han asesinado a Hermann Kaspel. Tan seguro como si alguien le hubiera puesto un arma contra la cabeza y hubiese apretado el gatillo. —Korsch se incorporó y encendió un cigarrillo—. Tiene suerte de seguir vivo, jefe. De haber ido en ese coche, lo más probable es que también estuviera muerto.

Levanté la vista hacia el cielo frío. El velo de nubes que había antes se había despejado para revelar el inmenso dosel negro del firmamento y, como solía ocurrir, me recordó las trincheras, Verdún, y las noches heladoras haciendo guardia cuando debí de contemplar todas y cada una de las estrellas del cielo, reflexionando sin cesar acerca de mi inminente mortalidad. Nunca me daba miedo morir cuando miraba el cielo; del polvo cósmico veníamos y en polvo cósmico nos convertiríamos todos. No sé si le daba muchas vueltas a la ley moral que albergaba en mi interior; quizá, a fin de cuentas, no fuera más que una extravagancia allende el horizonte de mi visión. Eso y el hecho de que mirar a lo alto era fatal para el cuello, además de muy peligroso.

Korsch se alejó unos metros de la casa y cogió una vieja cortina de guingán verde que había visto tirada en el arcén. Estaba solo ligeramente cubierta de nieve, pero el borde se veía manchado de líquido de frenos. En una callejuela de Berlín no habría llamado la atención, pero en un lugar tan escrupulosamente limpio como Obersalzberg, donde hasta las flores en las jardineras se presentaban en posición de firmes con suma pulcritud, parecía digna de atención.

—Yo diría que la usó para tenderse —aventuró Korsch—. Mientras estaba debajo del coche de Kaspel. Qué descuido dejarla tirada sin más.

—Igual se vio obligado a hacerlo —señalé—. Igual se vio sorprendido. —Había una marca del fabricante en el forro de la cortina, que solo nos permitió averiguar que estaba hecha lejos de allí, en una sucursal de los grandes almacenes Horten's: el DeFaKa, en Dortmund—. Si encontramos la pareja de esta cortina, quizá vayamos por el buen camino para identificar al asesino de Hermann. Pero dudo de que nos autoricen a registrar todas y cada una de las casas de la montaña de Hitler en busca de una cortina vieja. Como no dejan de recordarme a todas horas, algunas de estas personas son amigos de Hitler.

Cuando nos alejábamos de la casa golpeé con la bota un trozo de metal en la carretera, que relució a la luz de mi linterna. Me agaché para recogerlo. Por un momento pensé que había encontrado el cuchillo con el que cortaron el cable de los frenos, pero enseguida reparé en que ese objeto que tenía entre mis dedos no habría podido cortar nada. Era de metal redondeado, fino, liso y curvo, de unos veinte centímetros de largo y menos de uno de diámetro, y parecía un utensilio de mesa deforme: una espátula o una cuchara larga sin la parte ovalada, quizá.

—¿Es algo que se desprendió de la parte de abajo del coche? —pregunté, al tiempo que se lo tendía a Korsch y lo dejaba examinarlo un momento.

—No. No se parece a nada que haya visto. Es de acero inoxidable. Y está muy limpio para haber salido de ningún coche.

Cuando volvíamos al vehículo, me guardé el objeto en el bolsillo de la chaqueta y me dije que ya preguntaría más adelante qué era, aunque no tenía ni la menor idea de a quién preguntárselo. No parecía un objeto fácil de identificar.

Friedrich Korsch me dejó de nuevo en Villa Bechstein y, casi de inmediato, se fue a Múnich para sacar a los hermanos Krauss de la cárcel de Stadelheim. Me serví una copa abundante de brandy en el salón, brindé por la memoria de Kaspel y luego regresé colina arriba hacia el Berghof. El guardia estaba despierto esta vez, pero se sorprendió tanto como antes de ver a alguien a pie a esas horas de la noche. Según todos los periódicos y revistas, a Hitler le encantaba pasear por todo Obersalzberg, pero yo casi no veía indicios de que allí nadie caminara a ningún sitio ubicado más allá del sillón del Gran Salón o la terraza del Berghof. Pasé de largo el Berghof y fui hasta el Türken Inn, donde estaban acuartelados los miembros de la RSD local. Reinaba el silencio y costaba creer que en una ladera helada a escasos kilómetros de allí siguiera el cadáver de un hombre a quien acababan de asesinar. El Türken era otro edificio de estilo chalé alpino hecho de piedra blanca y madera negra. Tenía su propia plaza de armas con un asta ridículamente alta en la que ondeaba la bandera nazi, y unas vistas excelentes de la cercana casa de Bormann. Había una pequeña garita de vigilancia a la entrada que parecía un sarcófago de granito. Le ordené al soldado que me escoltara hasta el oficial de guardia. Casi momificado de frío, se alegró de poder mover un poco la sangre bajo su casco negro brillante. Sin embargo, el oficial de guardia de la RSD en el Türken estaba bien recogido en un despacho caldeado por un buen fuego, una cocinilla y una conmovedora foto del *Berliner Illustrirte Zeitung* que mostraba a un orgulloso

Göring sosteniendo en brazos a su hija, Edda. Al menos eso se lo envidié. Encima de la mesa del despacho había un plato con una rebanada de pan, un poco de mantequilla y un pedazo de Velveeta. Eso me recordó que llevaba sin comer desde el desayuno, aunque por suerte acababa de perder el apetito. No hay nada como ver a un conocido cortado por la mitad para que se te vaya el hambre. Pero al ver la cafetera humeante sobre la cocinilla me serví una taza antes de abordar lo que me había llevado hasta ese despacho. El café estaba rico. Estaba más rico aún con azúcar. Había azúcar de sobra en la montaña de Hitler. De haber encontrado una botella también me habría servido un trago. El oficial era un *SS-Untersturmführer*, es decir, un teniente con solo tres estrellas en el uniforme y una espinilla en el cuello. Tenía unos doce años y estaba más verde que sus charreteras y, entre las gafas y las mejillas sonrosadas, su pertenencia a una raza superior parecía como mucho provisional. Se llamaba Dietrich.

—El capitán Kaspel ha muerto en un accidente —le informé—. En la carretera a Buchenhohe. Parece que ha perdido el control del coche que conducía y se ha salido de la carretera.

—No habla en serio —replicó Dietrich.

—Bueno, en realidad, lo que he dicho no es del todo preciso. Estoy más o menos seguro de que han asesinado a Kaspel. Alguien cortó el tubo de los frenos del coche. Creo que querían matarnos a los dos; pero, como puede ver, yo me he librado.

—¿En Obersalzberg? ¿Quién haría algo así?

—Sí, cuesta creerlo, ¿no? Que alguien aquí, en la montaña de Hitler, pudiera plantearse siquiera cometer un asesinato. Es increíble.

—¿Tiene idea de quién es esa persona, Herr comisario?

Negué con la cabeza.

—Todavía no. Pero lo descubriré. Mire, tiene que dar parte a los servicios adecuados para que recuperen el cadáver y el vehículo. Una ambulancia, supongo. Y un camión de bomberos. Aquello es un auténtico desastre, me temo, y no es apto para aprensivos. El coche ha quedado destrozado. Quizá un médico, no lo sé. Aunque seguro que no puede hacer nada. Y quizá más vale que informe al comandante Högl. Aunque no sé si es uno de esos oficiales a los que se puede despertar con una noticia importante o es mejor esperar hasta mañana.

Eso, usted sabrá, hijo. Pero por aquí me da la sensación de que las malas noticias siempre esperan hasta el día siguiente.

Miré por la ventana. Había una luz en la planta baja de la casa de Bormann y me pregunté si querría enterarse de la muerte de Kaspel y si me atrevería a importunar a un jefe adjunto del Estado Mayor a esas horas de la noche. Que se ocupe Högl, me dije; bastante tienes tú entre manos, Gunther. No podrás contárselo a Bormann sin verte obligado a informarle de tus progresos, que han sido decepcionantes, por no decir otra cosa. La única buena noticia que podrías darle a un hombre como Martin Bormann es que has atrapado al asesino. Todo lo demás sería excusarte por tu incompetencia. Además, siempre corres el peligro de incurrir en alguna salida de tono. No hay nada como ver a un hombre al que aprecias hecho pedazos para tomarte más libertades de las debidas con tus opiniones. Cosas así ocurrían a menudo en las trincheras. Así perdí mis primeros galones de sargento: le dije a un teniente estúpido que había conseguido que mataran a un par de hombres buenos.

—Dios bendito, qué noticia tan horrible. El capitán Kaspel era un hombre muy atento. Con una esposa muy simpática.

—La viuda me la puede dejar a mí —dije, y bostecé. El calor que hacía en el despacho del Türken me estaba dando sueño otra vez—. Cerciórese de que Högl lo sepa. Iré a notificárselo a la señora Kaspel a primera hora de la mañana, en cuanto haya dormido unas horas y haya desayunado algo.

Estaba a punto de irme cuando me fijé en el armero: todas las armas eran rifles estándares del ejército alemán —el Mauser Karabiner 98—, pero me llamó la atención uno con mira telescópica. Era un Mannlicher M95, del mismo tipo que la carabina utilizada para dispararle a Karl Flex. Lo cogí del armero, accioné el cerrojo e inspeccioné el cargador, que estaba lleno. El arma estaba bien cuidada, además, y en mejores condiciones que la carabina que encontré en Villa Bechstein. Para empezar, no estaba cubierta de hollín. Le di la vuelta e inspeccioné el cañón; estaba más sucio de lo que parecía a primera vista, pero no pude determinar si eso suponía que la hubieran disparado recientemente.

—¿Qué hace esto aquí? —indagué.

—Es el rifle del comandante Högl, señor —respondió Dietrich—. Lo usa para ir de caza.

—¿Qué caza aquí arriba?

—Nada dentro del Territorio del Führer ni el Landlerwald, como usted entenderá —insistió—. Nada excepto algún que otro gato local. Todo lo demás está prohibido. —El teniente sonrió incómodo, como si no lo aprobara—. Lo cierto es que al Führer no le gusta que haya gatos por el Berghof.

—Eso he oído.

—Matan los pájaros de los alrededores.

Asentí. El caso era que siempre me habían gustado los gatos e incluso admiraba su independencia. Que los nazis te pegaran un tiro por obedecer a tu naturaleza era la clase de dilema existencial con el que me resultaba fácil empatizar.

—¿Es el mismo rifle que el capitán Kaspel le dio al comandante? ¿El que pertenecía a un cazador furtivo?

Nada más preguntármelo, me planteé que a Kaspel no le habría pasado por alto allí, en el armero del Türken. Seguro que lo habría mencionado después de nuestra visita al colmenar.

—No lo sé, señor. ¿Quiere que se lo pregunte?

—No —respondí—. Ya lo haré yo.

Bajé a paso rápido hacia el Berghof y descubrí que en mi habitación hacía aún más frío que antes porque alguien había pasado por allí y dejado la puerta abierta de par en par. Le dejé un mensaje a Heydrich, recogí la libreta y, pensando que tenía que ir a algún sitio abrigado, volví de inmediato a Villa Bechstein, donde les encargué a los dos agentes de la RSD de guardia que enviaran el télex y que me despertaran a las ocho. Luego fui al piso de arriba. Alguien había tenido el detalle de dejarme una botella de schnapps en la cómoda, al lado de la Leica. Supongo que me brindó una bonita imagen; está bien tener unas cuantas instantáneas de un lugar grato donde se ha estado, aunque ese lugar esté en el fondo de un vaso.

36

ABRIL DE 1939

Me sorprendió que me despertaran, de manera bastante brusca, pensé yo, a las siete. Eran dos hombres con gruesos abrigos de cuero, las caras encendidas y una colonia que no hacía concesiones. Pertenecían a la Gestapo. Como es natural, supuse que habían venido directos a Obersalzberg con alguna noticia importante sobre el fotógrafo desaparecido, Johann Brandner, quien era oficialmente mi sospechoso principal en el asesinato de Flex. Pero enseguida quedó claro que me equivocaba. Uno de ellos ya registraba mi bolso y mi abrigo. Enseguida encontró mi arma, olisqueó el cañón y se la guardó en el bolsillo. El otro tenía algo bajo el brazo y llevaba unas gafas con montura de alambre plateado que parecían unas esposas, aunque bien podía haber sido cosa de mi imaginación.

—¿Brandner? No he oído nunca ese nombre —dijo el de las gafas.

—Vístase y acompáñenos —añadió el otro—. Rápido.

Bien, en otras circunstancias me habría mostrado dispuesto a cooperar con matones del gobierno como esos; pero al trabajar para Bormann y Heydrich se me había metido en la cabeza la loca idea de que tenía cosas más importantes que hacer que perder un tiempo valioso hablando con la Gestapo y contestando sus preguntas estúpidas. Seguro que la RSD acudiría en mi ayuda si se lo pedía.

—Díganme que no son tan idiotas como para intentar detenerme —les advertí.

—Cierre la boca y vístase.

—¿Está al tanto de esto el comandante Högl, de la RSD local?

—Esto es un asunto de la Gestapo.

—¿Qué me dicen del capitán Neumann?

Me levanté de la cama porque vi que, como todos los de la Gestapo, tenían ganas de golpear a alguien sin más dilación. Cogí el tubo de Pervitín y me eché una pastilla a la boca. Iba a necesitar toda la ayuda que pudiera conseguir.

—No he oído hablar nunca de ese tampoco.

—Hans-Hendrik Neumann. Es el ayudante del general Heydrich. En la actualidad trabaja desde el cuartel general de la Gestapo, en Salzburgo. Supongo que habrán oído hablar del general Heydrich, el director del SD y la Gestapo. Está en la segunda página del Anuario de la Policía Alemana y la Gestapo. Himmler está en la primera. Es un hombre más bien pequeño con gafas que se da un aire a un maestro de pueblo. Les aseguro que rodarán cabezas si se enteran de que dos camaradas pardillos como ustedes me han detenido. A ninguno de ellos le hace mucha gracia que nadie interfiera con el buen funcionamiento de la maquinaria nazi. Sobre todo, en Obersalzberg.

—No somos de Salzburgo. Y tenemos órdenes.

—Las órdenes son las órdenes.

—Eso es verdad —convine—. Y son la clase de lógica en la que unos ingenuos como ustedes pueden confiar. Pero con todo respeto, aquí eso no va a funcionar. No sé si funciona en ninguna parte.

Empecé a vestirme. Ya veía que su paciencia conmigo comenzaba a ser tan exigua como la sonrisa de Himmler.

—Si no son de Salzburgo, ¿de dónde son?

—De Linz.

—Pero eso está a más de cien kilómetros.

—Debe de haber leído algún libro de geografía. Y recibimos nuestras órdenes del Alto Mando de las SS y Führer de la Policía de Donau.

—¿Donau?

Pensé un momento mientras me ponía los pantalones, y entonces caí de pronto en la cuenta de quién los había enviado. Donau, cerca de Viena, era la principal jefatura de división de las SS Generales en Austria. Durante todo este tiempo había tratado de no interponerme entre las temibles bestias que eran Heydrich y Bormann y, sin darme cuenta, me había entrometido en una guerra intestina entre Heydrich y Kaltenbrunner. Corría mucho más peligro de lo que nunca había imaginado. Puesto que Heydrich quería que yo averiguara los trapos sucios de su rival de las SS austriacas, nunca se me había pasado por la cabeza que Kaltenbrunner intentara meterle un palo en las ruedas a Heydrich. Lo había infravalorado en exceso.

—Son hombres de Kaltenbrunner, ¿verdad?

—Ahora empieza a entenderlo, *piefke*.

—¿Vamos a ir a Linz ahora? ¿Ese es el plan? Porque si lo es, se ha metido en un buen lío, amigo mío. Y su redundante lógica proposicional no le servirá de nada cuando lo aten a un poste delante de un pelotón de fusilamiento de las SS.

—No tardará en averiguar adónde vamos. Y como lo oiga lanzar una sola amenaza más, mi puño se verá obligado a interferir con esa bocaza de sabelotodo que tiene.

—Mire, solo otra cosa. Estamos del mismo lado, a fin de cuentas. Me han enviado a investigar un asesinato en el Territorio del Führer. Como cortesía profesional, podrían al menos decirme de qué va todo esto y por qué creen que su misión es más importante que la mía.

—Alta traición. Y eso desde luego supera cualquier caso que esté investigando aquí, Gunther.

—¿Traición? —Me incorporé en la cama. Era más rápido que derrumbarme. Empecé a ponerme las botas antes de que perdieran la paciencia conmigo—. Me parece que han cometido un grave error, chicos. O alguien ha inducido a error a su jefe. Aquí no hay ninguna traición.

—Eso dicen todos.

—Sí, pero no todos responden directamente ante el general Heydrich. Yo sí, y va a asar sus riñones con mucho picante y a servirlos en tostadas.

Y entonces lo vi. El hombre de las gafas con montura de alambre tenía en la mano mi libreta como si fuera algo importante, la prueba principal de una investigación criminal. La misma libreta que había cogido de mi despacho en el Berghof unas horas antes y que había estado en mi mesilla de noche. Y entonces me di cuenta de que había algo en esa libreta de lo que yo no estaba al tanto. Algo que había escrito allí otra persona, quizá. Algo incriminatorio que podía hacer que mi cuello fuera a parar bajo el hacha del verdugo. Supuse que la de Linz estaría igual de afilada que la de Berlín. Y había visto a suficientes hombres con la cabeza olisqueando sus propios pies como para saber que no me haría ninguna gracia. Gracias a los nazis, la justicia moderna era más rápida que un telegrama del Reichspost, sin apenas tiempo para ejercer la defensa, si es que la había. Una vez estuviera en Linz, quizá me ejecutaran horas después de mi llegada. Me habían medido con ese fin igual que la hipotenusa de Platón. Los dos hombres enviados para detenerme estaban más allá de toda lógica; dudaba de que Immanuel Kant hubiera sido capaz de hacer mella en su capacidad para la ignorancia pura y la incredulidad categórica. No se lo podía reprochar. Ernst Kaltenbrunner bien podría ser tan aterrador para ellos como Heydrich para mí. A decir de todos, con toda seguridad era más feo.

—De acuerdo. —Me levanté y me puse la chaqueta del traje—. No digan que no se lo advertí.

El que se había quedado mi pistola sacó unas esposas y se dispuso a ponérmelas. En cambio, cogí la Leica de la cómoda.

—No les importará si llevo la cámara, ¿verdad? Es que no he estado nunca en Linz. Es la ciudad natal de Hitler, ¿verdad? Tengo entendido que es muy bonita. Cuando se haya aclarado este malentendido, quizá echemos un vistazo a las fotos y nos riamos un rato.

—Deje la puta cámara y traiga las manos aquí o de lo contrario le daré un buen puñetazo, Gunther.

—¿Y usted? ¿Nunca le ha dicho nadie que tiene una cara de esas que la cámara simplemente adora? ¿No?

Apoyé la cámara encima de la cómoda, pero no la solté. Intentaba que el de las gafas se acercara un paso para poder fotografiarlo. No es que se me diera muy bien la fotografía. De algún modo, nunca he asimilado la idea de que hay que situar el rostro del sujeto en el objetivo y no estamparlo contra él, violentamente y a gran velocidad. La Leica, hecha de acero troquelado, era una cámara pequeña que produce una pequeña imagen negativa salvo cuando se golpea con ella dos veces, bien fuerte, la nariz de un hombre, porque entonces el negativo que provoca es mucho mayor y con más colorido, aunque me parece que había un exceso de rojo en la imagen. Noté cómo se le aplastaba la nariz al segundo golpe igual que un huevo duro. El hombre de la Gestapo aulló de dolor, se cogió con las manos la nariz ensangrentada y cayó al suelo como si hubiera recibido un disparo en la cara. Tuve tiempo suficiente para dar medio paso atrás, y mejor así, porque el otro me lanzó un puñetazo a la barbilla que me habría derribado igual que una chimenea vieja de haberme alcanzado de lleno. Le agarré la gruesa muñeca y aproveché el impulso del peso de su cuerpo para empujarlo contra la cómoda. Luego le golpeé de manera reiterada en la coronilla con el espejo giratorio, que quedó hecho pedazos. Eso le deparó peor suerte que a mí, ya que me dio la oportunidad de coger un fragmento afilado y clavárselo en el cuello con la mano izquierda. Me corté, pero en aquel momento me pareció más importante ganar la pelea, tan rápido como fuera posible. Eso es lo único que importa en cualquier pelea. No lo había matado, ni siquiera le había cortado la yugular. Sin embargo, el tipo tenía un trozo de cristal mellado clavado en el cuello, de modo que reconoció su derrota y se sentó temblando en el suelo. Mientras, se sujetaba el cuello y el pedazo de espejo que ahora formaba un ángulo recto con aquel igual que un cuello de camisa rebelde. El otro hombre seguía aullando y sujetándose la nariz y, sin otra buena razón que el miedo a lo que me habrían hecho en alguna celda de la Gestapo austriaca, le di una afectuosa palmada en la cabeza. Respiré hondo, recuperé mi pistola del bolsillo del hombre al que había apuñalado, y les cogí las armas. Accioné la corredera de la Walther y le rocé la oreja al hombre que no dejaba de gritar.

—Como vuelvan a darme problemas, los mataré yo mismo.

Cogí un pañuelo, me vendé la mano y luego recogí la libreta del suelo, junto al hombre del cuello de cristal.

No había tomado muchas notas desde mi llegada a Obersalzberg, por lo que me resultó fácil ver qué les había llamado la atención: la caricatura de Adolf Hitler guardaba un gran parecido con él, y su obscenidad era encomiable. Hitler con una polla tiesa que habría enorgullecido a una estatua hermafrodita. Y de haber estado en cualquier otra parte que no fuera una libreta con mi nombre —una vieja costumbre del instituto de bachillerato—, quizá me habría parecido graciosa. Pero caricaturas menos desleales del amado Führer habían enviado de manera prematura a hombres mejores que yo al encuentro de la muerte. En el *Völkischer Beobachter* aparecían artículos de alemanes tan imprudentes como para hacer chistes sobre Hitler. Quizá guardara cierto parecido con Charlie Chaplin, pero el sentido del humor transnacional no venía incluido con el bigotito ridículo, los ademanes cómicos y los ojos tristes. Arranqué la hoja ofensiva, la arrugué hasta hacer una bola y la tiré entre las brasas de la chimenea. Parecía evidente que la persona que había dibujado la caricatura también había telefoneado a la Gestapo de Linz a sabiendas de que el ayudante de Heydrich, Neumann, estaba en esos momentos acuartelado en la ciudad cercana de Salzburgo y a la espera de mi llamada. Tal vez fuera la misma persona que había manipulado los frenos del coche de Kaspel.

—Puede quedarse ahí sentado y esperar a que venga el enterrador —dije—. O un médico. Usted elige, Fritz. Pero quiero saber quién informó de esto a Linz.

Al hombre le costaba tragar saliva y respondió con la respiración entrecortada.

—Recibimos órdenes directas de Donau —contestó—. Del general Kaltenbrunner en persona. Nos dijo que, según un informante, lo habían visto hacer un dibujo difamatorio del Führer y teníamos que arrestarlo por alta traición.

—¿Dijo quién era ese informante?

—No. Y no debíamos permitirle alegar nada en su defensa. La Gestapo de Linz había sido escogida para cumplir esta misión porque tiene usted demasiados amigos en Salzburgo y Múnich que seguramente harían la vista gorda.

—Y entonces, ¿qué iban a hacer?

—Teníamos que librarnos de usted durante el regreso a Linz. Pegarle un tiro en la cabeza y dejarlo en una zanja en alguna parte. Por favor. Necesito un médico.

—Creo que lo necesitamos los dos, Fritz.

Fui en busca de los dos hombres de la RSD que estaban en Villa Bechstein como escolta de Rudolf Hess. Jugaban al ajedrez delante de la chimenea del salón y se pusieron en pie de un brinco en cuanto vieron que me sangraba la mano.

—Esos dos hombres que han venido hace unos minutos —dije—. Quiero que los arresten y los encierren en los calabozos de los sótanos del Türken. Ahora mismo están arriba, sangrando en mi habitación. Más vale que llamen a un médico también. Voy a necesitar unos puntos de sutura en esta mano.

—¿Qué ha ocurrido, señor? —preguntó uno.

—Les he dicho que los arresten —repuse a voz en grito—. No que me pidan una lección de historia. —La poción mágica había empezado a surtir efecto otra vez. Era curioso cómo te hacía sentir impaciente e intolerante e incluso un poco sobrehumano: como un nazi, supongo—. Déjenme que se lo explique bien. Estos dos payasos han intentado interferir con una investigación policial y la autoridad de Martin Bormann. Por eso quiero que los encierren. —Ya había visto sangre suficiente para una noche y me ponía furioso que parte de esa sangre fuera mía—. Miren, más vale que llamen al comandante Högl. Ya sería hora de que haga algo aquí aparte de peinarse y sacar brillo a su insignia del Partido. Y voy a tener que enviarle otro télex al general Heydrich a Berlín.

Winkelhof, el mayordomo de la villa, apareció para ver a qué venía tanto revuelo. Tranquilamente y sin queja alguna, se ocupó de todo, incluso de darme unos puntos de sutura en la mano. Resultó que había sido auxiliar médico durante la guerra, y tuve que hacer el esfuerzo de recordar que él también figuraba en la lista de los vecinos descontentos y desposeídos de Obsersalzberg que Karl Schenk había elaborado por orden mía. Este caso lo tenía todo, me dije: locura, alienación, ansiedad existencial y un gran número de sospechosos tanto probables como improbables. Si hubiera sido un alemán muy inteligente de esos que saben la diferencia entre los hijos de Zeus, la Razón y el Caos, quizá habría sido lo bastante idiota como para creer que podía escribir un libro acerca de él.

37

ABRIL DE 1939

Tomé un desayuno insípido en el Berghof. A solas. Me daba pavor ir a ver a Anni Kaspel y decirle a la pobre mujer que su marido, Hermann, había muerto. Me pregunté por qué había sido tan tonto como para decirle al joven teniente con granos del Türken que me ofrecía voluntario para un deber tan ingrato. Tampoco había estado mucho tiempo con Kaspel. Y solo cuando el comandante Högl y el arenque frío que pasaba por su personalidad se reunieron conmigo en el comedor recordé por qué había dicho que me encargaría de ello. Era como desayunar con Conrad Veidt. Después de unos momentos de tensión, Högl confesó, con engreimiento, que ya había ido al domicilio de Kaspel en Buchenhohe para darle la noticia a la viuda. Al oírlo me estremecí y procuré disimular mi irritación con él, que tuvo al menos la perspicacia suficiente para notarlo.

—Mire, en tanto que oficial superior de Kaspel, era deber mío darle la mala noticia, no suyo —dijo—. Además, es evidente por qué le dijo al teniente Dietrich que quería hacerlo usted en persona.

—Ah, ¿sí?

Los labios como anguilas de Högl se retorcieron en su largo rostro de enterrador bávaro hasta convertirse en la imitación sarcástica de una sonrisa. Ahora sí que se parecía a Conrad Veidt en *El hombre que ríe*.

—Anni Kaspel es una mujer muy atractiva. Todo el mundo reconoce que es la mujer más hermosa de Obersalzberg. Sin duda pensó que podría congraciarse con ella y ofrecerle un oportuno hombro sobre el que llorar. Ustedes los berlineses carecen por completo de escrúpulos y les sobra confianza en sí mismos, ¿verdad?

Dejé pasar el comentario y, por un momento, desvié mis pensamientos del atroz insulto preguntándome quién de entre los que tenían acceso al Berghof podía ser también un artista secreto con talento suficiente para hacer una caricatura tan lograda de Hitler en mi libreta. Me pareció una reacción más considerada a lo que acababa de decir Högl que agarrarlo por el pelo moreno y repeinado de su cabeza del Greco y machacarle la nariz huesuda contra la mesa del desayuno. Aunque eso por lo menos tal vez me habría ayudado a captar la atención del camarero para que me trajese otra cafetera. Pero después de dejar malheridos a dos hombres de la Gestapo, no tenía prisa por ganarme la reputación de ser violento, aunque con toda probabilidad me la merecía.

—¿Cómo lo ha encajado?

—¿Cómo cree usted? No muy bien. Pero no se engañe pensando que, si se lo hubiera dicho usted, la pobre mujer se sentiría ahora mejor. Su marido está muerto y no hay quien dore esa píldora.

—No, supongo que no.

Högl se sirvió una taza de café tibio y removió un poco de leche con una cucharilla que llevaba un monograma. De no ser porque acababa de tomar yo ese mismo café, habría pensado que ojalá estuviese envenenado.

—Además —continuó—, aquí en Obersalzberg somos una comunidad muy unida. No nos gustan mucho los forasteros y preferimos encargarnos de cosas así en privado, entre nosotros.

—¿Cosas como asesinar a Hermann Kaspel, quiere decir? ¿O informar a la Gestapo de Linz de que supuestamente yo había difamado al Führer? Sí, ya veo lo unidos que están.

—Tengo que decirle, comisario Gunther, que este asunto me parece una fantasía. ¿Cortarle los frenos a alguien? Nunca había oído tal cosa. No, es impensable.

—Y supongo que el doctor Flex recibió un disparo por accidente.

—Para serle sincero, aún no estoy convencido de que no fuera así. Aún no he visto pruebas fehacientes de que fuera asesinado. En mi humilde opinión, lo más seguro es que muriera de resultas del disparo perdido de algún cazador descuidado. Un furtivo, con toda probabilidad. A pesar de nuestros esfuerzos, todavía hay unos cuantos por aquí.

—¿Qué me dice del rifle hallado en la chimenea de Villa Bechstein? Supongo que lo dejó allí Pedro Melenas, ¿no?

—No hay manera de saber cuánto tiempo llevaba allí. Desde luego estaba muy sucio de polvo. Además, no hay prueba de la intención. Podrían haber intentado esconder el rifle tanto un cazador furtivo como un asesino. Los castigos por cazar sin permiso son severos.

Ya estaba lamentando no haberle golpeado a Högl la cabeza contra la mesa del desayuno. Tal vez le habría metido en la mollera un poco de sentido común. El tipo tenía la capacidad investigadora de una planta artificial.

—Por cierto, comandante, quería preguntarle una cosa. Ese rifle suyo que hay en el Türken Inn. La carabina Mannlicher con mira telescópica. ¿Era el mismo rifle que le dio Hermann Kaspel, el que se encontró en el Landlerwald.

—No sabría decírselo, la verdad. Supongo que debía de serlo.

—Hermann dijo que en su opinión era el rifle de un cazador furtivo. Porque estaba equipado con un silenciador confeccionado con un filtro de aceite. Igual que el que encontré en la chimenea de Villa Bechstein.

—Me temo que no puedo ayudarlo en eso. No recuerdo que el rifle llevara un silenciador confeccionado con un filtro de aceite cuando me lo dio. Pero ¿qué importancia tiene?

—La persona que equipó su rifle con silenciador bien podría haber hecho lo mismo con el arma del asesino. Podría ser una prueba importante.

—Si usted lo dice.

Sonreí con paciencia.

—Sé que fue usted poli, comandante. De la policía de Baviera. Eso pone en su expediente. Pero me pregunto por qué no ve que esto podría ser importante. Quizá sea una suerte para el Führer que su superior, Martin Bormann, no piense lo mismo.

—Por ahora —me advirtió Högl—. No confiaría en que vaya a seguir pensando así siempre.

—Cualquiera diría que tiene algo que esconder, comandante.

—Quizá sospecha que fui yo quien disparó contra Flex, ¿no es eso? Y que hice lo que asegura usted que hicieron con los frenos del pobre Hermann.

Fue entonces —muy tarde, quizá— cuando recordé lo que me había dicho Udo Ambros, el ayudante de caza del Landlerwald: que Peter Högl había estado en el Decimosexto de Infantería de Baviera con Adolf Hitler. En tanto que antiguo suboficial de Hitler, era mucho más poderoso de lo que parecía.

—No, claro que no sospecho de usted, señor —repliqué, desdiciéndome por completo. No me costaba ningún esfuerzo imaginarlo diciéndole a Hitler que quería que me detuvieran y me metieran en la cárcel lo antes posible, y que Hitler accediera—. Estoy seguro de que su principal preocupación, como la mía, es la seguridad del Führer. Pero el hecho es que cortaron los frenos. Y un hombre murió a causa de ello. Mi ayudante, Friedrich Korsch, fue mecánico. Confirmará lo que he dicho.

—Seguro que sí. Los berlineses acostumbran a ayudarse entre sí, ¿verdad? Pero en mi opinión es más evidente que Kaspel perdió el control del vehículo. Estas carreteras pueden ser traicioneras. Por eso se ha puesto tanto empeño en ensancharlas; así serán más seguras. No solo eso, sino que casi era adicto a la metanfetamina. Un accidente así se veía venir.

—Lo más traicionero no son las carreteras, comandante Högl. Me temo que es alguien de esta comunidad. Ojalá no fuera así, pero no veo otra alternativa.

—Tonterías. No tengo empacho en reconocer, Gunther, que tampoco doy mucho crédito a la otra mitad de su historia. Esa idea de que alguien dibujó una caricatura del Führer en su libreta. Es ridículo.

—¿Y fui yo quien informó a la Gestapo de Linz de que era culpable de alta traición? ¿Se refiere a eso?

—Quizá podría enseñarme el dibujo ofensivo. Así podría juzgar por mí mismo.

—Lo quemé.

—¿Puedo preguntarle por qué?

—Pensaba que era obvio. No tengo ganas de que me empapelen por segunda vez.

—¿Que lo empapele quién?

—La Gestapo, claro. Tienen la costumbre de defenestrar primero y preguntar después.

—Sin la prueba de la caricatura ofensiva, su historia es muy difícil de corroborar, ¿no cree?

—Mi historia no necesita corroboración, comandante. Soy un oficial superior de policía que investiga un crimen a petición de Martin Bormann. Me enorgullezco de que me hicieran venir porque creían necesario que interviniera un investigador de verdad.

Sentí deseos de añadir: «Y empiezo a ver por qué», pero me las apañé para contenerme. Procuraba mantenerme alejado de los insultos y el desdén de Högl, pero siempre venían tras de mí para ofrecerme más de lo mismo.

—Sí, me alegra que lo mencione, comisario Gunther. ¿Quiere saber mi opinión?

—Desde luego, señor —respondí con paciencia—. Dos cabezas son mejor que una, ¿verdad?

—Me da en la nariz que toda esta historia ha sido una invención suya para desviar la atención de su evidente fracaso a la hora de resolver este asunto con rapidez.

—Lo único que se ha inventado aquí son pruebas, comandante. Pruebas que podrían llevarme bajo el hacha del verdugo en Linz. El caso es que, esta misma noche, mientras estaba en otra parte, alguien ha entrado en la habitación que ocupo en el Berghof y hecho un dibujo difamatorio del Führer en mi libreta. Habría cerrado la puerta de mi cuarto de no ser porque no hay cerraduras ni llaves.

—¿Por qué iba a hacer nadie tal cosa?

—Sin duda, quien ha dibujado la caricatura la quería como plan alternativo por si yo escapaba del accidente de tráfico que ha acabado con la vida de Kaspel. Alguien en Obersalzberg o Berchtesgaden quiere verme muerto, y pronto. Aunque requiera la ayuda de Kaltenbrunner y la Gestapo austriaca.

Como es natural, la lista de sospechosos de ser el artista secreto era nutrida: Zander, Brandt, Schenk, Rattenhuber, Arthur Kannenberg, Peter Högl, claro, hasta Gerdy Troost, y más o menos todos los demás, incluido Martin Bormann. No confiaba en ninguno de ellos, aunque era más difícil imaginar que Gerdy Troost se metiese debajo de un coche para cortar unos cables de freno, o supiese siquiera lo que eran. No con los zapatos y las medias que llevaba.

—¿De verdad sugiere que alguien con acceso al Berghof, uno de los miembros del círculo íntimo del Führer, sería capaz de hacer tal cosa?

—Eso es exactamente lo que sugiero, sí. Pregúntele a Bormann. Antes dirigía el Cuerpo Automovilístico Nacionalsocialista, ¿no? Apuesto a que sabe lo suyo sobre coches.

—Está usted paranoico, comisario, nada más.

—¿Quién está paranoico? —terció otra voz—. No tenemos por qué hablar así. Somos alemanes, caballeros. No usamos palabras judías como «paranoico».

Johann Rattenhuber, *SS-Standartenführer* y superior de Högl, se sumó a nosotros en la mesa del desayuno del Berghof acompañado de un intenso olor a tabaco. Más o menos de la misma edad que su subordinado, Rattenhuber era un hombre fornido y de aire más alegre con voz de cervecería, cara rubicunda y ademanes propios del Oktoberfest. No me cupo duda de que sus puños de carnicero solían entrar en acción en nombre del Führer. Seguro que abría agujeros en cubos de hierro fundido para mantenerlos en forma. Él también era policía bávaro de profesión, aunque resultaba mucho más evidente que en el caso de Peter Högl. Incluso sin ayuda de nadie constituía un guardaespaldas formidable, y solo con mirarlo supuse que podría haber protegido a las Sabinas de todo un camión de soldados romanos cachondos con un brazo atado a su ancha espalda.

—El comisario estaba a punto de explicar por qué cree que yo podría haberle disparado a Karl —dijo Högl.

—Tonterías, no iba a hacer nada semejante —repuso Rattenhuber—. ¿Verdad que no, Gunther?

—Lo cierto es que no, señor. Ni por asomo. El comandante y yo teníamos una fructífera charla sobre el caso.

Y entonces, como si no hubiera nada más que decir al respecto, Rattenhuber abordó directamente el asunto de Hermann Kaspel, cosa que le agradecí. Hablar con Högl era como jugar al ajedrez con una serpiente. Tenía la sensación de que en cualquier momento podía escurrirse por el tablero y zamparse mi rey.

—El accidente de Hermann es una noticia horrible —dijo Rattenhuber—. Era un excelente oficial. —Miró a Högl—. ¿Lo sabe Anni?

—Sí, señor. Se lo he dicho yo mismo —repuso Högl.

—Bien. Debe de haberle resultado duro, Peter. Es duro para todos nosotros.

—Y es una auténtica pérdida para la RSD. Me he llevado un gran disgusto al enterarme.

—Yo también —dije—. Sobre todo, cuando descubrí que no había sido un accidente.

Le expliqué lo de los cables cortados de los frenos. Mientras lo hacía, Rattenhuber asintió con la cabeza coronada por su pelo gris acero cortado al rape. Parecía una maza medieval, y probablemente era igual de dura. Hizo un ruido parecido al del papel de esmeril cuando se la rascó con aire pensativo.

—Otro asesinato, dice usted. Pero esto es horrible. Bormann se pondrá hecho una furia cuando se lo diga.

Esperé a que Högl me contradijera, pero, para sorpresa mía, el comandante guardó silencio.

—Es evidente que alguien deseaba su muerte, comisario —dijo Rattenhuber—. La suya, no la de Hermann Kaspel. Era muy apreciado aquí en Obersalzberg, y espero que me perdone por decírselo, pero usted no lo es, en virtud de quien es y de lo que está haciendo.

—Estoy acostumbrado.

—Seguro que sí. Pero mire, debe de estar a punto de descubrir al asesino. Solo eso puede explicar lo que ha ocurrido, ¿no cree? Por supuesto, queda descartado informar al Führer de esto. Bueno, lo que le ha ocurrido al pobre capitán Kaspel. Al menos, hasta que el criminal esté detenido y haya pasado el peligro. No es conveniente que Hitler se haga la idea de que sus vehículos son tan poco seguros como la terraza. ¿No cree usted, Herr comisario?

—Creo que sería aconsejable, coronel.

—Por cierto, son para usted.

Rattenhuber me entregó varios telegramas que me guardé para luego. Pero Rattenhuber no iba a tolerarlo.

—Bueno, ¿no va a leerlos? —preguntó Rattenhuber en tono de exigencia—. Maldita sea, hombre, son telegramas, no cartas de amor. No puede haber secretos entre aquellos para quienes la seguridad y el bienestar del Führer son lo más importante. Sobre todo, cuando falta tan poco para su llegada. Estará aquí en menos de cinco días.

No iba a discutir tal cosa, y menos con el jefe de la RSD. Así que los abrí y los leí, ofreciendo una descripción de cada telegrama para mantener los buenos modos.

—Este es de la Gestapo de Salzburgo. No se ha visto a Johann Brandner, mi principal sospechoso, en la dirección en la que vive desde antes de que asesinaran a Flex. Es un tirador experto y un vecino de la zona con motivos para guardar rencor, por lo que ya puede ver por qué tengo interés en él. La Gestapo no ha sabido darme razón de su paradero. Por lo menos, eso dicen. No parecen dispuestos a ayudarme a buscarlo. Quizá Kaltenbrunner...

—Kurt Christmann está al mando de la Gestapo de Salzburgo —señaló Rattenhuber—. Es un viejo amigo mío. Así que al cuerno con Kaltenbrunner. Lo telefonearé esta misma mañana y le explicaré lo urgente que es encontrar a ese hombre.

Abrí otro telegrama.

—Mi ayudante, Friedrich Korsch, ha seguido el rastro de los hermanos Krauss hasta el campo de concentración de Dachau.

—¿Los hermanos Krauss? ¿Y esos quiénes son?

—También son sospechosos —mentí—. Por lo menos lo eran. Antes de Dachau, parece ser que estaban encerrados en la cárcel de Stadelheim, y por lo tanto es imposible que tuvieran nada que ver con el asesinato de Flex. —Me apresuré a abrir otro telegrama y leí en diagonal el contenido—. Pero este trae mejores noticias. Han seguido la pista del número de serie de la carabina Mannlicher que se usó para dispararle a Flex. La que encontré en el interior de la chimenea de Villa Bechstein. Resulta que el rifle le fue vendido a Herr Udo Ambros.

—Conozco ese nombre —dijo Rattenhuber.

—El ayudante de caza —señalé—. En el Landlerwald.

—El hombre de Geiger. Sí, claro.

—Lo interrogué ayer. —Ahora hablaba con cautela. Lo último que quería era que la RSD detuviera a Ambros y le arrancaran a golpes una confesión en los calabozos de los sótanos del Türken. La gente suele decir cualquier cosa cuando es huésped de la Gestapo. Si iba a trincar a alguien, quería cerciorarme de que la persona detenida hubiera disparado contra Karl Flex y lo hubiera matado. Además, no alcanzaba a entender cómo Ambros tuvo acceso al Berghof, condición necesaria para dibujar la caricatura obscena de Hitler de mi libreta. Como mínimo, tenía que haber contado con un cómplice. Quizá con más de uno—. Creo que es hora de que vuelva a interrogarlo.

Abrí el último telegrama y le eché un vistazo rápido. Heydrich le había ordenado a su ayudante que se reuniera conmigo en la montaña de Hitler. Para protegerme, aseguraba. Después de la visita de la Gestapo de Linz, tendría que haberme alegrado.

—Iremos con usted. Quizá le seamos de ayuda.

—Preferiría que no lo hicieran, señor. Al menos, por el momento. Más vale que no lo asustemos y confiese algo que igual no ha hecho. Cuando llegue el Führer, no quiero que quepa la menor duda de que hemos detenido al hombre correcto.

—Pero ese es su rifle, ¿no? —preguntó Rattenhuber.

—Lo es, pero de todos modos, antes de detenerlo prefiero oír su versión de por qué el rifle ya no está en su poder. Podría tener una explicación razonable.

En realidad, no lo creía probable, pero quería ocuparme yo mismo de Ambros. Rattenhuber dijo que su oficina en el Türken me facilitaría la dirección del sujeto. Para ser bávaro y nazi, no era tan mal tipo. Aun así parecía mosquearlo un poco que lo dejara atrás.

—Muy bien, Herr comisario.

—Por cierto, señor. Puesto que el capitán Kaspel ha muerto y mi ayudante está ahora mismo en Múnich, el capitán Neumann va a reunirse conmigo aquí en Obersalzberg. El general Heydrich considera que su ayudante puede echarme una mano en esta investigación. Quizá tendría usted la gentileza de informar al jefe adjunto del Estado Mayor Bormann.

—Como usted desee, comisario. El investigador es usted.

Asentí agradecido, pero lo cierto era que tenía dudas al respecto. Después de lo que había ocurrido durante la noche, me asaltaba la sensación de que cada vez que dejaba de moverme una mano incorpórea marcaba un poquito más fuerte con tiza una gruesa línea blanca alrededor de mi cuerpo aún aquejado de convulsiones, igual que un cadáver descubierto en el suelo del palacio durante la cena de Baltasar. Empeñado en descubrir los secretos de la montaña de Hitler, prácticamente estaba pidiendo a gritos que me asesinaran. Alguien había corrido riesgos considerables para intentar matarme. Dos veces. Lo más probable era que lo intentaran de nuevo. Y era una lástima que el hombre enviado por Heydrich para protegerme estuviera más que dispuesto, si su jefe se lo ordenaba, a pegarme un tiro sin vacilar un instante. Con los nazis, solo se podía confiar en que no se podía confiar en ellos. En ninguno. Nunca.

38

OCTUBRE DE 1956

Dos horas después, en un pueblucho llamado Puttelange-aux-Lacs, me percaté de la magnitud de mi estupidez y las consecuencias de confiar en un sacerdote católico. La policía estaba en el cruce situado al otro lado de un puentecillo y fue una suerte que los viera antes. Las luces azules centelleantes ayudaron. Para el caso, podrían haber levantado un cartel de neón rojo. No me quedó más remedio que desviarme de la Rue de Nancy montado en la bicicleta, retirar el bolso del portaequipaje y dejar el vehículo al otro lado de una puerta oxidada y abandonada entre dos redundantes postes de ladrillo a la entrada de un descampado vacío, como los últimos dientes de la boca cariada de un vagabundo. Una vez convencido de que la bici no se veía desde la carretera, crucé un campo que no estaba cercado en dirección opuesta. Mientras tanto, me deshice de la medalla de guerra, las gafas y la boina. Albergaba la intención de acercarme a la carretera general a Sarreguemines y, justo después, a la antigua frontera alemana, desde una dirección menos vigilada. Pero no tardé en comprobar que no iba a ser posible. La carretera que atravesaba el centro de la ciudad estaba llena de coches de policía. Se me hizo evidente que el cura de Saint Hippolyte me había delatado cuando lo vi sentado en uno de los vehículos con un cigarrillo en la boca, riendo un chiste con los gendarmes. Pues vaya con el juramento que había hecho sobre la Biblia, pensé, y llegué a la conclusión de que debía de ser uno de esos católicos casuistas para los que la razón es una manera de explicar el mundo a su propia conveniencia en lugar de una sencilla aptitud para buscarle el sentido a las cosas. Lo que viene a ser la mayoría de ellos, claro. No me vio dar media vuelta y dirigirme al sudeste, en dirección opuesta, hacia Estrasburgo, aunque casi me sentí tentado de volver a Bérig-Vintrange y quemar su iglesia como habría hecho un auténtico hombre de las SS. En cambio, tardé unos minutos en alcanzar las afueras de la población y me escondí en la trasera de una vieja furgoneta azul sin ruedas abandonada en el sendero de acceso a una casa deshabitada, que estaba cubierto de malas hierbas. Esperaría el anochecer, cuando supuse que tendría mejor ocasión de desplazarme pasando inadvertido. En el suelo había paja que olía muy fuerte y detrás de las puertas cerradas de la furgoneta por fin conseguí calmarme un poco. A la policía le habría resultado fácil rodearme, pero, curiosamente, no me preocupaba mi situación. Siempre y cuando permaneciera en silencio y no fumara, nadie salvo los ratones sabría que me ocultaba allí. Pensé que podría eludir fácilmente a la policía una vez oscureciera —con un poco de suerte seguirían buscando a un hombre con boina en bicicleta— y reemprender el camino hacia el Sarre. Calculé que estaba a unos treinta kilómetros de la antigua frontera. Como es natural, ahora que iba a pie tardaría aún más en llegar hasta allí, pero estar sentado en la trasera de una vieja furgoneta me llevó a preguntarme si tal vez podría encontrar sitio en otra camioneta, o un camión, que fuera en dirección noreste hasta Alemania. Decidí intentarlo.

Me las arreglé para dormir dos o tres horas. Cuando desperté, frío y rígido como si ya me encontrara en mi tumba anónima, me sacudí con cuidado la paja de la ropa, encendí un cigarrillo para ahuyentar los retorcijones de hambre, me guardé el arma y, dejando allí el bolso —no haría más que llamar la atención sobre el hecho de que viajaba a alguna parte—, regresé a la ciudad, donde encontré menos policía. Avancé a paso lento por la carretera general, que también era la carretera a Freyming-Merlebach, otra población fronteriza alsaciana, y me planteé el número cada vez más reducido de opciones que tenía ahora a mi alcance. Me estaba quedando rápidamente sin ideas para llamar la atención lo menos posible y, convencido de que los fugitivos rara vez se emborrachan, y que los borrachos de verdad nunca parecen tener prisa, entré en una bodega situada enfrente del ayuntamiento local y compré una botella barata de vino tinto de Borgoña. Además de la apariencia que me daba tener una botella abierta en la mano, como un auténtico *clochard*, el efecto del vino fue bueno para mis nervios crispados y, tras varios tragos, casi empecé a ser capaz de verle el lado cómico al asunto. Me da la impresión de que en realidad la gente no bebe para escapar de su existencia sino para verle el lado gracioso. La mía empezaba a parecerse a una de esas deliciosas películas protagonizadas por Jacques Tati. La idea de que la Stasi —los auténticos herederos de la Gestapo— se sirviera de la policía francesa para hacerle el trabajo sucio se me antojó una repetición histórica en el sentido marxista, es decir, primero como tragedia y luego como farsa. Así pues, con la botella de vino en la mano, seguí caminando más o menos en dirección al norte con la intención de apretar el paso en cuanto saliera de la ciudad. Delante de la comisaría fingí permanecer allí indeciso, como si no tuviera ningún sitio en concreto adonde ir, e incluso brindé a la salud de los dos gendarmes con pitillos en la boca que no parecían mostrar interés por nada aparte del humo de su tabaco y alguna chica bonita.

—¿A qué viene tanto revuelo? —pregunté. Esperaba que no pudieran verme los ojos enrojecidos bajo la luz menguante.

—Buscamos a un asesino fugitivo —respondió uno.

—Hay muchos por ahí —comenté—. Después de la guerra que pasamos, sería de esperar que hubiera menos asesinatos, pero no parece que sea así. La vida humana sale barata después de lo que hicieron los alemanes.

—El que buscamos es alemán.

Escupí y luego eché un trago de la botella.

—No me extraña. La mayoría de los nazis se fueron de rositas, ya lo saben.

Seguí caminando hasta llegar a la esquina de la siguiente calle donde un policía joven con una colonia bastante fuerte que reconocí como Pino Silvestre hacía girar una porra. Me miró con absoluta indiferencia cuando seguí poco a poco carretera adelante hacia lo que parecía un parque público, pero en el último momento soltó un grito y yo di media vuelta y me quedé mirándolo con insolencia antes de llevarme la botella a los labios.

—¿Va al parque? —preguntó.

—Estaba pensándomelo.

—Con la botella no; nada de eso. No se puede beber en el parque.

Asentí sin mucho entusiasmo y regresé hacia la carretera general, como si hubiera cambiado de opinión sobre lo del parque. Cuando volví a pasar por delante del poli, dijo:

—Si vive por aquí, tendría que saberlo.

Brindé por él con la botella en plan sarcástico, pero, por supuesto, un borracho de verdad habría discutido con el poli y le habría dicho dónde podía meterse la porra. Yo, en cambio, no dije nada y, quizá con demasiada docilidad, seguí mi camino vacilante.

—¿De dónde es, por cierto? —preguntó—. Me parece que no le he visto nunca por aquí.

—De Bérig-Vintrange —respondí, y eché a andar de nuevo. No fue una buena elección, y si me hubiera acordado de alguna de las otras poblaciones más cercanas que había cruzado en bicicleta por el camino a Puttelange-aux-Lacs, sin duda la habría mencionado.

—Ha perdido el último autobús —dijo.

—Es la historia de mi vida. —Lancé un hipido sin volverme.

—Si lo pillo durmiendo en la calle, lo detengo —me advirtió.

—No me pillará —repliqué—. Voy a volver a casa caminando.

—Pero son veinte kilómetros. Tardará por lo menos cuatro horas.

—Entonces, llegaré a casa antes de medianoche.

Pasaron unos segundos y, justo cuando pensaba que me había salido con la mía, el joven poli me volvió a gritar. Supuse que iba a pedirme el carné de identidad y salí corriendo. Estaba más en forma de lo que había estado en mucho tiempo. Los paseos en bicicleta y el aire fresco me habían sentado bien, y me sorprendió positivamente ver que podía correr tan rápido. Como es natural, podía ser el efecto del vino, que lancé por encima de una verja al jardín de alguien mientras iba a la carrera por un sendero estrecho, saltaba una cancela de madera hasta un patio y continuaba por un caminito de ceniza igual que un caballo desbocado. Luego me desvié de súbito hacia la derecha y entré en el pequeño cementerio en la parte de atrás de la iglesia local. Oí al poli gritar otra vez y me agazapé detrás de una de las lápidas más grandes para orientarme y recuperar el aliento. Alcancé a oír más gritos a lo lejos y un silbato y ruido de motores que se ponían en marcha, y supe que apenas tardarían unos minutos en atraparme. Corrí hasta la Rue Mozart y doblé a la derecha por la carretera de

Sarreguemines, que me venía muy bien. A lo lejos atiné a ver un bosquecillo y pensé que, si conseguía alcanzarlo a tiempo, me escondería entre la maleza, como un zorro astuto, y dejaría que los cazadores pasaran de largo. Después de un minuto de correr a toda velocidad, llegué a los árboles. Menos mal, porque ya oía el estruendo de las sirenas de policía que se acercaban. Para protegerme la cara me metí de espaldas rápidamente en un tupido seto y luego me tumbé boca abajo para buscar cobijo. A punto estuve de empalarme en la parrilla de púas de una vieja grada de tiro oxidada. Por suerte, la tierra estaba reseca como un hueso, de modo que me arrastré por entre los matorrales hasta encontrar un sitio excelente donde ocultarme: un desagüe vacío detrás de un frondoso laurel. No lo habría encontrado de no ser porque un conejo se escabulló por la tubería al verme. Me apresuré a encender una cerilla para inspeccionar el nuevo escondrijo. El desagüe medía cerca de un metro de alto por medio de ancho, y saltaba a la vista que allí había habido alguien porque en el suelo vi tirados varios ejemplares de *Clins d'Œil de Paris*, una revista pornográfica con la que no estaba familiarizado. Tiré la cerilla y aguardé. Unos minutos después oí el sonido de un hombre que se abría paso entre la maleza y alcancé a oler a Pino Silvestre. Era el mismo poli que me había dado el alto, claro. Oí chirridos de frenos pisados con urgencia y pasos a la carrera por la calzada. Mientras tanto, el poli que se encontraba más cerca de mí gritó que más me valía rendirme, porque solo era cuestión de tiempo que me atraparan y me iría mejor si me entregaba. Pero cuando cruzó con torpeza justo por delante de mi escondite supe que no era verdad. Hasta le vi las lustrosas botas negras al atravesar los matorrales maldiciendo mientras se abría camino. Mi mano aferró la pistola. No estaba del todo convencido de que fuera capaz de usarla para evitar que me detuvieran. Una cosa era matar a un policía de Alemania Oriental que había intentado ahorcarme, y otra muy distinta matar a un joven policía francés que se echaba demasiada colonia. Permaneció allí un rato, a menos de medio metro de donde estaba escondido, maldijo de nuevo y encendió un pitillo. El cigarrillo olía bien después de la colonia, y uno sabe que está en una situación desesperada cuando respira hondo con la esperanza de alcanzar a notar un poco del efecto tranquilizador de la nicotina. Pensé que podría esperar en el desagüe a que se tranquilizaran las cosas, siempre y cuando la policía francesa no trajera perros. Ojalá no tuvieran perros. Si tenían perros con buen olfato, estaba acabado. Poco después, el poli les gritó a sus colegas, que gritaron algo como respuesta, y luego se alejó, no sin antes tirar el cigarrillo al suelo. Esperé unos segundos antes de recoger la colilla y fumármela. Por lo que a placeres perfectos se refiere, es difícil superar el de fumar el cigarrillo de un policía sumamente decidido al que te las has ingeniado para eludir.

Poco a poco, la batida policial se alejó. Tras unos minutos de silencio me arriesgué a mirar por entre la maleza. El poli de la loción acre se había ido. Esperé otro par de minutos con el corazón saliéndoseme por la boca y luego salí a rastras de mi escondrijo para llegar al linde del bosquecillo y echar un vistazo a la carretera hacia Sarreguemines. Atiné a ver unas luces que destellaban convenientemente a lo lejos, pero en la oscuridad me resultaría fácil emprender la huida antes de que la policía fuera a por perros rastreadores y volviera con un amplio despliegue a registrar la arboleda. Supuse que la mejor dirección que podía tomar era el oeste, por la carretera a Freyming-Merlebach, que estaba en sentido opuesto a Sarreguemines. Así pues, ciñéndome a los arbustos para seguir a cubierto, regresé hacia Puttelange-aux-Lacs y luego fui por la D656 hacia la salida de la población. Después de caminar unos cientos de metros vi un hotel restaurante llamado La Chaumière, donde unas cuantas personas cenaban en un jardín iluminado. Los observé durante un par de minutos con cierta envidia, pensando que ojalá pudiera permitirme algo tan normal como comer en un buen restaurante. Me fijé en los coches que habían dejado en el aparcamiento. Uno de ellos, un Renault Frégate verde con tapicería beis, aún tenía las llaves de contacto puestas, y calculé que podría utilizarlo sin peligro durante una hora, o incluso más, hasta que terminaran de cenar: una hora antes de que dieran parte a la policía y establecieran más controles.

Era un buen coche, muy moderno, con radio. No la encendí. En cambio, crucé lentamente Hoste y Cappel, antes de desviarme hacia el norte en Barst, y continuar a través de Marienthal y Petit Ebersviller. Me llevó menos de treinta minutos llegar a Freyming-Merlebach, donde abandoné la carretera general y continué por un desatendido camino rural antes de dejar el coche cuidadosamente oculto bajo las ramas de un sauce llorón muy grande. Ahora estaba a apenas unos kilómetros de la antigua frontera alemana y de algo parecido a la libertad. Freyming-Merlebach consistía sobre todo en comercios y pequeños bungalós blancos con muy pocos edificios públicos dignos de mención. Sin embargo, me llamó la atención que la ciudad de Karlsbrunn estaba en un indicador, y no podría haber tenido un aspecto más atrayente. Caminé hacia el norte por la Rue Saint-Nicolas con una sonrisa en la cara, como si acabara de terminar una maratón olímpica y me hubiera hecho acreedor de la medalla de oro.

Quizá el Sarre hubiera sido un *département* de Francia, pero allí la gente era alemana. Encontrarme de nuevo entre mis compatriotas sería una suerte de victoria. Había pasado demasiado tiempo lejos de Alemania. No hay nada como vivir en Francia para que un alemán sienta que está muy lejos de su hogar. Pero hacia mitad de la calle vi un grupo de cuatro o cinco hombres delante del ventanal de un bar muy iluminado. Pero noté algo en ellos que me llevó a detenerme en un portal en la acera de enfrente y observarlos un par de minutos antes de plantearme siquiera seguir mi camino. Eran de constitución militar, con corte de pelo militar, y vestían trajes grises baratos y fabricados en serie que no se habría puesto ningún francés que se preciara. Sus zapatos parecían concebidos como armas, con gruesas suelas ideadas para pisotear caras de alemanes orientales. Las corbatas que llevaban parecían de cartón, y los puños que apretaban como poniéndolos a prueba al final de sus brazos de forzudos de circo eran del tamaño de jarras de cerveza. Mientras los observaba, un hombre que hablaba por teléfono junto a la puerta puso fin a la llamada y salió del bar fumando un pitillo. Gritó algo en alemán. Aquello no tenía nada de raro, estando tan cerca de la antigua frontera alemana. Tal vez hubiera muchos más alemanes en Freyming-Merlebach. Pero lo que me pareció extraordinario fue que el hombre del cigarrillo y el parche en el ojo que hablaba a gritos era Friedrich Korsch.

39

ABRIL DE 1939

Udo Ambros vivía en Aschauerstrasse, en Berchtesgaden, cerca de medio kilómetro más allá del domicilio del doctor Waechter, el abogado propietario del garaje del judío exiliado donde estaba el Maserati rojo. La apartada casa de Ambros ofrecía una vista espectacular del Watzmann y daba por detrás a un tupido bosque, pero como vivienda no era para tanto. Desde luego, ni punto de comparación con la del doctor Waechter: un edificio alpino de dos plantas más bien grande que no era mucho mejor que un granero mal construido, con tejado de hierro ondulado, una verja de alambre oxidado, un remolque cisterna abandonado y una pila de leña casi fosilizada debajo de una hilera de largos carámbanos que colgaban de los aleros negros como los dientes de algún carnívoro montañés extinto. Había una moto DKW roja en el camino cubierto de nieve recorrido por una serie de huellas que ofrecían un claro contraste con las mías. Estas otras eran rojizas, casi de color sangre, lo que me llevó a plantearme cómo habrían adquirido esa tonalidad. Un caballo pío me observaba sin perder detalle desde el alto que coronaba un extenso campo en acusada pendiente, y un oso mal tallado montaba guardia junto a la puerta principal; a juzgar por el ángulo de la cabeza y la expresión ofendida y feroz de su cara, tenía todo el aspecto de haber recibido un tiro en el cuello. Solo había dos ventanas, ambas en la planta baja. Miré por una, pero el cristal estaba tan mugriento que bien podría haber estado mirando a través de la niebla. Los visillos sucios tampoco ayudaban mucho. Llamé a la puerta y esperé, pero no contestó nadie. El silencio perpetuo del valle parecía impuesto por los dioses locales y resultaba desconcertante, como si la naturaleza entera temiera despertar a Wotan mientras echaba una siesta bien merecida con Fricka en una cima cercana. Yo sabía que, de haber vivido en un sitio así, me habría vuelto más loco que el rey Luis II de Baviera. Los berlineses como yo no están hechos para lugares vacíos como ese. Nos gusta el sonido del ruido más que el ruido del silencio, que siempre es un poco demasiado prolongado y estruendoso para nuestros cínicos oídos metropolitanos. Los auténticos sellos de la civilización son el clamor, la algarabía y el alboroto. Yo siempre prefiero el jaleo. El aire estaba impregnado de un olor dulce a estiércol y humo de leña. El olor a carbón me resulta mucho más grato. La tos de fumador me sale mejor cuando hay dióxido de azufre y metales pesados en la atmósfera húmeda.

Podría haber llegado a la conclusión de que el ayudante de caza no estaba en casa de no ser por la moto. El cilindro del motor de quinientos centímetros cúbicos estaba frío al tacto, pero meciendo un poco la moto comprobé que tenía el depósito casi lleno. Accioné el pedal de arranque con la esperanza de que el ruido hiciera salir a su propietario, y el motor cobró vida con un bramido solo al segundo intento, lo que implicaba que el vehículo se utilizaba a menudo y seguramente era el medio de transporte preferido de Udo Ambros. Pero solo se acercó a la verja el caballo pío para ver lo que ocurría. Me observó con esa mirada recelosa y sombría en plan «quién demonios eres» que por lo general solo me lanzan las mujeres solas en los bares. Al cabo de un par de minutos dejé que la moto se calara, regresé a la puerta principal, llamé por segunda vez y volví a mirar por la ventana. No sé qué esperaba ver. ¿Un hombre escondiéndose de mí? ¿La luz de la lumbre, quizá? ¿Una bruja con un caldero lleno de niños robados? Di media vuelta y fui a interrogar a la yegua, con la esperanza de que me proporcionase alguna pista sobre el paradero de Ambros. Lo hizo sin vacilar. Se apartó en cuanto llegué a la verja, la seguí con la mirada unos segundos y vi las piernas de un hombre, que asomaban por una puerta en el lateral de la casa.

—Herr Ambros —dije.

No contestó, conque cogí un leño y lo lancé cerca de él, por si estaba debajo de un coche o un tractor; pero no lo estaba, claro. De haber seguido con vida, el ruido de la DKW al arrancar le habría llamado la atención. Como no quería rasgarme el traje trepando por encima de la verja, volví a la puerta. No estaba cerrada con llave. Había tan pocos robos de importancia en esa parte de Alemania —salvo, claro está, los que cometían Bormann y los suyos— que poca gente se molestaba en echar la llave de la puerta de su casa.

La muerte no siempre huele, pero produce una sensación característica, como si el espectro mudo que acaba de escabullirse con el alma del fallecido se rozara con el aura de la tuya, igual que un hombre invisible en un tren U-Bahn abarrotado. Puede ser desconcertante a veces. Allí lo era, y estuve a punto de no entrar en la casa para no ser testigo de lo que pudiera ver. Cualquiera diría que un detective de la Comisión de Homicidios estaría acostumbrado a ver cosas terribles. Pero lo cierto es que uno nunca se acostumbra. Cada horrible asesinato es horrible a su manera, y sus imágenes nunca se van de la cabeza. Incluso en el mejor de los casos, mis recuerdos suelen parecerse a los cuadros más feos de George Grozs y Otto Dix. A veces me pregunto si tendría un temperamento distinto de no haber visto tantos escenarios del crimen.

Hice el esfuerzo de recorrer una casa que ya parecía acostumbrada a la muerte violenta. Había un conejo a medio despellejar en la mesa de la cocina, y las paredes del pasillo y la sala de estar estaban llenas de trofeos animales diversos: ciervos, tejones y zorros. Quizá fueran imaginaciones mías, pero todos parecían bastante contentos con el desenlace de los acontecimientos. El probable autor de su desgracia colectiva había pasado a mejor vida. Lo supe en cuanto entré en la casa. Udo Ambros estaba tendido en el suelo de piedra de la cocina con los pies asomando por la puerta abierta; aunque, a decir verdad, no estaba del todo seguro de que fuera él. Un disparo de escopeta a corta distancia tiene la capacidad de despojar de sentido cosas como la identidad de una persona. He visto hombres decapitados en Plötzsensee que tenían más cabeza propiamente dicha que Udo Ambros. Las llamadas de socorro están fuera de lugar cuando el suicidio se lleva a cabo con una escopeta: la víctima siempre va en serio. Los trozos de cráneo y cerebro y los coágulos de sangre habían causado tal desastre en la cocina que parecía el impacto directo de un obús sobre una trinchera en Verdún. De no haber estado en la vivienda del propio muerto, la única razón por la que lo habría reconocido sería la insignia de «Buena suerte desde las minas de sal de Berchtesgaden» que lucía en la solapa de su chaqueta *Tracht* manchada de sangre. Todo un pedazo de su cara, incluido el ojo, estaba pegado a las baldosas de la pared encima de la cocina como el trozo de un mural de Picasso o el relieve de una fuente romana. Tragué saliva con dificultad, como para recordarme que tenía un cuello al que seguía unida una cabeza. Aun así, seguí mirando.

Levanté la camisa del fallecido y le puse la mano en el pecho. El cadáver estaba bastante frío, y supuse que llevaba muerto por lo menos ocho horas. Seguía aferrado a la escopeta, que yacía entre sus piernas estiradas igual que la espada encima de la tumba de un templario. Le arranqué el arma de los dedos inertes. Era un Merkel de doble cañón con un mecanismo de cerrojo Kersten, una de las escopetas alemanas más deseables. La abrí para revelar dos cartuchos Brenneke rojos en los cañones, de los que solo se había disparado uno. Aunque no le habrían hecho falta dos. Un cartucho de escopeta normal lleno de perdigones sin duda habría surtido efecto, pero un proyectil capaz de abatir un jabalí lanzado a la carga era asegurarse de ello sin la menor posibilidad de error, igual que usar un martillo de tres kilos para cascar un huevo. Ya había visto estos cartuchos, pero por más que lo intentaba no conseguía recordar dónde. Había visto tantas cosas de un tiempo a esta parte que ya no me acordaba ni de dónde me había dejado el ojete. Solo podía preguntarme por qué lo había hecho. El hombre a quien había conocido la víspera no parecía tener gran cosa en la cabeza aparte de satisfacción por verme incómodo. También es cierto que debía de ser consciente de que seguiría el rastro de la carabina Mannlicher hasta relacionarla con él. Y cuando lo hiciera, las cosas se le torcerían mucho a Udo Ambros. Pero que mucho. La Gestapo se encargaría de ello. No me había parado a pensar lo que le ocurriría al asesino de Karl Flex cuando lo detuviera, pero conocía a los nazis lo bastante bien como para estar seguro de que podría haber sido algo peor que el hacha del verdugo.

Un rato después me puse a buscar una nota de suicidio y la encontré dentro de un sobre en la repisa encima de la chimenea, que seguía templada al tacto. Fue entonces cuando empecé a preguntarme por qué un hombre que planeaba saltarse la tapa de los sesos se molestaría en hacer un buen fuego, ponerse a despellejar un conejo y servirse una taza de café que seguía llena en la mesa. Esperaba que la nota explicara todo eso.

A QUIEN CORRESPONDA. ME HE QUITADO LA VIDA PORQUE ES SOLO CUESTIÓN DE TIEMPO QUE ESE POLI DE BERLÍN SIGA LA PISTA DEL NÚMERO DE LA CARABINA MANNLICHER Y ME TRINQUE POR EL ASESINATO DE KARL FLEX Y NO QUIERO MORIRME DE HAMBRE EN DACHAU COMO JOHANN BRANDNER. FLEX ERA UN CABRÓN Y TODOS SABEN QUE SE LO TENÍA MERECIDO. DEJO MIS ARMAS Y MI MOTO A MIS VIEJOS AMIGOS Y COMPAÑEROS DE CAZA JOHANNES GEIGER Y JOHANN DIESBACH, Y EL RESTO DE MIS PERTENENCIAS A CUALQUIERA DE ELLOS QUE LAS DESEE. FIRMADO, UDO AMBROS.

Pero la nota de suicidio planteaba tantas incógnitas como las que resolvía. Era la primera que veía que estaba escrita de cabo a rabo en letras mayúsculas, casi como si Ambros hubiera querido cerciorarse de que las autoridades pertinentes lo entendieran todo con claridad meridiana. Pero también enmascaraba algo muy importante: la auténtica caligrafía del hombre que había firmado la nota, lo que me habría permitido determinar sin asomo de duda —con la opinión del cazador Johannes Geiger, quizá— que en efecto la había escrito Ambros. Tal y como estaba todo, tenía mis dudas. Entre otras cosas porque había una mancha de sangre del tamaño de una cabeza de alfiler en el ángulo del papel. Un análisis de laboratorio podría haber demostrado que era sangre del conejo y no de un hombre, pero el conejo se había desangrando del todo antes de que empezaran a despellejarlo. Habría apostado una pequeña fortuna a que la sangre había llegado al papel desde la cabeza de Udo Ambros. Eso no tendría nada de raro de no ser porque la nota estaba dentro de un sobre. Me paseé por la casa abriendo armarios chirriantes y cajones malolientes y metiendo las narices en general. Mientras tanto, me pregunté si Johann Brandner, mi sospechoso principal, estaría muerto después de todo, tal como alegaba la nota de suicidio. No habría sido la primera vez que la Gestapo y las SS mentían sobre una muerte en Dachau, incluso a la policía de investigación criminal. La muerte en Dachau podía ser un hecho cotidiano, pero las autoridades solían tratarla como un secreto que debía ocultarse no solo a las familias interesadas sino también a todos los demás. Los pocos que sabían a ciencia cierta lo que ocurría en Dachau eran, como bien sabía yo, los que estaban sujetos a una denominada Orden del Führer. La única razón por la que estaba al tanto de ello era que una vez Heydrich me lo contó antes de enviarme a Dachau. A veces tenía detalles así. Por otra parte, era muy posible que Johann Brandner hubiera regresado a Berchtesgaden en secreto, asesinado a Udo Ambros e intentando despistarme mencionando que estaba muerto en la nota de suicidio. Estar muerto es una coartada bastante buena para cualquiera que tenga problemas con la autoridad, pero en la Alemania nazi era un riesgo existencial.

Como había visto un armero en el pasillo detrás de la puerta principal, busqué las llaves y al final encontré un llavero sujeto a una cadena en el bolsillo de los pantalones del muerto. Fue entonces cuando no me cupo la menor duda de que a Udo Ambros lo habían asesinado. Dentro del armero había un par de rifles, otra escopeta, una pistola Luger, munición de rifle y varias cajas de cartuchos de escopeta Rottweil. Rottweil era propiedad de una empresa llamada RWS. Después de registrar la casa entera y sus dependencias, descubrí que eran los únicos cartuchos que se podían encontrar por allí. Los dos proyectiles Brenneke utilizados para matar a Ambros eran de la marca Sellier & Bellot, y los dos únicos que encontré estaban en el arma. Y eso era un indicio más que sólido de que el asesino probablemente había llevado su propia munición. Quizá había buscado algún cartucho que fuera de Ambros, y al ver que los guardaba bajo llave en un armero se había visto obligado a usar los que llevaba en su bolsillo o en la cartuchera. Eso parecía indicar bien a las claras que el asesinato no se había planificado con minuciosidad de antemano; muy posiblemente los dos hombres se encontraron y mantuvieron una discusión amigable sobre algo antes de que el asesino cargara los cartuchos en el arma de la víctima y luego le disparara. Y eso indicaba asimismo que eran amigos o, por lo menos, conocidos. Teniendo en cuenta lo que decía la nota de suicidio, ¿por qué otro motivo aparte de mi investigación y la procedencia de la carabina Mannlicher podrían haber discutido?

No había huellas ensangrentadas que salieran de la cocina y cruzaran la casa. Eso me llevó a preguntarme por las pisadas rojizas de botas por la nieve en el sendero que había delante de la puerta principal. ¿Cómo habían llegado allí? No parecía en absoluto probable que el asesino hubiera salido por la puerta trasera y saltado la cerca. Además, las únicas huellas en la nieve delante de la puerta de la cocina eran las del caballo. Encendí todas las luces y registré a fondo la casa, pero no había nada ni remotamente parecido a una huella. Cogí el abrigo de Ambros y salí. Nunca había sido un investigador muy dado a ponerme a cuatro patas. Por un lado, no tenía muchos trajes y los que tenía no estaban como para tratarlos de cualquier manera. Por otro, llevar a cabo una búsqueda de huellas dactilares no merecía mucho la pena, teniendo en cuenta que la mayoría de los asesinatos los cometía la gente para la que trabajaba. Aun así, extendí el abrigo junto a una de las huellas de bota del número cuarenta y cinco y la miré más de cerca. Las huellas parecían de unas botas Hanwag, iguales a las que calzaba yo. En realidad, las huellas no eran rojas en absoluto. Eran rosas. Y no era sangre lo que manchaba la nieve. Era sal. Sal rosa de la mejor calidad. De la que acostumbraban a usar los cocineros de renombre.

ABRIL DE 1939

Llegué al garaje de Rothman en Berchtesgaden. Habían aparcado el Maserati otra vez en la calle y Friedrich Korsch se sentaba en el asiento del copiloto. A su alrededor se habían congregado varios niños para admirar el vehículo. El mayor de todos era con toda probabilidad el propio Korsch. Se fumaba alegremente un pitillo como si acabara de ganar el Grand Prix alemán. Al lado del Maserati había una camioneta de cerveza Paulaner que antes no estaba. Paulaner era la marca de cerveza más importante en Baviera. Cuando me vio, Korsch se apeó del Maserati, tiró el cigarrillo —del que enseguida se apropió uno de sus jóvenes admiradores— y se acercó a la ventanilla de mi coche.

—¿Ha traído a los hermanos Krauss? —pregunté.

—Están en la trasera de la camioneta. Tuve suerte. Estaban a punto de transferirlos a trabajos forzados en Flossenbürg.

—Buen trabajo.

—No del todo. Dicen que solo abrirán la caja si los soltamos en la frontera italiana.

—¿Qué dice Heydrich al respecto?

—Le parece bien. Si abren la caja, se pueden largar. Solo hay un problema, jefe.

—¿Qué?

—Esos dos judíos no confían en que cumplamos nuestra palabra.

—¿Y si firmamos una carta, algo por escrito, una garantía...?

—Esa idea tampoco los convence.

—Pues qué pena.

—¿Se lo reprocha? Esto es Berchtesgaden, ¿recuerda? Si la palabra del mismísimo Canciller no vale una mierda...

—En el sentido estricto, eso fue Múnich, pero ya sé a qué se refiere. Es un mal ejemplo para los demás.

—Entonces, ¿qué vamos a hacer?

—Tenemos que abrir esa caja fuerte. Estoy convencido de que será la clave de todo, si esto no es contradictorio. Mire, más vale que hable con los hermanos en persona. Igual podemos llegar a un acuerdo. ¿Cómo se encuentran?

—Un poco sucios. Les di de comer cuando veníamos de Dachau. Y se han tomado unas cervezas en la camioneta, o sea que deberían estar de mejor ánimo a estas alturas. Pero teniendo en cuenta dónde estaban, no se encuentran muy mal, la verdad.

—Llévelos al garaje, Friedrich. Hablaremos allí.

Los dos hermanos eran judíos del Scheunenviertel, un barrio bajo en el centro de Berlín con una población judía considerable de Europa del Este y, antes de la llegada de los nazis, una de las barriadas más temidas de la ciudad, un lugar al que pocos policías se atrevían a entrar. Para detener a alguien, los polis del Alex se veían obligados a entrar efectuando un gran despliegue, y a veces con carros blindados. Así los habían detenido la primera vez, tras una serie de robos en los hoteles más importantes y lujosos de Berlín, incluido el Adlon. Se rumoreaba que hasta habían robado en la suite de Hitler en el Kaiserhof justo antes de que se convirtiera en canciller de Alemania, y se habían llevado su reloj de bolsillo de oro y unas cartas de amor, aunque probablemente no era más que una de las muchas historias sobre los hermanos Krauss que habían apuntalado su fama. En lo relativo a Adolf Hitler, la verdad era un concepto que solo podría reconocer un cretense. Sospecho que incluso él mismo había olvidado mucho tiempo atrás dónde la escondió. Después de Franz y Erich Sass —dos ladrones de bancos berlineses de los años veinte en cuyas fechorías se decía que se habían inspirado—, los hermanos Krauss habían sido los delincuentes de carrera más famosos, y su robo en el Museo de la Policía del Alex para recuperar sus herramientas los había convertido en personajes legendarios. Eran pequeños y oscuros e inmensamente fuertes, pero después de unos meses en Dachau la ropa que llevaban les quedaba por lo menos dos tallas demasiado grande. Se habían cambiado en la trasera de la camioneta y sus prendas de reclusos, con los triángulos verdes de delincuentes profesionales, seguían en sus manos como si no supieran qué hacer con ellas o no se atrevieran a tirarlas.

Tenía entendido que eran originarios de Polonia, donde su padre había sido un famoso rabino. Si todavía eran religiosos, no se les notaba. Eran hombres de aspecto rudo cuya habilidad no estribaba en desentrañar los secretos del Zohar y la Cábala, sino las cajas fuertes ajenas. Se decía que serían capaces de abrirle el culo a un mosquito con un clip sujetapapeles sin que el mosquito se diera cuenta.

—Es una York —dijo Joseph Krauss, inspeccionando la caja fuerte—. De Pensilvania, Estados Unidos. No se ven muchas cajas estadounidenses en Alemania. La última de estas que vi estaba en una joyería en Unter den Linden. Era un establecimiento mejor que este, desde luego. Eso era cuando aún robábamos en negocios judíos, claro, pero abandonamos esa actividad cuando ustedes los *momzers* nazis empezaron a robarlos también. Bueno, podría ser una combinación de tres números, o tal vez de cuatro. Pero esperemos que sea de tres, que se tarda menos en desentrañar. Podría perforarla, claro, pero me llevará mucho tiempo y además hay que hacer el agujero en el lugar exacto. Para eso hay que haber visto el otro lado de la puerta y estudiado la mecánica de la cerradura. Igual puede buscar algún otro *shmegegge* que se encargue de taladrarla. Pero quizá no sepa dónde hacer el agujero y la deje *ongepotchket*. En tal caso, no conseguirá abrirla nunca. —Joseph Krauss meneó la cabeza y puso cara de circunstancias—. Aunque no tiene por qué perforarla, como le digo. Pero se lo aseguro con toda sinceridad, el talento necesario para abrir esta caja al tacto es muy poco común. Quizá haya tres personas en toda Europa capaces de descifrarla tal como usted desea, y mi hermano Karl es una de ellas. Lo único que necesita es un mazo de goma en la pared, por si le hace falta un buen *zetz*. Pero ese no es el mayor de sus problemas, comisario.

Asentí.

—Lo sé. Mi ayudante Korsch me lo ha dicho. No confían en que les dejemos marchar después de abrir la caja.

—Así es. Sin ánimo de ofender, comisario. Ustedes dos son del mismo *Kiez* que nosotros; se nota. Los berlineses no son como los bávaros. Esta gente parece de barro. Pero no nos van a tomar por *schlemiels*. ¿Qué les impide enviarnos de vuelta a Dachau cuando hayamos abierto la caja? Se lo digo sinceramente, comisario, hemos estado devanándonos los sesos. No sabemos qué hacer. Es un auténtico *tsutcheppenish*. Nos necesitan lo suficiente como para decir que nos compensarán con arreglo a nuestras peticiones, pero no confiamos lo suficiente en que ustedes nos compensen cuando hayamos hecho nuestro trabajo. ¿Cómo vamos hacer un trato así? ¿Sin confianza? Es imposible. ¿Verdad que sí, Karl?

Pero Karl Krauss ya se estaba haciendo la manicura de los ladrones de cajas fuertes: se sacaba brillo a las uñas frotándoselas contra la manga del traje mal entallado.

—Me encantaría ayudarlos, caballeros —dijo—. Se lo digo con toda sinceridad, me vendría bien un poco de práctica. Llevo tiempo sin abrir ninguna caja. Lo echo en falta, de veras. Pero mi hermano tiene razón. Aquí no hay ninguna base para la confianza. —Puso cara de tristeza, como si llegar a un acuerdo fuera aún muy difícil—. ¿Qué hay ahí dentro, por cierto? Igual si nos lo dicen... Deben de creer que es algo importante, porque de lo contrario no nos habrían traído hasta aquí. Tan lejos. Avisándonos con tan poca antelación. Y con alguien tan importante facilitando nuestra salida de aquel horrible lugar. Heydrich, nada menos. Piorkowski casi se caga encima cuando oyó el *geshaltn* nombre del general.

—Alex Piorkowski es el comandante del campo de Dachau —explicó Korsch—. Un auténtico cabrón, si quiere que le diga la verdad.

—Ese tipo es un gólem —señaló Joe Krauss—. Un monstruo.

—Miren —repuse—. Voy a ser absolutamente sincero con ustedes, caballeros, no tengo ni la más remota idea de lo que hay dentro de la caja. Pero espero que su contenido me ayude a demostrar que un oficial nazi local era un corrupto. Está muerto, pero ahí podría encontrar pruebas que hagan caer a otros. Papeles, documentos y libros de contabilidad; eso espero encontrar. Pero si hay dinero o joyas ahí dentro, son suyas. Se lo pueden quedar. Todo. Eso y el deportivo Maserati que hay aparcado en la calle. Pueden irse con él adonde quieran. Y les doy mi palabra de que no iré tras ustedes. Ni evitaré que se marchen. Pueden ser testigos de mi llamada a la policía de fronteras para que les franqueen el paso. Si es necesario, yo mismo los llevaré hasta allí.

—Eso ya me gusta más. —Karl Krauss hizo un gesto de aprobación—. ¿El buga italiano rojo? Es un coche bonito. Pero incluso en Italia no es más que un *noodge*. No un coche para *gonifs* como nosotros. Nunca fuimos de los que alardeaban de dinero cuando lo teníamos. Es la manera más fácil de que te trinquen. Si *gay avek* en un coche así, el mundo entero nos verá y también nos oirá. Ni una banda de metal militar metería más bulla que ese coche. Conque si hacemos este trabajo para ustedes, nos llevaremos la camioneta de cerveza. ¿Quién se fija en algo así en esta parte del mundo?

—Entonces, trato hecho. La camioneta es suya.

—Pero supongan que no hay nada en la caja fuerte. En ese caso se llevarán una decepción. ¿Y entonces, qué, comisario? ¿Aun así nos dejarán marchar? Como dice mi hermano Joe, es duro tomarse tantas molestias para nada.

—Dele las llaves de la camioneta ahora —le dije a Korsch—. Y el coche. Llévense los dos, me trae sin cuidado. Váyanse cada uno por su lado. Pero hagan el favor de abrir la caja. Pueden estar a medio camino de Italia en el tiempo que yo tarde en superar mi decepción. Aunque tampoco es que repare mucho en esas cosas hoy en día. Para decepcionarse hay que creer antes en algo, y de un tiempo a esta parte no creo en nada. Y, desde luego, en muy poco desde 1933. La única razón por la que aún soy poli no es porque crea en la ley o en un orden moral, sino porque los nazis lo quisieron así. Me volvieron a llamar porque necesitan un muñeco de trapo al que recurrir para hacer las preguntas menos oportunas en el momento adecuado. Lo que tal vez me convierta en alguien tan malo como ellos.

—Escucha al comisario de policía, Karl —dijo Joe Krauss—. Y nos enviaron a Dachau a nosotros. ¿No es increíble?

—Es una auténtica contradicción, eso seguro.

—¿Tienen armas? —preguntó Joe.

—Somos polis, no niños exploradores.

—Déjenme verlas.

Korsch y yo sacamos una Walther PPK por barba y procuramos empuñarlas de un modo que no intimidara a los hermanos.

—Pues si nos entregan los cargadores, quizá estemos un poco más cómodos —propuso Joe—. Para que se los guardemos, por así decirlo. Nos sentiremos más seguros así. A mi hermano no le gusta trabajar cuando hay armas cerca. Sobre todo, si él no tiene una.

—De acuerdo. —Volví la Walther del revés, pulsé el botón de apertura y luego accioné la corredera para que cayera la última bala de la recámara. Introduje la bala de sobra en el cargador y luego se lo entregué a Joe Krauss. Korsch hizo lo propio.

—Eso está más *haymish* —dijo, y se guardó los cargadores—. Muy bien. Ahora lo haremos. No porque confiemos en usted, comisario, sino porque es un necio honrado y es lo bastante afortunado como para tener cara de necio honrado. ¿Verdad que sí, Karl?

—Tiene razón, Joe. Para serle sincero, solo un necio podría trabajar para los nazis y creer que no debe pagar un precio exorbitante por el mero hecho de sobrevivir. Pero sospecho que ya lo sabe. —Asintió con firmeza—. Así que vamos a ponernos manos a la obra, ¿de acuerdo? Lo único que necesito es papel y lápiz y ese mazo de goma. Pero no es para golpear la caja. Es para darle en la cabeza a mi hermano a ver si recupera el sentido común cuando nos traicionen después de todo.

Karl Krauss se arrodilló junto a la York, posó los dedos en la rueda de combinación y apoyó la cara en la puerta.

—Bien —susurró—, empezamos con la marca en la parte superior de la rueda en la posición de las doce en punto. Ahora seguimos girando hacia la derecha y muy poco a poco esperamos a notar el chasquido. No importa en qué orden los captemos todavía, lo único que estamos haciendo es buscar el chasquido, ¿ven? Y hay uno enseguida en el cero. Es lo más habitual. A la mayoría de la gente le gusta el cero. Refleja sus expectativas sobre la vida. Por supuesto, si tenemos más de un cero, el asunto se complica.

Joe anotó el número en la libreta de Korsch y esperó mientras su hermano seguía manipulando con delicadeza la rueda en busca del siguiente número. Sonreí. Parecía un alemán cualquiera escuchando, de manera ilegal, la BBC en la radio.

Mientras los hermanos seguían afanándose con la caja, me llevé fuera a Friedrich Korsch y le expliqué cómo la Gestapo de Linz había intentado detenerme, y lo que acababa de descubrir en la casa de Udo Ambros.

—Udo Ambros no estaría más muerto aunque fuera el tatarabuelo de Hindenburg. Buena parte de su cabeza está pegada a la pared igual que un reloj de cocina. Alguien se esforzó por que pareciera que se había suicidado con una escopeta. Nos dejó en la repisa de la chimenea una bonita confesión, escrita con tanto esmero que parecía un telegrama. Difícilmente podría ser obra de alguien que estaba preparándose para volarse la tapa de los sesos. He visto suficientes suicidios reales como para reconocer un asesinato cuando lo huelo. Y este olía igual que un queso Limburger.

—Eh, hablando de suicidios, ese especialista judío por el que me preguntó, el doctor... ¿Karl Wasserstein? Se lanzó al Isar el sábado pasado con su cruz al mérito militar y se ahogó. La poli de Múnich encontró una nota en la puerta de su consulta. Me permitieron quedármela. Creo que tenían órdenes de arriba de no decírselo a su amiga Frau Troost. En mi opinión es otro suicidio sospechoso. ¿Quién coño se suicida un sábado por la mañana? El domingo por la mañana podría entenderlo. Pero no un sábado.

Korsch rio con amargura y me entregó la nota, y me la guardé en el bolsillo para dársela a Gerdy más adelante; quizá. En Alemania, la decepción era contagiosa y a menudo acarreaba consecuencias. Desde luego no pensaba desperdiciar su buena disposición a ayudarme en mis pesquisas con un acceso de sinceridad prematura respecto a la suerte que había corrido su amigo.

—En definitiva —continuó—, parece ser que recuperó su licencia para ejercer, pero solo la medicina general. No la oftalmología.

—Así pues, quizá era una nota de suicidio después de todo.

—Quizá. En cualquier caso, el pobre infeliz decía que su vida había perdido todo sentido. Porque no podía mirar los ojos de la gente.

—Ya nadie mira a nadie a los ojos hoy en día. No si puede evitarlo.

—Sería como si a usted le impidieran seguir siendo policía, supongo.

—Póngame a prueba, Friedrich. El día en que pueda dejar esta puñetera vida, no me encontrará yendo al río más cercano a ahogar mis penas. Estaré en los lagos con una botella de ungüento espiritual, cogiéndome una cogorza en un parque de Pankow como un buen chico *Bolle*.

—Igual voy con usted, jefe. Nací cerca de ese parque. En Schön-holzer Heide. En el 60 de Tschaikowskistrasse.

—Entonces prácticamente estamos emparentados. Conozco ese edificio. Es uno gris cerca de la parada de autobús, ¿no? Tenía un primo que vivía allí.

—Todos los edificios de apartamentos de Berlín son grises y están cerca de una parada de autobús.

—El mundo es un pañuelo, ¿eh?

—Lo es hasta que tienes que coger el autobús.

41

ABRIL DE 1939

Casi no me lo podía creer cuando Karl Krauss giró el pequeño pica-
porte y abrió una gruesa puerta de acero que chirrió como la de un
calabozo en el sótano del Alex.

—¿No se lo había dicho? —saltó Joe con orgullo—. Mi hermano
Karl es un artista. Podría ser cabeza de cartel de la Ópera Alemana.
Fíjese en esa puerta, comisario, y luego recuerde lo que significa abrir
una caja como esa. Ya sea perforándola o descifrándola, es de lo más
difícil. Ahora se da cuenta, ¿verdad?

Joe Krauss estaba en lo cierto acerca del mecanismo. La cara interior de la puerta parecía un juguete complicado o incluso el engra-
naje de mi mente, que funcionaba con monedas. Aunque no estaba prestando mucha atención a eso ni a lo que decía Krauss. Andaba
muy ocupado mirando todo el dinero apilado en la caja. Ni siquiera
el libro de contabilidad que vi en el estante inferior me distrajo tanto
como la pasta. Escogí un grueso fajo de billetes de veinte, me lo acerqué a la nariz y hojeé los billetes rápidamente como si de un mazo de
naipes se tratara. Meneé la cabeza y dije:

—Tiene que haber mil marcos imperiales solo en este fajo pequeño.

—Qué olfato tan fino tiene —observó Karl Krauss.

Su hermano Joe ya estaba contando los demás fajos.

—Yo cuento veinte mil marcos —dijo—. Una pequeña suma de
lo más tentadora.

—No tan pequeña —murmuró el hermano—. Con dinero así,
un hombre podría costearse una nueva vida. Varias nuevas vidas.
Una detrás de otra. Y todas buenas.

Le lancé a Korsch el fajo de pasta que había estado esnifando como un cocainómano, cogí el libro de contabilidad de la caja y empecé a pasar las páginas marmoladas como si el dinero no tuviese la menor importancia. Había nombres, ordenados alfabéticamente, y había direcciones, y había registros de lo que parecían pagos efectuados a lo largo de varios años. Algunos nombres hasta me sonaban; pertenecían a gente que conocía, lo que era un buen augurio. Supuse que el contenido era la versión extendida de la libreta que Hermann Kaspel había consignado entre los efectos personales de Flex, y que le había sido sustraída.

—¿Y ha encontrado lo que estaba buscando, comisario? —preguntó Joe Krauss.

—Para ser sincero, no estoy seguro todavía.

—¿Está decepcionado?

—No, me parece que no.

No era la clase de prueba que da pie a un ingenioso desenlace literario para una buena historia de detectives. Aunque esté mal que yo lo diga, le faltaba dramatismo —las pruebas reales rara vez parecen tener la menor importancia— y no era como para colmar a un hombre de orgullo profesional. Aun así, lo que había en el libro de contabilidad parecía tener una importancia considerable. Aunque no tanta como el dinero. Es lo que tiene el dinero, sobre todo una gran cantidad de dinero: no solo impone respeto, sino que además llama la atención. Ahora todos teníamos en la cabeza el dinero que había en la caja. Los hermanos Krauss me miraban con recelo, preguntándose si yo iba a cumplir mi parte del trato. Friedrich Korsch pensaba exactamente lo mismo. Me agarró del codo y me llevó a la otra punta del garaje, donde me habló en un tono tan discreto que con toda seguridad convenció más aún a los hermanos de que la policía iba a traicionarlos. Y no tenían aspecto de ir a tomárselo con tranquilidad.

—Cuando les ha dicho que podrían quedarse el dinero que hubiera en la caja —dijo—, yo pensaba que no habría más que unos cientos de marcos. Mil a lo sumo.

—Yo también.

—Pero veinte mil marcos imperiales, jefe. Eso es mucho dinero.

—Eso he pensado yo siempre. Suerte que no sea mío, porque de lo contrario la idea de desprenderme de él me parecería de lo más deprimente.

Encendió dos cigarrillos, me pasó uno y fumó el suyo con nerviosismo.

—No estará planteándose en serio dárselo a esos, ¿verdad?

—Pues sí, Friedrich. ¿No cree que les vendría bien empezar de nuevo, después de haber estado en Dachau? Una buena comida y trajes nuevos como mínimo. La ropa buena cuesta dinero en Italia. Por no hablar de las vidas nuevas. No me importaría agenciarme una de esas. Igual puedo convencerlos de que me lleven. Me vendrían bien unas buenas vacaciones en Italia.

—Tómeselo en serio, jefe. ¿No se ha planteado la posibilidad de que parte de este dinero, no sé, quizá casi todo, sea propiedad de Martin Bormann? Bueno, es razonable pensar que una parte sea de Bormann, ¿no? Sobre todo si Karl Flex era su intermediario. Podrían ser los beneficios de algunos de sus chanchullos locales. En cuyo caso...

—Eso es muy cierto —convine.

—A Bormann no le hará ninguna gracia cuando se entere de que usted le dio este dinero a... quien sea, y mucho menos a un par de judíos.

—Pues más vale que no se lo digamos. Según mi limitada experiencia, no se toma las malas noticias nada bien.

—De acuerdo. Bueno, pues entonces haga el favor de planteárselo en estos términos, jefe. Si ese libro contiene pruebas de pagos corruptos, y Bormann se entera de que está en su poder, entonces llegará a la conclusión de que también tiene todo el dinero. Dinero que quizá esté registrado en el libro. Supondrá que se lo ha quedado usted. Que nos lo hemos quedado. Usted y yo. Podríamos meternos en un lío de mucho cuidado. Hoy en día envían a los polis corruptos a Dachau. Yo acabo de estar allí y no tengo la menor intención de volver.

—Entonces, más vale que nos aseguremos de que quede en secreto, ¿no? Mire, Friedrich, para mí un trato es un trato. Sin esos dos judíos, estaríamos tocándonos las narices. Me trae sin cuidado el dinero de Bormann. Casi espero que me pregunte por él. Quiero ver su cara de paleto gordo cuando lo haga. Igual le echo morro y le digo que la caja estaba abierta cuando llegamos. Que alguien debió de llevárselo. Que aquí no había ningún dinero. Y entonces, ¿qué hará? ¿Torturarme?

—No es a usted a quien temo que torture, sino a mí.

—Habla como un alemán de pura cepa. Con un poco de suerte este libro nos ayudará a encontrar al asesino y Martin Bormann quedará tan rematadamente agradecido que se olvidará por completo del dinero. Tenga en cuenta que falta poco para el cumpleaños de Hitler. Y, por cierto, recuérdeme que le compre algo bonito.

Korsch suspiró con gesto exasperado y desvió la mirada un momento. Ahora me tocaba a mí agarrarlo por el brazo.

—Mire, Friedrich, veinte mil marcos no son nada en comparación con lo que ya han gastado en ese puñetero salón de té. Por lo que me dijo Hermann Kaspel, fueron cientos de millones. Ese sitio parece una versión en miniatura del castillo de Neuschwanstein y es casi igual de ridículo. Si a Hitler le da miedo volver aquí por lo que ocurrió en la terraza del Berghof, todos esos millones que gastaron en el salón de té y las nuevas carreteras, los túneles subterráneos y las expropiaciones no habrían servido de nada. Y la carrera de Bormann como principal adulador del Führer en Obersalzberg habría terminado. ¿Quiere que le sea sincero? Veinte mil marcos son las riquezas de Creso para nosotros, pero para Bormann no son más que el *Sauerkraut* de ayer. Así pues, sí, voy a cumplir mi palabra. Ya es hora de que alguien la cumpla en Berchtesgaden.

Volví con los hermanos Krauss, que habían metido el dinero en una vieja cartera de cuero y esperaban ansiosos el desenlace de mi discusión con Korsch. Supongo que habrían luchado a muerte por ese dinero; sé que yo lo habría hecho. Ese era otro factor que no le había mencionado a Korsch. Quizá hubieran estado en Dachau, pero los hermanos seguían fuertes como toros. Con tanto dinero al alcance de la mano y un vehículo apto para la huida aparcado fuera, no dudaba de que, en caso de pelea, los dos delincuentes profesionales ganarían de calle a dos policías desarmados. Igual hasta nos matarían. Con tres asesinatos cometidos en Berchtesgaden y Obersalzberg, otros dos no parecerían fuera de lugar. En cierto sentido, eso sería lo más conveniente para todos: los detendrían y luego los colgarían a ellos por los cinco asesinatos. ¿Un par de criminales judíos? En la Alemania nazi venían al pelo para cargar con las culpas de algo así. Casi estuve a punto de sugerirlo.

—Bueno —dijo Karl—. ¿Van a volver a joder los nazis a los judíos? ¿O sigue en pie el *Handl* que hemos hecho?

—El dinero es suyo —respondí—. Y la camioneta de cerveza.

—Lo hemos hablado —dijo Joe—, y vamos a dejar dos mil marcos. Para guardar las apariencias. Hemos decidido que no queremos buscarles problemas. Por supuesto, lo que hagan con la pasta es cosa suya.

Sonreí ante lo insolente que había sonado esa sugerencia.

—Lárguense de aquí antes de que cambie de opinión. Detesto ver cómo desaparece tanto dinero en tan mala compañía.

—También queremos darle esto —dijo Joe, que me entregó un sobre de color salmón—. Estaba escondido detrás del dinero.

—¿Qué es?

—Dos libretas de ahorros de un banco suizo —contestó Joe—. Nos las íbamos a quedar si no nos daban el dinero. Pero como nos lo han dado, son suyas. Espero que les sirvan para encontrar lo que buscan.

Miré dentro del sobre y asentí.

—Gracias.

—No voy a decir que es usted un buen hombre, comisario —añadió Karl Krauss—, pero sí que es un hombre de palabra. ¿Quién puede decir lo mismo en Berchtesgaden hoy en día? Permítame que le dé un consejo. De alemán a alemán. ¿Lo que decía antes? ¿Eso de no creer en un orden moral? Recuérdelo, comisario Gunther. Un hombre cabal tropieza siete veces, y se vuelve a levantar. Persevere. Eso es de la Torá.

42

ABRIL DE 1939

Friedrich Korsch y yo vimos alejarse lentamente de Berchtesgaden a los hermanos Krauss en la camioneta de cerveza Paulaner. Parecía que iban en dirección sur hacia la frontera austriaca con veinte mil marcos imperiales en los bolsillos, pero las apariencias engañan.

—Fue una idea ingeniosa —comenté—. Traerlos de Múnich en esa camioneta. Con un poco de suerte, nadie sabrá nunca que estuvieron aquí.

—Fue idea de Heydrich. Su oficina telefoneó a la fábrica de cerveza Paulaner en Múnich y ordenó que me prestaran una camioneta de cerveza. No estoy seguro de si esperan recuperarla o no. Pero cuando el SD le diga que devuelva una camioneta de cerveza, haga lo que le dicen, ¿de acuerdo? Aunque tenga que enviarles una que siga llena de cerveza.

—No me extraña. Heydrich fue director de la Gestapo en Múnich antes de ocuparse del SD. En el supuesto de que aprendiera a hacer amigos, es posible que aún le quede alguno.

—No sé muy bien qué les diré ahora que ha desaparecido la camioneta. Y, lo que es más importante, su cerveza.

—Eso es problema de Heydrich. No suyo. Lo más probable es que les diga que la robaron. ¿Qué se puede esperar de unos judíos? Algo sensato como eso.

—¿Sabe? El caso es que envidio a esos dos judíos del carajo —dijo Korsch—. Camino de Italia con todo ese dinero. Piense en esas preciosas mujeres italianas con grandes tetas y culos enormes. No se me ocurre mejor manera de gastar veinte mil marcos.

—A mí tampoco. Por supuesto, no es más que una suposición, pero no me extrañaría que den media vuelta y se dirijan hacia el noroeste. De regreso a Berlín. Igual hasta dejan abandonada la camioneta y van a la estación de ferrocarril aquí en Berchtesgaden. Es lo que haría yo en su lugar. Al fin y al cabo, ¿confiaría usted en que la policía mantenga su palabra si estuviera en el pellejo de dos judíos con veinte mil marcos en efectivo en los bolsillos del abrigo?

—Visto así, pues no, no confiaría en ello.

—Hacer lo contrario de lo que se espera. Esa es la clave de la supervivencia cuando uno se da a la fuga. Además, en Italia llamarían la atención mucho más que en Alemania. Incluso hoy en día. Es el último sitio donde a nadie se le ocurriría buscarlos. Sobre todo, ahora que saben que vamos a decirle a todo el mundo que se han ido a Italia.

—Llamarían la atención fueran adonde fueran. La mitad del tiempo ni me enteraba de lo que estaban diciendo. Son judíos de esos que le hacen a uno alegrarse de ser alemán.

—¿Toda esa jerga yiddish de Europa del Este? La estaban untando con una paleta de chocolatero. Para divertirse un rato. No, de verdad, le estaban tomando el pelo, Friedrich. No son así en absoluto. Por eso les fue tan bien como ladrones durante tanto tiempo. Porque son capaces de encajar cuando y donde quieren. En ese aspecto, claro, son como los demás judíos de Alemania, muy fáciles de identificar. La mayoría de los judíos tienen la misma pinta que usted y que yo.

—Es posible. Aun así, creo que Alemania se ha acabado para los judíos.

—Esperemos que no se haya acabado también para los alemanes. Pero Berlín no es Alemania. Por eso nos odia tanto Hitler. Si tiene los contactos adecuados y dinero suficiente, un hombre, incluso un judío, aún puede desaparecer en Berlín. Los hermanos Krauss son listos. Ahí es adonde iría yo si la policía me estuviera siguiendo la pista y llevara tanto carbón en los bolsillos. Desde luego, no iría a Italia. Ya no. No desde que el Duce también empezó a culpar de sus problemas a los judíos.

Korsch me miró de soslayo y me di cuenta de lo que estaba pensando. Torcí el gesto.

—Sí que son listos —insistí—. Solo en pebluchos estúpidos

como Berchtesgaden cree la gente en todas esas gilipolleces de que son infrahumanos que difunde Julius Streicher en *Der Stürmer*. Usted lo sabe tan bien como yo. No había nadie más listo que Bernhard Weiss. El mejor jefe que ha tenido la Kripo. Aprendí más de ese judío que de mi propia madre. Lo que más me irrita de los nazis no es que se supone que debo odiar a los judíos, Friedrich. Y no lo hago. No los odio. No más de lo que odio a todo el mundo hoy en día. Lo que me resulta mucho más difícil de sobrellevar es que se supone que debo adorar a los alemanes y todo lo alemán. Eso es mucho pedirle a un berlinés. Sobre todo, ahora que Hitler está al mando.

Metimos el Maserati rojo en el garaje, lo cerramos con llave y nos llevamos el libro de contabilidad y las libretas de ahorros a la Hofbräuhaus cercana, donde, en una mesa discreta en un rincón, bajo un lúgubre retrato del Führer, pedimos jarras grandes de cerveza y salchichas bien largas con mostaza y *Sauerkraut* y, después de rendir su merecido homenaje a una camarera con la escotada blusa de estilo bávaro y una pechera que parecía una célebre formación geológica, abordamos nuestro análisis financiero, bastante menos apasionante. La mayoría de los clientes de la cervecería fumaban en pipa, llevaban apestosos pantalones cortos de cuero y fingían no estar interesados en la geología local. Saltaba a la vista que lo estaban, pero eran más lentos que un antiguo glaciar y hasta un crío sordo y sarnoso tendría más posibilidades que ellos con la camarera. De no haber tenido un caso entre las manos, quizá le hubiera soltado algún rollo en plan listillo de ciudad acerca de que ella era especial y ya me había enamorado, y tal vez me hubiera creído, porque eso es lo único que hace falta hoy en día. En Alemania, el amor es tan poco común como un judío con teléfono. Y Hitler no era el único que podía ser cínico. Mientras tanto, descubrí que las libretas de ahorros albergaban una historia más verosímil y fácil de entender y contar que el contenido del libro de contabilidad. Casi alcancé a ver la película muda que le habría puesto imágenes.

—Bien —comencé—, parece ser que, con una regularidad de la hostia, el primer lunes de cada mes Karl Flex sacaba ese precioso Maserati rojo del garaje de Rothman y se iba hasta San Galo, en Suiza, donde ingresaba montones de pasta en dos cuentas separadas en el

Wegelin Bank & Co., que, según esta libreta, se vende como el más antiguo del país. Una de las libretas está a nombre de Karl Flex, y la otra, al de Martin Bormann. ¿Y ha visto estas cantidades? Dios santo, no me había sentido tan pobre hasta que llegué a Berchtesgaden. Karl Flex tenía más de doscientos mil francos suizos en su cuenta personal. Pero en la cuenta de Bormann hay millones. ¿No es increíble? Con esta cantidad de dinero, los nazis no necesitan conquistar Polonia con la fuerza de las armas alemanas. Por la mitad de lo que Bormann tiene ahorrado en caso de que vengan mal dadas, podrían comprar todo el puñetero espacio vital que según Hitler necesitamos. A decir verdad, ojalá lo hicieran; en tal caso, seguro que los polacos no opondrían mucha resistencia.

Le mostré a Korsch el saldo de la segunda libreta del NSDAP y lanzó un suave silbido por encima de la cremosa espuma de su cerveza blanca.

—Eso explica la factura de hotel que encontramos en el coche —señaló—. La del hotel Bad Horn, en el lago Constanza, ¿recuerda? El lago Constanza no está muy lejos de San Galo. Quizá a unos quince o veinte minutos según ese mapa que hallamos en el Maserati.

—A ver. Así que después de ingresar el dinero en el banco de San Galo, debió de conducir hasta el lago Constanza, se alojó en una suite, cenó por todo lo alto y luego volvió aquí a Alemania al día siguiente. Igual se llevó a la prostituta desaparecida del Barracón P y se corrió una buena juerga. ¿Quién sabe? Igual la dejó allí. Mientras tanto, la pasta seguía llegando. ¿Alguna vez ha pensado que se equivocó de trabajo?

—Claro. Nos pasa a todos los polis. Todo parecer irles mejor a los maleantes que ganan dinero a manos llenas.

—Sobre todo cuando los maleantes están en el gobierno.

—Bueno, ¿quién iba a imaginarlo? Cuando salieron elegidos. Que eran maleantes, quiero decir.

—Prácticamente todos los que no les votaron, Friedrich. Y sospecho que unos cuantos de los pobres memos que los votaron. Lo que no hace sino empeorarlo.

—¿Quién es el Max Amann que consta como segundo firmante de la cuenta de Bormann?

—Creo que es el presidente de la Cámara de Medios del Reich, que a saber qué es.

—Debe de ser íntimo de Bormann.

—Supongo.

—El mero hecho de ver estas dos libretas me acojona vivo —dijo Korsch—. No me importa reconocerlo. Es lo que le decía antes, jefe. ¿Qué pasará cuando Bormann quiera su libreta de ahorros para acceder a su dinero?

—Según la libreta de Bormann, hay tres libretas para esa cuenta. Esta y dos más. Es de suponer que las otras están en poder de Bormann. Lo que explica por qué no ha pedido esta todavía. ¿Quién sabe? Igual no la echa de menos nunca.

—Es un consuelo. Pero sea como sea, a Bormann debe de preocuparle que, si usted encuentra esta libreta, se la dé al general Heydrich. Y que Heydrich la use contra él. Es exactamente el tipo de cosa que haría Heydrich. Ese recoge más porquería que las uñas de un colegial.

—Ni siquiera Heydrich está lo bastante loco como para creerse capaz de chantajear a Martin Bormann. Sobre todo, ahora que se avecina otra guerra.

De hecho, yo no estaba tan seguro. Heydrich tenía aplomo suficiente como para chantajear al mismísimo diablo, y cumplir sus amenazas. Me decía que era la única razón por la que trabajaba para el general, y a veces hasta me lo creía: que en realidad estaba cansado de ser poli en la Alemania nazi y ansiaba una vida tranquila en el anonimato rural, como policía de pueblo, quizá. Por supuesto, la verdad era muy distinta. Más que nada uno hace lo que se le da bien, aunque la gente para la que lo hace no sea buena. A veces quieres matarlos, pero la mayor parte del tiempo sabes que no lo harás. A esto lo llamamos una «carrera de éxito» en Alemania. Abrí el grueso libro de contabilidad de cuero y empecé a pasar las rígidas páginas. Pero aparte de reconocer unos pocos nombres y direcciones, no encontré ningún indicio real de su posible valor, al margen del estrictamente monetario, que era muy elevado.

—Parece ser que los detalles de lo que Flex y sus jefes se traían entre manos están en este libro. Aunque por muchas vueltas que le doy, no sabría decir qué tengo delante. Nunca se me han dado muy bien los números, a no ser que los interprete una chica con lencería bonita que después me pida que la invite a una cerveza con un poco de jarabe rojo. Está claro que mucha gente de por aquí le entregaba grandes sumas de dinero con bastante regularidad a Karl Flex. Pero es difícil saber a ciencia cierta por qué lo hacían. Al menos, de momento. Muchos de estos nombres están señalados con las letras *P*, *Ag* o *B*, que debían de tener algún significado para Flex, pero a mí no me dicen nada. Flex era quien se ocupaba del dinero de alguna clase de amaño local que no tenía nada que ver con las órdenes de expropiación. Consistía en que algunas personas abonaban sumas más pequeñas y regulares a Flex, no de que la Administración de Obersalzberg les pagara por sus casitas de reloj de cuco. —Me encogí de hombros—. El caso es que esto me recuerda los buenos tiempos en que había bandas criminales que cobraban a la gente por darles protección. El problema es que, hoy en día, los únicos de quienes necesitamos protección son los que gobiernan. Son la mayor organización criminal de la historia.

Korsch le dio la vuelta al libro de contabilidad para mirarlo y asintió.

—A ver qué le parece esta idea —dijo un rato después—. ¿Por qué no escogemos uno de estos nombres al azar y vamos a preguntarle? Un abogado gordo, por ejemplo. El doctor Waechter. El que compró el establecimiento de Rothman. Veo su nombre aquí en el libro con una *B* y una *Ag* en su columna. Volvemos allí y le preguntamos a ese cabrón, a quemarropa. Y si no nos lo cuenta, tendríamos que llevarlo a Dachau y amenazarlo con dejarlo allí. Ahora ya me sé el camino. Y apuesto a que el capitán Piorkowski nos seguiría el juego. Daría por sentado que Heydrich quería que las cosas se hicieran así. Créame, ese abogado malnacido empezará a hablar en cuanto huela ese aire tan poco fresco y vea el amistoso lema en la puerta.

—Waechter no le cayó muy bien, ¿verdad, Friedrich?

—¿Le cayó bien a usted?

—No. Pero yo estaba predispuesto. Aún no he conocido a ningún abogado alemán a quien no quisiera defenestrar desde el sexto piso del Alex.

—Ya le dio un susto. Podría darle otro. Podríamos dárselo los dos. Con un poco de suerte, se cagará en el suelo del despacho de Piorkowski.

—A pesar de lo mucho que me gustaría meterle a Waechter el miedo a Heydrich por ese culo tan gordo que tiene, antes prefiero tener por lo menos cierta idea de lo que significa este libro de contabilidad. Si algo he aprendido desde que volví a entrar en la Kripo es que en la Alemania nazi nunca es buena idea hacer preguntas a menos que se sepa alguna que otra respuesta. Sobre todo, desde ese caso del mes de noviembre pasado. Karl Maria Weisthor. Tanto trabajo para atrapar a un asesino que resultó ser el mejor amigo de Himmler. Qué pérdida de tiempo. Himmler me cogió manía por resolver el caso. Ya le dije que me pegó una patada en la espinilla, ¿no?

—Varias veces. Me encantaría haberlo visto.

—No fue tan divertido en su momento. Aunque creo que Heydrich y Arthur Nebe lo disfrutaron. Además, Waechter se lo podría decir a Bormann y así nos quedaríamos sin nuestra biblia. Que es lo que tenemos aquí, sospecho. Es nuestra principal baza. Aunque no sepamos qué era lo que pagaba estaba gente. No, ahora mismo necesitamos que alguien nos ayude a descodificar lo que hay aquí en el texto sagrado de Flex. El sumo sacerdote de Dios, quizá.

—Solo hay un Dios verdadero en Obersalzberg. Y Bormann es su profeta.

—Entonces, si no un sacerdote, una suma sacerdotisa que nos ayude a entender las sagradas escrituras. Una Casandra local.

—Gerdy Troost.

Asentí.

—Exacto. No le hará ninguna gracia cuando le cuente lo que fue de su amigo médico. Cuando se entere de que se ahogó en el Isar, quizá esté dispuesta a contarme todo lo que sepa, que, sospecho, es bastante.

—¿Cómo es esa mujer, jefe? ¿Bonita?

—No —dije con firmeza—. No especialmente.

—Bueno, eso nunca lo ha disuadido, ¿verdad?

—Oiga, me alegra que sea así. Detestaría verme tentado a cometer una indiscreción en la casa de Hitler. Si aborrece el tabaco y el alcohol, es difícil imaginar cómo reaccionaría al averiguar que dos personas estaban dale que te pego como conejos en la habitación de invitados. ¿Quién dice que no sea la novia del Führer? Aunque es difícil imaginar qué podrían hacer que no incluya un discurso de dos horas en el Sportpalast en vez de una cena en Horcher's.

—Lo lógico sería que escogiera a una mujer bonita —señaló Korsch—. Bueno, podría tener a cualquiera alemana.

—Igual le gusta la buena conversación mientras toma té y tarta.

—Yo soy capaz de soportar a una chica inteligente siempre y cuando sea guapa.

—Se lo haré saber. Yo soy un hombre de gustos sencillos, Friedrich. No me importa el aspecto que tengan siempre y cuando se parezcan a Hedy Lamarr. Esta, Frau Troost, es diseñadora, según dice. Como si fuera excepcional en una mujer. Sé por experiencia que todas tienen sus diseños y sus intenciones ocultas. La mayoría nunca te dice cuáles son hasta que ya es demasiado tarde.

Estaba pensando en mi última novia mientras hablaba. Aún no estaba seguro de qué había querido Hilde, salvo que no me incluía a mí.

—¿Qué le pasó a su marido, entonces?

—¿Paul Troost? Lo único que sé es que está muerto. Y que era mucho mayor. Lo que me plantea incógnitas sobre su matrimonio. Gerdy no es como la mayoría de las mujeres. No creo que le gusten mucho los hombres. Solo Hitler. Y no estoy seguro de que ese entre en la categoría de hombre. Tal vez él no lo vea así. No si tomamos como indicio el salón de té del Kehlstein. Es un sitio de esos donde van los dioses para planear la conquista de este mundo y el otro.

Korsch asintió.

—Bueno, si su amiga Gerdy está dispuesta a pronosticar el futuro, a ver si es capaz de predecir si va a haber otra guerra.

—No hace falta recurrir a Casandra para eso, Friedrich. Hasta yo soy capaz de decir que va a haber otra guerra. Es la única explicación posible para Adolf Hitler. Simplemente quiere que la haya. Siempre lo ha querido.

43

OCTUBRE DE 1956

Me arrimé a las sombras de la entrada de la tienda igual que un gato nervioso, y vi cómo Friedrich Korsch gritaba órdenes a sus hombres delante del radiantemente iluminado bar de la esquina de Freyming-Merlebach. Tan cerca de la frontera histórica nadie habría prestado mucha atención a un grupo de hombres hablando alemán, incluido uno en particular que vestía pantalones cortos de cuero. Quizá el Sarre hubiera pasado a ser una parte administrativa de Francia, pero por lo que había leído en la prensa, poca gente se tomaba la molestia de *parler français* allí. Hasta en Freyming-Merlebach había anuncios de cerveza y tabaco alemanes en el ventanal empañado del bar. Me bastó verlos para sentirme un poco más cerca de mi hogar y de la seguridad. Hacía una eternidad que no me pimplaba una *Schloss Bräu* ni me fumaba un Sultan o un Lasso. Había pasado mucho tiempo desde que Alemania, y sus viejas costumbres familiares, no me resultaban tan entrañables.

Korsch llevaba un abrigo corto de cuero negro con cinturón que, no me cupo duda, ya tenía casi veinte años antes, cuando aún era un joven detective de la Kripo en Berlín. Pero la gorra de visera de cuero que lucía parecía haberla adquirido más recientemente. Esta le daba a su aspecto un toque proletario, casi leninista, como si estuviera deseoso de ceñirse a las realidades políticas de la vida en la nueva Alemania, o al menos en una mitad de ella. Pero fue su voz lo que mejor reconocí. Entre alemanes, el acento de Berlín se considera uno de los más marcados y desabridos en ese idioma, y entre los berlineses, el acento de Kreuzberg es tan fuerte como la mostaza Löwensenf. El acento de Korsch era una de las cosas que, quizá, le habían impedido llegar a comisario con los nazis. Los detectives de Berlín con más antigüedad como Arthur Nebe —que era hijo de un maestro berlinés— y Erich Lieberman von Sonnenberg, un aristócrata, e incluso Otto Trettin, siempre habían tenido a Friedrich Korsch por una suerte de Mackie el Navaja, entre otras cosas porque siempre llevaba una navaja de muelle de once centímetros en el bolsillo, como refuerzo de su Mauser de «palo de escoba» preferida. Kreuzberg era un sitio de esos donde hasta las abuelas llevaban navaja o por lo menos un alfiler de sombrero bien largo. A decir verdad, no obstante, Korsch era un hombre culto con el título de acceso a la universidad a quien le gustaban la música y el teatro, y coleccionaba sellos como pasatiempo. Me pregunté si conservaría el sello de veinte pfennigs de Beethoven al que le faltaba una perforación y que me aseguró que algún día sería valioso. ¿Podían los comunistas hacer algo tan burgués como ganar dinero vendiendo un sello único? Lo más probable era que no. Las ganancias siempre serían el marco de puerta ideológico contra el que el comunismo se golpeaba su feo dedo gordo del pie.

Me retrepé contra la puerta cuando el hombre de la Stasi que llevaba pantalones cortos de cuero echó a andar hacia mí a la vez que encendía un cigarrillo francés. En la penumbra, el mechero también iluminó una cara juvenil con una profunda cicatriz que se prolongaba desde la frente hasta la mejilla como un mechón de pelo rebelde. De algún modo eludía un ojo tan azul como un lirio africano y con toda probabilidad igual de venenoso. A medio cruzar la calle, el hombre se detuvo y se volvió cuando Korsch terminaba lo que estaba diciendo con las palabras «malditos idiotas» pronunciadas a voz en grito y con auténtica saña.

Luego dijo:

—Estaba hablando por teléfono con el camarada general. Me ha dicho que su contacto en la policía francesa le ha informado de que unos pocos kilómetros al oeste de aquí, en un sitio llamado Puttelange-aux-Lacs, hace menos de dos horas, han visto a un hombre que encajaba con la descripción de Gunther. La policía francesa lo ha perdido, claro. Qué idiotas. No podrían coger una puta manzana ni aunque cayera del árbol. Y es posible que haya robado un coche, un Renault Frégate verde, para huir con más facilidad. En cuyo caso, bien podría estar aquí a estas alturas. Y si está aquí, supongo que abandonará el Renault e intentará llegar al Sarre a pie. A través de esta o de cualquier otra población de mierda a lo largo de lo que antes era la frontera.

—Es un buen coche —comentó otro hombre de la Stasi, haciéndose eco de mi opinión.

—Pero me parece que Mielke tenía razón sobre este sitio —continuó Korsch—. Tenemos que mantenernos alerta por si intenta cruzar esta noche. Lo que significa vigilancia constante. Si descubro a algún cabrón durmiendo a escondidas cuando debería estar buscando a Gunther, le pegaré un tiro yo mismo.

La noticia de que Mielke contaba con un hombre —posiblemente más de uno— en la policía francesa no me sorprendió. El país estaba plagado de comunistas, y hacía menos de una década que la Sección Francesa de la Internacional Obrera —la SFIO— había participado en el gobierno provisional de liberación. Quizá Stalin estuviera muerto, pero el Partido Comunista Francés —el PCF—, dirigido por Thorez y Duclos, seguía formado por estalinistas doctrinarios de línea dura, y ningún Franzi rojo, ni siquiera los que estaban en la policía, se lo habría pensado dos veces antes de colaborar con la Stasi. Pero sí me sorprendió que la información ofrecida fuera de última hora y precisa. Eso era alarmante de por sí. Pero que la Stasi estuviera dedicando más esfuerzo a mi eliminación de lo que yo hubiera podido imaginar era peor; Erich Mielke no era de los que dejaban cabos sueltos, y por supuesto yo era el cabo más suelto que podía encontrarse fuera de una fábrica de cuerdas.

—¿Y si lo encontramos, señor?

Korsch no se lo pensó ni un instante.

—Lo matamos, claro. Que parezca un suicidio. Lo cuelgan en el bosque y le dejan el cadáver a la poli local. Luego se van a casa. Así pues, ahí tienen su incentivo, muchachos. En cuanto ese cabrón esté muerto, todos podremos ir a emborracharnos a alguna parte y luego volver a Alemania.

Oí los pasos de las botas con clavos de alguien que caminaba en la calle apenas iluminada y, unos segundos después, un hombre que llevaba una bata azul y una bolsa de la compra grande de la que asomaba una *baguette* igual que la parte superior del periscopio de un submarino apareció lentamente por el mismo lado del portal a oscuras en el que estaba yo. Por supuesto, incluso a la luz menguante me vio de inmediato, se detuvo un momento, dejó que su rostro reflejara cierta sorpresa, masculló un *Bonsoir* en voz queda y luego siguió caminando hasta que llegó a la altura del tipo de la Stasi que iba con pantalones cortos y calcetines largos de lana. No era raro en esa parte rural de Francia que los hombres llevaran *Lederhosen*. Los pantalones cortos de cuero eran populares entre los campesinos alsacianos porque son cómodos y resistentes, y no se ven sucios. El hombre de la bolsa de la compra seguramente no habría hecho ningún caso del de la Stasi en pantalones cortos de no ser porque el alemán se cruzó en su camino con la intención evidente de cerciorarse de que no era yo intentando fugarme. No se lo podía reprochar; el tipo de la bata azul se parecía más a mí que yo mismo.

—¿Sí? —dijo—. ¿Qué desea, *monsieur*?

El de los pantalones cortos encendió el mechero y lo sostuvo delante de la cara del otro como si explorase una caverna.

—Nada, abuelo —respondió—. Lo siento. Lo he tomado por otra persona. Tranquilo. Tome, coja un cigarrillo.

El anciano cogió un pitillo del paquete que se le ofrecía y se lo puso en la boca. El mechero se iluminó de nuevo. Como el viejo mencionara que me había visto en el portal calle abajo, podía darme por muerto.

—¿A quién están buscando? Igual puedo ayudarlos a encontrarlo. Conozco a todo el mundo en Freyming-Merlebach. Incluso a un par de alemanes.

—Da igual —dijo el de la Stasi con firmeza—. Olvídelo. No tiene importancia.

—¿Está seguro? Usted y sus amigos están por toda la ciudad esta noche. Tiene que ser alguien importante.

—Mire, ocúpese de sus asuntos, ¿vale? Ahora váyase a tomar viento antes de que pierda la paciencia.

Mientras mantenían esa conversación yo salí en silencio del portal y eché a andar calle abajo, decidido a poner tanta distancia como fuera posible entre los hombres de Mielke y yo. Con la esperanza de que el hombre de la Stasi diera por sentado que acababa de salir por la puerta y no me prestara atención, caminé deprisa pero con calma, como si de veras fuese a algún sitio en concreto. Incluso me detuve a mirar el escaparate de un estanco antes de continuar. Ya había llegado al edificio de la funeraria local al final de la calle cuando se encendió la luz en una ventana justo encima de mi cabeza. Para el caso, podría haber sido un reflector diseñado para impedir las maniobras nocturnas del enemigo y me iluminó igual que a un actor en el escenario. Un instante después se oyó un grito y luego se hizo añicos un cristal cerca de mi cabeza. Miré alrededor y vi al de los pantalones cortos: me apuntaba con una pistola. Me habían reconocido. No oí el segundo disparo, lo que me llevó a pensar que estaba usando silenciador, pero desde luego sentí cómo la bala pasaba rozándome la oreja. Eché a correr, di un brusco giro a la izquierda y recorrí unos veinte metros antes de ver, al lado de una peluquería, un angosto descampado detrás de una verja de metal cubierta de malas hierbas. La salté a toda prisa y fui a caer entre unas ortigas altas, y luego seguí corriendo a toda velocidad hasta llegar a la puerta de un viejo garaje. Por suerte, no estaba cerrada. Entré, pasé como mejor pude junto a un automóvil polvoriento, cerré con cuidado la puerta de entrada a mi espalda, abrí de una patada la puerta trasera, que estaba cerrada, y me encontré en el patio de hormigón de la casa de alguien. Al lado de un pequeño jardín de hierbas finas había unas toallas gastadas puestas a secar en un tendedero que me ayudaron a disimular mi presencia. Había un hombre sentado en la sala de estar sin apenas mobiliario. Oía un partido de fútbol en la radio, lo bastante alta para sofocar el ruido que hice al abrir su puerta y cruzar a paso quedo el suelo de linóleo marrón de la cocina maloliente; el hedor bien podía deberse a un plato de *andouillettes* a medio comer encima de la mesa. Si un alemán que adoraba las salchichas necesitaba una buena excusa para detestar a los franceses, el olor como a meados de una *andouillette* era más que suficiente. A mí me parecía que solo había una cosa peor que ese olor, y era la peste de mi propia ropa interior sin lavar. Me detuve un momento y luego avancé poco a poco por la casa medio iluminada, sin que el hombre que seguía escuchando la radio con atención se diera cuenta. Llegué a la puerta delantera, la abrí, miré fuera y vi a un hombre que corría por la calle. Di por hecho que era de la Stasi, así que cerré la puerta y subí de puntillas la escalera de la casa con la esperanza de encontrar algún sitio donde esconderme. Fue fácil dar con el dormitorio principal, aún más maloliente que la cocina, pero el de invitados estaba limpio y, a juzgar por su aspecto, apenas se usaba. Había colgado en la pared un retrato de Philippe Pétain: lucía un quepis rojo y una túnica gris y tenía todo el aire de un guerrero orgulloso; su bigote parecía un pollo de primera, lo que también habría sido una buena descripción del ejército francés que Weygand y él tuvieron a sus órdenes en junio de 1940. Fui a la ventana y durante diez o quince minutos vigilé la calle, por la que pasaba lentamente un coche de aquí para allá. Saltaba a la vista que los ocupantes me estaban buscando. Atiné a distinguir a Friedrich Korsch con el parche del ojo en el asiento delantero.

Hacía frío en la habitación, y me abrigué con una manta roja que encontré encima del armario. Un rato después me metí debajo de la cama con un orinal y unas cuantas uñas de los pies por toda compañía. Me dije que seguramente estaría mejor donde me encontraba, al menos durante un par de horas. Poco a poco el corazón dejó de latirme tan deprisa y al final cerré los ojos y hasta dormí un poco. Como cabía esperar, soñé que me perseguía una manada de lobos babeantes que tenía un hambre tan atroz como yo. Por alguna razón iba vestido igual que Caperucita Roja. Ojalá hubiera hecho caso a mi abuelita Mielke y no me hubiese desviado del camino.

Cuando desperté, la radio estaba apagada y la casa entera a oscuras. Salí de debajo de la cama, usé el orinal, fui a la ventana y eché un vistazo a la calle. No había ni rastro de mis perseguidores, pero eso no quería decir que no siguieran por allí. Cogí la manta y bajé a hurtadillas. Un reloj de pared hacía tictac estruendosamente en la diminuta sala de estar. Sonaba como alguien cortando leña. El olor persistía; las *andouillettes* seguían encima de la mesa de la cocina. Superé la repugnancia tan real que me producían y me las comí, aunque a punto estuve de vomitar: me recordaron el orinal. Luego me eché a la boca un trozo de pan para mitigar el regusto. Necesitado de cafeína, me bebí una taza de café instantáneo frío, que estaba casi tan malo como el embutido, saqué un cuchillo afilado del cajón, me lo guardé en el lateral del calcetín y abandoné la casa.

La ciudad seguía sumida en la oscuridad y tan desierta como si hubiera habido un toque de queda de la Gestapo. Tendría que desplazarme con cuidado, como uno de esos luchadores franceses de la resistencia que ahora eran carne de ficción popular. Tal vez lo hubieran sido siempre. Cualquiera que estuviera en movimiento a esas horas de la noche despertaría sospechas. Sabía que la antigua frontera estaba en lo alto de la colina, pero no mucho más. De algún modo tenía que localizarla y luego buscar un terreno despoblado donde, durante un tiempo, pudiera ocultarme igual que un zorro perseguido. Yendo de portal en portal como si repartiera el correo, avancé con sigilo por las calles de Freyming-Merlebach y crucé la población. Al final, vi una larga hilera de coníferas y supe por instinto que era la Santa Alemania, donde encontraría refugio. Estaba a punto de cruzar la carretera a toda prisa cuando me llegó un intenso olor a cigarrillo francés y me detuve el tiempo suficiente para ver al hombre de los pantalones cortos de cuero sentado en una marquesina de autobús. No me cupo duda de que esta vez tendría suerte si conseguía que no me pegaran un tiro. Los de la Stasi eran todos excelentes tiradores, y con su silenciador, este era seguramente un asesino experimentado. Korsch le arrebataría un galón por errar un solo disparo contra mí. Igual hasta le haría otra cicatriz en la cara con esa navaja. Había tenido suerte dos veces, y no creía que fuese a haber una tercera. De algún modo, tendría que pasar por delante de ese hombre, pero no veía cómo hacerlo.

44

ABRIL DE 1939

El ayudante alto y barbilampiño de Heydrich, Hans-Hendrick Neumann, nos estaba esperando en Villa Bechstein. Llevaba en la mano un libro sobre Karl Ferdinand Braun y la invención del tubo de rayos catódicos, lo que me recordó que Heydrich acostumbraba escoger a personas inteligentes formadas en las disciplinas más dispares para trabajar a sus órdenes. Igual eso me incluía a mí. Neumann había acudido desde Salzburgo con una orden de Heydrich que no tenía nada en absoluto que ver con localizar al asesino de Karl Flex sino, después del torpe intento de Kaltenbrunner de detenerme, con imponer su autoridad absoluta sobre el Servicio de Seguridad.

—Esos dos payasos de Linz —dijo Neumann—. ¿Dónde están ahora?

—En los calabozos debajo del hotel Türken —repuse—. Le clavé a uno un trozo de cristal.

—Me temo que su situación actual no tiene visos de mejorar mucho. Heydrich tiene que hacerles unas cuantas preguntas importantes. Antes de que los fusilemos y enviemos los cadáveres de regreso a Linz.

La noticia no tendría que haberme sorprendido, pero lo hizo. Aunque odiaba a la Gestapo con todo mi corazón, no me hizo ninguna gracia ser el motivo de los fusilamientos de esos dos hombres.

—¿Va a fusilarlos?

—Yo no. Lo puede hacer la RSD local. Para eso están. —Neumann miró a Friedrich Korsch—. Usted. Es el ayudante de investigación criminal Korsch, ¿no? Vaya a buscar al oficial de guardia de la RSD y dígale que organice un pelotón de fusilamiento para mañana por la mañana.

Korsch me miró, y asentí. No era el momento oportuno para interceder por los dos hombres de Linz. Se levantó y fue en busca del oficial de guardia de la RSD.

—El general quiere que se dé ejemplo con esos hombres —dijo Neumann—. Interferir con un comisario de policía de la jefatura de la Kripo que cumple órdenes expresas de Heydrich, que es usted, por si no se ha reconocido, es traición. Y, como es natural, Kaltenbrunner captará el mensaje. Pero antes, tenemos que interrogarlos y asegurarnos de que nos lo hayan contado absolutamente todo.

—No creo que vaya a sacarles mucho más que yo.

—Aun así, esas son las órdenes del general. Tengo que hacerlos hablar si puedo. Y luego fusilarlos a los dos.

—Como usted quiera. Pero creo que ya me han dicho todo lo que cabía averiguar. Los envió Kaltenbrunner. No cabe duda de que es lo único importante.

Neumann sacó del bolsillo del pantalón un puño americano y se lo puso sobre los nudillos. De pronto parecía que iba en serio y me hice una idea mucho más clara de por qué Heydrich lo tenía como ayudante. No era solo su cerebro. A veces había que tirar de hilos y desfigurar caras. Sonrió con crueldad.

—El general me llama su «cortacircuitos». Por mi formación en electrónica.

Quizá el chiste sonara mejor cuando lo contaba Heydrich, pero lo dudé. En términos generales, yo no tenía el mismo sentido del humor que el número dos de Himmler. Y aunque sabía que llevaba dentro un rasgo de crueldad en alguna parte —era imposible haber sobrevivido a las trincheras y no tenerlo—, por lo general lo contenía como buenamente podía. Pero los nazis parecían regodearse en su crueldad.

—Seguro que me dirigiría toda clase de improperios si le contara lo persuasivo que puedo llegar a ser —comentó Neumann.

—No, no lo haría por mucho que lo pensara. Pero dígame qué quiere saber el general y le contaré lo que creo.

Frunció el ceño.

—Esos hombres lo habrían matado sin dudarlo, Gunther. Pensaba que se alegraría de verlos recibir una buena paliza.

—No soy nada aprensivo, capitán. No le tengo aprecio a ninguno de esos dos. Estoy pensando en usted. Además, cuando uno ha interrogado a tantos sospechosos como yo, aprende a no fiarse de lo que escupe un hombre por la boca después de haberlo golpeado para arrancárselo. Sobre todo, son dientes y muy pocas verdades. Únale a eso el hecho de que aquí están ocurriendo muchas más cosas de las que el general podría imaginar. Se lo aseguro. Este asunto de Kaltenbrunner es un divertimento. En Obersalzberg están pasando suficientes cosas como para que Heydrich tenga en el bolsillo a Martin Bormann durante los próximos mil años. Le prometo que no quedará decepcionado.

Neumann se encogió de hombros y se guardó el puño americano.

—De acuerdo. Lo escucho. Pero me temo que no puede decir nada que salve a esos hombres de un pelotón de fusilamiento. Por cierto, creo que debería estar allí cuando sean fusilados. No quedaría bien que no estuviera presente.

Rudolf Hess se hallaba en Berchtesgaden, reuniéndose con oficiales del Partido en la Cancillería local del Reich, por lo que teníamos la villa para nosotros. Así pues, fuimos a sentarnos delante de la chimenea en el salón de la villa. Neumann, con sus brillantes botas negras y su inmaculado uniforme de las SS, parecía haber sido consumido por las llamas, algo herético, algo curtido y apóstata, como una especie de caballero templario moderno. Con las SS, uno siempre tenía la sensación de que su celo no tenía límite; de que no había nada que no fueran capaces de hacer al servicio de Adolf Hitler. Con una guerra presumiblemente a punto de estallar, era una perspectiva nada halagüeña. Eché unos leños al fuego y acerqué la silla un poco más a la pira. No era que tuviese mucho frío, tan solo que no me parecía nada probable que hubiera un micrófono escondido en la chimenea llameante. Luego, mientras tomábamos café de la cafetera en la mesa de comedor debajo de la ventana, le conté a Hans-Hendrik Neumann todo lo que había averiguado desde mi llegada a Berchtesgaden y Obersalzberg, y mucho más sobre lo que aún estaba elucubrando. Escuchó con paciencia, escribiendo en una libretita de cuero Siemens. Dejó de tomar notas cuando le describí el Barracón P en Unterau.

Neumann sonrió.

—¿Quiere decir que Martin Bormann tiene montado un prostíbulo allí abajo?

—En efecto, sí. Bormann ordenó que se pusiera en marcha para disfrute exclusivo de los trabajadores locales de P&Z. De la administración semanal se ocupaban Karl Flex, Schenk y Brandt, igual que ocurre con todos los demás chanchullos tan rentables que tiene por aquí. Pero creo que de la gestión cotidiana se encarga una checa germanoparlante llamada Aneta.

—Vaya, qué interesante.

Neumann empezó a escribir otra vez.

—Ah, ¿sí?

—¿Aneta qué?

—¿Su apellido? Ni idea.

—Da igual. Quiero conocer a esa puta. Lo antes posible. Igual puede llevarme usted ahora.

—Se supone que debo conducir una investigación aquí, capitán. Para eso me envió Heydrich. Para encontrar al asesino de modo que Hitler pueda venir a celebrar su cumpleaños con todas las garantías de que estará a salvo. ¿Lo recuerda?

—Sí, desde luego. Pero no creo que esto le robe mucho de su valioso tiempo. Gunther. —Neumann cerró la libreta y se puso en pie—. ¿Vamos?

45

ABRIL DE 1939

El ajetreo reinaba en el Barracón P, en Gartenauer Insel, en Unterau. El capitán Neumann y yo tuvimos que esperar a que Aneta hubiera acabado de satisfacer a un cliente de rostro anguloso. Al fin se reunió con nosotros en el coche. Llevaba un intenso perfume. No obstante, se olía el sudor del hombre que había estado con ella, y tal vez otras cosas en las que preferí no pensar. No tenía idea de qué le rondaba a Neumann por la cabeza hasta que abrió la boca tensa y empezó a hablar. Aneta se sentó en el asiento trasero del Mercedes con las manos en el regazo, aferrando un pañuelito como si estuviera a punto de echarse a llorar. Era una chica menuda pero bonita, de unos veinticinco años, rubia, con los ojos verdes y un hoyuelo precioso en la barbilla trémula. Estaba asustada, claro. Aterrada, de hecho, pero no se le podía reprochar. No todos los días te pide un ángel negro que montes en su coche, aunque, en descargo de Neumann, hay que decir que este hizo todo lo posible por tranquilizarla. Le ofreció un pitillo, diez marcos, su mano lánguida —no era de extrañar que necesitara un puño americano— y su sonrisa más cautivadora. Era una faceta suya encantadora que no había visto nunca.

—No pasa nada, querida —la tranquilizó, a la vez que le encendía el cigarrillo con un Dunhill de oro—. No se ha metido en ningún problema. Pero me gustaría que hiciera una cosa por mí. Un servicio importante. —Frunció el ceño y luego tuvo el detalle de apartarle una hebra de cabello rubio de los labios recién pintados a toda prisa—. No se preocupe. No me interesa usted de esa manera, Aneta, se lo aseguro. Soy un hombre felizmente casado y padre de tres hijos. ¿Verdad que sí, comisario?

—Si usted lo dice...

—Bueno, pues sí. Bien, Aneta. Perdone, ¿cómo se apellida?

—Husák.

—Habla muy bien el alemán. ¿Dónde lo aprendió?

—Sobre todo aquí, señor. En Berchtesgaden.

—¿De veras? Por cierto, ¿lleva sus papeles encima?

—Sí, señor.

Aneta abrió el bolso y le tendió un Pase de Visitante del Estado Alemán. Neumann inspeccionó el pase y me lo acercó.

—Guárdelo, de momento —dijo.

Abrí el pase y lo miré. Aneta Husák tenía veintitrés años. Parecía más joven en la fotografía. Me guardé el pase en el bolsillo. Seguía sin tener la menor idea de lo que planeaba Neumann.

—¿Ha trabajado como modelo de fotografía, o se ha dedicado a la interpretación?

—¿Interpretación? Sí. Una vez salí en una película. Hace un par de años.

—Excelente. ¿Qué clase de película era?

—Una película Minette. En Viena.

Las películas Minette eran las que mostraban chicas desnudas. Yo no tenía reparos en ver chicas desnudas, pero las que salían en las películas Minette eran demasiado desinhibidas para mi gusto. Un poco de inhibición es buena para la psicología de un hombre; le permite pensar que igual la chica no haría con cualquiera lo que está haciendo con él.

—Mejor aún —aseguró Neumann—. Quizá recuerda el título de la película.

—Se titulaba *La secretaria descarada*. Por favor, señor, ¿a qué viene todo esto?

—Aneta, si me hace este favor, será compensada, generosamente, en efectivo, y se le proporcionará ropa nueva muy bonita. La que usted quiera. Todo un nuevo y precioso vestuario. Lo único que tiene que hacer es venir conmigo y seguir al pie de la letra mis instrucciones. Una interpretación. Quiero que finja que es otra persona. Una dama. ¿Puede hacerlo?

—Creo que sí.

—No debería llevarle más de un día, quizá día y medio. Pero no debe hacer preguntas. Limítese a hacer lo que se le diga. ¿Entendido?

—Sí, señor. ¿Puedo preguntarle cuánto me pagará, señor?

—Buena pregunta. ¿Qué le parecen quinientos marcos imperiales, Aneta?

—Me parecen de maravilla, señor.

—Si hace bien este trabajo, puede que haya más. Hasta podrían pedirle que vaya a Berlín, donde se alojaría en un hotel bien caro y bonito y tendría todo lo que quisiera. Champán. Comidas deliciosas. Es usted checa, ¿verdad? De Carlsbad.

—Sí, señor. ¿Conoce Carlsbad?

Neumann arrancó el motor del coche.

—De hecho, sí, lo conozco —dijo—. Solo que creo que ahora Checoslovaquia forma parte del Gran Reich Alemán, desde el año pasado. Tenemos que aprender a llamar Bohemia a esa parte del mundo, ¿no cree?

—Sí, señor.

—Bohemia me gusta más, ¿a usted no? Suena mucho más romántico que Checoslovaquia.

—Pues sí —convino ella—. Parece salido de una antigua novela.

—Entonces, ¿le gusta formar parte de la nueva Alemania?

—Sí, señor.

—Bien. Fui allí una vez a un balneario. Y me alojé en el Grandhotel Pupp. Un sitio maravilloso. ¿Lo conoce?

—En Carlsbad todo el mundo conoce el Pupp. Mi madre trabajó allí de camarera muchos años.

—Entonces, quizá ella y yo coincidimos. —Neumann sonrió con ternura—. El mundo es un pañuelo, ¿verdad, Aneta?

Del Barracón P fuimos hacia el sudoeste, hasta una dirección discreta en el norte de Berchtesgaden donde aparcamos delante de una elegante villa de tres plantas de estilo alpino. Unos hombres de las SS estaban esperando en el jardín delantero y saludaron dando un taconazo seco cuando Neumann enfiló el sendero cubierto de nieve, seguido por mí y luego Aneta. En el recargado porche de madera, Neumann sacó un juego de llaves relucientes de aspecto nuevo y abrió la puerta principal. Además de un retrato de Adolf Hitler de gran tamaño, las paredes pintadas de blanco del vestíbulo albergaban varios juegos de sables de duelo y fotografías de una *Burschenschaft*, una sociedad estudiantil dedicada a la extraña costumbre de marcar con cicatrices los rostros de jóvenes alemanes. Como alguien que había pasado la mayor parte de la guerra evitando recibir heridas, yo nunca había entendido los duelos. La única cicatriz que tenía en la cara era una ronchita producto de una picadura de mosquito. En el interior de la vivienda, todo era de la mejor calidad, caro y pesado, como cabría esperar en esa parte del mundo y en una casa de ese tamaño. A todas luces, era propiedad de alguien importante; es decir, de un nazi. A los nazis les gusta comprar mobiliario a toneladas.

En el salón de dos niveles cogí una fotografía enmarcada —una de varias que había sobre el piano de cola— de un oficial de alto rango de las SS muy alto y con la cara cubierta de cicatrices, lo que explicaba los sables de duelo. No lo reconocí, pero sí reconocí a los dos hombres de uniforme que estaban detrás; uno era Heinrich Himmler, y el otro era Kurt Daluege, el jefe de la HA-Orpo, la policía de seguridad. En otra fotografía, el mismo oficial cubierto de cicatrices aparecía retratado con el gobernador del Reich de Baviera, Franz Ritter von Epp. Y en otra, estrechaba la mano de Adolf Hitler. Resultaba evidente que el de la cara surcada de cicatrices tenía muy buenos contactos.

—¿De quién es esta casa, por cierto? —le pregunté a Neumann.

—Pensaba que era usted detective, Gunther.

—Y lo era. Pero ahora no soy más que una especie de llave inglesa como usted. Alguien a quien su jefe puede usar para apretar unos cuantos tornillos y tuercas testarudos.

—Es la casa de verano de Ernst Kaltenbrunner —respondió Neumann.

—Supongo que no sabe que estamos aquí.

—No tardará en averiguarlo.

—Lo que me lleva a preguntarme cómo obtuvo usted las llaves de la puerta principal.

—Pocas cosas quedan fuera de las posibilidades de Heydrich cuando este se empeña. Nos encargamos de que alguien las tomara prestadas tiempo atrás para hacer copias. —Neumann miró a Aneta—. ¿Por qué no va arriba y se pone cómoda, querida? De hecho, ¿por qué no se da una buena ducha caliente?

—¿Una ducha?

—Sí, debe de estar un poco sucia después..., después de... ya sabe. Lo siento, querida, no lo digo para avergonzarla. Solo para que se sienta lo más cómoda posible. Estará usted aquí durante un tiempo, Aneta. Mientras tanto, buscaré esa ropa tan bonita de la que le hablaba. Aquí hay vestidos de Schiaparelli. Creo que serán de su talla. Viste usted la treinta y ocho, ¿no? Supongo que está al tanto de quién es Elsa Schiaparelli.

—Todas las mujeres de Europa saben quién es Schiaparelli —repuso Aneta—. Y sí, visto la treinta y ocho. —Sonrió con alegría ante la perspectiva de lucir una ropa tan cara.

—Espléndido. Encontrará toallas limpias, jabón y numerosos perfumes en el cuarto de baño. Le subiré los vestidos en un momento y podrá escoger uno que le guste. Así como una muda de ropa interior, y medias.

—¿Quinientos marcos, ha dicho?

—Quinientos.

Neumann sacó la cartera y le enseñó un fajo de un centímetro de billetes.

Aneta subió sumisa, tal como le habían pedido, y me dejó a solas con el capitán Neumann.

—Creo que empiezo a ver qué se trae entre manos —observé—. Unas cuantas fotos de la chica aquí, en la casa de campo de Kaltenbrunner, sosteniendo con cariño su retrato enmarcado. Una declaración firmada de que tenía una aventura con él, quizá. Entonces Heydrich lo tendrá bien pillado. O se comporta y se ciñe a la disciplina o Hitler verá las pruebas de su atroz adulterio. Es lo que mejor se les da, ¿no? El chantaje.

—Algo así —reconoció Neumann—. ¿No lo sabía? Pensaba que se lo dijimos en Berlín. Ernst Kaltenbrunner es un hombre felizmente casado. Y cierto es que su esposa, Elisabeth, está al tanto de sus aventuras. Por eso está felizmente casado. Tiene varias amantes. Una de ellas es la baronesa Von Westarp. Esos vestidos de los que hablaba le pertenecen. Están arriba, en un armario. Pero tanto la esposa como la amante se llevarán una sorpresa cuando averigüen que es aficionado a las putas locales. Y no solo eso, sino a las putas de la peor clase que trabajan en un prostíbulo frecuentado por obreros de la construcción. Y también será una sorpresa para Hitler, claro. El hecho de que Kaltenbrunner se estuviera acostando con una prostituta eslava le resultará especialmente ofensivo al Führer. Y el hecho de que proceda de un prostíbulo local regentado por Martin Bormann seguro que hace el asunto más interesante aún.

Neumann encendió un cigarrillo y luego olió una licorera que había en el aparador. La mano le temblaba un poco, cosa que me sorprendió. Quizá sus dotes de chantajista no eran tan innatas como había imaginado.

—¿Le apetece un brandy? Voy a tomarme uno. Tengo entendido que a Kaltenbrunner le gusta el brandy de la mejor calidad. Este lo es. Supongo que eso explica por qué bebe tanto.

—Claro. ¿Por qué no?

Sirvió una buena copa a cada uno y apuró la suya de un trago, lo que me convenció de que debía de necesitarla. Olvidando que tenía un cigarrillo encendido en el cenicero, Neumann encendió otro. Procuré captar su mirada para adivinar qué le preocupaba, pero me dio la espalda. Decidí que lo guardara para sí, fuera lo que fuese. No necesitaba estar presente cuando se hicieran las fotografías.

—Si no le importa —dije—, tengo trabajo pendiente. Voy a dejar que se ocupe usted.

Neumann torció el gesto.

—Tengo órdenes. Igual que usted, Gunther. Así que no se ponga en plan santurrón conmigo. Quizá olvide que Kaltenbrunner había dispuesto que lo asesinaran. Lo que le tenemos reservado a ese cabrón, le aseguro que se lo tiene merecido. Puede llamarlo chantaje, si quiere. Yo prefiero considerarlo política.

—¿Política? —Le ofrecí una sonrisa burlona.

—¿El poder ejercido por una persona para afectar el comportamiento de otra? No sé cómo llamarlo si no. Sea como sea, nada de esto es asunto suyo. Espere aquí un momento y luego lo llevaré a Villa Bechstein.

Tomé un sorbo de brandy —que, en efecto, era excelente— y esperé armado de paciencia mientras Neumann se dirigía al piso superior. Rara vez había conocido a un ser humano tan contradictorio. Si bien en unos aspectos parecía atento y amable, en otros carecía por completo de principios. Sin duda alguna astuto, había enganchado su carro al de Heydrich y estaba decidido a obedecerlo en todo aquello que pudiera, aunque supusiera pasarles por encima a otros, y ganarse así su puesto. A veces eso era lo único que se necesitaba para ser un nazi de verdad: el deseo absoluto e inescrupuloso de obtener ascensos y nombramientos. Razón por la que yo nunca haría fortuna en la nueva Alemania. El éxito no me importaba lo suficiente como para tener que pisarle la cara a nadie. Ya nada me importaba gran cosa. Salvo quizá la curiosa idea de que si hacía bien mi trabajo y era un buen poli —lo que implicaba resolver algún asesinato de vez en cuando— quizá infundiese en los demás el respeto por la ley.

El estrépito de dos disparos procedentes del piso de arriba me sacó de golpe de este ingenuo ensueño. Dejé la copa y salí al vestíbulo justo cuando el capitán bajaba la escalera. Llevaba en la mano una Walther P38 humeante. Su rostro alargado estaba tenso por efecto de los nervios. Tenía sangre en la mejilla, pero, por lo demás, su aire era casi despreocupado. Teniendo en cuenta la potencia de parada de la Walther, eso no era precisamente una sorpresa: hay que ser muy valiente para enfrentarse a una P38 todavía amartillada. Una bala de 9 milímetros te puede abrir un orificio de un buen tamaño en el barril de cerveza. Lo aparté de un empujón para subir a la carrera y entrar en el cuarto de baño espléndidamente decorado. Pero ya sabía lo que me iba a encontrar. Aneta Husák yacía desnuda en un charco de su propia sangre en el suelo de mármol. Le habían disparado en la cabeza. Su sangre aún resbalaba por la cortina blanca de la ducha mientras la pierna se le contraía espasmódicamente. De pronto lo tuve todo claro de una manera que no había intuido antes. El chantaje era mucho más grave al estar implicada una chica muerta, sobre todo si esta estaba desnuda. De esa manera —en cuanto los fotógrafos de las SS hubieran hecho su trabajo, y quizá hubieran dado parte a la policía local— Heydrich tendría a Kaltenbrunner comiendo de su mano para siempre. Y yo le había ayudado a hacerlo. Si no le hubiera informado a Hans-Hendrik Neumann de la existencia del Barracón P, la pobre Aneta Husák quizá seguiría viva. Pero lo que más me conmocionó fue lo amable y solícito que se había mostrado Neumann cuando hablaba con la chica. Para que la pobre criatura estuviera tranquila, sin duda. Era la manera que tenían los nazis de coger por sorpresa a la gente: mentirles y ganarse su confianza, y luego traicionarlos, sin piedad. Porque, a fin de cuentas, ella no era más que una checa, una eslava, lo que venía a ser un cero a la izquierda en la Alemania de Hitler. Por lo menos, desde Múnich.

Volví a bajar y encontré a Neumann con los dos hombres de las SS. Me apuntaba con la pistola. Saqué el pase de visitante de Aneta y lo alcé como si se tratase de una prueba ante un tribunal. Aunque no había la menor posibilidad de que este asesinato llegase nunca a un juzgado.

—No era más que una cría —me quejé—. Veintitrés años. Y la ha asesinado.

—Era una puta —replicó Neumann—. Un bicho cualquiera para el que la muerte violenta es un gaje del oficio. Usted más que nadie debería saberlo. Los hombres asesinan prostitutas en Berlín desde tiempos inmemoriales.

—Sangre y honor —dije—. Ahora ya sé lo que significa el lema de ese cinturón de las SS. Al fin y al cabo, supongo que es irónico. —Le lancé el pase de visitante de la chica—. Tome. Lo necesitará para dárselo a la policía local cuando finjan investigar el asesinato.

—Por favor —repuso Neumann—. Nada de reproches, Gunther. No estoy de humor para su pasmosa hipocresía. Como ha dicho hace unos minutos, nosotros dos somos herramientas. Solo que yo soy más un martillo que una llave inglesa.

Me abalancé sobre él, pero cuando estaba a punto de echarle las manos al cuello algo me golpeó por detrás, un tercer hombre de las SS a quien no había visto porque debía de estar detrás de la puerta del salón. El golpe me alcanzó en un lado de la cabeza y me impulsó hacia el otro extremo de la habitación. Fui a caer cerca del aparador donde había dejado el brandy. Y cuando por fin me levanté del suelo, el oído me pitaba igual que una tetera y notaba la mandíbula como un saco de escombros. Cogí el brandy y me lo metí entre pecho y espalda, lo que me ayudó a ahuyentar el dolor de la mejilla.

—Creo que más vale que se vaya, comisario —me advirtió Neumann—. Antes de que resulte herido de gravedad. Somos cuatro.

—Aun así, no tienen las agallas de un solo hombre de verdad.

Salí por la puerta antes de que me venciera la tentación de desenfundar el arma y liarme a tiros.

46

ABRIL DE 1939

Fui caminando hasta Berchtesgaden y subí por la carretera de Obersalzberg. Hacia la mitad de la ladera me detuve y volví la vista hacia la
pequeña población alpina a la luz menguante de última hora de la
tarde y me dio por pensar en cuán difícil era creer que un lugar de
aspecto tan idílico hubiera sido escenario de dos asesinatos brutales
en menos de veinticuatro horas. Aunque pensándolo mejor, quizá
no fuera tan difícil de creer, máxime si teníamos en cuenta las banderas nazis que ondeaban sobre la estación de ferrocarril y la Cancillería local del Reich. Seguí caminando. La ascensión, larga de por sí, se
me hizo más larga aún debido a la sensación de que mis esfuerzos no
solo eran inútiles sino también una especie de castigo sutil. Parecía
como si nada de lo que hiciera pudiera marcar la menor diferencia en
el desarrollo de los acontecimientos, como si pensar que podría ser
de otro modo solo fuera una muestra de puro orgullo por mi parte.

Cuando llegué a Villa Bechstein ya me había tranquilizado un
poco. Pero aquello no duró mucho. En cuanto llegué, Friedrich
Korsch me dijo que la Gestapo había detenido a alguien por el asesinato de Karl Flex.

—¿A quién? —pregunté, mientras me calentaba delante de la
chimenea y encendía un pitillo para recuperar el aliento.

—Johann Brandner. El fotógrafo.

—¿Dónde lo encontraron?

—En un hospital de Núremberg. Por lo visto, llevaba allí ingresa-
do varios días.

—Es una coartada bastante buena.

—Los muchachos locales lo detuvieron ayer por la mañana y lo
trajeron directo aquí.

—¿Dónde está Brandner ahora?

—Rattenhuber y Högl lo están interrogando en los calabozos de los sótanos del Türken.

—Dios. No me faltaba más que eso. ¿Cómo se ha enterado usted?

—Por el oficial de guardia de la RSD. El *SS-Untersturmführer* Dietrich me lo dijo cuando le pedí que organizara ese pelotón de fusilamiento. Jefe, ¿va Neumann en serio? ¿De verdad van a fusilar a esos dos matones de Linz?

—Los de las SS siempre van en serio cuando se trata de matar gente a tiros. Por eso llevan ese cráneo pequeñito en la gorra. Para recordarle a todo el mundo que no se andan con tonterías. Mire, más vale que vayamos al Türken antes de que maten también a Brandner.

—Claro, jefe, claro. Por cierto, ¿qué le ha pasado en la cara?

Hice un doloroso gesto con la mandíbula. La tenía como un par de paneles sueltos del altar de Pérgamo.

—Me han pegado.

—¿El capitán Neumann?

—Ojalá. Entonces lo habría matado. Pero no, ha sido otro.

—Tome —dijo—. Eche un trago de esto.

Korsch me alcanzó su petaca de bolsillo y tomé un sorbo del Agua Dorada que tanto le gustaba beber. Contenía diminutas escamas de oro que corrían por el cuerpo sin sufrir el menor cambio y, según Korsch, volvían la orina dorada. Lo que, teniendo en cuenta el peso del plomo, es la mejor alquimia imaginable.

—Tendrían que echarle un vistazo a esa mandíbula. ¿Quién es ese médico de las SS que he visto por Obersalzberg? El que parece que lleva una pértiga metida por el culo.

—¿Brandt? Conociéndolo, lo más probable es que me envenenara. Y, además, saldría impune.

—Aun así, jefe, me da la impresión de que podría tener la mandíbula rota.

—Eso solo puede ser una ventaja —mascullé.

—¿Cómo?

—Así tendría la bocaza cerrada.

Fui al Türken Inn, en cuyo comedor de oficiales encontré a Rattenhuber y Högl. Bebían champán con aspecto de estar encantadísimos de haberse conocido. El *SS-Untersturmführer* Dietrich —el joven oficial de guardia a quien había conocido— estaba allí, igual que un musculoso sargento de la RSD.

—Enhorabuena, Gunther —dijo Rattenhuber, que me sirvió una copa—. Tome un poco de champán. Estamos de celebración. Ha sido detenido. Su principal sospechoso. Johann Brandner. Lo tenemos abajo en un calabozo.

Me tendió la copa, pero no bebí.

—Eso he oído. Solo que ya no es mi principal sospechoso. Detesto aguarles la fiesta, coronel, pero estoy más o menos seguro de que fue otro quien mató a Karl Flex.

—Tonterías —repuso Högl—. Ya lo ha reconocido. Tenemos una confesión firmada de todo.

—¿De todo? Entonces es una pena que no sea polaco, porque así tendríamos una buena razón para invadir Polonia.

A Rattenhuber le pareció gracioso.

—Muy bueno —dijo.

Pero Högl mantuvo un semblante tan almidonado como las costuras de los bolsillos de su guerrera negra.

—Bien —continué—, díganme todo lo que ha reconocido y les diré si solo está largando para salvar el pellejo.

—Lo hizo, eso seguro —insistió Högl—. Hasta nos ha contado por qué.

—Sorpréndame. —Tomé un sorbo de champán por entre los dientes apretados y volví a dejar la copa. No estaba de humor para beber por ninguna otra razón que no fuera el efecto anestésico sobre mi mandíbula.

—La misma razón por la que lo enviaron a Dachau. Culpaba al doctor Flex de la expropiación. De la pérdida de su negocio de fotografía aquí en Obersalzberg.

—Es posible que lo culpara. Pero eso no es exactamente una noticia de primera plana. Aquí no. Y para serle sincero, dudo de que matara a nadie.

—Mire, Gunther —dijo Rattenhuber—. Entiendo por qué puede estar dolido con nosotros. Al fin y al cabo, este era su caso. Y tal vez deberíamos haberlo esperado antes de interrogarlo. Pero, como seguro que no tengo que recordarle, el tiempo es primordial. A partir de este mismo instante, el Führer puede venir al Berghof y disfrutar de su cincuentenario totalmente a salvo. Bormann estará encantado cuando se entere de que un hombre ha firmado su confesión; de que todo ha vuelto a su ser. Y sin duda eso es lo único que importa.

—Tal vez piense que estoy chapado a la antigua, señor, pero prefiero creer que lo más importante es encontrar al auténtico culpable. Sobre todo, en este caso que atañe a la seguridad del Führer. Y no soy yo quien está dolido. No creo que Brandner les haya contado nada de esto por voluntad propia. Supongo que ha hecho que este orangután lo zurrara un poco. Lo que, con arreglo a mi experiencia, es una manera muy poco adecuada de esclarecer delitos.

El sargento se enfureció un tanto al oír esa descripción, pero ya me iba bien. Casi esperaba que me lanzara un puñetazo para poder golpear yo a otro cualquiera. Después de lo que le había ocurrido a Aneta Husák, tenía unas ganas desesperadas de pegarle a alguien, aunque fuera un orangután.

—Ándese con cuidado, Gunther —me advirtió Högl, con una sonrisa desagradable—. Me parece que hoy ya ha recibido.

—He tropezado. En el hielo. Hay mucho aquí arriba. Pero si quiero que alguien me pegue, creo que estoy en el lugar adecuado. Lo que me lleva a pensar que esa confesión es tan fiable como un ejército italiano. Núremberg está a trescientos kilómetros de aquí. Cabe la lejana posibilidad de que Johann Brandner asesinara a Karl Flex, pero no lo creo capaz de asesinar al capitán Kaspel y regresar allí a tiempo para que lo detuvieran ayer. O, si a eso vamos, que pudiera haber asesinado a Udo Ambros.

—Ambros... Ese es el ayudante de caza, ¿no? —comentó Rattenhuber—. En el Landlerwald.

—Lo era —señalé—, hasta que alguien le voló la cabeza con una escopeta. Descubrí su cadáver hoy mismo cuando me disponía a hablar con él en su casa de Berchtesgaden. Sospecho que Ambros estaba casi seguro de quién había sido el auténtico asesino de Karl Flex. Entre otras cosas porque era propietario del rifle Mannlicher que se usó para dispararle. Así que otra persona intentó hacerlo pasar por un suicidio. Pero lo asesinaron. Los suicidas no suelen escribir cartas pulcras y legibles que responden todas las preguntas salvo tal vez el sentido de la vida.

—Quizá fue un suicidio —señaló Högl—. Quizá se equivoca. Como cualquier detective de la Comisión de Homicidios, me parece que siempre está usted devanándose los sesos con asesinatos.

—Bueno, por lo menos tengo sesos —dije con toda intención—. No como Udo Ambros.

—Y sigo sin estar convencido de que la muerte del capitán Kaspel no fuera un accidente.

—Entonces, queda el pequeño detalle de la coartada —continué, haciendo caso omiso de las objeciones de Högl—. Por lo que tengo entendido, Johann Brandner estaba en el hospital cuando lo detuvieron. En cuyo caso supongo que hay muchas personas, entre ellas médicos, médicos alemanes, que estarían dispuestas a testificar que Brandner no salió de su cama. Así pues, a menos que estuviera hospitalizado por sonambulismo persistente, no le puedo conceder el menor crédito a su confesión, caballeros.

—Aun así, firmó una confesión completa —dijo Högl—. Y por increíble que pueda parecerle, todo se logró con un mínimo absoluto de fuerza. Es cierto. El sargento iba a golpearlo en un momento dado, pero el caso es que se cayó por las escaleras.

—Eso sí que no lo había oído nunca. ¿Puedo leer su confesión?

Rattenhuber me entregó una hoja de papel mecanografiada en la que había un garabato casi ilegible a modo de firma.

—Todo lo que dice el comandante es cierto —aseguró, mientras yo echaba un vistazo a la confesión de Brandner—. Se cayó. Pero, para serle sincero, cuando lo interrogamos, la amenaza de enviarlo de nuevo a un campo de concentración bastó y sobró para convencerlo de que nos contara la verdad *motu proprio*. Asegura sufrir malnutrición desde que estuvo en Dachau.

—Eso debería ser fácil de corroborar —dije, a la vez que le devolvía la confesión, en la que no se mencionaba a Kaspel ni a Ambros, aunque lo cierto es que no había esperado que se mencionaran—. Me gustaría verlo, si es posible. Hablar con ese hombre en persona. Mire, coronel, quizá mató a Karl Flex. No lo sé. Nada me haría más feliz que volver directo a Berlín ahora mismo, con la seguridad de que el

Führer está a salvo. Pero tengo una serie de incógnitas que me urge despejar antes de estamparle mi sello de aprobación a esta confesión y entregársela al general Heydrich en el cuartel general de la Gestapo.

Me di cuenta de que la mención de Heydrich los inquietaba a ambos. Por eso había invocado su nombre, claro. No había nadie en Alemania que quisiera indisponerse con él, y Rattenhuber menos que nadie.

—Sí, claro —accedió—. No nos gustaría que el general se hiciera la idea de que aquí hemos barrido nada bajo la alfombra. ¿Verdad que no, Peter?

Pero quedó claro de inmediato que Högl estaba convencido de que su vínculo con Hitler como viejos camaradas del Decimosexto de Baviera estaba por encima del vínculo que tenía yo con Heydrich. Era una suposición razonable. Casi imaginé al Führer con la mano sobre el hombro de su antiguo suboficial. «Este es mi amado hijo con quien estoy muy satisfecho; escúchelo; es un puto nazi de los pies a la cabeza».

—De eso no cabe duda, señor —dijo—. Pero empieza a darme toda la sensación de que el famoso comisario Gunther de la Comisión de Homicidios de Berlín está mucho más interesado en convencerse a sí mismo y rescatar su reputación profesional que en aprehender al culpable. Tenemos una confesión de un hombre de la región con un móvil probado que conoce la zona y es un tirador bien entrenado. Sinceramente, a mí me parece un caso abierto y cerrado.

—Entonces, el Führer debería considerarse afortunado de que el superior del Reich Bormann y Heydrich me pusieran a cargo de esta investigación a mí, comandante, no a usted.

—Fue Gunther quien identificó a Brandner como principal sospechoso —señaló Rattenhuber—. Hay que reconocérselo, Peter. Hasta que él llegó aquí estábamos casi inclinados a creer que el tiro podía haber sido un accidente. El disparo desviado de un cazador furtivo, quizá. Creo que le debemos mucho al comisario.

—Si el comisario insiste en interrogar otra vez a ese hombre, no tengo ninguna objeción, claro —accedió Högl—. Está en su derecho. Sencillamente no quiero que nos encontremos en la tesitura de que

Johann Brandner se retracte de lo dicho para que el comisario aquí presente se deje llevar por la estúpida fantasía de que aquí en Obersalzberg y Berchtesgaden se ha cometido toda una serie de asesinatos.

—No va a pedirle que se retracte de su confesión, ¿verdad? —preguntó Rattenhuber.

—Ni soñarlo —respondí—. No en este lugar.

—¿Qué demonios quiere decir? —indagó Högl.

—Quiero decir que en el Türken Inn son usted y el coronel quienes están al mando, no yo. Y él es prisionero suyo. No mío.

—Ahí lo tiene, Peter —dijo Rattenhuber—. Queda descartado que el comisario vaya a convencer a Johann Brandner de que retire su confesión. Solo quiere asegurarse de que las diéresis están puestas encima de las letras correctas. ¿No es así, Gunther?

—Así es, señor. Solo hago mi trabajo.

47

ABRIL DE 1939

Unos minutos después, el *SS-Untersturmführer* Dietrich nos condujo a Friedrich Korsch y a mí hasta donde comenzaba el escarpado descenso de una escalera de caracol que parecía la puerta trasera a lo más profundo del infierno.

—¿De verdad se cayó el preso por estas escaleras? —pregunté.

Dietrich vaciló.

—No diré que me lo ha contado. Pero necesito saber si esta confesión es legítima, de verdad. Por el bien del Führer. El caso es que, si Johann Brandner no mató al doctor Flex, entonces el auténtico asesino sigue campando a sus anchas por Berchtesgaden. Imagine si decide pegarle un tiro a algún otro. Eso podría fundirle los plomos a Hitler.

—Lo empujaron. Fue el comandante Högl.

—Buen chico. Eso pensaba yo.

—Señor, ¿puedo preguntarle una cosa?

—Lo que quiera. Pero, dado el estado en que se halla mi mandíbula, tal vez tenga que aguzar el oído para entender la respuesta. Sería un ventrílocuo penoso.

—El comandante Högl dice que hay que fusilar a los otros presos que tenemos ahí abajo. Por orden del capitán Neumann. Y que yo debo estar al mando del pelotón de fusilamiento. No sé qué decirles. Lo cierto es que preferiría no hacerlo. No he estado nunca al mando de un pelotón de fusilamiento y no estoy seguro de qué hacer.

—Yo no me preocuparía mucho, teniente. Supongo que la orden necesita la confirmación de Berlín. Eso podría llevar tiempo.

—Ya la hemos recibido. El coronel Rattenhuber envió un télex a Prinz Albrechtstrasse pidiendo confirmación y el general Heydrich ordenó que los fusilen mañana a primera hora y luego se envíen sus cadáveres a Austria.

—Entonces, mandaré un télex yo mismo —dije—. Para preguntarle al general si está dispuesto a cambiar de opinión. ¿Puede ayudarme a hacerlo?

—Con mucho gusto. No es que ponga en tela de juicio mis órdenes, ya me entiende. Es que, por algún motivo, no me parece correcto fusilar a nuestros propios hombres.

—Solo para que conste, teniente, llevamos desde 1933 fusilando a nuestros propios hombres, y haciéndoles cosas peores aún.

Si uno se adentraba treinta o cuarenta metros hacia las entrañas de la tierra podía ver un pasillo bajo y cuadrado que conducía a un par de celdas húmedas con suelo de madera y una guarida vacía para perros guardianes. Allí encontramos a Johann Brandner, desnudo y en pésimo estado. Estaba más delgado que una escobilla para limpiar la pipa e igual de blanco, con un par de moretones bien grandes en la cara, uno debajo de cada ojo, y la nariz rota todavía cubierta de sangre reseca. Pero no me hizo falta hablar con él. De inmediato me quedó claro que Brandner estaba débil por falta de alimentos y a todas luces tendría que haber estado en un hospital. Apenas se sostenía en pie, y la altura de la perrera no se lo ponía nada fácil. Lo sacamos y lo ayudamos a beber un poco de agua.

—Por favor —susurró—. Ya se lo he dicho todo.

—Mire, voy a sacarlo de aquí. Tenga un poco de paciencia.

Brandner me miró con miedo, como si sospechara que se trataba de un ardid y fuera a pegarle si me confirmaba que su confesión previa había sido falsa. Le puse un cigarrillo en la boca y me llevé yo otro a la mía. Fumar es fácil, aunque sospeches que tienes la mandíbula rota; basta con usar los labios.

—No, no —dijo—. Maté a Flex, de verdad. Le disparé en la terraza del Berghof, con un rifle.

Asentí.

—Recuérdeme cuántos disparos efectuó. ¿Uno o dos?

—Solo tuve que disparar una vez. Fui francotirador en el ejército, ya sabe. Y no era un disparo difícil, desde una ventana en Villa Bechstein. Así fue, ¿verdad?

—¿Qué tipo de rifle usó?

—Un Mauser de cerrojo.

—¿El Karabiner 98? ¿Con una mira Voigtländer de tres aumentos?

—Eso es. Un buen rifle.

—De acuerdo —convine—. Le creo. Por cierto, ¿por qué estaba en el hospital?

—Fui allí después de salir de Dachau. Tenía malnutrición. —Le dio una chupada al cigarrillo y sonrió débilmente—. No me envíe otra vez allí, por favor.

—No pienso hacerlo. —Era una respuesta cobarde y evasiva, bien lo sabía, pero no tenía ningún deseo de agravar el sufrimiento de Brandner.

—¿Qué va a ser de mí, señor?

—No lo sé —reconocí, aunque tenía una idea bastante aproximada. No hacía mucho tiempo que la Gestapo de Stuttgart había detenido a Helmut Hirsch por su implicación en una trama para desestabilizar el Reich que, tal vez, había incluido atentar contra algún burócrata nazi de bajo nivel, alguien como Karl Flex. Apenas se encontraron pruebas contra Hirsch aparte de su propia confesión, pero eso no impidió a los nazis enjuiciarlo. Poco después de su detención lo transfirieron a la cárcel de Plötzensee en Berlín. Y era fácil ver cómo la confesión de Brandner podía convertirse en la base de una conspiración más importante que justificara unas cuantas detenciones más y, a la larga, también ejecuciones. Los nazis tenían un gusto morboso por la guillotina que estaba a la altura del Comité de Salvación Pública durante el reinado del Terror en Francia.

Estornudé, lo que me provocó un calambre horrible en la cara, y cerré los ojos un momento hasta que hubo remitido el dolor. Notaba la cabeza como si alguien hubiera intentado decapitarme con un cuchillo para la mantequilla.

—Eso no lo hicimos nosotros, ¿verdad? —preguntó una voz—. El golpe en la cabeza. —Los dos calabozos en el sótano del Türken estaban ocupados por los hombres de la Gestapo de Linz, que se habían acercado a los barrotes para escuchar mi conversación con Brandner. Pero teniendo en cuenta que sabía el destino que les estaba reservado, no me apetecía mucho hablar con ninguno de ellos.

—Fue otro —respondí—. Ha sido uno de esos días.

—Pues a lo mejor tiene la mandíbula rota —señaló uno—. ¿Sabe lo que puede hacer? Quítese esa Raxon barata que lleva al cuello y úsela como vendaje, por debajo de la boca y por encima de la cabeza. Tendrá pinta de gilipollas, claro, pero seguro que ya está acostumbrado, y no le dolerá tanto. Si va a un matasanos, no hará mucho más que vendarlo así y darle unos analgésicos. Sé de lo que hablo. No le sorprenderá, pero rompí unas cuantas mandíbulas en mis tiempos. También arreglé alguna que otra. Antes de entrar en la Gestapo, fui asistente de Max Schmeling en el cuadrilátero. Y cuanto antes lo haga, y más apriete, mejor.

Me dio la impresión de que se estaba quedando conmigo. Aun así, me quité la corbata y me la até con un buen nudo en la coronilla. Al cabo de unos minutos no había quien distinguiera mi cabeza del último regalo de Navidad en un orfanato. Me volví a poner el sombrero, lo que me hizo parecer un poco menos ridículo, quizá, pero solo un poco. Y tenía razón; sí que me sentía algo mejor.

—Gracias —masculló.

—Eh, comisario Gunther —dijo el otro, el que había acabado con un trozo de cristal clavado en el cuello—. ¿Qué va a ser de nosotros? No pueden tenernos aquí. A Kaltenbrunner no le hará ninguna gracia si lo averigua. Pero si nos suelta, no se lo diremos. Volveremos tranquilamente a Linz y será como si esto nunca hubiera ocurrido. Le contaremos que sufrimos un accidente de tráfico o algo por el estilo.

—No depende de mí —repuse—. Quien decide es el general Heydrich. Y no se tienen mucho aprecio.

Le di un cigarrillo a cada uno y se los encendí.

—Nadie nos dijo que usted trabajaba para él.

—Creo que se lo dije yo, pero eso no importa mucho ahora, ¿verdad?

—Mire, no fue nada personal. Solo obedecíamos órdenes. Ya lo sabe. Es poli, igual que nosotros. Hace lo que le dicen, ¿no? En eso consiste el trabajo. Kaltenbrunner dice: «Salta», y usted responde: «¿Hasta dónde?». Me da la impresión de que los tres nos hemos visto en mitad de una disputa entre su jefe y el nuestro. Al infierno con los dos, eso creo yo.

—Por lo menos estamos de acuerdo en una cosa: dónde deberían ir a parar —señalé—. Aunque no en mucho más.

—¿Qué va a ser de nosotros? —insistió el otro—. Me parece que está dándonos largas.

Así era. De modo que les conté lo que tenía pensado Neumann. Y no porque quisiera verlos sufrir sino porque ya había esquivado la verdad más de la cuenta ese día. Era fácil hacerlo en Alemania y una mala costumbre que estaba adquiriendo a marchas forzadas. Pero ¿cómo si no iba a seguir con vida?

—Creo que tienen intención de llevarlos ante un pelotón de fusilamiento.

—No pueden hacer eso. No sin un consejo de guerra.

—Me temo que sí pueden. Pueden hacer lo que quieran. Sobre todo aquí, en la montaña de Hitler. Pero no creo que lleguen a tanto. Voy a pedirle al general Heydrich que reconsidere su decisión. No porque me caigan bien, sino porque, bueno, digamos que no quiero ser el responsable de ninguna muerte. De un tiempo a esta parte he visto más muertes de las necesarias. Y preferiría no ver ninguna más.

—Gracias, Gunther. Es usted un buen tipo, para ser berlinés.

Volví hacia las escaleras y empecé a subir, pero también podría haber ido en dirección opuesta. Las escaleras también descendían. Mucho más abajo alcancé a oír y sentir el ruido de unos hombres que trabajaban con taladros, y el aire frío y húmedo estaba impregnado de polvo de escombros.

—¿Qué hay ahí abajo? —le pregunté a Dietrich—. ¿Más celdas? ¿Cámaras de tortura? ¿Armas secretas? ¿Los siete enanitos?

—Búnkeres. Túneles. Generadores. Almacenes. Toda esta montaña parecería una madriguera si le practicaran un corte transversal. Desde la casa de Göring se puede ir caminando hasta el hotel Platterhof sin ver la luz del día.

—Supongo que es así como les gusta. Los nazis siempre han sido demasiado nocturnos para mi gusto.

—Por favor, señor. Soy miembro del Partido desde 1933.

—No parece lo bastante mayor. Pero ¿se ha preguntado alguna vez para qué sirven todos estos búnkeres? Quizá alguien sepa algo que ignoramos. Sobre nuestras auténticas posibilidades de mantener ese tratado de paz que firmamos con los Franzis y los Tommies en Múnich.

Regresé arriba. Rattenhuber y Högl me esperaban en el comedor de oficiales. Rattenhuber dejó el champán y se levantó, un poco vacilante. Högl siguió enfrascado en la lectura del *Völkischer Beobachter* como si mi opinión acerca de la culpabilidad o inocencia del sospechoso careciese de la menor importancia.

—¿Y bien? —preguntó Rattenhuber—. ¿Qué cree usted?

—Es imposible que Johann Brandner asesinase a Karl Flex. —Tenía la mirada fija en Högl cuando continué con mi respuesta—. Por si les interesa.

—¿Lo ve? —Högl se dirigió a Rattenhuber desde detrás del periódico—. Ya le dije que traería problemas, señor. En mi opinión, el comisario quiere llevarse toda la gloria.

—¿Por qué lo dice, Gunther? —Rattenhuber parecía exasperado—. Usted mismo aseguró que era su principal sospechoso. Johann Brandner tiene los antecedentes adecuados. Un móvil de peso y previamente documentado. Conocimiento de la zona. Todo. Cuando la Gestapo lo detuvo en Núremberg, hasta tenía un rifle en su casa. Y tenemos una confesión. ¿Por qué iba a confesar algo que no hizo?

—Por muchas razones. Pero sobre todo hay solo una que cuenta hoy en día. El miedo. El miedo a lo que le harían ustedes si dijera que no mató a Karl Flex. Miren, nada de lo que me ha dicho encaja con ninguno de los indicios forenses que encontré en el Berghof o en Villa Bechstein, y eso es lo que cuenta.

—Quizá intentaba despistarlo —sugirió Rattenhuber—. Si contradecía su declaración anterior, podría enturbiar las aguas de la investigación, por así decirlo.

—Mire, coronel, a usted y el comandante les resultaría muy fácil ver que ese hombre es inocente... si quisieran tomarse la molestia. Si quieren informar a Bormann de que es su asesino, adelante. Por mí no hay inconveniente. No le he pedido que se retracte de su confesión y no pienso hacerlo. Pero no me creo ni una palabra de ella, y seguiré buscando al auténtico asesino hasta que el líder del Reich o el general Heydrich me ordenen que pare.

Högl dejó el periódico y se levantó como si por fin hubiera dicho algo lo bastante importante como para captar su atención.

—Muy bien —asintió Högl. Señaló por la ventana, al otro lado de la plaza de armas, la enorme casa de cuatro plantas que coronaba el campo cubierto de nieve encima del Türken Inn; con las montañas Untersberg detrás, más parecía un hotel alpino de lujo que el domicilio de un hombre—. Vamos a preguntarle al jefe qué piensa. Ahora está ahí. Veo la luz encendida en su despacho. Voy a telefonear a Martin Bormann ahora mismo para preguntarle si podemos ir a hablar con él. Le dejaremos decidir si este hombre es culpable o no, ¿de acuerdo?

—Debe de tener muchas ganas de librarse de mí, comandante —dije—. Pero me pregunto qué se esconde tras ese tozudo empeño por librarse de mí.

48

ABRIL DE 1939

Nos hicieron pasar al estudio de Bormann en la planta baja para esperar la llegada del líder del Reich. La casa olía intensamente a romero, como si alguien estuviera haciendo cordero asado, y de pronto me entró hambre. La habitación pintada de blanco en la que nos hallábamos tenía el techo abovedado con una araña de luces de latón y una chimenea de mármol rojo de gran tamaño que era una versión a escala reducida de la que había visto en el salón de té. Las puertas de roble claro tenían unas enormes bisagras de hierro forjado propias de una iglesia. A decir verdad, los tres estábamos tan callados como si estuviéramos sentados en una hilera de bancos en vez de en unos sillones lujosamente tapizados. Pero en el resto de la casa resonaban voces de niños, como si en el inmenso edificio también hubiera una guardería. A los nazis les gustaban las familias numerosas: a las madres con muchos hijos les concedían medallas por producir más nazis. Era harto probable que la señora Bormann tuviera una Cruz de Hierro de Primera Clase.

Bajo la ventana había unas estanterías con muchos libros que parecían estar ahí no por su contenido sino por su aspecto, varias jarras de cerveza y fotografías de todo tipo en las que aparecía Hitler en alguno de los escasos momentos en que bajaba la guardia. En una de ellas estaba sentado en una tumbona en la ladera de un bosque; sobre su hombro izquierdo se veía un perro negro que bien podría haber sido pariente suyo. Una gruesa alfombra persa cubría el suelo de madera y en las paredes había un par de sables, unos tapices selectos y varios retratos al óleo de una mujer de cabello moreno que supuse era la fecunda esposa de Bormann, Gerda. Ninguno de los retratos la favorecía; parecía cansada. Aunque también es verdad que tener seis

360

niños de los que cuidar todo el día cansaría al mismísimo flautista de Hamelín.

La mesa de comedor albergaba un bronce ecuestre, una pequeña lámpara de brazo oscilante, un grueso registro de cuero y otra fotografía de Hitler. Pero lo que de veras dominaba la estancia no era la estufa de cerámica con forma de colmena, ni la estatua de Adolf Hitler, ni siquiera la armadura, sino un aparato electrónico Telefunken que no se parecía a ningún otro que hubiera visto. El centro del dispositivo era un pedazo de vidrio gris curvo del tamaño de un plato llano. Y aún estaba mirándolo, y tratando de dilucidar lo que era, cuando Bormann irrumpió en la habitación. Llevaba un uniforme marrón del Partido, lo que me sirvió para hacerme una idea del aspecto que podría tener Hitler afeitado de no haber sido vegetariano. Bormann se detuvo un momento en el vano de la puerta, miró hacia atrás y gritó:

—¡Y dile al príncipe heredero que haga los deberes!

Sonreí, al dar por supuesto que «príncipe heredero» era como Bormann llamaba a su hijo mayor. Es como cualquiera habría llamado a su primogénito de haber sido tan importante como el Señor de Obersalzberg. No sé por qué sonreí, pues me permitió hacerme una buena idea del tiempo que planeaban seguir en el poder los nazis. A todas luces, el príncipe heredero estaba destinado a cosas más que importantes en la nueva Alemania.

—Bueno, dense prisa —nos urgió Bormann—. No dispongo de toda la noche. Tengo que leer un importante discurso que el Führer va a pronunciar ante el Reichstag. Es su respuesta a las exigencias de Roosevelt, instigadas por los judíos, de que ofrezcamos garantías de que Alemania no tiene intención de invadir toda una lista de la compra de países, incluidos los Estados Unidos.

Asentí como si me lo tomara en serio, aunque en Alemania todos sabíamos que después del incendio del auténtico Reichstag en 1933, los nazis lo habían vaciado de competencias y trasladado todas las denominadas sesiones parlamentarias a la Ópera Kroll de Berlín. Nada de lo que hicieran los nazis requería previa autorización parlamentaria, lo que debía de ser de lo más práctico cuando se estaba preparando un discurso tan importante.

Bormann se sentó en una silla de aspecto inadecuado y se retrepó a la par que me ofrecía una grotesca sonrisa con sus dientes separados, como si acabara de echarle un vistazo a su libreta de ahorros
suiza. Me recordó a Lon Chaney en *Londres después de medianoche*.
Quizá no fuera tan sorprendente. Todos los nazis importantes me
recordaban a personajes de películas de terror.

—¿Qué le ha pasado en la cara? —preguntó—. No recordaba que
fuera usted tan feo, Gunther.

Rio a carcajadas su gracia, lo que animó a Rattenhuber y Högl a
reír también.

—Resbalé y me caí por unas escaleras —dije, fulminando con la
mirada a Högl—. Me hice daño en la mandíbula. Igual la tengo rota,
no lo sé. Me duele menos si la llevo vendada.

—Ya veo —admitió Bormann—. Aun así, prefiero que la gente
que viene a verme vaya elegante y con corbata. No es más que buena
educación, ¿comprende? Respeto. —Abrió el cajón de la mesa y sacó
una corbata del Partido Nacionalsocialista de color marrón barro—.
Tome, puede ponerse esta.

Me puse la corbata y me arreglé el cuello de la camisa.

—De hecho, ahora que lo pienso, el último que llevó esa corbata
fue Adolf Hitler. Se la puso cuando Chamberlain vino a verlo. Así
que, en realidad, es todo un honor para usted, Gunther. Me la dio a
mí, en persona, pero siempre puedo conseguir otra.

—Gracias, señor. —Procuré esbozar una sonrisa, aunque nadie
la hubiera reconocido como tal. La idea de llevar una corbata del
Partido Nazi que había pertenecido a Hitler en persona me resultaba
grotesca. Un nudo corredizo me habría parecido más cómodo. Conociendo a Bormann, seguro que lo habría arreglado en un visto
y no visto para que me lo echaran al cuello.

—Tendría que ir al médico. Le diré a Brandt que venga y le eche
un vistazo.

—No tengo tiempo para médicos, señor. Al menos, no mientras
siga dedicando todos mis esfuerzos a buscar al hombre que le disparó a Karl Flex.

La sonrisa se esfumó y Martin Bormann miró a Högl con los ojos
entornados.

—Maldita sea, Högl, creí entenderle que tenía buenas noticias sobre ese asunto.

—Las tengo, señor —aseguró Högl—. El caso es que tenemos detenido en el Türken Inn a un hombre que confesó el asesinato de Karl Flex y firmó una declaración ante testigos.

—Pues sí que es una buena noticia.

—Sí, lo sería si no fuera porque el comisario aquí presente es demasiado listo como para admitir un hecho tan sencillo. Parece no estar de acuerdo ni con el coronel ni conmigo en que el detenido es el asesino. Cree que su colección de indicios minuciosamente recogidos es más importante que el hecho de que ese hombre haya reconocido su culpabilidad.

—¿Quién es ese hombre a quien tienen ahora? —preguntó Bormann, que cogió un cigarrillo de la caja que había encima de la mesa, lo encendió con gesto rápido y se acercó un cenicero grande de latón—. Hábleme más de él.

—El asesino se llama Johann Brandner y ya nos había causado problemas con anterioridad. Es un hombre de la región. Conoce muy bien los alrededores. Acabó en el campo de concentración de Dachau tras mucho insistir en escribirle cartas al Führer cuando su negocio en Obersalzberg se cerró por razones de seguridad.

—Sí, eso es. Ahora me acuerdo. El fotógrafo ese. Dimos ejemplo con él para disuadir a todos los demás de que airearan sus quejas con el Führer. Hasta lo hicimos público con un anuncio en el periódico local.

—Johann Brandner también fue un francotirador condecorado durante la guerra —añadió Högl.

Guardé silencio durante la explicación preventiva de Högl, esperando que tropezara con algún error flagrante.

—Cuando detuvieron a Brandner, también estaba en posesión de un rifle con mira telescópica, como el que se usó para dispararle a Flex.

—Ya veo. —Bormann me miró con el ceño fruncido—. Entonces, ¿qué maldito problema hay, Gunther? Tiene usted un móvil excelente. Un rifle. Una confesión. ¿Qué más quiere?

—Las pruebas son los cimientos de la jurisprudencia alemana

desde antes de que empezara a llevar placa de policía. Y el hecho es que aquí no tenemos ninguna. Johann Brandner solo confesó porque tenía miedo de que lo torturasen. Miedo de que lo enviaran de nuevo a Dachau. A decir verdad, los indicios contra él son puramente circunstanciales. Es decir, que las presentes circunstancias parecen dictar que, si se trata de detener a alguien por el asesinato de Flex, cualquiera sirve.

—Explíquese —me instó Bormann.

—Por ejemplo, el rifle Mauser que se le encontró difícilmente podría ser la carabina Mannlicher que se usó para matar a Flex. Señor, me vio encontrar el arma homicida, en la chimenea de Villa Bechstein. Que tuviera un rifle cuando lo detuvieron o que fuera tirador no significa que disparase contra Flex. Hay muchos otros hombres en Berchtesgaden que son muy diestros en el uso de un rifle. Es más que probable que fuera uno de ellos quien mató a Flex. Más aún, no veo cómo Brandner pudo haber matado al capitán Kaspel y al ayudante de caza del Landlerwald, Udo Ambros, dado que estaba a trescientos kilómetros de aquí, en un hospital de Núremberg en el que ingresó nada más salir de Dachau.

—¿Ha habido otro asesinato? —indagó Bormann—. ¿Por qué no se me ha informado?

—Porque Ambros dejó una nota de suicidio —contestó Högl—. El que lo asesinaran es una mera conjetura por parte del comisario. Y lo más probable es que la muerte del capitán fuese un mero accidente de tráfico. Kaspel era adicto a la metanfetamina, señor. Perdió el control del coche porque iba demasiado rápido. Siempre conducía demasiado rápido.

—Manipularon sus frenos —repuse—. Solo que, por alguna razón, el comandante parece empeñado en menospreciar todas las pruebas que he logrado reunir. La verdad es que no sé por qué. Incluso los jurados alemanes estaban a la altura de la tarea de entender las pruebas cuando son tan claras y sencillas como las presentes.

—Lo que sí es sencillo —insistió Högl— es que tenemos un hombre detenido que ha confesado el asesinato de Karl Flex. Que en realidad es lo único que necesitamos para que el Führer pueda estar tranquilo, en caso de que necesitáramos ponerlo al corriente de todo este desafortunado incidente.

Solo entonces entendí de manera fehaciente que en el fondo a Högl no le importaba quién había matado a Flex. Y, por lo visto, a Bormann tampoco.

—El comandante tiene mucha razón —me dijo Bormann—. Pase lo que pase, vamos a necesitar alguien a quien culpar de esto antes del cumpleaños del Führer. Se me tendría que haber ocurrido antes. Y ni siquiera la Kripo de Berlín puede ponerle pegas a una confesión completa.

—Al contrario, señor. En mi opinión, el trabajo de un detective es siempre pensar lo impensable, preguntar lo impreguntable y acusar a quienes están por encima de toda sospecha. La cantidad de gente inocente que resulta ser culpable es extraordinaria, incluso en los tiempos que corren. Vaya a cualquier cárcel de Alemania, señor, y verá que las celdas están llenas de hombres que aseguran que no lo hicieron. Por el contrario, tengo la impresión de que la confesión de este hombre no es en absoluto fiable. Y de que el Führer no estará a salvo hasta que el auténtico asesino esté detenido.

—¿Qué cree usted, Johann?

El coronel Rattenhuber compuso con su ancho rostro un semblante pensativo. Tenía un aspecto dolorido, como una de esas sesenta y cuatro muecas canónicas talladas en mármol y bronce por Franz Messerschmidt, y casi tan incómodo como el de mi propia cara. Pero cuando por fin la dio, su respuesta fue el ejemplo más perfecto de justicia nazi que había oído al margen de una novela de Franz Kafka.

—En mis tiempos, cuando era un joven policía en Múnich, decíamos que todo el mundo es culpable si se le pega lo bastante fuerte. A mi modo de ver, nunca hay que poner en tela de juicio una confesión. Una vez se obtiene, es cosa de los puñeteros abogados. Que se las apañen ellos. Para eso les pagan. Quizá Brandner no lo hizo. Quizá lo que le pasó a Brandner le parece coercitivo y amoral a alguien como el comisario. Eso no es problema nuestro. El caso es que podría haberle disparado a Flex. Desde luego que encaja con el perfil que describió el propio comisario. Y sin duda eso es lo que cuenta.

Así pues, lo mejor es que lo dejemos en chirona por ahora y que el comisario Gunther continúe con sus investigaciones un tiempo. A ver si encuentra alguien que encaje mejor, tal como dice. Y si no lo encuentra, entonces todos podremos decir que hemos cumplido nuestro deber y tenemos detenido a alguien que merece estarlo. Porque no se llamen a engaño, ese hombre es culpable de algo, o de lo contrario no lo habríamos enviado a Dachau ya para empezar. Para serle sincero, creo que tal vez el comisario corra el peligro de perder de vista el panorama en su conjunto. En un mundo perfecto sería bonito atrapar al culpable y estar seguros al cien por cien. Pero como sin duda estará él de acuerdo, algo así rara vez ocurre en el trabajo policial. Y en el mundo real a veces tenemos que optar por lo más práctico. Creo que es más importante que el Führer esté totalmente tranquilo que tener la certeza de que Brandner es nuestro hombre.

Estaba empezando a entender cómo Rattenhuber había llegado a coronel. Y Bormann parecía apreciar su argumentación. Estaba asintiendo.

—Me gusta su razonamiento, Johann —dijo—. Ya sabía yo que había un motivo para que esté a cargo de la RSD. Porque piensa usted como es debido. De manera práctica. Del mismo modo que Hitler. Así pues, está decidido. Dejaremos a Brandner en la nevera, pero mientras tanto el comisario seguirá trabajando con diligencia a fin de obtener un desenlace distinto, si es posible. Pero dadas las circunstancias, deberíamos poner alguna clase de límite temporal a su trabajo de investigación. Sí, creo que sería lo mejor. Tiene veinticuatro horas para encontrar un candidato mejor que el que tenemos. ¿Está claro, comisario? Después de eso nos veremos obligados a dar por sentado que Brandner mató a Flex y actuar en consecuencia.

—Sí, señor. Esta es su montaña. Y estoy a sus órdenes. Pero ¿qué pasará de regreso a Berlín? Bueno, digamos que no estoy seguro de qué les diré a Himmler y Heydrich si me preguntan por este caso en particular. Y resulta que es demasiado listo como para no saber que asesinaron a Karl Flex porque trabajaba para usted. Lamento decírselo, señor, pero tengo la impresión de que por estos lares lo odian más incluso que a él. Lo que significa que la próxima vez el asesino, el auténtico asesino, podría escoger un objetivo más ambicioso. La próxima vez podría disparar contra usted.

Bormann se levantó lentamente y rodeó la mesa para encararse conmigo. Me puse en pie por instinto. La cabeza entera se le estaba empezando a poner roja de ira, lo que debía de complacer a Högl. Las manos rosadas de aquel hombre de aspecto fornido se estaban convirtiendo rápidamente en puños blancos.

—¿Han oído a este malnacido? —les preguntó a Rattenhuber y Högl—. Se atreve a hablarme como si fuera un Fritz cualquiera que acabara de entrar al Alex de la calle en busca de ayuda. A mí. Tendría que haberse cosido la puta boca, Gunther, cuando se ha vendado la mandíbula como si fuera un pudin de Navidad.

El líder nacional me agarró por la corbata —la que llevaba al cuello— y tiró de mí hacia abajo hasta que estuve lo bastante cerca para olerle el aliento a tabaco. Por si eso no hubiera sido suficiente, sacó una automática Mauser del bolsillo de la guerrera y me la puso contra la mandíbula inflamada.

—Dirá lo que a mí me dé la puta gana de ordenarle, Gunther. ¿Queda claro? Adolf Hitler me presta toda su atención, lo que quiere decir que la puta policía de este país es mía. Así que más le vale olvidarse de cualquier noble idea que tenga sobre la jurisprudencia alemana. Ahora Adolf Hitler es la ley, y yo soy su juez y jurado. ¿Lo entiende? Y si me entero de que le insinuó siquiera a ese escurridizo judío cabrón de Heydrich que las cosas difieren lo más mínimo de lo que he dicho, haré que lo envíen a un campo de concentración tan rápido que pensará que era usted el último judío en Berlín. Le partiré la mandíbula en diez pedazos, se los haré tragar y luego lo ahorcaré con esa misma corbata. Soy yo quien le da las órdenes, puto poli de mierda.

Me inquietó oír que le replicaba. No había más que media posibilidad entre cien de que no fuera un error. Y, de todos modos, estaba tan cansado que había dejado de importarme lo que me ocurriera. Necesitaba más poción mágica, y enseguida. Aunque solo si seguía vivo.

—Con arreglo a mi experiencia, la mayoría de la gente, cuando alguien planea acabar con su vida, quiere saberlo —dije, tragándome el miedo—. Pero supongo que usted es más valiente que la mayoría. Igual no es una gran sorpresa. Con la RSD y las SS velando por usted, señor, debe de ser la segunda persona mejor protegida de Alemania. Y la terraza delantera del Berghof debe de ser el lugar más seguro en todo el Reich Alemán. Por lo menos lo era antes de que Karl Flex muriese de un disparo. Dicen que el rayo no cae dos veces en un mismo sitio, pero ¿por qué correr ese riesgo?

Por un momento pensé que Bormann iba a golpearme. Pero entonces retrocedió, sonrió, me soltó la corbata e incluso empezó a alisármela, como si hubiera recordado a quién había pertenecido. Había visto a psicópatas comportarse de manera muy parecida, y empezaba a estar claro por qué Hitler quería tenerlo cerca. Bormann era la encarnación del fascismo, el palo y la zanahoria en el mismo estandarte negro. Lo mismo podría haber sido un jefe mafioso que un miembro de alto rango del gobierno alemán, aunque, a mi manera de ver, no había mucha diferencia entre ambos. Alemania estaba en manos de una banda tan despiadada como la de Al Capone en Chicago. Bormann guardaba incluso cierto parecido con Capone.

—Entiendo lo que dice —aseguró, volviendo a guardarse la Mauser—. Tal vez el auténtico asesino siga por ahí. Quizá asesinaron a Flex porque trabajaba para mí. Eh, ya sé que aquí no me aprecian. Estos putos bávaros no son tan listos como nosotros los prusianos, Gunther. No tienen ni idea de lo que es necesario y de lo que no. —Hizo una pausa—. ¿Sabe? Hacían falta agallas para decirme algo así a la cara, Gunther. Empiezo a ver por qué ese judío con cara de caballo de Heydrich lo tiene bien atado. Igual incluso es usted tan bueno como él asegura, y de veras puede encontrar al Fritz que mató a Karl Flex. Pero hasta entonces vamos a tener encerrado a Brandner. Para tranquilidad del Führer, como dice el coronel Rattenhuber, aquí presente. ¿Y sabe qué? Si es inocente, entonces depende de usted tanto como el Führer. Porque si no encuentra alguien a quien empapelar por el asesinato, entonces haré que lo fusilen. Igual que a esos otros dos payasos de Linz. Y no porque lo diga Heydrich, sino porque no me hace ninguna gracia que alguien piense que puede venir aquí al Territorio del Führer sin mi permiso y detener a gente que trabaja para mí. Así que ya puede olvidarse de ese puto télex que quería enviarle a Heydrich, Gunther. No va a haber piedad con ellos. Serán fusilados mañana a primera hora en cuanto haya desayunado y no hay más que hablar. Quiero que esté allí para presenciarlo, además. Por lo que a Kaltenbrunner respecta, les prometo a usted y a Heydrich que le cantaré las cuarenta la próxima vez que lo vea. No se preocupen por eso.

—Seguro que el general se alegrará mucho de oírlo, señor.

¿Qué sentido tenía la verdad en un mundo dominado por la crueldad y el ejercicio arbitrario del poder? ¿Qué había sido de mí ahora que me veía tan rebajado? Estaba asintiendo como un muñeco de ojos desorbitados, pero no dejaba de pensar que era un loco entre los locos de remate, y que por lo tanto era detestable. Allí donde mirara, me encontraba las transigencias que hacía para salvar la vida devolviéndome la mirada igual que amigos a los que hubiera traicionado bochornosamente. Ojalá Hitler se hubiera odiado tanto como me detestaba yo ahora. Quizá nada le resulta tan desagradable en la vida a un hombre como tomar el camino que lo lleva hasta sí mismo. Quizá solo me liberaría de esos individuos monstruosos el día que fuera al infierno. Eso es lo malo de ser testigo de la historia: a veces la historia es como una avalancha que cae por la ladera de la montaña y se precipita hacia el olvido de una negra grieta oculta. Pero de momento iba a regresar al Berghof, para buscar a Gerdy Troost con la esperanza de obtener algunas respuestas a los muchos misterios crípticos que contenía el libro de contabilidad secreto de Flex.

49

OCTUBRE DE 1956

Probablemente aún faltaban horas para que pasase algún autobús, pero al hombre de los pantalones cortos que esperaba en la parada no le importaba. Para llegar a la marquesina y vérmelas con él, tendría que cruzar la carretera, y seguro que me vería al cruzarla. La carretera tenía unos diez metros de anchura y no había ni rastro de tráfico. Reinaba, por tanto, tal silencio que se habría oído toser a un ratón. Podría haberle metido un tiro, claro, pero el ruido sin duda habría atraído al lugar a otros miembros de la Stasi y me habría visto envuelto en un tiroteo. Un tiroteo en el que sin duda saldría derrotado. Había llovido mientras estaba durmiendo, y los adoquines relucían a la luz de la luna como la piel de un enorme cocodrilo. No soplaba ni una brizna de aire y las copas de los árboles estaban tan inmóviles como si las hubieran amarrado al cielo. En algún lugar del tupido bosque de detrás de la parada de autobús ululaba un búho, como si fuera la alarma de la Madre Naturaleza, como para advertir a otros animales de que había cerca un hombre con un arma. Seguramente había visto más películas de la cuenta del Mágico Mundo de Colores de Walt Disney. Pero a mi modo de ver, los árboles no se habrían parecido más a la auténtica Alemania ni aunque los hubieran pintado de negro, rojo y amarillo. Al margen de las intenciones que tuvieran los franceses respecto al Sarre, desde luego que me parecía mi hogar. Para llegar allí, tenía que distraer al de la Stasi. Solo dispondría de una oportunidad. Si algo se le daba bien a la policía de Alemania Oriental era vigilar fronteras. Desde la creación de la RDA en 1949, la «huida de la República» era un delito específico y grave, y cientos, quizá miles, de personas morían todos los años a manos de la Grenzpo. Aquellos a quienes atrapaban eran a menudo ejecutados o, como mínimo, encarcelados.

Paseé la mirada por los demás portales de las casas adosadas en busca de un objeto que tirar al techo de hierro ondulado de la marquesina para distraerlo, una vieja botella de vino o quizá un trozo de madera. No había nada. En la pequeña población de Freyming-Merlebach nadie parecía tirar gran cosa. Me acuclillé con las piernas tensas de tanto caminar y pedalear, y vigilé y aguardé con la esperanza de que se levantara a estirar las largas piernas y se alejara de la parada de autobús. Pero lo único que hizo fue terminarse un cigarrillo y encender otro. Qué bien olían. No hay nada que, a mi modo de ver, huela mejor que un cigarrillo francés, salvo quizá una mujer francesa. A la luz amarilla de su mechero alcancé a ver fugazmente su cara cubierta de cicatrices y la pistola que tenía en la mano. Supe que no tendría tanta suerte con ese hombre la segunda vez. De vez en cuando apuntaba el cañón con silenciador de la automática hacia una de las ventanas situadas enfrente de la parada de autobús, casi como si tuviera ganas de disparar contra algo, cualquier cosa, aunque solo fuese para aliviar el aburrimiento de estar de guardia toda la noche. Yo ya había pasado por eso. Sin duda Korsch —y por extensión, Erich Mielke— había convencido a ese hombre de la absoluta necesidad de matarme. ¿Quién sabe si no estaban ofreciendo una prima en metálico por mi cabeza? Había oído comentar que los Grenzpos podían ganarse todo un fin de semana de permiso con cupones extras para comida y alcohol si abatían a un *Republikflüchtiger*.*

Me pasé un rato mirando los zapatos sucios y me planteé lo lejos que habían llegado desde que abandonara Cap Ferrat. Unos mil kilómetros, a ojo de buen cubero. La mera noción de esa distancia me hizo sentir una mezcla de triunfo y desesperación. Triunfo por haber evitado durante tanto tiempo que me atrapasen. Desesperación por la pérdida de mi antigua vida, cómoda en comparación. Y todo por mis remilgos ante la idea de asesinar a una inglesa embustera a la que le traía sin cuidado si estaba vivo o muerto. Me pregunté qué estaría haciendo. ¿Preparándose el té? No tenía ni la menor idea. Ni siquiera me caían bien los ingleses. De hecho, seguramente detestaba a los Tommies más de lo que aborrecía a los franceses, que ya era decir. De no

* En alemán, «desertor de la República». (*N. del t.*)

ser por ellos y por la Stasi, seguramente estaría en mi antiguo puesto detrás del mostrador de recepción en el Grand Hôtel. Apoyé la espalda en la puerta y me planteé qué hacer a continuación. La *andouillette* fría que había comido me repetía, y cada vez que pasaba era como si la boca se me hiciera meados. Igual que mi vida.

Un gato negro apareció a mi lado, cruzó sinuosamente entre mis piernas, enroscó la cola alrededor de mi rodilla y me dejó plegarle las orejas puntiagudas unos instantes. No sé si siempre me gustaron los gatos, pero este era tan amistoso que no pude por menos de tomarle cariño. Cuando era niño, en Alemania, mi madre decía que, si un gato negro se cruzaba en tu camino de izquierda a derecha, eso era una señal de buena suerte. No sabía si el gato venía de la izquierda, pero hacía tanto tiempo que nadie se acercaba a mí por voluntad propia que cogí al animal y lo acaricié con ternura. Necesitaba todos los amigos que pudiera hacer, aunque fueran peludos. Quizá vio en mí un espíritu afín, una criatura solitaria de la noche sin vínculos ni obligaciones. Un rato después, el gato me ofreció una disculpa parpadeando con sus grandes ojos verdes y me explicó que tenía un par de cosas que hacer. Después de acercar su cara a la mía durante un instante para sellar nuestra nueva amistad, cruzó la carretera al trote. A la luz de la luna, el gato negro proyectaba una sombra mucho más larga, de modo que parecía más grande de lo que era. Pero nadie lo habría tomado por nada más que un gato. Lo que hizo que resultara más espeluznante si cabe cuando el hombre de los pantalones cortos de cuero asomó de la marquesina del autobús y le disparó con la automática provista de silenciador. El gato se abalanzó hacia unos arbustos y desapareció. Supongo que ese fue el momento en que empecé a odiar al hombre de la Stasi que había en la parada de autobús. Una cosa era que planeara dispararme a mí y otra muy distinta que disparase contra un animal inofensivo. En mi caso, no tenía muchos amigos; ver a uno de ellos obligado a esquivar un balazo por algo que yo había hecho me provocó una intensa sensación de ultraje. Me entraron ganas de estrangular a ese Fritz. A mi modo de ver, la crueldad con los animales es siempre indicio de que la crueldad con los seres humanos ronda a la vuelta de la esquina. Es bien sabido que muchos de los peores asesinos lascivos en la Alemania de Weimar empezaron sus carreras homicidas torturando y matando gatos y perros.

«Eres un cabronazo de lo más cruel», susurré.

Fue entonces cuando distinguí unos cuantos adoquines sueltos a cosa de un metro. Avancé con sigilo, arranqué uno de la calzada y reculé hacia el portal de nuevo. Sopesé el cubo de piedra en la mano. Tenía más o menos el tamaño de una buena rosquilla y parecía ideal para lo que tenía pensado. Después de ver al de la Stasi dispararle al gato, creo que habría preferido tirarle el adoquín a la cabeza. En cambio, miré hacia un lado y otro de la calle para cerciorarme de que no había coches ni otros hombres de la Stasi de patrulla. Al ver que seguía prácticamente desierta, di un paso adelante y lancé la piedra por encima de la marquesina del autobús hacia los árboles, donde rebotó en un tronco y cayó al suelo con un golpe sordo.

El hombre de pantalones cortos se puso en pie de un brinco, tiró el cigarrillo y salió de la parada de autobús. Vi que llevaba una chaqueta *Tracht* gris de lana que le daba todo el aspecto de un Hansel adulto que estuviera buscando a su Gretel, solo que Hansel nunca fue tan peligroso. Con el arma provista de silenciador cerca de la cadera, avanzó con suma precaución hacia los árboles, lo que me dejó tiempo de sobra para cruzar de puntillas la carretera resbaladiza que había detrás de él. Me arrodillé junto a la marquesina y me detuve. Un momento después, a punto estuve de soltar un grito al notar un dolor punzante en la rodilla. Tardé un par de segundos en caer en la cuenta de que estaba apoyado en la colilla encendida del tipo de la Stasi. Maldije en silencio, la sacudí rápidamente del pantalón y luego me adentré en la maleza. No lo veía. Ni siquiera alcanzaba a oírlo y no quería moverme de nuevo hasta estar seguro de su paradero. Y entonces oí al hombre unos metros más adelante, viniendo a paso lento en dirección a mí con una sola cosa en la cabeza: encontrarme y matarme. En realidad, podría haberme quedado allí un rato más y haber cruzado el bosque luego hasta llegar al Sarre, quizá sin muchos impedimentos. Fue entonces cuando lo vi. El gato negro. Alargué la mano para acariciarlo y la retiré al notar que tenía el pelaje húmedo y pegajoso. De pronto me di cuenta de que la bala del de la Stasi no había errado el tiro al gato. Había alcanzado al animal cuando cruzaba la carretera; este se había arrastrado hasta los arbustos, donde se había derrumbado y había muerto. Se me llenaron los ojos de lágrimas. Estaba cansado, pero también asqueado por lo que le había ocurrido a mi nuevo amigo; asqueado, y ahora también furioso. Furioso por el gato y furioso porque Erich Mielke y la Stasi habían puesto mi vida patas arriba, quizá lo bastante furioso y cansado como para querer tomarme la justicia por mi mano. Así pues, contuve el aliento, me agaché detrás de un grueso tronco de árbol, saqué el cuchillo de trinchar que llevaba en el calcetín y esperé a que el de los pantalones cortos se acercara lo suficiente como para cortarle el gaznate. Mientras esperaba, acerté a ver la quemadura que me había dejado la colilla en la rodilla de los pantalones. También se me estaba abriendo un agujero en la suela del zapato, y no andaba muy lejos de tener la apariencia de un auténtico *clochard*. Lo último que necesitaba era un manchurrón de sangre en la manga de la chaqueta, porque es imposible matar a un hombre con una hoja fría y no acabar pareciendo un personaje de una tragedia de Shakespeare. Nada como la ropa manchada de sangre para llamar la atención. La mayoría de los asesinos suelen olvidar cuánta sangre hay en el cuerpo humano. Un cuerpo humano no es mucho más que un bidón blando lleno de líquido. Mientras estaba allí agazapado, me acordé de un corredor de apuestas llamado Alfred Hau. Acuchilló a un hombre de unos ciento cincuenta kilos hasta matarlo en un apartamento en Hoppegarten y los polis calcularon que de su grueso torso habían salido por lo menos ocho litros de sangre, que se filtraron por el suelo de madera sin enmoquetar y el techo de la cocina de un detective de la Kripo que vivía en el apartamento de abajo. Seguramente fue la detención más sencilla que practicó la Comisión de Homicidios de Berlín. Cuanto más pensaba en ello, más claro veía que usar el cuchillo quedaba descartado.

Clavé el cuchillo en el suelo donde pudiera recuperarlo luego, de ser necesario. Después me quité el pañuelo de seda, le hice un par de nudos hacia la mitad, me enrollé bien fuerte un extremo en cada muñeca, y lo alcé tenso entre las manos igual que un asesino ismaelita. Me levanté poco a poco, con la espalda pegada al tronco del árbol. Procuré calmar los nervios alterados mientras respiraba hondo en silencio. Había visto cadáveres de hombres estrangulados por la policía —el método más habitual de asesinato que ve un policía— y sabía qué hacer: cuando hay dos o más nudos prietos en el pañuelo o la cuerda, el homicidio está casi garantizado. Pero una cosa era la teoría y otra muy diferente la práctica. Con arreglo a mi limitada experiencia, matar a un hombre a sangre fría conlleva asesinar una parte considerable de uno mismo. Es un hecho que muchos conocidos míos que pertenecían al *Einsatzgruppen* de las SS tenían que emborracharse para matar judíos, y las crisis nerviosas eran habituales incluso entre los de rango superior. No me consideraba nada parecido a ellos, pero el recuerdo del gato muerto y de la crueldad con que los de la Stasi habían estado a punto de ahorcarme en Villefranche convirtió en piedra el poco corazón que me quedaba. No me disculpo por ello. Fueron malnacidos como el tipo de los pantalones de cuero quienes me pusieron en esta tesitura. Se trataba de él o yo, y esperaba que fuera él.

Se detuvo al lado del árbol detrás del que estaba yo, pero aguardó en un estado de animación suspendida, igual que un tigre hambriento espera con paciencia hasta que está completamente seguro de que su ataque tendrá éxito. Ahora yo me encontraba lo bastante cerca para oler a mi presa. El jabón que había usado para lavarse la víspera. La loción Old Spice en la cara. El fijador en el pelo rubio. Se parecía a Lutz Moik, el actor de cine alemán. El humo de los Gauloises que había fumado, que impregnaba sus pintorescas prendas de vestir. La pastilla de menta que tenía en la boca. Hasta alcanzaba a oler el cuero curtido de sus absurdos pantalones cortos. Casi me pregunté si podría olerme él. Yo, desde luego, me olía. Esperaba que viera el gato muerto y se agachara para comprobar la crueldad de su obra. No costaba ver el montoncillo de pellejo que yacía a la luz de la luna como el cojín de terciopelo negro de un hada y el rojo rubí de la sangre justo en el centro.

—Eh, gatito, gatito. ¿Ha dejado alguien fuera al gato?

Y entonces el cabrón soltó una risa aflautada como de chica y volvió a dispararle, solo por diversión. La pistola con silenciador que tenía en la mano no sonaba mucho más fuerte que una vieja ratonera al saltar el cepo, pero no por ello era menos letal. Y entonces sentí auténtico odio por él y por la nueva Alemania —otra nueva Alemania que nadie quería— que representaba. El hecho de que regresara para pegarle un tiro al gato era un indicio de que se había relajado un poco; eso, y que sacó un paquete de tabaco de un bolsillo del peto de cuero y se puso un cigarrillo entre los labios. Luego metió la mano en el bolsillo para coger el encendedor.

Fue entonces cuando ataqué.

Enganchándole al cuello descarnado el pañuelo de seda, lo empujé hacia delante contra el suelo húmedo y, cuando caía, le clavé con fuerza una rodilla a la altura de los riñones y luego me arrodillé encima de él mientras apretaba sin piedad la ligadura, un nudo contra la laringe y otro contra la arteria carótida. Tenía la cara enterrada en el cadáver del gato, lo que me pareció apropiado, pero era fuerte como un toro, mucho más de lo que esperaba. Mientras me afanaba en reducirlo me maldecía a mí mismo por no haberlo acuchillado en el cuello como había planeado al principio. Se retorcía hacia un lado y luego al otro, como si todo su cuerpo sufriera convulsiones por efecto de una intensa corriente eléctrica. Cuando se estrangula a alguien hay que recordar que la mayoría de las muertes por esa causa son accidentales, que matar a alguien así lleva más tiempo del que cabría imaginar, o eso me han dicho los patólogos forenses. La mayoría de las víctimas de estrangulamiento son mujeres: amas de casa estranguladas por maridos borrachos que no se dan cuenta de lo que hacen hasta que es demasiado tarde. Una cosa es estrangular a una mujer después de una noche de farra y otra muy distinta estrangular a un hombre fuerte y fibroso al que quizá le doblaba la edad. Lo que me permitió sacar fuerzas de flaqueza fue el convencimiento de que el alemán de los pantalones cortos me habría matado con los mismos miramientos con que se había cargado al gato.

Los primeros diez o quince segundos fueron los peores para los dos. Lanzó patadas y se revolvió igual que un caballo de rodeo furioso y desesperado por desmontar a su jinete. Necesité hasta el último ápice de fuerza solo para seguir encima de él y tenerlo inmovilizado contra el suelo, tirando con toda mi energía de los extremos del pañuelo de seda para mantener la presión. Después de haber obstruido el flujo de sangre al cerebro durante al menos medio minuto, me arañaba las manos. Entonces fue cuando por fin empezó a mover las piernas con menos fuerza. Al cabo de más de un minuto tuve la seguridad de que estaba encima del cadáver de un hombre. No me cupo la menor duda cuando detecté el intenso olor del contenido de sus entrañas en los pantalones cortos. La desagradable realidad es que cuando uno comprime un cuerpo agonizante con todo su peso parece como si apretara un tubo de dentífrico. Algo tiene que ceder. Aun así, me quedé inmóvil durante un rato, apretando el pañuelo una última vez hasta que la última gota de sangre hubo abandonado su cerebro, hasta que el último mililitro de aire hubo salido de sus pulmones y, por lo que percibían mis fosas nasales arrugadas, hasta que los últimos restos de mierda le hubieron brotado por el culo.

50

ABRIL DE 1939

Gerdy Troost estaba leyendo el libro de Hitler en sus cómodos aposentos del Berghof cuando aparecí.

—Vaya, hay que ver qué pinta tiene.

—¿No se lo había dicho? Estoy ensayando para ventrílocuo. Esta es la mejor manera de aprender, según el manual de instrucciones.

—Creo que ha estado leyendo el del muñeco.

Sonreí y lo lamenté de inmediato.

—¿Qué le ha pasado, por cierto? Y no me diga que ha resbalado con el hielo. Aquí nadie resbala a menos que esté destinado a ello.

—Me han pegado.

—Vaya, ¿por qué haría alguien algo así?

—Por la razón habitual.

—¿Solo hay una?

—Sí, por lo que a mí respecta.

La habitación estaba poco iluminada. Encendió otra lámpara para verme mejor. Y entonces me fijé en el pastor alemán que yacía en el rincón. El perro gruñó con gesto atento cuando Frau Troost me tocó la cara. Tenía los dedos fríos, delicados y afectuosos, y las uñas sin pintar, como si esas cosas no le interesaran mucho. Tal vez a Hitler no le gustaran mucho las mujeres que tenían demasiado aspecto de mujer.

—¿Le duele?

—Solo cuando me río; así que, en realidad, no me duele.

El perro siguió gruñendo, y entonces se levantó.

—Calla, Harras —le dijo—. No le haga ningún caso, comisario. Está celoso. Pero no se le ocurriría hacer nada. Que es más de lo que se puede decir del que lo golpeó. Le dieron un buen puñetazo, ¿eh?

—Recibir golpes son gajes del oficio para alguien como yo. Me parece que tengo una cara de esas que a la gente le apetece golpear. A los nazis, sobre todo.

—Bueno, eso sin duda reduce las posibilidades. Lo más probable es que ya no sirva de nada que se ponga algo frío, pero puedo hacerlo, si quiere. Quizá aún pueda rebajar la inflamación.

—Estoy bien.

—Eso espero. Porque en Obersalzberg hay nazis de sobra. Yo incluida, por si lo había olvidado.

—No lo había olvidado; no en esta casa. Pero si me permite decirlo, no parece la clase de nazi que golpea a la gente en la cara. Salvo que tenga una excelente razón para hacerlo.

—No esté tan seguro, Gunther. Hay muchas cosas que me ponen furiosa.

—No pienso hacerlo, profesora; no se preocupe. Mis opiniones sobre diseño y arquitectura no valen un comino. No distingo un pedestal de una pedicura. Y cuando se trata de arte, soy un auténtico inculto.

—Entonces, me parece que está usted mucho más cerca de ser un nazi de lo que cree, Gunther.

—La verdad es que no suena usted en absoluto como la novia del Führer.

—¿Qué le ha hecho pensar que lo soy?

—Usted, quizá.

—Lo aprecio. Lo aprecio mucho. Pero no de esa manera. Además, ya tiene novia. Se llama Eva Braun.

—¿Sabe mucho de arte?

Gerdy sonrió.

—Eva no sabe mucho de nada. Que es como le gusta al Führer. Si exceptuamos al Führer y a mí, esta administración está dirigida por incultos de tomo y lomo.

—Si usted lo dice... ¿Ve? No estoy predispuesto a llevarle la contraria prácticamente en nada. Pero si le apetece golpearme, quizá tenga la amabilidad de decirle al perro que me muerda. Me parece que ahora mismo prefiero perder una pierna que volver a recibir en la cara. Y no porque sea muy atractiva, sino porque ahí tengo la boca. Supongo que la necesitaré si quiero resolver este caso en el tiempo que me han concedido.

—Así están las cosas, ¿eh?

Reconocí que así era.

—¿Bormann lo está presionando?

Asentí de nuevo.

—Igual que si yo fuera el primer ministro de Checoslovaquia.

—Eso se le da bien. —Descolgó el teléfono—. Aun así, más vale que coma algo. Tiene que conservar las fuerzas. Estaba a punto de pedir la cena. Le sugiero que tome huevos revueltos. No le darán problemas. Y un mosela lo ayudará a calmar el dolor. ¿Y qué le parece un plátano caliente con crema y azúcar? Al Führer le gustan mucho.

—¿También le pegó alguien?

Mientras la profesora Troost le pedía mi cena a alguien de la cocina del Berghof, paseé por sus aposentos mirando los cuadros, las maquetas arquitectónicas y las esculturas de bronce. No tengo muy buen ojo para el arte, pero por lo general reconozco un buen cuadro cuando lo veo. Es el marco lo que lo delata y me ayuda a distinguirlo del papel pintado. Después de dejar el auricular de color crema en la horquilla, se puso a mi lado delante de una acuarela bastante lograda del famoso castillo bávaro del rey Luis II el Loco. Después de toda la colonia barata que había estado oliendo, su Chanel No. 5 era un soplo de aire fresco.

—¿Lo reconoce?

—Claro. Es Neuschwanstein. Tengo uno igualito tatuado en el pecho.

—Lo pintó Adolf Hitler.

—Sabía que pintaba casas —dije—, pero no que pintara castillos enteros.

—¿Qué le parece? —preguntó, sin hacer caso de mis intentos de resultar gracioso.

—Me gusta —respondí, asintiendo con gesto de apreciación y descartando hacer ningún otro chiste. Además, debía reconocer que era un buen cuadro. Un poco predecible para algunos, quizá, pero a mi modo de ver eso no tiene nada de malo; me gusta que el castillo de un loco parezca el castillo de un loco, no una mera acumulación caótica de cubos.

—Lo pintó en 1914.

—Desde luego, no parece nada que alguien hubiera pintado en 1918. —Me encogí de hombros—. Pero es bonito. ¿Ve? Como le decía, soy de lo más inculto. ¿Fue un regalo?

—No. De hecho, se lo compré al antiguo fabricante de marcos que Hitler tenía en Viena. Además, me costó un buen pellizco. Tengo planeado regalárselo para su cincuenta cumpleaños. El perro sí es un regalo de Hitler. Él y yo esperamos que con el tiempo su perra Blondi y Harras se apareen y tengan cachorros. Pero ahora mismo, me parece que no se tienen mucho cariño.

Asentí y procuré mostrarme comprensivo, pero estaba pensando que si la perra de Hitler se parecía al que tenía detrás en la fotografía que había visto en las estanterías de Bormann, no me costaba entender los reparos de Harras. Había visto perros con rabia más amistosos.

—Como suelo decir, puedes llevar un caballo al agua, pero no lo puedes obligar a aparearse con una yegua contra su voluntad. Ni siquiera en Alemania. Sobre todo, cuando la yegua resulta ser de una raza diferente.

—No, son de la misma raza, eso seguro. Lo que pasa es que no se llevan bien.

—Claro, lo entiendo. Como los nazis y yo.

Dio la impresión de que el perro entendía que hablábamos de él y, a la vez que se sentaba, levantó la pata derecha.

—Ese es otro problema —explicó—. Harras se sienta y levanta la pata cuando la gente hace el saludo hitleriano. Es como..., como si también saludara. Parece una falta de respeto.

Probé a hacerlo y el perro respondió mostrándome la pata derecha rígida.

—Qué perro tan listo. Ya me cae mejor.

Gerdy Troost me ofreció una sonrisa incómoda.

—¿Es siempre tan franco?

—Solo cuando creo que puedo salirme con la mía.

—Y cree que conmigo puede salirse con la suya, ¿no?

—Pues sí.

—Yo que usted, no estaría tan seguro. Soy una leal miembro del Partido desde 1932. Quizá no le pegue en la cara, pero seguro que conozco a alguien que lo haría.

—No lo dudo. Pero ¿no fue esa la razón que la impulsó a ayudarme? ¿Que ha habido demasiada violencia en la montaña de Hitler? ¿Que Bormann es un matón y un corrupto? ¿Que ha estado haciendo su santa voluntad?

Gerdy Troost guardó silencio un momento.

—Así es, ¿no? Accedió a ayudarme. No a contarme nada *motu proprio*. Solo contestará unas cuantas preguntas específicas. Yo le cuento lo que sé y usted me lo confirma, si es cierto. Como un tablero de ouija, ¿verdad?

La profesora Troost se sentó y se cogió las manos.

—¿Sabe? He estado pensando mucho en lo que le dije la última vez que nos vimos y creo que me resulta muy incómodo. Así que he decidido que no quiero decir nada más, ¿de acuerdo? Creo que es usted un hombre honrado que solo intenta cumplir con su deber, pero... No lo sé, no creo que sea buena idea que lo ayude. Lo siento.

Asentí.

—Lo entiendo. Tiene que serle difícil hablar siquiera de esto.

—Lo es. Sobre todo, ahora que falta tan poco para el cumpleaños de Hitler. Con todo lo que ha hecho por mí y por el país. No querría causarle ningún inconveniente al Führer.

—Claro que no —dije con paciencia—. Eso no lo quiere nadie. Es un gran hombre.

—Usted no lo cree.

—Oiga, todo líder necesita buenos consejos. Lo que ocurre es que algunas de las personas de su entorno no son lo que deberían. ¿No cree?

—Además, está yendo a peor.

—Ajá.

—El caso es que no veo cómo podría acabar con Martin Bormann sin perjudicar al Führer. Así que, probablemente, lo mejor sea que no diga nada en absoluto.

Saqué un cigarrillo, recordé dónde estaba y volví a meterlo en el paquete sin haberlo encendido.

—¿Puede decirme algo, profesora? Cualquier cosa. Tengo un libro de contabilidad aquí en mi maletín que estaba en posesión de

Karl Flex y puede constituir una prueba de que Martin Bormann es corrupto, aunque no estoy seguro. Quizá se lo podría enseñar.

Ella guardó silencio. Pero estaba haciendo girar el anillo en el dedo con ademán incómodo, como si por fin se mostrase perturbada por las implicaciones de mi propuesta.

—Quizá podría enseñarle el libro de contabilidad a Albert Bormann. Bueno, tal vez hable conmigo si usted no lo hace.

Gerdy Troost miró en silencio el sello de oro que llevaba en su dedo esbelto como si tratase de recordarse a quién le debía lealtad en el fondo. Lo que no era precisamente de extrañar, pues el anillo llevaba una insignia del Partido Nazi. Con su vestido blanco de dos piezas, parecía la novia de Hitler a su pesar. El novio podría muy bien ser él, pero también el monstruo de Frankenstein.

—Pero no quiero que se sienta en una situación apurada —dije.

—Y yo no quiero decir nada más, ¿de acuerdo?

—Supongo que tendré que arriesgarme con Albert Bormann.

—Será una pérdida de tiempo —dijo—. Quizá acceda a recibirlo, pero no se fiará de usted. No con esto. No sin que yo haga de mediadora.

—Aun así, tengo que intentarlo, me parece. Alguien tiene que intentar salvarle la vida a Johann Brandner.

—¿Quién es ese?

—Un hombre de la región. Era fotógrafo en Obersalzberg, hasta que Bormann lo obligó a abandonar la montaña. Planean endosarle el asesinato de Flex y ponerlo ante un pelotón de fusilamiento antes del cumpleaños del Führer si no encuentro al auténtico asesino.

—No me lo puedo creer. Seguro que no serían capaces de tal cosa. —Negó firmemente con la cabeza—. ¿Por qué harían algo semejante?

—Para tranquilizar al Führer. Alguien tiene que pagar por esto, aunque sea el hombre equivocado. Para guardar las apariencias.

—No, no puede ser. No fusilarían a un inocente.

—Lo harían y lo hacen. Y mucho más a menudo de lo que cree.

Dejé que el comentario hiciera mella antes de volver a hablar.

—Mire, igual debería irme ahora. —Pero permanecí sentado. Era hora de jugar mi triunfo más alto. El as que me estaba guardando para un momento así. Quizá lo hubiera sacado de la parte de abajo de la baraja, pero me había hartado de jugar limpio con esa puñetera gente. Los nazis no respetaban nunca las normas y ella misma era una nazi confesa, conque ¿qué me importaba disgustarla? Mi crueldad no era nada en comparación con la que se había ejercido contra los judíos alemanes. Esa clase de crueldad institucional no parecía tener importancia. Hice de tripas corazón y me dispuse a infligirle cierta angustia mental a la huésped de Adolf Hitler.

—Ah, casi se me olvidaba. No es una falta de respeto hacia usted ni hacia su amigo, solo que ahora mismo tengo un millón de cosas en la cabeza. Quizá ese sea el auténtico motivo por el que tengo hinchado un lado de la cabeza. Es por todo lo que intento asimilar ahí. En cualquier caso, tengo malas noticias para usted, profesora.

—¿Sobre qué?

—Sobre el doctor Wasserstein. Me pidió que averiguara lo que le había ocurrido, ¿no? Me temo que está muerto.

—¿Muerto? ¡Ay, Dios mío! ¿Cómo?

—El pobre hombre se suicidó. Supongo que alguien estaba decidido a impedirle ejercer la medicina. Mire, sé que intentó ayudarlo a recuperar su licencia. Fue un hermoso gesto por su parte. Era el judío preferido de todo el mundo, ¿verdad? Lo entiendo. No hay motivo para que usted se sienta responsable de lo que hicieron otros. En realidad, no es culpa suya que llegara a un callejón sin salida. Ni por asomo.

—¿Qué ocurrió?

—Se tiró del puente de Maximiliano en Múnich en plan Hermann Stork y se ahogó en el río Isar. Llevaba su mejor traje y su Cruz al Mérito Militar. Me temo que no es nada fuera de lo común que los judíos hagan algo así cuando quieren poner de manifiesto su identidad alemana. Cuando quieren hacer que los demás se sientan culpables. A mí no me hace sentir culpable. Pero también es verdad que no conocía a ese Fritz. No como usted, profesora.

—¿Explicó por qué?

—Sí, lo explicó. Dejó una nota de suicidio encima de la mesa de su consulta vacía. No es *Werther*, pero de todos modos pensé que querría ver la copia que me facilitó la policía de Múnich. La mayoría de los judíos que se suicidan hoy en día dejan notas más bien largas con la esperanza de que su situación pase a ser de dominio público.

Supongo que leen demasiado a Goethe. O tal vez se imaginan que las autoridades quedarán más conmocionadas de lo que acostumbran a quedar. —Me encogí de hombros—. Nunca parecen conmoverse. El caso es que estas cosas no le importan un carajo a nadie. Al menos, no a quienes detentan la autoridad.

Le entregué el sobre de pruebas de la policía de Múnich que me había dado Korsch. Cogió su bolso de mano y sacó unas gafas para leer la carta del médico. Lo hizo una vez, para sí misma, y luego la leyó de nuevo, solo que esta vez lo hizo en voz alta. Quizá creyó adecuado que se oyera la voz de un judío muerto en esa casa en particular y creo que llevaba razón. Era una carta impresionante.

Al policía «alemán» que quizá investigue o quizá no —como parece más probable— las circunstancias de mi muerte.

He decidido acabar con mi vida y, si está leyendo esta carta, lo más seguro es que esté muerto. Desde luego, eso espero. Había planeado matarme con pastillas, pero hoy he ido a mi farmacia local y me han dicho que en tanto que judío ya no podía extenderme una receta que me permitiera quitarme la vida con discreción en casa. Así pues, he decidido ahogarme en el río Isar, que corre muy crecido ahora mismo. No soy ni nunca he sido hombre dado a rezar, pero le pido a Dios Todopoderoso que logre matarme y que alguien que me conozca quizá escriba a mi familia y les diga que estoy muerto, y les pida que perdonen y toleren lo que me sentí obligado a hacer, y a pesar de todo me recuerden con cariño. Los saludo y al mismo tiempo me despido de ellos para siempre, con todo el amor que un padre haya podido albergar por sus hijos. Durante cincuenta años he sido un ciudadano alemán leal y trabajador. Primero como soldado en el ejército prusiano y luego como oculista totalmente entregado a mi especialidad en Berlín y Múnich, tratando a arios y no arios por igual. La Cruz al Mérito Militar que llevo en la chaqueta la luzco hoy con el mismo orgullo que el día en que me la otorgaron, en 1916. Fue el día más importante de mi vida, cuando el káiser en persona me la prendió al pecho. Pese a todo lo que ha pasado, sigo creyendo en Alemania y en la bondad de los alemanes de a pie. Pero he dejado de creer en que haya ninguna clase de futuro para mí mismo. Temo por todos los judíos de Alemania y albergo la firme sospecha de que, al menos para ellos, el futuro será peor incluso que el presente, por imposible que parezca. Durante quince años estuve casado con una mujer no aria que murió poco después de nacer nuestro último hijo. Desde entonces apenas he tenido contacto con otros judíos, eduqué a mis hijos a la manera aria y no ejercí ninguna influencia judía sobre ellos. Lo cierto es que no me parecía tan importante. Incluso los eduqué en la fe protestante. Pero nada de eso tiene la menor importancia hoy en día, y puesto que el actual gobierno nazi y sus leyes antijudías los clasifican como judíos, los envié a Inglaterra hace unos años, por lo que ahora doy gracias a Dios y a la amable familia inglesa que los acogió. Yo me quedé en Alemania porque lo único que había querido siempre era servir a mi país y a mis pacientes. Unos buenos amigos alemanes me ayudaron a conservar la licencia para ejercer la medicina, pero eso también se fue al garete debido a recientes acontecimientos que ahora sospecho amañaron algunas personas decididas a impedir que siguiera ejerciendo mi profesión. El caso es que la policía me informa de que uno de mis pacientes me acusa de haber difamado al Führer, motivo por el que se me ha emplazado a presentarme en la comisaría local la semana que viene. Es una encerrona, claro, e imagino que las probabilidades de que tenga un juicio justo son nulas, y me enfrento a la deportación o algo peor. Pero no quiero vivir sin una profesión, una madre patria, un pueblo, privado de ciudadanía, mientras me proscriben y me calumnian. No quiero llevar el nombre de Israel, solo el nombre que me dieron mis queridos padres. Incluso el peor asesino tiene derecho a mantener su nombre en este país, pero, por lo visto, un judío no. Estoy tan hastiado de la vida en Alemania y he pasado por tanto que ahora nada puede disuadirme de seguir adelante con lo que tengo planeado. Soy la cuarta persona de mi familia extendida que se ha quitado la vida en otros tantos años. Pero solo cuando esté muerto me sentiré a salvo de veras.

KARL WASSERSTEIN, doctor en medicina,
Múnich, marzo de 1939

Cuando hubo terminado de leer, Gerdy Troost inclinó la cabeza como si no se atreviera a mirar mis fríos ojos azules. Le dejé tomar mi mano y eso estuvo bien: no sostenía una copa ni un pitillo, así que no la tenía ocupada. Me agarró con una fuerza sorprendente. No dije nada. Después de una carta así, solo podía decir que los nazis eran unos cabrones, y por razones evidentes preferí no decirlo. Seguía queriendo su ayuda. Era una mujer inteligente, mucho más que yo, y con toda probabilidad sabía lo que estaba pensando. Era hora de que Gunther diera un descanso a su pico de oro y dejara que el silencio surtiera efecto, quizá. Aun así, le giré el anillo en el dedo por si acaso, como si apretara una tuerca, procurando recordarle que ella formaba parte de una cruel tiranía que convencía a judíos alemanes de que pusieran fin a su propia vida, y quizá amenazaba la frágil paz de Europa.

Fue Gerdy la que rompió el silencio.

—¿Qué quiere saber? —preguntó entre lágrimas.

51

ABRIL DE 1939

Después de una cena ligera, Gerdy Troost miró el libro de contabilidad que yo había cogido de la caja fuerte de Karl Flex. No era Mary Astor, pero sí más atractiva de lo que le había dado yo a entender a Friedrich Korsch. Un poco delgada para mi gusto, pero bien arreglada y elegante, con los buenos modales que cabría esperar de una mujer culta de Stuttgart. Es una ciudad de esas donde la gente saluda cuando entras en un bar, a diferencia de lo que ocurre en Berlín, donde hacen todo lo posible por fingir que no te ven. Su boca no era mucho más que una hendidura; por lo menos hasta que sonrió, momento en que reveló una dentadura formada por piezas pequeñas e irregulares pero muy blancas que me recordaron a la perforación de un sello. Pasaba las páginas del libro de contabilidad poco a poco, y con gran concentración, mientras tomaba sorbos de una copa de mosela. Transcurrido un rato, dijo:

—El caso es que muchos nombres de este libro aparecen listados como empleados de la Administración de Obersalzberg. Polensky & Zöllner. Sager & Woerner. Me da la impresión de que haría mejor en preguntarle por ellos al ingeniero estatal August Michahelles. O quizá al profesor Fich.

—Está en Múnich.

—Entonces, ¿quizá a Ludwig Gross? ¿Otto Staub? ¿Bruno Schenk? ¿Hans Haupner? Apuesto a que podrían darle información sobre algunos de esos nombres en cuestión de minutos. Tienen archivos sobre prácticamente todo.

—Hasta el momento, ninguno de esos funcionarios ha sido muy útil. Yo diría que les han ordenado que guarden silencio sobre lo que está ocurriendo aquí, sea lo que sea. Y me veo obligado a deducir que quizá muestran las mismas reservas que mostraba usted respecto a ayudar a la policía. Pero eso no es lo que se dice una sorpresa. Hoy en día, cumplir la ley ya no tiene mucho sentido para nadie. Tuve que ponerme bastante duro con el primer administrador, Bruno Schenk, y sacarle brillo a la puñetera placa con su nariz antes de que se dignara decirme la hora siquiera.

—Aun así, yo creo que es ahí donde encontrará respuestas. En el edificio de la Administración de Obersalzberg en Berchtesgaden. Pero Schenk no es su hombre. Siempre que voy allí está en otra parte. E incluso cuando está presente, tiene la nariz apuntando diez metros más arriba. Es mejor que acuda a alguien como Staub o Haupner, alguien que suela estar en la oficina y tenga acceso habitual a los expedientes personales.

—¿Cada cuánto va usted?

—Varias veces a la semana. Gracias al Führer tengo un despachito en la AO donde hago la mayor parte de mi trabajo de diseño cuando estoy en Obersalzberg. Albert Speer, sin embargo, tiene todo un estudio de arquitectura cerca de su casa. Nunca diseña nada interesante, pero le ha lamido el culo al Führer de tal manera que Hitler imagina que posee talento. Sobre todo, se limita a copiar un estilo sumamente alemán y sencillo que perfeccionó mi difunto marido, Paul. El Führer me ofreció una vivienda y un estudio propios, pero no necesito mucho más que una mesa y una silla para mis diseños, de modo que los rechacé.

—Esas medallas y condecoraciones tan importantes que ha estado diseñando para Hitler.

—Exactamente. A veces trabajo aquí por la noche cuando no hay nadie y me puedo concentrar. También me piden opinión sobre toda suerte de temas relacionados con la construcción local.

Empezaba a sonar engreída, pero no era de extrañar, teniendo en cuenta donde estábamos. Hasta los perros de Obersalzberg parecían tener planes dinásticos.

—El profesor Bleeker quería mi opinión sobre casi todas sus ideas relativas al salón de té. Y siempre estoy hablando por teléfono con Fritz Todt. Es el director de la Sede Central de Ingeniería, ya sabe.

No lo sabía, pero tampoco era ninguna sorpresa; los nazis tenían tantos trabajos para sus muchachos que era difícil estar al tanto de la magnitud del nepotismo que aquejaba al Partido Nacionalsocialista. Tenían más «sobrinos» que la Iglesia católica apostólica y romana.

—Lo llevaré allí encantada mañana por la mañana, si quiere.

—Lo último que necesito ahora son más burócratas nazis cerrando filas contra mí. Una hilera de hombres de las SA con los brazos entrelazados no habría sido un cordón más firme que su actitud para entorpecer mi investigación. Además, veo mejor por la noche. ¿Tiene inconveniente en acompañarme allí ahora mismo?

Gerdy Troost miró el reloj.

—No estoy segura de que el ingeniero estatal apruebe su presencia. Y casualmente sé que hay ciertos planos arquitectónicos en la mesa de dibujo de la sala de reuniones que podrían ser confidenciales. Lo cierto es que tendría que pedirle permiso al doctor Michahelles antes de llevarlo.

—A decir verdad, preferiría que no lo hiciera. No hasta que tenga un poco más claro qué estoy buscando en realidad.

—De algún modo, no me parece correcto. No sé.

La dejé titubear así un rato y luego recurrí al último imperativo categórico que aún guardaba en el bolsillo. Llevaba tiempo sin leer a Kant, pero aún sabía cómo sacar partido a algunas de sus enseñanzas. Eso sabe hacerlo cualquier poli.

—Claro. Pero si la ha olvidado, entonces es probable que encuentre la razón en la segunda página de los consejos del doctor Wasserstein sobre cómo ser un buen alemán.

—¿Eso eran? ¿Consejos? Yo pensaba que era una nota de suicidio.

—Viene a ser lo mismo. Y usted sabe que si me ayuda estará haciendo lo correcto, así que ¿para qué discutirlo?

—¿Qué espera encontrar?

—¿Me creería si le digo que no creo que lo sepa a ciencia cierta hasta que lo encuentre? Recoger pruebas es como buscar trufas. El cerdo tiene que pegar el hocico al suelo y olisquear un buen rato antes de encontrar nada interesante. Y a veces es difícil distinguir un trozo de hongo que merezca la pena de un pedazo de mierda.

—Me ha convencido. Pero usted no se comporta como un cerdo.

Y créame si le digo que sé de lo que hablo. Martin Bormann es el cerdo más grande de la pocilga. Usted es más bien un sabueso, creo yo. Un *Weimaraner*. Un espectro gris de Weimar. Sí, eso es usted.

—Lo de espectro me parece bastante adecuado. Tengo los pies doloridos, y desde que llegué aquí noto el corazón en un puño y creo que tendré el pelo canoso para cuando termine de investigar este caso. Así pues, ¿me va a llevar a las oficinas de la Administración de Obersalzberg?

—De acuerdo. Solo que ¿le importa si vamos en mi coche? Me gusta conducir, pero prefiero no hacerlo cuando Hitler está aquí en el Berghof. No ve con buenos ojos que las mujeres conduzcan. No sé si ve con buenos ojos que las mujeres hagan gran cosa aparte de tener hijos y freírle *schnitzel* a algún Fridolin. A menudo dice que una mujer que conduce es una mujer que muere.

—Supongo que, si fuma al volante, tiene el doble de posibilidades.

—Es probable.

La profesora Troost telefoneó al oficial de guardia en el Berghof y le pidió que le llevaran el coche a la puerta principal. Unos minutos después estábamos sentados en un bonito Auto Union Wanderer azul e íbamos montaña abajo a una velocidad que me hizo pensar que Hitler tal vez tuviese razón sobre las mujeres que conducían. Para cuando llegamos a Berchtesgaden lo consideraba un tipo de lo más sensato que valoraba mucho su vida. El perro, Harras, en cambio, parecía disfrutar del paseo; iba sentado detrás con una enorme sonrisa estúpida en el hocico, lanzando inútiles zarpazos al aire.

Las oficinas de la Administración de Obersalzberg estaban a diez minutos del centro, en Gebirgsjägerstrasse en Berchtesgaden-Strub, poco más allá del albergue juvenil Adolf Hitler y el cuartel del ejército local, que daba cobijo, según me dijo Gerdy, a todo un regimiento de infantería de montaña, solo por si la RSD de Obersalzberg resultaba insuficiente para proteger a Hitler. La oficina, que formaba parte de un complejo impresionante de edificios nuevos, estaba presidida por un enorme león de piedra iluminado con focos. Aquello era un cambio respecto al águila, supongo. Aun así, el león parecía someter a un trato incalificable un pináculo redondo, que era justo el mismo trato incalificable al que estaban sometiendo los nazis a Alemania.

Gerdy Troost se detuvo ante el edificio de la AO entre chirridos de neumáticos y se apeó del Wanderer. No había luces en la oficina.

—Bien —comentó—. No hay nadie.

Abrió la puerta principal con una llave negra de gran tamaño, encendió una luz, se deshizo de la estola de piel y me llevó al interior, donde todo eran paredes blancas, lustrosas cerraduras de latón, roble claro y suelos de piedra gris. Olía a madera recién desbastada y alfombras nuevas. Hasta los teléfonos eran del modelo con dial giratorio más reciente de Siemens. En las paredes había numerosos planos y dibujos enmarcados, fotografías de Hitler, retratos de alemanes olvidados mucho tiempo atrás y, en la pared más grande, un grabado enorme del *Hombre de Vitruvio* de Leonardo da Vinci, adorado por los fascistas en todas partes, pues ofrece una mezcla de arte, ciencia y proporción, aunque a mí siempre me había parecido un policía desnudo intentando dirigir el tráfico en torno a Potsdamer Platz. Bajo el techo artesonado, las ventanas de tamaño doble garantizaban que hubiera luz suficiente durante el día, y encima de casi todas las mesas en las áreas públicas había ejemplares de *The Architectural Digest*. El perro entró por delante y se fue al piso superior a ensayar su saludo. Gerdy me enseñó su despacho y lo que había en la mesa de dibujo, pero a esas alturas estaba menos interesado en su trabajo que en los archivadores grises agrupados en una sala grande en la planta baja y, en particular, los que contenían los expedientes personales. Tiré del cajón de uno; estaba cerrado, pero eso no iba a disuadirme ahora.

—Me temo que no tengo las llaves de esos —señaló Gerdy—. Así que tendremos que esperar a que hable con Hans Haupner por la mañana.

Gruñí, pero ya tenía en la mano la navaja Boker que llevaba. Eso y el trozo de metal liso y curvado como una espátula que encontré en el suelo donde había estado aparcado el coche de Hermann Kaspel en Buchenhohe; era una palanqueta de lo más útil. Con esas sencillas herramientas me dispuse a abrir el cajón.

—No puede hacer eso —me advirtió Gerdy atemorizada, mientras conseguía abrir un poco el archivador valiéndome de la palanqueta improvisada y desplazar el gancho de la cerradura hacia un lado con la navaja. Mi habilidad para forzar cerrojos no era comparable a la de los hermanos Krauss, pero estaba bastante bien.

—Me parece que ya lo he hecho —comenté, deslizando el cajón hasta abrirlo del todo.

—Así que para eso quería venir. Para registrar estos archivadores.

Dejé mis herramientas encima del archivador. Ella las cogió y las miró mientras yo empezaba a hurgar en los expedientes.

—¿Siempre va preparado para cometer robos?

—Oiga, cuando asesinan a Roger Ackroyd, se supone que alguien tiene que hacer algo al respecto. Aunque Roger Ackroyd fuera una basura, se supone que alguien tiene que hacer algo. Es una de las señales más importantes de que se vive en una sociedad civilizada. Al menos, antes lo era. Se supone que Hércules Poirot tiene que cerciorarse de que el asesino de Roger Ackroyd no quede impune. Bueno, pues ahora mismo, ese Hércules Poirot soy yo hasta que alguien ordene lo contrario. Hay gente que me miente, gente que intenta matarme, gente que me pega en la cara, gente que me dice que no haga preguntas sobre cosas que no son asunto mío, y mi mandíbula rota y yo tenemos que encontrar la manera de sortear todo eso como buenamente podamos. Unas veces eso incluye un arma y un sombrero, y otras una navaja y un trozo de chatarra. A mí nunca me ha ido mucho eso de la lupa y la pipa de brezo. Pero espero que un día de estos la Comisión de Homicidios eche el cierre, prescindan de mis servicios y el general Heydrich, que es mi jefe, me diga: «Eh, Gunther, no se preocupe más por esa mierda. No tiene importancia quién mató a Roger Ackroyd porque lo matamos nosotros, ¿ve? Y preferimos que nuestros compatriotas alemanes no lo sepan, si no le importa». Y eso también me irá bien, porque al menos entonces sabré que ya no vivo en una sociedad civilizada, por lo que no importará. Porque viviremos en la barbarie, y nada importará ya mucho. Podré ir a casa, cuidar mi jardinera y llevar la vida tranquila y respetable que siempre he deseado. Si le parezco cínico y un poco amargado es porque lo estoy. Intentar ser un policía honrado en Alemania es como jugar al croquet en tierra de nadie.

—Bonito discurso. Me parece que ya lo ha pronunciado antes.

—Solo delante del espejo del cuarto de baño. Es el único público en el que confío hoy en día.

Gerdy Troost dejó la navaja, pero se quedó con la espátula. La sopesó como si le gustara su tacto y sonrió de una manera irónica.

—Pero eso me dice que se subestima usted, Gunther. Dudo que pudiera llegar a ser tan respetable como quiere dar a entender. Nadie respetable de veras llevaría algo así en el bolsillo de la chaqueta.

—¿Quiere decir que sabe lo que es?

—Sí. La mayoría de las mujeres lo sabría. La mayoría de las mujeres, y probablemente la mayoría de los médicos. Pero incluso en el caso de estos, rara vez lo llevan al lado de su estilográfica preferida y la vieja pitillera del abuelo.

—¿Es instrumental médico?

—¿De verdad no lo sabe?

—Procuro no acercarme a los médicos. —Sonreí—. Y no sé nada de mujeres.

—Bueno, no es lo que se dice un trozo de chatarra. Es un dilatador. Se usa para ensanchar y elongar las partes íntimas de una mujer durante un reconocimiento.

—Y yo que pensaba que eso se hacía con el índice y el pulgar. No quiero parecer excitado, pero el contenido de mis bolsillos no suele ir acompañado de una historia tan fascinante.

—Lo dudo mucho.

—¿Quién lo usa? ¿Qué clase de médico?

Sabía la respuesta, pero quería que me lo confirmara alguien. Pensaba ya en la existencia anterior del doctor Karl Brandt, cuando esterilizaba a mujeres consideradas inferiores desde los puntos de vista racial o intelectual, por no hablar de su ocupación más reciente, consagrado a interrumpir los embarazos de las desgraciadas mujeres del Barracón P, cuando no se dedicaba a velar por la salud del Führer.

—Un ginecólogo. Un tocólogo.

—¿Dónde guardaría por lo general un instrumento así esa clase de médico?

—Hace tiempo que yo..., esto..., pero en un pequeño estuche o un envoltorio de tela para instrumental médico, lo más probable. Algún sitio más limpio que su bolsillo interior, espero.

—¿Y podría incluir ese estuche algo más afilado, como una cureta?

—Casi con seguridad.

Recordaba vagamente haber visto un estuche de tela semejante en la mesa de la consulta improvisada de Brandt en el teatro de Antenberg. Y ahora que ella me había explicado lo que era, me fue fácil imaginar la escena: Karl Brandt se metió debajo del coche de Hermann Kaspel, sacó el instrumental médico, usó una cureta para cortar los frenos del vehículo —probablemente la misma cureta que había usado para abrir el cadáver de Karl Flex— y el dilatador se le cayó del estuche en la oscuridad. Seguramente no se dio cuenta de que había desaparecido hasta mucho después de que yo lo hubiera encontrado en medio de un charco de líquido hidráulico delante de la casa de Kaspel en Buchenhohe. Por supuesto, una cosa era saberlo y otra muy diferente acusar a un médico de las SS de asesinato cuando Adolf Hitler había sido invitado de honor en su boda. Eso no iba a pasar nunca. Por eso, mi bonito discurso sobre el asesinato de Roger Ackroyd sonó más hueco que nunca. Sin duda me fusilarían mucho antes de permitir que Karl Brandt acabase en la guillotina. Tal perspectiva me llevó a no decir ni media palabra sobre mi nuevo descubrimiento. Lo último que quería era que Gerdy Troost aireara una acusación así mientras tomaba el té en el Kehlstein.*

—No, en serio —dijo—. ¿De dónde lo ha sacado?

—Lo encontré. En el suelo de la sala en el hospital local al que llevamos el cadáver de Karl Flex para que le hicieran la autopsia.

—¿Está seguro?

—Claro que estoy seguro. —Miré alrededor—. ¿Se puede fumar aquí? Es que mis respuestas son mucho más convincentes cuando tengo un pitillo en la boca.

Gerdy sacó su paquete de tabaco, me puso un cigarrillo en la boca y luego se llevó otro a la suya. Eran de los buenos, cigarrillos bien cargados con el mejor tabaco turco que los nazis se guardaban para sí mismos; por lo menos, cuando Hitler no estaba presente para olisquear el aire por los pasillos y comprobar si tenían nicotina en las

---

* Tres años después, en mayo de 1942, llegaría a ver un informe médico confidencial que planteaba la posibilidad de que, siguiendo órdenes de Himmler, Brandt hubiera envenenado a Heydrich, quien se estaba recuperando de las heridas sufridas durante un ataque perpetrado por partisanos checos.

uñas de los pulgares. Quizá habría sido un buen detective. Parecía tener olfato para cazar a los que se saltaban las normas. Cree el ladrón que todos son de su condición. También le dejé que me diera fuego. Caí en la cuenta de que me gustaba la idea. Me hizo sentir casi como si fuéramos cómplices en una conspiración, dos niños problemáticos encerrados en el malsano sanatorio de Hitler, rebeldes buscando cura de la sofocante pureza de la atmósfera en la montaña mágica.

—Me preocupa usted, Gunther. Y sé que voy a lamentar ayudarlo.

—Es usted la que me pone el cigarrillo en la boca, señora. Al Führer no le haría gracia que me corrompa así. Yo cantaba en el coro en el colegio. Tenía una voz preciosa.

—Y es usted quien fuerza archivadores con documentación confidencial valiéndose de dilatadores vaginales.

—Me encanta cómo dice «archivadores con documentación confidencial». Por cierto... —Le entregué el libro de contabilidad—. Lea algunos de estos nombres, ¿quiere? Tenemos trabajo.

52

ABRIL DE 1939

En una civilización regida por la crueldad y la obediencia ciega, la ignorancia y la intolerancia, la inteligencia reluce como el faro de Lindau, proyectando su luz a kilómetros de distancia en todas direcciones. El famoso faro de Lindau, situado en la costa noreste del lago Constanza, es quizá insólito en tanto que también tiene un reloj inmenso fácil de ver desde la ciudad. Así ocurría con Gerdy Troost. No solo era sumamente lista, sino que también era perspicaz y toda una fuente de información. Dudo mucho de que hubiera hecho ningún avance de importancia en mi investigación sin su ayuda. Era fácil ver por qué Adolf Hitler había convertido a esa mujer con cara de elfo en profesora y le había permitido quedarse en el Berghof. No era solo por sus ideas sobre arquitectura. Como todo el mundo sabía, había diseñado y supervisado la construcción de los nuevos edificios del Führer en Königsplatz, en Múnich. Gerdy Troost era lista hasta decir basta y, por lo que ella misma me había dicho, deduje que muy bien podría ser capaz de decirle cuatro verdades sin ambages que nadie más se hubiera atrevido a señalar. Cuando están al mando los más perversos y mendaces, el bien más preciado de todos es la verdad. En ese sentido, Gerdy Troost me recordaba a mí mismo. Pero aún estaba por ver cuál de los dos seguiría con vida más tiempo en la Alemania nazi. La verdad casi siempre perdura más de lo debido.

Después de leer en voz alta casi cincuenta nombres del libro de contabilidad de Karl Flex, ella y yo solo habíamos descubierto que ninguno estaba relacionado con un expediente personal específico que estuviera en los archivadores de la AO de Polensky & Zöllner, o de Sager & Woerner. Los nombres que figuraban en el libro for-

maban una sola columna en una lista general de todos los empleados de la AO —que ascendían a más de cuatro mil—, pero eso era
todo. Para ninguno de los nombres de la lista *B* de Flex encontramos ningún expediente personal individual con números de
referencia que remitieran a registros de identificación de empleo,
carnés de identidad, libretas de servicio laboral, números de certificado sindical, documentos de identidad personal del Partido Nacionalsocialista, libros de familia, declaraciones raciales, árboles
genealógicos arios y cartillas de pago, que aparecían en los expedientes de los empleados que no estaban en la lista *B* del libro de
contabilidad y tan típicos eran de la mentalidad burocrática de los
nazis.

Y cuando cerraba un cajón y abría otro, Gerdy dijo:

—Tengo una pregunta. Una pregunta fundamental.

—Adelante, pregunte.

—Parece tener mucha fe en que este libro de contabilidad apor-
ta pruebas sólidas de comportamiento criminal. Pero ¿por qué re-
gistraría y guardaría alguien pruebas que pudieran mandarlo a la
cárcel? O algo peor. Lo lógico sería que mantuviera estas cosas en
secreto.

—Es una buena pregunta. Para empezar, Bormann no confía en
nadie. Desde luego no en esas personas que utiliza para hacer su trabajo sucio: Flex, Schenk y Zander. Son delincuentes. Estoy convencido de ello. Pero también son burócratas. Guardar registros es algo
natural para hombres así. Es casi como si, al llevar registros detalla-
dos de lo que están haciendo, fuera menos delictivo. Pueden convencerse incluso de que solo hacían lo que les ordenaban. Además, el libro de contabilidad era secreto. Tuve que forzar una caja fuerte
oculta para encontrarlo.

—Es posible. Pero ahora lo tengo ante mis ojos, y no hay nada en
estos archivos de la AO que corrobore el menor indicio real de criminalidad. O bien Karl Flex no estaba haciendo nada malo en primer lugar, o bien los que dirigen la Administración de Obersalzberg
son unos incompetentes.

—¿Le han parecido alguna vez incompetentes o descuidados?

—Ni por asomo. Si algo son en la AO es meticulosos. Casualmente me fijé en los gastos de la decoración de interior del salón de té el otro día. Estaba todo anotado. Y me refiero a todo. Los manteles de Deisz, las tumbonas de Julius Mosler y la alfombra Savonnerie de Kurt Goebel.

—Por curiosidad, ¿cuánto cuesta una de esas alfombras? —Me encogí de hombros—. Estaba pensando en redecorar mi apartamento de Berlín.

—Cuarenta y ocho mil marcos.

—¿Por una alfombra? Es más de lo que cuesta todo mi edificio.

Gerdy se avergonzó.

—Todo lo que usa el Führer es de la mejor calidad.

—No me diga. Por cierto, y no es que sea asunto mío, porque al fin y al cabo no soy más que un contribuyente, pero ¿cuánto se ha gastado en total en ese proyecto de vital importancia?

—Eso no se lo puedo decir. Es un asunto muy delicado.

—Los salones de té suelen serlo.

—Este sin duda lo es.

—Venga. ¿A quién se lo voy a contar? ¿La prensa? ¿La Asociación Internacional del Té? ¿El emperador de Japón? Deme ese gusto.

Abrí otro cajón para buscar un expediente a nombre de alguien de la lista de Flex, pero no había nada. Gerdy dejó escapar un suspiro y se cruzó de brazos, a la defensiva.

—De acuerdo. Y las cifras son, lo reconozco, intrínsecamente increíbles. Pero todo esto ha tenido que hacerse a tiempo para el cincuentenario de Hitler. Así pues, creo que los costes de Polensky & Zöllner rondan los quince millones. Los de Sager pueden ascender a la mitad. El caso es que el salón de té del Kehlstein ha costado por lo menos treinta millones de marcos.

Lancé un silbido.

—Eso es mucho dinero para tomarse un té con buenas vistas. Igual habría sido más barato comprar Ceilán. Ahora me pregunto cuánto cuesta el Berghof. Y también el resto de las casas aquí en Asgard. Por no hablar de todas las carreteras y los túneles, la estación de ferrocarril, el Platterhof, la Cancillería local del Reich, el teatro, el albergue juvenil y el Landlerwald. —Silbé un poco más. Una cifra como treinta millones de marcos imperiales suscita muchos silbidos—. ¿A cuánto cree que asciende la tajada que se lleva Bormann de una cifra semejante?

—No es más que una suposición, claro, pero por lo menos el diez por ciento. Aunque no se podría demostrar.

—¿Y Hitler? ¿Qué saca él? ¿O es que Bormann compensa al Führer con una parte de lo que se lleva?

—Hitler no está interesado en el dinero. Es una de las cosas que lo hacen diferente.

—Mire, detesto parecer cicatero en lo que respecta a la comodidad y el descanso del Führer, pero ¿nada de esto le parece que raya la locura?

—Lo único que puedo decir es que Hitler no es un hombre normal y corriente —repuso.

—Eso es evidente. No hay nada muy normal en un hombre que tiene una alfombra de cincuenta mil marcos. Pero eso es lo único evidente ahora mismo. Eso y que Flex a todas luces estaba llevándose dinero de la gente consignada en este libro como empleados de P&Z y Sager, que en realidad no parecen haber sido empleados de P&Z y Sager. Por lo menos no hay ninguno que pueda mostrar un certificado de trabajo normal. Y el problema es que cuando alguien tiene un empleo que no existe, solo es una estafa si se le está pagando por ese trabajo. Según estos expedientes, no están cobrando. Detesto decirlo, pero, tal como están las cosas, tiene usted razón. No hay indicios evidentes de criminalidad en estos archivos. Está claro que estamos pasando algo por alto. Pero no sé lo que es.

—Vamos a tomarnos un descanso —sugirió Gerdy—. Estoy cansada. No tengo su energía para estas cosas. Solo soy diseñadora, no policía. Creo que le hace falta un contable.

La seguí a la cocina, donde llenó un recipiente de vidrio Silex de café y agua y lo puso sobre la cocina grande de gas. En la pared había uno de esos grabados horrendos de frutas y verduras en los que las manzanas y las uvas parecen grotescas erupciones cutáneas. Este me hizo pensar que era muy posible que yo tuviera un calabacín por cabeza y un tomate por cerebro. Pero nada era tan ridículo como llevar la mandíbula vendada con una corbata. Habría sido un modelo ideal para alguno de esos artistas.

—Espera que me equivoque con todo esto —dije—. Lo entiendo.

—Mire, ¿está absolutamente seguro de que Johann Brandner es inocente?

—Le doy mi palabra. Cuando asesinaron a Karl Flex, Brandner estaba a trescientos kilómetros de aquí, en un hospital de Núremberg. Ingresó allí aquejado de malnutrición después de pasar seis meses en Dachau. Gentileza de Martin Bormann por interferir con la venta a la AO del establecimiento donde tenía su negocio en Obersalzberg.

—Lo recuerdo —reconoció con tristeza—. Poco después de llegar aquí, intenté ofrecer apoyo a algunos negocios locales dándoles trabajo. Le encargué el revelado de unas fotografías. Fotos que tomó mi difunto marido, Paul, y que no llegó a revelar. Desde luego no me pareció un hombre capaz de cometer un asesinato.

—No creo que sea capaz de nada ahora que ha caído en manos de la RSD. Le hicieron firmar una confesión.

—¿Quién?

—Rattenhuber. Högl.

—Sí, serían capaces de algo así. —Gerdy Troost frunció el ceño—. Mire, hay algo que podría ser importante. No lo sé.

—¿Qué?

—Algo que me dijo una vez Wilhelm Brückner. Algo que lo enojaba un poco; que Martin Bormann había organizado tiempo atrás. Me temo que acabo de recordarlo.

—¿Qué era?

—Brückner es de los que creen en el ejército como una idea. Servir en el ejército y luego en los Freikorps fue lo mejor que le había ocurrido hasta que conoció a Hitler. Tiene que recordar que durante la guerra sirvió en el ejército bávaro con gran distinción.

—¿Y?

—Bueno, hará cosa de un año Brückner oyó que cualquier trabajo para la Administración de Obersalzberg tenía que ser clasificado como empleo de reserva. Fue idea de Bormann asegurarse de que todas las obras de la AO se hicieran tan rápido como fuera posible. Es lo que él denomina Prioridad del Führer. En otras palabras, si trabajas para P&Z, o Sager, o Danneberg, o cualquiera de esas otras constructoras locales, ese trabajo está clasificado al mismo nivel que ser minero de carbón u obrero en una fábrica de aviones, y no tienes que servir en el ejército. Al menos mientras sigas siendo empleado de la AO. Por supuesto, a Brückner le pareció escandaloso y antipatriótico. Creía que era deber de todo buen alemán servir a su país en el ejército, y no con un pico y una pala.

—Eso dígaselo al Frente Alemán del Trabajo.

—No le dijo nunca nada de eso a Martin Bormann, claro. Ni a Hitler, si a eso vamos. Bueno, no podía hacer tal cosa. Quizá Wilhelm sea general de las SS y ayudante en jefe en el Berghof, pero sigue sin tener suficientes laureles en la solapa para enfrentarse a Bormann. Además, desde el accidente de tráfico y la aventura con Sophie Stork, las cosas no le han ido muy bien al pobre Wilhelm. Bormann solo está buscando una excusa para convencer a Hitler de que se deshaga de él. Enojar a su señoría sencillamente está descartado. Lo que me recuerda, Gunther, que si su investigación llega a alguna parte, ¿hará el favor de cerciorarse de que mi nombre quede al margen? Si Hitler se entera de que estuve detrás de la caída de su más fiel servidor, estaré a bordo del primer tren de regreso a Múnich.

—Eso no será mucho problema. Ahora mismo mi investigación no está descubriendo absolutamente nada. Me siento como el Fritz más estúpido del regimiento. Cuando estaba en el ejército, ese era siempre el capellán. En las trincheras solo el capellán era lo bastante idiota como para creer en la existencia de Dios. Hoy en día, bueno, supongo que sería cualquiera que crea que no va a haber guerra. A veces me pregunto qué va a pasar con todos esos jóvenes ingenuos que se apresuran a ponerse el uniforme del ejército. Me temo que se llevarán un buen susto. Yo cumplí mi parte, pero ya sabe, entonces las cosas eran distintas. Allá en 1914, creo que Alemania no era peor que los Tommies o los Franzis. Ahora, si va a haber otra guerra, no cabe duda de quién la empezará. Esta vez no.

—Igual no es usted tan tonto como parece —dijo, dándole un tironcito juguetón a la corbata debajo de mi mandíbula.

—Siempre cabe esa posibilidad. Pero me siento mucho más tonto de lo que esperaba. Estaba convencido de que tendría algunas respuestas a estas alturas. Empieza a parecer que el pobre Johann

Brandner está condenado a convertirse en un pisapapeles de plomo, después de todo.

—Bernie, no puede permitir que ocurra tal cosa.

—Me estoy esforzando todo lo que puedo, pero no alcanzo a ver cómo ni siquiera Bormann sería capaz de llevarse una parte del sueldo de gente por hacer un trabajo que en realidad no cobra.

—Igual el sueldo por el trabajo no es el meollo del asunto.

—Eso me digo yo siempre cuando el Ministerio del Interior me envía mi sueldo todos los meses, pero la gente no apoquina a cambio de lo que no ha recibido. Ni siquiera a los nazis.

—Igual lo hacen. Si están recibiendo alguna compensación en lugar de dinero.

—¿Como qué? ¿Un té con Hitler una vez al año?

—Oiga, Gunther, esto puede parecerle una locura...

—¿Aquí, en Berchtesgaden? Nada parece una locura en un sitio donde se gastan treinta millones en un asqueroso salón de té. Nietzsche y el rey Luis el Loco se sentirían aquí como en su casa.

—No cree posible que Karl Flex decidiera aprovecharse de ese estatus de empleo de reserva para los trabajadores de la AO, ¿verdad? ¿Siguiendo instrucciones de Bormann, quizá? Ofrecer a jóvenes y sus padres el modo de eludir el servicio militar a cambio de dinero. ¿No podría ser la *B* junto a todos esos nombres la inicial de *Befreit*? ¿Exento?

Me lo planteé un momento y fumé otro cigarrillo mientras ella preparaba el café. Sin duda poner en marcha un chanchullo así habría sido flirtear con el desastre. Porque no era solo Wilhelm Brückner quien consideraba que formar parte del ejército fuera lo más sagrado, sino Adolf Hitler también. Siempre estaba dale que te pego con que el ejército alemán había dado forma a su vida y su destino.

—Podría ser —convine—. Pero Bormann estaría corriendo un riesgo tremendo, ¿no? Si Hitler llegara a enterarse.

Gerdy meneó la cabeza.

—El Señor de Obersalzberg no es Hitler, sino Martin Bormann. Bormann es como el cardenal Richelieu, Bernie. Y Hitler es como el rey Luis XIII. El Führer no es un hombre a quien le interesen en absoluto los detalles. Está encantado de dejarle todo eso a Bormann. La administración le aburre. Y Bormann se aprovecha de ello. Ese hombre es un genio en materia de administración. Hitler lo aprecia. Siendo así, Bormann bien podría sentirse lo bastante omnipotente en la montaña de Hitler como para pensar que puede quedar impune de una estafa así, sobre todo si opera a una distancia prudencial.

—E incluso si Hitler llegara a quejarse, siempre podría echarle la culpa de todo a Flex y los demás que hacen de intermediarios en esos chanchullos. —Cuanto más pensaba en la idea de Gerdy, más veía que no era solo posible, sino probable—. Sí, podría funcionar. De hecho, podría funcionar muy bien.

—¿Usted cree?

—Sí, eso sí que es una estafa como es debido —reconocí—. No nos engañemos. Solo los nazis más fanáticos quieren ir a luchar a Polonia. No con la posibilidad de que la Unión Soviética y los franceses intervengan en el bando de Polonia. Eso nos situaría otra vez en 1914. Una guerra en dos frentes. Si no entras en el ejército, sigues con vida: no hace falta ser Leibniz para entender una ecuación así.

Tomé un sorbo de café y asentí. Ahora que Gerdy lo mencionaba, el chanchullo parecía de una claridad meridiana. ¿Quién no pagaría dinero para evitar que su hijo mayor o un sobrino querido fuera al ejército?

—Qué chica tan lista. —Le ofrecí una sonrisa—. Sabe, me parece que ha puesto el dedo en la llaga, profesora. Hay cientos de nombres en la lista de Karl Flex. Y no solo en Berchtesgaden, sino también en todas las poblaciones de aquí a Múnich. Esta estafa se está llevando a cabo en toda Baviera.

—Casi mil quinientos —señaló Gerdy—. Los he contado.

—Teniendo en cuenta que hay muchas posibilidades de que estalle una guerra en Europa este año, una estafa semejante arrojaría muchos dividendos. Según el libro de contabilidad, cada uno de ellos está pagando el equivalente a casi cien marcos al año, o sea que son unos ciento cincuenta mil marcos. Y todo está yendo a las cuentas de Martin Bormann y sus recaudadores.

—Pero ¿qué sentido tiene si puedes limitarte a cargarle una nueva alfombra Savonnerie al gobierno?

—Pues que en cualquier momento el tren en el que llega todo el dinero fácil podría descarrilar. Hasta el Señor de Obersalzberg tiene que prepararse para las vacas flacas. Tener un poco de dinero ahorrado para su posible exilio. Y sobre la base de estas cifras, de esta vaca en concreto se puede ordeñar dinero en abundancia.

—Si es cierto, entonces tendría que ir con esto a Albert Bormann —dijo Gerdy.

—¿Si es cierto? Tiene que serlo.

—Sí, supongo.

—No hay otra explicación posible. ¿No cree que sea cierto?

—Desde luego, eso parece, sí, pero, mire, tiene un argumento muy convincente. Sin embargo, para demostrarlo hace falta algo más. Hacen falta pruebas fehacientes. Pruebas contundentes.

—Tiene razón. Hace tanto tiempo que no nos preocupamos por esas cosas en la policía que casi había olvidado cómo funciona el asunto. Para demostrarlo de manera que Albert Bormann quede satisfecho, tengo que apoyarme en alguien que declare. Un testigo. Uno de los nombres en la lista *B* de Flex. —Recorrí con el índice los nombres del libro de contabilidad—. Este individuo, por ejemplo. Hubert Waechter, de Maximilianstrasse, aquí en Berchtesgaden. Hay un abogado nazi local con el mismo apellido en esta dirección. Imagino que eso significa que el padre ha pagado para que el hijo no entre en el ejército. Muy sensato por su parte. Y bastante detestable. Tuve tratos con él por otro asunto. Aun así, me gustaría averiguar qué significan estas otras listas. La lista *P* y la lista *Ag*. ¿En torno a qué giran esas estafas?

»Uno de estos nombres figura en las tres listas del libro. La lista *B*, la lista *P* y la lista *Ag*. Más aún, es un nombre con el que ya me había cruzado. En una nota de suicidio falsa. Noto en los huesos que ese es el asesino de Karl Flex. No creo que la lista *B* me dé un móvil claro para el asesinato. Quizá la lista *P* y la lista *Ag* sí me lo ofrezcan. ¿Quién sabe? Es posible que mate dos pájaros de un tiro. Que atrape al asesino de Flex y a Martin Bormann al mismo tiempo.

Terminé el café y me froté las manos.

—Pues vamos a ver si logramos convencer a este Fritz en particular de que lo cuente todo.

—¿Cómo piensa hacerlo?

—Ya se lo he dicho. Lo presionaré. Bormann no es el único capaz de ejercer la debida presión en la trinchera.

—En ese caso, lo cierto es que no me necesita, Gunther. No tengo mucho empaque a estas horas de la noche. Ni con estos zapatos.

Le cogí la manita y la observé con atención un momento antes de llevármela a los labios. Gerdy se sonrojó un poco, pero no la retiró. Sencillamente me dejó besársela, con ternura, como si supiera que apreciaba mucho su ayuda y sabía lo que le estaba costando ayudarme de esa manera. Quizá no era la clase de mujer por la que la había tomado. Las mujeres nunca son lo que uno piensa. Es una de las cosas que las hacen interesantes. De un modo u otro, me caía bien. La admiraba, incluso. Aunque no pensaba hacer nada al respecto. Con tantos nazis en el escenario, cortejarla habría sido cortejar el desastre. Como tirarle los tejos a una monja en la capilla Sixtina. Además, Gerdy Troost estaba enamorada de otra persona, eso saltaba a la vista. Estaba lo bastante loco como para creer que tenía una ínfima posibilidad de acabar con Martin Bormann, pero no lo suficiente como para creer que podía competir con Adolf Hitler por el afecto de una mujer que a todas luces lo consideraba un semidiós.

Sonrió.

—Voy a llevarlo de vuelta a Villa Bechstein para que recoja a su amigo Korsch y su coche. Pero cuando esté listo para hablar con Albert, venga a buscarme. A cualquier hora. Lo más probable es que esté leyendo.

Por un momento la imaginé leyendo el libro de Hitler y me estremecí.

—No duermo mucho cuando estoy en Obersalzberg —añadió—. Aquí no duerme nadie. Solo Barbarroja.

—Igual también debería hablar con él.

—Lo puede intentar.

—Llévelo a dar un paseo en su coche. Seguro que eso lo despierta un poco. De hecho, me extrañaría que volviera a dormir.

53

ABRIL DE 1939

Siempre me gustó mucho leer, y aprendí en el regazo de mi madre. Mi libro preferido era *Berlín Alexanderplatz* de Alfred Döblin. Tenía un ejemplar en casa en Berlín, en un cajón cerrado con llave porque, claro está, era un libro prohibido. Los nazis habían quemado muchos libros de Döblin en 1933, pero de vez en cuando sacaba mi ejemplar firmado de su obra más famosa y leía fragmentos en voz alta, para acordarme de los buenos tiempos de la República de Weimar. Pero el hecho es que soy capaz de leer de todo. Cualquier cosa. Lo he leído todo desde Johann Wolfgang von Goethe hasta Karl May. Hace varios años leí incluso el libro de Adolf Hitler *Mi lucha*. Lo encontré prediciblemente combativo, pero alguna que otra vez también me pareció perspicaz, aunque solo sobre la guerra. No soy crítico literario, pero en mi humilde opinión no hay ningún libro tan malo que no se pueda sacar algo de él, ni siquiera aquel. Por ejemplo, Hitler decía que las palabras tienden puentes hacia regiones inexploradas. Da la casualidad de que un detective hace más o menos eso mismo, solo que a veces puede acabar pensando que ojalá hubiera dejado esas regiones en paz. Hitler también decía que los grandes embusteros son grandes magos. Un buen detective también es una especie de mago, un mago que a veces es capaz de hacer que esos sospechosos a quienes ha reunido de manera teatral en la biblioteca lancen un grito colectivo de sorpresa cuando obra su magia reveladora. Pero, por desgracia, eso no estaba a punto de ocurrir allí. Hitler afirmaba, además, que no es la verdad lo que importa, sino la victoria. Ahora bien, aunque sé que hay cantidad de polis que piensan así, lo cierto es que la verdad suele ser la mejor victoria que alcanzo a imaginar. Podría seguir de esta guisa, pero el asunto se reduce a lo siguiente: mientras Friedrich Korsch conducía nuestro coche a la dirección de Johann Diesbach en Kuchl, yo no dejaba de pensar en Gerdy Troost leyendo ese maldito libro en sus aposentos del Berghof, y no pude sino reconocer que desde mi llegada a Berchtesgaden yo también había luchado lo mío. La mayoría de las investigaciones por asesinato son una lucha, pero esta lo había sido en especial porque es poco habitual, incluso en Alemania, que alguien intente matarte durante el curso de las pesquisas. Todavía no había decidido qué hacer respecto al doctor Brandt, pero no pensaba permitir que quedase impune por el asesinato de Hermann Kaspel. No si podía evitarlo. Tenía que poder hacer algo. Ahora bien, eso sí que iba a ser una lucha. Y eso mismo le dije a Korsch cuando el coche ascendía laboriosamente por la carretera de montaña. Me escuchó con atención y dijo:

—¿Quiere mi opinión, jefe?

—Lo más probable es que no. Pero somos amigos, así que más vale que me la diga.

—Debería seguir su propio consejo más a menudo.

—A ver, recuérdemelo.

—¿Cómo va a trincar al médico de Hitler por un asesinato? ¿Qué demonios importa si ejecutan a Brandner por el asesinato de Flex? ¿A quién le importa si Martin Bormann es un ladrón? Los nazis son igual que todos los reyes que hemos tenido en la historia de nuestra Sagrada Alemania. Desde Carlos V al káiser Guillermo II. Todos creen que los mejores argumentos salen del cañón de un arma. Así pues, ahora que aún estamos a tiempo de largarnos de aquí antes de que una de esas armas le dispare, o lo que es peor, me dispare a mí, deberíamos dejarlo.

—No puedo hacer eso, Friedrich.

—Lo sé. Pero oiga, tenía que decírselo. Su problema es que es la peor clase de detective que hay. Un detective alemán. No, peor aún: es un detective prusiano. No solo cree en su propia confidencia y eficiencia, sino que además las convierte en unos malditos fetiches. Cree que su entrega al trabajo es una virtud, pero no lo es. En su caso es un vicio. No lo puede evitar. Es algo que surca su carácter igual que la franja negra en la antigua bandera prusiana. Ese es su problema, jefe. Si investiga un caso, tiene que hacerlo con escrupulosidad y lo mejor que sepa. El realismo y el sentido común no pueden hacer nada frente a su testadura devoción por hacer su trabajo con tanta eficiencia como sea posible. Y eso le impide plantearse con claridad el buen juicio de lo que está haciendo. Sencillamente no sabe cuándo le convendría parar. Por eso Heydrich recurre a usted. Porque siempre mantiene el rumbo. Es igual que Schmeling: se sigue levantando una y otra vez de la lona a pesar de haber perdido el combate. En ese sentido es el hombre más prusiano que he conocido. Lo admiro, Bernie. Pero no puedo por menos de pensar que corre auténtico peligro de estar siempre destinado a ser el saboteador de su propia vida.

—Me alegra haberlo preguntado. Da gusto que le digan a uno la verdad, aunque parezca una bofetada.

—Tiene usted suerte de que vaya conduciendo yo, jefe. Porque si no, se la daría ahora mismo. Comisario o no.

—No tenía la menor idea de que me conociera tan a fondo. Ni de que fuera un filósofo tan entusiasta.

—Creo que lo conozco bastante bien. Y solo es porque hay una parte de mí que es igual que usted. También soy prusiano, ¿recuerda? Y por lo general soy capaz de deducir cuál va a ser su siguiente paso. Suele ser el que yo no tendría agallas de dar.

Kuchl era un pintoresco pueblo austriaco al otro lado del Kehlstein y el macizo de Göll, que formaba la frontera con Alemania y, según un cartel de grandes proporciones en la carretera, llevaba: SIN JUDÍOS DESDE 1938. El pueblo era uno de esos lugares católicos sumamente pulcros que parecen el escenario de un libro de cuentos infantiles con cantidad de casas de colores pastel, una iglesia bastante grande y otra más pequeña que venía bien de reserva, grotescas tallas de madera que dejaban constancia de la habilidad del pueblo para tallar madera grotescamente, y un *Gasthof* con los marcos de las ventanas pintados y un cartel de hierro forjado más ornamentado de la cuenta que parecía una horca medieval. En casi todos los edificios había una bandera o un mural nazi, lo que debía de haber dejado perplejo al Jesucristo de tamaño natural clavado a la cruz en la plaza central; a la fría y radiante luz de la luna, la figura pintada más que Cristo, parecía Süss Oppenheimer, el pobre judío a quien los buenos vecinos de Württemberg ahorcaron en mitad de una ventisca al final de la famosa película de Veit Harlan. En la plaza le preguntamos a un joven que se iba del *Gasthof* en bicicleta cómo llegar a Oberweissenbachstrasse y la pensión de Diesbach y, con suma amabilidad, nos dirigió por equivocación a otro pueblo sin judíos llamado Luegwinkl. Solo después de pedir indicaciones de nuevo, casi una hora después, logramos por fin cruzar un puente sobre el río Salzach, hasta el linde de una ladera cubierta de árboles, donde encontramos la pensión de Diesbach: un chalé de tres plantas con una galería de madera alrededor y un molino de agua en funcionamiento. Bajo los aleros de la casa había una inexpresiva cabeza de ciervo y, al lado de la puerta principal, un banco de madera como los de los parques, debajo del que había botas sucias suficientes como para tener ocupado a un limpiabotas durante un par de días. Las luces de la planta superior estaban encendidas y había un fuerte olor a humo de leña procedente de la chimenea.

—Solo estamos a unos kilómetros de Alemania —comentó Korsch al llegar a la puerta principal—. Y, sin embargo, tengo la sensación de que hemos retrocedido varios siglos en el tiempo. Me pregunto por qué será. ¿Algo en el aire, quizá? Un ligero regusto a gelatina.

—Yo me pregunto por qué ese joven gilipollas nos ha indicado el camino por donde no era —dije—. Solo estábamos a cinco minutos de aquí cuando le hemos preguntado.

—¿Su acento? Quizá no le ha caído bien.

—Quizá. Pero es más probable que fuera el coche. Parece oficial. A estas horas de la noche tenemos pinta de policías. ¿Quién más llegaría aquí a las diez de la noche?

—Esta gente es demasiado respetable para intentar putear a la ley.

—Es posible que estén chapados a la antigua, pero no son estúpidos. Ese chico ha tenido tiempo más que suficiente para venir aquí en bici y avisar a Johann Diesbach de que estábamos en camino. Igual Diesbach nos ha estado esperando.

Me bajé del coche y crucé el sendero cubierto de nieve hasta un rectángulo seco en el camino de acceso donde había estado aparcado un coche o quizá una camioneta pequeña hasta hacía un rato. En el suelo a unos metros de allí, al lado de un viejo Wanderer azul claro encima de unos ladrillos, había un filtro de aceite Mahle como el que se había utilizado a modo de silenciador en el cañón de la carabina Mannlicher con la que le dispararon a Karl Flex. Pero lo que más me interesó fueron las huellas rosadas en la nieve; eran las mismas huellas rosadas que había visto delante de la casa de Udo Ambros. Cogí una de las botas que había bajo el banco e inspeccioné la suela con relieve; tenía el mismo dibujo que había visto con anterioridad. En la suela había incrustados minúsculos cristales de sal rosa.

—Había un coche aparcado aquí hasta que dejó de nevar hará cosa de una hora. Apuesto mi pensión a que Diesbach no está.

—Alguien sí que hay —dijo Korsch, mirando hacia arriba—. Acabo de ver a una persona en la ventana.

—Mire, cuando entremos, dé conversación a quienquiera que sea mientras yo voy a mear y echo un vistazo por ahí.

Llamé a la puerta con los nudillos y se abrió una ventana en el piso de arriba.

—Estamos cerrados de cara al invierno —dijo la mujer.

—No buscamos habitaciones.

—Entonces ¿qué buscan?

—Abra la puerta y se lo diremos.

—Me parece que no. Oigan, ¿cómo se les ocurre llamar a la puerta de una casa a estas horas de la noche? Tendría que dar parte a la policía.

—Nosotros somos la policía —replicó Korsch, y luego me sonrió. No se cansaba nunca de decir cosas así—. Este es el comisario Gunther y yo soy el ayudante de investigación criminal Korsch.

—Bueno, ¿qué quieren?

—Estamos buscando a Johann Diesbach.

—No está aquí.

—¿Puede hacer el favor de abrir la puerta, señora? Tenemos que hacerle unas preguntas. Sobre su marido.

—¿Como cuáles?

—Como, por ejemplo, ¿dónde está?

—No tengo ni idea. Miren, se fue esta mañana y aún no ha vuelto a casa.

—Entonces, vamos a esperarlo dentro.

—¿No pueden volver por la mañana?

—No seremos mi colega y yo los que volvamos por la mañana. Será la Gestapo.

—¿La Gestapo? ¿Qué podría querer de nosotros la Gestapo?

—Lo mismo que quieren de todo el mundo. Respuestas. Solo espero que las tengan, Frau Diesbach. Esos no tienen tanta paciencia como nosotros.

La mujer que encendió la luz del vestíbulo y salió a la puerta llevaba una blusa escotada, un chaleco de terciopelo rojo y un delantal blanco, y cargaba más delante que una camarera atareada en el Oktoberfest. Era muy alta, con pelo moreno y corto, gruesos labios secos y un cuello como el del primo zulú de Nefertiti. Era atractiva, supongo, a su estilo de amazona, como si Diana cazadora hubiera tenido una hermana mayor y más letal todavía. Sus ojos verdes recorrieron nuestros rostros con aire severo, pero la mano a un lado del vestido de algodón rojo le temblaba como si algo la aterrara; nosotros, con toda probabilidad, aunque nada en su voz delató ese miedo: habló en tono claro y seguro.

—¿Puedo ver su identificación, por favor?

Ya tenía la placa en la mano, que tendí justo debajo de sus considerables pechos.

—Aquí la tiene.

—¿Eso es todo? ¿Un pedacito de metal?

—Es una placa de policía, señora —dije—, y no tengo tiempo para más.

Me abrí paso junto a los nudos gordianos idénticos que formaban su busto y entré en la casa.

54

ABRIL DE 1939

—¿A qué viene todo esto?

Frau Diesbach cerró la puerta detrás de nosotros y se limpió las grandes manos en el delantal blanco que llevaba. Le sacaba más de una cabeza a Friedrich Korsch.

—¿Está sola?

—Sí. Por completo.

Estábamos en un vestíbulo con suelo de losa, un aparador de roble oscuro, y, en la pared encalada de blanco, una vieja fotografía de un emperador austriaco aún más viejo, Francisco José I, que guardaba un gran parecido con el animal más taimado de los bosques de Viena, y otra del príncipe heredero Ruperto de Baviera. Había varios retratos más de Johann Diesbach con un poblado bigote y un uniforme que parecía indicar que había formado parte del Sexto Ejército alemán y era veterano de la batalla de Lorena, que fue uno de los primeros enfrentamientos de la guerra y sobre la que existía el consenso de que había sido tan poco concluyente que contribuyó a crear el punto muerto de la guerra de trincheras que se dilató durante cuatro costosos años. Llevaba en el pecho la Cruz de Hierro de Primera Clase. Había varios rifles y escopetas de caza en un armero junto a un grabado en madera de un ermitaño que regañaba a un grupo de jinetes medievales por una ofensa no revelada: despertarlo, quizá. Todo olía intensamente a tabaco de pipa y, puesto que no me pareció que la señora de la casa tuviese aspecto de fumadora de pipa, deduje que había estado un hombre allí hacía muy poco.

—¿A qué se dedica su marido, Frau Diesbach? —pregunté.

—Tenemos una pequeña mina de sal —explicó—. En Berchtesgaden. Refinamos nuestra propia sal de mesa de alta calidad, que él vende directamente a restaurantes de toda Alemania y Austria.

—Supongo que eso es mucho cavar —comentó Korsch.

—No hay que cavar mucho —repuso ella—. Usamos un proceso de extracción salina. Se le echa agua dulce a la montaña y los componentes no solubles de la roca se hunden al fondo. Ahora todo tiene que ver con bombas de extracción y tuberías, es todo muy científico.

—¿Su esposo está ahora en la mina?

—No, ha ido a vender sal de calidad gourmet a nuestros principales clientes de Múnich, así que tal vez vuelva muy tarde.

—¿Qué clientes son esos?

—El jefe de cocina del Kaiserhof.

Entré en el salón y encendí una lámpara que parecía estar hecha de un enorme cristal de color rosa. Junto a ella había una mesa con varios tarros de sal rosa. Cogí uno. Estaba lleno de versiones a escala reducida de la lámpara de mesa y era la misma sal que había visto en el relieve de la bota de fuera.

—Ya se lo he dicho, mi marido no está —insistió con irritación, y tiró nerviosa de un trocito de piel reseca en el labio inferior.

—¿Es esta? ¿Su sal de calidad gourmet?

—Eso pone en la etiqueta.

—Dice usted que está en Múnich.

—Sí. Naturalmente, es posible que se quede a hacer noche allí. Si ha bebido demasiado. Cenando con los clientes. Le ocurre a menudo, me temo. Son gajes del oficio cuando uno quiere ser hospitalario.

Encendió un cigarrillo de una caja plateada con dedos nerviosos. A esas alturas, el canalillo le temblaba como la falla de San Andrés.

—El jefe de cocina del Kaiserhof, Konrad Held —mentí—. Lo conozco bien. Podría llamarlo por teléfono si usted quiere y averiguar si su marido sigue allí.

—Tal vez no haya ido a ver al jefe de cocina —reconoció, tirando un poco más del pellejito del labio—, sino a algún otro empleado de la cocina del hotel.

Sonreí con ademán paciente. Uno aprende a reconocer cuándo le están mintiendo. Sobre todo, con unas tetas tan elocuentes como las suyas. Después, todo se reduce a juzgar el momento adecuado

414

para hacérselo saber. A nadie le gusta que lo llamen embustero a la cara. Menos aún en su propia casa y de labios de la policía. Casi sentí lástima por la mujer; de no haber sido por su sarcasmo anterior, quizá habría sido más amable con ella, pero tal como estaban las cosas en ese momento, me sentí más inclinado a intimidarla, solo para ir más rápido. A fin de cuentas, estaba en juego la vida de un hombre inocente. Había un estante corrido que ocupaba toda la pared del salón justo por encima de la altura de la cabeza y yo ya estaba escudriñando los libros, en busca de algo que me ayudara a presionarla un poco más y vencer cualquier posible resistencia a nuestras preguntas. Abundaban los libros relacionados con la geología, pero había visto un par de títulos que podían servirme para lo que tenía pensado. Pero de momento los dejé de lado y crucé el salón hasta la amplia chimenea de ladrillo visto. Detrás de una rejilla de chimenea de hierro forjado, el fuego de leña seguía ardiendo en silencio. El leño no era precisamente del tamaño que uno habría elegido en el caso de estar solo. Quienquiera que hubiera encendido el fuego lo había hecho de cara a una velada acogedora en pareja. Al lado del fuego había un sillón y, en el asiento, un ejemplar del *Völkischer Beobachter* de ese día. Lo cogí, me senté y dejé el periódico en el hogar al lado de un cenicero y una lata de tabaco Von Eicken con la tapa abierta. En el cenicero había una pipa. Poco después la cogí también y comprobé que la cazoleta de cerezo seguía caliente; más caliente que el fuego. Era muy fácil imaginarse a un hombre allí, sentado delante del fuego, no hacía ni media hora, dando chupadas a su tabaco igual que un capitán de barco del Danubio.

—Qué casa tan bonita tiene —comentó Korsch, a la vez que abría un cajón del escritorio.

Frau Diesbach se cruzó de brazos, a la defensiva. Tal vez fuera su manera de refrenarse y no darle a Korsch en la cabeza con la lámpara de mesa.

—Hala, venga, usted como en su casa.

—Entonces, ¿se gana mucho dinero con la sal de mesa? —preguntó él, pasando por alto el comentario. A veces el trabajo policial requiere justo lo contrario de un diálogo socrático: alguien dice una cosa, yo finjo no haberla oído y digo otra.

—Como en cualquier otro oficio, se gana si se trabaja duro.

—Ojalá fuera así —repuso Korsch—. Desde luego, siendo policía no se gana mucho dinero. ¿Verdad que no, jefe?

—¿Eso están buscando? ¿Dinero? Supuse que habían venido a investigar un delito, no a cometerlo.

Korsch dejó escapar una risa áspera.

—Qué carácter tan avinagrado. Debe de ser por toda esa sal, ¿eh, jefe?

—Eso parece.

—Tendría que probar a refinar azúcar, señora.

—¿Van a decirme a qué viene todo esto?

—Ya se lo he dicho —replicó Korsch, que abrió otro cajón con gesto provocador—. Estamos buscando a su marido.

—Y yo ya le he dicho que no está. Y, desde luego, no está en ese escritorio.

—Mucha gente intenta ponerse en plan ingenioso con nosotros —dijo Korsch—. Pero nunca dura mucho rato. Los últimos que reímos solemos ser nosotros. ¿No es así, jefe?

Dejé escapar un gruñido. No tenía muchas ganas de reírme. No con la mandíbula rota. Y desde luego, no después de ver a la pobre Aneta Husák asesinada a sangre fría. Tardaría mucho tiempo en olvidarme de aquello. Encima de un piano de cola pequeño había unas fotografías, y no me llevó mucho rato empezar a creer que una de ellas era del mismo joven de aire intelectual que nos había enviado con indicaciones erróneas hasta Luegwinkl. Poco después me levanté, cogí la foto de la lustrosa tapa del piano, la miré un rato y se la mostré a Korsch, quien asintió a modo de respuesta. Era él, sin duda.

—Esto aclara muchas cosas —comentó.

—¿Quién es este? —le pregunté a Frau Diesbach.

—Mi hijo Benno.

—Es un chico guapo, ¿eh? —Korsch estaba siendo sarcástico. Con las gafas gruesas, la barbilla huidiza y el gesto tímido, Benno Diesbach parecía un blandengue de mucho cuidado y justo la clase de chico sensible y enclenque que una madre cariñosa y preocupada querría mantener al margen de algo tan duro como el ejército. Lo más probable es que mi madre hubiera sentido lo mismo por mí cuando tenía unos doce años. Suponiendo que alguna vez hubiera sentido algo.

—¿Dónde está ahora? —indagué.

—Creía que habían dicho que buscaban a mi marido.

—Usted responda la pregunta, señora —dijo Korsch.

—Ha salido. A tomar una cerveza con unos amigos.

—No parece tener edad suficiente.

—Tiene veinte años. Y no tiene nada que ver con esto.

—¿Con qué? —preguntó Korsch.

—Con nada. Oigan, ¿por qué le están buscando?

—¿A quién?

—A mi marido. No ha quebrantado la ley.

—¿No? —Me acerqué a la estantería y extraje dos libros que no versaban sobre geología: la famosa novela de Alfred Döblin y, por añadidura, la de Erich Maria Remarque. Eran las mismas ediciones baratas que tenía yo en casa.

—Alguien la ha quebrantado. ¿Estos libros son de él o suyos?

—Deben de ser de... Bueno, ¿qué importa eso? Dios mío, no son más que unos libros viejos.

Tuve la seguridad de que había estado a punto de confesar que los libros eran de su hijo, Benno. Desde luego, parecía el típico lector voraz.

—No son meros libros —le expliqué—: son libros prohibidos. —Había ocasiones en que tenía que parecer un auténtico nazi. Ocasiones en que me odiaba más de lo habitual, incluso según mi devaluado rasero. Ya casi estaba convencido de que Johann Diesbach acababa de fugarse, pero también de que su huida era una prueba *prima facie* de su culpabilidad. Y a eso había que añadirle la sal rosada en las suelas de las botas de fuera. Estaba casi seguro de que el hombre que calzaba esas botas había asesinado a Udo Ambros.

Pero cuantas más largas nos daba su esposa, más probabilidades tenía él de eludir la detención y menos tenía Johann Brandner de escapar a un pelotón de fusilamiento o al hacha del verdugo en Plötzensee.

—Estos autores llevan prohibidos desde 1933 porque son de ascendencia judía o le profesaban simpatía al comunismo o el pacifismo.

—No tenía la menor idea. Y eso, ¿quién lo dice?

—Lo dice el Ministerio de Verdad y Propaganda. ¿No ve los noticiarios en el cine? Llevamos seis años quemando los libros que no nos gustan.

—No vamos mucho al cine.

—A mí me trae sin cuidado lo que lean, pero la ignorancia de la ley no exime de su cumplimiento, Frau Diesbach. Poseer estos libros puede castigarse con la deportación, la cárcel o incluso la muerte. Sí, en serio. Así pues, le aconsejo que colabore con nosotros y nos diga dónde está su marido, Frau Diesbach, o de lo contrario no solo él estará en un lío, sino también usted.

Me pregunté hasta qué punto exactamente debía de estar al tanto de lo que había hecho su esposo.

—Su marido es sospechoso de haber estado implicado en dos asesinatos.

—¿Dos? —Pareció sorprendida por el número, por lo que supuse que igual sabía lo de Flex, pero no lo de Udo Ambros.

—¿No le he dicho que nosotros reímos los últimos? —comentó Korsch.

—Ya se lo he dicho a los dos —repuso ella sin mucha energía—. Johann está en Múnich.

—Con unos clientes, sí —repuso Korsch—. Sí. Lo ha dicho. No la hemos creído la primera vez.

La mujer se sentó pesadamente envuelta en una nube de Guerlain y desesperación, y encendió otro cigarrillo. Me apropié del que aún estaba fumando y seguía en un cenicero de cristal de sal de gran tamaño, le di una calada pensativa y esbocé una dolorosa sonrisa.

—¿Puedo usar su cuarto de baño, Frau Diesbach? —pregunté—. Mientras usted piensa un poco, quizá. Y le recomiendo encarecidamente que lo haga.

—Sí, supongo. Está en lo alto de las escaleras.

—¿A qué hora volverá su hijo? —le preguntó Korsch.

—La verdad es que no lo sé. ¿Por qué?

—¿Cuándo va a entender que las preguntas las hacemos nosotros, Frau Diesbach?

Mientras Korsch le tiraba de la lengua, subí por la angosta escalera y eché un vistazo por ahí. La casa era una versión a escala reducida del Berghof, solo que sin Alberich, el enano residente. El pasillo estaba decorado con varios mapas históricos del antiguo palatinado bávaro de Renania, una región de la Alemania sudoccidental que bordeaba el Sarre, y fotografías enmarcadas de cavernas y lo que parecían minas de sal y formaciones geológicas interesantes. Al abrir un par de puertas de madera sencillas encontré habitaciones pequeñas y cómodas con los colchones enrollados como masa de repostería y varios grabados de excursionistas alpinos. Era sin duda un sitio limpio y bonito para alojarse en verano; cualquier viajero feliz habría dormido bien y, después de un copioso desayuno alemán preparado por Frau Diesbach, pensaría que había acertado con la elección, sobre todo si se las apañaba para posar la mirada en su abundante busto.

Abrí un armario y en un anaquel detrás de unas mantas encontré varias cajas de los mismos cartuchos rojos Brenneke que se habían usado para matar a Udo Ambros. Apoyada en una pared empapelada con grueso papel en un rincón del frío dormitorio principal había una espada valona tan larga como un palo de esquí, lo que casi me hizo alegrarme de que no hubiéramos llegado antes. Un gato blanco estaba tendido en la cama de latón y me miró con unos ojos azul intenso tan afilados como la espada y rebosantes de preguntas gatunas, lo que significaba que las respuestas no tenían más importancia que la hora del día, el sabor de la nieve recién caída o el aspecto de una formación nubosa encima del Kehlstein. Hay ocasiones en que creo que estaría bien ser gato, incluso en esa parte del mundo; al menos, si te mantenías lejos de Hitler y el Landlerwald. Algunos cajones de la cómoda del armario estaban vacíos y aún abiertos y, encima de la alfombra, había un gemelo, un botón de camisa y una bala de 7,62 mm Parabellum. A todas luces, alguien con una pistola Luger se había ido a toda prisa.

En la mesilla había un papel con una larga lista de nombres de clientes y horarios de trenes a Múnich y Fráncfort, lo que no tenía nada de particular salvo que quien la había escrito prefería usar las mismas letras mayúsculas legibles pero no demasiado bien escritas que habían aparecido en la nota de «suicidio» de Udo Ambros. Doblé el papel y me lo guardé en el bolsillo. En varias fotografías entre los peines y cepillos con mango de marfil del tocador de estilo Biedermeier se veía a Benno, el muy querido joven que nos había señalado el camino equivocado, sin duda para ganar tiempo suficiente a fin de volver a casa en bici y advertir a su padre, Johann —que aparecía en otra fotografía con un Udo Ambros que aún se hallaba en posesión de su cabeza, antes de que alguien se la reventara con una escopeta—, de que la policía le seguía ahora la pista. Ambros era un hombre de aspecto rudo, pero Diesbach parecía más duro y repulsivo, en buena medida porque se había recortado el bigote y ahora lo llevaba exactamente igual que Adolf Hitler. Saqué las fotos de los marcos, me las guardé en el bolsillo del abrigo y fui a la siguiente habitación. Miré al hombre del espejo del cuarto de baño, volví a atarme la corbata Raxon que me sujetaba la mandíbula y le lancé un gruñido: «No es de extrañar que el gato te mirase raro, Gunther. Eres el vivo retrato de un dolor de muelas».

La bañera estaba llena de agua fría, como si Frau Diesbach estuviera entrando en el baño cuando su heroico hijo llegó a casa y anunció mi llegada inminente. Sus medias y su ropa interior estaban en una silla de mimbre blanca detrás de la puerta. En otro lugar quizá los habría cogido y olisqueado. Llevaba tiempo sin disfrutar del olor íntimo de una mujer atractiva y manifestaba los primeros síntomas del síndrome de abstinencia. En cambio, recogí su sujetador y durante un par de compases admiré su tamaño. Parecía una honda que hubiera pertenecido a Goliat y que habría incrementado de manera considerable sus escasas posibilidades contra David, el joven pastor. Eso y un par de buenas rocas. Siempre me había dado pena Goliat. Pero el aire de montaña bávaro le causa efectos extraños a un Fritz de Berlín como yo.

Había un radiador eléctrico cromado en la pared alicatada, una dentadura postiza en un vaso en el alféizar de la ventana y un armario de baño de grandes dimensiones encima del lavabo. Lo abrí y de inmediato vi las respuestas a preguntas que quizá le hubieran importado un poco más al gato blanco de haber sabido a ciencia cierta de qué manera iban a afectarle. El caso es que te quedas sin un plato de pescado o un cuenco de leche si tus dueños están encerrados en un campo de concentración, o algo peor. Pero no experimenté ni un ápice de satisfacción profesional por haber comprendido de pronto la magnitud de lo que estaba ocurriendo en el domicilio de los Diesbach. Además, dudaba de que fuera una de esas elegantes soluciones de salón a un crimen como las de las obras de cualquier escritora respetable de novelas de misterio del tipo de Agatha Christie o Dorothy L. Sayers; encontrar una prueba policial de esa índole no provocaba sino vergüenza. Y me asqueó a más no poder lo que me iba a ver obligado a decirle a la cara a Frau Diesbach en el piso de abajo, porque, teniendo en cuenta las circunstancias, no estaba seguro de que yo hubiera obrado de manera distinta a como lo había hecho Johann Diesbach. Con la salvedad de que quizá no habría disparado contra Udo Ambros. Nadie merece pasar por el trance de que su rostro se convierta en el facsímil pasmado de un cuadro de Picasso. En el armario del cuarto de baño había un frasco de Protargol. Y fue entonces cuando recordé que el Protargol era nitrato de plata, y que el símbolo de la plata en la tabla periódica era *Ag*. Lo que probablemente explicaba la lista *Ag* en el odioso libro de contabilidad de Flex. También había algo de Pervitín —¿*P* de Pervitín?—, pero eso no parecía tener mucha importancia al lado del tratamiento médico estándar para una enfermedad venérea. La cuestión era cuál de ellos estaba aquejado de gonorrea: ¿Johann Diesbach, su esposa, o los dos? Benno Diesbach no se me pasó por la cabeza en lo relativo a ese asunto. A juzgar por su aspecto, estaba muy lejos de ese primer momento de alegría en que un chico se convierte en un hombre asombrado por completo. Había visto vírgenes más evidentes en alguna esquina de Berlín. Me guardé las dos clases de pastillas y bajé a toda prisa con más pruebas para confirmar las teorías que barajaba que Arquímedes cubierto solo con una toalla de baño.

55

ABRIL DE 1939

—Esto no se puede decir de una manera que suene amable o educa-
da, Frau Diesbach, así que me limitaré a decirlo y luego, si es usted
sensata y me cuenta adónde ha ido su esposo, trataré de ayudarla.
A su marido no lo puedo ayudar. Pero no hay necesidad de que usted
corra la misma suerte. Lo atraparé y, cuando lo haga, mejor será que
usted pueda decirles a mis superiores que cooperó. Aunque no lo
haya hecho. Si empieza a tirarme cosas ahora y finge escandalizarse
como una santurrona, entonces le digo con sinceridad que no me
hará ninguna gracia. Ni a usted tampoco. Le digo sin tapujos que, si
no coopera, va a ir a la cárcel. Esta misma noche. A mi modo de ver,
su marido, Johann Diesbach, quien seguramente iba hasta arriba de
metanfetamina en ese momento, disparó y mató a Karl Flex porque
Flex le contagió a usted una enfermedad venérea. —Dejé el Protargol y
el Pervitín encima de la mesa de al lado de la sal—. Las pruebas uno
y dos. Flex había decidido que no bastaba con que su marido le pagara dinero para fingir que su hijo Benno trabajaba para la Administración de Obersalzberg a fin de no tener que llamarlo a filas. Usted le
gustaba, y decidió que quería otra cosa aparte de dinero. Decidió que
quería llevársela a la cama. A cambio de lo que ustedes querían. Por
desgracia, también le contagió una enfermedad venérea.

Hice una pausa mientras la mujer alta y atractiva que había estado a punto de darse un baño se hundía en el asiento y hurgaba en la
manga en busca de un pañuelo.

—Bien, me alegro de que no me lo discuta. Porque me duele la
mandíbula, como a todas luces puede ver, y la verdad es que no tengo
energía para discutir. Karl Flex quería llevársela a la cama y usted accedió, porque quiere a su hijo y conseguirle un empleo de reserva por

cien marcos al año parecía el mejor modo de evitarle peligros. Solo lo he conocido de pasada y me ha parecido un buen chico. Leal y, sí, valiente, aunque quizá un poco blandengue. Hizo bien en intentar que le concedan una prórroga porque en tiempos de guerra son esos jóvenes de rostro delicado los que siempre intentan demostrar que, a fin de cuentas, no están tan verdes. Usted accedió a dormir con Flex y él le contagió la gonorrea. Y cuando fue a quejarse, él la remitió al doctor Brandt, quien aceptó ayudarla a encontrar cura para su dolencia, porque está metido en el mismo embrollo que Flex aquí en la montaña. Pero para entonces usted ya le había contagiado la gonorrea a su marido, conque él decidió acabar con el asunto de una vez por todas. Con todo el puñetero asunto. Por eso le disparó Johann. Y bien que hizo. Eso es lo que yo creo. Karl Flex se lo tenía bien merecido, y tendría que haberle llegado acompañado de un bonito telegrama del káiser. Frau Diesbach, creo que yo también lo habría matado de haber sido su esposo. Eso sí, tal vez no habría usado el rifle de mi amigo Udo para hacerlo. Fue de una crueldad innecesaria porque incriminó a Udo en el asesinato de Flex. Aunque no fue tan cruel como lo que ocurrió cuando Udo se dio cuenta de que su viejo amigo se la había jugado. ¿Qué hizo? ¿Lo amenazó con ir a la policía? Debió de hacerlo, porque de lo contrario Johann no habría ido a la casa del pobre Udo para pegarle un tiro. ¿No lo sabía usted? No importa. Se lo aseguro, no fue un suicidio. Quizá tenga la mandíbula rota, pero a mi cerebro no le pasa nada. En el armario de arriba he encontrado una caja que contiene la misma munición utilizada para volarle la tapa de los sesos a Udo, así como una muestra de la misma caligrafía con la que se escribió la supuesta nota de suicidio. En tanto que caso de asesinato, está más abierto y cerrado que la puerta de mi despacho en la Comisión de Homicidios de Berlín. Resulta que ya me he ocupado de asuntos así, Frau Diesbach. La gente, no solo usted, sino personas que deberían tener mejor juicio porque están a cargo del gobierno, se empeña en creer que no sé cuándo me mienten. Pero lo sé. Además, se me da bastante bien descubrirlo. De un tiempo a esta parte he tenido mucha práctica.

»Luego, cuando el ayudante de investigación criminal Korsch y yo veníamos hacia aquí esta noche, resulta que nos encontramos en la carretera al joven Benno. Lo he reconocido por la fotografía del piano. Ha sido una estupidez dejarla ahí para que la veamos. Pero lo más probable es que no haya tenido tiempo de esconderla, teniendo en cuenta que su marido solo ha dispuesto de cinco minutos para salir pitando. Ha sido Benno el que nos ha dado las indicaciones equivocadas para regresar aquí en bici y advertir a su padre de que la policía venía de camino, ¿verdad? Supongo que Johann nos lleva cosa de hora y media de ventaja. La cuestión es adónde ha ido. ¿Hacia el interior de Austria? ¿A Alemania? ¿A Italia, quizá? Quiero respuestas, y más vale que me las dé bien buenas o no será solo usted la que vaya a la cárcel, Frau Diesbach. Imagino que, cuando lo atrapemos, también Benno acabará entre rejas. Hacerle perder el tiempo a la policía en Alemania siempre ha sido un delito grave, pero ahora estamos obligados a tomárnoslo como algo personal.

Frau Diesbach se enjugó los ojos y prendió otro cigarrillo. Yo también encendí uno, igual que Korsch, porque los dos sabíamos desde hacía mucho tiempo que cualquier historia suena mejor cuando está envuelta en buen humo de tabaco. Naturalmente, muchas de las historias que oyen los polis no son más que humo, pero aquella era cierta. Lo noté de inmediato porque sentí una fuerte punzada de dolor en la mandíbula cuando se puso a hablar. Además, lloraba de una manera que suele expresar la verdad y que no se puede fingir salvo que seas Zarah Leander, e incluso ella prefiere no llorar a moco tendido para no tener que sonarse los mocos. No le favorece nada a una mujer, sobre todo si está ante una cámara.

—Benno es un buen chico, pero no tiene madera para el ejército. A diferencia de mi marido. Que sí la tiene. Johann es mucho más duro de lo que Benno será en la vida. Y ahora es nuestro único hijo. El caso, comisario, es que el hermano mayor de Benno, Dietrich, estaba en la Marina alemana, y falleció en España, durante la Guerra Civil. Resultó muerto en 1937, en la batalla de Málaga, cuando unos aviones republicanos atacaron el Deutschland. Por lo menos, eso nos dijeron. No puedo perder a otro hijo. ¿Tengo su palabra de que Benno no tendrá problemas?

—La tiene. De momento, solo mi ayudante aquí presente y yo sabemos que ha intentado darnos gato por liebre. Podemos olvidarnos de que existe siquiera.

Asintió y tragó humo con ferocidad, como si quisiera matar algo en su interior. Cuando retiró el cigarrillo de los labios, el pellejito reseco que tenía en el labio inferior se le desprendió y le quedó colgando de la boca como un minúsculo purito. De vez en cuando se limpiaba las lágrimas de las mejillas, pero un rato después tenía en la cara pálida lo que parecían dos lechos de río secos.

—Tómese un momento —dije en tono amable—. Tranquilícese y cuéntenoslo todo.

Korsch sirvió una copa grande de un líquido de aspecto pringoso de la botella encima del aparador y se la tendió. Ella la engulló igual que un cormorán hambriento y le devolvió la copa, como si pidiese que se la volviera a llenar. Le hice un gesto afirmativo con la cabeza. El alcohol puede ser el mejor amigo del poli en más de un sentido; incluso cuando no suelta las lenguas es un consuelo.

—Casi tiene usted razón, comisario Gunther. Karl Flex se acostó conmigo. Varias veces. Pero no fue en absoluto como ha dicho. Karl había aceptado dinero de mí, no de Johann, para que Benno no fuera reclutado. Eso es verdad. Benno es un chico muy sensible y, a decir verdad, el ejército lo mataría. No me disculpo por ello. Johann y yo no estábamos de acuerdo, claro. Él se puso furioso cuando se enteró. Pensaba que el ejército haría de Benno un hombre hecho y derecho. Yo pensaba que haría de él un cadáver. A fin de cuentas, todo el mundo sospecha que se avecina una guerra. Con Polonia. Y si es con Polonia, será también con los rusos. Y entonces, ¿qué será de nosotros? Pero Karl no me obligó a acostarme con él, y desde luego no fue una condición para que no llamaran a filas a Benno. El caso es que encontré una carta de la amante de mi marido, Poni, en el bolsillo de su abrigo. Sí, así se llama. No me pregunte cómo se gana una el nombre de Poni. Sea como sea, Johann la estaba montando durante sus viajes de negocios a Múnich. Así que yo me acostaba con Karl por venganza, supongo. Un fin de semana, cuando Johann estaba en Múnich con Poni, fuimos al hotel Bad Horn, a orillas del lago Constanza en el precioso deportivo italiano de Karl. Pero lo que yo no sabía era que Poni no solo le había contagiado a Johann su dulce amor, sino también una enfermedad venérea. Después, él me la contagió a mí. Y antes de darme cuenta, se la había contagiado a Karl. Tuvimos una fuerte discusión al respecto y, a pesar de sus infidelidades, Johann se puso muy celoso y juró que mataría a Karl. Solo que nunca pensé que fuera capaz de hacerlo. Pero tiene razón en lo de la metanfetamina. Como la mitad de los hombres de la montaña, Johann es adicto a esa sustancia. Los pone como locos, me parece a mí. Pero los hombres que trabajan para la AO la necesitan para seguir el insaciable ritmo de trabajo que marca Martin Bormann. Solo que hace poco el suministro de Pervitín se agotó. Al parecer, ahora reservan el Pervitín para el ejército. Pero entonces, Karl y Brandt empezaron a vendérselo a cualquiera que tuviese el dinero necesario. Así es como funcionan aquí las cosas hoy en día. No digo que Bormann esté al tanto. Pero debería estarlo.

Korsch le tendió otra copa. Me preguntó con la mirada si yo también quería una, pero negué con la cabeza. Necesitaba estar despejado si quería hablar con Albert Bormann y luego, quizá, con su hermano, Martin. Lo más probable era que la vida de Johann Brandner dependiera del uso preciso de la gramática alemana y de una sesuda defensa por mi parte.

—Como es natural, en cuanto me enteré de que habían asesinado a Karl supe que lo había hecho Johann. Nuestra mina de sal está en Rennweg. La entrada queda entre el río Ache y Obersalzberg. Conozco perfectamente esa zona. Pero nadie sabe muy bien hacia dónde va por el interior de la montaña. Bueno, nadie salvo mi marido. Hay antiguos túneles que se adentran cientos de metros en línea recta por debajo de Obersalzberg. Se lo eché en cara abiertamente y más o menos lo reconoció. Por lo visto, hay un túnel de una vieja mina de sal que sale de la montaña en el bosque muy cerca de Villa Bechstein. Podría pasar por delante sin darse cuenta de que está allí. Udo también debió de suponerlo. En cualquier caso, mi marido y él siempre se prestaban los rifles y otras cosas. Lucharon juntos en el ejército. El Segundo Cuerpo Bávaro. Johann era un francotirador *Jäger* y, como muchos hombres de por aquí, el mejor tirador de su batallón. Udo también lo era. Aquí hay quien crece con un rifle en las manos. La víspera de que le disparasen a Karl, vi a Johann meter un rifle con mira telescópica en el maletero del coche. Aunque no soy ninguna experta, estoy casi segura de que no había visto nunca el arma. Y tenía algo sujeto al cañón. Como una lata de algo. La verdad es que era raro. Incluso se lo pregunté a Udo la última vez que lo vi, y no dijo nada. Cosa que también me preocupó.

—¿Su marido tiene un taller? —pregunté—. ¿Tiene un torno que funcione?

—Sí. A menudo tiene que traer tuberías de la mina para repararlas. ¿Cómo lo sabe?

—No tiene importancia. ¿Qué decía usted sobre Udo Ambros?

—No sabía que Johann hubiera matado a Udo también. Es impensable, la verdad. Udo nunca habría delatado a Johann. No sin avisarle con tiempo de sobra. —Se encogió de hombros—. Conque quizá eso fue lo que ocurrió. Johann debió de haberle pegado un tiro a Udo cuando este dijo que tendría que contarle a la policía que Johann había cogido prestado su rifle. Y lo había usado para matar a Karl.

Frau Diesbach se tomó la segunda copa de licor, hizo una mueca como si en realidad no le gustase y dejó escapar un profundo suspiro.

—Es culpa mía, en realidad. Nada de esto habría ocurrido si no le hubiera pagado a Karl para que Benno entrara en esa lista de trabajadores de la AO.

—Bueno —dije—. No tiene sentido andarse con miramientos. ¿Adónde ha ido?

—No lo sé, de verdad —repuso—. No me lo ha dicho. Se lo he preguntado, claro. Y ha dicho que más me valía no saberlo. Así no se lo podría decir a nadie.

—Haga conjeturas —la instó Korsch—. Lo conoce mejor que nadie. Poni incluida.

—En muchos aspectos Johann es un hombre muy reservado. Buena parte del tiempo no sé dónde anda. Y suele ir de viaje. Vende nuestra sal. Tiene amigos en Salzburgo, Múnich y en lugares tan lejanos como Fráncfort y Berlín. Podría haber ido casi a cualquier parte. Tiene muchos amigos en la región, claro.

—¿Y su coche? —pregunté.

—Es un coche nuevo. Un Auto Union Wanderer negro de cuatro puertas de 1939. No me sé de memoria la matrícula. Pero puedo averiguarla, supongo.

—¿Lleva mucho dinero encima? ¿Y el pasaporte?

—Llevaba dinero de sobra en el billetero cuando lo he visto esta mañana. Me ha dado veinte marcos para la casa. Pero debía de llevar doscientos más encima. Y tiene pasaporte alemán. Más o menos lo guardaba siempre en el coche, por razones evidentes.

—Venga, señora —dijo Korsch—. Vamos a necesitar algo más si quiere que les ayudemos a usted y a su hijo. Por cierto, ¿dónde está Benno?

—Se ha quedado con unos amigos. Hasta que pase el peligro, por así decirlo. No sé quiénes son. Pero iba en bicicleta, conque no puede haber ido muy lejos. No irán a detenerlo, ¿verdad? Me han prometido que dejarán a mi hijo al margen.

—Es su marido quien nos interesa, no su hijo —señaló Korsch—. Pero fueran cuales fuesen las excusas de Johann para hacerlo, es un asesino. Así que ni se le pase por la cabeza protegerlo. No es solo su cuello el que está en juego, ¿entiende? El nuestro también lo está, si no lo atrapamos pronto.

—Tiene razón —convine—. El Führer cumple los años el día veinte. Y Martin Bormann quiere que el asesino de Karl Flex esté bajo custodia antes de que Hitler venga al Berghof a desenvolver los regalos. Si a su marido se le hubiera ocurrido pegarle el tiro en otro lugar, Frau Diesbach, quizá habrían barrido todo este asunto bajo la alfombra. Pero tal como están las cosas, nos vemos sometidos a una gran presión para cerrar este caso antes de que se enciendan las velitas de cumpleaños. La fiesta ha quedado suspendida a menos que atrapemos al culpable.

—Creo que si le pegó un tiro donde lo hizo fue de forma deliberada —explicó Frau Diesbach—. Me refiero a la terraza del Berghof. Espero no meterme en más líos por decirlo, comisario, pero en esta montaña detestan a Martin Bormann. Si desapareciera, mucha gente cree que infinidad de cosas irían mejor por aquí. Johann culpaba a Martin Bormann de dar empleo a gente como Karl Flex, Brandt o Zander; toda esa puñetera cuadrilla. Quería abochornar a Bormann. Dejarlo en ridículo a ojos de Hitler. Lo suficiente como para que Hitler se libre de él. Muchos conocidos de Johann estarían dispuestos a ayudarlo a escapar, aunque solo sea por esa razón.

—¿Adónde ha ido, señora? —insistió Korsch—. Se me está acabando la paciencia.

—No puedo decirles lo que no sé, ¿no cree?

—Supongo que nos toma por estúpidos, señora.

—No lo supongo —respondió, de tal modo que creí que estaba a punto de soltar otra réplica descarada.

—No se haga la lista con nosotros, señora —dijo Korsch—. No nos gusta la gente que se pasa de lista. Eso nos recuerda que nos deben muchas horas extras y dietas que no llegaremos a cobrar. ¿Y quién no le dice a su mujer adónde va cuándo se dispone a huir de la policía?

—Pues un hombre listo, evidentemente.

—Yo en su lugar se lo diría a mi mujer.

—Sí, pero ¿a ella le importaría?

Fue entonces cuando Friedrich Korsch la abofeteó, dos veces. Bien fuerte. Con ímpetu suficiente para derribarla de la silla en la que estaba sentada. Primero un golpe de derecha y luego un revés, como si fuera el tenista Gottfried von Cramm. Cada tortazo sonó igual que un petardo al estallar y no podría haberla abofeteado mejor ni aunque se hubiese tratado de una prueba de acceso a la Gestapo.

—Tiene que decirnos adónde ha ido —gritó Korsch.

Por lo general, no estoy a favor de pegarle a nadie. La mayoría de los sospechosos que acceden a contárselo todo a la policía suponen que no nos percataremos cuando traten de ocultarnos cosas. Y siempre se quedan de piedra cuando comprenden que no les va a dar resultado. Yo en su lugar la habría interrogado un rato más, pero andábamos escasos de tiempo, en eso Korsch llevaba razón. La única posibilidad de Brandner de evitar que le raparan la cabeza hasta el cuello era que atrapáramos al asesino de Karl Flex, y pronto. La recogí del suelo y la senté. Era una manera de cerciorarme de que estuviera colocada de forma que Korsch pudiera pegarle de nuevo. Se quedó estupefacta, como era natural. Y aunque yo no veía con buenos ojos lo que había hecho Korsch, me pareció que era tarde para quejarme.

—Lo lamento. —Saqué el pañuelo, me arrodillé a los pies de la mujer y le limpié la boca—. Es que mi amigo va pisando fuerte. Resulta que hay un hombre inocente en un calabozo en Obersalzberg que podría ir al paredón por el asesinato de Flex y eso lo lleva a recurrir a la fuerza física. No creo que lo repita, pero si tiene la menor idea de adónde ha ido su marido, más vale que nos lo diga. Antes de que empiece a tener una sensación de auténtica injusticia.

—A la Lorena francesa —dijo con voz apagada, cubriéndose las mejillas con las manos igual que si fuera una joven *grisette* a la que hubieran abandonado con un niño pequeño y un cutis poco agraciado—. Estuvo allí acuartelado durante la guerra. Con el Segundo Cuerpo Bávaro. Siempre le gustó aquello, Lorena. Siempre estaba pensando en ese lugar. Habla bien francés. Le encanta todo lo francés. Le encanta la comida. Y las mujeres, conociendo a Johann. Ha dicho que iría allí. El lugar exacto no sabría decírselo. No he estado nunca. Pero una vez haya cruzado la frontera francesa, estará en Lorena. Con eso basta.

Lo que decía parecía encajar con los mapas enmarcados que ya había visto en las paredes, y las fotografías de Diesbach con uniforme del ejército. Es curioso el sentimiento que provoca en uno un lugar donde acaecieron tantas muertes. Yo siempre había querido volver al noreste de Francia y las ciudades próximas a Mosa donde, en 1916, se libró la batalla de Verdún. Pero Korsch no pensaba dejarlo correr.

—Para el caso, como si nos hubiera dicho las Bermudas, señora —rezongó—. Hay setecientos kilómetros de aquí a la frontera francesa. Y no tendrá tiempo suficiente de llegar tan lejos. Cuando le preguntamos adónde ha ido, nos referimos a dónde está ahora, y no adónde le gustaría ir de vacaciones si le toca la lotería.

Iba a darle otra bofetada, pero esta vez le sujeté la mano porque sabía exactamente cómo se sentía Frau Diesbach. Los dos habíamos recibido suficientes tortazos por un día.

56

OCTUBRE DE 1956

Desde la cima de una colina con aspecto de calavera lo único que se veía era un grabado en blanco y negro del infierno que era el capitalismo industrial.

En muchos aspectos, el Sarre era tan horroroso como lo recordaba de antes de la guerra: escoriales tan grandes como pirámides egipcias, un bosque petrificado de altas chimeneas industriales eructando tanto humo gris que daba la impresión de que la tierra se hubiera incendiado, interminables trenes de carga arrastrándose por un sistema venoso de vías de ferrocarril y apartaderos, dobles cambios de vía y garitas de señales, ruedas de pozos mineros girando cual lentos engranajes en un reloj muy sucio, gasómetros y edificios de fábricas y cobertizos oxidados, canales tan negros que parecían llenos de aceite en vez de agua, y todo bajo un cielo denso de polvo de carbón y magullado por el incesante ruido de metalisterías y fundiciones, martinetes y locomotoras y silbatos de final de turno. Con picor de ojos por causa del aire sulfuroso, hasta se notaba el sabor del hierro y el acero en el fondo de la lengua y se percibía un rumor grave de morlocks en la tierra envenenada bajo los pies. Como testamento de la actividad humana, no era muy agradable desde el punto de vista estético. Pero era más que meramente feo; era como si se hubiera perpetrado una suerte de pecado original contra el propio paisaje, y casi tuve la sensación de que podría haber estado mirando Niflheim, el hogar oscuro y cubierto de niebla de los enanos, donde no solo se acumulaban tesoros, sino que también se extraían del fondo de la tierra o se forjaban en secreto para los reyes burgundios. Desde luego, así lo creían los franceses, y por eso habían puesto tanto empeño en lograr que el Sarre siguiera formando parte de Francia y, como

Sigfrido, apropiarse de su considerable tesoro industrial. Los enanos del Sarre, en cambio, eran tan tercamente alemanes como sus equivalentes wagnerianos y, en un referéndum reciente que podría haber precipitado la independencia del territorio bajo los auspicios de un comisionado europeo designado por la Unión Europea Occidental, habían votado no a Europa y a la idea de mantener una unión económica con Francia. Ahora se suponía que el denominado protectorado del Sarre pasaría en unos meses a formar parte de la República Federal de Alemania. Desde luego, eso esperaba todo alemán patriota, y de punta a punta de la RFA se veía la recuperación del Sarre con entusiasmo, aunque no tanto como el que había celebrado la reocupación de Renania en 1936. La principal diferencia era que ahora no había tropas alemanas implicadas, ni se denunciaban tratados. Era quizá el cambio de bandera más pacífico que había vivido esa región en casi un siglo, y la idea de que Alemania y Francia entraran de nuevo en guerra por el Sarre parecía tan inconcebible como los viajes interplanetarios.

En la ciudad de Saarbrücken las cosas iban más o menos igual que siempre. Ya se había reparado la mayor parte de los graves daños causados por el ejército de los Estados Unidos y apenas quedaban señales de que allí se hubiera librado una guerra. Pero no había sido nunca una ciudad bonita, y la reconstrucción la había dejado con el mismo aspecto tan poco grato a la vista de siempre. Menos aún, quizá. Sin duda los franceses no pensaban derrochar su dinero en planificación urbanística o arquitectura pública. Todos los edificios nuevos eran funcionales, por no decir brutales. Por lo poco que había podido ver del futuro, parecía estar hecho en buena medida de hormigón. Landwehrplatz, la plaza mayor de Saarbrücken, parecía el patio de una prisión alemana de la que los presos habían hecho bien en escapar. Todo era tan gris y sólidamente alemán como la mina de un lápiz Faber-Castell.

De cerca, las cosas eran un poco más ambiguas. Todos los periódicos y revistas en los quioscos eran alemanes, como la mayoría de los nombres de las calles. Hasta los nombres de los comercios —Hoffmann, Schulz, Dettweiler, Rata, Schooner, Zum Löwen, Alfred Becker— me provocaban la sensación de estar de nuevo en Berlín, pero los banderines y las banderas y los coches —Peugeot y Citroën, sobre todo— eran franceses, igual que los discos que oía en bares y restaurantes: Charles Aznavour, Georges Brassens y Lucienne Delyle. Buena parte de los policías del Sarre llevaban escrita la palabra GENDARMERIE en las hombreras de sus uniformes azul oscuro, lo que dejaba claro quién les daba las órdenes. Aún no había dejado atrás el peligro, ni de lejos. Luego estaba el asunto del dinero: la moneda oficial del Sarre era el franco, aunque los franceses tenían el detalle de llamarlo *frank*, y las denominaciones en las monedas estaban acuñadas en alemán. Las grandes marcas en las tiendas eran sobre todo francesas o, a veces, americanas. Hasta había unos cuantos restaurantes franceses como los de la Rive Gauche de París. Era todo muy extraño. Con su sencillez alemana y pretensiones francesas, el Sarre parecía un horrendo travesti: un hombre muy musculoso que necesitase un buen afeitado y que llevase los labios pintados y tacones altos en un intento desesperado por parecer una bonita chica coqueta.

Compré veinte Pucks y unas cerillas en el estanco, un ejemplar del *Saarbrücker Neueste Nachrichten*, y en Alfred Becker, una botella de Côtes du Rhône, mucho pan, una caja de Camembert Président en porciones y una tableta grande de chocolate Kwatta. No estuve mucho rato en el supermercado. Era muy consciente del aire de vagabundo en las últimas que tenía ahora. Lucía un agujero en la rodilla de los pantalones, llevaba los zapatos manchados de agua y destrozados, precisaba un buen afeitado y tenía toda la pinta de haber pasado la noche durmiendo bajo un seto, cosa que había hecho. La gente del Sarre quizá fuese pobre, pero a diferencia de mí se había lavado recientemente, y su ropa, aunque no de la mejor calidad, estaba limpia. Todo el mundo parecía tener un empleo remunerado y respetable. Hace falta mucho para que un alemán trabajador descuide su apariencia.

En la carretera a Homburgo, al lado de la única zona verde de Brebach, me senté y comí un poco de pan y queso mientras leía el periódico. Se me quitó un peso de encima al no ver nada sobre mí en las noticias, dominadas por la revolución húngara, pero mientras disfrutaba de un momento muy poco común de paz y tranquilidad, un policía motorizado se detuvo y me lanzó una mirada tan dura como el sillín del acompañante de su R51. Con camisa blanca y corbata oscura, botas de montar de caña alta, su uniforme azul oscuro, el cinturón modelo Sam Browne y los guantes de cuero a juego, más parecía un piloto de la Luftwaffe que un motorista. Un rato después se subió las gafas sobre el casco y me indicó que me acercara con un brusco movimiento de la cabeza. Me levanté del suelo y me llegué hasta la moto. Por suerte, no había abierto aún la botella, por lo que quedaba descartado que estuviera borracho. Era alemán, lo que también jugaba a mi favor.

—BMW —dije con tanta serenidad como pude, teniendo en cuenta que no hacía mucho que había estrangulado a un hombre hasta matarlo. ¿Habrían encontrado ya Korsch y sus hombres el cadáver del tipo de la Stasi con pantalones cortos? Quizá. Aunque lo había ocultado bastante bien—. La mejor moto del mundo.

—¿Es alemán?

—Berlinés, de casta y cuna.

—Está muy lejos de su hogar.

—Y que lo diga. Solo que me parece que de momento no tiene remedio. Ahora vivo en el Este. En la RDA. Detrás del Telón de Acero. Y también queda lejos mi antiguo trabajo. En el Alex. Dudo de que vaya a ver de nuevo ninguno de los dos.

—¿Era poli?

Todos los policías de Alemania habían oído hablar del *Praesidium* de Berlín en Alexanderplatz. Decir que eras del Alex era como decirle a un poli inglés que eras de Scotland Yard. En todas las descripciones de mi persona que había leído en la prensa, la Stasi había excluido de mi currículum mi pasado como policía. A los polis nunca les ha motivado mucho perseguir a otro poli, ni siquiera a los franceses. Les da mal rollo.

—Veinticinco años de uniforme, más o menos. Cuando terminó la guerra, era sargento de la Policía del Orden. Lo propio habría sido que me correspondiera una pensión bien abundante que compartir con una buena esposa igual de abundante. Pero tuve que conformarme con seguir vivo.

—¿Lo tuvo difícil?

—No más que la mayoría. Cuando los Ivanes aparecieron en Berlín, a los polis como yo no nos veían con muy buenos ojos, como podrá usted suponer. A diferencia de mi mujer, usted ya me entiende. Durante una temporada estuvo de lo más solicitada.

—¿Se refiere a...?

—A eso me refiero. Veinte o treinta de esos cabrones rojos. Uno detrás de otro. Como si la estuvieran usando para practicar con la bayoneta. Yo estaba en otro lugar por entonces. Acurrucado en un cráter de bomba, lo más seguro. Sea como sea, ella no lo superó. Ni yo tampoco, si a eso vamos. De todos modos, desde que me deshice de mi placa de policía, no he hecho más que ir de trabajo en trabajo.

—¿Qué clase de empleos?

—Trabajillos. Puestos de esos en los que no hay que hablar mucho y que un poli puede hacer con los ojos cerrados. Y más vale, porque las más de las veces los tenía cerrados.

—¿Cómo se llama?

—Korsch. Friedrich Korsch.

—¿De dónde viene ahora, Friedrich?

—De Bruselas. Resulta que mi mujer, Inge, era belga. Yo trabajé en el Museo Real y luego como vigilante de tren, en el Étoile du Nord, hasta que me topé con una mala racha.

—¿Qué clase de mala racha?

Blandí la botella de vino.

—Una mala racha líquida. De ahí que ahora esté hecho un potentado.

—¿Hacia dónde se dirige?

Estaba mirando el indicador de la carretera cuando contesté y debería haber tenido el buen juicio de no confiar en la inspiración que me ofrecieron los dioses en ese momento concreto. La única razón de que los dioses salgan impunes de sus meteduras de pata es que nos lían para que cometamos nuestros propios errores.

—Homburgo. He pensado buscar trabajo en la fábrica de cerveza Karlsberg. —Sonreí—. No, le estoy tomando el pelo. Mi hermana, Dora, trabaja en la fábrica de cerveza local, conque voy a buscarla allí. Supongo que podré llegar a lo largo del día de mañana. ¿A cuánto queda? ¿Treinta kilómetros desde aquí?

—Encaja usted con muchas descripciones —señaló.

—Con todas no, eso seguro. Tiene que haber un par de gatos y perros extraviados que no se me parecen.

El motorista sonrió. Hacer que sonría un poli de tráfico no es moco de pavo. Lo sé. Yo estuve dirigiendo el tráfico en Potsdamer Platz. Respirar tanto plomo te pone de mal humor. Lo que muy posiblemente explique el carácter de los berlineses.

—Sea como sea, en el Alex decíamos que la mayor parte de las descripciones policiales encajan con cualquiera a menos que sean de esas que solo se ven en un espectáculo circense de monstruos de la naturaleza.

—Eso es verdad.

—No sabría decir en cuál de esas categorías entro yo. La última, más que probablemente.

Seguía sonriendo y a esas alturas yo ya sabía que estaba más o menos a salvo, al menos de momento. En cualquier instante iba a decirme que me pusiera en camino, pero desde luego no esperaba que se ofreciera a llevarme.

—Monte —dijo—. Lo llevo a Homburgo. Resulta que es mi ciudad natal.

—Es muy amable por su parte. ¿Está seguro? No quiero causarle molestias. Además, ahora mismo no huelo muy bien. Llevo un par de días sin lavarme apenas. Ni hacerme la manicura como es debido.

—Estuve en el Cuerpo Panzer —dijo el motorista—. La Décima de Granaderos Panzer. Se lo aseguro, nada puede oler peor que cinco hombres viviendo dentro de un F2 todo un verano. Además, en la moto el viento se llevará el mal olor.

Me subí al sillín del acompañante y me sorprendió que fuera tan cómodo. Unos minutos después íbamos a toda velocidad hacia el este por la carretera de Kaiserslautern, y me estaba felicitando por mi destreza como embustero. Mentir con eficacia es un poco como esas tarjetas de estereoscopio: la tarjeta está formada por dos imágenes distintas, una al lado de la otra, que solo funcionan si uno acaba viendo una imagen central clara, que por fuerza es una ilusión, y es la imagen con profundidad y claridad que se supone que se debe ver, en lugar de lo que hay en realidad. Es el resultado de que el ojo izquierdo no sepa lo que está viendo el derecho. El cerebro llena los espacios en blanco, lo que constituye un buen modo de entender toda suerte de engaños. Pero lo más importante de mentirle a un poli es no vacilar. A quien vacila lo detienen. Y si falla todo lo demás, se le da un puñetazo en la boca al poli y se huye.

Era agradable ver pasar el mundo desde el asiento trasero de una moto, aunque ese mundo fuera el Sarre. Un tractor que remolcaba una barcaza cargada de carbón por el canal; un carro tirado por un par de novillas, seguido por dos mujeres casi tan robustamente bovinas como los dos animales; una gran familia de gitanos sinti en un pintoresco campamento en un campo; una valla publicitaria del referéndum del mes de octubre anterior todavía cubierta por unos carteles que instaban a decir NO A ALEMANIA y otros que rezaban SOLO LOS TRAIDORES A EUROPA DICEN NO, ASÍ QUE DI SÍ; un hombre en una esquina con un caballo al que le estaba poniendo herraduras nuevas un herrero mientras un niño le sujetaba la cabeza al animal; un inmenso búnker del ejército alemán en un campo que tenía el mismo aspecto que si lo hubiera partido por la mitad un terremoto; una casa blanca empequeñecida por un montón de carbón negro de la altura de una montaña. La vida parecía sencilla, básica, gris, normal, tal como siempre fue para la mayoría de la gente; alguien como yo, para quien el sendero al heroísmo estaba tan cubierto de maleza que era impracticable, que había perdido la capacidad de quedar hechizado por el mundo, hubiera dado mucho por una vida tan corriente como esa.

Homburgo estaba formada por nueve pueblos, aunque no se notaba gran cosa; es la clase de ciudad que la historia olvidó de camino a otro lugar de mayor interés, que es prácticamente cualquier sitio. La mayoría de la gente la confunde con la Bad Homburg que queda al norte de Fráncfort, pero solo se hacen ilusiones. Hay un castillo en ruinas en lo alto de una colina y una abadía, una fábrica de neumáticos y la fábrica de cerveza Karlsberg, claro —se huele por toda la ciudad—, pero lo más interesante que se puede hacer en Homburgo es largarse de allí.

El motorista me dejó cerca de las puertas de la fábrica de cerveza. Fundada en 1878, Karlsberg es una de las fábricas de cerveza más grandes de Alemania, y desde luego lo parece. No sé muy bien qué hicieron con la gran estrella de David en la pared de hormigón de color crema y en la etiqueta del botellín cuando los nazis estaban en el poder. Era azul y no amarilla, conque igual la dejaron en paz.

—Ya hemos llegado.

—Se lo agradezco.

—No hay de qué. Y buena suerte, Friedrich. Espero que encuentre a su hermana. ¿Cómo ha dicho que se llamaba?

Sonreí, porque era una treta de poli. Se estaba cerciorando de que mi historia era coherente.

—Dora. Dora Brandt.

Era curioso cómo había ido a parar a Homburgo, lo que planteaba toda suerte de cuestiones importantes y muy alemanas sobre el destino. No sé si Nietzsche habría reconocido en mi presencia en Homburgo su concepto del eterno retorno, pero a veces daba la impresión de que los detalles de mi vida estaban destinados a repetirse, una y otra vez, por toda la eternidad. Quizá Goethe habría dicho que tenía una afinidad electiva por los líos, que estaba químicamente predispuesto a ello. O bien eso, o bien estaba simplemente condenado a vagar por la faz de la Tierra, como Odín, en busca de una especie de conocimiento que contribuyera a mi fútil apuesta crepuscular por la inmortalidad. Por otra parte, quizá solo fuera que los dioses ancestrales me castigaban por mi orgullo desmedido al imaginar que había salido impune de un asesinato, en buena medida como acostumbraban a hacer ellos. Quizá hubiera dejado de creer en Dios, pero aún necesitaba a los dioses, aunque solo fuera para explicarme algunas cosas. El caso es que ya había estado antes en Homburgo.

Friedrich Korsch me dejó en Villa Bechstein porque él aún tenía vedado el acceso al Territorio del Führer. Caminé colina arriba, pasé por delante del Berghof y el Türken Inn, donde Johann Brándner estaba congelándose en una celda, y me dirigí hacia la casa de Martin Bormann, en la cima. A medio camino, me quité la corbata con la que llevaba sujeta la mandíbula. Necesitaba que me tomaran en serio si quería salvarle la vida a Brandner. Era ya bien entrada la madrugada y, aunque no me sorprendió mucho, me alivió que hubiera unas cuantas luces encendidas detrás de las cuidadas jardineras del líder del gobierno. Hacía ya tiempo que Bormann había adoptado las costumbres de su superior casi nocturno y rara vez se acostaba antes de las tres de la madrugada, o eso me había dicho Hermann Kaspel. Pero cuando llegaba a la casa, me encontré un coche que esperaba allí con el motor de ocho cilindros en línea al ralentí, y a Bormann, además de varios ayudantes suyos, que salían por la puerta principal. Habían retirado la capota, y la parte de atrás del coche era casi tan alta como yo. Bormann iba pertrechado con un elegante abrigo de cuero negro, camisa blanca, una corbata azul con lunares blancos y un sombrero deforme de fieltro marrón. Al verme, me indicó que me acercase y casi de inmediato levantó la mano para que me detuviera en seco.

—Eh, no se acerque más. Parece que tiene paperas. —A todas luces había olvidado que quizá tenía la mandíbula rota. Antes de que se lo pudiera explicar, añadió—. En esta casa hay seis niños, Gunther, o sea, que si tiene paperas, ya puede irse a tomar por saco.

—No son paperas, señor. He resbalado en el hielo y me he caído de bruces.

—Seguro que no es la primera vez que le ocurre. ¿Sabe qué va bien para una inflamación así? Cuélguese una ristra de salchichas al cuello, como una bufanda. Hace que resulte más llevadero. Y también da tema de conversación. Aunque más le vale no aparecer de esa guisa en presencia del Führer. Es vegetariano y muy capaz de ordenar que fusilen a cualquiera que lleve una bufanda de salchichas. O que lo encierren en un psiquiátrico. Lo que viene a ser lo mismo hoy en día.

Profirió una risa cruel, como si aquello pudiera ser cierto.

—¿Va a alguna parte? —pregunté, cambiando de tema—. ¿Vuelve a Berlín, tal vez?

Me bastó con decirlo para sentir nostalgia.

—Voy al Kehlstein, al salón de té. Venga conmigo y, de camino, cuénteme qué más ha averiguado sobre el asesinato de Karl Flex. Supongo que no habría venido hasta aquí de no tener algo importante que decirme. Desde luego, eso espero. —Pero entonces tembló dentro del abrigo, se frotó las manos con gesto furioso y señaló imperiosamente el coche con la mano—. He cambiado de opinión sobre la capota, chicos. Creo que mejor la dejamos puesta, después de todo. —Me miró y, un poco para sorpresa mía, se explicó—: Llevo todo el día reunido ahí dentro y he pensado que me vendría bien un poco de aire fresco, pero ahora veo que hace mucho más frío de lo que creía.

Me monté en el asiento de atrás del enorme 770K mientras Wilhelm Zander y Gotthard Farber —otros ayudantes de Bormann a quienes no me habían presentado— se afanaban en bajar la capota. Mientras tanto, me senté al lado de Bormann y esperé a que me diera señal de hablar. En cambio, encendió un cigarrillo con un lingote de oro que hacía las veces de mechero de gas y empezó a charlar como quien habla todo el rato y da por supuesto que siempre hay alguien escuchando. Sin embargo, la mayor parte del discurso iba dirigido a mí. Por eso me pareció que lo más juicioso sería escuchar con atención.

—El Führer es un hombre de caprichos repentinos —comenzó—. A menudo le gusta hacer cosas sin haberlas pensado de antemano. Y puesto que es muy posible que decida visitar su nuevo salón de té a cualquier hora del día o de la noche, sobre todo al principio, debo asegurarme de que tanto el personal del Kehlstein como el edificio en sí están totalmente a punto. Un vuelo de prueba, por así decirlo. De ahí que haga esta visita. Quiero cerciorarme de que todo alcance su nivel de exigencia.

Miró alrededor con impaciencia mientras Zander y Farber se esforzaban por echar la capota, que a todas luces pesaba mucho. No era de gran ayuda que Farber no levantase ni tres palmos del suelo, con lo que no conseguía extender del todo la estructura de acero de la capota.

—Deprisa, que no tenemos toda la noche. ¿Por qué están tardando tanto? Cualquiera diría que les he pedido que levanten la carpa central de un puto circo. Esto es una limusina Mercedes, no el armatoste de vete a saber qué judío.

A sus ayudantes les llevó varios minutos afianzar la capota y, para cuando ocuparon el asiento delantero y nos dispusimos a arrancar, los dos estaban sin resuello, lo que me habría hecho sonreír de no haber estado junto a aquel remedo de tirano. A mí también me costaba respirar. Pero al final el chófer tiró del cambio de marchas de tamaño autobús, giró el inmenso volante y la enorme máquina de cromo reluciente y pulido esmalte negro enfiló la carretera de montaña.

—La última vez que subí hasta allí, Gunther, los pasteles y el *Strudel* no eran exactamente como le gustan a él. Es verdad que aún no ha estado en el salón de té, pero lo conozco lo bastante bien como para decir que había demasiada fruta en los *Strudels* y que los pasteles no llevaban suficiente crema. Y el té que servían era té inglés, que Hitler detesta. Y desde luego no era té descafeinado Hälssen & Lyon's. Té de Hamburgo. Así lo llama él. Y es el único que toma. Por supuesto, nadie más que yo se habría dado cuenta de eso. En muchos aspectos, Hitler es una persona muy austera y nada materialista, sin mucho interés por su comodidad personal. Por eso tengo que encargarme de esos asuntos en su lugar. No me importa decirle que es toda una responsabilidad. Tengo que pensar en todo. Y, además, me lo agradece. Quizá le cueste creerlo, pero en realidad a Hitler no le gusta decirle a la gente lo que tiene que hacer. Prefiere con mucho que la gente se esfuerce por averiguar lo que piensa.

Los pulmones de Bormann dieron una fuerte chupada a su cigarrillo y exhalaron una generosa mezcla de humo y alcohol, de prepotencia y orgullo. Sin duda se estaba aprovechando de la ausencia del Führer para permitirse sus vicios. Pero conforme seguía hablando, empecé a darme cuenta de que estaba ebrio, y no solo de poder. A juzgar por cómo le olía el aliento, que se propagó por la parte trasera del coche igual que una granada de humo, supuse que se había tomado varias copas grandes de brandy. Me planteé encender un pitillo, pero descarté la idea de inmediato. Bormann no era un hombre con quien uno pudiera comportarse con naturalidad: que él fumara en un espacio cerrado era una cosa, pero que lo hiciera otro bien podría ser delito en ese puesto de trabajo, quizá punible con una multa demoledora.

—La última vez que estuve allí también me percaté de un problemilla con el sistema de calefacción del Kehlstein —dijo—. Así que ahora tengo que ocuparme de que la temperatura esté justo en su punto para un hombre que prefiere la oscuridad y no le gusta mucho el sol. Ni demasiado calor ni demasiado frío. Quizá se ha dado cuenta de que hay un ambiente bastante fresco en el Berghof. ¿Se ha fijado? Sí, ya me parecía. Eso es porque Hitler no nota las temperaturas igual que los hombres normales como usted o yo, Gunther. Quizá es porque nunca se quita la chaqueta. Quizá le viene del tiempo que pasó en la cárcel de Landsberg. No estoy seguro, pero es mi prueba del tornasol. El bienestar de un hombre que lleva una chaqueta de lana en todo momento.

Decidí no distraer a Bormann preguntándole por trivialidades, como por ejemplo la posibilidad de que una invasión alemana de Polonia provocara una segunda guerra mundial, y seguí dejándolo que se explayara a placer. Pero tras varios minutos de hablar de té y pasteles y de la temperatura ambiente adecuada en el Kehlstein, empezaba a impacientarme hacer las veces de convidado de piedra y estaba a punto de abordar el asunto de la inocencia de Johann Brandner, cuando de pronto Bormann le gritó al chófer que parase. Por un momento pensé que había atropellado a alguien, solo que Bormann difícilmente se habría detenido por algo así. Acabábamos de pasar por delante de una cuadrilla de obreros que estaban bajo un bosque de reflectores a la orilla de la carretera. Bormann parecía furioso por algo que habían hecho o, más bien, no habían hecho.

—¡Abre la puta puerta! —le gritó a Farber, que ya estaba forcejeando con la manilla antes de que el enorme coche se hubiera detenido del todo. En cuanto Bormann se apeó del vehículo, tiró el cigarrillo y empezó a propinar puntapiés a picos y palas, a golpear a los obreros en los hombros y a gritarles como si fueran bestias de carga—. ¿Qué es esto? ¿Una puta reunión del sindicato? Se os está pagando el triple para que trabajéis sin descanso toda la noche. No para que estéis cruzados de brazos apoyados en los putos picos y palas chismorreando como porteras. ¿Es que queréis que me salga una úlcera? Esto es intolerable. ¿Os consideráis trabajadores alemanes? Es para partirse de risa. ¿Dónde está el capataz? ¿Dónde está? ¡Quiero hablar con el jefe de la cuadrilla ahora mismo, o como hay Dios que os mando a todos a un campo de concentración esta misma noche!

Y entonces, cuando un hombre encogido de miedo se puso al frente de los demás, con la gorra en la mano helada, Bormann siguió echando pestes. Sin duda habrían podido oírlo al pie de la montaña en Berchtesgaden. Fue quizá la demostración más práctica de la naturaleza del nacionalsocialismo que había oído hasta entonces y me percaté con súbita claridad de que el nazismo no era más que la voluntad del Führer, y Bormann era su bramante portavoz.

—¿Qué significa esto? Dímelo, porque me gustaría saberlo. Sí, yo, Martin Bormann, el que os paga esos sueldos inflados. Porque cada vez que paso por esta curva, siempre veo lo mismo por la ventanilla del coche: estáis ahí plantados como un cuenco de huevos pasados por agua sin hacer una puta mierda. Y aquí nunca se acaba nada. La carretera sigue siendo un desastre. Entonces, ¿por qué no estáis trabajando?

—Señor —dijo el capataz—, ha habido un problema con la apisonadora. No podemos terminar de asfaltar sin la apisonadora. Resulta que se ha estropeado la caja de humos. No cierra bien, por lo que no conseguimos que propulse el vapor como es debido.

—No había oído nunca semejante gilipollez —repuso Bormann—. Sencillamente no se puede consentir. Deberían tener más de una apisonadora. El mismísimo Führer vendrá aquí dentro de un par de días para celebrar su cincuentenario y es fundamental que este tramo de carretera esté acabado para entonces. No puedo permitir que su visita a Obersalzberg se vea perturbada en modo alguno por las obras locales. Ni lo más mínimo. Ahora, pon a trabajar a estos hombres y arréglatelas para que acaben la maldita carretera antes de que ordene fusilarte, cabronazo comunista. Busca otra apisonadora y que se pongan otra vez manos a la obra. Si esta carretera no está terminada para mañana, todos y cada uno de vosotros desearéis no haber nacido.

Sin dejar de maldecir a voz en cuello, Bormann volvió a montarse en el Mercedes, exhaló con fuerza, se enjugó la estrecha frente, encendió otro cigarrillo y luego descargó un puñetazo sobre la portezuela de cuero negro acolchado. Pero el golpe no tuvo el menor efecto en el coche: sin duda, la puerta estaba reforzada con blindaje. Yo diría que las ventanillas también eran a prueba de balas, por si alguien se abalanzaba con un pico contra la limusina a su paso. Pasear en ese 770K era como ir dentro de la cámara acorazada de un banco.

—Con los enemigos me las puedo ver —masculló—. Pero Dios nos libre de los obreros alemanes. —Me miró y frunció el ceño aún más, como si no tuviera muchas esperanzas de que fuera a animarlo con mis noticias. Se retrepó en el asiento y se golpeó el vientre más que considerable con un puño—. Más vale que me cuente algo bueno, Gunther, antes de que sufra un arrebato y me líe a mordiscos con las alfombrillas de este puñetero coche.

—Sí, señor —respondí en tono alegre—. Creo que sé el nombre del asesino de Karl Flex. Me refiero a su auténtico asesino, no al Fritz inocente que se está helando los huevos sentado en una celda debajo del Türken Inn.

—¿Y ese nombre es...?

—Se llama Johann Diesbach, señor. Es un minero de sal de la región, de Kuchl, al otro lado del Hoher Göll. Parece que Flex tenía una aventura con la esposa de ese hombre. Un triángulo amoroso bastante típico y que, como seguro que le alegrará saber, no guarda la menor relación ni con usted ni con el Führer.

—Vaya, ¿cómo es que ese nombre en concreto me suena de algo? —preguntó Zander—. Ha dicho Diesbach, ¿no?

—Quizá esto le refresque la memoria.

Le di a Zander la fotografía de Diesbach que había cogido de su casa. Zander encendió la luz del interior del coche y observó la foto con atención.

—¿Está seguro de eso, Gunther? —preguntó Bormann—. ¿De que Diesbach es el hombre que busca?

—Sin la menor duda. Acabo de estar en su casa y he encontrado todas las pruebas que necesito para que le den un billete de primera clase directo a la guillotina.

—Buen trabajo, Gunther.

—Señor, yo me acuerdo de ese hombre —terció Zander.

Lo difícil habría sido no acordarse de un tipo con un bigote como el de Hitler.

—Vino a una de mis charlas sobre literatura alemana, señor. En el teatro de Antenberg. Formaban parte del programa de relaciones públicas, para tender puentes con la comunidad local. Tuvimos una breve conversación después.

—Entonces debió de ser cuando dio la charla sobre *Tom Sawyer* —señalé—. Lo leí hace tiempo. Como casi todos los escolares alemanes, supongo.

—Dios mío, no es de extrañar que la gente de aquí nos odie —dijo Bormann—. ¿*Tom Sawyer*? ¿Qué tienen de malo los escritores alemanes decentes, Wilhelm?

—Nada en absoluto, señor. Era sencillamente que quería hablar de un libro importante para mí. Además, era la edición de *Tom Sawyer* de Wilhelm Grunow Leipzig, en alemán.

—Le estaba tomando el pelo, idiota, como si me importaran un carajo un puto libro o su puñetera charla. —Bormann dejó escapar una carcajada humeante—. Bueno, ¿dónde está ahora ese tal Diesbach, Gunther? Bajo segura custodia, espero. O mejor aún, muerto.

—Me temo que no. Se enteró de que íbamos tras él, y huyó antes de que lográsemos detenerlo.

—¿Quiere decir que sigue huido, por aquí? ¿En Obersalzberg?

—Sí, señor. Pero ahora que sabe que le seguimos la pista, creo que querrá largarse de Baviera lo antes posible.

—Tal vez, pero mire, no hay tiempo que perder. Simplemente

tendrá que encontrarlo. Antes del día 20. Sin falta. Quiero que lo atrapen, ¿me oye? Antes del 20 de abril—. Bormann empezaba a parecer presa del pánico—. Es un asunto absolutamente prioritario. En cuanto llegue al salón de té, llamaré a Heydrich a Berlín. Le ordeno que movilice Alemania entera en la búsqueda de ese asesino.

—Si me permite decirlo, creo que sería mejor proceder a una escala más modesta. Por supuesto, debemos contar con la ayuda de la policía y la Gestapo en la búsqueda de ese individuo. Pero tengo entendido que este asunto sigue siendo sumamente confidencial. Quizá sea difícil que lo siga siendo si informamos a demasiada gente de que continúa huido. Así que podemos hacer correr el rumor de que le pegó un tiro a un policía y lo mató. De esa manera contaremos con la colaboración de todos los organismos policiales sin revelar más de la cuenta sobre los motivos por los que lo perseguimos.

—Sí, claro. —Bormann sofocó un eructo, pero eso no despejó precisamente la atmósfera en la parte de atrás del coche—. Bien pensado.

—Además, tengo una idea bastante aproximada de adónde puede estar dirigiéndose.

—Bien. Entonces, ¿qué sugiere, Gunther? Bueno, usted es el experto en estas cosas: criminales fugitivos y hombres en búsqueda y captura.

—Que cerremos las fronteras alemanas con la Lorena francesa. De manera temporal. Creo que se dirige hacia allí.

—Bueno, de momento no se ha equivocado. Pero ¿no está siendo un poco pesimista? Francia queda muy lejos de aquí. Seguro que no llegará tan lejos. No con la Gestapo siguiéndole los pasos.

—Mire, con un poco de suerte detendremos pronto a Diesbach. Pero tengo la corazonada de que será un poco más escurridizo de lo habitual.

—¿Por qué lo dice?

—En mi opinión, la Gestapo no es ni de lejos tan omnipotente como quiere hacer creer a todo el mundo. Por lo que respecta a la policía de uniforme, bueno, la Orpo lleva tiempo perdiendo a sus mejores hombres, que se pasan a las filas de las SS. Les pagan mejor, ya sabe. La mayoría de los polis que tenemos ahora en la calle están demasiado mayores para las SS. Son muy viejos para cualquier cosa, probablemente. La mayoría están esperando a jubilarse.

—Apuesto a que eso no se lo diría a Himmler —comentó Bormann.

—No, señor. Pero Himmler no está al mando en Obersalzberg. Lo está usted. Además, hay que tener en cuenta al propio Diesbach.

Bormann le cogió la fotografía a Zander y observó el rostro con aire crítico.

—Fue *Jäger* en la guerra —añadí—. Estuvo acuartelado cerca del Mosa, con un destacamento de élite de infantería. Es un guardia de asalto como es debido, no uno de esos camisas pardas salidos de alguna cervecería que tenía a sus órdenes Ernst Röhm. Con toda seguridad ha sido adiestrado en tácticas Hutier. Eso significa que es duro y posee recursos. Y es un asesino despiadado.

—Debo reconocer que parece un tipo duro.

—Tiene dinero más que suficiente y un coche, por no hablar de agallas de sobra y una Luger cargada. Supongo que ya está en un tren rumbo al oeste.

—De acuerdo. Hablaré con el Ministerio de Asuntos Exteriores. ¿Qué más quiere?

—Me gustaría ir a la ciudad alemana más grande que esté cerca de la frontera con Lorena, sea cual sea, y asumir en persona el mando de la Gestapo y la policía locales.

—Esa ciudad es Saarbrücken —aseguró Zander—. Que da la casualidad de que es mi ciudad natal.

—Entonces, lo siento por usted —dijo Bormann con toda franqueza—. ¿Sabía que en el referéndum de 1935 el diez por ciento del electorado del Sarre votó a favor de seguir formando parte de Francia?

—No, señor —contesté.

—Eso significa que hay un diez por ciento en el que no se puede confiar.

—Pero el noventa por ciento votó a favor de formar parte de Alemania —señaló Zander.

—Eso no viene al caso. En el corazón del principal estado productor de carbón de Alemania, el diez por ciento de la mano de obra son traidores en potencia. Eso es un asunto grave. Sea como sea, más vale que acompañe usted al comisario a Saarbrücken, ¿no cree, Wilhelm?

—¿Yo, señor? No sé qué puedo hacer.

—Sus conocimientos sobre la región pueden resultarle útiles, ¿eh, comisario?

—Seguro que está usted en lo cierto. Pero quizá su ayudante prefiera no estar bajo mis órdenes.

—Tonterías. Estará encantado de ayudar al comisario en todo lo que pueda, ¿a que sí, Wilhelm?

—Por supuesto, si usted lo cree necesario, señor.

—Lo creo. Y mientras esté allí, cerciórese de que la Gestapo hace todo lo posible por encontrar a esos otros traidores.

—Sí, señor —acató Zander.

—Quizá ahora sea el momento de mencionar al hombre inocente que sigue detenido en el Türken Inn —observé—. Johann Brandner. Debería estar bajo supervisión médica. ¿Puedo decirle al comandante Högl que lo suelte y que lo trasladen al hospital de Núremberg?

—Me parece que no. En realidad, no ha cambiado nada. Quizá tenga un nombre, pero aún no tiene a su hombre. Ese tal Brandner es nuestro pájaro en mano, por así decirlo. Tal vez siga necesitando un Fritz a quien colgarle todo este asunto, si no logra usted detener a su sospechoso. Si el Führer se enterase del tiroteo en la terraza del Berghof por boca de alguien celoso de mi influencia sobre él, y le aseguro que esos son legión, entonces me temo que no podría mirarlo a los ojos y decirle que no hemos practicado ninguna detención. ¡Sería inconcebible! ¿Lo entiende? Hasta que tenga a Diesbach a buen recaudo, estoy obligado a tener encerrado a Brandner.

Asentí.

—Pero tenga la seguridad de que a Brandner no le ocurrirá nada, siempre y cuando Zander me diga que la búsqueda de ese tal Diesbach sigue adelante con arreglo a lo previsto.

—¿Y los otros dos, los de la Gestapo de Linz?

—Heydrich los quiere muertos.

—Soy yo quien se lo pide.

—De acuerdo. Esos también. Porque me siento generoso.

—Gracias, señor.

—Aun así, teniendo en cuenta lo delicado de la situación, más vale que tengamos una palabra o frase clave para referirnos al desenlace satisfactorio de esta operación. Un breve mensaje que indique que se ha detenido a Johann Diesbach y que me permita ordenar la liberación inmediata de Brandner de los calabozos del Türken Inn. ¿Qué le parece, Gunther?

—Estoy de acuerdo, señor.

—Bueno, ¿qué sugiere?

Paseé la mirada por la capota forrada de fieltro en busca de inspiración mientras me devanaba los sesos. Luego, más bien a la desesperada, dije:

—Bueno, ahora que lo pienso, hubo otro Johann Diesbach, Johann Jacob Diesbach, un fabricante de pintura berlinés que inventó el color azul de Prusia, allá en 1706. Todo el ejército prusiano vestía uniforme de color azul de Prusia hasta la Gran Guerra, cuando se pasaron al gris de campaña. Hubo un tiempo en que todos los colegiales de Berlín conocían el nombre de Johann Jacob Diesbach. Así pues, ¿qué le parece, señor? ¿Qué le parece «azul de Prusia»?

58

ABRIL DE 1939

El *Praesidium* de la policía de Saarbrücken estaba en St. Johanners-trasse, a tiro de piedra al norte del río Sarre y convenientemente cerca de la estación de ferrocarril principal a la que acabábamos de llegar. Zander y yo nos alojamos en el Rheinischer Hof de Adolf-Hitlerstras-se, almorzamos a toda prisa en el Ratskeller y luego fuimos directos a ver al comandante Hans Geschke, el flamante director de la Gestapo en la capital del Sarre, que ahora coordinaba la búsqueda de Johann Diesbach.

Hecho de hormigón y del color de la mierda de perro añeja, la Jefatura era un edificio de cinco plantas de construcción reciente, con ventanas cuadradas a intervalos regulares, una voluminosa puerta cuya función era a todas luces recordar a la gente lo pequeños que eran en comparación con el Estado, y nada que elogiar desde el punto de vista arquitectónico. Casi me pareció oír a Gerdy Troost despacharlo como un típico diseño de Speer, sin ninguna virtud en particular y carente por completo de carácter. Esa era justo la opinión que me merecía Geschke, un doctor en Derecho de Fráncfort que tenía cara de crío y a duras penas debía de haber superado la treintena. Era uno de esos nazis hábiles e inteligentes para los que hacer carrera en la policía solo era un modo de alcanzar un fin: el poder ejecutivo y su doble sombra, el dinero y el prestigio. De piel pálida, risueño, entusiasta y con ojos vivos, me recordó a un Pierrot siniestro que hubiera renunciado a su ingenuidad desprendida y su aspiración de conquistar a Colombina a cambio de un papel prota-gonista en *La ópera de los tres centavos*. Pero mientras Geschke cur-saba estudios en Berlín, había leído acerca de uno de mis antiguos casos, cosa que me dijo casi nada más entrar en su despacho, y durante varios minutos le permití que me halagara para mostrarme amable y cooperativo.* Sin embargo, me alegré de tener que tratar con él en vez de hacerlo con su predecesor, Anton Dunckern, recién ascendido a un puesto de mayor responsabilidad en Brunswick y conocido por muchos polis de Berlín como miembro de una famosa brigada asesina que había campado a sus anchas en la ciudad y sus alrededores durante el verano sangriento de 1934. Tenía buenas razones para creer que Dunckern asesinó a un buen amigo mío, Erich Heinz, un destacado miembro del Partido Socialdemócrata, cuyo cadáver fue hallado cerca de la ciudad de Oranienburg, en julio de ese año. Lo habían matado a hachazos.

—Se ha puesto sobre aviso a la policía de fronteras —nos dijo Geschke—. Y a la policía de transporte, claro. La Gestapo local está vigilando todas las estaciones de ferrocarril de la región y me he puesto en contacto con la policía francesa, que, a pesar de las recientes tensiones diplomáticas, siempre se muestra de lo más colaboradora. Si Francia volviera a estar bajo el dominio alemán, tengan por seguro que no tendríamos problemas con su policía. El comisario Schuman, quien podría decirse que es mi homólogo en Metz, tiene padre alemán y habla el idioma con soltura. A decir verdad, creo que tiene más en común con nosotros que con ese necio de Édouard Daladier. Fue Schuman quien subió al tren de Berlín a París el pasado mes de octubre y detuvo al asesino suizo Maurice Bavaud. Por cierto, ¿se sabe ya cuándo será juzgado Bavaud?

—No tengo la menor idea.

No creí que mereciera la pena mencionar que en realidad Bavaud no había matado a nadie, pero los dos sabíamos cuál sería el veredicto del juicio.

Geschke asintió.

—En cualquier caso —continuó—, ahora las medidas de seguridad en la frontera de Lorena son más estrictas que las normas de fabricación de la porcelana de Dresde. Pero agradeceré cualquier suge-

* Un par de años después, en la casa de campo de Heydrich cerca de Praga, en Bohemia, Geschke me recordaría este encuentro cuando intentaba trabar amistad conmigo. Pero en 1939 no lo conocía.

rencia respecto a qué más podemos hacer para ayudar a la oficina del jefe adjunto del Estado Mayor, por no hablar del detective de la Kripo que logró la hazaña de atrapar a Gormann el estrangulador. Quizá estemos en una ciudad pequeña en comparación con Berlín, pero queremos arrimar el hombro. Y somos muy leales. En un plebiscito celebrado en 1935, el noventa por ciento de los habitantes del Sarre votó a favor de formar parte de Alemania. Me alegra decir que la mayoría de los que se oponían al nacionalsocialismo que buscaron refugio aquí después de 1933 o bien están en la cárcel o bien han huido a Francia.

Wilhelm Zander, sentado en una silla junto al alféizar de la ventana, esbozó una sonrisa, como si recordara lo que había dicho Bormann sobre ese lugar. Geschke y él eran más o menos de la misma edad, tenían el aspecto de haber salido del mismo nido de ratas y lo único que en apariencia los distinguía era que, a diferencia de muchos de los que habían alcanzado puestos de poder bajo el gobierno nazi, Zander no era abogado ni, hasta donde yo sabía, doctor de ninguna clase. Incluso después de haber hecho un trayecto en tren bastante largo con Wilhelm Zander, apenas sabía nada sobre él, pero ya había llegado a la conclusión de que no estaba ni remotamente interesado en averiguar más. Por su parte, él parecía no tener ni un ápice de interés en la suerte de mi misión y se había pasado casi todo el viaje leyendo un libro sobre Italia, donde, según me dijo, aún tenía varios negocios. No se lo podía reprochar. Italia debía de parecerle Shangri-La a cualquier oriundo de Saarbrücken. Una casa construida en las laderas del Vesubio habría sido más atrayente que los mejores aposentos en Saarbrücken.

No me importó su falta de interés en mi trabajo; de hecho, la agradecí. Lo último que quería era que el espía de Martin Bormann no me quitara el ojo de encima mientras yo cumplía con las formalidades de mi trabajo de detective. Y lo único que me preocupaba era que la Walther P38 que había insistido en llevarse desde Obersalzberg acabara siendo más letal para él o para mí que para Johann Diesbach.

—¿Sabe usar eso? —le pregunté, ya a bordo del tren, al ver la pistola en su equipaje.

—No soy un experto. Pero sé usar un arma.

—Eso espero.

—Mire, comisario, yo no quería este encargo. Y desde luego no espere que lo ayude a buscar a un fugitivo sin un arma. Para serle sincero, pensaba que se alegraría de tener apoyo armado, dado que su colega policía prefirió quedarse en Berchtesgaden.

—No, le dije yo que se quedara.

—¿Puedo preguntarle por qué?

—Una misión de carácter policial.

—Como cuál.

—Espero que obtenga cierta información de Frau Diesbach. Unas últimas migajas, quizá, sobre el paradero exacto de su marido.

—¿Y cómo va a lograrlo, exactamente? ¿Con unas empulgueras? ¿Una fusta para perros?

—Claro. Y si nada de eso da resultado, entonces Korsch encenderá un fuego bajo sus pies. Eso siempre surte efecto. Y si algo no escasea en Berchtesgaden es leña de la que arde lentamente.

Bromeaba, pero antes de partir me había visto en la necesidad de decirle a Korsch de manera tajante que no quería que maltratara a Eva Diesbach. A mi modo de ver, bastante grave era que la hubiese abofeteado. La posibilidad de que volviera a hacerlo —por no hablar de los cargos que aún podían formularse contra su hijo Benno— bastaría con toda seguridad para que diera su brazo a torcer y nos facilitara más información.

—No usamos métodos así en la Kripo —le dije a Zander—. Eso se lo dejo a gente como el comandante Högl.

—No tenía idea de que fuera quisquilloso, comisario.

—Si se empieza a golpear a la gente durante un interrogatorio, se convierte en una mala costumbre. A la larga, la única persona que sale malparada es el poli propenso a usar los puños. Y no me refiero a que se despelleje los nudillos.

Después de reunirnos con Hans Geschke, volvimos a nuestro hotel y luego fuimos a cenar al Saar Terrace junto al puente de Luisen. Al igual que la comida, el tiempo era desagradable: húmedo y frío. Después de ver el cielo azul y la nieve de Berchtesgaden, Saarbrücken resultaba de lo más deprimente. Geschke nos había dicho que si se enteraba de algo se pondría en contacto con nosotros de inmediato, pero cuando volvimos al Rheinischer Hof encontramos un mensaje de Friedrich Korsch para que lo telefoneara lo antes posible a un número de Berchtesgaden, que resultó ser el Schorn Ziegler, la pensión en St. Leonhard donde se alojaba el capitán Neumann.

—Tuve que abandonar Villa Bechstein —explicó— para dejar sitio a unos peces gordos del Partido y sus acompañantes, que han venido para el cumpleaños del Führer. Por lo visto, se espera su llegada en cualquier momento. En todo caso, el capitán Neumann dijo que podía quedarme con su habitación aquí, en St. Leonhard, porque él no la usa, por aquello de que iba a volver a Berlín.

—Sí, es todo un detalle por parte de nuestro capitán Neumann.

No le había contado a Korsch lo del asesinato de Aneta Husák. No estaba seguro de que tuviera mucho sentido hablarle a nadie de ella. El asesinato —el auténtico asesinato, cuando alguien inocente muere a manos de otra persona— estaba dejando de tener importancia en la Alemania de Hitler. A menos que tuviera como fin desacreditar a alguien a los ojos del Führer.

—Lo último que hemos sabido de la Orpo es que se encontró el Wanderer de Diesbach delante del Frauentor, cerca de la estación de ferrocarril de Núremberg.

—¿Núremberg? Me pregunto por qué iría allí.

—Desde 1935, Núremberg cuenta con los mejores enlaces ferroviarios de Alemania. Por todas las concentraciones del Partido Nazi, claro. Un empleado del despacho de billetes recuerda que un hombre que encajaba con la descripción de Diesbach compró tres billetes: uno a Berlín, otro a Fráncfort y un tercero a Stuttgart. Para despistarnos, seguro. Por supuesto, Fráncfort y Stuttgart están mucho más cerca de la Lorena francesa. Suponiendo que haya ido allí.

—¿Qué tal lo lleva con la amazona?

—Empieza a gustarme, jefe. Tiene mucho donde hincar el diente, ¿verdad? Dos platos bien abundantes. Me entra hambre solo con mirarlos.

—Usted tenga presente su trabajo y no eche mano a las pruebas físicas de la señora. Es una testigo, suponiendo que ese Fritz vaya a juicio. Pero a lo que íbamos: ¿le ha sacado algo más?

—Nada. Pero el joven Benno acabó por aparecer y vi por qué su mamá quiere evitar que vista de uniforme. Es un poco delicado para el ejército.

—¿Es rarito?

—Más que una gardenia parlante. De todos modos, después de apretarle un poco el fular de seda, pero solo un poco, se lo aseguro, nada serio, aún lo puede llevar, me contó algo interesante. Tenía una tía en el Sarre. Al parecer, papá Johann tiene o tenía una hermana mayor en Homburgo. Se llamaba Berge, Paula Berge. Busqué ese sitio en el mapa. Resulta que Homburgo es una pequeña ciudad situada unos veinte kilómetros al este de Saarbrücken y justo la clase de sitio donde uno podría ocultarse un tiempo antes de decidir que tiene vía libre para escabullirse y cruzar la frontera francesa. El mismísimo káiser podría vivir allí y nadie lo sabría. Según Benno, su padre y su tía llevan mucho tiempo sin hablar, pero cree que Frau Berge trabajaba como secretaria del director gerente de la fábrica local de cerveza Karlsberg. Por lo que sabe, podría seguir allí. En Homburgo. En cuyo caso...

—El hermano Johann y su hermana Paula podrían haber limado asperezas.

—Exacto.

—¿Qué decía mamá al respecto?

—No mucho. Desde luego, me pareció que tenía ganas de darle a Benno una buena bofetada.

—Se me ocurren sitios peores para esconderse que una fábrica de cerveza, ¿no cree?

59

ABRIL DE 1939

A primera hora de la mañana siguiente, Zander y yo tomamos prestado un coche de la policía y salimos de la ciudad por la carretera de Kaiserslautern, en dirección a la pequeña ciudad de Homburgo. Yo iba al volante de un 260 descapotable muy abollado, pero Zander estaba en el asiento de atrás, como si yo fuera su chófer. No es que me importara mucho, claro. Me reí al caer en la cuenta de que se proponía hacer así todo el trayecto hasta la fábrica de cerveza Karlsberg.

—¿De verdad quiere ir así?

—No conduzco. Y creo que más vale que vaya sentado atrás.

—No es un gesto muy amable tratar a un colega como un empleado a sueldo.

—¿Desde cuándo le preocupa a usted la amabilidad?

—Ahora que lo dice, tiene razón. Igual deberíamos bajar la capota, no vaya a ser que algún garrulo de por aquí lo confunda con el archiduque Francisco Fernando y le pegue un tiro en ese cabezón.

Hacía frío y los dos llevábamos abrigo, pero Zander también lucía la habitual guerrera parda del Partido, con las insignias rojas de rango en el cuello que, supuse, debían de significar algo, aunque se me escapaba el qué. Lo único que sabía era que el tipo de Saarbrücken iba de punta en blanco y parecía tener una mala leche de aúpa. Sobre todo, se limitó a fumar incontables cigarrillos franceses y mirar con amargura por la ventanilla del coche cuando dejábamos atrás las calles grises y continuábamos hacia el campo de los alrededores, también gris. Un rato después, en cambio, se puso a hablar. Si abrió la ranura que tenía por boca fue, creo yo, porque nos detuvimos hasta que un rebaño de vacas berrendas en rojo cruzó la carretera, así como por la cantidad de excrementos que dejó tras de sí.

—Dios, cómo odio este asqueroso lugar. Lo único bueno que le veo a estar otra vez aquí es el tabaco francés.

—¿Hay algo en concreto que odie? —pregunté en tono animado—. ¿O es sobre todo a usted mismo?

Miré por el espejo retrovisor. Se mordía el labio antes de contestar. Supongo que habría preferido que fuese mi yugular. Saltaba a la vista que le había dado donde más dolía.

—No lo entendería. El mundo entero parece diferente cuando uno viene de un sitio como Berlín.

—Eso he pensado yo siempre.

Podría haber mencionado como prueba de esta afirmación que los nazis nunca habían gozado de mucha popularidad en Berlín, donde jamás les había votado más del treinta y uno por ciento de la gente en unas elecciones, pero me pareció que no tenía sentido contrariar el hombrecillo, ni ganarme un viaje a las dependencias de la Gestapo. Si algún significado tenían las insignias rojas del cuello de Zander era que si había llegado hasta donde había llegado no debía de haber pasado por alto ni el más mínimo indicio de deslealtad al Partido. Me habría denunciado tan rápido como encendió el siguiente cigarrillo.

—Siendo de Berlín, tal vez nunca sintió la necesidad de escapar de su lugar de origen para ir a otra parte, ¿verdad?

—No hasta hace muy poco.

—Tiene suerte —continuó—. Y ya oyó lo que dijo Martin Bormann sobre el Sarre, allá en Obersalzberg. Uno se convierte en sospechoso de manera automática si procede de un lugar así. ¿Por qué otro motivo iba a rodearse de bávaros el Führer? Por la sencilla razón de que siempre lo han apoyado. Desde el comienzo. Cuando Hitler se manifestaba por las calles de Múnich con Ludendorff en 1923, yo crecía en un lugar administrado de manera conjunta por el Reino Unido y Francia en virtud del Tratado de Versalles. Fui un hombre sin patria hasta 1935. ¿En qué clase de individuo me convierte eso a los ojos del Führer? —Hizo un gesto desdeñoso hacia la ventanilla—. Claro que odio este lugar. Cualquiera lo odiaría. Cualquiera que quiera llegar a alguna parte en la nueva Alemania.

Después de eso no dijo gran cosa acerca de nada. Pero ahora ya entendía un poco mejor por qué la gente se hacía nazi. Quizá era como él decía: querían alejarse de lugares olvidados y carentes de porvenir como Saarbrücken, querían alcanzar alguna clase de posición entre sus semejantes, querían que sus insignificantes vidas de mierda tuvieran algún sentido, aunque solo pudieran encontrarlo siendo crueles con los demás, los judíos sobre todo, pero también con cualquiera que no se mostrara de acuerdo con ellos.

Entramos en Homburgo. Era un lugar menos digno de atención que Saarbrücken, que ya era decir. El tiempo había empeorado y la lluvia azotaba las ventanillas con tanta fuerza que sonaba como si estuvieran friendo beicon. Y el abatimiento de Zander se estaba volviendo contagioso, igual que un maleficio. Seguí los indicadores hasta la fábrica de cerveza, que era la forma de actuar más sensata para cualquier alemán, y la ruta nos llevó hacia lo alto de una colina en la misma dirección que las ruinas del castillo de Karlsberg.

—¿Es un castillo interesante? —pregunté—. Solo recuerdo parte de la charla que dio en el teatro de Antenberg. Solía venir aquí de niño, ¿no?

—En la actualidad queda muy poco del castillo. Era uno de los *châteaux* más grandes de Europa y la residencia del duque de Zweibrücken hasta que la chusma indisciplinada de un ejército francés revolucionario apareció y le prendió fuego en 1793. La mayor parte de las ruinas ha desaparecido. Solo quedan los cimientos, me parece. El único edificio que sigue en pie es el de la fábrica de cerveza. En cualquier caso, fue la última vez que pasó algo interesante en Homburgo. La historia ha eludido este lugar desde entonces.

Accedí al aparcamiento situado delante de la fábrica de cerveza, que era del tamaño de un castillo bastante decente, mucho más grande y moderno que el de Berchtesgaden, y me volví para ver al hosco pasajero que llevaba en el asiento de atrás.

—No es un compañero de viaje ni remotamente tan aburrido como había supuesto.

Me ofreció una sonrisa hastiada y sarcástica.

—Voy a esperar en el coche —dijo, y se hundió aún más en el cuello de su abrigo, igual que un Napoleón enfurruñado.

Al abrir la portezuela del vehículo me salió al encuentro un intenso olor a lúpulo tostado que me hizo desear tener una cerveza en la mano, aunque también es verdad que ya me hacía falta una cerveza después de media hora en el coche con Zander.

No estuve ausente mucho rato. El director de la fábrica de cerveza, Richard Weber, era un hombretón de setenta y tantos años, con traje de raya diplomática y pajarita, una barriga que debía de haberle costado lo suyo, ojos hinchados y enrojecidos, una barbita gris y entradas en el pelo. Como muchos alemanes ricos de cierta edad, me recordó un poco a Emil Jannings, pero sobre todo me recordó a mi padre. Hasta olía como él: a tabaco y naftalina. Desde el mirador que era la ventana de su despacho se veía la ciudad en la llanura más abajo y la torre hexagonal de la iglesia local. No era una gran vista, pero probablemente sí la mejor de Homburgo.

Paula Berge, me dijo Richard Weber, había trabajado para su padre, Christian Weber, que ahora tenía casi cien años y estaba jubilado. Sacó su dirección de un detallado sistema de archivo que habría sido la envidia de Hans Geschke. Aún vivía en Homburgo, en un apartamento en Eisenbahnstrasse, en la esquina de Markt Platz. Herr Weber me aseguró que estaba a solo dos minutos a pie de su despacho. Yo lo dudé; además, estaba lloviendo a cántaros y aunque hubiera preferido dejar allí a Zander e ir andando a esa dirección, me apresuré a salir y arranqué el coche de nuevo.

—¿Ha hablado con ella? —preguntó Zander, quien se removió dentro del abrigo.

—No, pero Herr Weber, el hijo de su antiguo jefe, me ha dado una dirección donde podemos encontrarla. Y a Diesbach también, espero.

—Excelente.

—Esperemos que no tenga teléfono.

—¿Qué más da?

—Por si Weber decide llamar y avisarle de que la Gestapo va en camino.

—Pero usted no es de la Gestapo.

—No hay mucha diferencia cuando un hombre con placa llama a la puerta. Nunca son buenas noticias.

—Pero ¿por qué iba a hacerlo? Llamarla, quiero decir.

—Porque sabía exactamente quién era, y porque no ha tenido que buscar mucho para localizar su dirección. Y porque solo ha usado su nombre de pila, como si la conociera bien. Pero sobre todo porque la centralita de la fábrica de cerveza está al lado de la recepción y, cuando salía por la puerta, he oído que una telefonista comunicaba a Weber con un número que él le acababa de pedir.

—Debería ser usted detective.

—No, pero yo en su lugar la habría llamado.

—Llamar a Frau Berge para advertirla de nuestra llegada no sería precisamente la manera de conducirse de un buen alemán.

—Quizá. Pero es posible que haya sido la de un buen amigo.

—Bueno, a saber a quién habrá llamado: podría tratarse de cualquiera —comentó Zander.

—Ya lo averiguaremos, ¿no?

La dirección de Markt Platz correspondía a un edificio de cuatro plantas que hacía esquina junto a una librería. Al otro lado de la plaza había una iglesia de ladrillo rojo, la misma iglesia que había visto desde la ventana del despacho de Weber. Parecía una prisión de máxima seguridad, pero también es verdad que todos y cada uno de los edificios de Alemania parecen una cárcel hoy en día. El reloj de la torre hexagonal marcaba las diez en punto. Para el caso, podría haber sido otro siglo. Aparqué el coche, esperé a que escampara y luego abrí la portezuela.

—¿Se queda en el coche otra vez? Es que, si ella está, su uniforme puede sernos útil. A nadie le gusta ver un uniforme nazi a primera hora de la mañana. Les hace sentirse culpables.

—¿Por qué no? Me vendrá bien un poco de aire fresco, o lo que por estos lares entiendan por aire fresco. Le juro que el asiento trasero de este maldito coche está cubierto de algo pegajoso. Voy a tener que mandar a limpiar el abrigo.

—Lo más probable es que sea sangre. Por lo general, los únicos asientos limpios de un coche de policía son los de delante, Wilhelm.

—¿Por qué no me lo ha dicho?

Fruncí el ceño.

—No veo por qué habría de importarme un hombre que me considera mala compañía.

Nos apeamos del coche y nos acercamos al edificio de Paula Berge. Delante de nosotros iba una mujer alta y rubia con un paraguas. Llevaba zapatos de cuero blancos y negros con tacones de cinco centímetros y un traje de mezclilla gris, y fue directa a la librería. Durante unos instantes en los que casi se me para el corazón me pareció haberla reconocido. Alguien de mi pasado. Bien sabía que ese tipo de cosas era muy improbable en un lugar perdido como Homburgo, pero antes de darme cuenta de que me equivocaba de mujer, la seguí al interior de la librería, donde escogió enseguida un ejemplar de *Lo que el viento se llevó* y fue a pagarlo. El dependiente tomó nota de la venta y le entregó el recibo.

Habían pasado seis largos meses desde que Hilde, la última mujer que había llegado a mi vida, se había largado con la misma rapidez. No le reprochaba que se hubiera ido, solo el modo en que lo hizo. No sé por qué, pero una pequeña parte de mí seguía esperando que algún día ella viera el error que había cometido, del mismo modo que una parte microscópica de mí confiaba en que fuera feliz con su comandante de las SS. Aunque no es que la felicidad significara ya nada: no era más que una noción para niños, igual que Dios y las fiestas de cumpleaños y Papá Noel. La vida era demasiado seria para distraerse con bagatelas como la felicidad. Lo que importaba era el sentido, aunque tampoco había mucho de eso. La mayor parte del tiempo mi vida tenía menos sentido que el crucigrama de la víspera.

Solo tenía ojos para la mujer de la librería, que guardaba un parecido increíble con la mujer con quien la había confundido. La vi entregar el recibo en la caja registradora, pagar el libro e irse, poco después del único cliente aparte de ella en el establecimiento, un hombre más bien alto con una chaqueta loden verde que de algún modo se las había apañado para olvidar la maleta.

—¿Conoce usted a esa mujer? —susurró Zander.

—No.

—Es atractiva, supongo.

—Eso me ha parecido.

—Para Homburgo.

—Para cualquier sitio.

Mientras tanto, yo había cogido la maleta y estaba a punto de

461

avisar a su dueño cuando me fijé en una pulcra etiquetita en el lateral de cuero: llevaba dibujados un pico y un mazo, y las palabras «Minas de sal de Berchtesgaden» y «Buena suerte». Ya había visto ese diseño en una insignia de esmalte en el ojal de Udo Ambros. De pronto comprendí quién era el hombre y, aun con la maleta en la mano, salí corriendo de la librería para ver adónde había ido, pero Markt Platz estaba desierta y Johann Diesbach —pues estaba convencido de que era él— había desaparecido.

—Maldita sea —exclamé.

Zander me siguió fuera del establecimiento y encendió un cigarrillo.

—Esa mujer no era tan especial —dijo—. Mucho mejor de lo habitual para esta ciudad, eso seguro. Pero no como para perder la cabeza por ella.

—No, idiota, el hombre que se ha dejado la maleta... era Diesbach.

—¿Qué? —Zander miró a derecha e izquierda, pero no quedaba ni rastro de Diesbach—. Bromea. —Frunció el ceño—. Ese tipo de la fábrica de cerveza. Debe de haberle dado el soplo a la hermana, tal como suponía usted. Tendría que volver y detenerlo.

—No hay tiempo para eso. Además, solo le he dicho que estaba buscando a Paula Berge, no a su hermano. Así que en realidad no merece que lo detengan.

—Pero ¿por qué se ha dejado Diesbach la maleta?

—Los nervios le habrán jugado una mala pasada, supongo. Quiero que haga lo siguiente, Wilhelm. —Le entregué la maleta de Diesbach—. Vaya al portal de Paula Berger y no deje salir a nadie.

Zander se mostró inquieto.

—Suponga que está allí. Ese hombre es un asesino. Tiene un arma, ¿verdad? Suponga que sale pegando tiros.

—Pues dispare usted también. Tiene un arma.

Zander torció el gesto.

—¿La ha disparado alguna vez? —indagué.

—No. Pero no puede ser muy difícil, ¿verdad?

—No es difícil en absoluto. Basta con apretar el gatillo y la Walther se encarga del resto. Por eso se dice que es automática.

60

ABRIL DE 1939

Ni por un momento pensé que Johann Diesbach había salido de la librería y luego sencillamente se había metido en el portal de aquella hermana a la que no veía desde hacía tiempo: habría sido mucho arriesgarse. Pero no podía arriesgarme a que hubiera hecho precisamente eso. Lo más probable era que mis sospechas fueran ciertas, que hubieran avisado a la hermana de Diesbach de nuestra llegada, y Johann estuviera saliendo por la puerta cuando nos vio a Zander y a mí cruzar Markt Platz y hubiera decidido esconderse en la librería. Ni se le habría pasado por la cabeza que pudiéramos entrar allí antes de ir al apartamento de Paula Berge. Que regresáramos a la misma dirección a la que nos encaminábamos habría sido muy temerario por su parte. Aun así, tenía muchas esperanzas de encontrarlo por las calles vacías de Homburgo y salí corriendo en un sentido y luego en el otro, igual que un juguete de cuerda Schuco: un breve trecho Klosterstrasse abajo, luego por Karlsbergstrasse y al final hacia el norte, por Eisenbahnstrasse, hacia la estación de ferrocarril. Ya había visto a la rubia montarse en un Opel Admiral verde conducido por un hombre que llevaba el elegante uniforme de teniente capitán de la Marina, pero de Johann Diesbach no quedaba el menor vestigio. Se había esfumado.

No encontré ni rastro de un policía local de patrulla. Por supuesto, Homburgo nunca sería uno de esos sitios donde había polis al acecho en las esquinas. No era solo la vida la que había pasado de largo Homburgo, sino también la delincuencia. Había empezado a llover otra vez, una intensa lluvia del Sarre impregnada de polvo de carbón y de la agotadora realidad de la vida corriente alemana. Cualquier miembro sensato de la Orpo estaría embozado en su capa impermeable de policía y plantado en un portal tranquilo protegiendo con las manos un discreto cigarrillo, o refugiado en el café más cercano para aguardar a que escampara. Un pitillo en un portal es lo más parecido al lujo que seguramente disfrutará un poli de uniforme medio helado de servicio.

A dos tercios de Eisenbahnstrasse encontré la comisaría local. Les enseñé la placa y les expliqué que iba tras la pista de un peligroso asesino de policías llamado Johann Diesbach. Luego aporté una descripción razonable del hombre que había visto en la librería de Markt Platz.

—Es un asunto de la mayor prioridad —añadí, dándome importancia—. Cumplo órdenes directas de la oficina del líder del gobierno. Ese hombre va armado y es peligroso.

—Muy bien, señor. —El sargento tenía patillas de hacha hasta los hombros y un bigote de la misma envergadura que el águila imperial prusiana—. ¿Qué quiere que haga?

—Envíe a dos de sus mejores hombres a la estación de ferrocarril para que estén pendientes y lo localicen. Y a la estación de autobús local, si la hay. Volveré aquí dentro de media hora para ponerme a cargo de la búsqueda.

Luego, hice caso omiso de la lluvia (o al menos lo intenté) y volví adonde había dejado a Wilhelm Zander. Ya tenía los zapatos empapados y los pies fríos. Mi sombrero más parecía un pedazo de arcilla en el torno de un alfarero. Con muy buen juicio, Zander se había refugiado en la entrada del edificio con una mano en el bolsillo del abrigo. Supuse que empuñaba una pistola. La maleta estaba bien segura entre sus talones. Tiró el cigarrillo que estaba fumando y a punto estuvo de cuadrarse.

—No ha entrado ni salido nadie de este edificio desde que estoy aquí —dijo.

—He enviado a un par de polis a vigilar la estación de ferrocarril local. Así que, con un poco de suerte, no llegará lejos. Y cualquiera que esté medio escondido en un portal como usted seguro que llama la atención en este lugar.

Accedí al portal con él, abrí la maleta y registré rápidamente las pertenencias de Diesbach: encontré ropa de muda, algo de dinero

francés, una guía Baedeker de Francia, un par de zapatos, un periódico del Sarre con un número y una inicial escritos en la primera página, una foto de una mujer desnuda a quien no reconocí, un ajedrez
de viaje, una cajita de pastillas para la garganta Wybert, una navaja de afeitar, un suavizador de cuero y jabón, cepillo de dientes y un
tubo de dentífrico Nivea, una caja de Camelia, munición de pistola y
un objeto terminado en punta que parecía salido de una armería medieval.

—¿Qué demonios es eso? —preguntó Zander.

—Es una maza de trinchera. La usábamos cuando hacíamos in-
cursiones en trincheras enemigas por la noche. Era una manera muy
efectiva de matar Tommies sin meter ruido. Y las técnicas antiguas
son las mejores.

Zander parpadeó con ademán incómodo.

—¿Quién es la de la fotografía? Su mujer, supongo.

Sonreí.

—No. Lo más probable es que sea su novia, Poni. Vive en Múnich.

—¿Y las compresas Camelia? ¿Ella lo acompaña?

—No.

—¿Son de su hermana?

—Supongo que se las cogió prestadas a ella.

—¿Para qué demonios...?

—A los fugitivos se les mojan los zapatos. Yo, desde luego, los
tengo mojados. —Le enseñé el par de zapatos de repuesto en la maleta y cómo Diesbach había metido una compresa dentro de cada uno,
para que se secara la plantilla—. Es un viejo truco de soldado. Así
uno tiene los pies secos. Y eso resulta especialmente útil un día como
hoy. Una Camelia es mucho más absorbente que una hoja de periódico.

Cerré la maleta, di media vuelta y llamé al timbre, pero si Paula
Berge estaba en casa, fue lo bastante sensata como para no contestar.

—Derríbela a patadas —dijo Zander.

—Me parece que no. Además, ¿de qué serviría? Ya sabemos que
ha estado aquí. La calle y el número del apartamento están escritos a
lápiz en la primera plana de este periódico. Pero ella negará que se

vieron, claro. En vez de perder el tiempo convenciendo a Paula Berge de que hable, lo mejor sería volver a la comisaría local y destacar más policías a la búsqueda de Diesbach en el resto de la ciudad. Eso le he dicho al sargento de guardia.

Nos montamos en el coche —esta vez Zander se sentó delante conmigo— y fuimos a la comisaría de Eisenbahnstrasse, donde le ordené al sargento oculto tras el mostrador que desplegara todas sus fuerzas. Pero resultó que solo eran tres hombres más porque, incluso si contábamos los dos que habían ido a la estación de ferrocarril, solo había cinco agentes de guardia en toda Homburgo, y se movían a un ritmo pausado que solo la policía de poblaciones pequeñas puede llevar. Pero había algo casi tan malo como eso: por lo visto, se tomaron la idea de una búsqueda policial como una especie de juego divertido y no paraban de charlar y hacer bromas, ansiosos por atrapar al asesino de policías. Les dije que prestaran especial atención a los autobuses que iban al oeste, hacia Saarbrücken y la frontera con la Lorena francesa, pero fue como preparar a un burro para que cazara una liebre, un mal comienzo a la búsqueda del criminal en Homburgo.

—No apostaría mucho por que fueran capaces de encontrar siquiera un paraguas roto —comenté de vuelta al coche con Zander—. Son los polis más tarugos que he visto fuera de una peli de Mack Sennett.

—A mí tampoco me han causado muy buena impresión —reconoció Zander—. Mejor será que sigamos buscándolo nosotros, ¿no le parece?

Fuimos en dirección noreste hacia la estación de ferrocarril para cerciorarnos de que no hubieran detenido a nuestro hombre —no lo habían hecho— y luego deambulamos por Homburgo en coche un rato bajo la lluvia torrencial, recorriendo las calles desiertas en busca de Johann Diesbach. Homburgo hacía que Saarbrücken pareciera París. Solo vimos a un viandante que podía parecerse a él; resultó que era una mujer.

—¿Cómo puede desaparecer así un hombre? —se lamentó Zander—. Ni siquiera han abierto los bares todavía.

—En Alemania ocurre constantemente —respondí—. Se podría decir que es habitual. Solo que los policías como yo no acostumbramos a buscarlos. A los que desaparecen. En buena medida porque todo el mundo sabe dónde están.

—¿Y dónde están?

—En un *KZ*. O algo peor.

—Ah, ya veo. Entonces, quizá ese conozca a alguien más aquí en Homburgo. Un amigo de su hermana, tal vez. El hombre a quien vio en la fábrica de cerveza Karlsberg. Quizá lo esté escondiendo. Y hay muchos sitios donde ocultarse en una fábrica de cerveza.

—Sí, es posible, supongo.

Me detuve delante de una cafetería.

—Quédese aquí —dije.

Entré corriendo, eché un vistazo a los aseos y volví a salir.

—Tampoco estaba ahí.

Di la vuelta con el coche y una vez más tomé la dirección de la fábrica de cerveza.

—¿Adónde vamos ahora?

—A la fábrica.

Zander asintió.

—Estaba pensando... Cuando íbamos en el coche de Bormann, usted dijo que ese tipo era un *Jäger*, entrenado en tácticas Hutier. ¿Qué son esas tácticas?

—¿Las tácticas Hutier? Casi se podría decir que son de sentido común. En lugar de ordenar uno de esos ataques en los que miles de soldados cruzan la tierra de nadie, Hutier entrenó batallones de asalto especiales de infantería ligera, grupos pequeños de hombres especializados en acciones de infiltración por sorpresa. Podrían haber dado resultado si a alguien se le hubiera ocurrido ponerlas en práctica un poco antes de marzo de 1918.

—Así que sabe lo que se hace.

—¿A la hora de cuidar de sí mismo? Yo diría que sí. O igual ha olvidado usted la maza de trinchera que llevaba en la maleta.

—Sí. Ya veo a qué se refiere.

—A ver, ¿qué más recuerda sobre este odioso lugar? —le pregunté—. Además de lo que ocurrió en 1793.

—La mayor parte del mobiliario rescatado del antiguo *château* fue a parar al castillo de Berchtesgaden.

—Algo que pueda ser de ayuda —repliqué con mordacidad.

—Hace mucho tiempo.

—Por cierto, ¿qué le hizo regresar de Saarbrücken?

—Mi hermano, Hartmut, y yo tuvimos una infancia muy religiosa. Ahora él está en Berlín, trabajando para la Gestapo. La mayoría de la gente de por aquí son católicos romanos, pero mis padres eran estrictos luteranos y Hartmut y yo íbamos a catequesis los domingos. Las más de las veces era tan malo como suena. Pero una vez al año la iglesia organizaba un pícnic de verano y era casi siempre en Homburgo, en los antiguos jardines del castillo de Karlsberg. Lo que para un niño pequeño era muy emocionante, como puede imaginar. Había muchos juegos y pruebas deportivas. Pero... —Se encogió de hombros—. A mí nunca se me dieron muy bien. Sobre todo, Hartmut y yo nos íbamos con un par de amigos a explorar las ruinas del castillo.

Zander encendió dos de aquellos cigarrillos franceses que le gustaban, uno para él y otro para mí. Aguardó con paciencia mientras se adentraba un rato en el mundo de los recuerdos.

—Ahora que lo pienso —dijo, al cabo—, hay un sitio, quizá. El lugar donde yo me escondería si fuese un fugitivo en Homburgo. Pero, por supuesto, muy desesperado tendría que estar.

—Como Johann Diesbach, quiere decir.

—Esto... Sí. Bueno, bajo las ruinas del castillo están las cuevas de Schlossberg. Cuando era niño íbamos mucho allí. Creo que en Homburgo todo el mundo conoce las cuevas de Schlossberg. siendo rigurosos, no son cuevas ni por asomo, sino minas de cuarzo excavadas por el hombre. Resulta que la arena era muy codiciada y especialmente útil para limpiar y tallar cristal. Son unos cinco kilómetros de galerías repartidos en no menos de nueve niveles. Podrías jugar al gato y al ratón con tus perseguidores casi de manera indefinida. Esa es una de las razones por las que me gusta *Tom Sawyer*. Porque la cueva de McDougal que aparece en el libro de Twain siempre me recuerda las cuevas de Schlossberg, aquí en Homburgo. Como es natural, no todo el mundo las apreciaba. Y, a decir verdad, nunca me gustó mucho adentrarme en su interior. No tanto como a Hartmut. Aunque tenía que hacerlo, claro, por una cuestión de valentía juvenil. Resulta que padezco claustrofobia. Detesto los espacios cerrados. Sobre todo, bajo tierra. Antes leía el libro de Twain como una manera de afrontar mi fobia. Después de estar varios días perdidos en la cueva de McDougal, Tom Sawyer y Becky Thatcher encuentran la salida, ¿sabe?

—No creo que eso sea problema para un hombre como Diesbach, que es propietario de una mina de sal y se ha pasado media vida bajo tierra.

—No, supongo que no.

—Y mucho antes también, cuando estaba en el ejército, claro. Después de los cuatro años que pasé en las trincheras, yo también soy medio trol.

—Lo más probable es que esté a sus anchas ahí. Es un lugar caliente y seco, y creo que se puede estar bastante cómodo en el suelo arenoso.

—¿Dónde están las cuevas de Schlossberg?

—En la misma colina que la fábrica de cerveza, un poco más arriba.

—Entonces, vayamos allí primero. Y si no lo encontramos en las cuevas, echaremos un vistazo en la fábrica, tal como ha dicho. Quizá tengan un barril de cerveza del tamaño del Heidelberg Tun y lo encontremos escondido allí dentro.

—Confío en que no espere que entre en las cuevas con usted —repuso Zander, nervioso—. Ya se lo he dicho. Padezco de claustrofobia. Además, eso es como una conejera, con múltiples entradas y salidas.

Guardé silencio.

—¿No deberíamos pedir ayuda a algunos de esos policías de uniforme?

—Queremos cazar el conejo, no asustarlo.

—Pero con una salvedad más que importante, claro —señaló Zander—. Este conejo en particular, según ha dicho usted mismo, va armado y es muy peligroso.

61

ABRIL DE 1939

—No cabe duda: está ahí —dije en voz queda.

—¿Cómo está tan seguro?

Señalé un rastro de pisadas húmedas en la arena seca y rojiza que cubría al suelo cerca de la entrada de la cueva. Las huellas se adentraban en la oscuridad silenciosa.

—Podrían pertenecer a cualquiera —objetó Zander.

—Es verdad. Pero huela el aire.

Zander dio un paso vacilante hacia la entrada de la cueva, alzó un poco la nariz fina y larga y olisqueó sin hacer el menor ruido, como un experto perfumista de Treu & Nuglisch. El aire del interior de las cuevas de Schlossberg era cálido y seco y estaba impregnado de un olor dulce y aromático.

—¿Qué es? —preguntó.

—Tabaco de pipa —respondí—. Para ser más exactos, tabaco de pipa Von Eicken. El que fuma Diesbach.

Encendí un cigarrillo. La charla que habíamos tenido acerca de las tácticas Hutier me había dejado inquieto, como si estuviera a punto de abandonar la trinchera para cumplir la misión de cortar alambradas a medianoche en tierra de nadie. La mano me temblaba un poco cuando acerqué el mechero al cigarrillo y aspiré los gases de hidrocarburo calientes y volátiles que necesitaba para calmar los nervios crispados. Siempre se me dio mejor la física que la filosofía.

Frunció el ceño.

—¿Va a entrar ahí?

—De eso se trata.

—¿Usted solo?

—A menos que haya cambiado de parecer y quiera acompañarme...

Zander negó con la cabeza.

—No, yo no paso de aquí.

—¿Está seguro? —Sonreí y le tendí la linterna de policía que había cogido del maletero del coche. Tenía dos presillas de cuero en la parte de atrás para que el portador se la colgara del cinturón o la guerrera y pudiera usarla sin manos—. Lleve esta, si quiere. Pero sujétesela al abrigo.

—¿Y convertirme en un buen blanco? —Negó firmemente con la cabeza—. Para el caso, podría pintarme una diana en el pecho. Soy capaz de hacer muchas cosas por Martin Bormann, y de algunas no me sentiría nada orgulloso, pero no tengo intención de dejar que me maten por ese hombre.

—Así habla un auténtico nacionalsocialista.

—No estoy hecho de la misma madera que usted, Gunther. Soy un burócrata, no un héroe. Una pluma me resulta mucho más cómoda en el bolsillo que esta estúpida pistola.

—¿No se ha enterado? Más poderosa es la pluma que la espada, Wilhelm. Sobre todo, desde enero de 1933. Si supiera el daño que puede hacer una Pelikan hoy en día... Pregúnteselo al doctor Stuckart. Además, ninguno de los dos va a morir.

—Parece usted muy seguro, Gunther.

—Con un poco de suerte, tendré ocasión de razonar con ese Fritz. De convencerlo para que salga de ahí. De decirle que me aseguraré de que tengan clemencia con su mujer y su hijo si se entrega. Cosa que, de lo contrario, lo más seguro es que no ocurra. No me extrañaría que Bormann dinamitara su mina de sal en Rennweg y arrancase el tejado de la casa de Diesbach en Kuchl. Seguro que lo llamaría expropiación.

—Tiene usted razón. Es justo el comportamiento vengativo que lo caracteriza. Le vendería la casa a algún miembro de poca monta del partido y sacaría una buena tajada de la operación. —Zander se mostró avergonzado—. Yo mismo he organizado un par de esas expropiaciones. Lo cierto es que le trasladé encantado esos deberes en particular a Karl Flex. No es muy agradable tener que expulsar a alguien de su propia casa y dejarlo en la calle. Sobre todo, en un sitio pequeño como Obersalzberg. —Hizo una mueca de dolor—. Le aseguro que sé cuánto me odian allí.

—Pero ¿qué oigo? ¿Un nazi con conciencia?

—Todos nos vemos obligados a hacer cosas que tal vez preferiríamos no hacer, cuando se trata de favorecer al Führer. Así lo denomina Bormann. Usted es un buen hombre, Gunther, pero antes de que termine este año, es posible que también se encuentre haciendo cosas que lamente. Todos las tendremos que hacer.

—Le llevo mucha ventaja en eso, Wilhelm.

Me colgué la linterna del bolsillo del abrigo, saqué el arma, accioné la corredera para meter una bala en la recámara y la amartillé.

—Por si no quiere razonar.

—¿No va a encender la linterna?

—No hasta que tenga que hacerlo.

—Pero está oscuro como boca de lobo. ¿Cómo demonios va a encontrarlo?

—Con mucho cuidado. Por lo menos, no me oirá llegar. Esta arena es como una alfombra de salón. —Sonreí y lancé la colilla fuera de la cueva hacia la maleza húmeda que cubría la entrada. Desde el estrecho sendero que llevaba hasta allí se veía toda Homburgo extendida allá abajo como un país de las maravillas en miniatura, recalcando lo de miniatura—. No sé. Igual tiene una antorcha en la pared. Una hoguera para calentarse. Un candelero y un par de chicas del Tingel-Tangel medio desnudas. ¿Algún consejo de última hora?

—El sonido apenas se transmite ahí abajo. No hay demasiado eco. El techo es abovedado y, en algunos sitios, mucho más alto de lo que parece. De hecho, es muy hermoso, aunque no podrá apreciar gran cosa en la oscuridad. En otros lugares el techo y el suelo siguen unidos por medio de columnas. Y aquí y allá hay contrafuertes para sostener el techo. Pero no hay mucho peligro de que se venga abajo. Desde luego, nunca oí hablar de derrumbes cuando era niño. También hay escaleras que comunican unos niveles con otros, así que mire por dónde va. Y hasta donde recuerdo, no hay agujeros abiertos, conque no creo que corra peligro de pisar en falso. Hay un interruptor de palanca que enciende la luz de una de las cavernas más grandes y pintorescas, pero la verdad es que no recuerdo cuál.

Asentí.

—Bien. Quédese aquí y vigile la entrada.

Señalé el túnel oscuro delante de mí. Parecía la entrada al Helheim.

—Si todo va bien ahí abajo, gritaré la contraseña «Azul de Prusia» cuando esté a punto de salir. No se preocupe. Me oirá. Seguro que lo digo más de una vez. Pero si no me oye decirlo, dé por sentado que es él y empiece a disparar. ¿Entendido?

Zander desenfundó la Walther P38 y la amartilló con el pulgar, casi como si supiera lo que se hacía.

—Azul de Prusia. Entendido.

62

OCTUBRE DE 1956

Estaba delante de la fábrica de cerveza Karlsberg con el ceño fruncido, meneando la cabeza entrecana en ademán de asombro mientras miraba el enorme logotipo azul de la compañía en la pared de estuco sucio: un hombre con delantal de cuero que trasladaba un barril de cerveza dentro de una estrella de David azul, con fecha de 1878. A juzgar por eso, nada había cambiado gran cosa en Homburgo; nada salvo yo, y lo sorprendente era que me sorprendía. Me parecía increíble que hubieran transcurrido diecisiete años desde la última vez que estuve allí y, sin embargo, ni uno solo de esos años hubiese tenido el menor efecto en Homburgo. Aún parecía una ciudad pequeña y muy aburrida de Alemania y no la había echado en falta más que un calcetín extraviado. Pero el tiempo perdido era harina de otro costal; se había ido para siempre. Y eso me detuvo en seco, como si hubiera chocado en un tren expreso contra los parachoques de mi propio pasado. El futuro le llega a todo el mundo a mil kilómetros por hora, pero por un momento me lo tomé como algo personal, como si fuera una suerte de broma desternillante que el Canciller del Cielo hubiera decidido gastarme a mí, y solo a mí. Como si yo no fuera más que una partida de *yahtzee* con cinco dados. Siempre había pensado que había tiempo de sobra para hacer muchas cosas y, sin embargo, ahora que lo pensaba, no había tenido un momento que perder. Quizá por eso había gente que elegía de entrada vivir en un sitio dejado de la mano de Dios como Homburgo: el ritmo de la vida parece más lento en una ciudad así, y quizá ese sea el secreto de una vida larga: vivir en un sitio donde nunca pasa nada. Entonces pasó algo: empezó a llover a cántaros.

Como es natural, sabía dónde iba a pasar la noche en cuanto el motorista de la policía me dejó delante de las puertas de la fábrica de cerveza. Supongo que lo llevaba escrito en el corazón en letras de fuego. Había un hotel cerca y tenía unos francos en el bolsillo. Me atormenté un buen rato mirándolo con gesto melancólico y ansiando un baño, comida caliente y una cama. Pero ya había decidido no alojarme allí. Ahora tenía que volar bajo el radar, convertirme en algo que nunca me había planteado ser: un hombre sin futuro. La Stasi dependía de que me comportara como si creyera lo contrario. Además, no iba muy bien vestido como para estar en compañía respetable. Cualquier gerente de hotel o recepcionista que me viera habría llamado a la policía local solo para curarse en salud. Como vagabundo, le habría hecho la competencia al mismísimo Charlie Chaplin. Tenía un agujero en el zapato a juego con el de la rodilla del pantalón, mi cara parecía un imán para limaduras de hierro y notaba la camisa sobre los hombros como un envoltorio de mantequilla. Así pues, fui colina arriba hasta la cima de Schlossberg-Höhenstrasse, admiré la vista unos dos segundos y me abrí paso por entre la tupida vegetación que bordeaba el mismo angosto sendero en la ladera de la colina de la que solo recordaba algunos detalles, hasta que llegué a la entrada de las cuevas de Schlossberg. Estaban cerradas en invierno, y una gruesa puerta de hierro que antes no estaba impedía el acceso. Según rezaba un cartel en la pared, ahora las cuevas eran una atracción turística, aunque costaba imaginar que alguien fuera hasta allí para no ver gran cosa. Tampoco es que las cuevas albergaran fascinantes pinturas paleolíticas de hombres de la prehistoria y sus pasatiempos preferidos, ni una serie de espectaculares formaciones geológicas; ni siquiera eran cuevas propiamente dichas, sino antiguas minas de cuarzo, agotadas años atrás y luego abandonadas. Pero la lluvia caía cada vez con más fuerza y ahora me resbalaba por la nuca, de modo que el abandono se me antojó una historia familiar en esa parte del mundo. Probé a abrir la puerta. No estaba cerrada con llave.

Dentro de las cuevas, el suelo era suave y seco bajo mis pies como si estuviera caminando por la arena de Strandbad Wannsee a principios de verano. Con el Ronson en alto delante de mí igual que la lámpara de un ladrón de tumbas, me abrí paso hasta una de las cavidades más grandes, donde encontré un interruptor eléctrico de palanca y tiré de él. La iluminación que me proporcionó era tenue, solo para crear ambiente. Tanto mejor para mí: lo último que quería era anunciar mi presencia. El techo cóncavo abovedado tenía la forma de la espiral de mi sucísimo pulgar y presentaba una variedad de colores, sobre todo beis y rojo, pero también algunos azules y verdes, aunque quizá tuviera más que ver con el efecto de la luz sobre el cuarzo, que jugaba tantas extrañas pasadas como el mismísimo Canciller inmortal. Era como estar en el interior de un inmenso hormiguero en algún lugar de las profundidades irradiadas de Nuevo México, con túneles que se extendían en todas direcciones, y casi esperaba que apareciese algún gigantesco insecto mutante y me arrancara la cabeza de un mordisco. Desde luego, aquello no se parecía a Alemania en absoluto, aunque también es verdad que, desde que vivía en Francia, había visto películas auténticamente malas. Durante un rato exploré los diversos niveles —de los que solo uno o dos tenían luz eléctrica— y poco a poco descubrí cómo se habían construido las galerías de la mina. En algunos túneles aún se veían rastros de las antiguas vías usadas para transportar vagones llenos de arena al exterior de las cuevas. Todo estaba en silencio, igual que un reloj parado envuelto en varias capas de algodón, como si el tiempo en sí estuviera en suspenso. Quizá porque deseaba a la desesperada que así fuera.

Me quité la chaqueta empapada y la colgué del interruptor de palanca en la caverna principal para ver si se secaba. También saqué el dinero del bolsillo del abrigo y lo dejé en la arena para secar. Luego me senté con el arma al lado, recostado contra la pared toscamente labrada, y encendí un cigarrillo. Podría haber encendido un fuego, solo que sabía que en el exterior no había nada que pareciera lo bastante seco para arder. Además, a cobijo del viento y la lluvia, se estaba razonablemente caliente en las cuevas, lo bastante como para relajarse un poco, recuperar el aliento y reflexionar sobre lo lejos que había llegado desde que me marché de Cap Ferrat.

Abrí la botella de tinto, me bebí un tercio de un trago y comí un poco de chocolate. Después, durante un rato, me planteé si fumar otro pitillo y luego lo descarté. Me pareció mejor idea racionar las reservas de tabaco el mayor tiempo posible. Tal vez fumase después de una siesta. Intenté imaginar cómo habrían sido las vidas de los cientos de mineros del cuarzo que ahora eran mis compañeros invisibles. En cambio, me impuse la tarea más sencilla de recordar lo que había ocurrido en esas cuevas antes de la guerra, unos diecisiete años antes, con Johann Diesbach y Wilhelm Zander. Y pensar que había arriesgado la vida para detener a ese hombre... Como si nada de aquello hubiera tenido importancia. Por aquel entonces, solo faltaban cinco meses para la invasión alemana de Polonia. En lugar de trabajar como comisario de policía en un país donde la ley había pasado a ser algo secundario, tendría que haberme subido al primer tren hacia el oeste, rumbo a Francia y la seguridad. La Lorena francesa estaba sumamente cerca de Homburgo. En tanto que policía de alto rango con poderes plenipotenciarios, no me habría resultado difícil cruzar la frontera soltando algún que otro embuste. En cambio, había acabado interpretando el papel del héroe que en realidad nadie quería. Qué estúpido fui.

Paseé la mirada por mi nuevo apartamento y me pregunté qué podría comprar para que resultara un poco más acogedor. Así hacíamos las cosas más llevaderas en las trincheras: unos cuantos libros de Amelang, unos muebles de Gebrüder Bauer, unos manteles de mesa caros de F. V. Grünfeld, un par de alfombras de seda de Herrmann Gerson y quizá unos cuantos cuadros escogidos de Arthur Dahlheim en Potsdamerstrasse. Todas las comodidades del hogar. Sobre todo, colgábamos fotografías en los tablones que conformaban nuestras paredes: novias, madres, estrellas de cine... A menudo no sabíamos de quién eran las fotografías, pues los hombres que las pusieron habían muerto mucho tiempo atrás, pero nunca parecía correcto quitarlas. Abrí el billetero húmedo y busqué una foto de Elisabeth que había conservado, pero en algún momento debí de haberla perdido, lo que me apenó un poco. Y después de un rato, lo único que pude hacer fue retreparme y proyectar la película de 1939 en la pared de la cueva. Me vi —en blanco y negro, claro— como Orson Welles en *El tercer hombre*, pistola en mano, la linterna preparada, avanzando lentamente por los túneles en busca de Johann Diesbach, una rata a la búsqueda de otra. ¿Veían las ratas en la oscuridad? De niño solía frecuentar el Museo de Historia Natural de Berlín en Invalidenstrasse. Recordé cómo me habían horrorizado las fotos de una rata topo calva. Me pareció uno de los animales más repugnantes que había visto. Pues así me sentía en ese momento. Una especie de rata fuera de lugar y rechazada que había perdido todo el pelaje. Por no hablar de la única fotografía de mi mujer.

Pensé que podía ocultarme en las cuevas de Schlossberg un par de días antes de dirigirme hacia la nueva frontera alemana, apenas un trecho hacia el este de Homburgo. Una vez estuviera en Alemania Occidental propiamente dicha, haría autostop hasta Dortmund o Paderborn, y me agenciaría otra identidad como quien se compra un sombrero nuevo. Mucha gente lo había hecho después de 1945. Incluido yo. No era difícil obtener un nuevo nombre. Además, esos nombres nuevos eran bastante reales, eran solo algunos alemanes que los usaban quienes eran falsos.

Debí de quedarme dormido, aunque no sé cuánto rato. Desperté con un sobresalto porque estaba seguro de no encontrarme solo. Ello se debió sobre todo a que el silenciador de una automática PM de fabricación rusa me apuntaba directamente a la cara.

63

ABRIL DE 1939

Supongo que todo empezó con la oscuridad. Y entonces Dios encendió la luz. Aun así, se sintió obligado a esconderse. Como si la oscuridad no comprendiera su luz; o quizá, sospecho yo, tan solo prefirió mantener en secreto su auténtica identidad, y la extraordinaria naturaleza de lo que había hecho. No se le puede reprochar. Todo ilusionista de cabaré que se precie requiere un adecuado juego de iluminación para obrar su magia. La imaginación no depende de la claridad sino de su ausencia. El misterio necesita oscuridad. Uno sabe que lo están engañando, claro. Pero sin oscuridad no habría miedo, y ¿dónde estaría Dios sin un poco de miedo? Hacer un buen truco es una cosa, pero inspirar terror es otra muy diferente. Lo que resulta fatal para el vacilante espíritu humano requiere una oscuridad palpable. Es la luz lo que infunde valentía a los hombres para levantarse cuando están de rodillas y decirle a Dios adónde se puede ir. Sin Thomas Edison seguiríamos persignándonos sumidos en la desesperación y haciendo genuflexiones como las monjas más crédulas en una misa de réquiem celebrada por un papa.

En las cuevas de Schlossberg, la oscuridad me envolvió como si me hubiera engullido una ballena. Durante varios minutos de negrura me abrí paso sin aliento palpando las rugosas paredes de cuarzo igual que un ciego al borde de un acantilado, con las yemas de los dedos por ojos. De vez en cuando, apoyaba los riñones contra la roca para interrumpir mi avance y minúsculos fragmentos de arena se me quedaban adheridos a las palmas de las manos y se me metían bajo las uñas. Una o dos veces llegué a ponerme de rodillas, y con la puntera de un zapato apoyada en la pared, alargué el brazo para comprobar si aún seguía en un túnel. Parecía que el túnel en el que me hallaba tenía menos de dos metros de ancho porque podía tocarlo fácilmente sin abandonar el punto de referencia de la laberíntica pared que estaba usando como ruta. Ahora me traía sin cuidado el abrigo. Me daba más miedo caerme que quedar cubierto de arena, o que me pegaran un tiro. Fue sobre todo la nariz lo que me señaló el camino, porque al volver a la pared y avanzar por los negrísimos túneles que se iban curvando con suavidad, el aroma del tabaco de pipa tan dulce de Johann Diesbach se hizo más intenso. También alcanzaba a oler el cigarrillo de Zander —el tabaco francés de mi colega era muy acre—, e incluso atinaba a oler el áspero azufre de la cerilla que lo había encendido, y me maldije con dureza por no haberle advertido de que no fumara. Si yo olía su tabaco en el interior de las cuevas, quizá también lo oliera Johann Diesbach. Durante diez o quince minutos me moví a través del vacío de aquella guisa titubeante como si tuviera los pies planos, pero cuando llegué al final de la pared supuse que el túnel en que me hallaba se había acabado. Procurando no pecar de impaciente, me tendí de cara otra vez y me arrastré hacia delante, pero esta vez me di cuenta de que debía de estar en una de las denominadas cuevas y, como no tenía ni la menor idea de su extensión, supe que tendría que arriesgarme a echar un vistazo rápido a donde estaba para poder cruzarla, o de lo contrario me arriesgaba a hacerme daño de verdad.

Mi linterna de policía era de las Siemens que habíamos usado durante la guerra, con una pequeña cubierta adaptable para ocultar la bombilla de los francotiradores enemigos mientras mirabas un mapa por la noche. Las más de las veces solo usábamos esas linternas con cubierta para mirar un mapa a cobijo de un abrigo bien grueso. Con todo eso en mente —me repetía que Johann Diesbach era un antiguo *Jäger* y un formidable adversario, y desde luego no había olvidado la maza de trinchera que encontré en su maleta; un hombre capaz de guardar un arma así al lado del cepillo de dientes era sin duda temible—, me puse de rodillas y, con la linterna medio enterrada en la arena, la encendí un segundo apenas esperando poder hacerme una idea más precisa de lo que me rodeaba. E hice bien. En mitad de una cueva de tamaño considerable, una escalera empinada conducía a un nivel inferior; unos pocos pasos más en la oscuridad y me habría roto el cuello. Dejé la luz encendida durante el tiempo suficiente para calcular el número de pasos que necesitaba para alcanzar el siguiente túnel y luego la apagué de nuevo. Un par de minutos después, había cruzado el suelo cubierto de arena hasta la pared opuesta. Poco a poco, llegué a una segunda cavidad interior y, al otro lado del silencio, unos cuantos sonidos sueltos —una tos, un carraspeo, el roce de una cerilla, un suspiro, unos labios que chupaban con ferocidad la boquilla de una pipa— me llegaron a los oídos cual pistas crepusculares. Entonces, en el reborde mismo de la oscuridad, el negro se tornó en gris violeta y, poniendo los ojos en tensión para atinar a ver algo, igual que si mis pulmones hubieran necesitado oxígeno, vi el pálido comienzo de lo que quizá fuera luz. Avancé unos pasos vacilantes, y poco a poco el borroso contorno se volvió más intenso, cambiando como algo que casi estuviera vivo hasta que percibí que era la llama a punto de consumirse de una vela muy pequeña. Me llevé el arma a la cara, la amartillé con el pulgar, quité el seguro y asomé la cabeza por la esquina de la pared.

Vi sus zapatos antes que nada, y lo primero que pensé fue que eran muy grandes. El tipo tenía unos pies enormes. Se había quitado los zapatos para que se secaran. Al lado había un gorro verde con una pluma de gallo en la cinta, y su abrigo loden estaba colgado de un clavo en una viga. Diesbach estaba sentado en el suelo con la espalda apoyada en la pared, a unos diez o quince metros de donde me encontraba yo. La vela quedaba a escasos centímetros de sus pies cubiertos con calcetines. Vestía un buen traje de lana, con pantalones de estilo golf que no había visto antes. Estaba cruzado de brazos, con una pipa de brezo en la boca y los ojos cerrados. De vez en cuando movía una comisura de la boca para dejar escapar una bocanada de humo, igual que un dragón dormido. Parecía una versión más dura de Adolf Hitler. El bigote no era exactamente insólito en Alemania. Había muchos hombres que querían asemejarse al Führer. Había quien se dejaba un bigote a lo Hitler para parecer más autoritario, y había leído en la prensa el caso de un tipo que aseguraba que se le debía mayor respeto porque llevaba bigote de cepillo. Aparte de la Luger de cañón largo que descansaba en su mano, Diesbach parecía igual de relajado que si hubiera ido a pasar el día a la isla de Rügen, y se lo veía a sus anchas en la cueva, como si se acabara de sentar después de una buena jornada de extraer sal de la mina.

Tendría que haberle pegado un tiro a ese cabrón solo por el bigote, y sin previo aviso, tal como Diesbach había disparado contra Udo Ambros y Karl Flex. La mayoría de los polis que aún trabajaban en la Comisión de Homicidios en 1939 sin duda le habrían abierto un agujero sin vacilar. Y un agujero sin duda le habría hecho bajar la guardia el tiempo suficiente para que le pusiera las esposas. En aquellos tiempos, no obstante, todavía albergaba la absurda noción de que yo era mejor que ellos, y me sentía en la obligación de darle a ese hombre la oportunidad de entregarse. Pero en realidad, lo que habría sido un disparo fácil a plena luz del día, a la luz vacilante de una sola vela parecía un error casi seguro. Y si fallaba un disparo, quizá no tuviera ocasión de efectuar otro. Gracias a mi entrenamiento en el Alex sabía que la mayoría de los delincuentes a quienes alcanzaban los disparos de la policía estaban a menos de tres metros. A esa distancia no había mejor pistola que una Walther PPK. Pero a más de diez metros era difícil superar una Luger de cañón largo. En manos de un *Jäger*, una Luger de cañón largo tenía ventaja sobre mi PPK, con un poder de parada semejante al de la puerta de un castillo. Eso me obligaba a salvar tanto espacio de la cueva como fuera posible antes de intentar detenerlo. Hasta yo sabía que estaría corriendo un riesgo considerable. Nadie que se haya ganado una Cruz de Hierro de Primera Clase prefiere una muerte ignominiosa en la guillotina de Plötzensee a morir con un arma en la mano y una buena blasfemia en los labios. Mientras Diesbach estuviera con los ojos cerrados, lo que tenía yo a mi favor era el elemento sorpresa. Con un grueso manto de arena bajo los pies podría cubrir fácilmente la mitad de la distancia que nos separaba antes de que se diera cuenta de que lo apuntaba con un arma a la barriga cervecera. En ese momento, quizá se aviniera a entregarse. Pero ya mientras elaboraba el plan, tenía claro que era un tipo demasiado duro como para entregarse sin pelear. Tenía los músculos de los antebrazos como jamones y su mandíbula parecía tallada en una cantera. Seguramente a un hombre así la minería le suponía menos esfuerzo que ganarse clientes echándole labia en restaurantes caros de Múnich. Igual se limitaba a amenazar a los chefs para que compraran su sal rosa de calidad gourmet. Él y ese puñetero bigote de cepillo.

64

ABRIL DE 1939

Apuntándole con el arma al centro del pecho empecé a cruzar la cueva. A quince metros tenía la boca más seca que la arena del suelo; a catorce metros, el corazón me latía tan fuerte que pensé que me iba a oír; a trece metros empecé a tener más confianza; a los doce, estaba lo bastante cerca para verle la cicatriz blanca en el mentón; a los diez ya me estaba preparando para decirle que tirara el arma y pusiera las manos en alto; pero a los ocho metros abrió los ojos, los fijó en los míos y sonrió como si me hubiera estado esperando.

—Creo que ya está bastante cerca, poli —dijo con serenidad—. Como dé otro paso, verá que soy un tirador excelente.

—Tanta sal debe de haberle dejado el cerebro más reseco que el arenque de la semana pasada. Si disparo estará muerto antes de que pueda mover esa pistola. —Lancé unas esposas a la arena junto a su pierna—. Suelte la Luger, con suavidad, como si fuera uno de los preciosos pechos de Poni. Tírela ahí y luego póngase las esposas.

—¿Cómo sabe lo de Poni? —preguntó, todavía con la Luger en la mano.

—Me lo contó su mujer.

—Supongo que le contó muchas cosas —dijo, dando unas chupadas a la pipa con despreocupación—. De lo contrario, no habría venido hasta la maravillosa ciudad de Homburgo.

—No se lo reproche —repuse—. Échele la culpa a Benno. Y luego culpe a los nazis. Amenazar a alguien con un viaje a Dachau es una manera muy convincente de introducir toda clase de preguntas acuciantes.

—¿Sabe? Por algún motivo creo que Bormann tiene planeado para mí algo mucho peor que eso. Así que más vale que le diga que no tengo intención de cambiar mi mejor sombrero por una papelera en Plötzensee. Con eso quiero decir que no tengo nada que perder liándome a tiros aquí, poli. Será una pena que los dos encajemos un balazo porque quiere poner mi cuello en la luneta de la guillotina.

—Puedo vivir con eso. Que es más de lo que se puede decir de usted, Johann. En el instante en que apriete este gatillo, su último pensamiento será una marca roja en esa pared.

»Pero si se entrega ahora, me aseguraré de que no les pase nada a Eva y Benno. No soy vengativo, Johann, pero me temo que no puedo decir lo mismo de mis jefes. Tratarán a su esposa y su hijo como a criminales de la peor clase. Dejarán su casa sin techo ni sustento. Dinamitarán su mina de sal. Si su mujer creía que su hijo estaba muy verde para el ejército, ¿cuánto cree que durará en Dachau? Y todo porque usted quiere acabar como Jimmy Cagney.

—No es muy buen detective, ¿verdad?

—Lo he encontrado, ¿no?

—Sí, pero sin duda se habrá dado cuenta de que mi mujer y yo no nos llevamos nada bien. No desde que se enteró de lo de Poni. Y mi hijo... Bueno, ya ha conocido a Benno, ¿verdad? No es lo que podría decirse un hombre hecho y derecho, sino un niñato sarasa, ya me entiende. Por lo que a mí respecta, el que su madre sobornara a ese cabrón de Flex para que lo reclutaran fue la gota que colmó el vaso. Lo que digo es que tendrán que buscarse la vida. Además, me parece que, si tengo que pegarle un tiro, saldré de aquí sin más y cruzaré la frontera esta misma noche. Hablo francés. No creo que tenga muchos problemas.

—Debe de haberme tomado por un poli tan idiota como para venir aquí solo. Toda la zona está rodeada por agentes de la policía local. Además, no dé por sentado que los Franzis no lo deportarán. Tal vez estén a punto de entrar en guerra con Alemania, pero hasta entonces contamos con la plena cooperación de la policía francesa.

—Ya me parecía a mí. Alemania siempre ha tenido en el bolsillo a los franceses. Y supongo que Martin Bormann lo tiene en el bolsillo a usted. ¿Qué se siente al no ser más que otro nazi haciendo el trabajo sucio en el nuevo orden de Hitler?

—No soy nazi. Estoy harto de oír hablar del nuevo orden. La última pizca de dignidad que me queda estriba en intentar hacer mi trabajo a la antigua usanza. Y eso significa llevarlo a la cárcel. Vivo. Detenerlo por un crimen que sé que cometió. Cuando esté entre rejas, ellos decidirán qué hacer con usted. A mí la verdad es que me da igual. Pero no cometa el error de pensar que no voy a pegarle un tiro, Johann. Y, con lo que sé de usted, de verdad que sería un auténtico placer.

—Entonces, usted y yo no somos muy diferentes.

—Y eso ¿por qué?

—Maté a Karl Flex porque formaba parte de la misma hipocresía criminal que sus jefes de la policía. Porque se lo tenía merecido. Seguro que está al tanto de todos los chanchullos en los que estaba metido. Los apaños de Bormann en Obersalzberg. Droga, propiedades, sobornos... No hay nada de lo que ese tipo no saque tajada. Flex era una de las ratas de Bormann. Un nazi de los peores. De los codiciosos. No me diga que no lo entiende.

—Puede contarse los cuentos que quiera —repuse—. Y quizá Flex se lo tenía merecido, pero no se puede decir lo mismo de Udo Ambros. Su antiguo camarada. Su amigo. Un hombre que estuvo en el ejército con usted. No entiendo ni por un instante que se mereciera que le volaran la cara con una escopeta. Que usted se la volara.

—¿No lo entiende? Tuve que matarlo. Había amenazado con ir a la policía y contarles lo de la carabina que le había cogido prestada. La que usé para matar a Flex. Fue muy ingenioso por su parte, poli, eso de encontrarla en la chimenea. En cualquier caso, Udo dijo que me daría veinticuatro horas de ventaja para alejarme de Berchtesgaden antes de acudir a la policía. Pero yo tenía demasiado que perder como para dejar que me metiera en un marrón semejante. Y todo porque me había cargado a un mierda como Karl Flex. Ya vio cómo vivía Udo. ¿Qué derecho tenía él a destrozarme la vida? Le habría bastado con tener la boca cerrada. Con decir que le habían robado el rifle o algo por el estilo. La vida me iba bien, y tenía un buen negocio. Me vi obligado a matarlo. Por favor. Tiene que entenderlo. No me dejó otra opción. Tenía que proteger a mi familia y mi negocio.

Percibí un matiz en su pomposa entonación bávara que antes no estaba. Sonaba parecido a la mendacidad empalagosa y la autojustificación que habíamos oído pocas semanas antes, cuando Hitler había infringido los pactos de Múnich y ocupado lo que quedaba de Checoslovaquia tras la anexión de los Sudetes por parte de Alemania. Pero lo que ocurrió a continuación me convenció de que lo había sobrevalorado: la mano le temblaba cuando cogió la pipa. Johann Diesbach estaba asustado. Se le notaba en la mirada.

—Tal como lo cuenta, a mi modo de ver, esa justificación tan lastimera de un asesinato a sangre fría lo pone a usted en tan mal lugar como a los nazis, Johann. O peor, quizá. Pero me parece que está perdiendo el valor para este duelo. Creo que es un Fritz de esos que solo le pegan un tiro a un hombre cuando no se lo espera. ¿Tengo razón? ¿Va a disparar esa Luger o a hurgarse la nariz? —A la vez que bajaba la pistola me acerqué a él y le di una patada en el pie sin zapato—. Venga, tipo duro. Apúnteme con ese Bismarck, a ver qué pasa. —Diesbach me lanzó una mirada hosca: de cerca, alcancé a ver que había perdido el brío que le quedaba. Acaso no lo había tenido nunca. La luz de una vela, sobre todo en una cueva, puede jugarte malas pasadas—. ¿No? Ya me parecía. Quizá hace tiempo, *piefke*. Pero ya no. Su hijo Benno tiene más agallas que usted.

Le arrebaté el arma y me la guardé en el bolsillo del abrigo. Luego lo obligué a ponerse en pie y lo abofeteé con fuerza. No por ese irritante bigotito de Hitler, sino porque me había asustado y no me gustaba que me asustaran.

65

ABRIL DE 1939

Con la linterna en la mano, me guardé el arma y acompañé al prisionero esposado por los túneles. En cuanto estuvo en pie y echó a andar, empezó a proponerme un trato.

—En realidad, no tiene por qué hacer esto, comisario Gunther —dijo—. Puede dejarme marchar. Tengo dinero de sobra. Ahí en las cuevas, tengo por lo menos mil marcos imperiales en el forro del abrigo loden. Y hay unas monedas de oro en el cinturón de los pantalones. Es todo suyo en cuanto acceda a soltarme. Pero no me entregue a esos nazis cabrones. Sabe perfectamente lo que me harán. Dejarán que me vaya muriendo de hambre como hicieron con el pobre desgraciado de Brandner y, cuando se hayan hartado, me cortarán la cabeza.

—Va a necesitar ese dinero para un buen abogado.

No sé por qué lo dije; la costumbre, supongo. No me pareció que hubiera un abogado en toda Alemania capaz de salvar de la guillotina a Johann Diesbach. Ni siquiera Clarence Darrow habría sido capaz de convencer al Tribunal Popular en Potsdamer Platz de que Karl Flex merecía otra cosa que no fuera un apurado a fondo. Tampoco es que me importara mucho. En cuanto Diesbach estuviera encerrado en lugar seguro en Saarbrücken, yo podría volver a Obersalzberg y organizar la excarcelación inmediata de Brandner de la prisión de la RSD en el Türken Inn. Lo que me preocupaba era la suerte del fotógrafo. Esperaba incluso que Martin Bormann estuviera tan agradecido como para acceder a conmutarles la sentencia de muerte a los dos hombres de la Gestapo de Linz. Y una vez hubiera solucionado ese asunto con Bormann, me ocuparía de que Gerdy Troost me presentara a su hermano Albert. Solo entonces sería posible poner a Albert

487

Bormann al tanto de la magnitud de la corrupción de Martin y de la descarada fraudulencia de la Administración de Obersalzberg.

Y entonces Diesbach se puso amenazante.

—Más vale que se ande con cuidado, poli. Despúes de lo que me ha dicho ahí, podría buscarle muchos problemas. Haga la prueba, a ver si me equivoco.

—¿Y eso?

Diesbach me ofreció una sonrisa torcida.

—Quizá le cuente a la Gestapo que me ha dicho que odia a los nazis —replicó—. Quizá se lo cuente, poli.

—Si me dieran cinco marcos por cada idiota como usted que me ha amenazado con denunciarme a la Gestapo, sería rico. ¿No se da cuenta de que ya esperan que la gente de su calaña diga cosas así, que acusen a los polis de hablar de traición?

—Apuesto a que ni siquiera es miembro del Partido. En cuyo caso, es posible que me escuchen. Por supuesto, si me deja ir...

Lo agarré por el cuello de la chaqueta. Nos estábamos acercando a la salida y, después de haberme tomado tantas molestias para atraparlo con vida, no quería que a Diesbach le pegara un tiro un hombre al que le daba miedo la oscuridad.

—¿Zander? Soy yo, Gunther. Azul de Prusia, ¿de acuerdo? ¿Me oye? Todo va bien. Tengo al tipo esposado. Y vamos a salir, ¿me oye? Ahora podemos volver a Obersalzberg. Azul de Prusia.

—Lo oigo, Gunther —respondió Zander—. Azul de Prusia. Bien. Entendido. No hay problema. Ya pueden salir.

Empujé a Diesbach hacia delante. Un instante después volvimos la esquina del túnel y salimos a la gris luz del día. Zander estaba en el mismo sitio donde lo había dejado. Tiró el cigarrillo, bajó la pistola e hizo una mueca desdeñosa.

—Así que este es el puñetero Fritz que ha causado tantos problemas, ¿no?

—El mismo.

—Enhorabuena, Gunther —dijo Zander—. He de reconocer que admiro su valentía al entrar así en las cuevas. Yo no habría hecho lo que ha hecho usted ni con una linterna. Ya me entra claustrofobia solo con estar aquí plantado en la entrada. La verdad es que me está costando creer que entrara ahí de niño. Sí, es usted todo un tipo. Ya veo por qué el general Heydrich lo tiene en tan alta estima. De vez en cuando, uno necesita a un hombre útil y probablemente prescindible como usted que haga el trabajo, por las malas. En circunstancias normales, cabría esperar que le otorgaran una medalla al mérito policial por esto. Por su valentía, quiero decir. Pero es una pena para usted que no estemos en circunstancias normales. Un ascenso sería lo mínimo que podría esperar después de esto.

—Puedo vivir con ello —dije.

—Sí, seguro que puede vivir con ello, comisario. Pero lamento decirle que Martin Bormann no.

A renglón seguido, Wilhelm Zander levantó la Walther que tenía al costado y le disparó a Diesbach tres veces sin parpadear siquiera. En la entrada de la cueva resonó como el bramido metálico de un Minotauro moderno. Diesbach se derrumbó, sangrando sobre la arena mientras se le escapaba la vida.

Por un momento me quedé allí petrificado, en buena medida porque ahora el arma que tenía Zander en la mano me apuntaba muy directamente.

—Lo quería vivo —grité.

—Es posible que usted sí. Pero no lo quería nadie más.

—Hay una manera adecuada de hacer las cosas —expuse—. De lo contrario, la ley es tan mala como quienes la infringen. ¿No lo entiende?

—Qué anticuado suena. Y qué ingenuo. ¿De verdad puede ser tan estúpido? Este desafortunado incidente, me refiero al asesinato de Karl Flex, no ha sucedido. Por razones evidentes. Después de todo, no estaría nada bien que el Führer se enterase de que le pegaron un tiro a alguien en la terraza del Berghof, ¿verdad? Bastante malo sería eso, ¿no cree? Pero si se enterasen otros, sería peor incluso. Quiero decir que, si a Flex le pegaron un tiro en esa terraza, cualquiera podría correr la misma suerte allí. ¿Y se imagina lo que harían con una noticia así los periódicos y las revistas del extranjero? Eso haría concebir ideas a toda suerte de gente. Malas ideas. Se abriría la temporada de caza del Führer. Deportistas de mentalidad demócrata con rifles de caza vendrían a la región en busca de la presa definitiva. El mismísimo Hitler.

—Tendría que haber imaginado que haría algo así, Zander.

—No lo he hecho por iniciativa propia, se lo aseguro. Martin Bormann me ordenó que lo matara. Así que no se me ponga en plan engreído, Gunther. Matar no me gusta nada. No soy más que el botón que pulsó Bormann en Obersalzberg antes de que nos marcháramos. En cualquier caso, si quiere saberlo, creo que le he hecho un favor al pobre cabrón. Le habrían cortado la cabeza, y no es una manera agradable de morir. Por lo que he oído, han dejado de afilar la cuchilla de la guillotina de Plötzensee por orden directa de Hitler. Solo para que el proceso de la ejecución dure un poco más. Según cuentan, a veces hay que dejar caer la guillotina dos o tres veces para que la cabeza quede cortada del todo. Dios, seguro que eso hace que te salten las lágrimas.

—Bueno, y ahora ¿qué? —pregunté, observando con atención el arma en la mano firme de Zander y, más en concreto, el dedo del gatillo. Sabía que le quedaban por lo menos cuatro balas más en el cargador de la Walther. No había ni rastro de nerviosismo en la actitud del hombrecillo, cosa que me sorprendió. No todos los burócratas chupatintas alemanes son capaces de asesinar a un hombre a sangre fría—. ¿Podemos volver a casa ya? ¿O Bormann también quiere verme muerto?

—Mi querido Gunther, Bormann no quiere verlo muerto. Pero yo sí. Y también varios colegas míos en Obersalzberg. Gente como el doctor Brandt, Bruno Schenk o Peter Högl. Supongo que alguien como usted nos deja a los demás abochornados de nuestra propia falta de honradez. El caso es que, como quizá haya deducido, estamos todos metidos en el mismo amaño que Karl. Un amaño del diez por ciento. Todos nosotros hemos estado sacando tajada de las ganancias de Bormann como administrador de la montaña de Hitler. Bueno, parecía lo más justo, teniendo en cuenta que éramos los encargados de recaudar sus diversos tributos. Aunque debo reconocer que no me parecía especialmente fraudulento. Bormann lleva ganando una fortuna desde que llegó a Obersalzberg. Y si está bien que lo haga él, bueno... Usted no podría hacer gran cosa respecto a nuestro chanchullo ni aunque quisiera. Si nos desenmascara, tendría que desenmascarar a Bormann, y no le haría ninguna gracia. Pero ¿para qué correr riesgos? Al menos, a esa conclusión llegamos todos. Es un cabo suelto, Gunther, y su muerte de un tiro mientras trata de detener heroicamente a Johann Diesbach será una manera estupenda de atarlo. Un problema anula el otro. Hasta forma un bonito lazo. En estas circunstancias, no me sorprendería que le otorgasen una medalla al mérito policial, después de todo. Aunque eso sí, a título póstumo. Esos son los héroes nazis que más le gustan al doctor Goebbels. Los que ya no están presentes para contradecir lo que él...

Lo que pasó a continuación no tuvo nada de astuto o ingenioso. Ni siquiera se podría decir que fui más listo que él. Como el típico nazi, Zander me estaba soltando su largo e interesado discurso y yo me limité a dar media vuelta y echar a correr, de regreso hacia el interior de las cuevas de Schlossberg. Por lo general, huir es lo mejor. La cobardía solo lo parece cuando alguien te observa con atención y no corre ningún peligro. Hasta los hombres más valientes son cobardes cualquier otro día de la semana.

Al instante siguiente sonó un fuerte estallido. Un trozo de cuarzo al lado de mi cara salió despedido cuando la primera bala de Zander erró el tiro. Con la cabeza agachada, seguí moviéndome. Me siguió otra sonora explosión, y fue como si algún insecto furioso que moraba en las cuevas me hubiera picado en el dorso de la mano. Hice una mueca de dolor, apreté el puño y me zambullí en el refugio de la oscuridad. Dos disparos más rebotaron en la pared detrás de mí como los golpes de pico de un minero invisible. Pero mi huida en el último momento solo fue perseguida por el silencio. El silencio y el sonido de mis pies que avanzaban a trompicones por el suelo arenoso. Supuse que Zander seguía recargando la Walther, y eso me animó a detenerme un momento antes de apañármelas para chocar con alguna pared, y a encender la linterna, para luego continuar a toda velocidad. Esperé que el miedo de Zander a Martin Bormann no se impusiera a su miedo a la oscuridad y su claustrofobia. Contaba con ello. Llevaba dos armas cargadas en los bolsillos del abrigo, pero nunca se me había dado muy bien disparar con la mano izquierda; la mano derecha ya la tenía entumecida y notaba la sangre entre los dedos, y así no hay quien apunte, ni siquiera con una Luger de cañón largo. Me detuve un instante tras el parapeto de una pared y apagué la linterna unos momentos para recobrar el aliento, relativamente a salvo. Fue lo mejor que pude hacer. Justo entonces, Zander efectuó seis disparos hacia las cuevas, que iluminaron la oscuridad en una serie de breves destellos de pólvora. Eran de esos disparos al azar, arriesgados, que lanzas por si dieras en el blanco por casualidad, como los que hacían los hombres en las trincheras cuando se aburrían. Pero esos disparos eran peligrosos si acertaban, así que me tiré al suelo hasta que cesó el minúsculo bombardeo. El aire apestaba a cordita y me di cuenta de que ya había hecho todo cuanto estaba en su mano por matarme. Su intento se había limitado a seis disparos en la oscuridad. De haber tenido los redaños para entrar en las cuevas y asesinarme, habría conservado la munición hasta disponer de un blanco claro. Por un momento me planteé devolverle los disparos, pero no podía ver mejor que él y, a decir verdad, no tenía ningún deseo de enemistarme con una figura tan poderosa como Martin Bormann. El que matara a su mensajero no habría sentado nada bien en Obersalzberg. Sin embargo, ya me sentía más seguro. En esas circunstancias, no parecía probable que Zander le mencionara a su jefe que había intentado matarme. Lo único que podía hacer a continuación era buscar otra manera de salir de las cuevas y, con nueve niveles donde elegir, tenía bastantes probabilidades de culminar mi fuga. Después de eso no tenía ni la menor idea de lo que ocurriría, más allá de un cigarrillo y una visita inmediata al hospital local para que me curasen la mano, y quizá también la mandíbula.

66

OCTUBRE DE 1956

—En pie, Gunther.

Friedrich Korsch se estaba guardando en la cinturilla del pantalón el arma que había encontrado en el suelo junto a mi pierna. Retrocedía poco a poco. A la luz tenue apenas alcancé a ver la expresión triunfante de su rostro, como si le hiciera ilusión matarme; al parecer, estaba solo.

—¿Por qué? —pregunté en tono hastiado. Ya me había librado una vez de que me mataran a tiros en las cuevas de Schlossberg, y no creía ni por asomo que fuera a lograrlo otra vez. Lo afortunado que puede ser un hombre afortunado tiene un límite. Aunque también es verdad que la buena suerte no es más que la capacidad y la decisión de superar la mala suerte; cualquier otra cosa parece un capricho de la fortuna. Pero en ese momento me faltaba por completo la decisión para hacer nada que no fuera dormir en el interior de esa montaña durante un millar de años—. ¿Qué más da? —añadí—. Para el caso, más vale que me mate aquí, Friedrich. Este lugar es tan bueno como cualquier otro para servir de mausoleo.

—Porque son las órdenes del general Mielke. Tengo que hacer pasar su muerte por un suicidio. Algo que los polis locales sean capaces de explicar. El asesino del Tren Azul se quita la vida. Cosa que difícilmente puede ocurrir si lo mato ahora. Así que haga el favor de ponerse en pie. No soy sádico, y no me haría gracia tener que volarle las rótulas. Pero le aseguro que a usted se la haría muchísimo menos.

No le faltaba razón. Por fin se me había acabado la suerte y, en lo que a casualidades se refiere, esta parecía ser de suma importancia. Todo parecía indicar que mi destino siempre había querido que encontrase la muerte en las cuevas de Schlossberg y estaba empeñado en no dejarse defraudar. Los designios del Señor son inescrutables, pero hay que aceptar que la mayor parte del misterio tiene que ver con la razón por la que la gente todavía cree que le importa un carajo alguno de nosotros. Me levanté a regañadientes y me sacudí algo de arena de los pantalones.

—Supongo que le darán un ascenso por esto. O una medalla. Quizá las dos cosas.

Korsch empezó a moverse un poco más de aquí para allá ahora que estaba de pie. Pero desde luego no iba a perderme de vista desde dondequiera que estuviese en la cueva. Ni siquiera con un ojo.

—¿Por atrapar a un viejo enemigo fascista del pueblo como usted? Sí, eso espero.

—¿Eso soy?

—Así se informará de esto en Alemania, lo más probable. ¿Y por qué no? Hoy en día necesitamos villanos tanto como necesitamos héroes. Podemos culpar de muchas cosas a los nazis, y por lo general lo hacemos. Bueno, a ver. ¿Tiene más armas?

—Por desgracia, no.

Korsch siguió la pared de la cueva hasta donde estaba colgada mi chaqueta en el interruptor de palanca y la cacheó.

—Solo para asegurarme. Siempre fue un cabrón de lo más escurridizo, Gunther.

—Así me las he arreglado para seguir con vida, Friedrich.

—Puede seguir mintiéndose si quiere. Pero yo creo que ha conseguido seguir con vida haciendo exactamente lo que gente como Heydrich y Goebbels le decía que hiciese.

—¿Y usted no?

—Claro. Pero el comisario de policía era usted, no yo. Solo fui su mano ejecutora durante una breve temporada.

—Supongo que tiene que decirse eso ahora que es la mano ejecutora de los Ivanes. Y lo que es más importante, supongo que se lo tiene que decir a ellos también.

—A los Ivanes, no. Se está construyendo una nueva Alemania. Una Alemania socialista. Nosotros somos quienes dirigimos nuestro propio espectáculo. No los rusos. Nosotros. Los alemanes. Esta vez es mejor porque todos trabajamos con un objetivo común.

—Incluso con esta luz veo que no se traga todas esas patrañas. Lo miro y me veo hace muchos años, intentando morderme la lengua para no apartarme de la línea del Partido y fingiendo que no había nada malo en la manera en que nuestros superiores gobernaban Alemania. Pero los dos sabemos que lo había, y sigue habiéndolo. La RDA y los comunistas no son más que otra tiranía universal. Así pues, ¿por qué no finge que no me ha visto aquí y me deja ir? Por los viejos tiempos. ¿Tanto le importa al nuevo orden que yo muera?

—Lo siento, Bernie. No lo puedo hacer. Si el general Mielke se enterase de que lo dejé escapar, no solo sufriría yo, sino también toda mi familia. Además, tengo un par de hombres esperando ahí fuera en la entrada, por si se las arregla para darme esquinazo en la oscuridad. Si lo dejo escapar, a ellos tampoco les haría gracia. Nos tiene bailando la polka desde la Riviera.

—Y ¿por qué? Porque no estaba dispuesto a ir a Inglaterra y envenenar a la agente del propio Mielke, Anne French. Por eso. Debería darle que pensar acerca de sus nuevos jefes, Friedrich. Son unos cobardes. Aun así, ha sido un gesto valiente por su parte venir solo, supongo.

—¿Verdad que sí? Antes bromeaba con lo de que me darán una medalla y un ascenso. Pues para mí no es ninguna broma. Ahora me corresponderán las dos cosas. Mis hombres se encargarán de ello. Atraparlo es mi gran oportunidad de ganarme el favor de Mielke. Podría obtener mi cuarta estrella por esto. Quizá unas charreteras de color nata montada de comandante.

—Ya sabe que Erich Mielke fue un asesino de polis. Antes de hacerse policía.

—Recuerdo que le pegó un tiro a un policía matón de los Freikorps, si a eso se refiere.

—Vaya, los comunistas han hecho un trabajo estupendo con su reeducación, ¿no? Apuesto a que hasta sería capaz de deletrear «dialéctica» y «burguesía».

Korsch blandió la automática y sonrió.

—Puesto que soy yo el que empuña el Bismarck, todo parece indicar que mi reeducación ha dado mejor fruto que la suya, ¿no cree?

—Ahí reside la auténtica esencia del marxismo. La máxima «De cada cual según sus capacidades, a cada cual según sus necesidades» solo funciona con un arma en la mano. Por cierto, ¿cómo me encontró?

—Me gustaría decir que lo conozco mejor de lo que cree, Gunther. Pero no puedo afirmar que se debiera a mi gran perspicacia. Ese motorista de Saarbrücken le contó a uno de nuestros confidentes que lo había traído aquí. Fue él quien nos dijo que estaba en Homburgo. Sospechó de usted desde el primer momento, al parecer. Después de eso me pareció más o menos obvio que volvería a las cuevas de Schlossberg, teniendo en cuenta lo que ocurrió aquí justo antes de la guerra.

—Siempre estuve convencido de que nadie se había enterado de aquello. No exactamente. Desde luego, Wilhelm Zander nunca habló de ello, por razones evidentes. Yo tampoco hablé nunca de ello. Ni siquiera lo hablé con Heydrich. Por razones igual de evidentes. Me pareció que sería más seguro, teniendo en cuenta lo que había dicho Bormann acerca de que tuviera la boca cerrada sobre lo que pasó en la terraza del Berghof. Y antes de irse de aquí, Zander se deshizo de todos los indicios que hubieran podido servir para identificar a Johann Diesbach. Incluido el propio Johann Diesbach, ahora que lo pienso. Creo que Zander les encargó a unos hombres de la Gestapo local que vinieran a por el cadáver para dejarlo en alguna otra parte. Así pues, ¿cómo se le ocurrió relacionarme con este lugar?

—¿Importa eso?

—Podría decirse que es un picor en la nariz que me gustaría aliviar ahora que estoy en el cadalso con las manos atadas a la espalda. Si no le importa, claro.

—Igual soy un poco más inteligente de lo que cree.

—Siempre cabe esa posibilidad.

—Cuando Zander y usted aparecieron en Homburgo buscando a Diesbach, fue su hermana la que le sugirió que se escondiera en las cuevas. Unos días después, ella vino aquí a traerle comida y se encontró con que el suelo a la entrada de la cueva estaba sembrado de casquillos. A juzgar por la cantidad, supuso que se había producido alguna clase de tiroteo, y cuando, semanas más tarde, Diesbach todavía no se había puesto en contacto con ella, naturalmente supuso lo peor.

—¿Cómo sabe todo eso?

—Porque le escribió a la mujer de Diesbach, Eva, para informarle de que sospechaba que tal vez hubiera sufrido una muerte violenta. Y cuando Eva me remitió la carta y me pidió ayuda para averiguar lo que le había ocurrido, accedí a hacerlo.

—No recuerdo que ustedes dos fueran tan amigos.

—Después de que me dejara en Berchtesgaden, ella y yo empezamos a llevarnos bastante bien. Podría decirse que fui un auténtico consuelo para esa mujer. Muy poco después de que desapareciera su marido, Eva se mudó a Berlín. Y, durante un tiempo, fuimos amantes.

—Corrió usted riesgos, ¿no, Friedrich? Teniendo en cuenta el historial médico de esa mujer.

—Mereció la pena. Ya vio el aspecto que tenía.

—Estaba bien dotada, desde luego, si se refiere a eso. Pero ¿por qué no me preguntó a mí qué fue de Diesbach, para ahorrarse tantas molestias?

—Se lo pregunté. En dos o tres ocasiones. Igual lo ha olvidado, pero lo único que me dijo fue que había muerto y que yo seguiría vivo más tiempo si me olvidaba de que había existido. O algo por el estilo. Así que, al final, eso hice. Y ella también.

—Buen consejo, si no le importa que lo diga. Le hice un favor. Para Bormann, la seguridad del Berghof iba más allá de proteger la vida de Hitler. También era cuestión de proteger los sentimientos de Hitler. Se me dejó bien claro que cualquier comentario fuera de lugar sobre la muerte de Karl Flex se consideraría traición: socavar la seguridad del Reich o alguna tontería parecida.

—En todo caso, ahora nada de eso tiene mucha importancia.

—¿Y averiguó lo que había sido del cadáver de Diesbach?

—Con el tiempo. Parece ser que la Gestapo local lo llevó a un crematorio en Kaiserslautern y lo redujo a cenizas a medianoche. Tampoco es que a Eva Diesbach le importara mucho para entonces. Tenía otras cosas en la cabeza. Su hijo Benno, ¿lo recuerda? Un hombre se lo ligó en la antigua galería de Friedrichstrasse y lo enviaron a un *KZ* con un triángulo rosa en la chaqueta. —Korsch señaló con el cañón de la pistola Makarov provista de silenciador uno de los túneles de cuarzo que llevaban de regreso a la entrada de la cueva—. Muy bien. Se ha acabado la historia. Venga, ¿vamos? Este maldito sitio me da escalofríos. Y tiene razón. Es exactamente igual que estar enterrado vivo.

—Entonces, ¿cómo tiene planeado que me quite la vida? ¿Envenenándome con talio o ahorcándome otra vez?

—No tardará en averiguarlo. Ahora, en marcha.

Vacilé antes de moverme.

—¿Puedo coger la chaqueta? Tengo frío.

—No la necesitará allí donde va.

—Tengo mi identificación en esa chaqueta. Si las autoridades oportunas no la encuentran, no parecerá un suicidio.

—¿Qué le importa eso?

—Nada. Pero lo cierto es que tengo frío. Además, el tabaco también lo tengo en la chaqueta. Y confío en que me deje fumar un último cigarrillo.

Korsch hizo un gesto con la cabeza para señalar la chaqueta.

—De acuerdo. Pero no se haga el listillo, Gunther. La verdad es que no me importaría pegarle un tiro. No, después de lo que le hizo al pobre Helmut. Era el de los pantalones cortos a quien estranguló anteayer. Y uno de mis mejores hombres.

—Tuve que elegir entre él y yo.

—No lo dudo. Pero también era primo mío.

—Bueno, lo siento. Es difícil encontrar primos hoy en día. Pero lo cierto es que no creo que fuera muy buena persona, Friedrich. Antes de matar a Helmut, lo vi dispararle a un gato por diversión. ¿Qué clase de cabrón retorcido hace una cosa así?

—A mí los gatos me traen sin cuidado. Pero con él ya ha matado a dos de mis hombres desde que volvimos a encontrarnos. No va a haber un tercero.

Fui a por la chaqueta.

—Lentamente —me advirtió Korsch—. Como la savia del árbol en invierno.

—Ahora todo lo que hago, lo hago lentamente. De hecho, Friedrich, estoy agotado. No podría correr ni un paso más, ni aunque quisiera. Y me he quedado sin ideas brillantes para darles esquinazo a usted y a sus hombres.

Era verdad. Ya había huido más que suficiente. Me dolía el cuello y tenía los pies mojados. La ropa se me pegaba al cuerpo y olía casi tan mal como la *andouillette* que había comido en Freyming-Merlebach. Lo único que quería de verdad era fumarme un último cigarrillo, afrontar lo que me tuviera preparado la Stasi, fuera lo que fuese, y acabar de una vez. Dicen que una rata acorralada es capaz de atacar a un perro y coserlo a mordiscos, pero esta rata en particular tenía la sensación de estar acabada, y fue una suerte para mí que la buena fortuna de Gunther no creyera lo mismo porque, al coger la chaqueta del interruptor de palanca en la pared de cuarzo, me las apañé, accidentalmente, para apagar la luz. La caverna quedó sumida en la más absoluta oscuridad. Durante una milésima de segundo me pregunté qué había ocurrido. Creo que incluso me planteé si algún otro habría apagado la luz. Supongo que los dos nos lo planteamos. Y en el medio segundo que le llevó a Friedrich Korsch apretar el gatillo de la Makarov, reconocí la esquirla rota de una oportunidad que los dioses me habían arrojado caprichosamente y me lancé sobre la arena espesa. Me alejé a rastras de la astilla de llama que rasgó el aire negro como la tinta con inocua delicadeza, una, dos y luego tres veces.

Oí que Korsch maldecía y luego manipulaba con torpeza una caja de cerillas, y como es imposible encender una cerilla y apretar un gatillo al mismo tiempo, me levanté y me abalancé con desesperación contra el punto en el espacio donde había visto la última llamarada de la automática con silenciador, sin importarme si salía herido o no. Medio segundo después le di un fuerte topetazo a Korsch y los dos chocamos contra la pared de cuarzo. Él se llevó toda la fuerza del impacto, y por lo visto salió peor parado, pues dejó escapar un sonoro gruñido y luego dejó de moverse por completo. Sin aliento, me quedé encima de su cuerpo mudo e inmóvil durante un minuto entero antes de darme cuenta de que no lo oía respirar.

Me aparté de él y, sacando el mechero, vi que, lejos de estar inconsciente, Friedrich Korsch estaba muerto: eso lo tuve claro incluso a la luz parpadeante de mi Ronson. Su único ojo saltón me miraba directamente, y por un momento me pareció que llevaba un gorro rojo, hasta que caí en la cuenta de que tenía la coronilla rota como una cáscara de huevo y cubierta de sangre. Más rápido de lo que su vida había sido engendrada entre unas sábanas mugrientas en Kreuzberg, ahora se había esfumado de súbito, casi como si la hubieran apagado igual que las luces en el suelo de la cueva, y todas las esperanzas de Korsch de conseguir una estrella de capitán o unas charreteras de comandante habían desaparecido con solo darle a un interruptor. Le sostuve la mirada un rato. Por un momento pensé en lo que habíamos pasado juntos en la Kripo, y luego aparté con el tacón del zapato su cabeza fracturada de una manera tan espantosa.

No sentí pena por él. Mi vida podría haber acabado perfectamente del mismo modo, y me alegré de que Korsch hubiera llevado una pistola con silenciador, porque, de lo contrario, los tres disparos que había efectuado habrían atraído al escenario a los hombres de la Stasi que estaban fuera. No diré que me planteé erigir de inmediato un altar a la suerte, como Goethe, pero sí que me sentí ridículamente afortunado.

Lo único que tenía que hacer a continuación era ir a uno de los otros nueve niveles y huir, a poder ser tal como lo había hecho en 1939.

67

ABRIL DE 1939

Hasta 1803, Berchtesgaden tenía un colegio de canónigos agustinos a cuyos priores se les confirió el rango de príncipes del imperio a finales del siglo XV. Los Schloss, que antaño fueran los edificios monásticos eran ahora propiedad del antiguo príncipe heredero Ruperto. Pero ni un rey ni un emperador habrían sido capaces de sortear el estrecho cordón de seguridad de la RSD en torno a Obersalzberg que se había establecido después de la llegada del Führer. Yo, desde luego, no podía. Me denegaron una y otra vez el permiso, y el coronel Rattenhuber en persona me explicó que la situación no cambiaría hasta que el Führer hubiera abandonado la zona y regresado a Berlín.

Estaba instalado en mi nuevo alojamiento en el Grand Hotel & Kurhaus de Berchtesgaden cuando vino a verme Rattenhuber, deshaciéndose en disculpas por su aparente desaire y muriéndose de ganas de fumar, pero sin poder hacerlo por si Hitler olía su aliento a tabaco.

—Tiene que entender que ha venido mucha gente a Berchtesgaden para felicitar a Hitler por su cincuentenario y sería imposible acomodarlo ahora en el Territorio del Führer. Villa Bechstein está al completo.

—Procuraré contener la decepción.

—Solo he conseguido que se aloje aquí, en el Grand. No había visto nunca tanta gente en Berchtesgaden. Hay un auténtico ambiente de carnaval.

Me pregunté en cuántos carnavales habría estado Rattenhuber; desde luego, la perspectiva de una guerra en Polonia no era como para ponerse a danzar alrededor de un poste adornado con cintas y flores.

—En nombre de Martin Bormann estoy autorizado a felicitarlo y agradecerle su excelente trabajo, Herr comisario. Por no hablar de su valentía. Él ya ha telefoneado al general Heydrich en Berlín para expresar su gratitud por la enorme discreción con que ha llevado usted todo este asunto y el satisfactorio desenlace que ha alcanzado.

—¿Quién le ha dicho eso? —pregunté sin rodeos.

—Wilhelm Zander, claro.

—Así que está otra vez en Obersalzberg, ¿no?

—Sí.

—¿Qué le dijo exactamente, coronel?

—Solo que ustedes dos siguieron la pista de Johann Diesbach hasta Homburgo, y que al resistirse a la detención se vieron obligados a abrir fuego contra él y matarlo. Dijo que se comportó usted con gran valentía.

Esbocé una sonrisa.

—Qué amable por su parte.

—Hicieron lo más indicado, qué duda cabe. Un juicio público no habría hecho sino poner de relieve este lamentable fallo de seguridad, cosa que no sería deseable. Por el bien del Führer, lo más conveniente es que ahora procedamos dando por sentado que Karl Flex no murió de un disparo en la terraza del Berghof. Que allí no murió nadie. Que no hubo ningún tirador en el tejado de Villa Bechstein. Y que Johann Diesbach no existió nunca. Como resultado de todo ello, debemos dejarle bien claro que su investigación nunca tuvo lugar. De hecho, en realidad nunca estuvo aquí en Berchtesgaden. Para no inquietar al Führer de manera innecesaria. Por esa razón, cuantas menos personas vean a un detective de la Kripo de la Comisión de Homicidios de Berlín en las inmediaciones del Berghof y Villa Bechstein, mejor para todos los implicados. Y aunque usted no puede hablar de este asunto…, no, más vale que no hable de ello, de verdad, y quizá no esté de más recordarle el acuerdo de confidencialidad que firmó en el salón de té…, aún le queda la satisfacción de saber que ha prestado un magnífico servicio al Führer y a Alemania. Así pues, sus órdenes son que regrese a Berlín lo antes posible y se ponga bajo el mando del general Heydrich. Su ayudante, Korsch, ya ha tomado el tren, por orden de Arthur Nebe.

Wilhelm Zander había hecho bien su trabajo. Vi que mi plan anterior —encararme con él delante de Martin Bormann— ya no tenía sentido. Al fin y al cabo, no podía acusar a Zander del asesinato de alguien que nadie estaba dispuesto a reconocer que hubiera existido. Además, Martin Bormann había aprobado el homicidio de Diesbach. En cuanto al intento de Zander de acabar con mi vida, sería su palabra contra la mía, y no era difícil ver a quién creerían: ¿un poli prescindible de Berlín que ni siquiera era miembro del Partido, o el fiel servidor de Martin Bormann? Supongo que nada de eso me sorprendió. A fin de cuentas, ni siquiera estaba allí. Nunca había estado. Ya me sentía como el hombre invisible.

—Por cierto, ¿qué tal la mandíbula? —se interesó Rattenhuber.

—Mejor, gracias. Fui a un médico en Kaiserslautern para que le echara un vistazo. No está rota. Solo muy magullada. Como mis sentimientos, supongo.

—Es usted más duro de lo que cree, Gunther. Pero ¿qué le pasó ahí? —Señaló el vendaje que llevaba ahora en la mano.

—Recibí un disparo —dije, sin darle importancia—. No es más que un rasguño, la verdad.

—¿Mientras detenía a Diesbach?

—Podría decirse que sí.

—Qué insensato.

Sonreí de nuevo, sin tener muy claro si el coronel Rattenhuber se refería a Diesbach o a mí.

—Son gajes del oficio para un hombre como usted, supongo, Herr comisario. Recibir un disparo.

Cambié de tema.

—¿Qué hay de la viuda? —pregunté, incómodo. En el Türken Inn ya había tres hombres condenados al pelotón de fusilamiento y no hacía falta mucha imaginación para ver que podía añadirse fácilmente un cuarto nombre—. Seguro que Frau Diesbach tendrá algo que decir sobre la desaparición de su esposo de Berchtesgaden.

—Hay que reubicarla —repuso Rattenhuber—. De manera permanente. En Berlín. La AO adquirirá la casa de Kuchl y la mina de sal. Dentro de unas semanas, nadie sabrá que vivieron en la zona.

—Supongo que eso también son gajes del oficio. Pero imagine

que no quiere trasladarse. Entonces, ¿qué? —A la vista de lo que ya sabía acerca de la AO, era una pregunta ingenua, quizá, pero aun así quería ver cómo lidiaba con ella Rattenhuber—. Imagine que quiere quedarse justo donde está.

—No tiene elección. Resulta que está su hijo. Digamos que no es como los demás hombres. Creo que ya sabe a qué me refiero. Y seguro que no tengo que recordarle lo que dice el artículo 175 del Código Penal Alemán acerca de los actos graves de lascivia, Herr comisario, y aquellos que son propensos a cometerlos. El comandante Högl ya la ha informado de que sería mejor, tanto para la madre como el hijo, no crear ningún problema.

—Mire, en eso estamos de acuerdo.

Encendí un cigarrillo, lancé un poco de humo hacia las desesperadas fosas nasales de Rattenhuber y, lo que era más importante, su uniforme, y me acerqué a la ventana de la habitación del hotel. Fuera, la calle estaba concurrida, con coches oficiales negros yendo de aquí para allá por la orilla izquierda del Ache. Bien podría haber estado viendo Wilhelmstrasse en Berlín. En realidad, Berchtesgaden más parecía la segunda capital de Alemania que una soñolienta ciudad de mercado con solo cuatro mil habitantes. Me pregunté cuánto tardaría Bormann en librarse de ellos también. Dije:

—Para ser sincero, no me importa mucho lo que le ocurra a la madre o al hijo. Lo único que me importa es que se libere a un hombre inocente. Me refiero a Johann Brandner. No hay absolutamente ninguna razón para retenerlo ahora que el auténtico culpable ha muerto. A decir verdad, tendría que estar en un hospital. Además, Bormann prometió que lo dejaría marchar. También prometió que se plantearía excarcelar a esos dos agentes de la Gestapo de Linz, que también están retenidos en los calabozos del Türken Inn esperando que se ejecute su sentencia de muerte.

—Es de lo más magnánimo por su parte mediar para que los suelten —señaló Rattenhuber—, teniendo en cuenta que albergaban la intención de matarlo.

—Cometieron un desafortunado error muy fácil de subsanar. No fue nada personal, eso seguro. Con tantos organismos policiales como ahora operan en la nueva Alemania, es normal que ocurran cosas así, ¿no le parece? La Gestapo, la Abwehr, la Kripo, las SS, el SD, la RSD... No es solo que la mano derecha no sepa lo que hace la izquierda, es que los dedos de las manos y los pies tampoco.

Rattenhuber pareció incomodarse.

—Sí, estoy de acuerdo. El mantenimiento del orden es un embrollo jurisdiccional. Pero lamento tener que informarle, comisario Gunther, de que los tres hombres que menciona murieron ante un pelotón de fusilamiento a las seis de esta mañana. El comandante Högl se hizo cargo de la ejecución. Se llevó a cabo antes de la llegada de Hitler. Los dos hombres de la Gestapo fueron fusilados por órdenes explícitas de Heydrich, claro, y, teniendo en cuenta el excelente servicio que su oficina le ha prestado al líder del gobierno, Martin Bormann no quería decepcionarlo en ese sentido. Por lo que respecta a Brandner, Bormann creyó que sabía más de la cuenta sobre Karl Flex y el tiroteo en la terraza del Berghof, aunque solo fuera por los interrogatorios a los que lo sometimos Peter Högl y yo. Difícilmente podíamos llegar a semejantes extremos para garantizar el silencio de Frau Diesbach si se le permitiera a Johann Brandner permanecer en la zona y decir lo que quisiera a cualquiera que le prestara oídos. Como hizo en otras ocasiones. Además, desde entonces se ha descubierto que su liberación de Dachau fue un error administrativo. En teoría, habría habido que trasladarlo al campo de concentración de Flossenburg. Así que ya ve cómo, en realidad, no se ha perdido gran cosa, a fin de cuentas. El statu quo se ha restituido.

—¿Así lo llama usted?

—Es todo lo que se requiere en un caso así, ¿no? Que los muebles vuelvan a estar en su sitio. Hoy en día, solo a los abogados, los pedantes y los corresponsales extranjeros les preocupa cómo lleva uno un caso. Los procedimientos adecuados, la recogida de pruebas... Esas cosas no tienen ninguna importancia, ya no. No, desde que está Hitler. Él se salta esas superfluidades decadentes y nos demuestra que la conclusión lo es todo, Gunther. Usted debería entenderlo mejor que nadie. Lo importante para cerrar un caso con éxito es cerrarlo de veras. No posponerlo. No permitir la posibilidad de un acuerdo, o una apelación o un veredicto imperfecto. El final tiene que satisfacer a todos, ¿verdad?

Ese «todos» no me incluía a mí, a todas luces, pero asentí igualmente. ¿De qué habría servido discutir? Alcanzaba a ver incluso cómo había fusilado a los tres hombres en el Türken antes de la llegada de Hitler para ahorrarle al Führer el ruido inquietante de las fuertes descargas al otro lado de su jardín trasero. Nunca había que esforzarse por entender a los nazis. Su lógica era siempre impecablemente fascista.

—Pero sobre todo tiene que satisfacer a Martin Bormann —dijo Rattenhuber—. Y por extensión, al Führer, claro.

Como es natural, estaba furioso, y lo lamentaba muchísimo, y mientras estaba allí dándole vueltas a la auténtica naturaleza del nuevo orden que se estaba creando en Alemania, empezó a rondarme el recuerdo acuciante del hombre que fui una vez —el detective que habría protestado ante una demostración tan monstruosa de tiranía, a costa de su propia carrera, quizá incluso a costa de su propia vida— y lo único que pensaba era: «Tienes que hacer algo para pararle los pies a esta gente, Gunther, aunque tengas que pegarle un tiro a Adolf Hitler. Tienes que hacer algo». La boca de Rattenhuber seguía moviéndose en su cara oronda y roja, y vi que lo que les había ocurrido a Diesbach y a los dos hombres de la Gestapo de Linz y a Brandner era, a sus ojos, plenamente justificable. También era de lo más brutal y despiadado. Martin Bormann y sus enanos eran hombres brutales y despiadados: destruían a la gente y luego se sentaban en torno a la chimenea de mármol rojo del salón de té, o donde hablaran de estas cosas, y planeaban cómo acabar con más gente. Sin duda el asunto de la invasión de Polonia formaría parte de la fascinante charla durante la comida en su fiesta de cumpleaños. Y pensar que había estado tan cerca del estudio de Hitler en el Berghof... ¿No podría haber hecho algo entonces? Poner una bomba, quizá, o colocar una mina bajo la alfombra de su baño. ¿Por qué no había actuado entonces? ¿Por qué no había hecho nada?

—Me atrevería a decir que Heydrich lo felicitará a su manera —continuó Rattenhuber—. Pero Bormann y yo estuvimos hablando de cómo rendirle honores, y llegamos a la conclusión de que quizá esta sería la manera más apropiada de reconocer su excelente labor. —Empezó a hurgar en el bolsillo de la guerrera en busca de algo—.

Al fin y al cabo, hizo exactamente lo que se le pidió, en un tiempo récord, y con todo en su contra. Sigue costándome esfuerzo entender cómo dedujo quién era el culpable. Pero también es verdad que no soy detective. Solo un policía.

—Un detective no es más que un policía con la mente retorcida —masculé—. Y quizá la mía sea más retorcida que la de la mayoría.

Rattenhuber sacó un lustroso estuche de cuero para la presentación de medallas y me lo entregó. En la almohadilla había una pequeña insignia de bronce con una espada hacia abajo sobre la superficie de una esvástica dentro de una guirnalda ovalada.

—Es la Insignia de Coburgo —me explicó—. La orden civil más alta del Partido. Conmemora la famosa fecha de 1922 en que Hitler fue a Coburgo a la cabeza de ochocientos guardias de asalto para una concentración de fin de semana donde se libró una importante batalla contra los comunistas.

Lo dijo como si se refiriera a las Termópilas, pero yo no guardaba recuerdo de semejante acontecimiento histórico.

—Supongo que ganamos —comenté secamente.

Rattenhuber dejó escapar una risa nerviosa.

—Claro que ganamos. ¿Que si ganamos? —Rattenhuber rio de nuevo y me dio una palmada en el hombro—. Qué bromista es usted, Gunther. Siempre de guasa. Mire, encima de la guirnalda se ven el castillo y el pueblo de Coburgo. Y la guirnalda lleva las palabras: «Con Hitler en Coburgo 1922-1932». Como es natural, no es literalmente cierto en su caso, pero el gran honor es que queda implícito que estuvo allí después de todo, ¿lo ve?

—Sí, lo veo. Creo que Leibniz tenía una palabra para eso. Por suerte, no recuerdo qué palabra era. Sea como sea, muchas gracias, coronel. Cada vez que la mire recordaré con exactitud qué gran hombre es Hitler.

Cerré el estuche y lo dejé en el aparador, diciéndome que al menos en los Alpes bávaros había buenos sitios de sobra para deshacerme de mi Insignia de Coburgo de modo que nunca la encontraran.

—Asimismo, tengo un pase ferroviario para usted —añadió Rattenhuber, a la vez que dejaba un sobre en el aparador al lado de mi condecoración—. Y los gastos. Hay un tren a Múnich a primera hora

de la mañana, y luego el expreso a Berlín. ¿Me permite que le reco-
miende el Hofbraustübl para cenar esta noche? Las manitas de cerdo
son excelentes. Igual que la cerveza, claro. No hay nada mejor que la
cerveza bávara, ¿verdad?

—No, desde luego que no.

Pero mis planes para la velada no incluían manitas de cerdo y
cerveza. Tenía una cita con Gerdy Troost y el hermano de Martin
Bormann, Albert. De no haberla tenido, no sé cómo habría podido
oír las chorradas de Rattenhuber y tener la boca cerrada.

68

ABRIL DE 1939

Salí de Berchtesgaden en dirección oeste hacia el barrio residencial de Stanggass. La nueva Cancillería del Reich estaba al final del Urbanweg, junto a Staatsstrasse. Era un edificio de tres plantas de estilo alpino más o menos del tamaño de un hangar de aviones, con tejado de tejas rojas, plaza de armas y un asta de bandera. Eran más de las dos de la madrugada, pero seguían yendo y viniendo coches de aspecto importante, y las luces en varias ventanas altas estaban encendidas; salían nubes de humo de varias chimeneas tirando a cuadradas, y en alguna parte ladraba un perro. Parecía como si toda la región siguiese ahora el horario de Hitler, y que hasta que él decidiera acostarse, nadie se iría tampoco a la cama, ni siquiera en la Cancillería, que distaba casi ocho kilómetros de Obersalzberg y el Berghof.

Encontré a Gerdy Troost en el interior de la entrada principal en un portal abovedado del tamaño de un túnel del U-Bahn. Encima del portal había un águila roja de grandes dimensiones sosteniendo una guirnalda que exhibía una esvástica. Gerdy estaba envuelta en un grueso abrigo de piel blanca que debía de haber perturbado a alguien tan bondadoso y amante de los animales como Hitler, y fumaba un cigarrillo que lo habría perturbado aún más. Lucía en la cabeza una boina blanca y llevaba en el brazo un bolso de mano de piel de avestruz de color crema. Siendo como soy un hombre que siempre ha apreciado el aroma del perfume caro y la visión de una costura de media perfectamente recta, Gerdy, vestida tan a la moda, me recordó de una manera casi cruel por qué tenía ganas de regresar a Berlín.

Tomamos asiento en mi coche para refugiarnos del viento cortante del este y hablar unos momentos en privado. Sin que hubiera ninguna buena razón para ello, aparte de mi reciente coqueteo con la muerte en las cuevas de Schlossberg, la besé casi en cuanto hube cerrado la portezuela. Gerdy sabía a vino blanco, pintalabios y al cigarrillo que seguía encendido entre los dedos de su mano enfundada en un guante blanco. La noté liviana en mis brazos, como una niña, y casi quebradiza, y tuve que recordarme que eran necesarias mucha fuerza y valentía para hacer lo que ella estaba haciendo, que era una mujer que —según ella misma, por lo menos— había contradicho a Hitler y eso no se hacía a la ligera. La espalda esbelta y muy huesuda que palpaba con mi mano debía de estar hecha de acero.

—Es usted una caja de sorpresas, ¿lo sabe? —dijo—. Desde luego no esperaba esto, Gunther.

—Yo tampoco. Creo que se me ha subido a la cabeza el que no haya ningún hombre de las SS de guardia. O eso, o me alegro de volver a verla.

—Está nervioso, nada más —repuso—. Uno no se infiltra todos los días en una conspiración para derribar al segundo hombre más poderoso de Alemania. Y no crea que me quejo, nada de eso. Pero hacía tiempo que nadie me abrazaba así.

—No me sorprende, teniendo en cuenta las compañías que frecuenta y el lugar donde duerme.

—No sabe de la misa la media. He tenido que salir por la puerta de atrás y coger mi coche del garaje. Pero el Führer tiene planes de sobra esta noche, lo que hace de él un hombre agotador. Por supuesto, no se levanta hasta mediodía, de modo que eso no le supone el menor problema. Pero todos los demás inquilinos del Berghof tienen que dormir ahora la mitad que antes.

Casi me dieron pena.

—¿Atrapó a su asesino? —preguntó.

A la vista de la advertencia del coronel Rattenhuber, me pareció mejor no entrar en detalles acerca de lo ocurrido en Homburgo. Incluso tan avanzado el asunto, cuando estábamos a punto de presentarle las pruebas de la corrupción de Martin Bormann a su hermano Albert en Obersalzberg, supuse que, cuanto menos supiera sobre lo que había pasado, mejor. Así pues, me limité a asentir y cambié de tema rápidamente.

—Cuando el Führer estaba hablando de sus planes, ¿ha dicho algo sobre Polonia?

—Solo que los británicos y los franceses no han logrado establecer una alianza con la Unión Soviética contra Alemania, y que si estaba en su mano, la establecería él, con los rusos contra los polacos. Así que no parece que haya buenas perspectivas para la paz, ¿no cree?

—Stalin no formaría nunca una alianza con Hitler —aseguré.

—Seguro que mucha gente dijo eso mismo sobre el trato de Esparta con el emperador Darío.

Gerdy le dio una larga calada al pitillo y luego lo tiró por la ventanilla.

—No lo sé. ¿Darío también tenía intención de traicionar a los polacos?

—Todo el mundo odia a los polacos —afirmó—. ¿No?

—Yo no los odio. Por lo menos, no más de lo que odio a todo el mundo. Bueno, ya sé que eso no es decir gran cosa. Al menos, hoy en día.

—¿No quiere recuperar Danzig?

—No especialmente. Para empezar, no era mía. Además, ese es el meollo de la cuestión. El meollo es que Hitler solo busca un asunto real para causar problemas, de modo que pueda ampliar nuestras fronteras incluyendo el resto de Europa. Es lo que siempre quiere Alemania. Hitler. El káiser. No hay mucha diferencia. Es la misma historia.

—Ya veo que no vamos a ponernos de acuerdo en eso.

—Lo más probable es que no.

—Bueno, ¿está preparado para hacerlo?

—Eso creo. Pero tenía razón, claro. Estoy nervioso.

—Mejor así. Lo que vamos a hacer no es ninguna tontería.

—No me oye silbar.

—Estamos a punto de entrar en ese edificio y darle a Albert Bormann el arma más peligrosa que hay. El conocimiento.

—Lo sé. —Aun así, vacilé. La Cancillería parecía de construcción reciente, por lo que cambié de tema otra vez y pregunté—: ¿Es uno de los edificios de su difunto marido, o de Speer?

—De ninguno de los dos. Este lugar lo proyectó Alois Degano. Al igual que Speer, solo tiene un diseño en la cabeza. Si le pidiera que rediseñara el Reichstag, probablemente se parecería a eso.

Sonreí. Siempre disfrutaba oyendo las opiniones tan mordazmente sinceras de Gerdy sobre las aptitudes de sus colegas.

—Dicho eso, tal vez se trate del edificio más importante de Alemania —añadió—. Mucho más importante que cualquier edificio de Berlín, aunque quizá no lo parezca. Tiene ante sus ojos el lugar donde se ponen en práctica todas las órdenes ejecutivas del Führer. Si el nazismo tiene un centro administrativo, es este.

—Cuesta creerlo —dije.

—Berlín es solo fachada. Grandes discursos y desfiles. Este es, cada vez más, el lugar donde se hacen las cosas.

—Qué deprimente. Hablo como berlinés, claro.

—Hitler no le tiene ningún aprecio a nuestra capital.

Sentí deseos de decirle que Berlín tampoco le tenía mucho aprecio al Führer, pero después de haberle contado lo que pensaba sobre Danzig, me pareció mejor guardarme mi opinión sobre ese asunto al menos; sin Gerdy Troost no tenía la menor posibilidad de acceder a Albert Bormann.

—¿Ha traído los libros? —preguntó.

—En el maletín.

—Ahora, déjeme que le diga lo más importante, que es cómo tratar con Albert. Es un hombre modesto y culto, y un estricto luterano. Se reúne con nosotros porque confía en mí y porque yo respondo de que usted es honrado. Le dije que Heydrich no lo tiene en el bolsillo. Que es de los de la vieja escuela de la Kripo para los que la justicia aún tiene sentido. La honradez y la integridad son muy importantes para Albert. Es muy probable que él ya lo haya investigado. Albert no carece de recursos. Así pues, odia a su hermano mayor, Martin, pero ese odio no llegará hasta el punto de permitirle que hable mal de él sin ofrecer pruebas sólidas. Martin, en cambio, no es tan moderado a la hora de hablar de Albert. Albert es todo lo que Martin no es. Y, sin embargo, resulta evidente que son hermanos. Jekyll y Hyde, podría decirse. Martin llama a Albert el ayuda de cámara del Führer o, a veces, «el que le sujeta el abrigo a Hitler». Incluso ha hecho correr rumores de que la esposa de Albert, de origen húngaro, es judía. Es extraño. Cuando están juntos, cualquiera pensaría que ni siquiera se ven. Si Albert cuenta un chiste, el único que no se ríe es Martin, y viceversa.

—¿Qué dice Hitler al respecto?

—Nada. Hitler alienta las rivalidades. Cree que así la gente se esfuerza más por ganarse su aceptación. Y está en lo cierto. Speer es la viva imagen de lo que tratar de agradar a Hitler constantemente puede hacerle a un hombre. Hitler cuenta con Martin, pero confía en Albert y lo admira. Así que no lo olvide: Albert adora al Führer. Igual que yo.

—¿Por qué se odian Martin y Albert?

—No lo sé. Pero lo curioso no es por qué se odian, eso ocurre a menudo entre hermanos, sino por qué Martin no ha intentado librarse de Albert. No, ni siquiera ha hecho que lo destinen a otra parte. Es casi como si Albert tuviera en su poder algo que incrimina a Martin. Algo que le garantiza el puesto aquí en Berchtesgaden. A cualquier otro ya lo habrían despachado hace tiempo.

—Son una gran familia feliz, eso seguro.

—Bueno, Gunther. Béseme de nuevo, para infundirme valor. La primera vez me ha gustado. Más de lo que había imaginado.

Me incliné sobre el asiento delantero y besé a Gerdy con ternura en la mejilla. Los dos sabíamos que el gesto no iba a llegar a ninguna parte, pero a veces esos son los besos más dulces. Había otro motivo por el que la besé, y probablemente por el que ella me dejó hacerlo. Pese a todo lo que había dicho sobre Albert Bormann, seguía siendo hermano de Martin. Quizá se aborrecieran, pero también cabía la posibilidad de que se hubieran reconciliado, como hace la gente con los que son de la misma sangre. Cosas más raras se han visto. Luego, después de haberse retocado el maquillaje en el retrovisor y haberme limpiado la cara con el pañuelo que llevaba en el bolsillo del pecho, nos apeamos del coche y fuimos a paso ligero hasta la entrada principal, donde me pareció que el águila iba a cobrar vida, soltar la esvástica y abalanzarse sobre el abrigo blanco de piel de Gerdy, como salido de un cuento de hadas. Desde luego tuve la sensación de que íbamos directos hacia un peligro real. Pero un águila hambrienta era seguramente lo menos peligroso que nos encontraríamos en Stanggass. Quizá Albert Bormann detestara a su hermano, pero era un general de las SS que adoraba a Adolf Hitler, y eso hacía de él un hombre sumamente peligroso.

69

ABRIL DE 1939

Albert Bormann se puso en pie para saludar a Gerdy Troost y, cuando rodeó la mesa para besarla, vi que era unos centímetros más alto que su hermano mayor, aunque no tanto como yo. Sus facciones también eran más finas, aunque quizá eso tuviera más que ver con cómo se cuidaba. Parecía en forma y su cintura era quizá un par de tallas más esbelta que la de Martin. Tanto té y tarta de chocolate en el salón de té tenían por fuerza que pasar factura. Albert Bormann vestía uniforme de general de las SS y llevaba un brazalete del Partido y, aunque eran más de las dos de la madrugada, su camisa blanca tenía un aspecto tan inmaculado como su pelo castaño claro peinado con esmero. El brazalete rojo del Partido me dio que pensar, aunque no tanto como la Insignia de Coburgo que lucía en el bolsillo izquierdo del pecho. Dado que ahora sabía cuánto despreciaba Martin a su hermano, me vino a la cabeza que el motivo de que me hubieran otorgado la misma condecoración quizá hubiera sido devaluarla. Tal vez, si Martin Bormann otorgaba las suficientes, la Insignia de Coburgo que lucía su hermano dejaría de ser el «honor civil más alto del Partido». Me pareció justo la clase de desaire que le haría un hermano a otro.

Cuando Gerdy y él hubieron acabado de abrazarse, la ayudó a quitarse el abrigo, lo colgó detrás de la puerta y me dirigió una inclinación sumamente cortés mientras ella hacía las presentaciones. El despacho era amplio, pero con mobiliario sencillo: en la mesa al lado de una máquina de escribir Erika modelo 5 y un libro más bien detestable de Theodor Fritsch había una fotografía pequeña del Führer, y en la pared, un reloj de cuco. Del otro lado de la ventana se oía restallar al viento la bandera nazi como si alguien sacudiera una toalla mojada.

Acercó una butaca a la chimenea para Gerdy, me invitó a sentarme con ellos y fue directo al grano.

—Usted está a las órdenes de Heydrich, ¿no? —preguntó Bormann.

—Así es, señor. A mi pesar.

—¿Por qué lo dice?

—Es que no soy de esos a quienes les gusta recurrir a la violencia, supongo.

—¿De veras? Hábleme de usted, comisario Gunther.

—Soy un don nadie. Que es lo que parece gustarles a mis superiores.

—Aun así, es comisario. Eso queda un poco por encima de ser un don nadie.

—Es lo que cabría pensar, ¿verdad? Pero hoy en día el rango no tiene mucha importancia. No desde Múnich. Ahora se trata a toda suerte de personas importantes como don nadies.

—Entonces, ¿no cree que los Sudetes pertenecieran a Alemania?

—Ahora sí le pertenecen. Y, por lo visto, eso es lo único que importa. De lo contrario, estaríamos en guerra con Inglaterra y Francia.

—Es posible. Pero me estaba hablando de usted. No de la situación en Europa. Por ejemplo, ¿por qué debería fiarme de usted?

—Es una buena pregunta. Bien, señor, me fui de la Kripo en 1932. Era miembro del Partido Socialdemócrata, y no habrían tardado mucho en echarme, de todos modos; por mis opiniones políticas, no por mi historial como investigador. Como recordará, el Partido Nacionalsocialista consideraba que ser del SPD era casi tan malo como ser comunista. Cosa que nunca fui. Después de abandonar el Alex, trabajé en el hotel Adlon durante un tiempo antes de establecerme por mi cuenta como detective privado. Me iba bastante bien, hasta que, el año pasado, Heydrich me obligó a reincorporarme a la Kripo.

—¿Por qué hizo tal cosa?

—Se había producido una serie de brutales asesinatos de chicas jóvenes en Berlín, presuntamente cometidos por judíos. Heydrich quería que investigara el caso alguien que no estuviera afiliado al Partido Nazi y, por consiguiente, no tuviera ningún hacha racial que blandir, por así decirlo. Quería que se atrapara al culpable y no a alguien incriminado para cumplir los requisitos de la propaganda antisemita imperante. Creo que el general pensó que mis antecedentes en la Comisión de Homicidios me acreditaban como el más indicado para el trabajo.

—En otras palabras, pensó que era usted un poli honrado.

—Aunque no tenga demasiada importancia hoy en día, sí, señor.

—Dadas las presentes circunstancias, tiene mucha importancia. ¿Y atrapó al culpable, a la persona que asesinó a aquellas chicas?

—Sí, señor. Lo atrapé.

—Y como aún cree que es usted buen detective, lo envió aquí para investigar el asesinato de Karl Flex, ¿no es así? Porque mi hermano le pidió que enviara a su mejor detective.

Asentí. La voz de Albert Bormann era casi igual que la de su hermano, salvo por un detalle: no había en ella un deje áspero, solo amabilidad. Gerdy estaba en lo cierto: era como conocer al doctor Jekyll después de haber conocido al señor Hyde. Me maravilló que dos hermanos pudieran parecer tan similares y ser tan distintos.

—Pero trabajar en la Kripo ahora no le gusta más de lo que le gusta Heydrich. ¿Estoy en lo cierto?

—Es exactamente así, señor. Como ya he dicho, no me gustan sus métodos.

—Ni los de mi hermano, si he de creer a Gerdy.

—Así es.

Entonces Bormann escuchó con paciencia mientras Gerdy explicaba que yo había reunido una cantidad considerable de pruebas que demostraban cómo su hermano Martin era corrupto y tenía en marcha numerosas intrigas para lucrarse bajo los auspicios de la Administración de Obersalzberg. Bormann escuchó con atención e incluso tomó unas notas en una libreta encuadernada en cuero con un lápiz de oro.

—¿Qué clase de pruebas ha encontrado? —preguntó Bormann.

—Sobre todo está este libro de contabilidad, señor —respondí, a la vez que se lo entregaba—. Lo llevaba el doctor Karl Flex, y registra toda una serie de pagos por estafas que él y varias personas más gestionaban en nombre de su jefe, Martin Bormann. Estafas organizadas para sacar partido de la Administración de Obersalzberg.

—¿Qué clase de estafas? —indagó Bormann.

Le conté los apaños relacionados con el Pervitín y el Protargol.

—Pero lo más atroz que he descubierto hasta el momento es un chanchullo para conceder a los empleados de la AO una prórroga del servicio militar. Por unos cien marcos al año, prácticamente cualquiera puede hacerse pasar por empleado de la AO y así evitar que lo llamen a filas. Además del imperio inmobiliario que ha amasado Bormann, también por medios corruptos, estos pagos ascienden a cientos de miles de marcos imperiales al año.

Albert Bormann suspiró y asintió como si siempre lo hubiera sospechado. Le vi ponerse unas gafas de lectura y pasar las páginas del libro de contabilidad un rato antes de decirme que continuase.

—También hay un par de libretas de ahorro del banco Wegelin de San Galo, en Suiza —dije—. Una estaba a nombre de Flex y la otra a nombre de Martin Bormann. Estas cuentas demuestran con exactitud cuánto dinero ha acumulado su hermano, señor. Una vez al mes, Karl Flex iba a San Galo, donde depositaba cheques por elevadas sumas en estas dos cuentas. Sumas más pequeñas para él mismo. Sumas enormes para su hermano.

—¿Puedo ver esas libretas, comisario Gunther?

Se las entregué y esperé mientras Albert Bormann escudriñaba las libretas del banco Wegelin.

—Asombroso. Pero veo que en la libreta de mi hermano hay otro firmante: Max Amman.

—Sí, señor.

—¿Sabe quién es Max Amman, comisario Gunther?

—Creo que es un socio de su hermano, señor. Es editor de prensa y presidente de la Cámara de Medios de Comunicación del Reich. También es jefe de prensa del Reich. Aparte de eso, lo cierto es que no sé.

—Sí, pero ninguno de esos puestos es muy importante. ¿Sabe qué más hace?

—No exactamente, señor.

—Max Amman es el director de la Zentralverlag del Partido Nacionalsocialista.

Me mordí el labio con fuerza al entender de repente que ninguna de mis pruebas valía un carajo; ya no.

—Joder —mascullé.

—Así es, comisario.

—No lo entiendo —terció Gerdy—. No había oído hablar nunca de Max Amann.

—Claro que sí —repuso Bormann—. ¿Recuerda que conoció a un hombre manco en Múnich, en la Braun Haus?

—¿Era él?

Bormann asintió.

—Sigo sin entender por qué es tan importante —reconoció Gerdy.

—La Zentralverlag es la rama editorial del Partido, por si no lo sabía: los editores del mismísimo Hitler. En otras palabras, Max Amann es el hombre que publica *Mein Kampf*.

—¡Ah! —exclamó ella.

—Ahora lo entiende, Gerdy. Y, a juzgar por la magnitud de las sumas implicadas y el hecho de que en esta libreta también aparece la firma de Amann, yo diría que el grueso del dinero de la cuenta de Martin en el banco Wegelin probablemente no se derive de las actividades ilegales que describe, sino de los derechos de autor del libro de Hitler. Que son considerables, como puede imaginar. ¿Sabe Hitler que mi hermano tiene una cuenta bancaria en Suiza? Casi con toda seguridad. Si con algo es cuidadoso el Führer es con su propio dinero. Desde hace un tiempo estoy al tanto de que mi hermano ejerce un control absoluto no solo de la libreta del Reichsbank del Führer, sino también de su libreta del Deutsche Bank. A todas luces, Hitler también le confía a mi hermano el dinero de sus derechos de autor.

»Dicho eso, ¿está el Führer al tanto de que Martin ha estado añadiendo a los derechos de autor de *Mein Kampf* en su cuenta suiza dinero procedente de la corrupción que ha descrito usted aquí en Berchtesgaden? Puesto que usted no es nacionalsocialista, sin duda tendrá su opinión al respecto, aunque se guarde mucho de expresarla. A título personal, yo dudo mucho que lo sepa. Pero no creo que haya ningún modo de averiguarlo a ciencia cierta. No sin poner en un grave apuro al Führer. Que es quizá el motivo por el que mi hermano lo ha hecho. ¿Lo entienden?

—Puesto que mezcla fondos obtenidos de manera ilegal con los que obtiene legalmente, no se le pueden pedir responsabilidades —dijo Gerdy—. Sí, lo entiendo.

—Es la tapadera perfecta para la corrupción —observó Bormann—. Lo único que tiene que decir Martin es que el dinero de la cuenta de Suiza es del Führer y está allí con su pleno conocimiento. Y si el libro de contabilidad lo llevaba Karl Flex, mi hermano puede negar todo conocimiento de este o de los apaños corruptos que con toda probabilidad organizó él mismo. Sí, no me cabe duda de que tiene razón sobre este asunto, comisario. Las huellas de mi hermano están por todas partes en esta detestable intriga que describe. Pero por desgracia, no creo que haya aquí pruebas suficientes para destruirlo.

Había otra posibilidad, claro —que Hitler estuviera al corriente de la corrupción de Martin Bormann y la tolerase—, pero no estaba dispuesto a sugerirla delante de Albert ni Gerdy. Eso sería pedir demasiado de su lealtad.

—Ah, no me malinterprete, comisario. No hay nadie en toda Alemania a quien le gustaría ver acabado a mi hermano más que a mí. Pero, sencillamente, con lo que me ha traído no hay suficiente para hacerlo. Le agradezco su valentía al venir aquí esta noche. Me hago cargo de que no puede haber sido fácil. Para usted tampoco, Gerdy. Sé que adora al Führer tanto como yo. Y por la misma razón detesta a mi hermano.

—Sí —reconoció ella—. Lo detesto. Detesto que siempre esté presente. Detesto su influencia cada vez mayor sobre el Führer. Pero sobre todo detesto su brutalidad y su desprecio por la gente.

Albert Bormann me devolvió el libro de contabilidad y las libretas.

—Quizá Himmler y Heydrich sepan cómo darle mejor uso a esta información. Pero me temo que yo no puedo ayudarlo, comisario. Es una pena.

Asentí sin decir nada y encendí un cigarrillo. Se hizo un silencio prolongado.

—Estoy en lo cierto, ¿no? —dijo Bormann, al fin—. A Himmler y Heydrich les gustaría librarse de mi hermano, ¿verdad?

—No sé Himmler, pero a Heydrich le gusta recabar información sobre gente para poder usarla en su contra cuando le conviene.

—¿Incluido yo?

—Incluido usted, incluido yo, incluido cualquiera, me parece. Hasta Himmler le tiene miedo. Pero a usted no lo mencionó la última vez que hablamos. Solo a su hermano, señor. Me parece que cree que cuenta con cierta información secreta sobre Martin que le impide librarse de usted.

—Y está en lo cierto, claro. La tengo. Y ahora voy a decirle cuál es ese secreto.

En esta vida hay ciertos secretos que uno nunca querría conocer, y desde luego que este me pareció uno de esos. Ya estaba lamentando haber regresado a Berchtesgaden.

—¿Por qué habría de hacerlo, señor?

—Porque bien podría ser que Heydrich, a la larga, tenga éxito donde yo he cosechado un notable fracaso; es decir, en el intento de destruir a mi hermano. En mi opinión, para hacerlo tendrá que levantar todo un muro de pruebas, ladrillo a ladrillo. Su libro de contabilidad será de ayuda. Pero por sí solo no es suficiente.

—Si alguien puede hacerlo, seguramente sea él —observé—. Lo he visto hacerlo. Mire, quizá tendría que reunirse con él, señor. Un encuentro privado. Solo ustedes dos. En cuanto regrese a Berlín le diré que está dispuesto a cooperar. Pero no tengo claro que yo deba ser el intermediario en esta disputa entre hermanos.

—Por si no se había dado cuenta, comisario, ya lo es. En cuanto a reunirme con Heydrich, no. Siento casi tanta antipatía por Heydrich y Himmler como por mi hermano. Pero son un mal necesario, creo yo. De vez en cuando tenemos que recurrir a métodos violentos, quizá. Sus motivos serían diferentes de los míos, pero el resultado sería el mismo. Un hombre corrupto y sobornable cuya influencia sobre el Führer es cada vez más peligrosa sería destituido de un alto cargo. Pero tengo que hacerlo en silencio y entre bambalinas. Ser una eminencia gris, tal vez. Así pues, quiero que le diga a su jefe lo siguiente: «Ayúdeme a librarme de mi hermano. Yo le prestaré ayuda en todo lo que pueda». ¿Lo hará, Gunther? ¿Le transmitirá ese mensaje?

—Sí, señor.

—Su superior tendrá que andarse con cuidado. Los dos tendrán que hacerlo. Pero también es necesario conducirse con cierta urgencia. Porque mi hermano es más poderoso cada día que pasa. Por si no se había dado cuenta, comisario, está a punto de convertirse en la persona que controla el acceso a Hitler. Y cuando por fin lo consiga, será demasiado tarde para hacer nada. En mi opinión, Heydrich tiene que precipitar su caída antes de que haya otra guerra europea. Después de que estalle, la posición de mi hermano será inexpugnable. Esto también tiene que decírselo a Heydrich.

Albert Bormann se levantó, sacó una botella de Freihof del bueno del cajón de la mesa y sirvió tres copas hasta el borde. Las copas tenían talladas pequeñas águilas nazis como la que había en el dintel de la entada de la Cancillería, por si a alguien se le ocurría robarlas. Supongo que ocurría a menudo. A la mayoría de los alemanes le gusta llevarse recuerdos.

—Y ahora voy a contarle lo que he sabido desde hace quince años y, hasta la fecha, ha evitado que Martin Bormann pueda librarse de mí, su hermano menor, Albert. Ahora le voy a revelar el secreto de la familia Bormann.

70

ABRIL DE 1939

—En 1918, después de servir brevemente en el 55º Regimiento de Artillería de Campaña, mi hermano, que había estudiado agricultura en el instituto, se convirtió en administrador de una enorme granja en Mecklemburgo donde, como hicieron otros miles de hombres igual que él, se afilió a una asociación de terratenientes antisemitas y a los Freikorps. Si lo recuerdan, después de la guerra había una gran escasez de alimentos y muchas fincas tenían unidades de los Freikorps estacionadas en ellas para proteger las cosechas de saqueadores. También formaba parte de los Freikorps locales un hombre llamado Albert Schlageter, quien, como quizá recuerden, dirigió varias operaciones de sabotaje contra los franceses que por entonces ocupaban el Ruhr bajo los auspicios del Tratado de Versalles. Una de esas operaciones implicó el descarrilamiento del tren de Dortmund a Duisburgo. Murieron varias personas. Después de eso, en abril de 1923, Albert Schlageter fue denunciado a los franceses y, el 26 de mayo de 1923, un pelotón de fusilamiento lo ejecutó acusado de sabotaje. Como es natural, por esta razón, hoy en día se lo considera un héroe nazi; Hitler menciona a Schlageter en *Mi lucha*, y hasta se le erigió un monumento conmemorativo en Passau, aunque en mi opinión fue una figura honorable pero descaminada.

»Inmediatamente después de la muerte de Schlageter, los Freikorps locales empezaron a indagar acerca de la identidad del traidor que lo había denunciado. Se llevó a cabo una investigación y enseguida recayeron las sospechas sobre otro miembro de los Freikorps de la zona, un maestro de sesenta y tres años llamado Walther Kadow, cuyas credenciales como derechista eran por lo demás impecables. También era un entregado antisemita. Pero lo más importante es que ya era conocido y detestado por otros dos miembros de los Freikorps, un hombre de veintitrés años llamado Rudolf Höss y mi hermano de veinticuatro años, Martin. Walther Kadow le había dado clase a Rudolf Höss de pequeño en un colegio de Baden-Baden, y tengo la impresión de que el anciano era, como muchos profesores de primaria, bastante rigorista y se lo hizo pasar muy mal a Höss. Mi hermano, por su parte, tenía una estrecha relación con la hija de Kadow, menor de edad.

»Demasiado estrecha para ser del agrado de ningún padre, y cuando mi hermano la sedujo y la dejó embarazada, Kadow escribió varias cartas al propietario de la granja en la que estaba empleado Martin como administrador, denunciando que había violado a una menor y exigiendo que lo despidieran de inmediato. El propietario de la finca le enseñó las cartas a Martin, quien entonces alegó, de un modo extravagante, que, gracias a la policía local, había visto las cartas enviadas a los franceses que denunciaban a Schlageter y la caligrafía era idéntica. Después de revisar todos los pormenores del caso, a mí me parece que el odio de mi hermano y sus deseos de venganza fueron las únicas razones por las que las sospechas recayeron sobre Kadow. Pero la lógica de ese odio era sencilla: había que vengar la muerte de Albert Schlageter, y por lo tanto Walther Kadow había de morir. Mi hermano pidió a Rudolf Höss y otros dos que lo ayudaran a cometer el asesinato. Más tarde, Kadow fue secuestrado, trasladado a un bosque cerca de Parchim, desnudado, humillado y luego golpeado con palas hasta morir. No fue, quizá, el momento más glorioso en la historia de los Freikorps.

»Poco después, uno de los otros asesinos, un hombre llamado Schmidt, ansioso por desviar cualquier sospecha de que fue él quien denunció a los franceses a Albert Schlageter, confesó el asesinato de Walther Kadow. La policía local exhumó el cadáver de Kadow, y se interrogó a Schmidt y a Rudolf Höss. A pesar de que Höss se afanó en negar que mi hermano hubiera tenido nada que ver con el asesinato, Martin corrió la misma suerte. Todos ellos fueron procesados y declarados culpables en mayo de 1924. Höss y Schmidt fueron sentenciados a diez años en la cárcel de Brandeburgo. Pero gracias a que Höss se mostró dispuesto a cargar con toda la culpa, mi hermano solo fue condenado a un año en la cárcel de Leipzig y, después de nueve meses, salió a la calle. Se apresuró a afiliarse al Partido Nazi y enseguida alcanzó una posición importante en las SS, sencillamente gracias a la condición de héroe que le confirió su acto de venganza por motivos políticos contra Kadow. De hecho, Adolf Hitler elogió el comportamiento de mi hermano tan efusivamente que Himmler le otorgó uno de los primeros números de las SS, lo que reflejaba su condición de Antiguo Combatiente. En otras palabras, el alto rango que ocupa ahora en el Partido Nazi se cimienta sobre una mentira que le contó al mismísimo Führer. A Kadow no lo asesinaron porque traicionara a los Freikorps y denunciara a un defensor de la libertad, sino porque se hizo eco de que mi hermano había violado a su única hija. ¿Qué podría ser más comprensible que algo así? Probablemente ni siquiera fue Kadow quien denunció a Schlageter, sino Schmidt, el mismo que había confesado el asesinato de Kadow.

»Ahora bien, mientras Martin seguía cumpliendo su pena en la cárcel, el propietario de la finca de Mecklemburgo, que como es comprensible no quería indisponerse con los Freikorps que habían estado protegiendo sus cosechas, le envió a Martin las cartas de denuncia que había recibido de Walter Kadow, a través de mis padres, que estaban en Wegeleben; así es como ahora obran en mi poder. Y mi hermano Martin no es el único que tiene una caja de seguridad en Suiza. Forman parte de mi póliza de seguro. Hoy en día, todo el mundo necesita algo así. Sobre todo, aquí en Berchtesgaden. Esas cartas de Kadow y ciertos documentos que a la prensa extranjera le encantaría publicar son una de las razones por las que Martin no se atreve a propiciar mi despido. Porque si lo hiciera, sabe que se las enseñaría al Führer, y mi hermano quedaría expuesto como el violador y asesino que es. Y ahora ya lo sabe todo. Casi todo. Eso es lo que me gustaría que le diga a Heydrich. Que pondré los considerables recursos de la Cancillería del Reich a su disposición en este asunto.

—Pero no lo entiendo, Albert —dijo Gerdy—. ¿Por qué no hace precisamente eso? No necesita el libro de contabilidad de Flex ni esas libretas azules para derribarlo. No necesita a Heydrich. Sin duda esas cartas bastan por sí solas para destruir la reputación de Martin. Su hermano no es más que un violador, y también un asesino. Lo único que tiene que hacer es enseñarle esas cartas a Hitler.

—Sería lo más lógico —reconoció Bormann—. Y lo habría hecho, pero el caso es que el homicidio no es precisamente algo extraordinario entre los escalafones superiores de la jerarquía del Partido. Lamento decir que varios miembros del gobierno actual han cometido asesinatos. No solo mi hermano. Y no me refiero a que mataran a alguien en la guerra. Aunque entre nosotros hay quien diría que Alemania estaba prácticamente sumida en la anarquía, por no decir en una guerra civil, en los primeros años de la República de Weimar. Y que ciertos asesinatos eran justificables. ¿No es así, Gunther?

—Yo no soy uno de esos —contesté—. Pese a sus defectos, la República de Weimar era, por lo menos, democrática. Pero sí, tiene razón. El homicidio de carácter político, como el de Kurt Eisner, era habitual. Sobre todo, en Múnich.

—Son las palabras de un valiente.

—Lo que le ocurrió a Eisner fue lamentable —comentó Gerdy—. Pero el que disparó contra él era un extremista, ¿no?

—Desde luego que sí —convino Bormann—. Pero me temo que lo que le ocurrió a Eisner no fue excepcional. Eran tiempos sumamente difíciles y es casi imposible decir ahora con ningún grado de certeza qué asesinatos estaban justificados y cuáles no. De hecho, no tendría sentido intentarlo siquiera. Razón por la que perdería el tiempo mostrándole estas cartas al Führer. Él sabe muy bien quién tiene las manos manchadas de sangre y quién no. Por ejemplo, Julius Streicher asesinó a un hombre en Núremberg, en 1920.

—Ah, bueno, Streicher... Streicher está loco —señaló Gerdy—. Hasta el Führer lo dice. Y por suerte, ahora se están dando pasos para destituirlo de su cargo.

—También está nuestro actual líder deportivo del Reich, Hans von Tschammer und Osten —continuó Bormann, sin ambages—. Asesinó a un chico de trece años en Dessau, ¿verdad que sí, comisario? Lo mató a golpes en un gimnasio con sus propias manos desnudas.

—¿Hans? No me lo puedo creer.

—El general Bormann tiene razón —aseguré—. Von Tschammer und Osten también es un asesino.

—Pero ¿por qué iba a hacer algo así?

—Porque el chico era judío —respondí.

—Y me temo que Julius Streicher y Von Tschammer und Osten no son precisamente casos excepcionales en este sentido —prosiguió Bormann—. Hay otras personas. Personas importantes. Hombres poderosos cuyos homicidios hacen que alguien más modesto como yo, decidido a acusar a su propio hermano de cometer un delito grave como el homicidio, se lo piense muy bien. El caso es que no estoy seguro de que a nadie en Alemania, aparte del comisario, le importe mucho el asesinato hoy en día. Y al Führer, menos que a nadie. Ahora mismo tiene otras cosas en la cabeza. Evitar otra guerra europea, para empezar.

—Tonterías —dijo Gerdy—. El asesinato es el crimen más grave que existe, eso lo sabe todo el mundo.

—Ya no —repuso Bormann—. No en Alemania.

—¿Qué cree usted, comisario? —se interesó Gerdy—. No puede ser así. Usted es policía. Dígale que no es verdad.

—El general tiene razón, Gerdy. El asesinato de Eisner se castigó con solo cinco años de cárcel. El asesinato no es un crimen tan grave como antes.

—Pero ¿de quién habla, Albert? —exigió saber Gerdy—. ¿Quiénes son esas personas, esos asesinos que hay en nuestro seno?

—No puedo decirlo —contestó Bormann—. Pero el caso es que necesito la ayuda de Heydrich para que mi hermano sea destituido de su cargo. Tendrá que ser por otro motivo. Alguna deslealtad más grave. Espionaje, por ejemplo. Un crimen como el asesinato ya no es suficiente.

—Anda, venga, Albert, no sea tan misterioso. ¿Quién? ¿Göring? ¿Himmler? Díganoslo. De Himmler me creo cualquier cosa. Es un hombrecillo repugnante. Tiene todo el aspecto de un asesino.

—No, de veras, Gerdy, esto no es un juego. Mire, lo mejor es que no diga nada. Por el bien de todos nosotros. Es posible que sea general, pero no ocupo un cargo importante de verdad. Sí, el Führer me escucha, pero solo porque no le digo nada que no quiera oír. Me temo que no duraría mucho si empezara a sacar a la luz el ignominioso pasado del partido. Un pasado del que nadie, nadie sale muy bien parado. —Bormann meneó la cabeza—. Sospecho que nada de esto es una novedad para Gunther. Pero mire, Gerdy, lo único que intento es explicarle por qué las cosas no son ni remotamente tan blancas y negras como usted imagina. Por qué no puedo actuar por mi cuenta. Por qué necesito la ayuda de Heydrich.

—Creo que está siendo muy injusto —replicó ella con petulancia—. Ir dándonos esperanzas así, para luego decirnos que no está dispuesto a revelar quiénes entre nosotros son asesinos. ¿Se refiere a personas que están en el Berghof ahora mismo?

Como es natural, yo estaba pensando en Wilhelm Zander y el doctor Brandt y los asesinatos que habían cometido, y cómo casi con toda seguridad quedarían impunes; pero ya había supuesto que Albert Bormann no hablaría de ellos. Ni siquiera estaba al tanto de los asesinatos de Johann Diesbach y Hermann Kaspel, y ella tampoco. No se lo había contado.

—Con toda seguridad —dijo Bormann, en respuesta a la pregunta de Gerdy.

—Bueno, a mí desde luego me gustaría saber con quién no hay peligro de salir a fumar. No, en serio, me gustaría, Albert. Su hermano es una cosa: nunca me cayó bien y no me sorprende en absoluto que sea un asesino. Pero de verdad, esto pasa de castaño oscuro.

—No puedo decírselo —insistió Bormann—. Porque a veces las palabras no son suficiente, y a veces son demasiado. Pero puesto que una imagen vale más que mil palabras, aquí está esto.

Y tras una larga pausa abrió el cajón de la mesa, sacó un sobre de color salmón y me lo entregó.

—¿Qué es eso? —preguntó Gerdy.

—Es la copia de un informe de la policía de Múnich —respondió Bormann—. El original está en la misma caja de seguridad que esas cartas sobre mi hermano. Es el informe del asesinato de un judío ocurrido en la cárcel de Stadelheim en julio de 1919, después de la efímera República Soviética de Baviera. El judío se llamaba Gustav Landauer, y aparte de sus tendencias izquierdistas y el acontecimiento histórico que propició su muerte, es quizá más conocido por sus traducciones de Shakespeare al alemán. Permítanme añadir que, a título personal, no cuestiono el asesinato de este hombre, sino meramente lo acertado de la fotografía que se tomó de él y que incluye el informe. Landauer era un agitador comunista y un bolchevique que no habría tenido empacho en asesinar a sus enemigos de derechas. Como decía, eran tiempos de lo más violentos. Lo único que quiero con esto es poner de manifiesto la absoluta futilidad de armar jaleo en el Berghof con respecto a quién es un asesino y quién no.

Cuando me disponía a abrir el informe, Albert Bormann puso con firmeza su mano sobre la mía y añadió:

—No es nada agradable, comisario: ese hombre recibió patadas y pisotones hasta morir. Sin embargo...

—He visto cosas peores, se lo aseguro.

—Con el trabajo que tiene, seguro que las ha visto, comisario. Pero estaba a punto de añadir que, en esta vida, a veces sería mejor no saber lo que sabemos. ¿No cree usted? ¿Gerdy? Desde luego, nunca se permitiría ver esto al electorado, por razones evidentes. Esa es la razón de que esta fotografía en concreto se haya ocultado de una manera tan cuidadosa.

—Ahora sí que estoy intrigada —dijo Gerdy.

—Gerdy. Haga el favor de tomarse un momento para pensárselo con mucho detenimiento. Una vez que haya visto lo que contiene este informe, le aseguro que no será capaz de olvidarlo. Ninguno de los dos lo olvidará.

Pero cuando retiró la mano, abrí el informe. Podría decirse que fue curiosidad de poli, o alguna otra cosa. Quizá fue la curiosidad lo que me llevó a meterme a poli ya para empezar, y quizá sea la curiosidad lo que un día haga que acabe muerto, pero él tenía razón, claro: en cuanto vi el contenido del informe, pensé, igual que Pandora, que ojalá lo hubiera dejado cerrado.

Adjuntas al informe policial escrito a máquina había tres fotografías. Dos eran imágenes de la autopsia de un hombre con barba de unos cuarenta o cincuenta años. Y es verdad que había visto cosas peores, mucho peores. Para todo poli, la visión de la muerte violenta es el cepillo de carpintero que desbasta nuestros sentimientos humanos normales hasta que nos quedamos casi desensibilizados y próximos a convertirnos en tablas sin emociones. En la tercera fotografía, un grupo de cuatro miembros sonrientes de los Freikorps estaban junto al mismo cuerpo sin vida del hombre; parecían un grupo de cazadores de safari, posando con orgullo junto al trofeo de un animal abatido. A uno de los hombres, que al parecer era el líder, lo reconocí de inmediato: llevaba un abrigo corto de cuero, casco y polainas y tenía una bota apoyada en la cabeza terriblemente magullada del muerto. No había visto otras veces fotografías así; nadie las había visto. Y como es natural, me quedé sin palabras, tal como había predicho Albert Bormann. Oí una voz lejana de mi propio pasado que parecía decir «te lo advertí». Por un instante, una frase tomó forma entre el rumor que me inundaba la cabeza y noté que mis labios empezaban a moverse como los del muñeco de un ventrílocuo, pero lo único que me salió de la boca abierta fueron unas sílabas de sorpresa pasmada y horror como si hubiera perdido la capacidad de hablar. Y después de lo que me pareció una eternidad, cerré el informe y se lo devolví a Bormann antes de que me contaminara, y probablemente fue mejor que lo que había estado a punto de decirles al hermano de Martin Bormann, Albert, y a la amiga íntima de Hitler, Gerdy Troost, quedara sin decir para siempre.

71

OCTUBRE DE 1956

Incluso después de diecisiete años recordaba muy bien esa fotografía, y cómo fue suficiente para eclipsar el resto del tiempo que pasé en Berchtesgaden igual que si hubiera atisbado la pesadilla íntima de un demonio. Verla me hizo lamentar mi curiosidad y me alegré lo indecible de regresar a Berlín, como si el mero hecho de estar cerca del Berghof sabiendo lo que sabía sobre el Führer fuera a crearme problemas. No puedo decir que me los causara nunca. Ni que cambiase mucho mi opinión sobre Hitler. Pero no me costó en absoluto entender que no fuera la clase de información que ningún canciller se hubiese sentido cómodo compartiendo con el pueblo alemán, y que Albert Bormann la tratara como un gran secreto de Estado. Una cosa es asesinar a un hombre a sangre fría, y otra muy distinta que le saquen a uno una fotografía plantado encima de su cara con una sonrisa enorme en la propia. Gerdy Troost prefirió no mirar la foto después de todo, siguiendo mi consejo, que ahora lamento haberle dado, puesto que siguió fiel al Führer hasta el final y mucho después. Dado el infierno que desató Hitler en el mundo entero, quizá hubiera sido mejor que Gerdy lo viese como lo que era: un criminal político. Eso lo sabe todo el mundo ahora, claro. El nombre de Hitler es sinónimo de asesino de masas, pero allá por 1939 aún era espeluznante comprobar que el jefe del gobierno fuera capaz de incurrir en un comportamiento tan bárbaro. Hasta entonces todo lo que había oído eran rumores de que había estado al mando de un pelotón de la muerte de los Freikorps en Múnich, pero no eran más que eso: rumores. La fotografía de Bormann era la primera prueba fehaciente que había visto y, cuando uno es poli, en realidad eso es lo único que se supone que importa.

Lo último que supe de Frau Troost fue que algún comité aliado de desnazificación le había ordenado que no trabajara como arquitecta durante diez años y le había impuesto una multa de quinientos marcos. Pero apreciaba a Gerdy, incluso la admiraba, cosa que, en su momento, fue precisamente el motivo por el que me pareció conveniente disuadirla de que viera la foto. Por entonces era más considerado. Me aseguré, por ejemplo, de que una de las cosas que hice antes de irme de los Alpes bávaros fuera ir a ver al doctor Brandt a su casita de Buchenhohe y hacerle saber que había averiguado que era él quien manipuló los frenos del coche de Hermann Kaspel, quien lo asesinó, y que lo sabía todo acerca del repugnante chanchullo que se traía con el Pervitín y el Protargol, por no hablar de aquellos abortos ilegales. Arqueó una ceja oscura y esbozó una sonrisa, igual que si le hubiera contado un chiste de lo más vulgar, aseguró que estaba totalmente equivocado y luego me dio con la puerta en las narices como si estuviera seguro por completo de que no podía hacer nada contra él. En eso tenía razón, claro. Habría tenido más posibilidades de detener a Iósif Stalin. Aun así, quería decir lo que tenía que decir y no dejarle creer que había salido impune por completo, por el bien de Kaspel y, supongo, porque supuse que era mi deber. Nadie más estaba interesado; interesado, quiero decir, en la clase de justicia a la que todo el mundo tiene derecho en una sociedad decente. También volví a ver al comandante Peter Högl. Se presentó en el hotel en un bonito deportivo azul y se ofreció con todo descaro a llevarme a la estación de ferrocarril local: supongo que solo quería asegurarse de que me fuera de Berchtesgaden; le dejé que me llevase, además, solo para poder decirle lo que pensaba de él y de toda la puñetera operación en la montaña de Hitler, y cuando acabé me espetó que me esfumara, o algo por el estilo.

Ojalá hubiera desparecido, en cuyo caso quizá habría corrido una suerte distinta en la guerra. Si Heydrich no me hubiese obligado a transferirme de la Kripo al SD, quizá no hubiera ido a Francia ni vuelto a ver nunca a Erich Mielke, ni le hubiese salvado la vida. Aunque tampoco es que el camarada general se creyera en deuda conmigo; ya no, eso estaba claro. Y aunque tenía la esperanza de que después de haberme librado del tenaz Friedrich Korsch de una vez por todas quizá escapara de los sabuesos de la Stasi ahora sin líder que Mielke había azuzado para que me dieran caza, no puedo decir que estuviera convencido de lograrlo. Pero tuve al menos una mayor sensación de confianza en que pasaría mucho tiempo antes de que me dieran alcance, sobre todo teniendo en cuenta que estaba otra vez en Alemania Occidental. Crucé la nueva frontera poco después de salir de las cuevas de Schlossberg y fui por Colonia y Dortmund hasta Paderborn en la zona británica, que según había oído era el principal centro de «blanqueo» en Alemania para «antiguos camaradas» que buscaban nueva identidad. No creo que los pobres Tommies sospecharan que existían cosas como centros de blanqueo de antiguos nazis, y menos aún que uno tuviera su sede en una librería de viejo ubicada al lado de la universidad. Y setenta y dos horas después de llegar allí, estaba alojándome en el hotel Löffelmann como Christof Ganz, con ciento cincuenta marcos en el bolsillo, un pasaporte, un billete de tren a Múnich y un carné de conducir nuevo. Hasta me las apañé para quitarme unos años de encima y convertirme de pronto en un hombre mucho más juvenil de solo cincuenta. A ese paso podría volver a Paderborn al cabo de diez años, obtener otra identidad nueva y no envejecer en absoluto.

Unos días después llegué a Múnich. Como es natural, habría preferido volver a Berlín, pero regresar a mi casa quedaba descartado, posiblemente para siempre. Rodeada por la RDA, no tenía sentido pensar siquiera en ello. Berlín parecía una perla de libertad en un cubo lleno de rodamientos y, con toda probabilidad, era el segundo lugar más asediado de la Tierra. Para el caso, podría haber intentado entrar en Budapest, que los tanques del Ejército Rojo estaban haciendo pedazos en esos momentos como resultado de la revolución húngara. Además, conocía a mucha gente en Berlín y, lo que era peor, ellos me conocían a mí, por lo que pensé que Múnich era lo mejor. No era como en otros tiempos, pero sería suficiente. Además, Múnich estaba en la zona estadounidense, lo que quería decir que allí siempre se podía ganar dinero. Y aunque quizá los Amis y los franceses fueran tras la pista de Bernie Gunther y Walter Wolf, Christof Ganz era un hombre sin pasado, lo que me iba de maravilla, porque sin pasado al menos tenía oportunidad de aspirar a un futuro.

La primera noche tras mi regreso a Múnich, mis pasos sin rumbo me llevaron del Christliches Hospiz en Mathildenstrasse, donde me alojaba, a Odeonsplatz y el Feldherrenhalle, que era una copia de la Logia de la Señoría de Florencia. Aunque no he visto el edificio original, no me cuesta nada imaginar que seguramente alberga algunas hermosas estatuas de mármol del Renacimiento y obras de arte en bronce; todo muy italiano. La copia de Múnich contenía un monumento conmemorativo de la guerra franco-prusiana y un par de estatuas cubiertas de abundante óxido de unos generales bávaros ahora olvidados. Todo muy alemán y, antaño, también muy nazi: a la izquierda del Feldherrenhalle, en Residenzstrasse, había habido un monumento al denominado *Putsch* de la cervecería, pero ahora ya no estaba, como tampoco estaba, gracias a Dios, el infeliz que instigó aquel intento de golpe de estado condenado al fracaso. Pero los ecos de las botas militares seguían resonando y con toda probabilidad también rondaban el lugar algunos de aquellos fantasmas. Y mientras estaba allí rumiando sobre la antigua Alemania, me las ingenié para olvidarme de los turistas extranjeros que seguían arremolinándose por allí. Poco a poco se desvanecieron, y lo que quizá fuera más importante, también me desvanecí yo. Entonces una nube oscura se desplazó, revelando la luna brillante, y de pronto fui capaz de figurarme igual que si estuviera en un cine la escena que se desarrolló allí aquel fatídico día de noviembre de 1923. Theodor Mommsen seguramente lo relata mejor que Christof Ganz, pero durante un breve momento hechizado, casi trascendental, en el tiempo, percibí cómo la historia no era nada más que un accidente, un golpe de suerte, una súbita ráfaga de viento, un cañón de arma sucio, una bala encasquillada, una respiración contenida un segundo de más o de menos, una orden oída a medias o malinterpretada, un dedo impaciente en el gatillo, un momento de demora, un instante de vacilación. La idea de que nada tiene nunca como fin parecer absurdo, las causas pequeñas pueden tener grandes efectos, y me vinieron a la cabeza unas palabras de Fichte acerca de que no se podría quitar de su sitio ni siquiera un grano de arena sin cambiar algo en el todo inconmensurable.

Cuando Adolf Hitler, Ludendorff y más de dos mil hombres de las SA marcharon hasta ese lugar desde el Bürgerbräukeller, a unos dos kilómetros de allí, se encontraron un bloqueo formado por ciento treinta policías armados con rifles. El careo que tuvo lugar tocó a su fin cuando una de esas armas —la historia no nos dice a qué bando pertenecía— efectuó un disparo, después de lo cual ambos bandos abrieron fuego a discreción. Murieron cuatro policías y dieciséis nazis. Según se dice, una bala alcanzó a Göring en la ingle, mientras que algunos de los hombres que estaban al lado de Adolf Hitler murieron en el acto, así que quizá no sea de extrañar que él creyera haber sido elegido por Dios para dirigir el país. Me pregunté si alguna vez habría creído que estaba haciendo lo correcto. O si habría estado poseído por una devoción tan fundamental como desacertada por el pangermanismo, es decir, habría estado infectado de un exceso de Alemania como idea, en proporción inversa a una ausencia total de Alemania, que era la situación vigente hasta la unificación que se derivó del fin de la guerra franco-prusiana de 1871. Por supuesto era muy de lamentar que el enfrentamiento en el Feldherrenhalle no hubiera tenido un desenlace alternativo. Con toda seguridad, la historia habría sido muy diferente. Pero yo difícilmente podía poner en tela de juicio el bloqueo o la decisión de abrir fuego, solo la puntería.

Al parecer, por una vez la policía bávara había estado haciendo su trabajo como era debido.

NOTA DEL AUTOR
Y AGRADECIMIENTOS

Después del asesinato de HEYDRICH en junio de 1942, ERNST KAL-TENBRUNNER pasó a ser jefe de la Oficina Central de Seguridad del Reich, que comprendía la Kripo, la Gestapo y el SD, en enero de 1943. Fue juzgado como criminal de guerra en Núremberg y ahorcado en octubre de 1946.

HANS-HENDRIK NEUMANN siguió siendo ayudante de Heydrich hasta la capitulación de Polonia en 1939, cuando fue enviado a Varsovia para abrir la sede del SD allí. Posteriormente fue agregado de la policía en la embajada alemana en Estocolmo en 1941, de nuevo por orden de Heydrich; y luego sirvió con las SS en Noruega. Después de cumplir una breve condena en la cárcel, se incorporó a Philips Electrical GmbH en Hamburgo, donde trabajó el resto de su vida. Se jubiló en 1975 y murió en junio de 1994.

GUSTAV LANDAUER fue un destacado anarquista de principios del siglo XX. Unos miembros de los Freikorps lo mataron a patadas en mayo de 1919. Sus últimas palabras fueron: «Y pensar que sois seres humanos».

Las unidades de la RSD del CORONEL JOHANN HANS RATTENHUBER asesinaron a cientos de judíos en el cuartel general de la Werewolf de Hitler en enero de 1942. Fue capturado por los rusos en mayo de 1945 y estuvo diez años en la cárcel antes de ser liberado por los soviéticos en octubre de 1955. Murió en junio de 1957.

El COMANDANTE PETER HÖGL siguió a Hitler al Führerbunker a principios de 1945. Parece probable que estuviera al frente del pelotón de fusilamiento que ejecutó al enlace de Himmler y cuñado de Eva Braun, Hermann Fegelein, el 28 de abril de 1945. Högl murió el 2 de mayo de 1945 cuando cruzaba el puente de Weidendammer mientras Berlín estaba bajo intenso fuego enemigo.

La suerte que corrieron ARTHUR Y FREDA KANNENBERG, encargados de la casa en el Berghof, se desconoce.

MARTIN BORMANN llegó a ser secretario personal de Hitler y el hombre más poderoso de Alemania después del propio Hitler. Murió mientras huía del Führerbunker el 2 de mayo de 1945. Su cómplice en el asesinato de Walther Kadow en 1923, un tal Rudolf Höss, fue excarcelado en 1928; se alistó en las SS en 1934 y posteriormente llegó a ser comandante del campo de concentración de Auschwitz. Fue ahorcado como criminal de guerra en Varsovia en 1947.

ALBERT BORMANN abandonó Berlín en avión en abril de 1945. Fue detenido en 1949 y, después de cumplir seis meses de trabajos forzados, liberado ese mismo año. Rehusó escribir sus memorias y nunca habló de su hermano mayor, Martin. Murió en abril de 1989.

WILHELM ZANDER acompañó a Hitler al Führerbunker a principios de 1945. Zander fue uno de los tres hombres a quienes Hitler confió su testamento político y el mando efectivo de las fuerzas alemanas para que se los trasladasen al almirante Doenitz en abril de 1945. Sobrevivió a la guerra y murió en Múnich en 1974.

WILHELM BRÜCKNER fue destituido por Hitler en octubre de 1940 y sustituido como ayudante en jefe por Julius Schaub. Se alistó en el ejército alemán y para el final de la guerra había alcanzado el rango de coronel. Murió en Chiemgau en agosto de 1954.

El DOCTOR KARL BRANDT se hizo cargo en 1939 del Programa de Eutanasia Aktion T4, que gaseó a unas setenta mil víctimas. Fue uno de los acusados en el llamado Juicio de los Médicos, que comenzó en 1946. Bajo la acusación de llevar a cabo experimentos con prisioneros de guerra, se le declaró culpable y fue ahorcado en junio de 1946.

LOS HERMANOS KRAUSS eran los ladrones más famosos de Berlín. Es cierto que robaron en el Museo de la Policía. El autor desconoce la suerte que corrieron.

GERDY TROOST reanudó su trabajo como diseñadora en Haiming, Alta Baviera, en 1960. Murió en Bad Reichenhall en 2003 a los noventa y ocho años.

POLENSKY & ZÖLLNER siguió en activo mucho después de la guerra. En 1987, la rama alemana de la empresa de construcción fue a la bancarrota. Pero una rama de la empresa sigue existiendo hoy en día con el antiguo nombre, en Abu Dabi.

ERICH MIELKE ocupó el cargo de director de la Stasi desde 1957 hasta después de la caída del muro de Berlín en noviembre de 1989. Antes de eso, en octubre de 1989, Mielke había ordenado a la Stasi que detuviera y retuviera de forma indefinida a ochenta y seis mil alemanes orientales en lo que él consideraba una emergencia de Estado. Pero miembros locales de la Stasi rehusaron cumplir sus órdenes por miedo a sufrir un linchamiento. Mielke dimitió el 7 de noviembre de 1989. Fue detenido en diciembre de 1989 y llevado a juicio en febrero de 1992. Debido a su avanzada edad, fue excarcelado por compasión en 1995 y murió en mayo de 2000.

El salón de té del KEHLSTEIN existe hoy en día y es un popular reclamo turístico, igual que el excelente HOTEL KEMPINSKI de Obersalzberg, edificado en la ubicación de la casa de Hermann Göring. Las ruinas tanto del Berghof como del domicilio de Bormann siguen siendo visibles. El Türken Inn continúa abierto como hotel y puede visitarse todo el año. Villa Bechstein ya no existe, pero la casa de Albert Speer sigue allí y fue vendida recientemente a un comprador anónimo por varios millones de euros.

ALBERT SPEER fue juzgado como criminal de guerra en Núremberg y sentenciado a veinte años de cárcel. Murió en Londres en 1981.

Agradezco la ayuda de Marie-Caroline Aubert, Michael Barson, Ann Binney, Robert Birnbaum, Robert Bookman, Paul Borchers, Lynn Cannici, J. B. Dickey, Martin Diesbach, Gail DiRe, Abby Fenneweld, Karen Fink, Jeremy Garber, Ed Goldberg, Margaret Halton, Tom Hanks, David Harper, Ivan Held, Sabina Held, Kristen Holland, Millie Hoskins, Elizabeth Jordan, Ian Kern, Caradoc King, John Kwiatkowski, Vick Mickunas, Simon Sebag Montefiore, Christine Pepe, Barbara Peters, Mark Pryor, Jon Rinquist, Christoph Rüter, Anne Saller, Alexis Sattler, Stephen Simou, Matthew Snyder, Becky Stewart, Bruce Vinokaur, Thomas Wickersham, Chandra Wohleber, Jane Wood y, sobre todo, Marian Wood, como siempre.

PHILIP KERR

BERNIE GUNTHER

1. Violetas de Marzo

Berlín, 1936. En pleno auge del poder de Hitler, Bernie Gunther es un detective privado que ha dejado atrás su pasado en el cuerpo de policía. Un empresario le encarga la búsqueda de un collar de diamantes que está manchado de sangre. La investigación pronto se desvela como algo más que un simple robo. Hay redes muy poderosas que extienden sus tentáculos por todas partes.

2. Pálido criminal

Un asesino en serie anda suelto por las calles de Berlín. Es 1938 y Reinhard Heydrich obliga al detective privado Bernie Gunther a colaborar con la policía para atrapar al peligroso criminal. Desgraciadamente, son tiempos oscuros durante el apogeo del nazismo y la caza va a superar todas las expectativas de maldad que se pudieran esperar.

3. Réquiem alemán

Tras el fin de la Segunda Guerra Mundial, el corazón de Europa se convierte en un escenario en el que se va a desarrollar la guerra fría. Bernie Gunther acepta un caso que le va a sumergir en un mundo que se mueve entre las atrocidades cometidas en la guerra y las luchas por el poder de los servicios de inteligencia de las nuevas potencias mundiales.

4. Unos por otros

Alemania en 1949 se ha convertido en un caos. Bernie Gunther ha dejado atrás el peligroso Berlín y poco a poco intenta asentarse como detective privado en Múnich. Ha recibido el encargo de una mujer de seguir el rastro de su marido. Un trabajo aparentemente sencillo que se complica porque el hombre buscado es un escurridizo criminal de guerra.

5. Una llama misteriosa

Tras haber sido acusado falsamente de ser criminal de guerra, Bernie Gunther tiene la posibilidad de escapar a Buenos Aires. Allí se ha cometido el brutal asesinato de una chica. La policía tiene pocas pistas y recurren al detective berlinés para resolver el caso. Puede que alguno de los alemanes emigrados a Argentina tras la guerra esté detrás de ello.

6. Si los muertos no resucitan (Premio RBA de Novela Policiaca 2009)

En 1934 ya se notan los cambios que se han producido tras el ascenso de los nazis al poder. Por entonces Bernie Gunther ha abandonado la policía y es detective del famoso hotel Adlon, en Berlín. Mientras trabaja allí se asocia con una periodista norteamericana para investigar la profunda corrupción que avanza imparable hasta las altas esferas del gobierno alemán.

7. Gris de campaña

Harto de espiar a un mafioso en la isla de Cuba, Bernie Gunther decide huir de la isla y poner rumbo a Florida. Pero la fuga sale mal y es detenido. Es 1954 y el destino no parece estar de parte del investigador. Le van a hacer una propuesta que no va a poder rechazar: ingresar en una prisión alemana y localizar a un criminal de guerra francés. Si renuncia o fracasa le puede costar la vida.

8. Praga mortal

A mediados de la Segunda Guerra Mundial, Bernie Gunther recibe la orden de dejar todo lo que está haciendo en su trabajo y dirigirse a Checoslovaquia. Su destino final es la casa de campo que el mando nazi Reinhard Heydrich tiene en Praga. Allí Gunther tiene que pasar un fin de semana que, por culpa de un asesinato, se va a convertir en un peligroso desafío.

9. Un hombre sin aliento

Después de la derrota en Stalingrado, en 1943 la moral de los alemanes es baja. Los altos mandos del ejército nazi saben que hay que recuperar la confianza como sea. Una oportunidad aparece cuando se oyen rumores de que el ejército soviético cometió atrocidades contra el ejército polaco en el bosque de Katyn. Así que Bernie Gunther es obligado a desplazarse hasta allí para reunir las pruebas que demuestren la maldad del enemigo.

10. La dama de Zagreb

Cuando Joseph Goebbels da una orden directa no se le puede decir que no. Y, para su desgracia, Bernie Gunther lo sabe mejor que nadie. Esta vez las circunstancias le obligan a viajar primero a Yugoslavia, donde los nazis croatas dan a la palabra «crueldad» una nueva dimensión, y luego a una Suiza engañosamente neutral. Pero no todo van a ser penalidades para Gunther. Va a conocer a toda una estrella de cine. Una mujer como no existe otra.

11. El otro lado del silencio

En 1956, Bernie Gunther vive en la Riviera francesa, donde el pasado de la guerra le alcanza de la mano de un antiguo oficial nazi. Además, ha sido invitado a Villa Mauresque por el célebre escritor William Somerset Maugham, quien está siendo chantajeado y necesita ayuda. No sabe si es algo personal o está siendo víctima del espionaje internacional.

12. Azul de Prusia

Bernie Gunther sabe mejor que nadie que el pasado siempre vuelve para atormentarte. Corre el año 1956 y el general de la Stasi Erich Mielke quiere obligar al antiguo detective a asesinar a una mujer. Es una misión suicida y Gunther lo sabe. La única opción que le queda es huir. Durante su fuga, rememora un asesinato que tuvo que resolver en Baviera en 1939. En la mismísima residencia de montaña de Hitler.

PHILIP KERR

SCOTT MANSON

1. Mercado de inverno

Scott Manson es el segundo entrenador de un equipo de élite de la liga inglesa. No solo entrena, sino que también evita y resuelve problemas. Ahora se va a enfrentar a uno de los retos más importantes de su carrera profesional: han asesinado al técnico estrella del equipo y hay que encontrar al culpable cuanto antes. Y como máximo responsable deportivo, Scott deberá hacer lo mejor para el equipo.

2. La mano de Dios

El equipo londinense entrenado por Scott Manson disputa un partido crucial en Atenas contra el Olimpiacos. La derrota sería una mala noticia, pero desde luego no la peor. Durante el encuentro, una de las estrellas del equipo cae fulminado sobre el césped. ¿Ha sido un ataque al corazón o se trata de algo más turbio? Si Manson quiere seguir adelante con la temporada tendrá que averiguar lo que ha pasado. De lo contrario, puede perder algo más que un jugador.

3. Falso nueve

Jérôme Dumas, una joven estrella futbolística de nivel mundial, ha desaparecido sin dejar rastro. ¿Ha huido, lo han secuestrado o ha muerto? Scott Manson, exfutbolista y técnico de élite, también ha demostrado una gran habilidad como investigador. Como una pequeña incursión en el fútbol chino no ha salido bien, Manson acepta el trabajo de buscar a esa joven promesa. Puede que sea la única persona del mundo capaz de encontrarla.